Der junge Tierarzt Eric, Spezialist für die Seele von Pferden, steht vor einer schwierigen Herausforderung: Emily Fargus, die attraktive Herrin des schottischen Gestüts Sunrise, bittet ihn, die verstörte Stute Solitaire zu heilen.

Während eines bewegten nordischen Sommers versucht Eric, der jungen Stute, die niemanden an sich heranläßt, die Angst zu nehmen. Doch nicht nur das: Sein bislang ausschließlich den Pferden gewidmetes Leben gewinnt einen neuen Sinn. Der Waisenjunge von einst findet liebevolle Aufnahme auf dem Hof des älteren Ehepaars Hickman, die ihn beide wie einen Sohn in ihr Herz schließen. Und die Dorfbewohner lernen ihn als tatkräftigen Tierarzt schätzen.

Dann kostet ein schrecklicher Unfall mit Solitaire ihn fast das Leben. Die einfühlsame Ärztin Elaine, die er im Krankenhaus kennenlernt, rät ihm ab, es noch einmal mit Solitaire zu versuchen. Aber Eric gibt nicht auf. Und als er auf das Gestüt zurückkehrt, überstürzen sich die Ereignisse …

Evita Wolff ist mit ›Im Schatten des Pferdemondes‹ ein atmosphärisch dichter Roman voller Leidenschaft und Spannung gelungen. Mit großem Einfühlungsvermögen blickt sie in die Seele von Tieren und Menschen und zeigt, daß dem, der bereit ist zu helfen, geholfen wird.

Evita Wolff wurde 1963 bei Celle in Niedersachsen geboren. Sie studierte Tier- und Humanmedizin sowie Erziehungswissenschaften. Nach einigen Jahren im Ausland und einem längeren Aufenthalt in Berlin lebt sie heute in Hannover. Auch ihr zweiter Roman, ›Lebe ewig‹, ist als Fischer Taschenbuch lieferbar (Bd. 14724).

Unsere Adresse im Internet: www.fischer-tb.de

Evita Wolff

Im Schatten des Pferdemondes

Roman

Fischer Taschenbuch Verlag

This book is dedicated to John-Roger and Peter McWilliams:
Thank you, guys, for writing »Do it!«

Limitierte Sonderausgabe
Veröffentlicht im Fischer Taschenbuch Verlag,
einem Unternehmen der S. Fischer Verlag GmbH,
Frankfurt am Main, Oktober 2002

Lizenzausgabe mit freundlicher Genehmigung
des Eichborn Verlags, Frankfurt am Main

Gesamtherstellung Clausen & Bosse, Leck
Printed in Germany
ISBN 3-596-50601-8

Danksagung

Mein besonderer Dank gebührt:
Elke Tietz und Klaudia Miersemann für ihre Freundschaft und Unterstützung in jeder Lebenslage.
Andrea Bocelli für die Freude, die mir seine Musik bereitet.
Matthias Bischoff für sein behutsames und kooperatives Lektorat, seine Geduld und seinen Enthusiasmus.
Und last, but not least, Dr. Marius Bartsch, der dem Internet »Unanswered prayers« abgerungen hat.

Dank euch allen vom Wolff!

Sometimes I thank God for unanswered prayers.
Remember when you're talking to the man upstairs
That just because he may not answer
doesn't mean he don't care.
Some of God's greatest gifts are unanswered prayers.

Some of God's greatest gifts are all too often unanswered.
Some of God's greatest gifts are unanswered prayers.

Pat Alger

1

Der Renntag in Ascot war vorüber. Lionheart trug an seinem Halfter die Auszeichnung des Siegers. Mr. Williams, sein Besitzer, wollte gerade eine Decke auf den Rücken des Hengstes legen, als Eric auf sie zukam. »Meinen Glückwunsch, Junge. Ich hatte die Hoffnung aufgegeben, bevor Turner mich auf Sie aufmerksam machte. Ich hätte es nicht für möglich gehalten.«

Eric zeigte kein Lächeln, trat näher zu ihnen und strich über Lionhearts Hals. Mr. Williams beobachtete ihn.

»Na, wollen Sie noch einmal zu den Anfängen zurückkehren, ehe Sie sich von ihm verabschieden?«

Ihre Blicke trafen sich. Eric nickte und nahm Lionheart den Halfter ab. Als Eric sich auf seinen bloßen Rücken gezogen hatte, setzte er sich federnd in Bewegung. Er sog die feuchte Luft ein und warf freudig den Kopf auf. Mr. Williams wich zurück an den Rand der Rennbahn und ließ seinen Blick mit leiser Wehmut auf dem Paar ruhen, das einem Zentaur glich, so sehr schienen Mann und Pferd verschmolzen, als sie sich im leichten Rhythmus des Galopps wiegten.

Noch einmal zu den Anfängen zurückkehren ... Williams' Worte gingen Eric nicht aus dem Sinn. Ganz am Anfang, gleich nach dem Sturz, war Lionheart unfähig gewesen, sich zu bewegen. Obwohl Muskeln, Knochen, Sehnen intakt geblieben waren, blieb er flach in seiner Box liegen. Man hatte ihm gut zugeredet, versucht, ihn mit Leckereien auf die Beine zu locken. Schließlich hatten sie Besenstiele in seine Kruppe gestoßen, Peitschen geschwungen, an seinem Halfter gezerrt und auf ihn eingebrüllt.

Dann aber war da auf einmal einer unter all denen gewesen, der ein kleines Licht in diesem Dunkel entzündet hatte. Von ihm hatte er zum ersten Mal wieder Nahrung angenommen, mit jedem Tag hatte er der Berührung mehr getraut. Diese Hände und diese Stimme – sie wurden der Inbegriff von Verständnis und nie endender Geduld. Sie hatten ihn schließlich auf die Beine gebracht, hatten ihn aus der Box gelockt. Vor dem hellen Tageslicht war er zurückgewichen, nachdem er so lange Zeit im Dunkel gewesen war. Deshalb hatte Eric ihn zunächst nur nachts aus seiner Box gebracht. Er war mit ihm spazierengegangen, hinunter zum Fluß und hinauf zu den Hügeln, wo sich die Büsche und die hohen Halme der Gräser schwarz und seltsam starr vom Glitzern des sternenübersäten Himmels abhoben. Und schließlich war er mit ihm zur Rennbahn gegangen, hin zu dem Zaun, wo Lionheart gestürzt war. Immer häufiger wurde diese Stelle ihr Ziel, bis Lionheart sich nicht mehr schüttelte vor Entsetzen, sondern beinahe gleichmütig den Geruch der Holzbohlen einsog, an die Eric ihn heranführte.

Eines Nachts drängte er den Hengst dann gegen einen schmalen, niedrigen Stein, wie er für die Abgrenzung von Abreiteplätzen manchmal verwendet wird, stieg darauf und legte ihm behutsam die Hände auf den Rücken. Lionheart zitterte, aber er stand, beruhigt durch das warme Murmeln der Stimme. Eric lehnte sich gegen seinen Rumpf und ließ beide Arme leicht über seinen Rücken hängen. Lionhearts Körper spannte sich. Als die Spannung unerträglich wurde, entlud sie sich in einer heftigen Bewegung, die Eric von dem Stein abrutschen ließ. Sein Oberkörper wurde gegen Lionhearts Rumpf gedrückt – Lionheart spürte plötzlich das Gewicht des Mannes! Als Eric die Hand nach ihm ausstreckte, bekamen die mächtigen Kiefer die Hand zu packen, dann war der Geschmack von Metall auf Lionhearts Zunge. Er roch Blut. Kein Schrei, nur die leise Stimme und heftige Atemzüge.

»Ich schätze, es kann nicht mehr viel schlimmer kommen, außer, du willst mir sämtliche Knochen brechen und mich umbringen.«

In dieser Nacht hatte Eric Lionheart zum ersten Mal geritten, und der Hengst erinnerte sich an heiße, helle Tage, als sich seine Hufe in den glänzend-glatten Turf gegraben hatten. Sein Blut brannte, und das wiederentzündete Feuer warf ihn voran, der Weite entgegen, hinein in den geliebten Rausch, für den er geboren war. Sein Galopp wurde wieder geschmeidiger, seine Sprünge weiter. Für diese Nacht, diesen Ritt hätte Eric weit mehr gegeben als ein Stückchen Fleisch. Es machte ihm nichts aus, daß das Blut unaufhörlich aus seiner Fingerkuppe rann. Seine Augen brannten, ob vom Gegenwind oder von Tränen wußte er nicht, und es kümmerte ihn auch nicht: Lionheart rannte – mit einem Gewicht auf dem Rücken.

Es gab danach viele Nächte im Galopp auf der verwaisten Rennbahn, dann auch Runden bei Tag, zuerst allein, dann mit anderen Pferden, und schließlich bekam er einen anderen Reiter. Lionheart mochte diesen Jockey von Anfang an nicht, aber er wehrte sich nicht. Eric wünschte, daß er diesen Reiter trug, und sein Vertrauen in Eric war ohne Grenzen. Heute nun hatte der Hengst den letzten Schritt getan, und Erics Auftrag war erfüllt. Mit seinem überraschenden Sieg hatte Lionheart an seine Erfolge vor dem Unfall angeknüpft. Er hatte sein Löwenherz zurückgewonnen. Und er hatte Eric verloren.

Als Eric ihn durch einen leisen Zuruf und ein Zurücknehmen des Gewichtes verlangsamte und schließlich anhielt, spürte Lionheart auf einmal, daß etwas anders war als sonst. Und als Eric von seinem Rücken glitt und die Hand unter seine Mähne schob, drängte er sich gegen ihn und versuchte, sich ihm in den Weg zu stellen, indem er den Hals vorstreckte und ihn heftig gegen Erics Brust drückte. Da waren die Hände auf seinem Gesicht, die weiche Stimme, aber sie beruhigten ihn nicht.

»Okay, Junge.« Die Stimme klang gepreßt, wie er sie nie zuvor gehört hatte. »Du weißt es natürlich schon ... irgendwie, nicht wahr? Du bist jetzt stark genug, es ohne Hilfe zu schaffen. Du bist durch das Fegefeuer gegangen und hast es überwunden.«

Lionheart drehte Eric beide Ohren zu, so daß sie ganz schräg geneigt waren, und schnoberte gegen Erics Gesicht. »Also wirklich, Lion, du mußt mir schon zuhören, weißt du ... ach nicht! Nicht am Ohr kitzeln!« Er zerraufte Lionhearts lange Stirnlocke und sagte dunkel, damit der Hengst seine Spielerei ließ: »Du hast es geschafft, und du bist an dieser Herausforderung gewachsen. Nichts, niemand kann dir im Weg stehen.« Eric bemerkte nicht die Gestalt hinter ihnen, er hatte Williams völlig vergessen.

Er brachte Lionheart zu seiner geräumigen Box und führte ihn hinein. Seine Hände strichen über das seidige Fell, das er auf einmal nicht mehr sehen konnte. Es war nur ein kastanienfarbener Schimmer.

»Du bist ganz trocken«, murmelte er rauh, »hast dich nicht mal angestrengt bei unseren Runden.« Er preßte sein Gesicht gegen den Pferdeleib. Der Hengst wandte den Kopf und drückte sein Maul zwischen seine Schulterblätter.

»Ist gut, Junge. Ich werd' dich nicht belügen. Du wirst Rennen laufen und großartige Fohlen zeugen. Du wirst das tun, was dir schon immer bestimmt war, und mit noch größerem Mut. Vergiß nicht, was ich dir über das Fegefeuer gesagt habe. Du gehörst zu denen, die verstehen können. Vergiß nicht, die durch das Fegefeuer gehen, sind unbesiegbar. Nichts kann sie ängstigen, nichts kann sie aufhalten.«

Er nahm den zutraulichen Pferdekopf zwischen seine Handflächen und preßte einen Kuß zwischen die empfindsamen Nüstern. »Leb wohl, mein Freund«, murmelte er und bemühte sich, seine Stimme nicht anders klingen zu lassen als bei jedem Abschied. Er verriegelte die Box und schloß die Stalltür. Mr. Williams war zu ihm getreten, und nach einer Weile, in der sie schweigend durch den Dunst gegangen waren, sagte er leise: »Er wird Sie fürchterlich vermissen.«

»Nein, Sir, sicher nicht. Pferde wissen nichts von Abschied«, erwiderte Eric und starrte in die Nacht.

Ein dunkler Ruf drang zu ihnen. Eric drehte sich zum Stall um. Der bronzene Ruf erklang von neuem.

2

Eric folgte unbeirrbar einer Maxime: »Tu, wovor du dich am meisten fürchtest. Wende die Energie der Angst ins Positive, und du wirst daran wachsen.«

Damit hatte Eric Lionheart wieder zum Champion gemacht und vor ihm viele andere Pferde geheilt.

Er war zuversichtlich, mit dieser Maxime auch Sir Lancelot wieder auf den ihm bestimmten Weg führen zu können: »Ich bin ja da, mein Sohn.« Die Hufe sanken tief in den schweren, feuchten Boden. Gute Arbeit, dachte Eric, Peter bekam das Wässern der Reitbahn immer besser in den Griff. Es war wichtig, daß der Boden gut durchfeuchtet war; das wirkte besänftigend auf das Temperament eines nervösen Pferdes.

Das Pferd zeigte seine Unruhe, als sie sich der gefürchteten Stelle näherten.

»In die Ecke, mein Sohn, ja gut so …« Ein leichter Schenkeldruck, ein weiches Aufnehmen der Zügel, und der goldbraune Hengst schnaubte und streckte den Hals. Doch er versuchte nicht, aus dem Zügel zu kommen; er blieb konzentriert, war jetzt aber gelöster, nachdem er die gefürchtete Ecke mit Hilfe der sanften Stimme überwunden hatte; und mit dieser sicher durchlaufenen Ecke war seine Angst vor allen anderen Dingen, die ihm bedrohlich erschienen, ein wenig mehr geschwunden. Er fühlte die anerkennende Hand seines Reiters auf dem Nacken, und der Trab wurde leichter, raumgreifender. »Siehst du, jetzt wird's.« Er verstand die Worte nicht, aber er hörte den sanften Klang, die Aufrichtigkeit – das war keiner, der ihn beschwatzte. Der Mann, der auf ihm saß, der ihm Arbeit abverlangte, der Mann, der ihn dazu veranlaßte, Dinge zu tun, vor denen er sich fürchtete – dieser Mann war derselbe, der ihm Hafer und Heu brachte, der seine Box sauberhielt und abends leichtes, frisches Stroh darin aufschüttete. Dieser Mann sprach zu ihm mit einer warmen, freundlichen Stimme und streichelte ihn. Und manchmal lehnte sich der Mann auch gegen ihn, ganz zutraulich, wissend, daß er seine Kraft niemals gegen ihn einsetzen würde.

»Ecken machen gar nichts. Sie sind eben da. – So – ja, schön. Und ganz hinein. Schön.« Die Stimme beflügelte die Schritte des Hengstes, die goldfarbenen Beine hoben und streckten sich beinah unbeschwert, der Rhythmus des Trabes wurde weicher, aber nicht schneller. Und wieder war da die geliebte Hand, die Liebkosung auf seinem Nacken.

Ein Jahrhundertpferd für den Dressursport – so hatte die Fachpresse Sir Lancelot noch vor wenigen Monaten genannt.

Während eines Turniers, gerade als er aus leicht anmutender Piaffe in das schmale Eck der Dressurbahn einbog, war ein Rottweiler unvermutet auf ihn zugeschnellt und hatte beim Anprall einen Schmerz in seinen Schultermuskel gerissen, so daß Sir Lancelot seine Reiterin aus dem Sattel warf. Fetzen von Erinnerungsbildern waberten noch immer in ihm, Laute und Gerüche: das Schreien, der Geruch von Blut.

Es gab kein Entkommen für ihn aus diesem Viereck, das die Menschen ersonnen hatten, er ertrank in diesem Meer von Gesichtern, wurde überflutet von Rufen und Schreien, von hektischen Bewegungen um ihn. Der Instinkt des Hengstes hatte ihm trotz seiner Angst befohlen, seine Reiterin zu verteidigen. Er hatte sich über ihr aufgebäumt, um den Hund anzugreifen. Doch im Niederkommen vermochten seine Augen Hund und Mensch nicht mehr zu unterscheiden.

Darauf gab es das übliche Geschrei in der Presse – »Pferd tötet Reiterin!« – und Sir Lancelot wurde als bösartig abgestempelt: Zum Teufel mit seinem hervorragenden Stammbaum, zum Teufel mit seinen hervorragenden Leistungen. Vergessen der Glanz, vergessen das Staunen der Fachkundigen über das Vermögen des gerade Neunjährigen. Sir Lancelots Schicksal schien besiegelt – Notschlachtung aus triftigem Grund, nur mehr verwertbar als Hundefutter.

Simon Turner, Sir Simon, Lord of the Mount of Kingsley, zufälliger Zeuge des unheilvollen Auftritts, erwarb das Pferd zum Spottpreis und brachte es zu Eric. Simon Turner hatte eine Nase für schwierige, aber hochgezüchtete und wertvolle Pferde, die er günstig erwerben konnte, und er hatte in Eric den Spezialisten, der seit seiner Kinderzeit seine unvergleichliche Einfühlungsgabe und ebenso seine Reitkunst kultiviert und ausgearbeitet hatte und aus »Ausschuß« wieder Hochleistungspferde machen konnte. Eric beherrschte jede Disziplin. Er hatte den Dressursport in den Fingerspitzen, er warf sein Herz über jedes Hindernis, das ein verängstigtes Pferd nicht springen wollte, er war ein wagemutiger Militaryreiter und ein hervorragender Polospieler. Sein Leben war den Sportpferden gewidmet. Der einstige Waisenjunge, der sich von klein auf unwiderstehlich von Pferden angezogen fühlte und alles, was mit dem Pferdesport zusammenhängt, gelernt hatte, war einen weiten Weg gekommen. Jetzt war er M.R.C.V.S., ein qualifizierter Tierarzt, auf traumatisierte Pferde spezialisiert.

»Und noch einmal die Ecke, ja, so, schön unverkrampft, streck nur deinen schönen Hals, hier hast du den Zügel – schön machst du das, schön.« – Er sprach leise. Der Hengst blies in den Sand der Reitbahn, seine Tritte blieben weich, sein Hals streckte sich in der Entspannung – schwarze Schatten flüchteten in diesen Augenblikken aus seiner Erinnerung.

»Wunderbar, so ist es gut, nicht wahr, gut? Gut, auch für dich?«

Der goldfarbene Hengst zog das Kinn näher an die Brust, sein Nacken wölbte sich, seine Beine traten sicher und geschmeidig unter seinen gesammelten Leib, ganz wie einst, als ein anderes warmes, verstehendes Wesen auf ihm gesessen und zu ihm gesprochen hatte. Er wußte, alles war wieder richtig. Alles war richtig, denn er war im Einklang mit seinem Reiter.

Und dann kam da etwas Schattenhaftes heran – er war nicht ängstlich, aber aufmerksam, etwas in ihm lauschte dem Geräusch entgegen. Doch dann – ein plötzliches Kreischen über dem Kies der Auffahrt, ein quakendes Geräusch. »Nur die Hupe, mein Freund«, murmelte die sanfte Stimme über ihm, und die ruhige Hand suchte seine plötzliche Furcht wegzustreicheln, und beinah schon war er wieder beruhigt, doch da schallte eine laute Stimme aus dem heruntergelassenen Fenster des Wagens zu ihm herüber, er legte die Ohren an, sein Körper wurde flach, und er schoß voran in Panik.

Da war kein Ruck am Kopf, kein Reißen im Maul, um ihn aufzuhalten, wie er es kürzlich kennengelernt hatte, als schlechtriechende Männer ihn endlos auf Viehtransporter hinauf- und wieder hinabgezwungen hatten. Da war nur die sanfte Stimme, die zu ihm sprach. Er begann, wieder auf sie zu hören. Und als er auf sie hörte, fühlte er leise Gewichtsverlagerungen, die ihn zu einer bestimmten Richtung überredeten, fühlte Hände auf seinem gewölbten Hals, die die Zügel nicht führten, nur über sein Fell fuhren und ihn zur Ruhe brachten.

Schweißnaß kam er in der Mitte der Reitbahn zum Stehen und kaute heftig auf dem Gebiß der Trense. Schaum zeigte sich unterhalb der Zügel, am Sattelgurt. Sir Lancelot zitterte.

Erics Gesicht war hochrot, seine kurzen schwarzen Haare sträubten sich angriffslustig, er ballte die in Handschuhen aus weichem Leder steckenden Hände und drückte die Zügel zusammen: Was zum Teufel war denn in Turner gefahren, daß er in einem solchen Tempo auf einen Pferdehof donnerte und brüllte – und noch dazu Unverständliches –, wenn einer mit einem Pferd draußen arbeitete.

Eric nahm die Zügel auf, nur für alle Fälle, stützte nachlässig die Faust auf den Sattel und neigte sein Gewicht leicht nach vorn, sah den Ankömmlingen entgegen, die jetzt aus dem Wagen stiegen und auf ihn zukamen: Turners hohe, magere, aufrechte Gestalt – typischer Militär – und ein schlankes Bürschchen in Reithosen, glänzend gewienerten, hohen Reitstiefeln und einem dicken blauen Pullover, unter dessen V-Ausschnitt ein hellblaues Hemd hervorsah. Die Stiefel sahen nicht aus, als hätten sie schon viel Kontakt mit dem beißenden Schweiß eines hart arbeitenden Pferdes gehabt.

Er machte sich nicht die Mühe, ihnen entgegenzureiten. Bißchen Schmutz würde diesen schicken Stiefeln nicht schaden. Flüchtig glitt sein Blick über seine eigenen Stiefel, mit den hell gescheuerten Innenflächen, dem müden Schimmer, den altes und vielgebrauchtes Leder hat. Diese Stiefel waren zehn Jahre alt. Er trug sie, seit seine Füße nicht mehr gewachsen waren, und das bedeutete seit seinem 16. Lebensjahr.

Das Pferd unter ihm rührte sich, und er ließ den Blick über dessen erhobenen Kopf schweifen, zwischen den aufmerksam gespitzten Ohren hindurch – zum ersten Mal an diesem Tag hatte er Muße, seine Umgebung zu betrachten, ohne daß seine Gedanken um etwas anderes kreisten als um das, was er tat. Allein heute hatte er sechs von Turners Pferden durchgearbeitet, die Schwierigkeiten psychischer Art hatten; es war ein zufriedenstellender Tag gewesen, und ein anstrengender; denn auf jedes Pferd galt es sich neu einzustellen und es entsprechend zu behandeln. Lance hatte er sich als letzten gelassen. Lance war der Schwierigste von allen; aber er war auch ein Künstler, ein geborener Tänzer; es war die reine Freude, ihn zu reiten.

Er sah, daß die Sonne sich neigte und ein leichter Dunst aus dem Boden zu steigen begann. Malvenfarben hing die kaum merkbare Feuchtigkeit da in der Ferne, zu den Hügeln hin, über niederen Büschen und hohem satten Gras, und ein leichter Windhauch spielte mit den höchsten Spitzen der Gräser und zupfte an den kleinsten Blättern der Büsche. Eric fühlte den Wind und merkte in diesem Augenblick, wie verschwitzt und heiß sein Körper war. Die Dusche heute abend würde eine Wohltat sein.

Die Ankömmlinge waren herangekommen, ein bißchen außer Atem vom Stapfen über den schweren Boden.

»Macht sich gut, hab ich von weitem schon gesehen«, sagte Turner, nahm seine flache Kappe mit dem langen Schirm ab und wischte sich diskret die Stirn am Ärmel seiner leichten Tweedjacke. »Irgendwelche Schwierigkeiten gehabt mit ihm heut'?«

Eric blies die Luft aus, es klang wie das leise Schnaufen eines Pferdes, das sich langweilt.

»Nicht, bis Sie angedonnert sind«, sagte er grimmig. Turner war ein ehemaliger Militaryreiter. Mindestens zwei Dutzend Sportpokale hatte er gewonnen, die er bescheiden hinter der Bar in seinem Herrenzimmer versteckte, so daß man sie erst zu sehen kriegte, wenn einem ein Gläschen angeboten wurde. Turner hatte einen Adelstitel und ein gewaltiges Vermögen geerbt und sein Herz und seine schier unbeschränkten Mittel dem Pferdesport verschrieben. Und dieser Turner brauste nun auf seinen Hof und benahm sich wie einer, der von Pferden nicht die leiseste Ahnung hat.

Turner räusperte sich. Offenbar war er hin und her gerissen zwischen dem Ärger über die unverhohlene Kritik seines Angestellten und tiefer Zerknirschtheit. Erics Blick verharrte auf den fliederfarbenen Feuchtigkeitsschatten hinter den nahen Hügeln, und seine Hand strich leicht über den Nacken des Pferdes.

Turner und Eric kannten einander seit Erics frühen Schultagen; damals hatte er angefangen, mit Turners Pferden zu arbeiten. Diese Arbeit hatte ihm sein Studium finanziert, und etliche von Turners hochgespannten Vollblütern hatte er zu sanfteren Zeitgenossen gemacht. Sie schuldeten einander nichts.

»Verdammt!« stieß Turner plötzlich hervor, »tut mir leid, ich war so ... na ja, sozusagen, ich war ein bißchen aufgeregt.«

Sein Begleiter sagte: »Vielleicht sollten Sie uns vorstellen, Sir Simon. Dann würden wir vielleicht eher zu der Angelegenheit kommen, um die es geht.«

Eric war erstaunt. Das war die weiche, warme und doch bestimmte Stimme einer Frau! Was er für einen jungen Mann gehalten hatte, entpuppte sich als eine Frau mittleren Alters, die ihr Haar unter ihrer Sportkappe verbarg und die Linien auf der Stirn, um Mund und Augen hatte. Das Knabenhafte ihrer Figur hatte ihn getäuscht.

Sofort saß er ab, zog seine Handschuhe aus und streckte ihr die Rechte entgegen: »Verzeihen Sie meine Unaufmerksamkeit, Madam, ich hielt Sie ... nun, hm, mein Name ist Eric. Eric Gustavson.«

»Gustavson«, murmelte sie, ergriff seine Hand, drückte sie leicht und lächelte ihn an. Ihm fiel auf, wie schön ihre Augen in dem feinen, dichten Netz der Krähenfüße waren, »ich bin Emily Fargus.«

Eric unterdrückte einen Pfiff: Fargus! Die Familie Fargus war bekannt für ihre Pferdezucht.

»Gustavson«, sagte Emily Fargus. »Das ist wohl ein schwedischer Name?«

»Meine Familie stammt aus Norwegen, Madam.« So hatte man es ihm erzählt. Er hatte seine Eltern nie kennengelernt.

»Norwegen? Ist es schön da?«

Eric errötete. »Ich weiß nicht, Madam. Ich war nie dort. Ich bin hier geboren.«

»So? Da haben wir ja eine Gemeinsamkeit, da wir beide es nicht kennen. Norwegen bedeutet für mich Mitternachtssonne, die Wikinger und kühles Wetter – und Ibsen. Kennen Sie Ibsen?«

»Ja, Madam, ein wenig. ›Nora‹ habe ich gelesen.«

»Und?«

»Ich – ich fand es beklemmend, Madam. Ich legte es weg, und

dann nahm ich es noch einmal vor. Und ich …« Er wurde verlegen, wandte sich dem Hengst zu und verkürzte den Steigbügel, den er nachher nur wieder in das Loch stecken würde, das zu seinen langen Beinen paßte. Er wollte jetzt nicht über Bücher sprechen. Und schon gar nicht über die Bücher, die er las, wenn er beschlossen hatte, daß die Arbeit für den Tag nun erledigt war, und er eines dieser altmodischen Bücher vorkramte. Das ging niemanden etwas an.

Lance war verkrampft, wie immer, wenn Fremde in der Nähe waren, und stärker noch als Eric spürte das Pferd, daß diese beiden eine Spannung mitgebracht hatten. Als er den Steigbügelriemen regulierte, sah Eric, daß der Hengst in seiner Haut kleiner zu werden schien – genau wie ein Pferd, das im nächsten Augenblick gezielt, mit der Absicht zu verletzen, ausschlagen wird.

»Zum Teufel!« polterte Turner plötzlich los, so ganz gegen seine sonstige Art, »was stehen wir hier rum und reden über Bücher! Es geht doch um was ganz anderes!«

Die laute Stimme war zuviel für Sir Lancelot: Ausschlagen konnte er nicht, denn Eric, den er auf keinen Fall verletzen wollte, war zu nahe. Doch er stieg hoch mit einem wilden Schnauben, starren Augen und weiten, blutroten Nüstern, und im Aufbäumen warf er sich herum, um zu fliehen. Der Schrecken ergriff wieder von ihm Besitz. Menschengesichter, wahrgenommen als helle Flekken, laute Stimmen, drängende Stimmen – er war wieder auf dem Turnierplatz inmitten der aufgebrachten Menge.

Eric hielt den Zügel in der Hand und reagierte beinahe noch schneller als das Pferd. Als es stieg, hielt er den Zügel fest, der ihm die Rechte zerschnitt, und als die Vorderhufe sich nach dem Aufbäumen tief in den schweren Boden gruben, zog er sich blitzschnell in den Sattel, beruhigte das Tier mit seiner Stimme und seinen Händen und brachte es endlich, schweißgebadet, vor Turner und Mrs. Fargus zum Stehen. Eine Pferdelänge waren sie voneinander entfernt, und näher würde er Lance nicht an sie heranbringen können. Lance würde noch sehr viel Zeit brauchen, bevor er sich lärmenden Fremden auch nur auf Armlänge nähern konnte. Eric schüttelte seine aufgerissene Hand und richtete dann, ohne hinzusehen, den Bügelriemen. Wütend starrte er auf den Boden. Turner hatte mit seiner Ungeduld, irgendeine wichtige Nachricht vorzubringen, tief in sein eigenes Fleisch geschnitten. Schließlich lag es in seinem Interesse, den Hengst bald wieder obenauf zu haben, so daß jeder ihn reiten konnte.

Womöglich hatte Turner die Rekonvaleszenz des Pferdes um Wochen zurückgeworfen. In Eric kochte die Wut. Ein paar Tage noch – dann hätte er behutsam begonnen, den Hengst, der seine Verkrampfung zunehmend verlor, Geräuschen auszusetzen, ab und an nur ein lauter, zweifellos störender Ton, doch das Vertrauen des Pferdes zu ihm war gewachsen, er hätte seine Unruhe beschwichtigen können – und schließlich hätte er ihn behutsam dahin gebracht, alles Neue mit Interesse, nicht mit Angst, zu betrachten – hätte ihn letztlich dazu gebracht, sein Trauma zu überwinden und eine Menschenmenge nur mehr als ein Meer von bedeutungslosen Gesichtern anzusehen, und die Vielstimmigkeit dieser Menge nicht mehr zu beachten als das an- und abschwellende Wispern eines Baches.

Da sagte Turner: »Komm näher, Eric, wir wollen was mit dir bereden.«

Eric schüttelte erneut seine aufgerissene Hand. »Geht nicht.«

»Wieso nicht??!«

»Bin froh, daß ich Lance so weit gebracht habe ... nachdem Sie –« Er machte eine vielsagende Pause und lutschte an seiner Hand.

Turner sagte ohne Atem: »Nachdem ich was?«

»Nachdem Sie ihn so verstört haben. Ich hab's Ihnen erklärt. Ich hab Ihnen mehr als einmal gesagt, wo Lances Schwierigkeiten liegen.«

Sir Simon schnaufte. »Dann steig gefälligst ab und komm zu uns.«

»Nein. Nein – Sir.«

»Verflucht, warum nicht?!«

»Ich kann das Pferd jetzt nicht allein lassen. Sie haben es völlig verängstigt.«

»Aber du mußt mit uns kommen! Es ist wichtig!«

»Ich muß mich um Sir Lancelot kümmern. Das ist Ihr Auftrag. Dafür bezahlen Sie mich.«

Turner schnaufte wütend, sagte etwas zu Emily Fargus – Eric konnte nur verstehen »manchmal verflucht eigensinnig« – und kam dann auf ihn zugestapft. Lance warf den Kopf hoch und trat einen halben Schritt zurück, und Eric nahm die Zügel etwas kürzer und verstärkte seinen Schenkeldruck, um das Rückwärtstreten zu forcieren. »Bleiben Sie lieber stehen«, sagte er und tat, als versuche er, den Hengst anzuhalten, »Sie bringen ihn bloß wieder in Panik.«

Turner blieb wie angenagelt stehen. »Verflucht, dann steig gefälligst ab.«

»Wär verdammt unklug. Ihnen muß ich doch nicht sagen, was Inkonsequenz bei der Ausbildung eines Pferdes anrichtet, sogar schon bei einem normalen Pferd! Wenn ich ihn heute abend nicht durcharbeite wie geplant, kann ich womöglich von vorne anfangen. Das wissen Sie.«

»Steig ab, verflucht! Mrs. Fargus und ich haben was mit dir zu besprechen! Steig ab, sag ich.«

Eric lehnte sich unmerklich zurück. Lance schnellte auf die Hinterbeine, seine Vorderhufe schlugen wirbelnd durch die Luft. Turner wich ein paar Schritte zurück.

»Hören Sie auf, so zu schreien, um Gottes Willen! Sie machen mir ja das Pferd völlig verrückt! – Ruhig, ruhig, Lance, nur ruhig.« Er fuhr durch die helle Mähne, beugte sich über den aufgewölbten Hals und flüsterte in die ihm zuzuckenden Ohren: »Nur ein Spiel, Lance, keine Angst. Wir werden ihm schon Manieren beibringen.«

Leise, allerdings nicht weniger wütend, sagte Turner: »Komm da jetzt runter, steig in den Wagen und fahr mit uns mit. Da ist was verflucht Wichtiges!«

Eric ließ Lance tänzeln. Die schmalen Hufe rissen die Erde auf, und die schweren feuchten Sandkörner sprühten in alle Richtungen. »Kann nicht«, keuchte er. »Sie sehen ja, wie unruhig er ist. Wenn er heute abend seine Lektion nicht kriegt, muß ich wirklich wieder bei Null anfangen. Überlegen Sie doch bloß, Sir Simon, dann wären all die Wochen umsonst – und all das Geld, das Sie mir bezahlt haben, um Lance wieder in Ordnung zu bringen.«

Emily Fargus war Turner gefolgt und stand jetzt neben ihm. Ihre tiefblauen, lebhaften Augen ruhten aufmerksam auf dem goldenen Hengst. Sie sagte: »Der junge Mann hat recht. Wir sollten die Lektion heute abend nicht abbrechen. Was wir mit Eric – mit Mr. Gustavson – zu besprechen haben, hat auch bis morgen Zeit.«

»Aber wo sie doch gerade zurückgekommen ist – ich dachte, Eric sollte sie so bald wie möglich –«

»Sir Simon«, Emily Fargus sah ihm direkt in die Augen, »Sir Simon, ich denke, dieser junge Mann hier hat recht. Er muß mit dem Hengst heute abend arbeiten, besonders, nachdem diese Störung eingetreten ist, durch uns.« Sie hob den Kopf, blickte zu Eric auf: »Wenn wir nur am Zaun stehen, denken Sie, daß Sie dann mit ihm arbeiten können?«

»Ich denke schon, Madam.«

»Gut. Dann wollen wir uns zurückziehen und Ihnen zuschauen. Es interessiert mich, wie Sie mit … nun ja, gestörten Pferden arbeiten.«

Eric haßte Prüfungen, er hatte Erfahrung damit: »Und die Dosis für ein Schwein? Für ein Schaf? Für ein Rind? Und für eine Katze?« – »Sagen Sie mir doch einmal, was Sie tun würden, wenn ein Rind nach wilden Zuckungen still und starr, aber noch lebend auf der Weide liegt. Welche Diagnose würden Sie stellen, und wie würden Sie das Tier behandeln?«

Eric schüttelte die Erinnerungen ab. Die Ängste, die er vor und während einer Prüfung ausgestanden hatte, hatten aber auch ihr Gutes gehabt: sie hatten seine Sensibilität für die Ängste anderer erhöht – nur was man selbst erfahren und erlebt hat, kann man in anderen vollständig nachvollziehen, und diese Fähigkeit ist besonders hilfreich, wenn sich die anderen nicht durch Worte ausdrükken können, sondern nur durch ihr Verhalten, wie die Tiere.

Er beobachtete, wie Emily Fargus und Sir Simon Seite an Seite über den schweren Sand gingen, schließlich den Bohlenzaun erreichten, der die Reitbahn umgrenzte, und die Unterarme auf die oberste Stange stützten. Er lehnte sich leicht im Sattel vor. »Das war haarig, aber wir machen das schon. Die beiden werden eine hübsche Vorstellung kriegen. Vergiß sie ganz einfach. Ich bin ja da.« Ein leichter Schenkeldruck, und der Hengst setzte sich in Bewegung. Zuerst ritt Eric ihn in einem kleinen Kreis, in sicherer Entfernung von den Zuschauern, aber allmählich weitete er den Durchmesser des Kreises aus, sprach auf den Hengst ein und beruhigte ihn, bis er die Gestalten jenseits der Reitbahn kaum mehr beachtete, und dann ließ er ihn zunächst, versuchshalber, eine Volte traben, die gut gelang, wechselte darauf von Mitteltrab in gestreckten Trab, und das Pferd war geschmeidig und konzentriert unter ihm. Er nahm die Zügel auf und legte die Schenkel fester an das

Pferd, und aus leicht scheinendem fließenden Trab vollzog sich mühelos die Wandlung zu den kurzen, hohen, anmutigen Bewegungen einer Piaffe, in der das Pferd unter sich tritt, gesammelt, ganz auf den Wunsch des Reiters eingestellt.

»Schön.« Eric brauchte nicht nach den beiden Gestalten da am Zaun zu blicken, um ihrer Anerkennung, ja ihrer Bewunderung sicher zu sein. »Und jetzt werden wir noch ein kleines Extra dazugeben«, murmelte er, lenkte Lance in die Mitte der Reitbahn, verlagerte sein Gewicht, es schien, als spiele er mit den Zügeln, und der Hengst hob sich scheinbar schwerelos in eine vollendete Levade und verharrte in dieser gesammelten Position sekundenlang unter seinem Reiter, bis dieser die Zügel freigab, gleichzeitig die Schenkel fester nahm – und aus der graziösen Levade wurde eine kriegerisch anmutende Kapriole.

Eric hörte ein leises Luftschnappen vom Zaun her. Die Kapriole gilt als die schwierigste Übung der Hohen Schule. Formvollendet springen sie nur speziell für den Dressursport gezüchtete Pferde, die über lange Jahre sorgfältig geschult worden sind. Etwa im zwanzigsten Lebensjahr ist ein Lippizaner, der Inbegriff der Hohen Schule, in der Lage, diese Übung zu vollbringen. Sir Lancelot war erst neun Jahre alt, er war ein hochgezüchtetes Englisches Vollblut, und er stellte alle anderen in den Schatten. Er war ein Naturtalent, wie es vielleicht einmal in hundert Jahren geboren wird.

»Wunderbar, mein Sohn, wunderbar hast du das gemacht – wunderbar, und das vor Fremden! Vielleicht gar nicht schlecht, daß sie da sind, da gewöhnst du dich gleich wieder ein bißchen an Zuschauer – na, haben dir diese beiden da drüben was getan? – Haben sie nicht. Du hattest keine Angst vor ihnen, mußtest du ja auch wirklich nicht. Und so wie die da – so sind eigentlich alle, die zusehen. Das wirst du lernen – wieder lernen –, wenn du vor großem Publikum arbeitest.«

Der Hengst schnaubte. Sein Fell war jetzt trocken. In der Konzentration auf die Arbeit hatte er seine Angst vergessen. Er war entspannt: sein Reiter war zufrieden mit ihm; er wußte, er hatte seine Sache gut gemacht. »Jetzt«, sagte die Stimme über ihm, »jetzt noch ein kleiner Galopp, um dich zu lockern, dann Trockenreiten – und Box. Also los!« Die Stimme war auffordernd, die Zügel wurden nachgegeben – er nahm das Gebiß fester, legte sich in den Zügel mit seinem sich streckenden Hals, fiel auf den auffordernden Schenkeldruck seines Reiters in einen zunächst zögernden, dann mehr und mehr raumgreifenden Galopp entlang der weiten Reitbahn. Eric klopfte anerkennend seinen Hals. »Wunderbar, wunderbar. Wollen wir jetzt langsam Feierabend machen? Feierabend.«

Der Hengst fiel auf das vertraute Wort hin in leichten Trab und kam dann durch einen leichten Zug am Zügel zum Stehen. »Schön. Sehr fein. Und nun noch ein paar Runden im Schritt.«

Zuerst waren die Tritte schnell, kurz, bereit, doch dann, als keine andere Reaktion erfolgte als das weiche Nachgeben der Zügel, als keine Schenkeleinwirkung mehr ihn vorwärtstrieb, da senkte er den Kopf, kaute auf dem Gebiß, schnoberte in den Sand, zog lässig am Zügel, und sein Körper wurde lang und entspannt, die Schritte wurden nachlässig wie die eines weidenden Pferdes. Eric zog schließlich die Zügel an, und der Hengst stand unter ihm wie eine Salzsäule.

Aus der Entfernung konnte Eric gerade noch hören, was da drüben am Zaun gesprochen wurde.

»Wunderbar«, sagte Emily Fargus' weiche Stimme, an Turner gewandt. »Sie sagten doch, dieses Pferd sei völlig verstört gewesen, als Sie es gekauft haben. Und jetzt – jetzt! Es ist wieder ein perfektes Dressurpferd!«

»Solange Eric auf ihm sitzt. Er gewinnt schnell das Vertrauen verstörter Pferde, ich weiß nicht, wie er's macht, er scheint sie irgendwie zu verstehen und weiß dann, wie er sie behandeln muß. – Aber es kostet noch mal soviel Zeit, wie er braucht, sie unter ihm reitbar zu machen, um sie dazu zu bringen, auch unter einem anderen gut zu gehen.«

»Es ist einen Versuch wert«, sagte Emily Fargus entschlossen. »Gott!« Sie schwieg einen Augenblick, und ihre Augen wanderten verloren über den schweren Boden, hoben sich schließlich von den trockenen, schmalen Fesseln Sir Lancelots bis zu der glatten Stirn und dem dunklen Stoppelhaar seines Reiters. »Sie wissen es ja, Sir Simon – es geht mir nicht mal um Reitbarkeit. Aber so wie's jetzt ist – die Stute läßt sich nicht einmal mehr anfassen.«

»Ja, ja, ich weiß, ein Jammer – und dazu die beste aus Ihrer Zucht.«

»Immer war sie so zutraulich, aber seit sie zurück ist, hat sie vor allem Angst. Keiner kann sich ihr mehr nähern.«

»Eric könnte es, denke ich. Das sagte ich Ihnen ja schon am Anfang.«

»Ja, jetzt, wo ich ihn beobachtet habe – denke ich das auch. Aber … aber wird er denn den ganzen Weg bis nach Schottland auf sich nehmen, bloß um meine Stute wenigstens anzusehen?«

»Das müssen Sie ihn selbst fragen, Madam. Aber ich denke, er wird es tun. Pferde liebt er über alles. Ich sagte ja schon, er kann manchmal furchtbar eigensinnig sein – aber immer nur aus gutem Grund.« Er schwieg einen Augenblick und zog sich den Schirm seiner Mütze tiefer in die Stirn. »So wie vorhin, um mir meinen Fehler vor Augen zu führen. Er hat ja auch ganz recht. Ich hätte mich nicht so aufführen dürfen.«

Emily Fargus überspielte sein Schuldbekenntnis mit einem Lächeln und sagte: »Ich mag diesen jungen Mann. Er gefällt mir. Ich glaube, der gibt nicht so leicht auf.«

»Aufgeben?! – Da könnten Sie genausogut versuchen, den Teufel zu taufen! Eric – Eric, der gibt nicht auf! Wenn der sich mal festgebissen hat, arbeitet er immer weiter. Noch jedes Pferd, und sei es noch so verstört, hat er wieder hingekriegt.«

»Ja, dann … wir sollten ihm den Fall morgen vortragen.«

Es gab noch mehr Gemurmel, so leise jetzt, daß Eric es nicht verstehen konnte. Dann sah er, wie die beiden sich abwandten, flüchtig winkte Turner mit eingezogenem Kopf, wahrscheinlich beutelte ihn die Beschämung jetzt erst richtig. Aber Emily Fargus blieb nach ein paar Schritten stehen, drehte sich um und beschattete mit einer Hand die Augen, und hob die andere mit einer vagen, anrührenden Geste, die Verzagtheit verriet und doch nicht ganz hoffnungslos wirkte. »Auf Wiedersehen, also morgen, E …, Mr. Gustavson.«

Am liebsten hätte er ihr gesagt, sie könne ihn ruhig bei seinem Vornamen anreden, aber irgendwie war die Situation nicht danach.

»Ja, Madam.«

Er sah ihnen nach, sie kletterten in den Kombi, der Motor brummte, und bald war der Wagen fort.

In einem scharf geschnittenen Halbrund stand der Mond am Himmel. Er sandte sein Licht durch die Fenster des Hausflurs aus buntem Glas, als Eric endlich die Tür zu seiner Wohnung aufschloß. Die hölzernen Dielen, die unter jeder kleinen Belastung zu ächzen pflegten, wisperten nur schwach unter seinem leichten Schritt – schon vor vielen Jahren hatte er sich diesen geschmeidigen Gang angewöhnt, der Pferde wegen, mit denen er arbeitete.

Eric ging in die geräumige Küche. Ohne Licht zu machen, tastete seine Hand nach der Zigarettenschachtel und dem Feuerzeug, die auf dem großen Kiefernholztisch an ihrer gewohnten Stelle lagen. Er nestelte eine Zigarette hervor und zündete sie an. Tief zog er den Rauch ein, verfolgte dessen Weg im Geiste bis in die unterste Region seiner Lungen, und hatte gar kein schlechtes Gewissen dabei. Mitunter war eine Zigarette eben notwendig.

Wie heute. Müde wie er war, konnte er doch nicht abschalten. Er rauchte zu Ende und hielt, am offenen Küchenfenster stehend, stumm Zwiesprache mit dem Mond, dem Leitstern seit seiner Kinderzeit. Als die Glut den Filter der Zigarette erreichte, tat er die Kippe in den Aschenbecher, schloß das Fenster, streifte seine Kleidung ab, warf sie in den Weidenkorb in dem winzigen Zusatzraum, der ihm als Waschküche diente, und ging ins Bad. Die Schiebetür der Duschkabine schloß fest, sein Vormieter hatte ganze Arbeit geleistet. Das Wasser schoß über ihn, warm und entspannend, prikkelte auf seiner Kopfhaut, spülte den Schaum weg, der Dreck und Schweiß gelöst hatte.

Die Unruhe aber, die konnte nichts wegspülen: Emily Fargus wollte, daß er sich um eine ihrer Stuten kümmerte. Er war aufgeregt wie vor einem ersten Rendezvous.

»Es macht Ihnen wirklich nichts aus, Mr. Gustavson? Es ist eine ziemlich weite Fahrt.«

Eine ganze Stunde lang hatten sie miteinander gesprochen, und Mrs. Fargus war noch immer nervös. Eric war ganz ruhig. Der Pferdeanhänger mit Lance war angekoppelt; seine Bedingung war erfüllt worden.

Ruhig sagte er: »Ich wollte Schottland schon immer mal kennenlernen, Madam.«

»Ja.« Sie glitt hinter das Lenkrad, steckte den Sicherheitsgurt ein und sagte: »Ja, das freut mich. Es ... es ist schön. Wunderschön. Ich hoffe, Sie werden es mögen.«

»Na ja«, meinte Turner vom Rücksitz aus, »allerhand Schafe und Hügel und so weiter.«

»Und die *marchairs* – die fangen doch jetzt an zu blühen, Mrs. Fargus?«

»Die marchairs – o ja! An einem frühen Morgen, oder auch mitten in einer Vollmondnacht –« Sie brach ab, als habe sie schon zuviel gesagt.

»*Marchairs*«, verlangte Turner ungeduldig von hinten – er war immer ungeduldig, wenn er nicht tätig sein konnte –, »was, zum Teufel, ist *marchairs?!*«

»Das sind die Wiesen auf den Ausläufern der Felsen, die in den Atlantik ragen. Ein wahres Blumenmeer breitet sich da im Sommer aus. Sie werden es sehen«, erwiderte Emily Fargus leise. »Sie werden es sehen und kaum für wahr halten, so schön ist es.«

Voller Neugier nahm Eric die ihnen entgegensausende Landschaft auf. Jemand hatte ihm erzählt, Schottland sei so kahl und stumpf wie ein nasser Felsen – aber da waren in ihrem Blätterschmuck glänzende Bäume, üppig wuchernde Blumen, satte Wiesen, da waren lebhafte Bäche, sprudelnde Flüsse, überschäumende Wasserfälle. Eric verrenkte sich mitunter beinah den Hals, um den Eindruck eines Anblicks ein wenig länger in sich aufnehmen zu können. Es gab wenig Verkehr, und alles in allem war dies eine freundliche, stille Idylle. Und natürlich gab es neben zahlreichen Kaninchen tatsächlich eine Unmenge Schafe, und sie trugen zu dieser Idylle bei. Wie Wattebäusche sah man sie auf den schattigen grünen Weiden, wie nicht ernst zu nehmende Wächter versperrten sie manchmal die Straße.

Im Rahmen des Studiums hatte er viel über sie gelernt, aber dieses Wissen schlummerte in ihm, da er es nie brauchte. Pferde waren die Liebe seines Lebens, und was für ein unverschämtes Glück war es, daß die Arbeit mit ihnen ihm seinen Lebensunterhalt sicherte. Spezialisiert wie er auf Pferde war, auf ihre typischen Krankheiten und Anfälligkeiten, und auf ihre Psychosen und Neurosen, hoffte er, daß die Arbeit mit ihnen genügend Geld einbringen würde, um einmal seinen großen Traum zu ermöglichen – ein eigenes Gestüt zu haben, auf dem er epochemachende Vollblutpferde züchten würde. Er wollte Land, er wollte Siege, und vor allem wollte er eigene hochblütige Pferde, die er nicht hergeben mußte, wenn sie wieder zu dem geworden waren, was von ihnen erhofft werden durfte. Er wollte das, seit er ein kleiner Junge war. Als Kind hatte er darum gebetet. Früh war ihm klargeworden, daß es dazu mehr brauchte als Träume und Können und Gebete, mehr, viel mehr. Dazu brauchte es Kapital, das groß genug war, um in schwierigen Zeiten ein Polster zu bieten, und darum lebte er so spartanisch wie möglich und legte jeden Penny auf die Seite und schlug niemals einen Auftrag aus, selbst wenn es bedeutete, zwanzig Stunden täglich zu arbeiten.

Aber mehr noch als Ehrgeiz und Sparsamkeit brauchte es zur Erfüllung dieses Traums den geeigneten Boden, die geeigneten Pferde, um eine Zucht zu begründen – wie die, über die die Familie Fargus herrschte. Bald würde er diese Herde sehen und sich sein eigenes Bild davon machen können. Bei diesem Gedanken schlug sein Herz schneller.

»Wir sind bald da«, sagte Emily Fargus, und seine geschärften Sinne nahmen die leise Spannung in ihrer Stimme überdeutlich wahr. Augenblicklich setzte er sich auf. Von hinten kam ein leises Schnarchen. Turner war in der Sommerhitze eingenickt.

»Sehen Sie, Mr. Gustavson? Da vorn, hinter dem Waldgürtel, da liegen die Weiden unseres Anwesens.«

»Sunrise – ich habe mich schon oft gefragt, ob der Name Ihres Gestüts wohl mit Sham, dem Urvater des Englischen Vollblutes zu tun hat, aber ich habe es nie herausfinden können.«

»Gewiß.« Sie nickte eifrig. Heute trug sie ihr Haar offen. Es war eine weiche, wellige, beinah schulterlange Masse von der Farbe eines Rehfells im Sommer, durchzogen mit einigen Silberfäden. »Sie wissen, daß Sham das arabische Wort für Sonne ist? Vor vielen Jahren gelangte die Familie Fargus in den Besitz einer erbarmungswürdig aussehenden Stute. Sie war schon recht alt, es war eigentlich nichts mehr von ihr zu erwarten. Sie hatte einen Kohlewagen gezogen, war auf der abschüssigen Straße gestrauchelt und gestürzt, niemand konnte sie mehr auf die Beine bringen –«

»So ähnlich ging es auch mit Sham in seinen schlechtesten Zeiten, wenn ich mich recht der Geschichte entsinne.«

Sie hatten den Buchenwald erreicht, dunstig grün wurde das Licht unter dem dichten Laubwerk. Eric hatte das Fenster geöffnet, lauschte dem Gesang der Vögel und fühlte, daß auch Emily Fargus darauf lauschte. Er fürchtete, sie werde vergessen, was sie hatte sagen wollen, fürchtete, daß sie ganz und gar eingenommen würde von der Freude, nach Hause zu kommen.

»Also dieser Stute ging es ähnlich wie Sham in seinen schlechtesten Zeiten. Und dann?«

Seine Stimme war so fordernd, daß Emily Fargus antworten mußte: »Der Mann, von dem ich spreche, kaufte sie für eine Handvoll Pennies und brachte sie auf seinen Hof, damit sie in Frieden sterben könnte. Aber sie starb nicht. Sie erholte sich, und eines Nachts brach ein junger Vollbluthengst in ihre Weide ein und deckte sie, sie wurde tragend und brachte ein prachtvolles Fohlen zur Welt. Es wurde der Begründer der Fargus-Zucht.«

»Aber ...« Eric war tief verwirrt. Er brauchte einige Zeit, um seine Gedanken zu sortieren. »Aber – ich nehme an, Sie wollen sagen, diese Stute sei ein Nachkomme Shams gewesen – aber woher nahm Ihr ... Ihr Vor-Ur-oder-was-auch-immer-Ahn die Gewißheit, diese Stute sei edelsten Geblüts?!«

»Sie hatte Papiere.« Emily Fargus schaltete, denn jetzt fiel die Straße steil ab. Sie hatten die Anhöhe des Buchenwaldes hinter sich und fuhren tief hinein in ein dunkles Tal.

»Papiere!«

»Ja. Als Hugh Fargus sie aus Mitleid erwarb, gab ihm der Besitzer einen Bogen gerollten Papiers mit dazu. Er sagte, er habe das Papier bekommen, wie alle Besitzer vor ihm, und es hatte ihm als Notizpapier gedient, er hatte Zahlen in Kohle darauf gekritzelt – er hat nicht gewußt, was für eine Kostbarkeit sich in seinem Besitz befand. Wahrscheinlich konnte er kaum lesen. Dieses Papier besagte, daß die Stute aus der Linie Man o' Wars stammte, und damit läßt sich ihr Blut bis auf den Begründer des britischen Vollblutes, bis auf den Godolphin Arabian, auf Sham, zurückführen.«

»Aber Shams Papiere, sein Stammbaum, ging verloren auf seiner Odyssee!«

»Shams Papiere, ja, die wohl. Darum durfte er seinerzeit nicht in New Market zum Rennen antreten, und wie Sie sicher auch wissen, wurde darum seinem Nachkommen Man o' War die Aufnahme in das British Stud Book verweigert. Seine Anhänger wünschten daher nichts sehnlicher, als daß Man o' War in New

Market ein Rennen laufen würde; es hätte diesen Makel in ihren Augen erträglicher gemacht. Doch Man o' War wurde von seinem Besitzer aus dem Rennsport genommen, kurz bevor er sein viertes Lebensjahr erreichte; er lief nie in New Market –«

»Ich erinnere mich«, sagte Eric eifrig, »es war nach seinem einundzwanzigsten Rennen, in dem er Sir Barton, den großen Sprinter aus Kanada, um sieben Längen geschlagen hatte. Sein Besitzer wußte, daß Man o'War als Vierjähriger ein Handicap würde tragen müssen, höher als je ein Pferd vor ihm. In den Rennen vor dem gegen Sir Barton hatte er ja schon 130 Pfund tragen müssen, während die anderen Pferde höchstens 114 Pfund hatten. Und sein Besitzer fürchtete –« Erics Stimme versandete, plötzlich war die Erinnerung an Lionheart zu nah.

Emily Fargus vollendete leise seinen Satz, »daß Man o'Wars Beine sich unter dieser Last beugen und sein großes Kämpferherz darüber brechen könnte. – Und auch wir haben es immer so gehalten, Mr. Gustavson, stets steht das Wohl unserer Pferde, der Erben Man o'Wars, an erster Stelle.«

Eric dachte an das Gespräch am Morgen zurück. Er nickte und schwieg.

Dann war das Tor zu Sunrise da, und als Emily Fargus stoppte und Anstalten machte auszusteigen, schlüpfte Eric hinaus und öffnete das weite Tor. Die Beifahrertür wurde von innen aufgestoßen. »Kommen Sie, Mr. Gustavson, es ist noch ein gutes Stück bis zu den Ställen!«

»Ja, Madam.«

Die Auffahrt war gewunden und führte durch einen dichten Buchenwald. Hie und da stand eine Birke, deren dichtes Haupt sich mit ihren kleineren und helleren Blättern lebhaft von den Buchen abhob. Farne, dicht und üppig, säumten den Wegrand, und der Waldboden war übersät von diesen kleinen weißen und herrlich duftenden Blumen, deren Namen er immer wieder vergaß. Sie schienen den Wald mit Licht zu erfüllen.

»Ist das Meer weit weg?« fragte er, da ihn das anhaltende Schweigen plötzlich bedrückte.

»Nein, Mr. Gustavson. Ein Teil unseres Geländes reicht direkt an den Atlantik heran. Sie können auf unserem Land die marchairs in Augenschein nehmen.«

»Was für eine lange Auffahrt! Aber der Wald ist sehr schön.«

»Es freut mich, daß er Ihnen gefällt, Mr. Gustavson.«

»Sagen Sie doch Eric, Madam, bitte.«

»Vielen Dank – Eric, sehr gern. Wollen Sie mich dann nicht auch bei meinem Vornamen nennen?«

»Oh, Mrs. Fargus, ich weiß wirklich nicht –«

Turners sonores Schnarchen aus dem Fond riß ihn aus der eigentümlichen Atmosphäre. Er sah Emily Fargus von der Seite an: »Sehr gern, Emily. Ist ja auch viel einfacher so.« »Nicht wahr.« Kurz tauchte ihr Blick in seinen, dann wandte sie das Gesicht wieder nach vorn. Plötzlich lag das Anwesen vor ihnen. Im Hintergrund funkelte der Atlantik. Die Wirkung war überwältigend, so daß Eric ein paar Sekunden brauchte, um zu begreifen, daß Emily den Wagen angehalten hatte und sie auf der Kuppe eines Hügels hielten. Er hatte nicht bemerkt, daß sie zuletzt bergauf gefahren waren – er saß und schaute: Unter ihnen breitete sich ein weites, von hohen, grünen Hügeln eingeschlossenes Tal mit saftigen Wiesen. Es gab einen großzügig geschnittenen Abreiteplatz und einige große Koppeln, aber von deren Begrenzungen abgesehen keine Zäune. Die Wiesen erstreckten sich bis zu den hochragenden Felsausläufern, deren Abgründe steil ins Meer stießen.

Das Herrenhaus lag auf der grünen Weite wie eine Perle auf grünem Samt, eine solide Schönheit mit hohen Bogenfenstern, fein geformten Erkern, weitläufigen Terrassen und einer breiten Freitreppe. Die unmittelbar angrenzenden Stallungen befanden sich etwa in der Mitte des waldlosen Landes, das sich weit unter ihnen dehnte; sie waren ähnlich großzügig in ihren Ausmaßen, aber sehr viel schlichter. Eric wandte seinen Blick von den Gebäuden. Hie und da erhoben sich Felsformationen jäh aufsteigend aus dem glänzenden Grün der Weiden, einige Trampelpfade durchschnitten das hochstehende Gras; neben der breiten, nunmehr geraden Auffahrt nahmen sie sich aus wie dünne Adern. Und während die Auffahrt vor dem Haus in einen weiten Platz mündete – weit genug, um bequem mit einem Pferdetransporter zu rangieren –, führten diese schmalen Pfade alle zum Meer, das aus dieser Entfernung still zu sein schien, eine glatte, funkelnde Fläche, die unter dem freundlichen Sonnenschein das Blau des Himmels spiegelte. Eric liebte das Meer, seine Geräusche, seinen Geruch. Aber er kannte nur die

Nordsee, die blasser und nicht so unberechenbar war wie der Atlantik. Die Schönheit des frischen Grüns und des leuchtenden, tiefen Blaus nahm ihn für einige Augenblicke völlig gefangen.

Lance stampfte im Pferdeanhänger, wie Pferde es tun, wenn es nicht weitergeht. Der Wagen vibrierte unter seinen Bewegungen.

»Lance ist ungeduldig.«

Emily legte den Gang ein. »Gefällt es Ihnen ein bißchen, Eric?«

»Gibt es jemanden, dem es nicht gefällt?!«

»Ich weiß nicht. Ich kann nur sagen, ich liebe es.«

Langsam rollte der Wagen den steilen Abhang hinunter, gestoßen von dem schweren Anhänger. Eric hatte selbst mehrfach einen Wagen mit Anhänger über schwierige Strecken gesteuert, er wußte, daß Emily sich konzentrieren mußte, und schwieg. Doch als sie sich auf ebener Fläche befanden, und als einmal mehr Turners Grunzen zu ihnen drang, sagte er: »Es ist so viel schöner, als ich es erwartet habe, es – bitte, lachen Sie nicht, Emily, es ist, als ob man in eine andere Welt kommt, so friedlich, so harmonisch, so –«

»Sie ist alles andere als das«, unterbrach sie ihn beinah heftig.

Er schwieg.

»Wir sollten das Pferd gleich ausladen, es wird durstig und müde sein.« Emily parkte den Wagen unmittelbar vor den Ställen. Eric stieg aus, sein Blick überflog die Gebäude. Solide. Hohe Stalltüren aus guten, harten Bohlen, ein Mann konnte auf seinem Pferd hinausreiten; wahrscheinlich müßte er den Kopf nur ein bißchen einziehen.

Er löste die Verriegelung der Verladetür, ließ die schwere Rampe langsam zu Boden und sagte: »Keine Sorge, nur ruhig, alter Junge, ich bring dich jetzt raus aus deinem Schwitzkasten.« Er legte seine Hand auf Lances Kruppe. Unter der dünnen Haut des Vollbluts war keine übermäßige Spannung. Seine Schritte klangen hohl auf den Planken des Transporters, als er zu Lances Kopf ging und seinen Hals umarmte. »Fein hast du dich benommen, Junge, ganz fein. Ich hatte Angst, du würdest schreien und schlagen, so wie früher, aber brav warst du, ganz brav.« Lance versuchte, ihn seinerseits zu umarmen, wie er es von der Reitbahn gewöhnt war, aber der Führstrick war zu kurz. Er schnaubte und scharrte ärgerlich.

»Komm, Junge, ich mach dich los.«

Eric fingerte den Strick frei, dann ein kleiner Druck gegen die muskulöse Brust des Pferdes, und Lance trippelte vorsichtig rückwärts über die Rampe des Anhängers, und als er auf ebenem Boden stand, streckte er den Kopf nach Eric aus. Eric tat den letzten Schritt, stand jetzt dicht vor dem Pferd, und der schmale Kopf Sir Lancelots schob sich über seine Schulter und zog ihn mit unwiderstehlicher Kraft an sich. Eric legte die Arme um den mächtigen Hals und schloß die Augen. Viele Pferde hatte er geliebt. Aber Lance – Lance gehörte zu den Auserwählten ebenso wie Lionheart; und das hatte nichts mit seiner Befähigung zu herausragenden Leistungen zu tun.

»Wie stolz müssen Sie sein, Eric«, hörte er plötzlich Emilys Stimme, »daß Sie dieses Pferd, verstört wie es war, so weit gebracht haben.«

Sir Lancelots Ohren zuckten unruhig. Ihre Stimme war für ihn zu laut gewesen.

Eric sagte sehr leise: »Stolz – nein, Madam, – oh, hm, Emily. Dankbarkeit, verstehen Sie? Dankbar bin ich, daß Lance mir traut.«

»Er liebt Sie. Ist das nicht mehr als Vertrauen?«

»Ich – verzeihen Sie, Emily, aber ich würde ihn jetzt gern in seine Box bringen.«

Sie verharrte sekundenlang, blickte auf ihn und das Pferd, das unmittelbar hinter ihm stand und dessen Kinn auf seiner Schulter ruhte. Mit einer weiten Gebärde wies sie dann auf die Stallungen: »Sie können ihn überall einstellen. Unsere Pferde sind alle auf der Weide.

Eric spürte ihren Unmut, aber er schüttelte das Unbehagen darüber ab. Er löste die Schnapphalterung des Führstrick, und Sir Lancelot folgte ihm. Sein Kopf war immer unmittelbar hinter seiner Schulter.

Gesäuberte Boxen überall, den ganzen ersten Stallgang entlang. Es war gleich, wo er Lance unterbrachte. Es war schön hier und weiträumig und sehr gepflegt.

Aber es war auch einsam und gespenstisch, als habe dieser Stall für lange Zeit schon kein Leben mehr beherbergt.

»Könnte er nicht auf die Weide?« fragte er Emily. Es war ein unbehaglicher Gedanke, Lance hier ganz allein zu lassen. »Zu den anderen?«

»Unmöglich, Eric! Dann würde er sich mit Excalibur auseinandersetzen müssen!«

»Oh, Sie haben einen Hengst auf Ihrem Gestüt?«

»Excalibur. Er ist unser Beschäler. Er ist einer der Nachfahren der Stute, von der ich Ihnen erzählt habe.«

»Verstehe. Lance bleibt also hinter Schloß und Riegel.« Der Schock ließ nach und mit ihm seine Höflichkeit.

»Ich hätte Ihnen das eher sagen sollen, Eric, es tut mir leid. Sehen Sie – ich hoffte, Sie würden mit mir hierherkommen, aber ich rechnete nicht mit einem weiteren Hengst.«

Er sah ihre Misere und sagte ruhig: »Wie sollten Sie? Wie sollten Sie wissen, daß ich auf Lance bestehen würde?«

»Ich – ich hätte es mir wohl denken müssen.«

Er betrachtete sie schweigend. Seine Rechte tastete nach Lances Nase.

Eilig fuhr sie fort: »Wir werden eine Lösung für Sir Lancelot finden. Vielleicht könnten wir ihn auf eine der Rinderkoppeln bringen. Denken Sie, er könnte sich mit den Kühen arrangieren?«

»Ihre Pferde laufen frei, soweit ich das beurteilen kann?«

»Über das ganze Gelände«, bestätigte sie.

»Aber die Rinder sind eingezäunt?«

»Ja, Sie können die Koppeln von hier aus nicht sehen, sie sind hinter den Hügeln.«

»Glauben Sie denn, daß ein Zaun, ein einziger Zaun, der sicher nicht hoch ist, da er ja nur für Rinder aufgestellt wurde, ein Hindernis ist für einen freilaufenden Hengst, der einen Rivalen auf seinem Revier wittert?!«

Sie schwieg und senkte den Kopf.

»Emily!« Eric war nahe daran, die Fassung zu verlieren. »Lance hätte niemals hierherkommen dürfen!«

»Sie ... Sie wären nicht ohne ihn zu uns gekommen, das haben Sie mehr als deutlich gemacht, und da ... da habe ich nichts von Excalibur gesagt. Es – ich entschuldige mich, Eric, aber ich brauche Sie so notwendig, ich brauche Ihre Kunst so sehr – ich hätte alles getan, damit Sie hierherkommen. Diese Stute –«

»Vergessen wir mal die Stute für einen Augenblick«, sagte er bestimmt. »Haben Sie denn wirklich nicht über die Komplikationen nachgedacht?«

»D … doch, gewiß …, aber wenn wir die Hengste weit genug auseinanderhalten, was soll dann schon geschehen?«

»Aber Sie sagten gerade, Excalibur läuft frei! Und selbst wenn es Zäune gäbe – ein Hengst mit einer Herde wird immer den Rivalen wittern und ihn schließlich finden und versuchen, ihn zu vernichten. Emily, ich verstehe Sie nicht, wie konnten Sie zulassen, daß Lance mitgenommen wird? Das wird entweder seinen Tod bedeuten oder den Excaliburs.«

Er hakte den Strick wieder in die Öse an Lances Halfter ein. »Komm, Lance.«

»Wohin wollen Sie?« Ihre Stimme klang schrill.

»Zurück, was denken Sie? Glauben Sie vielleicht, ich würde das Leben dieses Pferdes oder das eines anderen Pferdes aufs Spiel setzen?! Sie haben mich gelinkt, Madam, und ich frage mich, was Sie sich dabei gedacht haben.«

»Eric, bitte, bleiben Sie! Wenn Sie wüßten, was hier geschieht!«

»Es interessiert mich nicht im mindesten. Ich sehe nur, daß Ihnen mein Pferd nichts gilt, daß Sie sein Leben bereitwillig aufs Spiel setzen, nur um mich hierher zu bekommen. Tut mir leid, aber so läuft das nicht. Darf ich mir Ihren Wagen borgen? Ich bringe ihn sofort zurück, wenn ich Lance sicher habe, wo er hingehört. Tut mir leid.«

Lance prustete, als Eric ihn die Planke hinaufführte, die er gerade hinuntergestiegen war.

»Du wunderst dich, ich weiß, mein Junge. Vergiß es, nimm's einfach, wie's kommt. Ich sage bloß: Frauen! – Du verstehst?«

»Eric!« Emily Fargus war plötzlich neben ihm, als er das Seil sorgfältig festzurrte und sich vergewisserte, daß Lance sich nicht verletzen konnte. »Eric, es muß doch nicht so sein, wie Sie sagen – es gibt andere Hengste in dieser Gegend, und Excalibur ist noch nie ausgebrochen, um sie zu stellen!«

»Andere Hengste in dieser Gegend, Madam, sind wohl nicht zu vergleichen mit einem Hengst auf dem Territorium Excaliburs.« Er sprach ruhig, für ihn war die Sache abgeschlossen. Entfernt drang das anhaltende Schnarchen Turners zu ihm.

Emily Fargus hatte es auch gehört: »Mr. Turner war natürlich von vornherein im Bilde, ich bat ihn, nichts zu sagen.«

»Turner war im Bilde? Jetzt verstehe ich gar nichts mehr!« Schließlich ging es um sein Pferd, schließlich war Lance für ihn eine

Investition in die Zukunft; wie konnte er Lance aufs Spiel setzen?!«

»Eric, Eric, bitte, versuchen Sie doch zu verstehen –«

»Ich kann nicht verstehen, daß –«, er atmete tief, »daß Sir Simon damit einverstanden ist, daß irgendeines seiner Pferde einer solchen Gefahr ausgeliefert werden soll, und schon gar nicht ein Pferd wie Sir Lancelot!«

»Nein, oh nein, Sie mißverstehen das, Eric! Wenn wir Sir Lancelot im Stall halten, und meinetwegen tagsüber bei den Kühen – wissen Sie, es gibt Wächter für unsere Kühe, genauso wie es einen Hirten für unsere Schafe gibt; der würde Excalibur schon verscheuchen, wenn er versuchen sollte, Sir Lancelot anzugreifen. Und in der Nacht wäre er ja im Stall, der fest verriegelt werden kann.« Hoffnungsvoll sah sie ihn an.

»Eric – bitte! Sir Lancelot wird in Sicherheit sein, und Solitaire ... vielleicht können Sie ihr helfen.«

Eric ließ den Strick los. »Solitaire? Ist das ihr Name?«

Bislang hatten sie nur über »die Stute« gesprochen, über ihr rätselhaftes Verschwinden, ihr ebenso rätselhaftes Wiederauftauchen und über die erschreckende Veränderung ihres Wesens. Nicht ein einziges Mal war ihr Name genannt worden.

»Sie ist einzig, darum gaben wir ihr diesen Namen.«

»Einzig? Was bedeutet das, Madam?«

»Morgen werden Sie sie sehen, wenn wir die Herde gefunden und Excalibur dazu gebracht haben, die Stuten zu uns zu bringen. Bitte! Bitte, Eric, bleiben Sie!«

»Lance darf nichts geschehen.«

»Es wird ihm nichts geschehen.«

»Also gut ... ich bin bereit, es zu versuchen.« Schwer fielen ihm diese Worte, und das Aufleuchten ihres Gesichts ärgerte ihn. »Ich bleibe nur, weil mich diese Stute wirklich interessiert. Aus keinem anderen Grund!« Er hatte noch immer das Bedürfnis, alle Höflichkeit und Zurückhaltung fahren zu lassen. Er hätte sie packen und schütteln mögen.

»Oh – ich danke Ihnen, Eric, wenn Sie wüßten – Sie sind unsere letzte Hoffnung!«

»Wir werden sehen«, sagte er kurz und führte Lance wieder zurück zum Stall.

Auf dem Stallgang blieb er stehen und löste das Halfterseil: »Keine Vorschriften außerhalb der Arbeit – das war unsere Vereinbarung, mein Junge, also geh, such dir den Platz, wo du bleiben willst.« Er schob Lance mit der Schulter voran, und der Hengst setzte sich in Bewegung. Vor der dritten Box zur Linken blieb er stehen. Er streckte den Kopf über die geschlossene Tür, witterte intensiv und scharrte.

»Nummer drei.« Eric öffnete die Tür. »Nummer drei, bitte sehr.« Der Hengst tat einen Schritt, und seine Fesseln versanken tief in duftendem Stroh. Sir Lancelot drehte sich um und schob die Nase in den leeren Futtertrog.

»Es ist noch keine Futterzeit, Junge.«

Das Pferd erkundete darauf die automatische Tränke und trank.

»Aber natürlich gibt es Futter für ihn! Er hat ja schließlich eine lange Fahrt hinter sich!«

Emily trug eilig einen Eimer mit Hafer und Melasse herbei, und einen zweiten mit zerkleinerten Möhren, unter die Leinsamen gemischt war. Ihr zarter Körper schwankte unter dem Gewicht.

»Geben Sie nur, ich mach das schon.« Er nahm ihr die Eimer ab, trat in die Box und schüttete das Futter in den Trog. Lance machte sich darüber her. Eric war zufrieden: ebenso fütterte er die ihm anvertrauten Pferde auch.

Waffenstillstand, dachte er. Aber er würde nicht vergessen, daß Emily Fargus und Sir Simon ihn getäuscht hatten.

Am Abend holte er das Pferd aus dem Stall, legte ihm eine Trense an, zog sich auf den bloßen Rücken und ritt hinaus. Beim Klang der beschlagenen Hufe auf dem Kopfsteinpflaster des Hofes erhob sich ein grauweißer Schäferhund aus einer Ecke, kam zu ihnen, umkreiste sie mehrmals in vorsichtigem Abstand, lief schließlich voraus, und blieb dann stehen. »Du siehst aus wie ein Wolf«, sagte Eric. Der Hund wedelte und kam etwas näher. »Könntest du uns vielleicht einen Weg zeigen? Ich möchte an einen Ort, an dem uns niemand anstarren kann, weißt du.«

Im Haus hatte ihn jeder angestarrt: der alte Großvater, der seinen knüppelartigen Gehstock immer dicht bei seinem Stuhl oder Sessel stehen hatte, Louise, die fünfzehnjährige Tochter von Emily, Emily selbst, und auch Turner. Alle hatten ihn beobachtet – immer diese kleinen, schnellen Seitenblicke, und das direkte Zuwenden des Gesichts, wenn er sich auch nur räusperte. Er hatte sich oft geräuspert im Verlauf dieses Nachmittags; die eigenartig gespannte Atmosphäre war ihm auf die Nerven gegangen und hatte ihn entsetzlich ermüdet. Was er jetzt brauchte, war frische Luft, Abwechslung, etwas Neues, etwas Anregendes.

Lance, der es nicht gewohnt war, völlig allein zu sein, schien sich nach dem Aufenthalt in dem leeren Stall ähnlich kribbelig und gereizt zu fühlen; seine Ohren zuckten, und sein langer Schweif peitschte die Flanken.

»Bring uns von hier weg«, sagte Eric beschwörend zu dem Hund, der noch immer wedelnd vor ihnen stand. Er konnte förmlich spüren, wie aller Augen im Haus auf ihn gerichtet waren, es war unerträglich. Er mußte allein sein, wünschte nur den Kontakt mit Geschöpfen, die ihn nicht täuschen würden.

Tiere täuschen dich nicht. Wenn sie dich hassen, dann zeigen sie es unumwunden, und wenn sie dich lieben, ebenso. Tiere berechnen nicht, sie wenden keine Tricks an, es sei denn, sie haben sie von den Menschen gelernt.

»Halten Sie sich besser von dem Hund da fern!« rief unvermittelt eine schrille Stimme. Der grelle Ton traf Mann, Pferd und Hund gleichermaßen. Der Hund duckte sich und wimmerte in Abwehr, der Hengst warf den Kopf hoch, scheute und hatte plötzlich blutfarbene Nüstern und zitternde Flanken. Eric drückte ihn mit einer leichten Bewegung nach unten, schüttelte wie betäubt den Kopf und blickte suchend am Haus hoch.

Im oberen Stock wurde hastig ein Fenster geschlossen.

»Bring uns weg, zeig uns einen Ort, wo wir allein sein können«, wiederholte Eric, und der Hund erhob sich, sah zu ihm hoch, bellte kurz und lief voraus. Ohne Aufforderung folgte ihm Lance.

Der Hund stürzte sich in das hohe Gras und verschwand beinahe unter den Halmen. Eric wurde klar, daß sie einer der schmalen Fährten folgten, die zum Meer führten. Dann senkte sich der Boden, das Gras war hier ganz kurz, ein dichter, grüner Teppich, durchsetzt von einer nie gekannten, kaum vorstellbaren Vielfalt von Blumen; eine Fülle von Farben, Formen und Düften, die die Sinne nur langsam zu erfassen vermochten: die marchairs. Benommen drehte er sich nach dem Haus um und stellte zu seiner Erleichterung fest, daß er es nicht mehr sehen konnte – der Hund hatte sie auf einen Ausläufer der Felsen geführt, die unmittelbar in den Atlantik stießen. Eric glitt von Lances Rücken, stand still und begegnete dem Blick des Hundes, vor dem man ihn eben gewarnt hatte. Waren diese Augen kalt, tückisch? »Sicher hast du einen Namen.« Der Hund kam ein wenig näher, blieb abwartend stehen, wedelte schwach. »Ich weiß deinen Namen nicht«, fuhr Eric fort und streichelte Lances Kopf, der sich ihm zuwandte. »Ich würde dich Wolf nennen, denn du siehst aus wie ein Wolf in der Blüte seines Lebens. Darf ich dich Wolf nennen?«

Der Hund kam langsam näher, seine Blicke glitten zwischen dem hohen, starken Pferd und dem Mann mit der sanften, einnehmenden Stimme hin und her. Er zögerte.

»Wolf«, sagte Eric leise und streckte die Hand aus, so tief, daß sie bestenfalls die Schulter des Hundes erreichen würde: Hunde, die einem Fremden begegnen, wollen nicht von oben angefaßt werden. Die Hand, die sie erreichen will, muß tiefer als in Höhe ihrer Schnauze angeboten werden, als eine Geste, die um Vertrauen bittet. Der Hund machte die letzten Schritte, kam zu ihm, ließ sich berühren, dann drängte er seine Wärme und seinen üppigen Pelz an ihn, schmiegte sich auch an Lance, der ihn seinerseits interessiert beschnupperte. Das war ein gutes Zeichen, dachte Eric. Wenn der scheue Lance ein Wesen in seiner Nähe zuließ, konnte es nicht schlecht sein. Und hatte Wolf sie nicht an diesen gesegneten Flekken geführt?

Einmal hatte ihm ein Studienkollege neidisch gesagt: »Ich frage mich, wie du den Viechern immer gleich so nahe kommen kannst. Ein Pferd ist dafür bekannt, auszuschlagen und zu beißen – und du gehst in die Box, und es ist sanft wie ein Lamm. Ein aggressiver Hund, vor dem alle einen Heidenrespekt haben, frißt dir aus der Hand. Eine Katze, die jeden kratzen und beißen möchte, ebenso. Wie machst du das?«

Es gab keinen Trick. Es gab nur sein aufrichtiges Interesse an den Tieren, nichts weiter. Er ging auf sie zu, weil er sie mochte, weil er fasziniert war von ihnen. Er hatte keine Vorbehalte, ließ sich nicht von Vorurteilen beeindrucken, fällte sein eigenes Urteil. So einfach war das. Bei Menschen allerdings war es anders.

»Wolf!« Der Hund, der ein wenig herumgestreunt war, schnellte unvermittelt herum, mächtige Muskeln bewegten sich atemberaubend leicht und geschmeidig unter dem hellen Pelz, und Eric beschlich ein Gefühl des Entsetzens, denn dieser Hund war eine vollendete Kampfmaschine. Mühelos würde er ihn niederreißen können. Unmittelbar vor Eric kam er zum Stehen und schnellte auf die Hinterbeine, seine Vorderpfoten hoben sich, als wollten sie ihn niederstürzen, er stieß ein kurzes, dumpfes Grollen aus, sein scharfes Gebiß war entblößt – und dann erkannte Eric das Lachen in seinen Augen, wußte, daß das Grollen ein Laut der Freude war, und er faßte die auffordernd erhobenen Vorderpfoten und ließ sich einfach in diesen weichen Pelz hineinfallen; in einem Knäuel rollten sie zu Boden und balgten sich zum Spaß. »Wolf«, keuchte Eric schließlich atemlos und schob den Hund ein wenig von sich, »Wolf, du bist ein großartiger Kerl. Ich wette, du hast uns gerade an deinen Lieblingsplatz geführt.«

Wolf sprang auf, schüttelte sich und stieß Eric mit der Nase an.

»Ich wußte, du bist ein Freund. Warum mögen die da oben dich nicht?« Der Hund schnaufte und trottete beiseite, als wolle er ihm zu verstehen geben, daß alles komplizierter war, als es auf den ersten Blick schien.

»Scheint mir auch so.« Eric rappelte sich hoch und schnipste Grashalme von seiner Kleidung. »Lance?« Der Hengst hob den Kopf von dem kurzen Gras, rührte sich aber nicht. Er war eifersüchtig. »Lance, er ist ein Freund.« Er stand auf und trat zu Lance, der sich betont gleichgültig gab. »Wolf, komm her, komm her. So, das ist gut, ein guter Junge. Siehst du, Lance hier ist ein bißchen mißtrauisch, seine Erfahrungen mit Hunden sind nicht die besten. Euer Anfang war doch aber gut?«

Der Hund wedelte und schnupperte nach Lance.

»Ach, Lance! Komm schon! Sei nicht so hochmütig!«

Der Abend malte drei dunkle Silhouetten gegen die glühende Pracht des Sonnenuntergangs, der das tiefe Blau des Atlantiks in Purpurtöne verwandelte. Eric hockte unmittelbar am Abgrund und ließ unbesorgt seine Beine in die Tiefe baumeln; zu seiner Linken saß Wolf, und Erics Arm lag um ihn, und rechts von ihm stand Lances fürstliche Gestalt mit entspannt gestrecktem Hals.

Plötzlich sagte eine Stimme hinter ihnen: »Ich dachte, Sie legen so viel Wert darauf, daß mit diesem Pferd jeden Tag gründlich gearbeitet wird?«

Eric wandte sich langsam um und sagte so geduldig wie möglich: »Louise, es war hart für ihn heute, die lange Reise, und im Stall war er allein und hinter verschlossenen Türen, da Ihre Mutter es nicht für nötig hielt, mich darüber in Kenntnis zu setzen, daß dieses Gestüt einen Hengst hat.«

Er fühlte, daß sie eine heftige Entgegnung auf der Zunge hatte. Er hatte keine Lust auf eine Auseinandersetzung, nachdem es ihm endlich gelungen war, sein Gleichgewicht wiederzufinden. Darum fügte er einlenkend hinzu: »Ein bißchen Ruhe und Meerwind werden ihm besser bekommen.« Er zog die Beine an.

»Dafür haben Sie Verständnis, aber nicht für das Verhalten meiner Mutter! Und wie Sie sich heute nachmittag aufgeführt haben – nicht nur der Gastgeber hat die Pflicht der Höflichkeit, aber das scheint Ihnen nicht bewußt zu sein! Und warum haben Sie nicht gefragt? Warum haben Sie nicht gefragt, ob wir einen Hengst hier haben?«

Eric erhob sich langsam. »Es gibt Gestüte, die sich der Hengste von Deckstationen bedienen. Ich habe gelesen, dies sei eines davon. Warum sollte ich fragen? Und da Ihre Mutter nichts erwähnte ... Und was Ihre andere Bemerkung anbelangt, ich bin mir keiner Schuld bewußt. Oder haben Sie erwartet, daß ich die gesamte Unterhaltung bestreiten würde? Wann immer ich etwas fragte, wurde mir das Wort abgeschnitten, oder man antwortete mir mit Schweigen. Ich finde das nicht sehr höflich, Miss.«

»Aber Sie haben ja auch immer von den ganz falschen Sachen angefangen! Haben Sie das denn nicht gemerkt?«

Eric hob die Schultern. Es war jetzt so dunkel, daß er ihr Gesicht nicht mehr sehen konnte. Er sprach zu ihrem Schatten, der sich klein und schmal in einiger Entfernung bebend vor ihm aufgebaut hatte. »Ich wollte doch nur herausfinden ... ich meine, ich dachte, wir könnten ganz unbefangen reden, ich habe diese Zurückhaltung einfach nicht verstanden.«

»Ach!« Sie stampfte mit dem Fuß auf. Seltsam nahm sich das bei dieser Schattenfigur aus, und ihre Stimme war heftig: »Verstehen Sie denn nicht, es ist schwer für uns, sehr schwer! Es wird Mutter leichter fallen, Ihnen alles zu erklären, wenn Sie die Stute erst gesehen haben. Wie – wie tumb sind Sie denn, daß man Ihnen sowas sagen muß!«

Sie trat mit einer ungeduldigen Bewegung einen Schritt näher, aber da ließ Wolf ein dumpfes, unverkennbar feindliches Grollen hören und stand neben Eric.

Sie trat rasch zurück. »Oh, den haben Sie bei sich?!«

»Was – ich verstehe nicht, was haben Sie und Ihre Leute gegen diesen Hund? Irgend jemand hat mich vorhin vor ihm gewarnt. Er ist ein guter Kerl.«

Sie zögerte kurz, und stieß dann hervor: »Guter Kerl? Was kann gut sein, was von denen da oben kommt?!«

Vielleicht war es ihre Stimme gewesen, die ihn gewarnt hatte. – Eric sagte: »Von denen da oben? Was meinen Sie?«

»Er gehört nicht zu uns! Er hat hier nichts zu suchen!«

»Aber er ist ein netter Hund! Was spielt es für eine Rolle, ob er zu Ihnen gehört oder – oder zu denen?«

»Das – das werden Sie noch erfahren!« Sie wirbelte herum und wurde von der Dämmerung verschluckt. Eric starrte ihr nach und dachte an seinen Enthusiasmus beim ersten Anblick von Sunrise – offenbar gab es hier aber mehr Schrecken als Wunder.

3

Eric erwachte durch eine leichte Bewegung unter seinem Kopf und öffnete die Augen, um sich zurechtzufinden. Er hatte an Wolfs warmem Pelz geschlafen. Der Hund gähnte und stupste ihn dann mit seiner kühlen Schnauze an. Erics Oberkörper schoß hoch – wo war Lance?

Der Hengst stand in unmittelbarer Nähe, die Zügel schleiften im taufeuchten Gras, sein Kopf berührte den Boden. Lance schlief. Die Kühle und Feuchtigkeit des Bodens mochten ihn abgehalten haben, sich niederzulegen. Erleichtert sank Eric zurück in Wolfs Pelz. Der Hund drängte sich an ihn. »Eine großartige Heizdecke bist du«, murmelte Eric und schloß wieder die Augen. Natürlich hatte er die Nacht nicht im Freien verbringen wollen. Der Schlaf war einfach über ihn gekommen, und die beiden Tiere waren bei ihm geblieben.

Er sollte so etwas nicht noch einmal tun. Wie nun, wenn Excalibur den Rivalen gewittert und gestellt hätte?

Nach einer Weile öffnete er erneut die Augen. Der Morgen war eisfarben, blasse kühle Farben strömten aus Meer und Boden. Da waren das salzige Aroma des Meeres und der erdige Atem des Landes, in den sich, noch schwach, die Düfte der Blumen mengten, deren Blüten sich noch nicht geöffnet hatten. Eric stand langsam auf und blickte sich um. Die Sonne war noch nicht aufgegangen, und da war eine Transparenz in der Luft und ein magischer Schimmer, als sei die Welt in der vergangenen Nacht neu erschaffen worden. Er breitete die Arme aus und sog die Luft ein. Wolf kam zu ihm und schmiegte sich an seine Beine, und während er ihm das Fell kraulte, gingen sie zu Lance hinüber. Eric legte ihm die Hand auf den Hals und zupfte mit der anderen liebevoll an Wolfs dünnen aufgerichteten Ohren.

Plötzlich schienen Wolfs Beine unter ihm wegzuschmelzen, er wurde flacher und flacher, bis sein langes Bauchfell das nasse Gras streifte, und während er so niedersank, ließ er leise ein gequältes, verängstigtes Fiepen hören. Eric war sofort auf den Knien bei ihm, hielt ihn, sprach zu ihm; aber er konnte Wolf nicht mehr erreichen. Er fühlte, wie der Hundekörper immer steifer wurde, und entsetzt beobachtete er, daß die Augen starr und blicklos wurden. Das Wimmern wurde schwächer und hörte schließlich ganz auf. Er zog Wolfs Lefzen hoch und sah, daß die Schleimhäute unnatürlich blaß waren.

Was konnte einen offensichtlich kerngesunden und munteren Hund in nur wenigen Sekunden zu einem wimmernden Fellbündel machen, dem Tod näher als dem Leben? Und was konnte er dagegen tun? Herrgott, er war schließlich Tierarzt! Er drehte Wolf auf den Rücken, überstreckte seine Kehle, untersuchte hastig die oberen Luftwege nach plötzlich Erbrochenem oder ob sich etwa eine Schwellung als Zeichen einer plötzlich aufgetretenen allergischen Reaktion dort fand – nichts. Wolfs Herz schlug, langsam, aber rhythmisch. Auch seine Atmung war verlangsamt. Seine Augen waren glasig.

Hirnschlag? Eine plötzliche innere Blutung? Nein, dafür war der Zusammenbruch zu schnell gekommen. Eric hob den unbeweglichen Hund auf seine Arme. »Hör zu, Lance«, sagte er, keuchend vor Sorge und Angst, »das ist jetzt nicht die Zeit, um empfindlich zu sein. Ich werde dir jetzt Wolf auf den Rücken legen und hinter ihm aufsitzen. Wir müssen zurück. Ich habe hier keine Instrumente, keine Medikamente, nichts. Wolf braucht Hilfe.«

Auf einmal spannte sich der Hund in seinen Armen, er strampelte und zuckte, sein Kopf ruckte zu Eric herum. Seine Augen waren so lebhaft wie zuvor. Er sprang zu Boden, schien wieder der alte zu sein. Er bellte und richtete sich an Eric auf, seine fächerartige Rute wedelte vehement. Doch noch bevor Eric begriffen hatte, daß der Hund sich ebenso unheimlich schnell erholt hatte, wie er zusammengebrochen war, wandelte sich der Ausdruck der lebhaften Augen erneut. Wolfs Ohren zuckten und senkten sich wie in einem Versuch, den Gehörgang zu verschließen, dann tat er einen mächtigen Satz die Anhöhe hinauf und war mit zwei weiteren Sätzen zwischen den Felsen verschwunden, die zum Hochplateau führten, als folge er einem unhörbaren, unwiderstehlichen Befehl.

Eric rannte ihm hinterher, blieb dann aber ratlos mit trommelndem Herzen stehen und spähte nach allen Richtungen. Er fühlte sich hilflos und verloren. Was war geschehen? Wie sollte er Wolf in dieser leeren Weite finden? Und inmitten seines Aufruhrs hörte er Lance aus der Senke wiehern – ein kampfeslüsterner Laut, wie er ihn nie zuvor von Lance gehört hatte.

Und dann erklang aus der Ferne ein anderer Schrei, gellend, vibrierend vor Zorn, und auf einer der fernen Hügelkuppen, die noch zum Land der Fargus' gehören mußten, erhob sich im Schimmer der Morgenröte die Silhouette eines sich aufbäumenden Pferdes. Seine Herausforderung klang über die weite Distanz gedämpft, aber völlig klar zu ihnen. Es konnte nur Excalibur sein, der auf dem weit entfernten Hügel hielt und seinen Herausforderer aus der Ferne ausgemacht hatte und ihn bedrohte. Eric war geblendet von dieser drohenden Vision. Als er weiterrannte, hörte er, wie Steine den Abhang hinunterpolterten, und wurde beinah wahnsinnig bei dem Gedanken, was Lance zustoßen könnte. Endlich fand er sich schweißgebadet vor dem den steilen Abhang hinaufstürmenden Hengst, richtete sich auf, breitete beide Arme weit zur Seite. »Ho-ho!« rief er, »Ho-ho!« Der Hengst scheute; beinahe wäre er wieder auf der Hinterhand den Abhang hinuntergerutscht. Er stieß die Vorderhufe in den nachgiebigen Schotter, strauchelte, verlor das Gleichgewicht; er schwankte, es schien für endlose Sekunden, als werde er fallen, auf der Abschüssigkeit des Pfades keinen Halt mehr finden und über die Klippe ins Meer rutschen.

Seine eisenharten Fesseln retteten ihn. Sie waren in die Tiefen des trügerischen Pfads gerammt wie Stützpfeiler und bewahrten seine Hinterbeine, die hilflos auf den losen Steinen ausglitten, davor, jede Richtung zu verlieren. Lance schnaufte, sammelte sich schließlich. Er stand wieder auf seinen vier Füßen.

Gleichermaßen keuchend und schwitzend standen Mann und Pferd voreinander. Doch gerade als Eric die Hand nach Lance ausstreckte, erscholl von der fernen Hügelkuppe erneut die triumphierende Herausforderung des Herrn von Sunrise.

Lance warf den Kopf hoch und erwiderte diese Herausforderung, und dann setzte er sich erneut in Bewegung, schob Eric beiseite und kämpfte sich seinen Weg nach oben: Diese Herausforderung mußte er beantworten. Eric wußte, daß er ihn nicht mehr durch herkömmliche Mittel beeinflussen konnte. Er blieb strauchelnd, fallend und sich wieder aufrappelnd an der Seite des wildgewordenen Hengstes, bis sie die Anhöhe erreicht hatten; dann faßte er in die Mähne, nahm die Zügel kurz und zog sich auf den Rücken des Hengstes. Lance schien sein Gewicht nicht zu spüren; er stieg und schmetterte seine Herausforderung in den jungen Morgen. Von fern kam die Antwort Excaliburs. Gebe Gott, daß diese beiden nicht aufeinandertrafen!

Eric mußte alle Tricks anwenden, um Lance in die Richtung der Stallungen zu zwingen. Immer wieder stieg der Hengst und schwenkte in die entgegengesetzte Richtung, voller Drang, seinen Rivalen zu stellen. Eric trieb ihn vorwärts, durch Überredung, durch Zwang. Sir Lancelots Blut kochte, sein Wille war ausschließlich auf den Gegner gerichtet, und Eric verlor viel Schweiß auf dem Weg zum Stall. Aus vielen Schürfwunden blutend, vor Erschöpfung taumelnd, riß er schließlich die schwere Stalltür hinter Sir Lancelot ins Schloß. Hier im Stall war er immerhin vorläufig sicher. Er schaltete das Licht ein, und Lance bäumte sich auf und drängte gegen die Tür.

»Nein!« Zornig prallte Eric gegen die muskulöse Brust, mitten zwischen die wütend schlagenden Vorderbeine, hing sich an den Hals und preßte das Pferd auf die Erde zurück. »Nein!« wiederholte er laut. »Ich lasse nicht zu, daß du dich ihm auslieferst, hörst du!«

Lance stieg erneut und riß ihn hilflos wie eine Gliederpuppe in die Luft.

Eric hatte genug. Als Lances Vorderhufe auf den Betonboden der Stallgasse schmetterten, ließ er sich fallen, rollte sich herum, packte das Pferd am Maul und versuchte, seine Hand zwischen die hintere Partie des Kiefers zu schieben, um das Maul zu öffnen. Er mußte es immer wieder versuchen und wurde dabei mehrfach gegen die Wände geworfen, und es blieb nicht aus, daß das wildgewordene Pferd ihn zu Boden trat. Eric fühlte die Huftritte irgendwann nicht mehr. Sein einziges Ziel war, Lances Maul zu greifen; und schließlich gelang es ihm. Eine Hand so tief im hinteren, zahnlosen Teil des Pferdemauls, daß sie ein keuchendes Würgen provozierte, faßte er mit der anderen die Trense mit aller ihm noch verbliebenen Kraft und stieß und drängte mit gezielten Fußtritten den schnaubenden, stampfenden, immer wieder aufbegehrenden Hengst in seine Box. Schweißgebadet warf er die Tür zu. Er haßte sich. Er wußte, der Hengst hätte auf nichts anderes reagiert, aber er haßte es, gegen Lance auf diese Weise vorzugehen. Und Lance ging hoch und schlug mit den Vorderhufen, er drehte sich um und attackierte die Tür mit Schlägen seiner Hinterhand, die den ganzen Stall erschütterten.

Eric hörte Rufe und Poltern von draußen; der Lärm hatte das ganze Haus auf die Beine gebracht. Ohne darauf zu achten, rannte er zur Sattelkammer und begann fieberhaft in seinen Taschen zu wühlen, bis seine zitternden Finger das Fläschchen umschlossen, das er suchte. Er hatte das Betäubungsmittel noch niemals anwenden müssen, weder bei Lance noch bei einem anderen Pferd; aber jetzt blieb ihm keine Wahl. Das eingeschlossene Pferd würde sich umbringen, wenn er es nicht unter Kontrolle brachte. Er konnte nicht riskieren, die Boxentür zu öffnen. Er kletterte über die Futtermulde auf die Mauer und ließ sich mit einem Satz in eine möglichst weit von Lance entfernte Ecke fallen. Lance beachtete ihn überhaupt nicht. Sein ganzes Trachten war darauf gerichtet, freizukommen. Eric sah, daß die Tür unter dem Ansturm in den Angeln nachgab. Eilig zog er eine ihm ausreichend scheinende Dosis des Ketamins in die Spritze, drängte sich an Lance und injizierte die Flüssigkeit in die Kruppe.

Der mächtige Tritt verfehlte ihn nur um Haaresbreite, aber noch während er schmutz- und schweißbedeckt gegen die Boxenwand taumelte und seinen Kopf mit beiden Armen schützte, hatte der Hengst den kleinen Stich schon vergessen und attackierte erneut die Tür. Eric drückte sich gegen die Mauer und wartete ab. Der Schweiß lief ihm in die Augen.

Stunden schienen zu vergehen. Die Türangeln lockerten sich immer mehr, von draußen klangen aufgeregte Stimmen und das Trommeln von Fäusten gegen die verriegelte Stalltür. Eric verkrampfte sich, als die Spritze keine Wirkung zeigte. Nur noch wenige Tritte und Lance würde frei sein. Nicht auszudenken, welche Verletzungen er sich zuziehen könnte, wenn er in die Stallgasse rannte, um einen Weg nach draußen zu finden. Eric suchte fieberhaft nach einer anderen Lösung. Vielleicht gab es einen Weg, das zügellos gewordene Pferd zu fesseln? Konnte er es durch einen gezielten Schlag bewußtlos machen? Er beobachtete mit wachsender Verzweiflung den wie irren Hengst und sprang von einer Ecke der Box in die andere, um nicht getroffen zu werden.

Doch auf einmal blieb der Hengst mit einem schwachen Wiehern stehen, als habe ihn ein Stein am Schädel getroffen, sein Kopf fiel herunter, die Beine gaben langsam unter ihm nach, und er rollte auf die Seite. Seine Beine zuckten noch ein wenig, und er versuchte, den Kopf zu heben. Eric kniete neben ihm. »Tut mir leid, mein Junge.« Er streichelte die feinen Ohren und ließ seine Hand über den Hals gleiten. Der blanke Schweiß lief ihm über die Hand; Lance war so naß, als sei er gerade aus dem Wasser gekommen. Sein Kopf fiel ins Stroh, seine Augen verdrehten sich: die Erschöpfung und das Ketamin hatten endgültig ihre Wirkung getan.

Zitternd schleppte sich Eric zur Stalltür und zog den schweren Holzbalken zurück, der sie von innen verriegelt hatte. Sofort war er eingekreist von allen Mitgliedern des Haushalts. Eine Flut von Fragen prasselte auf ihn ein, und er schüttelte benommen den Kopf und hielt sich die Ohren zu: »Lieber Himmel, bitte, bitte nicht alle auf einmal!«

»Er hat recht«, Emily Fargus verschaffte sich Gehör. »Er ist in einem furchtbaren Zustand. Milly, geh ins Haus und setze Wasser auf.«

»Ja, Ma'm.«

Eric lehnte sich gegen die Wand. »Gute Idee, heißes Wasser«, flüsterte er. Seine Stimme wollte ihm auf einmal nicht mehr gehorchen. »Ich brauche welches für Lance.«

»Eric! Kommen Sie ins Haus! Ich werde Sie verarzten! Sie sind ja völlig erledigt.«

Turner hatte sich aus der Traube von Menschen herausgeschält und war zu Lances Box gegangen. »Was ist passiert? Hast du ihn niedergeschlagen?«

»So ungefähr. Ich mußte ihm 'ne Spritze verpassen. Wir trafen draußen auf Excalibur, und Lance – ich hab nicht gewußt, daß er den Killerinstinkt in sich hat, Sir Simon. Fragen Sie mich bloß nicht, wie ich ihn bis hierher gebracht habe. Dabei war der andere Hengst noch weit weg. Es war sozusagen nur ein verbaler Schlagabtausch der beiden, aber Lance wurde zum Berserker.«

»Das wäre nicht passiert, wenn Sie nicht mit ihm über das Gelände geritten wären, sondern ihn im Stall gelassen hätten, wie es abgesprochen war!«

Eric drehte sich nicht nach der Sprecherin um. Er kannte Louises Stimme gut genug.

»Ich wiederhole mich ungern, Miss. Denken Sie daran, was ich Ihnen zu diesem Thema gestern abend gesagt habe.«

»Ach, jetzt ist es Mutters Schuld, daß Sie mit Ihrem Pferd nicht fertig wurden? Vielleicht sind Sie doch nicht so gut mit Pferden, wie immer behauptet wird. Ich habe Mutter gleich gesagt, sie soll die Finger von Ihnen lassen. Wer weiß, was Sie mit Solitaire machen werden!«

Der Großvater donnerte: »Louise! Es reicht, du wirst dich entschuldigen!«

Sie wollte auffahren; für einen Augenblick hielt sie dem Willen ihres Großvaters stand. Dann biß sie sich auf die Lippen und murmelte etwas.

»Was hast du gesagt? Wir können dich nicht hören.«

»Vater.« Emily legte ihm die Hand auf den Arm, und Eric wandte sich ab.

»Egal, ob man es hören kann oder nicht. Ehrlich gemeint wär's sowieso nicht. Ist mir auch völlig egal. Ich muß mich jetzt um Lance kümmern. Er hat 'ne Menge Schrammen abgekriegt, und außerdem ist er völlig naßgeschwitzt. Ich will nicht, daß er eine Lungenentzündung kriegt.«

»Eric, kommen Sie ins Haus! Sie sind übel zugerichtet. Einer meiner Leute kann sich um das Pferd kümmern.«

Emilys weiche Stimme klang besorgt. Es war lange her, daß sich jemand um ihn gesorgt hatte. Aber dann sagte sie: »Wir wollen doch, daß Sie uns gesund erhalten bleiben«, und etwas klickte. Nicht er war wichtig. Das, was er für sie tun sollte, war wichtig. Wie schon einmal stellte sie das Wohl ihrer Pferde über alles andere. Und diese Denkart hätte Lance das Leben kosten können.

Eric wandte sich ab.

»Das Wasser wird jetzt soweit sein«, sagte der Großvater. »Wir schicken Ihnen jemanden. Brauchen Sie noch etwas?«

»Verbandszeug, Jod.«

Die Gruppe zerstreute sich, die Hausschuhe tappten dumpf über die Stallgasse, die jetzt wieder leer und still lag.

Eric ging zurück in die Box, streichelte Lance und begann, den Schweiß mit Bündeln frischen Strohs abzureiben.

Turner brachte ihm heißes Wasser und Medikamente. Er schob die Hände in die Hosentaschen und lehnte sich gegen die Wand, einen Strohhalm zwischen den Lippen. »Wie lange wird er noch weggetreten sein?«

»Er sollte bald wieder zu sich kommen. Mann, bin ich froh, daß die Box so groß ist! Er hätte sich beim Fallen sonst noch festklemmen können.«

»Es muß ja wirklich massiv gewesen sein, daß du zu solchen Mitteln gegriffen hast.«

»Ich war verzweifelt, das können Sie glauben. Helfen Sie mir mal, ihn auf die andere Seite zu drehen?«

Gemeinsam stemmten sie sich gegen den bewegungslosen Pferdekörper und rollten ihn herum. Eric trocknete weiter das triefende Fell.

»Erzähl doch mal der Reihe nach, was passiert ist.«

»Später. Wir sollten erst mal besprechen, was jetzt weiter geschehen soll. Und tun Sie mir einen Gefallen und schließen Sie die Stalltür! Könnte sein, daß sonst unvermutet dieser erzene Hengst auf der Gasse steht.«

»Du sagtest doch, er war weit entfernt? Wie kannst du wissen, ob er groß ist?«

»Na ja, vielleicht lag es am Licht, oder an der Aufregung, aber er schien mir ein Riese, selbst aus der Entfernung. Man o' War war ja auch groß – Big Red. Umsonst hatte er den Kosenamen nicht. Und da dieser Hengst aus seiner Linie stammt ...« Er brach ab, denn Lance hob langsam und benommen den Kopf, ließ ihn wieder zurücksinken, schnaubte, versuchte es noch einmal, hielt den Kopf aufrecht und witterte. Er versuchte sich zu orientieren. »Willkommen, mein Junge. Jetzt nehmen wir uns zusammen und stehen auf, okay?« Seine Stimme war ein wenig lauter, auffordernd. Lances Ohren zuckten nach dieser Stimme, die ihn nicht auf dem Boden sehen wollte. Er schnaubte, um munter zu werden, und rollte sich auf die Brust. So blieb er eine Weile und ruhte, während Eric leise auf ihn einsprach und ihn stützte, damit er nicht wieder zurückrollte. Nach einer Weile stemmte Lance die Vorderhufe auf und drückte sich mit den Vorderbeinen und dem freiliegenden Hinterbein hoch. Er schwankte ein wenig, und der Kopf hing ihm zwischen den Beinen. »Der ist fertig«, stellte Turner fest. »Und sicher nicht nur durch das Zeug, das du ihm gegeben hast. Heute sucht der keinen Händel mehr.« Turner musterte eingehend die an nur mehr einer Angel hängende Tür und stieß sie an. Es ertönte ein beinah schmerzhafter Laut.

Bei Gott, dachte Eric, das war wie ein Signal. Es war Zeit, daß Lance und er von diesem Gestüt verschwanden. Er machte sich daran, Lances Schürfwunden zu versorgen. »Wir hätten niemals herkommen dürfen«, sagte er und warf einen schnellen Blick über die Schulter nach Turner. »Lance muß hier weg.«

»Gut, dann sag ich daheim Bescheid. Einer meiner Leute kann ihn holen.«

Daran hatte Eric auch schon gedacht. Und am liebsten wäre er mitgefahren und hätte diesem seltsamen Ort für immer den Rükken gekehrt. Aber irgend etwas fesselte ihn. Die bloße Erwähnung Solitaires rührte etwas in ihm an, ein unbenennbares Gefühl, das ihm sagte, diese Stute werde sein Leben beeinflussen wie noch kein Pferd vor ihr. Er mußte sie sehen. Erst danach würde er sich endgültig entscheiden können.

Ohne Turner anzusehen, sagte er: »Vielleicht hat Louise ja recht. Vielleicht werde ich mit der Stute nicht fertig. Dann hat sich die ganze Angelegenheit sowieso in kurzer Zeit erledigt. Und dann können wir zu dritt zurückfahren, und ich brauche die Arbeit mit Lance nicht zu unterbrechen.«

»Hier willst du ihn aber doch auch nicht lassen?«

Jetzt wäre die Gelegenheit gewesen, Turner zu fragen, warum auch er nichts von Excalibur gesagt hatte. Es paßte so gar nicht zu ihm, ein solches Risiko mit einem seiner Pferde einzugehen. Es sei denn ... es sei denn, etwas von noch höherem Wert ließ ihn alles riskieren. Was hatte Emily Fargus gegen ihn in der Hand? Oder was konnte sie ihm bieten?

Erics Stimme verriet nichts von diesen Gedanken. »Natürlich nicht. Es wird sich ja wohl ein Bed & Breakfast finden lassen, das einen Stall hat und eine Koppel.«

»Stall und Koppel sehe ich ein, aber was willst du mit Bed & Breakfast? – Oh! Verstehe! Du willst auch von hier weg, was? – Wegen Louise? Ehrlich, Eric, ich hätte dich nicht für so empfindlich gehalten!« Turners dünnes Gesicht verzog sich zu einem gutmütigen Schmunzeln. »Die Kleine ist doch fast noch ein Kind. Die weiß ja kaum, was sie da gefaselt hat in ihrer Aufregung.«

Eric schwieg. Wie sollte er Turner erklären, daß ihn nicht nur die Atmosphäre in diesem Haus bedrückte, sondern daß er nicht mit dieser Falschheit leben konnte? Zumal Turner dasselbe Spiel spielte.

Er legte den letzten Verband an, streifte eine Decke über den noch feuchten Rücken und führte Lance in eine andere Box. Der Hengst war sanft wie ein Lamm. Eric schüttete ihm Futter in den Trog, allerdings ohne viel Hoffnung. Lance würde wahrscheinlich nur trinken nach dem großen Flüssigkeitsverlust, und ein Tag ohne Futter kostet ein hochgezüchtetes Pferd viel Kraft. Er streichelte Lances Maul, schwatzte allerlei, was ihm gerade einfiel, fuhr schmeichelnd an den Pferdelippen entlang und bot das duftende Futter auf seiner flachen Handfläche an. Lance knabberte ein wenig, aber mehr, um ihm einen Gefallen zu tun.

»Ich gehe jetzt ins Haus und wasche mich«, sagte er knapp zu Turner, »dann packe ich meine Sachen und verlasse diese gastlichen Hallen. Ob Emily Fargus mir ihren Transporter leiht für die Fahrt ins Dorf?«

»Du wirst sie entsetzlich vor den Kopf stoßen, Eric. Die Schotten halten sich viel auf ihre Gastfreundschaft zugute.«

Er dachte an den Disput mit Louise auf der Klippe, schob die Hände in die Taschen und zog die Schultern hoch.

»Selbst die angeheirateten Schotten«, beharrte Turner.

»Wie meinen Sie das – angeheiratet?« Eric machte nur Konversation, um seine Ruhe zu haben. Als sie über den Hof gingen, ließ er seine Blicke schweifen in der Hoffnung, daß Wolf aus irgendeiner Ecke auftauchen möge, wie er es gestern getan hatte. Was war aus dem Hund geworden? Bei all der Aufregung hatte er ihn gänzlich vergessen, aber jetzt nagte die Sorge wieder an ihm. Er wußte, er würde keine Ruhe finden, ehe er nicht eine plausible Erklärung für den seltsamen Zusammenbruch und die Flucht des Hundes hatte.

»Na, Mrs. Fargus ist keine Schottin. Sie hat den Sohn vom alten Fargus geheiratet, und der ist vor einiger Zeit bei einem Reitunfall ums Leben gekommen. Seither leitet sie das Gestüt, weil der alte Mann zwar verflucht eigensinnig ist, aber sonst zu nichts taugt.«

»Immerhin hat er diesem Pflänzchen Louise noch ganz hübsch die Hölle heiß gemacht.«

»Nun ja, Emily läßt ihn den Patriarchen spielen – du hast ja wohl gehört von der Clan-Mentalität der Schotten; darauf muß man heute nichts mehr geben, alles Schnee von gestern. Emily ist es, die jetzt das Gestüt leitet.«

»So.« Eric grub seine Hände noch tiefer. Sein vordringlichster Wunsch war es, von hier fortzukommen.

»Hab dir noch nicht gesagt«, Turner räusperte sich und seine tastende Rechte suchte vergeblich nach einem Mützenschirm, »ich bin dir sehr dankbar, Eric. Du hast Lance das Leben gerettet.«

Eric schwieg, zog nur die Schultern noch höher, auf einmal fror er sehr, ihm wurde beinah übel davon.

Sie erreichten die Tür zu Sunrise-House, eine Bedienstete öffnete ihnen, gerade als Turner stammelte: »Eric, du wirst verstehen –«, und dann brach er offensichtlich erleichtert ab. – Hatte er gerade von sich aus zu einer Erklärung angesetzt?

Das Mädchen frage: »Wünschen die Herren Frühstück?« Sie starrte Eric an. »Nein, kein Frühstück«, murmelte er. Er wollte seine Sachen packen, Lance nehmen und einen sicheren Platz suchen. »Ja, sehr gern«, sagte Sir Simon im selben Moment. »Tee, natürlich, und Toast, nicht zu dunkel geröstet. Orangenmarmelade, Eric?«

Eric schwieg und grub sich noch tiefer in seine Reitweste, die er irgendwann im Verlauf dieses fürchterlichen Morgens aus der Sattelkammer geklaubt hatte. Sir Simon fuhr in einem Ton fort, der verriet, daß er sich für die Idee des Frühstücks erwärmte. »Und es wäre großartig, Miss, wenn wir Rührei mit Schinken und heiße Würstchen haben könnten. Reichlich. Und Lachs und Shortbread, dazu gehört natürlich ein Tropfen Whisky.« Er wandte sich an Eric. »Whisky macht sich immer gut zum Tee. Wird dir auch guttun nach diesem Morgen.« An die Frau gewandt, setzte er betont liebenswürdig hinzu: »Mit einem Tropfen, meine Liebe, meine ich natürlich eine Flasche.«

»Ich verstehe, eine ... eine Flasche, Sir«, und sie verschwand eilig im Hintergrund. Im Salon, in den eine weitere Bedienstete sie führte, hing ein Spiegel vor dem Kamin. Auf dem Kaminsims lag eine schöne Zigarettenschatulle und daneben ein zu der Schatulle passendes Feuerzeug. Eine Zigarette war gerade das, was er jetzt brauchte, dachte Eric, er streckte die Hand aus, dann sah er sein Gesicht in dem großen Spiegel. Ihm wurde noch ein wenig übler.

Er riß sich zusammen, nahm eine Zigarette aus dem Ebenholzkästchen, zündete sie gelassen an, rauchte einige Züge und betrachtete sich erneut. Sicher, auf den ersten Blick wirkte sein Gesicht wie eine zerschlagene Masse. Aber es waren nur ein paar Schürfwunden, deren Blut das ganze Gesicht verklebt hatte. Das linke Auge sah so aus, als werde sich da ein Veilchen entwickeln; er vermutete, daß Sir Lancelot ihn mit dem Huf gestreift hatte.

Tief inhalierte er den Rauch.

»Du solltest dich waschen vor dem Frühstück«, sagte Turner vorsichtig.

Eric warf seine Zigarette in den Kamin, drehte sich wortlos um und ging in den oberen Stock, wo ihm gestern ein Zimmer angewiesen worden war. Er bewegte sich langsam, denn jetzt setzten die Schmerzen ein, und er war froh, daß ihm niemand begegnete. Er wollte keinen von den Fargus' sehen lassen, daß er sich wie ein alter Mann am Treppengeländer emporzog.

Sein Raum war unverändert, die Taschen standen noch, wie er sie auf das Bett gestellt hatte, nachdem er ja den Nachmittag mit den Fargus' und die Nacht außer Haus verbracht hatte. Großartig, da sparte er sich die Mühe, alles wieder einzupacken. Er ging ins angrenzende Bad und begann, sein Gesicht mit einem in Wasser getauchten Lappen zu betupfen, aber das Blut war festgeklebt; auf diese Weise würde er eine Ewigkeit brauchen. Müde lehnte er sich gegen das Waschbecken und blickte sich im Badezimmer um. Die Badewanne sah einladend aus. Er drehte die Hähne auf und sah zu, wie das heiße Wasser gurgelnd in die Wanne schoß. Sie würden auf ihn warten da unten, dachte er, aber es war ihm egal. Sollten sie ohne ihn essen. Er würde sich einen netten Gasthof suchen und dort frühstücken. Vielleicht kam die Sonne heraus, dann könnte er im Freien essen, und Lance könnte bei ihm sein. Er streifte sein zerrissenes, blut- und schweißverkrustetes Hemd ab, ballte es zusammen und beförderte es in den Papierkorb. Dem Hemd folgten die Hosen. Schließlich ließ er sich langsam ins Wasser gleiten, schnaufte kurz, weil er völlig durchgefroren und das Wasser sehr warm war. Er angelte sich ein Handtuch, tauchte es ins Wasser, drückte es aus und legte es sich über das Gesicht. Herrlich! Er wurde schläfrig vor Wohlbehagen und rief sich energisch zur Disziplin. Er konnte jetzt nicht schlafen. Er mußte sein menschliches Aussehen zurückgewinnen und dann Lance so schnell wie möglich von hier wegbringen. Wenn Emily ihm ihren Transporter nicht geben wollte, würde er Lance eben führen. Es war ein unbehaglicher Gedanke, so verletzlich über das weite Gelände zu gehen, auf dem Excalibur jederzeit auftauchen konnte. Weder Lance noch er wären in ihrem Zustand in der Lage, es mit dem Hengst aufzunehmen. Das Plätschern des Wassers schreckte ihn auf; er war doch eingenickt, verflucht, und da war noch etwas. Er zog das Tuch von seinen Augen, weil er fühlte, daß er nicht allein war.

Emily stand in der Tür. Sprachlos starrte er sie an, forderte schweigend eine Erklärung.

»Ich ... ich habe geklopft«, stammelte sie und starrte zurück wie hypnotisiert. »Wir warteten mit dem Frühstück, und als Sie nicht kamen, dachte ich, Sie wären vielleicht ohnmächtig geworden. Ich habe mir Sorgen gemacht.«

»Wieso haben Sie nicht Turner geschickt?« knurrte er.

»Sir Simon hat, während wir auf Sie warteten, eine halbe Flasche Whisky ausgetrunken.«

Eric kannte das. Zuerst war es Tee mit Whisky und dann Whisky mit Tee. Und es war erstaunlich, wie schnell Turner der Alkohol zu Kopf stieg. Wahrscheinlich lag er jetzt paralysiert, alle viere von sich gestreckt, auf der Couch.

Seine Gedanken kehrten zu seinen eigenen Problemen zurück: Es war nicht angenehm, vor einer damenhaft gekleideten Frau in der Badewanne zu liegen, die ihn mit ihren Blicken verschlang. Es war peinlich und lächerlich.

»Wie Sie sehen, bin ich nicht ohnmächtig«, sagte er knapp und machte Anstalten, sich zu erheben. Das war gewissermaßen als Gegenangriff gedacht, seine Brüskheit sollte sie in die Flucht schlagen. Emily jedoch blieb stehen und sah ihn an. Da war etwas wie Verklärung in ihrem Blick. Eric ließ sich wieder ins Wasser zurückgleiten. »Ich werde gleich unten sein, Ma'm«, sagte er spröde und merkte, wie ihm das Blut zu Kopf stieg. Wie konnte sie nur da stehen und ihn so anstarren? Es war schamlos, und – nun, es war unanständig. Er war schließlich nicht einer von den California Boys.

»Sie haben da eine Wunde an der Schulter, die ziemlich ...« Sie machte eine Bewegung, als wolle sie auf ihn zutreten.

Instinktiv wandte er ihr halb den Rücken zu. »Danke, Ma'm, ich komme schon zurecht.«

»Wenn Sie Hilfe benötigen sollten, Sie brauchen nur zu rufen.«

»Ja, Ma'm.«

Sie verschwand so unhörbar, wie sie aufgetaucht war, und Eric stieß einen tiefen Seufzer aus und rutschte in voller Länge ins Wasser. Was war los mit dieser Frau? Möglicherweise hatte sie keinen Mann mehr im Bett gehabt, seit ihr Gatte tot war – und fairerweise mußte er zugeben, daß es nicht an ihrem Aussehen liegen konnte. Es dürfte wohl eher der Mangel an Gelegenheit sein, dachte er, und schlüpfte so geräuschlos wie möglich aus dem Wasser, spähte dabei mißtrauisch nach der Tür. Mangel an Gelegenheit – wann kam sie schon einmal von ihrem Gestüt weg? Aber den ersten einigermaßen attraktiven Mann, der auf dieses Gestüt kam, einwickeln zu wollen? Er hielt inne. Bestimmt hatte Turner ihr von seinem Plan erzählt, das Gestüt zu verlassen; Turner konnte nie den Mund halten, wenn er getrunken hatte. Nachdenklich trocknete sich Eric weiter ab. Vielleicht hatte sie gehofft, ihn zum Bleiben zu veranlassen, wenn sie eine Affäre mit ihm begann. Vielleicht hatte sie Angst, daß er sich weniger auf Solitaire einlassen würde, wenn er außerhalb des Gestüts logierte? Wenn seine Vermutung zutraf, dann war Emily Fargus nicht nur eine sehr ehrgeizige Frau, die mit allen Mitteln versuchte zu erreichen, was sie wollte; dann hatte sie zudem völlig den Sinn für die Wirklichkeit verloren.

4

»Warum sind Sie nicht eingebogen? Da war ein Schild mit Bed & Breakfast!«

»Willst du in einem Cottage wohnen? Du bist hier im Land der Burgen und Schlösser.« Turner klang ein wenig spöttisch.

»Warum nicht? Halten Sie bitte, ich werde fragen, ob sie was frei haben.«

»Sonst wäre wohl das Schild nicht draußen.«

Eric rannte zurück, stieß die Gartenpforte auf und lief über einen Kiesweg durch den Garten auf das kleine Gebäude zu, auf dessen Fenstersimsen sich ähnlich überschwenglich blühende Blumen fanden wie im Garten. Er verharrte kurz, sog den Duft tief in sich; richtete sich auf und läutete. Nach einer Weile wurde die Tür geöffnet, eine kleine ältere Frau mit bis zu den Ellenbogen bemehlten Armen stand vor ihm. Eric zog seine bereits halb ausgestreckte Hand wieder zurück. »Guten Tag, Mrs. Hickman.« Er hatte den Namen vorn am Briefkasten gelesen. »Sie haben das Schild mit Bed & Breakfast da, und – ich möchte wissen, ob Sie eine Möglichkeit haben, mein Pferd und mich unterzubringen?«

Sie sah ihn mit unbewegtem Gesicht an und blickte dann auf dem Transporter, den Turner langsam zurückgesetzt hatte. »Ist das nicht der Wagen von den Fargus'?«

»Ganz recht.«

»Warum bleiben Sie denn nicht bei denen? Die haben doch genug Platz. Wir sind hier nicht gerade gut auf Pferde eingerichtet, wissen Sie.«

»Das Pferd da auf dem Anhänger ist ein Hengst.«

»Und er versteht sich nicht mit dem Roten?«

»Wir hatten heute früh so etwas wie eine Begegnung mit ihm.«

»Tja ...« Sie sah ihn wieder an, ohne daß ein Muskel in ihrem verwitterten Gesicht sich rührte. Selbst ihre Augen schienen gänzlich unbeweglich. »Sie können sich ja mal ansehen, was wir zu bieten haben.«

Sie trat zurück, um ihn ins Haus zu lassen, aber Eric sagte: »Könnten wir mit dem Stall anfangen?«

»Sicher, wie Sie wollen. Kommen Sie rein, wir gehen dann durch die Hintertür.« Eric ließ seinen Blick durch die kleine Vorhalle wandern, als er ihr folgte. Auf jeder dritten Stufe der Treppe, die gewunden ins obere Stockwerk führte, standen Blumenkübel mit üppigen, gut gepflegten Pflanzen, an den Wänden hingen kunstvolle Gebinde aus getrockneten Wiesenblumen, und von der Decke hing ein altes Holzrad herab, zwischen dessen Speichen Stroh und Blumen geflochten waren.

»Ich habe mich noch nicht vorgestellt, Mrs. Hickman. Mein Name ist Gustavson. Eric Gustavson.«

»Freut mich, Mr. Gustavson.« Die Küche, in der Mrs. Hickman ihre Arme unter fließendem Wasser abspülte, war groß und behaglich, mit einem schwarzweiß gewürfelten Steinboden und schweren, von der Zeit und reichlichem Gebrauch abgeschliffenen Möbeln. Schinken und Speckseiten hingen von der niedrigen Decke und verbreiteten einen köstlichen Duft. Es erinnerte ihn daran, daß er heute noch nichts gegessen hatte.

»Ich hoffe, ich störe Sie nicht bei etwas, das nicht warten kann, Mrs. Hickman«, sagte er höflich und streichelte die große rote Katze, die geschmeidig von einem Stuhl geglitten war und schnurrend um seine Knöchel strich.

Mrs. Hickman warf einen kurzen Blick auf das Treiben der Katze und drehte sich wieder um, ihre Arme mit einem Tuch abreibend. »Nay, der Teig muß jetzt sowieso aufgehen. Sie hätten's nicht besser abpassen können«, beruhigte sie ihn. »Ich habe gerade Tee fertig. Wollen Sie 'ne Tasse?«

»Also, ich weiß wirklich nicht, Mrs. Hickman ...«

»Ach, kommen Sie.« Sie machte eine Ecke auf dem riesigen Küchentisch frei von Backutensilien, wischte den Mehlstaub mit ihrer Schürze ab, forderte ihn durch eine Handbewegung zum Sitzen auf und goß zwei große irdene Becher voll. Dann schob sie ihm Sahne und Zucker hin. Während Eric in seinem heißen Tee rührte, machte sie sich mit abgewandtem Rücken an der Anrichte zu schaffen. Als sie sich ihm gegenübersetzte, schob sie ihm beiläufig einen Teller mit heißen, gebutterten Scones hin.

»Oh, Mrs. Hickman, das ist sehr freundlich, wirklich, aber ich kann doch nicht ... ich meine, ich bin doch nur hier, um ...«

»Ist recht, junger Mann.« Sie betrachtete ihn über den Rand ihres Bechers, noch immer ohne erkennbare Gefühlsregung. »Ich backe immer Scones, wenn ich Hefezopf backe. Essen Sie, frisch sind sie am besten.«

Eric nahm einen Scone und hätte jeden Eid geschworen, niemals etwas Köstlicheres gegessen zu haben. »Ich weiß nicht, was ich sagen soll.«

»Sind Sie mit dem Roten aneinandergeraten?« fragte sie unvermittelt.

Eric verschluckte sich an einem Krümel und trank hastig einen Schluck Tee. »Der Rote – Excalibur?«

»Excalibur, ja, das ist wohl der Name. Ich hab ihn nie gesehen. Hier in der Gegend heißt er nur der Rote. Soll ein tolles Pferd sein.«

»Ich hab ihn nur von weitem gesehen.« Eric biß in ein weiteres Scone. »Aber wenn die Geschichte mit seiner Abstammung stimmt, will ich gerne glauben, daß er großartig ist.«

»Die Fargus' sind schon lange hier, beinahe so lange wie meine Familie und die meines Mannes. Immer haben sie sich da oben für sich gehalten mit ihren Pferden und haben sie gehütet wie Juwelen. Einer unserer Gäste, der sich auskennt, mit Pferden meine ich, der hat die Herde mal gesehen und gesagt, sie ist's wert, besonders gut auf sie zu achten. Schätze, es wird den Fargus' nicht schmecken, daß sie die Cochans jetzt zu Nachbarn haben.« In der breiten schottischen Mundart klang Cochans wie »Koschäääns«.

»Wer sind die Cochans?«

»Die haben das Land auf den Hügeln über dem Fargus-Besitz gepachtet.«

»Auf den Hügeln?« Eric stellte seinen Becher wieder hin. Er hörte Louises Stimme in seiner Erinnerung: *Was kann gut sein, was von denen da oben kommt?*

»Ja, die Pacht liegt ziemlich hoch. Kein guter Boden. Zu kalkhaltig, zu viele Felsen. Und komische Leute. Irgendwie ... unnatürlich. Das ganze Dorf denkt das«, setzte sie hinzu.

»Was sind das für Leute? Ich meine, woher kommen sie?«

»Sie haben's vorher in England versucht, heißt es, aber von unseren Inseln sind die nicht.«

»Und was tun sie?«

»Ach, dies und das, ein bißchen von allem – Schweinezucht, Kühe, Pferde. Ich weiß nicht, die gehören nicht hierher. Kennen sich nicht aus. Wollen sich nicht anpassen. Sprechen nicht einmal unsere Sprache, nicht richtig jedenfalls, und ich meine nicht unseren Dialekt, sondern überhaupt Englisch. Ist 'ne ganze Sippe, und die halten sich bestimmt mindestens genau so für sich wie die Fargus'.«

»Sagen Sie, Mrs. Hickman, haben die Cochans auch Hunde?«

»Hunde, ich denke schon.«

»Auch einen grauweißen Schäferhund?«

»Na, ich weiß nicht. Ich war nie da. Weiß nicht, welche Tiere sie haben. – Wollen Sie jetzt den Stall sehen?«

»Ja, sicher.« Eric hätte gern noch mehr gehört.

»Wir haben sonst nie Gäste mit Pferden«, sagte Mrs. Hickman, als sie durch den Garten gingen. »Wenn die Leute reiten wollen, mieten sie sich Pferde von Billy am anderen Ende des Dorfes.«

Eric mußte sich erneut anstrengen, um sie zu verstehen, unvertraut wie er mit dem schottischen Dialekt war, und fragte sich, ob er gerade jetzt etwas wirklich Wichtiges nicht verstanden hatte.

Sie gingen auf ein niedriges hölzernes Gebäude zu, und Mrs. Hickman öffnete die Flügeltüren weit. Das helle Tageslicht flutete in breiten Bahnen in einen großen, leeren Raum mit einem höckerigen Steinboden und einem die ganze Länge der gegenüberliegenden Wand einnehmenden steinernen Trog. »So, hier könnten Sie Ihr Pferd unterbringen. Mein Mann benutzt es als Garage und – auch unser Sohn, wenn er uns mal besuchen kommt. Er hat Arbeit unten im Süden gefunden, hinter den Borders. Er kommt nicht oft, ist ja auch ein weiter Weg. Früher war das hier der Kuhstall, Sie sehen ja noch den Trog. Wir haben die Kühe aber schon vor Jahren abgeschafft; lohnte sich nicht mehr, und mein Mann hatte auch immer Schwierigkeiten mit dem Melken. Der olle Timothy, unser Tierarzt, hat gesagt, mein Mann hat nicht die richtige Technik, es gab immer Flocken in der Milch.«

Eric prüfte den Boden und die Wände, während Mrs. Hickman

tiefer und tiefer in ihrer Familiengeschichte grub, und als sie bei den Eskapaden des Sohnes Davy im Alter von acht Jahren angekommen waren, hatte Eric seine Untersuchung abgeschlossen. Es gab hier nichts, woran ein Pferd sich verletzen konnte. »Stroh könnten wir im Dorf bekommen?«

»Stroh haben wir, junger Mann. Wir halten noch Hühner. Futter für Ihr Pferd können Sie bei Billy unten kriegen, der haut Sie auch nicht übers Ohr. Und Wasser – Sie brauchen sich nicht mit einem Eimer abplacken, kommen Sie, ich zeig's Ihnen.«

Sie schien völliges Zutrauen zu ihm gefaßt zu haben, jedenfalls zupfte sie ihn am Ärmel und führte ihn wieder ins Freie, und ein beinahe spitzbübisches Lächeln legte tiefe Falten um ihre Augen. Als sie um die Ecke des Gebäudes bogen, blieb Eric wie angewurzelt stehen: vor ihnen lag so etwas wie ein verwunschener Garten, eingerahmt von einem halbhohen, schmiedeeisernen, kunstvoll verzierten Zaun, über dessen graziöse Bögen sich verschwenderisch blühende Heckenrosen ergossen. Innerhalb dieses Kunstwerks, das menschliche Meisterschaft und die Üppigkeit der Natur geschaffen hatten, war das dichte Gras kurz gehalten und an den Kanten sorgfältig begradigt. In der Mitte des grünen Teppichs erhob sich ein kleiner Springbrunnen aus weißem Stein.

»Aye, junger Mann, überrascht?«

»Ich kann's nicht glauben.« Eric widerstand der Versuchung, sich die Augen zu reiben.

»Wir hatten mal 'nen Gast, der sagte, das wär' wie in Holyrood House, wo die Queen Mary residiert hat. Ich hab's nie gesehen, aber sein Wort ist mir gut dafür, der war weit herumgekommen.«

»Und Lance dürfte aus diesem Brunnen trinken?«

»Ihr Pferd, ja warum nicht? Und Sie können sicher sein, besseres Wasser finden Sie nicht im Umkreis von fünfzig Meilen. Es ist unsere eigene Quelle. Sie speist das Haus, wir kochen und backen damit, und wir haben eine Vorrichtung, um es zu erhitzen, so daß wir damit auch baden und duschen können.«

»Aber seine Hufe werden vielleicht diesen schönen Rasen aufreißen!«

»Ach du meine Güte!« Mrs. Hickmans Züge zuckten krampfhaft und konnten das Lachen schließlich nicht mehr zurückhalten. »Das Gras wird schon wieder nachwachsen.«

»Er könnte sich aber auch darauf wälzen!«

»Schätze, das macht dem Gras noch weniger aus.«

»Aber ein Pferd gehört einfach nicht hierher! Dies ist wie – ein Klostergarten!«

»Ich sag Ihnen jetzt was, junger Mr. Gustavson.« Mrs. Hickman zupfte erneut an seinem Ärmel. »Als Sie vorhin kamen, da drehte sich Ihr Lance um, und ich konnte sein Gesicht über der Klappe sehen. Das ist ein hübsches Pferd, das Sie da haben, und ich finde, ein hübsches Pferd hat diesem Garten immer gefehlt. Lassen Sie ihn hier laufen, grasen, sich wälzen – ich würd mich freuen, wenn ich am Fenster stehen und auf ein nettes Pferd schauen könnte. – Aber es ist natürlich Ihre Entscheidung, und da ist ja auch noch –«

»Haben Sie, sagen wir, vier bis fünf große Strohballen, um sie im Stall aufzuschütten?«

Mrs. Hickman blickte zu ihm auf. »Schon, aber – Sie haben Ihr Zimmer doch noch gar nicht gesehen. Vielleicht mögen Sie's nicht.«

»Doch«, sagte er sanft. »Ich bin sicher, daß ich es mag.« Sein Zimmer mochte einer Besenkammer gleichen, es war ihm egal.

Mrs. Hickman blickte nach dem wolkenlosen Himmel, von dem die Sonne herunterbrannte, und ließ ihren Blick dann über den Garten schweifen.

»Ihr Pferd ist auch mit dem Roten zusammengetroffen?«

»So wie ich, aus der Ferne.« Und noch ehe er es sich versah, sprudelten die Ereignisse des frühen Morgens aus ihm heraus.

»Liebe Güte, Mr. Gustavson, Sie haben ja was mitgemacht! Ich hab mich schon gefragt, was wohl mit Ihrem Gesicht passiert ist.« Ohne recht zu wissen wie, fand sich Eric wieder an dem großen Tisch in der Küche, und eine Platte und ein weiterer Becher mit dampfend heißem Tee standen vor ihm. Auf der Platte fand er das, was man in dieser Gegend »Pie« nennt – einen großen Batzen knusprigen Teigs, beladen mit Schinken und hartgekochtem Ei und zerlassenem Käse und dicken Tomatenscheiben. Eric spülte diese Köstlichkeit mit seinem Tee hinunter und blickte schließlich zu Mrs. Hickman auf, die ihm gegenübersaß, an ihrem Tee nippte und ihn beobachtete. Die herrlichen Scones hatten seinen Appetit nur eben so angeworfen; dieser gewaltige Batzen Pie jedoch hatte das quälende Rumoren seines Magens beendet, und ebenso seine

Kraftlosigkeit. Er war wieder er selbst, als er seine Lippen mit der Serviette betupfte und sich vom Tisch erhob.

»Gee, das seh ich gern, Mr. Gustavson.«

»Warum sagen Sie nicht Eric?« Diesmal hatte er das Gefühl, der richtigen Person diese Vertraulichkeit zu gewähren.

»Eric. Ja. Netter Name. Ich glaube, mein Pie hat Ihnen gutgetan.«

Eric fühlte sich versucht, seinen Arm um ihre Schultern zu legen. »Mehr als das, Mrs. Hickman.«

»Wollen wir dann Ihr Pferd holen?«

»Er gehört nicht mir«, erklärte er, während sie auf den Transporter zugingen. »Er gehört dem Herrn, der am Steuer sitzt. Ich bin sein, hm – sein Bereiter. Und sein Name ist eigentlich nicht Lance, sondern Sir Lancelot.«

Ein Blick durch die Windschutzscheibe auf Turners schmales Gesicht sagte genug. Er mußte eingeschlafen sein, kurz nachdem Eric aus dem Wagen gesprungen war. Das erklärte, warum er noch nicht zur Eile gedrängt hatte. Eric lauschte auf das vertraute Schnorcheln und drehte sich zu Mrs. Hickman herum. »Holen wir Lance.«

»Ja, bitte! Ich muß sagen – ich bin wirklich neugierig auf ihn!«

Eric ließ die schwere Lade herunter, ging hinauf zu Lance und löste den Führstrick. Er kraulte sein Kinn: »Streng dich an, alter Junge, ich weiß, dir geht's nicht gut, aber da ist eine Lady, die wartet auf dich.«

Lance trippelte geschickt die Rampe hinunter und stand dann hoch aufgereckt im Sonnenschein. Die stolze Haltung, vereint mit der hochgezüchteten Schönheit seiner Rasse, machte die zahlreichen Verbände vergessen.

»Oh – das ist ja Prince Charming!« Mrs. Hickman kreuzte ihre Hände über der Brust. Sie starrte Sir Lancelot an, ging mehrmals um ihn herum. »Prince Charming!« wiederholte sie. »Meinen Lebtag habe ich noch nicht ein so einmalig schönes Pferd gesehen!« Scheu streckte sie eine Hand aus. »Ich würde ihn gern anfassen. Darf ich?«

Eric stand neben Lances Kopf. »Sie tut dir nichts, mein Sohn.«

Als sich Mrs. Hickman näherte, legte Lance warnend die Ohren zurück. »Nur keine schnellen Bewegungen in seiner Nähe«, sagte Eric eilig. »Er ist ein bißchen empfindlich.«

»Sicher, sicher. Royalties dürfen das auch sein.«

Eric war nicht wohl zumute. Er war sich nicht sicher, welche Auswirkungen die Ereignisse des vergangenen Morgens auf Lance gehabt hatten, und er erinnerte sich zudem an den Tag, an dem er Sir Lancelot zum ersten Mal gesehen hatte. Er hatte nacheinander den lokalen und erprobten Tierarzt und darauf einen Stalljungen aus seiner Box getreten, und es auch mit ihm zahllose Male versucht. Atemlos beobachtete er Mrs. Hickmans Annäherung und machte sich darauf gefaßt, sie notfalls blitzschnell aus der Gefahrenzone zu bringen.

»Aye, das ist aber ein wirklich schönes Pferd«, schmeichelte sie und streckte Lance die Hände flach hin. »Wie ein Sonnenstrahl, so ein feines Fell.« Lances Ohren wanderten langsam nach vorn, und seine Nüstern bebten, als er ihren Geruch sondierte. Sein Kopf schob sich neugierig vor Mrs. Hickmans Gesicht, und für eine Weile beobachtete Eric ungläubig, wie die beiden laute Atemzüge austauschten, genau wie einander fremde Pferde es tun. Lance schubste Mrs. Hickman darauf mit dem Maul an, und ein unvermutet mädchenhaftes Lachen antwortete. »Was für ein Feiner du bist! Hast es gern, wenn du gestreichelt wirst, nicht?« Sie konnte Lance überall anfassen; er war zugänglich wie ein freundlicher Welpe.

»Sie ... bestimmt haben Sie viel Erfahrung mit Pferden, Mrs. Hickman?«

»Gar nicht. Aber wir hatten mal so ein Fohlen hier, wissen Sie – armes Ding. Es war ganz ohne Augen geboren worden, und wenn es auf war, lief es immerzu im Kreis – halb verrückt. Aber wenn man sehr vorsichtig mit ihm war, konnte man es anfassen, und dann stand es still und schien gern ein bißchen Nähe und Wärme zu haben. – Und als Sie sagten, Ihr Lance hat was gegen schnelle Bewegungen, da hab ich mich an das Fohlen erinnert. Eines Nachts büxte es aus, lief über die Felder und fiel in eine Schlucht. Wir fanden es erst nach ein paar Tagen ...«

»Das tut mir leid.«

Eric führte das Pferd um das Haus herum, vorbei am Hühnerauslauf, und die kleine Mrs. Hickman ging an Lances rechter Seite. Sie ließ keinen Blick von ihm.

»Beim heiligen Andreas, ist das ein schönes Pferd!«

Als Lance beim unvertrauten Anblick der flatternden, scharrenden Hühner stutzte, schob sie ihm einen Ellenbogen in die Flanke: »Die tun dir nichts, Prince Charming!« Lance schnaubte nur kurz mißbilligend und ging ruhig weiter. Eric merkte, daß der Hengst hier nicht nur räumlich gut untergebracht war.

Im Garten beobachtete Mrs. Hickman interessiert, wie Eric das Halfterseil um Lances linkes Vorderbein, knapp oberhalb des Hufes, schlang. »Das ist schlau«, sagte sie anerkennend. »Beim Grasen stört es ihn nicht, aber er kann auch nicht schnell laufen.«

»Ja.«

»Wissen Sie was, ich hole jetzt was, das wird ihn schon halten, bis wir fertig sind.«

Sie ging ins Haus und kam mit zwei Körben zurück. In einem waren frische Möhren, noch vollständig mit dem herrlich duftenden grünen Busch, in dem anderen kleine, eingeschrumpelte Äpfel. Sie schüttete beides vor Lance auf, und der Hengst schnupperte und machte sich darüber her. Eric stieß einen Seufzer der Erleichterung aus: es würde also keinen Fastentag für Lance geben; und Mrs. Hickman kicherte. »Dachte schon, daß er sich die Äpfel zuerst vornimmt. Winteräpfel – weich und ganz süß.«

»Mrs. Hickman, ich weiß wirklich nicht –«

»Denken Sie an die Bezahlung? Ihr Zimmer kostet Sie zwei Pfund, und die Unterbringung des Pferdes – na, sagen wir, ein Pfund. Und wenn ich dem schönen Prinzen Möhren oder Äpfel oder altes Brot gebe, das ist in Ordnung. Ich werd es nicht auf Ihre Rechnung setzen.«

»Das meinte ich nicht, Mrs. Hickman. Lance – ich würde mein letztes Hemd für ihn geben. Aber Sie sind so – freundlich!«

»Aye, sehen Sie, Eric, ich kann mir meine Gäste aussuchen. Sicher ist's nett, wenn ein bißchen mehr in der Haushaltskasse ist, aber es geht auch ohne. Ich schau mir meine Gäste schon gründlich an. Warum, denken Sie, hab ich Ihnen Tee gegeben? Wenn ich Sie auf den ersten Blick nicht hätte leiden können, wär mir schon eine passende Ausrede eingefallen. – Und jetzt lassen Sie uns das Stroh holen. Und nennen Sie mich Claire.«

Sie trugen die Strohballen in den Stall, und bald war der blanke Boden dick gepolstert. Feiner Staub und ein warmer, süßer Geruch hingen in der Luft. Eric führte Lance hinein, und Claire schüttete erneut Äpfel und Möhren in den langen Trog, sah eine Weile zu, wie er fraß und marschierte schließlich resolut auf den Wagen zu. »Sie brauchen Futter«, sagte sie, »Hafer und Heu und sicher noch manches andere. Billy hat alles. Schieben wir diesen betrunkenen Menschen zur Seite. Ich zeige Ihnen den Weg zu Billy.«

Gemeinsam bugsierten sie den tiefschlafenden Turner auf den Rücksitz und koppelten den Anhänger ab. Eric startete den Wagen. Während sie der schmalen Dorfstraße folgten, sah er sich um. Die meisten Häuser sahen aus wie das der Hickmans, unauffällig und adrett, und in den meisten Gärten blühte eine ähnliche Blumenpracht wie in Claires Garten. Er drehte das Wagenfenster hinunter und atmete tief die aromatische Seeluft ein. »Ich habe immer gehört, Schottland habe ein rauhes Klima.«

»Nay, nicht hier im Westen. Der Golfstrom ist unser Segen. Das Wetter wechselt dadurch zwar häufiger, aber es ist fast immer mild. Ich hab 'ne Cousine oben im Norden, da ist's wirklich kalt. Aber nicht hier. Wenn Sie etwas länger bleiben, könnten Sie mit Ihrem Lance die Gegend erkunden, falls Sie Zeit dazu haben.«

Eric nahm den leisen Hinweis sehr wohl wahr. Sie fragte nicht, was er mit den Fargus' zu tun hatte; Eric hatte schon bald gemerkt, daß Claire diskret war und ihre Nase nicht in anderer Leute Angelegenheiten steckte.

»Kennen Sie Solitaire?« fragte er rundheraus.

Claire schien seine Frage nicht zu überraschen. »Ich hab von ihr gehört. Die ganze Gegend stand Kopf, als durchsickerte, was Everett – das war der Sohn vom alten Fargus – für eine horrende Summe für sie ausgegeben hat, und dabei war sie bloß ein Fohlen von ein paar Monaten.«

Das war eine neue Information für Eric. Er war immer davon ausgegangen, daß Solitaire aus der Herde der Fargus' stammte.

Emily hatte ihm einige wichtige Informationen vorenthalten. Warum?

»Da ist Billys Hof.«

Er bog nach rechts und fuhr langsam über eine sich in ein flaches Tal senkende, gewundene Anfahrt. Zu beiden Seiten des Weges waren die Wiesen eingezäunt. Zur Linken türmten sich kegelförmig aufgeschichtete Strohhaufen, die im Sonnenlicht schimmerten. Zwischen ihnen grasten Schafe. Ein schwarzer Schäferhund rannte bellend ein Stück neben dem Wagen her und kehrte dann zu seinen Schutzbefohlenen zurück. Auf der anderen Weide grasten Rinder – zottige, schwarze Galloways, für die Eric immer schon eine Vorliebe gehabt hatte, und auf einer tiefer gelegenen Koppel sah er einige Pferde. Sie fuhren über eine alte Steinbrücke, unter der sich ein schäumender Bach hindurchzwängte, vorbei an den Farmgebäuden und auf den Hof. Eine mollige kleine Frau in Claires Alter kam ihnen entgegen, ihre Hände an ihrer Schürze trocknend. »Gee, Claire, ich sah euch vom Küchenfenster und dachte, das ist ja Claire Hickman, aber im Auto der Fargus'?« Sie sah zu Eric hin, der ausgestiegen war und Claire die Tür aufhielt.

»Mary, darf ich dir Mr. Gustavson vorstellen?« Claire richtete sich zwischen ihnen auf, und ihr Lächeln war stolz. »Er wird zumindest einige Tage bei uns bleiben. – Eric, darf ich vorstellen, dies ist Mary MacKinnan.«

»Freut mich sehr, Ma'm.« Erstaunt stellte er fest, daß sie errötete, als sie einander die Hände schüttelten. »Claire hier sagte, ich könnte Pferdefutter von Ihrem Mann kaufen.«

»Oh, ja!« Mrs. MacKinnan hatte jetzt Turner auf dem Rücksitz entdeckt und versuchte, nicht nach ihm zu schielen. Eric hielt es für das beste, mit offenen Karten zu spielen. »Ein Opfer des ausgezeichneten schottischen Whiskys, Ma'm«, erklärte er beiläufig.

»Oh, ja«, sagte sie noch einmal. »Ja, Billy – Billy ist bei den Pferden, schon ziemlich lang, na ja –«

»Wunderbar!« Eric drehte sich um. »Die wollte ich sowieso gern kennenlernen. Hat mich sehr gefreut, Mrs. MacKinnan.«

»Komm ins Haus, Claire«, sagte Mary MacKinnan. »Wenn Männer erst mal anfangen über Pferde zu schwatzen ... Sollten wir nicht was mit diesem da machen?« Mary blickte unsicher nach Turner.

Claire trat zum Auto und legte ihm durch das offene Fenster der Fahrertür eine Hand auf die Schulter. Turner rutschte tiefer in das Sitzpolster und gab ein röhrendes Schnarchen von sich.

Mary grinste: »Laß den lieber, Claire, sonst wird mir noch die Milch sauer.«

Lachend gingen sie über den kopfsteingepflasterten Hof zum Haus.

Eric war über den Zaun geklettert und hielt auf die Gruppe der Pferde zu. Sie waren knapp größer als Ponys, zottig, und sie wirkten hart und ausdauernd. Als er näherkam, sah er, daß ein Mann, es mußte Billy sein, in einer ihm nur zu vertrauten Haltung dicht hinter einem der Pferde stand, dessen Leib aufgetrieben war. Er beschleunigte seinen Schritt. »Guten Tag, Sir. Kann ich Ihnen helfen?«

Der Mann drehte sich um, zog seinen verschmierten Arm unter dem Schweif des Pferdes hervor und richtete sich auf. Er war groß und vierschrötig, mit einem vor Anstrengung geröteten Gesicht, aus dem zwei hellblaue Augen den Fremden einzuschätzen versuchten. »Helfen?« Eric noch immer ansehend, seifte er langsam seine Arme und Hände in einem Eimer ab. Eric hatte sofort die Situation erfaßt: Posterior-anteriore Präsentation eines großen Fohlens in einer kleinen Stute, und Billy hatte Hände, die zu seinem breiten Rücken und seinen mächtigen Schultern paßten.

»Wann hat sie das Fruchtwasser verloren?« Er tastete den geschwollenen Rumpf ab und krempelte bereits seine Ärmel auf.

»Muß schon länger her sein«, sagte Billy wie betäubt. »Ich fand sie vor etwa 'ner Stunde, als ich ihnen Heu bringen wollte. Ist zu früh für sie, sie wär' eigentlich erst nächste Woche dran. Ich weiß nicht, ob das Fohlen noch lebt. Da ist ein Durcheinander von Beinen, und der Hintern liegt genau, wie er nicht liegen soll.«

Eric nickte. Er bemerkte auch, daß die Augenhöhlen der Stute eingesunken waren, und daß sie kaum mehr preßte. Es war keine Zeit zu verlieren. »Könnte ich frisches heißes Wasser haben, bitte? Ein sauberes Handtuch, und – haben Sie ein Gleitmittel?« Wenn die Fruchtblase schon vor längerer Zeit geplatzt war, und wenn Billy mit diesen Riesenhänden seit einer Stunde nach dem Fohlen fischte, konnte er sich vorstellen, daß die vaginalen Wände so trokken wie Sandpapier waren.

»Äh …«

»Vaseline? Melkfett?«

»Aye.«

»Ich sag's nicht gern, aber viel Zeit bleibt uns nicht. Es könnte sein, daß Sie auch die Stute verlieren.«

»Oh, aye – Wasser, Seife, Handtuch, Melkfett.«

»Und bringen Sie auch Stricke mit, so dünn und so sauber wie möglich, hören Sie!«

»Stricke – aye!«

Eric sah, wie der große schwere Mann mit überraschender Geschwindigkeit über die Wiese auf die Stallgebäude zuhastete, und streichelte das Gesicht der kleinen Stute. Sein Herz hämmerte ihm in den Ohren. Als Billy in erstaunlich kurzer Zeit wieder da war, tauchte er seine Arme in das beinah kochendheiße Wasser und unterdrückte einen Schmerzenslaut. »Haben Sie nicht versucht, den Tierarzt zu erreichen?«

»Der alte Timmy liegt seit einer Woche krank im Bett. Ist nicht mehr der Jüngste.«

»Wohnt er weit von hier?« Eric schob seine eingefettete Hand in die Vagina der kleinen zitternden Stute, die nicht den geringsten Widerstand leistete. Wenn er bloß eine stimulierende Injektion geben könnte, die die Stute zum geeigneten Zeitpunkt zu erneutem Pressen veranlaßte! Timmy hatte die Medikamente, die ihm fehlten.

»Aye, im nächsten Dorf. Fünfzehn Meilen von hier.«

Fünfzehn Meilen!

Fünfzehn Meilen hin, Erklärungen und Kramen nach dem Notwendigen, fünfzehn Meilen zurück! Eric unterdrückte einen Fluch und schloß die Augen, während seine Hand herumtastete. Da war die Kruppe ... der gebogene Rücken ... da, ein Hinterhuf ... das linke Hinterbein, unter den Leib gezogen. Dann der rechte, grotesk verdreht. Und auch er hatte keine Ahnung, ob das Fohlen noch lebte. Brust und Kopf befanden sich außerhalb seiner Reichweite. Er tastete und schob und manövrierte, und mit unendlicher Geduld und Vorsicht gelang es ihm schließlich, die verdrehten Gliedmaßen auszurichten. Aber es schien unmöglich, das Fohlen in dem kleinen Uterus umzudrehen und seinen Kopf auf die gestreckten Vorderbeine zu bringen. Er kehrte zum Eimer zurück, wusch sich hastig die Arme und tauchte die Stricke ins Wasser. Wenn er bloß ein Antiseptikum hätte. Er haßte den Gedanken, mit diesen alles andere als sterilen Stricken in den Uterus der Stute zu gehen. Aber wenn er es nicht versuchte, würde sie elend krepieren. Das Fohlen mußte heraus, damit wenigstens das Muttertier eine Chance hatte.

»Hören Sie.« Sein Mund war so trocken, daß er nur krächzen konnte. »Wir müssen das Fohlen mit dem Arsch zuerst rausziehen. Die Stute ist schon zu erledigt, sie preßt nicht mehr, von ihr können wir keine Hilfe erwarten. Ich sage Ihnen, wann Sie anfangen müssen zu ziehen – und sachte, sachte. Okay?«

»Ich bin soweit.«

Eric rieb erneut seinen Arm ein. »Ihr erstes Fohlen?« fragte er mit zusammengebissenen Zähnen, während er im Uterus herumtastete.

»Das erste, aye.«

Großartig. Warum mußte ihm das passieren? Der Mann würde wahrscheinlich das Fohlen und seine Stute verlieren.

»Und wenn wir sie hinlegen?«

»Nein, bloß nicht!«

Eric nahm sich zusammen. Ruhiger sagte er: »Es ist etwas leichter, das Fohlen von oben nach unten zu ziehen.«

»Aye.«

Endlich gelang es ihm, die ihm fortwährend entgleitenden Hinterbeine wieder sicher und glatt längs nebeneinander auszurichten und den Strick um die Fesseln zu schlingen. »Jetzt ziehen, Billy«, keuchte er. Sein Arm wurde zwischen die Knochen des mütterlichen Pelvis und den Körper des Fohlens gequetscht wie zwischen zwei aneinander vorbeischrammenden Felsen. »Langsam und stetig, ich versuche, das Fohlen auszurichten. Ja, so, langsam, langsam –«

»Da sind die Hinterbeine – die Kruppe –!« rief Billy aufgeregt.

»Fein, fein«, keuchte Eric. Er biß voller Schmerz, stumm, in seinen freien Arm, als Kruppe und Rumpf durch den engen Gang an seinem Arm vorbeigezogen wurden, und der Schweiß strömte über seinen Rücken. »Sachte jetzt, sachte, die Vorderbeine –« Er dirigierte die zarten Glieder mit seiner Handfläche, spürte, wie schließlich die winzigen Hufe darüberglitten, und tat sein Bestes, um den Hals auf diesen Vorderbeinen zu halten. Ungläubig fühlte er, wie das Fohlen aus der Gebärmutter schwand, bis er nur noch das Schnäuzchen streifte. Er war nicht sicher, ob es gezuckt hatte. Die unglückliche kleine Kreatur war zu lange ohne die schützende Flüssigkeit gewesen, die sie mit Nahrung und Sauerstoff versorgt hatte. Es konnte nicht mehr am Leben sein. Er schüttelte den Kopf und stützte sich gegen die Kruppe der Stute, bis sich die Nebel der Erschöpfung geklärt hatten. Und dann ruhten seine Augen traurig auf dem nassen Bündel, das ein prächtiges Fohlen hätte sein können. Still lag es auf dem Boden, vollkommen geformt, aber die Flamme seines Lebens war erloschen, ehe es noch das Licht erblickt hatte. Stumpf ließ er sich auf die Knie fallen und löste die Stricke, dann drehte er den kleinen Kopf zu sich herum, befreite die Nüstern von den Resten der Plazenta und strich über den dünnen Hals zur Brust. Kein Atem. Es war tot.

»Tut mir leid, Billy.«

Er blickte zu dem großen Mann auf, und seine Hand ruhte auf dem Fohlen; plötzlich erstarrte er, beugte sich tiefer, legte sein Ohr gegen den Thorax – ganz, ganz schwach war da ein leises Sausen. »Billy!« rief er, drehte das Fohlen auf den Rücken, »helfen Sie mir! Überstrecken Sie den Kopf! Halten Sie seine Vorderbeine!«

Er begann eine resolute Herzmassage und blies in Abständen seinen Atem in die kleinen Nüstern. Er wartete, fing von vorn an. Wieder Warten. Wieder und wieder das gleiche. Schließlich sagte Billy resigniert: »Es hat keinen Sinn. Wenigstens haben Sie die Stute gerettet. Und ich bin Ihnen ... kann Ihnen nicht sagen, wie dankbar –«

Da zuckte der kleine Körper plötzlich in Konvulsionen, die Beine flatterten und brachten den Körper auf die Seite – und die Augen öffneten sich, das Köpfchen hob sich und ein Flüstern von einem Wiehern entschlüpfte der schmalen Brust. Die Stute, die bis dahin apathisch mit gesenktem Kopf gestanden hatte, drehte sich unvermutet herum und schnüffelte an ihrem Fohlen, das versuchte, sich aufzurichten. Und dann begann sie es zu lecken. Die rauhe Zunge stimulierte die Blutzirkulation effektiver, als irgend etwas anderes es kann, und das kleine Tier war innerhalb weniger Minuten auf den Beinen und suchte nach dem Euter der Mutter.

Für eine Weile standen die beiden Männer starr und staunten. Billy legte Eric die Hand auf die Schulter. »Das war ein Meisterstück. Was für ein Glück, daß gerade, als ich ihn am meisten brauchte, ein Mann vom Fach da war!«

Eric blickte ihm gerade in die Augen: »Das war meine erste Geburt.«

»Nay, jetzt machen Sie aber Spaß mit mir! Sie sind doch 'n richtiger Vet?«

»Schon, aber sehen Sie, es hat sich ergeben, daß ich nur mit traumatisierten oder neurotischen Pferden arbeite – sie wieder reitbar mache, wenn Sie wissen, was ich meine. Ich habe keine Erfahrung in der üblichen tierärztlichen Praxis.«

Billy starrte ihn eine ganze Weile sprachlos an, und Eric konnte sich vorstellen, was das Ergebnis von Billys Gedankengang sein würde – daß er es mit einem Anfänger zu tun hatte, dessen Hand das Schicksal in diesem einen Fall glücklich geführt hatte.

»Na, Hut ab vor Ihrer Courage!« sagte Billy. »Hut ab, Guvnor! Sie haben keine Erfahrung und haben dieses feine Fohlen nicht nur aus der Stute gezogen, ohne es zu zerteilen, sondern ihm auch Leben eingehaucht! Mensch, schauen Sie mich nicht an, als wär ich vom Mond! Sie haben mir die Stute und das Fohlen gerettet, und ich wollte gerade ein Fohlen aus dieser Stute so sehr! – Los!« Er stieß Eric in die Rippen. »Wir müssen einen darauf heben!«

»Danke, Billy, danke sehr«. Eric fühlte sich beinahe beschämt angesichts der ehrenden Anrede und sagte betont nüchtern: »Ihre Stute braucht ein Antiseptikum, und ich hab meine Medikamente noch in dem Anhänger, mit dem wir mein Pferd herunterbrachten. Ich fahre schnell rüber.«

Billy hatte frisches heißes Wasser und frische Handtücher bereit, als Eric zurückkam, und die Nachbehandlung der kleinen Stute wurde so etwas wie eine Feier, mit Mary MacKinnan und Claire und einigen der Farmarbeiter als Publikum. Um die nicht eben schön anzusehende Angelegenheit erträglicher zu machen, hielt Eric während des ganzen Vorgangs ein leichtes Geplauder in Gang. Schließlich richtete er sich auf. »Sie sollte jetzt okay sein. Ich verpasse ihr noch einen Schuß gegen Tetanus.«

Er blickte nach dem feingliedrigen dunklen Fohlen, das niemals von dem Euter der Stute fort zu sein schien. »Der holt nach, was er vermißt hat, was?«

»Ein feines Hengstfohlen, grad was ich mir aus dieser Stute gewünscht habe.«

Sie standen nebeneinander und konnten sich kaum sattsehen. Die gespreizten Beine des Füllens zitterten vor Spannung, das kleine hungrige Maul stieß gegen das pralle, dunkle Euter der Stute, die eifrigen Schluckbewegungen und das leise Grunzen sprachen für sich: der kleine Hengst hatte es geschafft.

»Ich weiß nicht mal Ihren Namen!« Billy hieb ihm herzhaft auf die schmerzende Schulter, aber Eric fühlte es kaum. »Eric. Eric Gustavson.«

»Kommen Sie, Eric, Sie sehen ziemlich erledigt aus. Mutter wird Ihnen Tee geben.«

»Wissen Sie, Billy, eigentlich kam ich, um Futter zu kaufen, vielleicht sollten wir das erst mal erledigen.«

Claire und Mrs. MacKinnan traten zur Seite und sahen zu. Die Farmgehilfen verzogen sich.

»Gern, Eric, was brauchen Sie?«

Sehr bald hatte Billy das Nötige aus seinen Stallungen herbeigeschafft, und gemeinsam machten er und Eric sich daran, die Heuballen und die Säcke mit Futter in den Geländewagen zu laden. »Wenn ich Ihnen raten darf, nehmen Sie noch ein Beutelchen Nüsse. Ist beinah noch besser als Leinsamen für ein schönes Fell und einen guten Stoffwechsel, und vor allem – eine kleine Prise extra kann bei einem Pferd wie Ihrem bei unserem Seeklima nicht schaden. Unsere Tiere sind dran gewöhnt, aber ich hab schon manchen Vierbeiner von außerhalb hier dünn werden sehen, weil die See ihnen unvermutet in den Leib gefahren ist, sozusagen.«

Eric hatte noch keine Zeit gehabt, sich darüber Gedanken zu machen, aber er begriff sofort, was Billy meinte. »Geben Sie mir lieber noch zwei Sack Hafer, und drei ›Beutelchen‹, Billy.«

»Gern.« Als er zurückkam, sagte er: »Würd' Ihr Pferd gern mal sehen.«

»Na, er gehört nicht mir, aber ich wollte Sie sowieso schon fragen, ob ich mit ihm auf eine Ihrer Weiden darf.«

»Klar, Platz haben wir genug.«

»Vielen Dank. – Und nun, was schulde ich Ihnen, Billy?«

»Was schulde ich Ihnen?«

»Schulden?« Eric verstand nicht.

»Aye.« Billy deutete auf die Weiden da unten. »Maudie. Das Fohlen.«

»Oh, Billy, Sie glauben doch nicht, daß ich Ihnen was dafür berechnen würde? Ich hab doch gesagt, womit ich mein Geld verdiene – es war ein Zufall, daß ich ein wenig helfen konnte.«

»Nay, Sie waren's, der die Arbeit getan hat, da kann nicht die Rede von ein ›wenig helfen‹ sein. Und womit Sie Ihr Geld sonst verdienen, ist mir gleich, aber Sie haben da draußen die Arbeit eines

Vets geleistet, und ich glaub, mancher Ihrer Kollegen hätte das Handtuch geworfen und den Abdecker gerufen; aber Sie haben's gemacht, obwohl es Ihr erster Fall war. Ganz glatt hätten Sie sich aus der Affäre ziehen können; keiner wußte ja, daß Sie ein voll qualifizierter Vet sind, aber nein, Sie haben zugegriffen, weil Sie sahen, was zu tun war.« Billy blickte ihm gerade in die Augen. »Ich schulde Ihnen 'ne Menge, Mann«, sagte er ruhig. »Und merken Sie sich dies – bieten Sie Leuten Ihre Dienste nie umsonst an.«

Eric erwiderte den Blick. »Das tue ich nicht. Nicht für die Arbeit, die ich für gewöhnlich tue.«

Die hellblauen Augen blinzelten schlau in dem zinnoberfarbenen Gesicht. »Weiß schon, Sie betrachten Maudie als so was wie einen Ausrutscher. Aber Sie verdienen dafür mehr als, hm, na ja, meine Dankbarkeit.«

Hieß es nicht immer, die Schotten seien geizig? Wie leicht hätte Billy sich davonmachen können, da Eric eine Bezahlung niemals in Betracht gezogen hatte. Und jetzt zog Billy sein Scheckheft aus der Innentasche seiner leichten Joppe und legte es offen auf das Wagendach, schob es Eric zusammen mit einem Kugelschreiber hin.

Na gut, wenn es nicht anders ging: »Sagen wir, na, lassen Sie mich rechnen ... - hm, sagen wir – hundertfünfzig Pfund? Soll ich einhundertfünfzig Pfund eintragen, Billy?« Hundertfünfzig Pfund war die ganze Stute nicht wert, nicht einmal mit dem Fohlen an ihrer Seite. Doch weder der Ausdruck noch die Farbe von Billys Gesicht veränderten sich, während seine Frau nach Luft schnappte und sich rasch die Hand vor den Mund hielt. Ruhig sagte er nur: »Tragen Sie es ein, ich unterzeichne.«

Eric lachte und schob das Scheckheft zurück. »Niemals. Bin froh, daß ich Maudie helfen konnte. Und jetzt sagen Sie mir, wieviel Sie für das Futter bekommen.«

Billy nahm sein Scheckheft. »Bei Gott, Sie sind ein seltsamer Heiliger, Guvnor.«

»Wenn Sie meinen. Wieviel?«

»Beim heiligen Andreas, nehmen Sie das bißchen Futter und trinken Sie eine Tasse Tee mit uns.«

Eric fühlte sich bei diesen Worten seltsam befangen. Es war wie der Ruf einer Familie, die er nie gehabt hatte. Es war eine Versuchung, mit diesen freundlichen Menschen in der Küche zu sitzen,

Tee zu trinken, zu plaudern; aber sein Blick fiel durch die Heckscheibe auf Turner, der noch immer halb bewußtlos auf dem Rücksitz lag – auch auf der eiligen Fahrt zu Claires Haus und zurück zum Anwesen Billys hatte er sich nicht gerührt.

»Vielen Dank, Billy, Mrs. MacKinnan, aber ich glaube, ich kümmere mich besser um meinen Freund hier.« Er sah die beiden an, sah ihre ehrlichen, unbefangenen Gesichter und wußte, daß seine Worte nicht verschwendet waren: »Er macht eine sehr schwere Zeit durch. Ich kann Ihnen nicht sagen, was es ist, aber ich habe den Eindruck, es braucht einen Felsen, um in einer Situation wie seiner nicht der Versuchung nach einer gewissen Erleichterung dann und wann zu erliegen.« Er wartete keine Antwort ab, öffnete die Tür für Claire, schloß sie hinter ihr und schüttelte den MacKinnans die Hände. Als sie wieder auf der Hauptstraße des Dorfes waren, sagte er bedauernd: »Jetzt ist Ihr Hefeteig sicher nicht mehr zu gebrauchen, Claire.«

Claire sah ihn von der Seite an, das klargeschnittene Profil, den harten jungen Körper. So viele junge Menschen verließen diese Gegend. Wie Davy. Davy war nicht glücklich gewesen hier. Er hatte das Land, das Meer, die Leute nicht gemocht, nicht wirklich. Er war ausgebrochen. Er fühlte sich in einer kleinen grauen Stadt in der Mitte Englands wohler als auf den hohen, kargen Hügeln seiner Heimat. Dieser war anders. Sie wünschte, er würde bleiben.

5

War das wirklich erst gestern gewesen, als er das Tor zu Sunrise für Emily geöffnet hatte? Seither war so viel geschehen, und dabei hatte er noch nicht einmal einen Blick auf Solitaire, den Grund seines Hierseins, werfen können. Er stoppte, um das Tor wieder zu schließen, und als er auf den Fahrersitz zurückglitt, gab Turner plötzlich einen gequält klingenden Laut von sich: »Das Fohlen«, murmelte er.

Eric wandte sich um. Mit Sicherheit hatte Turner von der Geburt des kleinen Hengstes nichts mitbekommen. »Welches Fohlen?«

Turner öffnete ein Auge und wischte sich mit einer fahrigen Bewegung übers Gesicht. »Oh, Eric, du bist's.« Er sprach undeutlich. »Wo sind wir? Wie spät ist es?«

»Es dämmert. Ich bringe Sie nach Sunrise zurück.« Er war nicht sicher, ob Turner ihn überhaupt hörte, fragte aber noch einmal: »Welches Fohlen meinen Sie?«

Turner legte sich etwas bequemer zurecht. »Nach Sunrise zurück ...«, murmelte er, und dann, wie in einem Nachgedanken, »Solitaires Fohlen.«

Eric erstarrte: »Solitaire ist tragend?«

Er rüttelte Turner, aber der war schon wieder zurückgedriftet in die Nebel seiner Whiskybewußtlosigkeit.

Eric umklammerte das Lenkrad mit beiden Händen, bis die Knöchel weiß wurden, bot alle Willenskraft auf, um nicht auf das Steuer einzuhämmern. Eine verstörte, trächtige Stute! Na, wunderbar! Mit einem tiefen Atemzug stieg er aus. Er brauchte jetzt Luft. Viel Luft, und vor allem Bewegung und Ruhe. Gütiger Gott, sie war trächtig! Wütend trat er gegen einen Baumstumpf. Ein verängstigtes, verstörtes Pferd mit einem neuen Leben in seinem Leib! Wenn Solitaire so schlimm dran war wie – na, wie zum Beispiel

Lance damals, würde es nicht ausbleiben, daß sie sich massiv wehrte. Das war in der Anfangsphase einer Behandlung, während der er ein Gespür für das Pferd entwickeln mußte, immer ein schwer einschätzbares Risiko: wie weit ging die Bereitschaft des Pferdes, sich selbst zu verletzen, nur um von den Menschen fortzukommen? Er hatte Pferde kennengelernt – und Lance gehörte dazu –, die eher bereit waren, sich sämtliche Knochen im Leibe zu zerschlagen, als sich noch einmal auf Menschen einzulassen; genau wie ein Fuchs in der Falle bereit ist, sein eigenes Bein abzubeißen. Die meisten Menschen reagieren darauf mit Zwang und Brutalität. Und natürlich wandten die Pferde, die schon viele Schlachten geschlagen hatten, die ihnen aufgezwungenen Maßstäbe zunächst einmal auf alle Menschen an. Es dauerte seine Zeit, bis sie wirklich glauben konnten, daß es anders geht. Es war ein langwieriger Lernprozeß; und es blieb einfach nicht aus, daß es in seiner Anfangsphase zu massiven Reaktionen des Pferdes kam, die seine Gesundheit, im schlimmsten Fall sein Leben, gefährdeten.

Und nun war Solitaire zu allem Überfluß auch noch trächtig! Es konnte nur eine Entscheidung für ihn geben. Er würde Solitaire erst betreuen, nachdem sie gefohlt hatte. Er wollte nicht riskieren, daß sie ihr Fohlen verlor.

Das Tageslicht schrumpfte zusammen. Irgendwo über den dichten Laubkronen der Buchen und Birken glitt die Sonne gen Westen. Er sah den Sonnenuntergang nicht, aber er tappte schließlich durch eine kaum mit den Blicken zu durchdringende Dunkelheit zum Wagen zurück. Als er seine Hand auf das kalte Metall der Wagentür legte, hatte er zu einer klaren Entscheidung befunden. Ein leichter Wind streifte die Baumkronen, und das Rascheln und Wispern der Bewegung setzte sich nach unten fort.

Als er auf Sunrise anlangte, stürmte ihm Louise entgegen.

»Wo waren Sie so lange? Alles war bereit für Sie, und Sie haben einfach einen Tag Urlaub genommen! Wie können Sie es wagen! Meine Mutter bezahlt Ihnen die Zeit – und Sie verschwinden einfach, Sie kümmern sich nicht um Ihre Verpflichtungen!«

»Hören Sie, Louise ...«

»Nein! Keine Ausflüchte! Sie sind ein Scharlatan! Mutter war krank vor Sorge!«

»Hören Sie, ich mußte einen Platz für Lance suchen, und dann gab es unten im Dorf eine schwierige Geburt, ich mußte helfen.«

»Ach, Lügen, nichts als Lügen!«

Sie stand unmittelbar vor ihm, im Schein der Lampen der Frontterrasse sah er ihr Gesicht. Wie haßverzerrt es war!

»Sie spielen sich gerne auf, nicht wahr?« Er trat einen Schritt näher zu ihr, die Hände hinter dem Rücken zusammengelegt. Sie wich langsam zurück, plötzlich bleich und mit aufgerissenen Augen.

»Ich habe da eine Frage, Miss Fargus.«

Er hatte sie bis an das Geländer der Freitreppe gedrängt, ohne sie auch nur zu streifen; es war einzig seine schiere körperliche Präsenz, die Kraft und der schweigende Zorn, die von ihm ausgingen, die sie Schritt für Schritt vor ihm herschoben. »Nur eine Frage.«

Sie starrte ihn an. Trotz des Lichts von der Terrasse waren ihre Pupillen so weit, daß ihre blauen Augen beinah schwarz wirkten. »Bleiben Sie mir vom Leib! Gehen Sie!«

»Ich gehe, junge Lady, und liebend gern. Aber vorher will ich eine Antwort.«

»Wo ... worauf?«

Plötzlich schwang die Tür zu Sunrise-House auf, und das aus der Halle flutende Licht zeichnete Emilys Silhouette scharf nach. Ihre Stimme klang hart, als sie fragte: »Was geht hier vor?!«

»Oh, Mama, ich bin so froh, daß du da bist! –« Louise wandte sich von Eric ab und stürzte die Stufen der Freitreppe hinauf in die Arme ihrer Mutter. Emily herzte sie und schickte sie dann ins Haus. Louise sandte ihm einen haßerfüllten Blick über die Schulter, bevor sie verschwand.

»Mr. Gustavson – was ist hier vorgefallen?«

Eric richtete sich auf. »Warum hat mir niemand gesagt, daß Solitaire trächtig ist? Das ist alles, was ich von Ihrer Tochter wissen wollte. Ich weiß nicht, warum sie einen hysterischen Akt daraus machen muß.«

Ihr Blick veränderte sich. Langsam kam sie die Treppe hinunter und blieb schließlich auf der letzten Stufe stehen. In dem weichen Licht wirkte sie um mindestens zehn Jahre jünger. Er fühlte ihre Anziehungskraft. Sie war schön. Sie trug ein taubengraues, seidig schimmerndes Kleid, das ihre Schultern freiließ und ihre zarte

Figur zur Geltung brachte. »Eric.« Ihr Kopf hob sich graziös in den Nacken, damit sie ihm ins Gesicht sehen konnte.

»Bitte, Emily, antworten Sie mir. Warum haben Sie mir nicht gesagt, daß Solitaire tragend ist?«

Emily spürte, daß der Augenblick, in dem sie ihn in die Hand hätte bekommen können, für jetzt vorüber war. Ruhig erwiderte sie: »Aber das ist sie nicht, sie ist viel zu jung!«

»Wie kann dann Turner von Solitaires Fohlen sprechen?«

»Lassen Sie ihn uns erst einmal ins Haus bringen, Eric.«

Warum wich sie ihm aus?

Turner taumelte auf unsicheren Beinen zwischen ihnen; es war ein gutes Stück Arbeit, ihn die Stufen hinauf in die Halle und dann über die breite Treppe in das obere Stockwerk zu schaffen. Er warf sich sofort aufs Bett, stieß ein Grunzen aus und war schon wieder weggetreten. »Sie sollten ihm morgen früh eine Bloody Mary geben«, sagte Eric und mühte sich ab, Turner die Jacke auszuziehen.

»Sie könnten das auch tun, Eric.«

»Sie wissen so gut wie ich, daß ich morgen früh nicht hier sein werde. Jedenfalls nicht, um seinen Kater zu verarzten.«

»Warum sind Sie gegangen, Eric?«

»Warum haben Sie mich das nicht heute vormittag gefragt?«

»Ich genierte mich vor den anderen, und wir waren ja nicht allein, außer ... als Sie im Bad waren. Und ... da dachte ich an anderes.«

Er wollte an ihr vorbeigehen, aber sie legte ihm die Hand auf den Arm. »Warum sind Sie gegangen?«

»Nun, Lance konnte wohl nicht gut hierbleiben. Und ich kann ihn nicht allein lassen.«

Sie standen dicht beieinander in dem schwach erleuchteten Flur, und Eric blickte auf sie nieder. Noch immer lag ihre Hand auf seinem Arm, warm und feingliedrig, und die Schultern hoben sich glatt und mädchenhaft aus diesem Kleid, das den Ansatz ihrer Brüste sehen ließ. Er sah den leisen, gleichmäßigen Atem, und das Blut begann in seinen Ohren zu sausen. Heftig wandte er sich um und eilte die Treppe hinunter.

Sie folgte ihm langsam. »Man könnte meinen, Sie haben Angst vor mir, Eric.«

Genau das, dachte er.

»Kommen Sie, lassen Sie uns ein Glas miteinander trinken, und dann fahre ich Sie zu Ihrem Logis.«

Er zögerte. Emily blickte nach ihm zurück. Sie stand auf der Schwelle zum Salon, und das weiche Licht des Raumes zauberte Schatten über ihre Gestalt. Die schlanke Kurve ihres Halses, das Strahlen der Augen; er konnte – seinen Blick nicht abwenden.

»Kommen Sie, Eric, Sie haben unsere Gastfreundschaft bisher nur sehr wenig in Anspruch genommen.«

»Ein Glas, okay.«

Sie trat zur Bar. »Was möchten Sie?«

»Gin Tonic.«

Er sah sich in dem großen, elegant, aber ziemlich düster eingerichteten Raum mit den schweren, dunklen Möbeln um, während Emily die Drinks mixte. Die Fenster waren von samtenen, purpurnen Vorhängen verdeckt, die den Raum gegen die Welt abschotteten. Eine leise Ahnung begann ihn zu beschleichen von der Einsamkeit, die diese Frau zuweilen empfinden mußte, wenn sie hier allein saß, so wie heute abend.

»Sind Sie nie auf den Gedanken gekommen, wieder zu heiraten?« fragte er, als er ihr seinen Drink abnahm.

»Setzen wir uns?« Sie glitt in einen tiefen Sessel nahe beim Feuer, legte langsam ihr rechtes Bein über das linke; das knöchellange, an den Seiten geschlitzte Kleid gestattete für einen Moment den Blick auf ihre vollkommen geformten schlanken Beine, dann sank der schimmernde Stoff wieder verhüllend nieder. Hinter Erics Augen begann es zu brennen. Sie lächelte, schob ihr Haar mit einer anmutigen Geste zurück und hielt ihr Glas gegen die Flammen, studierte die Tiefen der bronzefarbenen Flüssigkeit. »Warum fragen Sie mich das?«

Er mußte sich räuspern. »Ich ... stellte Sie mir gerade vor, wie Sie hier sitzen, allein mit Ihren Gedanken, Ihren Sorgen und Wünschen.«

»Und mit meinen Rechnungen.« Sie nickte zu einem kleinen Tisch hin, der, wie Eric jetzt sah, ganz mit Papieren übersät war. Sie richtete sich auf und stützte den Rücken gegen die Lehne ihres hohen Sessels, als wollte sie so ihr Rückgrat stärken. Emily war beherrscht wie gewöhnlich, ein wenig kühl und sehr vernünftig.

»Die Pferdezucht, Eric, ist kein einträgliches Geschäft. Die Steuern sind erdrückend, und Sie wissen, wie selten es gelingt, ein Pferd aufzuziehen, das durch seine Leistungen wirklich Geld einbringt. Der Preis für Pferde, selbst Pferde wie die unseren, fällt, während die Kosten steigen; Kosten für Futter, für den Tierarzt, für die Ausbildung der Pferde...; wir finanzieren uns durch die Rinder und Schafe, durch den Holzhandel und etwas Landwirtschaft. Aber es gibt hier keine großen zusammenhängenden Ackerflächen, wie Sie es aus England kennen. Das war immer der Fluch der Schotten. Es gibt hier einfach zuviel Wasser und zu viele Felsen.« Sie nippte an ihrem Glas. »Es braucht einen großen Angestelltenstab, um ein Anwesen wie Sunrise in Gang zu halten; ich mußte kürzlich sogar dazu übergehen, die Bewirtschaftung mit Leiharbeitern und nur wenigen Festangestellten zu betreiben. Jetzt werden uns die Cochans noch mehr Ärger bereiten können, aber ich hatte keine andere Wahl.«

»Cochans?« fragte Eric und erinnerte sich an das, was Claire ihm erzählt hatte.

»Sie haben das Land im Norden, über unserem, seit einigen Monaten gepachtet. Seither gibt es immer wieder Unfrieden. Immer wieder fehlen einige Schafe oder ein paar Kälber. Unsere Wächter können ja nicht überall sein, und seit ich das Personal einschränken mußte, sind sie überlastet, besonders nachts.«

»Sie meinen, die Cochans bestehlen Sie?« Dann hielt sich die Familie Cochan jedenfalls nicht in dem Maße für sich, wie Claire glaubte.

»Haben Sie eine andere Erklärung? Wir haben früher auch ab und an mal ein Tier verloren, aber durch Unfälle – wir fanden es dann irgendwann in einer Schlucht, oder den von Wildkatzen angebissenen Kadaver; doch seit die Cochans hier sind, sind es keine vereinzelten Verluste mehr.»

»Haben Sie nicht versucht, etwas dagegen zu unternehmen? Haben Sie nicht die Polizei verständigt?«

»Gewiß doch. Die nächste Polizeistelle ist aber an die zwanzig Meilen von hier entfernt, und bevor es denen gelungen war, einen Mann für eine solche ›Kleinigkeit‹ abzustellen, war auf dem Hof der Cochans nichts mehr zu entdecken, was eigentlich zu Sunrise gehörte. Ich vermute, sie schaffen die Tiere gleich in der Nacht weg und verkaufen sie irgendwo, oder sie schlachten sie und verkaufen das Fleisch oder verbrauchen es selbst. Aber ich habe keine Beweise. Das wurde mir sehr deutlich zu verstehen gegeben; ebenso, daß ich schon etwas mehr in der Hand haben müßte, damit noch einmal ein Beamter hier herauskommt. Wir können uns solche Verluste wirklich nicht leisten, Eric. Kürzlich verschwand ein Bullenkalb, auf das ich große Hoffnungen als Zuchtbulle setzte – einfach weg, und ich konnte nicht das Geringste tun: die Polizei weigerte sich, mir noch einmal zu helfen, und die Cochans, ganz beleidigte Unschuld, erwirkten sofort eine Verfügung, die mir verbietet, ihr Land zu betreten.«

»Das klingt nach einer verdammt ernsten Sache.«

»Das ist es. Solange sie nicht auf frischer Tat erwischt werden, habe ich nicht das Geringste gegen sie in der Hand. Und wie soll das jemals gelingen, wenn sie immer gerade an einer Stelle zuschlagen, die unbewacht ist?«

Eric stand auf und ging mit nachdenklich gesenktem Kopf und in die Hosentaschen vergrabenen Händen vor dem Kamin auf und ab.

»Warum bringen Sie die Rinder und die Schafe nicht in den Stall, wenigstens nachts? Er steht ja sowieso leer.«

»Oh, sie haben ihre Scheunen draußen; aber im Sommer lassen wir sie nachts laufen.«

»Um Heu zu sparen?«

Sie wich seinem Blick aus. »Everett hat es immer so gehalten.«

»Sie sollten es aber doch tun. Die Männer, die Wächter, können mit ihren Hunden nachts im Stall bleiben und hätten die Übersicht über die ganze Herde. Emily, selbst wenn Sie zum Winter Heu dazukaufen müßten – denken Sie nicht, daß das besser als der andauernde Verlust von Tieren ist?«

Sie zögerte und senkte nachdenklich den Kopf; dann sah sie ihm ins Gesicht. »Gut, ich werde das veranlassen. – Eric, sagen Sie Vater niemals etwas von diesem Gespräch zwischen uns. Er weiß nichts vom Verschwinden der Tiere, es würde ihn zu sehr aufregen. Er hat schon einen Hirnschlag hinter sich; ich weiß nicht, was ein Ärgernis wie dieses ihm antun würde. Wollen Sie mir das versprechen?«

»Natürlich.« Alle Last lag allein auf ihren Schultern. Sie konnte nicht einmal mit Grandpa darüber sprechen und Louise ... Louise wußte. Ihr hatte sich Emily offenbar anvertraut, aber konnte eine

Fünfzehnjährige eine Hilfe sein? Vielleicht machte sie ihrer Mutter insgeheim sogar Vorwürfe, weil sie sie mit ihren Sorgen belastete.

Emily sagte plötzlich hitzig: »Ja, ich werde es veranlassen! – Aber es ärgert mich! Und wie sehr es mich ärgert! Ich habe einen solchen Ärger damit, daß ich nachts oft nicht schlafen kann, und nun habe ich Verluste gehabt und werde noch weitere durch das Heu haben, während diese Bande frech daherkommt und mir mein Vieh stiehlt. Wenn ich's doch nur beweisen könnte, daß sie es sind!«

Eben. Das war der Punkt. Und dieser Punkt ging ihn überhaupt nichts an. Er war engagiert worden, um sich um Solitaire zu kümmern, und nicht, um die übrigen Probleme des Gestüts zu lösen. Und doch beschäftigte sich sein Geist bereits lebhaft mit dieser Situation. Das also hatte Emily gemeint, als sie am ersten Tag gesagt hatte, die Welt hier oben sei alles andere als harmonisch, und er dachte wieder an Louises zornige Worte: »*Was kann gut sein, was von denen da oben kommt?*« Wolf. Gehörte Wolf dorthin, dann benutzten sie ihn vielleicht dazu, um ein paar Schafe von Emilys Herde abzusondern und zu ihrem Gebiet zu treiben, benutzten diesen feinen, grundanständigen Hund für ihre Schurkereien. Ihm wurde schlecht vor Wut, er ballte die Fäuste, bezähmte sich mühsam. *Es geht dich nichts an,* sagte er sich. *Es ist nicht deine Sache.*

Emily hielt sein Schweigen offenbar für Verlegenheit oder Desinteresse; sie fuhr ruhiger fort: »Eigentlich ist es nicht so arg. Oft, wenn ich vom Verlust mehrerer Tiere erfahre, tauchen sie nach wenigen Tagen wieder auf. Ich finde das merkwürdig.«

»Ja, scheint mir auch so.« Diese Bemerkung, die darauf gerichtet war, mehr von diesen Vorkommnissen zu erfahren, erreichte gerade das Gegenteil. Emily fuhr in dem leichten Konversationston, in dem das Gespräch begonnen hatte, fort: »Hinzu kommt in unseren Kreisen, daß man nach außen glänzen muß – das bedeutet, einen Wagen wie den meinen zu fahren, es bedeutet, stets eine tadellose Ausrüstung zu haben, und ebenso, niemals in mehrfach getragener Kleidung auf einer Reitsportveranstaltung zu erscheinen; schließlich steht der Ruf der Familie auf dem Spiel, und an dem Ruf hängt auch das Ansehen unserer Pferde. So ist das in der High-Society des Pferdesports, Eric. Hinter den Kulissen sieht es oft anders aus als an der glanzvollen Oberfläche.«

»Bei Turner scheint das aber anders zu sein.«

»Sir Simon hat sich in den oberen Pferdesportkreisen einen Namen gemacht durch seine reiterlichen Leistungen. Darüber knüpft er heute jede Beziehung, die ihm erfolgversprechend erscheint, und er hat inzwischen durch sein Erbe ein gewaltiges Vermögen im Rücken. Keiner der Fargus' hat jemals wirklich viel Geld gehabt; und keiner von ihnen war jemals ein herausragender Reiter. Der Unfall meines Mannes ist ein Beleg dafür. Er hatte es sich in den Kopf gesetzt, ein Pferd zu reiten, das einfach zu hitzig für ihn war, und das ist ihm zum Verhängnis geworden.« Sie schwieg und schwenkte ihr Glas, starrte lange hinein. »Everett«, sagte sie dann weich.

Eric erwartete eigentlich, daß sie nun über ihren Mann sprechen würde, über die Hoffnungen und Träume, die sie miteinander geteilt haben mußten, und über das Hineingeschleudertwerden in die harte Realität, der sie sich nach seinem Ableben hatte stellen müssen, aber sie sagte nur: »Wir haben unseren Leumund über eine außergewöhnliche und wertvolle Blutlinie erlangt, und dieser Leumund darf nicht durch Schäbigkeit besudelt werden. Und das geht ins Geld.« Sie blickte ihn an und strich sich eine kleine Locke aus der Stirn. »Solitaire ist sehr wichtig für uns. Everett erwarb sie als Fohlen – ich glaube, ich erwähnte das noch nicht. Als ausgewachsenes, ausgebildetes Pferd hätten wir sie uns nie leisten können. Pferde wie sie werden noch immer gewissermaßen mit Gold aufgewogen. Everetts Hoffnung ging dahin, daß eine Stute mit einem so reinen Stammbaum, einer so großartigen Veranlagung wie Solitaire, im Verein mit Excaliburs Abstammung, unseren Blutbestand, und damit die Absatzmöglichkeiten für unsere Pferde, verbessern würde. Und jetzt, da sie endlich das Alter erreicht hat, um ein Fohlen zu empfangen, muß dieses Unglück geschehen. Sie wissen ja, es ist die Stute, die das Fohlen erzieht.« Sie trank ihr Glas aus. »Läßt sich die Stute nicht berühren, hält es das Fohlen ebenso, weil es das Verhalten der Mutter nachahmt. Darum ist es wichtig, daß Solitaire so bald wie möglich geholfen wird, daß sie wieder zu dem fügsamen Geschöpf wird, das sie einmal war.« Ihr Atem wurde für eine Sekunde tief, angstvoll, sie biß sich auf die Lippen und beherrschte sich. »Sie wird bald wieder rossig werden«, fügte sie hinzu.

Auch Eric leerte sein Glas. »Ich verstehe«, sagte er langsam. Tatsächlich beurteilte er Emily Fargus nach diesem Gespräch anders. Nicht persönlicher Ehrgeiz trieb sie also, sondern schlichte wirtschaftliche Notwendigkeit; und diese Notwendigkeit war entstanden, um den Ruf der Familie zu wahren, koste es, was es wolle. Er konnte noch immer nicht gutheißen, daß sie alles für das Erreichen ihres Ziels tat; aber er konnte es besser nachvollziehen, und in gewisser Weise bewunderte er sie. Schließlich war sie nur angeheiratet; nach dem Tod ihres Mannes hätte sie ihre Tochter nehmen und sich zurückziehen, hätte Granpa Fargus alles überlassen können. Aber sie hatte den Kampf aufgenommen. Sie versuchte, den Traum Everett Fargus' Wirklichkeit werden zu lassen.

»Sie müssen Ihren Mann sehr geliebt haben«, sagte er weich, wohl wissend, daß er sich einmal mehr auf gefährlichen Grund begab.

»Weil ich sein Lebenswerk gegen alle Widerstände fortführe, meinen Sie das?«

»Ja«, antwortete er und beobachtete ihr Gesicht. Die feinen Brauen stießen kurz zusammen, da war Schmerz unter dem Schatten der langen Wimpern auf ihrem Gesicht. Als sie ihn schließlich anblickte, war ihr Lächeln ein wenig steif. »Wir hatten nur ein Glas vereinbart, aber ich habe das Bedürfnis nach einem zweiten. Sie auch?«

Ohne zu zögern reichte er ihr sein Glas.

»Das gleiche?«

»Was trinken Sie?«

»Malzwhisky auf zerstoßenem Eis mit einem Schuß Orangensaft.«

»Vielleicht sollte ich das mal versuchen.«

»Gern.«

Sie kam mit den beiden Gläsern zurück zu ihrem Platz am Kamin, reichte ihm seines und setzte sich. Nachdenklich blickte sie in die Flammen. Sie trank einen Schluck, schwenkte ihr Glas. Dann hob sie es an die Lippen und trank es zur Hälfte aus. »Wissen Sie, als ich Everett kennenlernte, war ich wie geblendet. Er war nicht nur ein sehr gutaussehender Mann; er war voller Humor und Lebensfreude, geistreich, und so weltgewandt. Sein Charme hätte für zwei gereicht. Und als er mich nach Sunrise brachte, da war es wie ...«; sie stockte, starrte in die Flammen für eine lange Zeit, und Eric störte sie nicht. Er hatte früh gelernt, daß der, der selbst gern spricht, nichts erfährt. Schweigend nippte er an seinem Glas, und schließlich fuhr Emily fort: »Sunrise, und diese ganze Landschaft hier ... es war wie etwas, das ich immer haben wollte. Nach Sunrise zu kommen, war wie ... wie zu einem Ort zurückzukommen, nach dem ich mich immer gesehnt hatte – ohne ihn je zuvor gesehen zu haben. – Das ist verrückt, nicht?«

Eric stellte sein Glas hin und sah ihr direkt in die Augen. »Das finde ich überhaupt nicht«, sagte er ruhig. Er hatte am Morgen dasselbe empfunden: heimgekehrt zu sein in eine Landschaft, die immer nach ihm gerufen hatte.

»So ist es also nicht nur wegen Everett, daß Sie die harte Arbeit auf sich nehmen?«

»Es sieht so aus. Bis heute abend ist mir das nie auch nur annähernd klar gewesen. – Sie sind ein guter Zuhörer, Eric. Gute Zuhörer bringen Menschen zum Sprechen. Und im Sprechen, heißt es, arbeitet der Geist sich aus.«

Er schwieg und spielte mit seinem leeren Glas.

»Möchten Sie noch etwas trinken?«

»Nein ... ich sollte gehen.«

Sie erhob sich geschmeidig, nahm ihm sein Glas ab und trug es zur Bar. »Ich fahre Sie.«

»Das ist nicht nötig. Es ist ja nicht so weit.«

»Ich möchte aber.«

Er half ihr in ihr leichtes Cape, und fühlte die Wärme ihrer Schultern unter seinen Handflächen und die Versuchung, diese unglaublich feine Haut zu berühren. Emily hatte sein Zaudern bemerkt; sie lehnte ihren Rücken an seine Brust, leicht wie eine Feder war die Berührung, und zugleich unerhört aufreizend. »Warum bleibst du nicht hier heute nacht«, flüsterte sie kaum hörbar. »Es könnte so schön sein, ich weiß es. Niemand wird uns stören, es wird nur dich und mich geben ...« Sie drehte sich um und berührte mit einer Fingerkuppe die Schwellung um sein Auge.

Sein Atem war verhalten vor Spannung, aber seine Hand war ganz ruhig, als er ihre leicht ergriff und sie sanft an seine Lippen führte. Nur sein warmer Atem streifte über die dünne Haut ihres Handrückens. »Sie sind eine sehr attraktive Frau, Emily.« Er sah sie beständig an, und sie las in diesem ruhigen Blick, daß er ihr nicht verziehen hatte.

»Und Sie sind – ein vollendeter Gentleman.«

Der Wagen glitt geschmeidig über die vollkommen dunkle Straße. »Wo ist Ihr Logis?«

»Das dritte Haus auf der linken Seite.«

Eric ließ den Sicherheitsgurt zurückschnellen und war im Begriff auszusteigen, als er Emilys warme Hand einmal mehr auf seinem Arm fühlte. »Eric, ich war heftig, als ich Sie mit Louise draußen antraf. Ich wußte nicht, worum es ging, und ich war eifersüchtig.« Die Hand drückte fester zu. »In gewisser Weise erinnern Sie mich an Everett. Aber Sie besitzen mehr Kraft ... ich weiß nicht recht, wie ich es nennen soll.«

Er kauerte auf dem Sitz und fühlte sich unbehaglich.

»Sie sind ein Mann, wenn ich je einen gesehen habe. Verzeihen Sie, daß ich schwach geworden bin.«

Da öffnete sich die Tür des beschaulichen Cottage, und im herausströmenden Licht zeichnete sich Claires kleine Gestalt ab: »Gee, Eric, ich dachte schon, Sie kämen nie mehr heim!«

Claire eilte die Stufen hinunter, winkte Emily zu, wünschte ihr flüchtig einen guten Abend und ergriff Erics Arm, zog ihn geradezu aus dem Wagen.

»Sie werden müde sein, es war ein anstrengender Tag für Sie, mein Junge, kommen Sie, ich koche Ihnen eine Tasse Tee, und einen guten Schuß Whisky habe ich auch für Sie. Und wie wäre es mit einem Stück Pie? Es ist ganz frisch, erst von heute abend.«

Emily zog die Beifahrertür sacht ins Schloß. Eric, schon halb die Treppe hinauf, blickte zu ihr zurück, und sie wußte in diesem Augenblick, daß sie verloren hatte, was hätte sein können. Sie hob tapfer die Hand, und er winkte zurück. Die Tür schloß sich hinter ihm und ließ sie allein im Dunkel ihres Wagens.

Sie grub die Zähne in die Unterlippe. Die Jahre hatten Emily hart gegen sich selbst gemacht, aber nun mußte sie doch den Kopf auf das Lenkrad legen. Dann aber erhob sich ihr an Kampf und Taktik gewöhnter Geist. Sie ließ den Motor wieder an und legte den Gang ein. Sie begann, einen Plan zu schmieden, und fuhr leichteren Herzens in ihre Einsamkeit zurück.

6

Eric entschuldigte sich bei Claire. Er konnte es sich nicht versagen, nach Lance zu sehen, ihn zu tätscheln und zu befragen, ob es ihm gutgegangen war, und zu seinem Erstaunen entdeckte er die große rote Katze, die er heute mittag in der Küche kennengelernt hatte, unmittelbar neben Lances Füßen. Sie sprang, während er sie erstaunt ansah, mit einem unglaublichen Satz auf den Rücken des Hengstes und betrachtete Eric von ihrer Höhe aus wohlwollend mit blitzenden Augen. Lance war nicht einmal zusammengezuckt, als die sanften Pfoten auf seinem Rücken landeten, sondern wandte nur mit einer friedlichen Bewegung den Kopf, als das weiche Fellbündel sich knapp hinter seinem Widerrist zusammenrollte.

»Dir geht's gut hier, das sehe ich.« Eric kraulte mit einer Hand die Katze, seine andere Hand strich Lances lange helle Stirnlocke zusammen und legte sie ihm zwischen die Augen. Die längsten Haare reichten beinah bis zwischen seine Nüstern. »Möchte meinen, dir ist's nie besser gegangen.« Eric gratulierte sich einmal mehr zur Wahl seines Logis. Claire und diese hinreißende Katze, der Stall und der Zaubergarten – er hätte es nicht besser treffen können.

Als er an der Haustür läutete, sah er sich noch einmal um. Der sich frühsommerlich hoch wölbende klare Himmel besaß die für die Jahreszeit eigentümliche tiefdunkelblaue Schattierung, durchschimmert von Milliarden großer und kleiner, naher und ferner Sterne, und der Mond war eine breite Sichel, hell schimmernd wie reines Silber. Die Dunkelheit um ihn her atmete ein vielschichtiges, reiches Leben, und von ferne kam das Flüstern des Atlantiks auf einer lauen Brise herübergeweht. Erics Lungen dehnten sich weit. Er fühlte sich geradezu betrunken von Wohlbehagen und Zufriedenheit.

»Abend, Junge.« Der hochgewachsene, kräftig gebaute ältere Mann, der ihm die Tür öffnete, mußte Mr. Hickman sein. Er reichte ihm die Hand und musterte ihn von Kopf bis Fuß. »Eric, nicht?«

»Ja, Sir.«

»Kommen Sie nur rein. Vergessen Sie das mit dem Sir mal wieder ganz schnell. Ich bin David. Hab mich den ganzen Abend gefragt – ah, da ist Claire mit Ihrem Pie.«

Hauchdünne Scheiben orangefarbenen Räucherlachses rieben sich an dünn aufgeschnittenem Schinken und einem großen Stück eines weißen, feucht glänzenden Käses, herrlich duftenden Räucherwürstchen, kaltem Hackbraten und einem Laib kernigen Brotes. Claire brachte außerdem frische Butter, Senf, Pfeffer und Salz, und einen riesigen Becher Milch.

»Claire!« protestierte Eric. »Das geht wirklich nicht! Dies ist Bed & Breakfast!«

»Sie sehen aus, als hätten Sie noch nicht zu Abend gegessen«, erwiderte sie nur und machte sich am Herd zu schaffen.

»Essen Sie«, sagte auch David, streckte sich behaglich und nestelte an seiner Pfeife. »Stört Sie's, wenn ich rauche?«

»Gar nicht, ich nehme selbst ab und zu gern einen Zug.«

Er betrachtete ungläubig die vor ihm aufgebauten Platten und ließ zweifelnde Blicke zwischen Claires Rücken und dem zufriedenen, gelösten Gesicht ihres Mannes schweifen.

»Nun essen Sie doch endlich, Mann!« sagte David schließlich. »Nehmen Sie Senf zu den Würstchen; der Senf ist eine besondere Mischung, die Claire extra dafür erfunden hat.«

»Ich bin oben, Lieber, ja? Muß mich um die Wäsche kümmern.«

Sie lächelte ihnen über die Schulter zu, und beide sahen ihr nach, als sie den Raum verließ.

»Eine wunderbare Frau«, seufzte David. »Ich hätte keine bessere bekommen können.« Er betrachtete Eric, der langsam, noch immer ungläubig, ein Würstchen zerteilte, die Schnittflächen mit dem seltsam süß-würzigen Senf bestrich und es mit einer dicken Scheibe Brot verzehrte.

»Nehmen Sie Butter auf das Brot«, sagte David, »und versuchen Sie eine Scheibe Käse dazu – nein, nicht doch so dünn! Einen Batzen – mindestens zwei Daumen dick!«

Eric gehorchte. So war es noch viel besser. Sein Gesicht mußte einen Ausdruck der Entrückung angenommen haben, denn David lächelte. »Ihr Engländer«, sagte er langsam, »ihr habt alle nicht die geringste Ahnung von gutem Essen.«

Eric nahm sich eine zweite Wurst, kombinierte sie mit einer Scheibe des hauchdünn geschnittenen Schinkens und noch mehr Brot und Käse. Er hatte nicht gewußt, daß er so hungrig war. Und was Davids Worte anbetraf – er wußte nicht, ob sie auf alle Engländer zutrafen, aber ganz sicher auf ihn. Er lebte aus Dosen und von Tiefgefrorenem. Das war einigermaßen billig, und einfach in der Zubereitung. – Dieses Essen war wie eine Offenbarung für ihn. Er kostete den Lachs und mußte einen Ausruf der Begeisterung unterdrücken.

»Bestreuen Sie ihn mit Pfeffer«, riet David, und Eric nahm die Pfeffermühle und ließ einige Körnchen auf das zarte, eigentümlich aromatische Fleisch fallen. »Claire tut immer weiße Pfefferkörner in die Mühle«, erklärte David. »Nichts gibt dem Lachs ein besseres Aroma als weißer Pfeffer. Aber warten Sie – Claire hat etwas vergessen.« Er stand rasch auf, als handele es sich um eine Angelegenheit von höchster Wichtigkeit, ging zum Kühlschrank, ließ dann Wasser laufen, und präsentierte Eric zwei frisch gewaschene pralle, dunkelrote Tomaten. »Die meisten essen ihren Lachs mit Dill oder einer fetten Soße«, erklärte er. »Aber eine sehr fein geschnittene Tomate gibt ihm eine ganz andere, viel feinere Geschmacksrichtung. Versuchen Sie's! – Na, wie ist es?«

Eric fand keine Worte. Er kaute.

»Wissen Sie, seit ich zurück bin von meiner Runde – ich bin Schmied, weiß nicht, hat Claire Ihnen das erzählt?«

Eric schüttelte den Kopf, zu beschäftigt mit dem Essen, um an eine Erwiderung zu denken.

»Jedenfalls, seit ich zurück bin, liegt mir meine Frau mit Ihrem Lobgesang in den Ohren. Eric hier, Eric da, Eric sagte dies, Eric tat das. Ich wurde schon richtig eifersüchtig auf Sie. Als Sie dann heute abend vor mir standen, hab ich Claire plötzlich begriffen.« Er machte eine Pause.

»Claire hat es nie verwunden, daß unser Davy seine Heimat verlassen hat. Sie hat immer gewollt, daß wir Geld zur Seite legen, damit wir, wenn Davy soweit ist, noch ein paar Hektar guten Landes hinzukaufen können. Sie wollte, daß er Farmer wird. Aber Davy – den hat's in den Knochen gejuckt, seit er ein kleiner Junge war, in die Stadt zu kommen; Sie wissen schon, Bars, Diskotheken, Gesellschaft. Hier gibt's mal eine Feier vom Anglerverein oder vom Schafzüchterverband. Er wollte mehr, und er ist nicht der einzige. Die meisten jungen Leute verlassen das Dorf, sobald sie können. Nicht alle gehen so weit weg wie Davy, aber sie besuchen ihre Leute, die hiergeblieben sind, kaum öfter, als er uns besucht.«

»Das ist traurig«, sagte Eric.

David zog an seiner Pfeife. »Er ist jetzt vier Jahre weg. Wir versuchen, Kontakt mit ihm zu halten, wir schreiben ihm, wir rufen ihn an. Vor ein paar Monaten haben wir ihn zum ersten Mal besucht. Es war sein vierundzwanzigster Geburtstag. Wir kamen uns wie Hinterwäldler vor. Er nahm uns in Empfang, als würde er sich für uns schämen. Na ja, er war piekfein angezogen, und alle seine sogenannten Freunde auch. Claire und ich stachen schon ab mit unserer Kleidung, die bestimmt nicht der neuesten Mode entspricht – aber wir sind doch seine Eltern?! Na, es war eine lange Nacht, und keiner sprach mit uns. Nicht mal Davy.«

Er versank für geraume Zeit in Schweigen. Die starken Zähne bissen auf den Pfeifenstiel. »Zu besonderen Gelegenheiten, zu Weihnachten oder Geburtstagen – aber nur, wenn ›er sich frei machen kann‹ – kommt er zu uns ...«

»Ja, Ihre Frau sagte, er besucht Sie ab und zu.« Eric war sehr verlegen.

»Selten genug.« David starrte finster über seine Pfeife auf den schwarzweiß gewürfelten Boden der weiträumigen Küche mit der niedrigen Decke. »Sagen Sie, Eric, wie oft besuchen Sie Ihre Leute?« Seine Stimme erhitzte sich, er wartete nicht auf eine Antwort. »Rufen Sie sie dann und wann mal an? Schreiben Sie ihnen, wenn's Ihnen nicht gut geht und Sie eine Last von der Seele haben wollen?«

»Ich ...«, er schob seinen Teller zurück und blickte sein Gegenüber sehr gerade an.

»Ich ... nun, David, ich habe keine Leute.«

Er hatte schon vor sehr langer Zeit gelernt, daß Drumherumgerede überhaupt nichts nutzte. Es war einfacher, den Gesprächspartner mit der Wahrheit zu konfrontieren. »Ich kenne meine

Eltern nicht. Ich weiß nicht, ob ich Geschwister oder andere Verwandte habe. Ich bin gleich nach der Geburt in ein Heim gebracht worden; man gab mir dort, als ich ein wenig älter wurde und Dinge anstellte, wie kleine Jungs sie eben anstellen, gern zu verstehen, daß sich meine Erzeuger ganz zu Recht von einer Plage befreit hatten, als sie mich abschoben.«

»Gütiger Andreas!« David starrte ihn entsetzt an, und Eric empfand das Bedürfnis, ihn zu beruhigen: »Immerhin hatten sie – meine Eltern – den Anstand, mir einen Namen zu geben und ihre Stammdaten zu hinterlassen. Als ich alt genug war, hätte ich sie darüber vielleicht sogar finden können, aber ich glaube nicht, daß es viel Sinn machen würde.«

»Eric –«

»Entschuldigen Sie, David.« Das Lächeln schien unbeschwert, die dunklen Augen glitzerten. »Es tut mir leid, ich habe Sie abgelenkt. Sie wollten mir von Ihrem Sohn erzählen.«

David starrte ihn an. Er sah den Schatten hinter dem Lächeln und einen Herzschlag lang Verlorenheit in den Augen. Heftig klopfte er seine Pfeife aus, sein Geist durchflatterte eine Unzahl von Möglichkeiten; schließlich traf er seine Wahl und sagte gedehnt: »Ja – eines der drolligsten Dinge ist, es war Davy immer zu kalt hier. Ich meine, er ist hier geboren und aufgewachsen, und wir haben hier für Schottland dank des Golfstroms ein wirklich mildes Klima; aber immer fror er. Wenn er uns jetzt mal besuchen kommt, sieht er aus wie ein bißchen Spucke in einem Napf mit Hafergrütze, wenn Sie verstehen, was ich meine.«

»Ja, denke schon.«

Wie konnte dieser Junge so ruhig sein? David sog heftig den Rauch in sich. Wie alt mochte er sein? Mitte Zwanzig, Anfang Dreißig – Zeit genug jedenfalls, um sich mit seinem Schicksal in gewisser Weise abzufinden und zu erkennen, daß sein Leben allein in seiner Hand lag. Und es hatte den Anschein, als habe er es sehr gut in der Hand.

Davids Augen studierten Erics Gesicht mit seltsamer Eindringlichkeit. Ihm gefiel, was er sah. Aufrichtigkeit und Kraft. Empfindsamkeit und Willensstärke. Sanftmut, und ebenso eine verborgene Intensität.

Claire kam mit einem Wäschekorb zurück, als David gerade dabei war, eine Whiskyflasche und drei Gläser aus dem Schrank zu holen.

»Setz dich, Claire«, sagte er, indem er die Gläser füllte. »Wir wollen auf den Helden des Tages trinken. Und nun: Hoch die Gläser!«

»Moment, David, nicht doch –«

»Denken Sie vielleicht, ich hätte erst von meiner Claire erfahren, was Sie heute für Billy getan haben? Ich schaute bei den MacKinnans vorbei, um zu fragen, wann ihre Pferde beschlagen werden sollen, und da erzählten sie mir von Maudie und dem Fohlen. War 'ne reife Leistung, sagte Billy, und der muß es wissen. Und jetzt – ex und hopp!«

David hielt ihm sein Glas hin. Diese Bewegung sagte deutlich, daß er keine Widerrede hören wollte, und Eric stieß mit ihm und Claire an. Als alle ihr Glas auf einen Zug ausgetrunken hatten, ließ David sich bequem in seinen Stuhl rutschen und streckte die Füße gegen das Feuer.

»Erzählen Sie doch ein bißchen, Eric«, sagte er und füllte mit einer nachlässigen Bewegung dessen Glas, dann das seiner Frau und sein eigenes. »Diese Sache da mit den Fargus' und dieser sündhaft teuren Stute, wie heißt sie, Solitaire, nicht? Claire erwähnte, daß Sie nach ihr fragten.«

»Sie war für längere Zeit vom Gelände verschwunden und ist völlig unzugänglich eines Tages wiederaufgetaucht. Mehr weiß ich auch noch nicht.«

»Und Sie sollen sie zähmen?«

»Ich würde es eher eine Therapie nennen. Zähmen, das klingt so nach Cowboymanier, nach Beine zusammenbinden und Peitschengeknall und Herumschreien, nach Ohren verdrehen und in die Knie zwingen; brechen, mit einem Wort. Als ich ein kleiner Junge war, habe ich mal mit angesehen, wie ein Pferd gebrochen wurde.« Er schwieg, seine Gedanken glitten zurück zu der staubigen Koppel mit dem Zaun aus schäbigen Holzbohlen und dem Pfahl in der Mitte, an den das Fohlen angebunden war, und an sich selbst, einen Stöpsel von vielleicht vier Jahren. Er sah sich mit dreckverschmiertem Gesicht und schmutzigen Händen dicht an den Zaun gedrückt in einer Ecke draußen vor der Koppel stehen, wo niemand ihn sehen konnte. Er konnte Pferde sozusagen über viele

Meilen riechen und wurde von sämtlichen Höfen, die Pferde hatten, magisch angezogen. Auf manchen Höfen sah man ihn gern, auf manchen duldete man ihn, auf anderen nicht. Auf diesem hatten sie ihn mit einem Fußtritt verjagt, aber er war geblieben und hatte sich versteckt, als er sah, daß eines der Pferde, mit dem er Freundschaft geschlossen hatte, bevor ihn die Frau des Besitzers erspäht und unsanft vom Hof befördert hatte, in die Koppel geführt wurde. Er hatte geglaubt, es solle longiert oder geritten werden, und war geblieben, um aus seinem Versteck die Bewegungen des Pferdes beobachten zu können.

Kein anderes Tier als ein schönes, starkes Pferd bewegt sich mit diesem atemberaubenden Zusammenfluß von Kraft und Grazie; diesem Ineinanderfließen der Bewegungen von Hals, Leib und Beinen, diesem eleganten Schwingen und Schweben. Er konnte sich nicht sattsehen.

Die Hickmans sahen ihn an, nicht drängend; sie mochten sich nur über seine lange Pause wundern. Langsam, sehr leise, sprach er schließlich weiter. »Es war ein prächtiger kastanienbrauner Zweijähriger. Ich weiß noch genau, ich fragte mich die ganze Zeit, wie ein so herrliches Pferd auf einen so schäbigen Hof gehören konnte. Ein Mann mit einem Sattel ging zu dem Pferd. Er warf ihm den Sattel auf den Rücken. Das Pferd wehrte sich; es bäumte sich auf und schlug aus. Der Mann versuchte es wieder, aber bald hatte er genug. Er holte ein Seil, wand es dem Fohlen um die Vorderbeine, band es von dem Pfahl ab und trieb es mit einer langen Peitsche vorwärts. Er schrie die ganze Zeit. Das Pferd versuchte zu laufen, weil es Angst vor der Peitsche und seiner Stimme hatte, aber weil seine Beine gebunden waren, fiel es hin. Der Mann schlug es und schrie, damit es aufstand, und trieb es wieder an, und es fiel wieder hin. Das ging lange so. Schließlich war das Fohlen schwarz vor Schweiß und gesprenkelt mit weißen Schaumflöckchen. Es war erledigt, und es muß überall Schmerzen vom dauernden Hinfallen gehabt haben. Er band es wieder an den Pfahl, kam mit dem Sattel und warf ihn genau wie vorher auf den Rücken. Noch einmal versuchte es, sich zu wehren. Diesmal brauchte er nur noch zu schreien, und da blieb es zitternd stehen und ließ alles mit sich machen. Als er es schließlich losband und von ihm wegging, ohne auch nur einen Gedanken daran, es zu versorgen, ihm Wasser zu geben, sein Fell zu trocknen –

er ließ es einfach allein auf dieser staubigen Koppel –, stand es da, mit hängendem Kopf, ausgepumpt, ein Bild der Niederlage. Ich schlich mich näher und sah seine Augen. Sie waren ganz trübe, wie verstaubt. Ich rief leise nach ihm, aber es rührte sich nicht. Da ging ich dann zu ihm, ich wollte es trösten, ihm sagen, wie leid es mir tat. Ich näherte mich ihm vorsichtig und hatte dabei immer ein Auge auf das Haus, weil ich natürlich nicht erwischt werden wollte, denn sie hatten mich zuvor schon weggejagt. Es bemerkte mich, und ich streckte meine Hand nach ihm aus. Es begriff, daß ich viel kleiner und schwächer war – daß ich ihm nicht weh tun konnte. Es hat mich gebissen, mehrmals. – Es hatte seinen Stolz verloren. Es war niederträchtig geworden.«

»Das hätte Sie eigentlich für immer von Pferden kurieren sollen«, meinte David nach einer Weile, in der alle geschwiegen hatten.

Eric konnte nicht einmal lächeln; die Erinnerung an dieses zerbrochene Leben war ihm auf einmal wieder zu nah. Denn ein intelligentes Geschöpf, ob Mensch oder Tier, dessen Willen nicht mehr ihm zu eigen ist, verliert sein Selbst und damit die Freude am Leben.

»Es hat ganz das Gegenteil bewirkt. Ich hatte ja gesehen, warum das Pferd so geworden war.«

»Es hätte ja auch schon vorher so niederträchtig gewesen sein können.«

»Das war es nicht. Ich hatte mich vorher mit ihm angefreundet.«

»Ich habe«, sagte David und fuhr sich mit einer plötzlich sehr müde wirkenden Bewegung über das Gesicht, »in meinem Beruf einen ganzen Haufen widerlicher Gäule kennengelernt. Ich denke, ich bin gut – ich kann Haltungsschäden ausgleichen und Spezialbeschläge anbringen für Querfeldein und so, aber mit manchen Pferden gibt's einen regelrechten Kampf. Ich hab immer gedacht, die sind einfach von Natur aus so. Ich muß oft ganz schön nachhelfen, damit sie sich beschlagen lassen.«

»Ich glaube nicht, daß ein Tier bösartig geboren wird; es sei denn, es gibt von vornherein ernsthafte Funktionsstörungen seines Hirns. Aber im Normalfall ist es bei Tieren wie bei Menschen: Sie werden durch Mißerfolg und Qualen und tiefgreifende Ereignisse verschiedenster Art hart und bitter und böse und ungerecht. Nur,

Tiere äußern es auf andere Art. Sie können nicht zu uns sprechen, außer durch ihre Handlungen. Und weil sie größer oder einfach wehrhafter sind als Menschen, haben wir Angst vor ihnen und müssen sie fesseln und ihnen weh tun, bevor sie uns weh tun können – und dabei haben wir sie in vielen Fällen erst zu dem gemacht, was sie sind. Gerade Pferde sind von ihrem Naturell her hochanständige Tiere: Ein Pferd wird niemals auf etwas Lebendiges treten, das vor ihm auf dem Boden liegt, egal, wie aufgeregt es ist; es wird versuchen, das Hindernis zu umgehen oder über es hinwegzuspringen.«

»Das habe ich mal bei einem Turnier gesehen«, warf Claire ein. »Das Pferd hatte vor einem Hindernis gescheut, und der Reiter war über seinen Kopf geflogen. Dann sprang es aber doch noch, und irgendwie warf es sich dann in der Luft herum, als es merkte, daß der Reiter vor ihm im Gras lag – machte eine unbeschreibliche Bewegung, als würde es sich im Sprung auf die Seite drehen –, um nicht auf ihn zu treten.«

»Ebensowenig rennt ein Pferd einen Menschen um, der vor ihm steht: Wenn man ruhig stehenbleibt und die Arme ausbreitet und ihm beruhigend zuruft, bleibt es stehen; im schlimmsten Fall macht es kehrt, aber es rennt nicht einfach gegen das lebendige Hindernis. Mir ist noch nie ein Pferd begegnet, das einen Menschen angegriffen hätte, und ich habe, weiß Gott, sehr viele Pferde kennengelernt.«

»Wie kommt's dann aber, daß viele sich so schlecht beschlagen lassen?«

»Aber David, Sie sind ein Fremder, und Sie bringen allerhand Sachen herbeigeschleppt, die die Pferde ebenfalls nicht kennen. Dann ist da das Feuer, das Zurechtschlagen der Hufeisen, das Einschlagen der Hufnägel; wenn das Pferd davon auch nichts fühlt, aber es sind lauter fremde, beunruhigende Geräusche und Gerüche. Pferde sind Fluchttiere. Das ist ihre Natur. Kann ein Pferd aber nicht fliehen, muß es sich wehren.«

»Es heißt aber doch immer wieder, daß Pferde nichts vergessen«, beharrte David. »Da sollte man doch meinen, daß sie lernen, wie harmlos das Ganze eigentlich ist.«

»Woran sich das Pferd beim neuen Beschlagen erinnert, sind die Angst und das Unbehagen vom letzten Mal. So eine Art ...«, er suchte nach einem passenden Vergleich, »eine Art Zahnarztsyndrom.«

»Ach …« David stocherte in seiner Pfeife. »Von der Seite habe ich die Sache noch gar nicht gesehen.«

Eric beschloß, daß dies eine gute Gelegenheit sei, um den Abend zu beenden. Er hätte den Whisky der Hickmans nicht auch noch trinken sollen, nachdem er bereits zwei Drinks mit Emily genommen hatte; und außerdem konnte es nicht schaden, wenn David noch ein wenig über das Zahnarztsyndrom nachdachte.

Er stellte sein Glas nieder, blinzelte zur Uhr auf dem Küchenschrank, streckte sich verhalten und sagte: »Reichlich spät, und ich muß früh auf. Besser, ich gehe schlafen.«

Claire legte ihre Stickerei weg. »Wird auch Zeit für uns. Lieber, willst du dich um das Feuer kümmern? Kommen Sie, Eric, ich zeige Ihnen Ihr Zimmer.«

Er schleppte seine Taschen hinter ihr her über die blumengeschmückte Treppe ins obere Stockwerk, dann einen fast dunklen Flur entlang, und blieb überrascht an der Tür seines Zimmers stehen. Auf der Kommode stand eine Duftlampe, deren brennendes Teelicht den Raum in ein wohltuendes Halbdunkel tauchte. Ein frischer Duft von Orangenblüten erfüllte die Luft. »Als ich vorhin oben war, um mich um die Wäsche zu kümmern, habe ich's angezündet«, sagte Claire. »Wir können aber auch das elektrische Licht anmachen.« Sie streckte die Hand nach dem Schalter aus, aber Eric hielt sie mit einer kleinen Bewegung auf. »Nein! Nein, lassen Sie es bitte, wie es ist, Claire.«

Der Raum schien ihm entgegenzukommen. Lag dieser Eindruck an dem goldenen Licht? War es das mit dicken Decken belegte Bett oder die schlichten, aus massivem Holz gefertigten Möbel? Oder die Bilder an den Wänden – Aquarelle und Drucke, aus denen die Seele dieses Landes zu atmen schien? Irgend etwas an diesen Bildern und Möbeln und an vielen anderen Kleinigkeiten sagte ihm, daß dies nicht der gewöhnliche Gästeraum war. Sein Blick richtete sich interessiert auf die dicke Deckenlage des Bettes. – Hatte David nicht erzählt, seinem Sohn sei immerzu kalt gewesen; und sei es noch, wenn er hier war?

»Das ist ein wunderschönes Zimmer, Claire«, sagte er. »Ich werde mich hier fühlen wie in Abrahams Schoß.

Er betrachtete wieder das Bett mit seiner Deckenlast. Aus verläßlicher Quelle wußte er, daß man in Schottland dicke Decken eigentlich nicht kennt. Wenn die Nächte streng, die Luftmassen rauh werden, gibt es den geliebten Whisky, der das Blut schneller kreisen läßt und die nötige Wärme im Inneren erzeugt.

Offenbar war dies Davys Zimmer. Er schluckte hart gegen einen plötzlich drückenden Kloß in seiner Kehle. »Claire –« Er wollte nicht sentimental werden. Der Whisky wollte ihn dazu verleiten. »Claire, ich bin sehr froh, daß ich hier bei Ihnen sein darf, und nicht da oben, bei den Fargus'.« Er dachte an Louises heulende Stimme, an Emily, und unterdrückte ein Schaudern. »Und ich weiß, daß Lance ebenso froh ist. – Ihre schöne rote Katze ist bei ihm, wußten Sie das?«

»Ja«, sagte Claire. »Missy hat sich in ihn verliebt. Das ist eine Auszeichnung. Sie ist wählerisch. Muß sie von mir haben. Sicher hat sie ihm *Ceud mìle fàilte* zugeschnurrt.«

»Was heißt das?«

»Hunderttausend Willkommen. Es ist gälisch. Missy kennt ein paar Brocken. Auch von mir.« Sie kam lächelnd zu ihm und mußte sich aufrecken, um ihm die Hand an die Wange zu legen. »Gute Nacht, Eric«, sagte sie. *»Ceud mìle fàilte.«* Dann wurde sie brüsk. »Jetzt wird aber gleich geschlafen, ja? Sie sagten selbst, es wird ein harter Tag bei den Fargus' morgen. Soll ich Sie wecken? Wir stehen um sechs auf. Reicht Ihnen das?«

»Das Badezimmer ist gleich da nebenan. Es gehört Ihnen. David und ich haben unten unser Schlafzimmer und das Bad.« Sie wandte sich brüsk um.

»Claire?« Er konnte sie nicht gehen lassen. Nicht so. Eine Vielzahl von Sätzen schoß ihm durch den Kopf, und alle schienen zu sentimental, schwülstig, oder unfertig, oder undiplomatisch. »Danke«, sagte er endlich leise.

»Ceud mìle fàilte«, kam es aus dem Halbdunkel zurück.

In der Stunde vor dem Morgengrauen stand Excalibur wachsam auf einem Hügel hoch über seinen Stuten und ihren neugeborenen Fohlen und erforschte mit all seinen Sinnen die Umgebung. Die Feuchtigkeit der Nacht hatte sein Fell und Langhaar mit feinen Tropfen benetzt, aber stets floß sein Blut zu hitzig und zu rasch, um auch nur ein Frösteln zuzulassen. Er stand mit den Vorderhufen auf der höchsten Anhöhe des Geländes, und sein mächtiger Körper streckte sich in einer vollständig regungslosen und doch spannungsgeladenen Linie hügelabwärts, als befrage er stumm die Luft und das Land und das Meer um ihn her und lausche aufmerksam auf Antworten, die nur er vernehmen konnte.

Dann glomm ein seltsames Leuchten in seinen großen Augen auf. Mit ruckartigen Bewegungen schwenkte er den Kopf herum, reckte ihn in den Wind, spähte nach einer bestimmten Bewegung, lauschte mit gestreckten Ohren nach dem Klang, auf den er wartete, witterte mit weiten, rötlichen Nüstern, um den einen, diesen ganz eigenartigen Geruch unter den vielen herauszufiltern, die auf ihn einströmten. Mähne und Schweif bauschten sich um ihn, als der Wind heftiger vom Meer kam; sie verliehen seiner sich gegen das erste bleiche Licht abhebenden Silhouette die überwältigende Schönheit einer Statue, die plötzlich zum Leben erwacht.

Sein großer Name paßte zu ihm. Sein wacher Verstand war so scharf wie eine Schwertschneide, und wenn Excalibur kämpfte, war jeder seiner Hufe eine ebenso tödliche Waffe, wie der edel geformte, stahlharte Kopf mit den geöffneten Zahnreihen es war. Er war intelligent und verständig, er wußte, was zu tun war, und er tat es zur rechten Zeit. Er war der geborene Leithengst. Er war bereit, für das, was er wollte – prachtvolle Stuten, eine starke und zahlreiche Nachkommenschaft –, zu kämpfen, zu leiden, zu hungern und zu dursten; und zu sterben. Er wollte sie besitzen, sie beherrschen, sie als sein eigen wissen; und er war bereit, sie, wenn nötig, mit dem letzten Tropfen seines Blutes zu beschützen, gegen jede Gefahr, gegen jeden Eindringling auf seinem Grund.

Schließlich verließ er seinen Posten, um auf den Hängen und im Tal in weiten Kreisen zu traben und zu galoppieren auf der Suche nach dem fremden, herausfordernden Geruch. Gerade als die Sonne sich langsam hinter einer großen dunklen Wolke erhob, jagte er mühelos wieder den steilen Hang hinauf, stand auf der Hügelkuppe in der gleichen Haltung wie zuvor. Seine Nüstern wandten sich dem Tal zu, in dem seine Stuten und ihre kleinen Fohlen grasten, und plötzlich erhob er sich auf die Hinterhand, zerschnitt mit den Vorderhufen die stille, rotbrennende Luft und schrie im Aufbäumen seine Herausforderung heraus.

Es dauerte nur Bruchteile eines Herzschlags – so lange, wie der Schall benötigt, um den Raum zu überwinden –, da drang die Antwort in seine aufgestellten Ohren.

Er ließ sich auf die Vorderhufe fallen, verharrte, warf den Kopf zurück und starrte über die im Sonnenaufgang purpurne Fläche des Atlantiks, dessen Wildheit und Kraft in seinen Adern floß. Was immer kommen mochte – er war bereit.

Ein seltsam grell aus der tiefen Pferdebrust gerissener, lang hallender Schrei, mit dem ein Hengst seinem Herausforderer antwortet, ließ Eric aus dem Bett springen, bevor sein Bewußtsein überhaupt aus den Tiefen eines schweren Schlafes hervortaumeln konnte. Er stürmte im Pyjama, auf bloßen Füßen, die Treppe hinunter, vorbei an Claire und David Hickman, die in ihren Morgenmänteln schaudernd und verständnislos auf der Schwelle ihres Schlafzimmers standen, rannte zu dem Gebäude, das Lance ganz für sich hatte, und öffnete die Tür nur so weit, daß er gerade hindurchschlüpfen konnte. Atemlos tastete er nach dem Lichtschalter, und Lance drängte sich heftig gegen ihn. »Ist ja gut, alter Junge, schon gut.« Erics Stimme klang beiläufig, als er ihn zurückschob; wie die beschwichtigende Stimme einer liebenden Mutter, deren Jüngstes Alpträume hat. Aber er wußte, daß Lance eine ferne Botschaft empfangen und sie stolz und herausfordernd beantwortet hatte.

»Ist gut, Junge, gut.« Würde die Kraft seiner Stimme ausreichen? Oder würde er ihm wieder eine Spritze geben müssen?

Lance stand beinah unmerklich zitternd still, den hohen, kraftvollen Körper energiegeladen zusammengezogen, jede Faser gespannt, so daß er kleiner, runder wirkte. Er schnaubte und machte einige tänzelnde Schritte, dann stand er mit gerecktem Kopf still, offenkundig wartete er begierig auf eine erneute Herausforderung. »Lance!« warnte Eric. Er wußte, er würde Excalibur nicht hören können, denn er befand sich sehr wahrscheinlich nicht in der Nähe von Sunrise-House, sondern irgendwo weit draußen; die Reaktion des Hengstes vor ihm würde ihm verraten, ob Excalibur einen Hengst jenseits seines Territoriums bedrohte. Emily hatte gesagt, er habe das noch nie zuvor getan.

Lances Ohren spielten unablässig. Aber es schien keine Herausforderung mehr zu kommen. Er entspannte sich schließlich, schnaubte in das Stroh und scharrte lässig. Eric redete ihm gut zu und gab ihm noch etwas Hafer. Und als die Katze wieder auf seinen Rücken sprang, schien es fast, als ob Lance lächle: er drehte ihr eine ganze Weile seinen feinen Kopf zu und ließ ihn dann zurückschwingen zu Eric, der ihn zwischen beiden Händen einfing und gegen seine Brust preßte: »Lance, du bist doch ein gescheiter Bursche. Laß es, Lance. Laß es einfach sein.«

Lances Kopf drückte sich schwer gegen seine Brust.

Da öffnete sich die Stalltür einen Spalt, und Claire schlüpfte hinein. Klein und verloren sah sie aus in ihrem weiten Morgenrock, der so lang war, daß er wie die Schleppe einer Königin hinter ihr her durch das Stroh rauschte.

»Eric! Das war ja ein ganz schreckliches Wiehern, so was habe ich mein Lebtag noch nicht gehört – und wie Sie losgestürzt sind! Was ist denn bloß los?«

»Ich denke, Lance hat eine Botschaft von Excalibur bekommen. Und ich denke außerdem, daß Emily Fargus recht hatte, als sie sagte, Excalibur fordere keinen Hengst außerhalb seines Territoriums heraus. Ich denke, Excalibur ist klar geworden, daß es keinen Gegner mehr auf seinem Land gibt; da ist er jetzt zufrieden und schweigt.«

»Prince Charming!« Sie näherte sich Lance, der wieder seinen Hafer mahlte, vorsichtig von der Seite, und die weitblickenden Augen wandten sich ihr zu, erkannten sie nicht; aber ihre Stimme, ihren Geruch erkannte er. Er hob den Kopf, und seine Kiefer hörten nicht auf zu mahlen. Das war ein Kompliment an sie; hätte sie ihn gestört, hätte er sie gefürchtet oder ihr mißtraut, wäre das Futter vergessen und sein seidig schimmernder Körper in einem Feuerwerk von Abwehr und zerstörerischem Zorn aufgegangen.

»Prince Charming, mein schöner Junge, Sonnenstrahl, du sollst doch Eric nicht aus dem Schlaf reißen!« Ihre Stimme nahm einen leicht tadelnden Tonfall an, als sie Lances Nase und seinen Hals streichelte und sein Stirnhaar zwischen seine Augen strich. »Du bist doch ein guter Junge, Prince Charming. Schau, der Rote hat da oben eben das Sagen. Misch dich nicht ein.« Sie drückte ihr Gesicht gegen Lances breite Stirn und legte ihm die Arme um den Hals, wie sonst nur Eric es tun durfte. »Misch dich nicht ein«, wiederholte sie beschwörend.

Lance schnaufte und legte ihr das Maul auf die Schulter.

Sie blickte nach Eric zurück, strahlend. »Ist das wohl ein Versprechen?«

»Im Moment ist alles ruhig, Claire«, sagte er ausweichend, im Bewußtsein, daß Lance nicht gegen seine Instinkte handeln konnte. »Ich denke, wir können jetzt wieder ins Haus gehen.«

Er hielt ihr die Tür auf und wartete, bis auch ihre lange Schleppe durch den Spalt verschwunden war. Als er neben sie trat, sagte sie: »Es ist ohnehin schon Morgen – was halten Sie davon, wenn ich das Frühstück zubereite, während Sie sich frisch machen?«

Beim Frühstück beobachtete Eric durch das Küchenfenster, was man in dieser Gegend unter Wechselhaftigkeit des Wetters versteht. Nach seiner Erfahrung hätte es nach dem prachtvollen Sonnenaufgang ein Tag mit Sonne und blauem Himmel werden sollen. Doch die Sonne zog sich bald hinter graue tiefhängende Wolken zurück, und Wind kam auf. Böen mit einer ganz erstaunlichen Kraft rüttelten am Haus und klangen wie eine Drohung. Ungern verließ er das warme, schützende Haus. David ging an seiner Seite, er wollte ihn zum Anwesen der Fargus' hinauffahren. »Gegen Mittag wird es wieder aufklaren«, sagte er und blickte zum verhangenen Himmel.

»Tatsächlich?«

»Sicher, Junge. Unser Wetter ist ein bißchen abwechslungsreicher als das bei euch unten.«

»Sie setzen diese Fahrt aber unbedingt auf meine Rechnung, David«, sagte Eric, nachdem der Wagen das Tor von Sunrise passiert hatte.

»Was?!« Davids Gesicht zeigte einen erzürnten Ausdruck, als es sich ihm kurz zuwandte, bevor er schaltete und sich auf die abwärts neigende Kurve konzentrierte.

»Bed & Breakfast bedeutet, daß ich in Ihrem Haus schlafen und frühstücken darf. Um alles andere muß ich mich selbst kümmern. Und wenn Sie darüber Hinausgehendes tun, bezahle ich Sie. Das ist selbstverständlich. Schon dieses herrliche Abendessen gestern, und das – na, das andere eben – das ist nicht inbegriffen. Gar nicht.

David schwieg eine Weile. Dann hielt er auf demselben Hügel, auf dem auch Emily gehalten hatte, und Sunrise lag in seiner Pracht vor ihnen. Aber heute waren das Grün der Wiesen und das Haus verdunkelt vom Schatten der tiefziehenden Wolken, und der Atlantik war eine aufgewühlte, graugrüne Masse. David ließ den Wagen im Leerlauf hinunterrollen und tastete nach seiner Pfeife, entzündete sie, paffte einige dicke Wolken, die gegen das Wagendach stiegen. »Vergessen Sie Zahlen, mein Junge«, sagte er ruhig. »Claire und ich – wir tun eben, was wir wollen.« Eric gab es auf. Dankbarkeit erfüllte ihn. Herzlich verabschiedete er sich von David, und da sagte dieser: »Wann soll ich Sie abholen?«

»Oh, aber – nein, das geht nicht, wirklich nicht. Mrs. Fargus wird mich vielleicht fahren. Wenn nicht – es ist doch ein hübscher Spaziergang.

»Es wird vielleicht dunkel sein.«

»Was macht das schon.«

»Claire würde nervös werden. Sie ist immer ängstlich, wenn einer ihrer Gäste im Dunkeln umhergeistert.«

»Oh, David, das ist nicht recht, es ist zuviel –«

»Zuviel – was?«

Eric schwieg. Er wollte Davids Zeit nicht mit weitschweifigen Erklärungen vergeuden. Da sagte der: »Warum lassen Sie uns nicht ein bißchen Spaß? Denken Sie, es ist spannend für uns, gemeinsam zu Abend zu essen, ein wenig zu plauschen, und dann ins Bett zu schlüpfen? Jeder von uns tut jeden Tag das gleiche. – Es ist schön, junges Leben in unserem Leben zu haben. Claire liebt es, und ich hab es auch verdammt gern. Also machen Sie sich keine Gedanken über ›Kosten‹ oder ›Zeit‹! – Wir würden's nicht tun, wenn uns nicht danach wäre, verstanden, junger Mann?! Also – wann soll ich hier sein?«

»Ich weiß nicht. Wie kann ich Ihnen eine Zeit sagen, wenn ich nicht weiß, was vor mir liegt?«

»Sagen wir – acht Uhr heute abend. Vielleicht müssen Sie auf mich warten, vielleicht muß ich auf Sie warten. Aber ich bin da – um acht Uhr heute abend.«

David paffte, die Diskussion abschließend, eine dicke Rauchwolke, und der Wagen hielt vor dem Haus. Als Eric ausstieg, winkte ihm David noch einmal zu, und bald verlor er den Wagen im Dunkel der weitgeschwungenen Auffahrt aus den Augen.

7

Gegen Mittag riß der Wind die tiefhängenden Wolken auf, ganz wie David es prophezeit hatte, so daß sich ein tiefblauer Sommerhimmel über ihren Köpfen spannte. Dies also war die Macht des Golfstroms. Aber das launische Wetter war im Augenblick Nebensache: Sie hielten im Geländewagen auf einer Hügelkuppe und blickten sich nach der Herde der Zuchtstuten um, nach denen sie seit heute morgen suchten. Dicht gepackt saßen auf dem Rücksitz Turner, Louise und Grandpa Fargus, der durchaus darauf bestanden hatte, mitgenommen zu werden. Als Beweis für seine Unabkömmlichkeit hatte er Emily eine abgewetzte Metallpfeife entgegengestreckt: »Everett hat ihn immer damit gerufen!«

»Aber Vater, ich kann damit auch umgehen. Ich kenne Everetts Signal.«

Doch der alte Mann war unnachgiebig geblieben, und nun saß er da im Fond, blickte sich nach allen Seiten um und genoß als einziger sichtlich diesen Ausflug. Louise bohrte ihren mißbilligenden Blick zwischen Erics Schulterblätter, daß er meinte, sie wollte ein Loch in ihn hineinstarren, zwischen Emily und ihm hing jene Beklommenheit wie eine klamme kalte Decke, die sich einzustellen pflegt, wenn Gefühle vorschnell oder ungeschickt geäußert werden, und Turner sah grau, elend und tief beschämt aus; sein üblicher Zustand nach einer Alkoholorgie. Und sie alle miteinander hatten es gründlich satt, nach den Pferden zu suchen.

Außer Grandpa. Er spielte unablässig mit der Pfeife und nahm den neuerlichen Halt zum Anlaß, um steifbeinig auszusteigen und das in die Luft zu schmettern, was als »Everetts Signal« bezeichnet wurde, eine Kaskade von kurzen und langen Tönen in einer bestimmten Reihenfolge, die Eric während der vergangenen Stunden nun schon so oft gehört hatte, daß er sie bis in die feinste Nuance auswendig kannte.

Wenn sie die Stuten fanden, würden sie die gesamte Herde zu den Ställen bringen müssen, obgleich es nur um Solitaire ging. Das hatte mit dem Verantwortungsbewußtsein des Hengstes zu tun: so wenig wie er einer Stute gestatten würde, sich allein zu weit von der Herde zu entfernen und sich seiner Aufsicht zu entziehen, so wenig duldete er es, wenn eines seiner Schutzbefohlenen, Stute oder Fohlen, von fremder Hand entfernt wurde.

Nur wenn er die Stute oder das Fohlen sicher auf der Koppel oder im Stall nahe Sunrise-House wußte, gab er die Verantwortung ab. Dann sorgten sich die Zweibeiner um seinen Schützling. Er akzeptierte das.

Aber wo war die Herde? Und warum folgte Excalibur nicht dem Laut der Pfeife? Sie waren bereits am Rudel der Einjährigen vorbeigekommen, kräftige Jungtiere mit einer Haut, die zum Platzen stramm saß, und die sich eines wie das andere zu prachtvollen großen Vollblutpferden entwickeln würden, wenn im Augenblick auch die Beine noch zu lang, die Kruppe oder der Widerrist zu hoch waren und der Rumpf zu dünn oder zu plump erschien.

Wo aber waren die Zuchtstuten? Die Herde konnte ganz in der Nähe sein – in der nächsten Schlucht vielleicht – oder auch meilenweit entfernt. Solange Excalibur sich nicht entschloß, freiwillig zu ihnen zu stoßen, konnten sie nur hoffen, die Stuten durch weiteres Suchen zu entdecken.

Eric hatte das Bedürfnis, seine langen Beine zu strecken. Stundenlang hatte er jetzt vorn im Wagen neben Emily gesessen, und weil er den Sitz aus Höflichkeit gegenüber den anderen im Fond ganz nach vorn geschoben hatte, fühlte er sich schon ganz verbogen. Er trat neben Grandpa. »Wir könnten es mit Hafer versuchen, Sir«, schlug er in respektvollem Ton vor.

»Tja, junger Mann, wenn wir Excalibur wenigstens in Sichtweite hätten – wenn er den Hafer riechen könnte –«

»Mir ist da ein Gedanke gekommen«, sagte Eric.

»So, was denn?«

»Ich zeig's Ihnen, wenn ich darf, Sir.«

Grandpa hatte es offenkundig gern, respektvoll behandelt zu werden. Er stützte sich fester auf seinen Knüttelstock. »Da bin ich ja mal gespannt«, sagte er, und es hätte nur noch einer hoheitsvoll gestattenden Handbewegung bedurft, um ihn wie einen der Chiefs wirken zu lassen, die im alten Schottland die glanzvolle Stellung des Königs auf ihren Ländereien innegehabt hatten.

Eric ging zum Kofferraum, um den Hafereimer zu holen, und warf durch die Heckscheibe einen Blick auf das eingefallene alte Gesicht mit dem sorgfältig gestutzten Backenbart und der ebenso sorgfältig gepflegten Mähne aus schlohweißem Haar, an der der Wind zerrte. Er vermutete, daß Everett ihm sehr ähnlich gesehen hatte. Wenn dem so war, konnte er verstehen, daß Emily »wie geblendet« von ihm gewesen war, denn unter all diesen Runzeln ließ sich die aristokratische Knochenstruktur erkennen, das langgestreckte scharf gezeichnete Kinn, die hohen Jochbögen, die hohe breite Stirn. Der Mund war noch immer fest und hatte wohl auch immer schon diesen Zug von Eigenwillen und Persönlichkeit besessen, und die Augen, obgleich ihre Farbe ausgeblichen und die Augäpfel gelblich waren, blickten noch immer gerade, hellwach, intensiv und aufmerksam. Er fand, daß Grandpa Ehrfurcht verdiente, gleichgültig, was Turner über ihn sagte.

Er kam mit dem Hafereimer wieder zu ihm, stellte ihn auf den höchsten Punkt der Umgebung, suchte sich einen kleinen, kräftigen Ast, und begann gegen den Eimer zu schlagen. »Würden Sie jetzt bitte noch einmal pfeifen, Sir?«

Grandpa tat das, und fragte dann: »Wozu soll das gut sein?«

»Das Pfeifen trägt sehr weit; gerade bei diesem Wind. Ich bin sicher, daß Excalibur die Pfeife gehört hat. Aber er ist trotzdem nicht gekommen.«

»O je.« Grandpa betrachtete die Pfeife auf seiner ausgestreckten Hand. »Sieht aus, als hätten Sie nicht unrecht, junger Mann. Haben Sie eine Idee?«

»Das Geräusch, das ich eben verursachte – es müßte ihn an das Klappern von Hafereimern erinnern. Und wenn es das tut, dann dürften seine Magensäfte jetzt schon gewaltig arbeiten.«

Wieder schlug Eric gegen den gefüllten Eimer. Ein satter, dumpfer Klang erhob sich, wurde vom Wind erfaßt und weit über das Land getragen, gefolgt von einem dünnen Quietschen, als Eric heftig den metallenen Henkel auf und nieder bewegte. »Wenn Sie noch einmal die Pfeife benützen würden, Sir? Vielleicht stellt Excalibur dann eine Verbindung her. Sie rufen ihn doch immer mit dieser Pfeife und geben ihm dann Hafer, damit er Ihnen folgt.«

»Oh – hm, beim letzten Mal taten wir's nicht. Wir hatten es eilig.«

»Verstehe«, murmelte Eric. Excalibur ließ sich nicht an der Nase herumführen. Er war getäuscht worden; erinnerte sich an das letzte Mal und sagte sich jetzt, daß es überhaupt keinen Grund gab, seine Stuten von wer weiß woher zu führen, ohne auf eine Belohnung hoffen zu können. Ein intelligentes und mißtrauisches Pferd. Wie gut, daß Lance nun außerhalb seiner Reichweite war!

Wieder schlug er gegen den Eimer. Die anderen waren nun auch ausgestiegen und beobachteten Erics seltsames Treiben aus der Nähe. »Wieso machst du das?« fragte Turner. Er hielt eine flachgewölbte Hand über seine schmerzenden Augen, um sie vor der Sonne zu schützen, die hell von einem nunmehr wie blank geputzten Himmel strahlte.

»Ja, Eric, was bezwecken Sie damit?« fragte auch Emily und trat etwas dichter zu ihm. Louise beobachtete dies mißlaunig und sagte plötzlich laut: »Er spielt sich auf! Er macht sich wichtig! Das ist alles!«

»Louise! Wo bleiben deine Manieren!« Grandpa richtete sich an seinem Knüttel auf. »Kürzlich erst diese Vorwürfe im Stall, und nun dies!«

»Du hältst ihm ja bloß die Stange, weil er so vor dir buckelt!« schleuderte sie ihm entgegen. »Aber gestern abend hättest du ihn erleben sollen, vor dem Haus, wie er da mit mir umgesprungen ist! Er wollte mir angst machen –«

»Ich habe Ihnen angst gemacht, junge Lady«, sagte Eric sehr langsam. Wenn er so sprach, nahm seine Stimme einen sehr tiefen, sehr bösen Tonfall an. Seine Pferde fürchteten diese Stimme. »Sie wissen, daß all diese Vorwürfe, die Sie mir, seit ich hier bin, an den Kopf geworfen haben, ohne Grund sind. Ich weiß nicht, warum Sie das tun, aber ich weiß, daß ich Sie gestern abend an den Rand der Wahrheit gedrängt habe; Sie fürchteten, ich wollte Ihre Beweggründe für Ihr Verhalten gegen mich herausbringen.« Er trat näher, in der gleichen Haltung wie gestern, und sofort wich sie zurück. Er blieb stehen. Ein kleines Lächeln nistete in seinen Augenwinkeln. »Louise, sie sind – ein Kind.«

Es schien, als wolle sie mit einem Wutschrei und gegen ihn gerichteten Nägeln auf ihn zuschießen – da ertönte plötzlich etwas wie unterirdischer Donner aus der Ferne, aber er verhallte nicht, sondern kam näher und schwoll an.

»Sie kommen!« rief Emily und tat einen Freudensprung. »Oh, Eric, Sie Teufelskerl, Sie haben Excalibur zu uns gebracht!« Sie hastete zum Abgrund und verharrte in zitternder Spannung. Ein Pferdekopf erschien schließlich da drüben auf der gegenüberliegenden Höhe.

»Das ist Resistance, unsere Leitstute«, erklärte Grandpa Eric. Sie standen dicht beieinander, ebenso wie Emily ganz nahe am Abgrund, ebenso wie sie begierig auf das Donnern der Hufe lauschend.

Resistance erklomm den gegenüberliegenden Hügelkamm – einen Lidschlag lang hob sich ihre vollendete Gestalt vor dem strahlenden Licht ab, als sie sich orientierte – und schoß, ohne auch nur den Bruchteil einer Sekunde zu zögern, den steilen, von Schründen zerfurchten Abhang hinunter, mit der Sicherheit einer Bergziege. Ebenso trittsicher, ebenso geschmeidig erreichte die Herde die Kammhöhe und folgte ihr über den steil niederschießenden Grund. Die Fohlen, offensichtlich bereits erfahren in solchen Parforcejagden, folgten ihren Müttern, als bände sie noch eine unsichtbare Nabelschnur an sie, rutschten neben ihnen auf den Hinterläufen die Hänge hinunter, flogen in weitem Sprung über Felsbrocken und trügerische, morastige Flecken mit einer Sicherheit, die der der Stuten in nichts nachstand – es war eine atemberaubende Flut von Füchsen und Falben und Kastanienroten und einigen wenigen Rappen, ein Stürmen blonden und roten, weißen und schwarzen Langhaars – einander vergnügt stoßend, schlagend und beißend – eine Pracht glänzender, vor Gesundheit strotzender Pferdeleiber.

»Mein Gott!« Eric konnte kaum Atem schöpfen. Diese Herde, diese Masse von Pferden – inmitten dieser wilden Landschaft, die sie geformt und genährt, sie zu dem gemacht hatte, was sie waren – die leichtfüßige Kraft, die unerhörte, unglaublich scheinende Geschmeidigkeit war atemberaubend; und da war endlich – er: Excalibur.

Er drängte ein paar Nachzügler über den Kamm, jagte sie über den Abgrund, sie umkreisend, sie in die Schenkel zwickend, Seite an Seite mit ihnen galoppierend und sie mit seinem sich langstrekkenden Körper in die Richtung, in die er sie haben wollte, drängend – eine machtvolle, rotschlängelnde Flamme.

»Wir haben Resistance schon lange als Leitstute«, rief Grandpa über den Donner der Pferdehufe. »Die beste seit Erie, die mein Großvater besaß.«

Eric hörte ihn nicht. Er sah ihn nicht. Er sah auch die Stuten und Fohlen nicht; nicht wirklich. Selbst Solitaire war für den Augenblick vergessen. Sein Blick war wie festgenagelt an Excalibur.

Excalibur, der Nachfahre des großen roten Rennpferdes Man o' War, Nachfahre auch des feurigen kleinen goldfarbenen Araberhengstes Sham, konnte sein Erbe nicht leugnen, wie viele Blutlinien auch immer in seine lange Ahnenreihe eingekreuzt worden waren; in ihm schien sich das Erbgut der beiden einzigartigen Hengste zu einer Symbiose verschmolzen zu haben: Er besaß die massive körperliche Präsenz und die ganz eigenartige Farbe von Big Red, ein leuchtendes Rotgold, und ebenso die Grazie Shams: die hohe Kruppe, den kompakten Rumpf, die trockenen langen Beine, die tiefe weite Brust, die sehr weiten Nüstern, die den Wind begierig tranken, und den langen Hals, der sich stolz und muskelbepackt aufwölbte. Er kam heran wie vom Wind getragen, in mühelos federndem Trab. Er beachtete die Menschen da auf dem Kamm gar nicht, sondern ordnete resolut seine Stuten. Schließlich, nachdem er sich einmal mehr Gehorsam verschafft hatte und seine ungestüme Herde auf der Talsohle angelangt war, erklomm er mühelos die steile Anhöhe.

Voll natürlicher Würde kam er schnurgerade auf sie zu. Für Eric war es reine Glückseligkeit, dem Spiel dieser Muskeln unter dem schimmernden Fell zuzusehen, dem mühelosen Ausgreifen der langen kräftigen Beine, die ihn stetig in schnellem Tempo, doch ohne jegliche Hast, über die Steigung trugen. Das reiche Langhaar Excaliburs war ein wenig heller als sein Fell und umwehte ihn wie fliegende Fahnen. Der Hengst näherte sich ihnen, die weiten, dunklen Augen auf den Kamm gerichtet, die feinen Ohren straff gespitzt, vor dem Wind laufend, leidenschaftlich neugierig, ohne einen Anflug von Furcht.

Als er den Kamm beinahe erreicht hatte, wichen alle außer Turner und Eric um mehrere Meter zurück. Turner murmelte: »Da soll mich doch ...!« und starrte beinah entgeistert den riesigen Hengst an.

»Kommt zurück!«, rief Emily. »Geht weg von ihm! Man kann ihm nicht trauen!«

Turner wich zurück zu der kleinen Gruppe, doch Eric wandte sich nur nach Emily um. »Wie meinen Sie das?«

Sie schrie auf: »Eric! Vorsicht!« und er wurde sich einer gewaltigen Präsenz in seiner unmittelbaren Nähe bewußt, und gleich darauf, noch bevor er sich umwenden konnte, spürte er eine blitzartige Bewegung, als Excalibur mit dem Kopf nach dem Hafereimer schlug, den Eric in der Hand hielt. Er zog den Eimer instinktiv weg, und der Hengst steilte voller Zorn, sein Leib eine gewaltige Masse unmittelbar über Eric, der dessen hitzige Wärme fühlte und gegen den strahlenden Himmel den Wirbel der Vorderbeine hoch über sich sah. »Streuen Sie den Hafer auf die Erde, Eric! Bitte! Er kennt es nicht anders! Oh, bitte!« Emily schluchzte beinah.

Eric wich dem mächtigen Körper behende aus, und als der Hengst landete, verpaßte er ihm rechts und links einen gehörigen Klaps auf die Kinnbacken. Excalibur schnaubte verwirrt und stand still. Er wartete ab, zu verblüfft für den Moment. So etwas war ihm noch nie geschehen.

»Dir hat wohl nie jemand Benehmen beigebracht?« Erics Stimme hatte diesen langgezogenen, dunklen Klang. Die Ohren des Pferdes schoben sich langsam nach vorn. Eric nahm eine Handvoll Hafer aus dem Eimer, den er mit der anderen Hand hinter seinem Rücken hielt, und bot Excalibur Hafer von seiner Handfläche an. Der Hengst prustete empört, die Körner wurden auf die Erde geblasen. Er warf den Kopf heftig auf und trat zwei Schritte von dem Geruch der menschlichen Hand zurück. Doch seine weiten Nüstern dehnten sich nach dem verführerischen Geruch des Hafers, der ihm erneut hingehalten wurde, und Erics Stimme wurde sanft, einschmeichelnd, es war die Stimme, die er für Lance hatte, für die übrigen sechs Pferde von Turner, mit denen er arbeitete, es war die Stimme, die Lionheart aus dem Verließ seiner Box gelockt und wieder zum Champion gemacht hatte. »Komm, mein Junge, nimm es aus meiner Hand. Sei nicht gar so erhaben. Excalibur ...« Der mächtige Hengst stand unschlüssig. Da war der Hafer, den er wollte – für den er gekommen war –, und da war überdies eine nie zuvor gekannte Kraft in der Stimme eines dieser Zweibeiner, die er immer nur als Wesen angesehen hatte, die Hafer und Heu und Wasser gaben ... aber dieses zweibeinige Wesen schien ihn gar nicht zu fürchten. Excalibur streckte den Kopf weit vor und atmete den Geruch dieses Fremden ein. Er bemerkte nicht die Spur von Angst. Fragend ließ er die Ohren spielen.

»Du kannst Hafer haben«, sagte Eric. »Einen ganzen Eimer voll. Aber zuerst nimmst du ihn aus meiner Hand.«

Er hörte schweres Atmen von der ganzen Gruppe hinter sich. Er hatte Zuschauer nicht gern; er kam sich dann immer so vor wie ein Schmierenkomödiant, wenn schwierige Pferde plötzlich etwas taten, das nicht von ihnen erwartet wurde. Aber er fühlte die Strömungen zwischen dem Hengst und sich. Sie waren zwei vom gleichen Stamm. Er wußte, was in Excalibur in diesen Augenblicken vorging; wußte um das stumme Aufbegehren, das sich nur in dem leisen Flattern seiner starken Flanken zeigte, wußte um den damit widerstreitenden Wunsch, geborgen in einer starken Hand zu sein, einer Hand, die Nahrung und Schutz gab – die ihn einmal, endlich einmal, ruhen ließ.

»Komm nur, Junge. Komm zu mir.«

Excalibur reckte den Kopf nach ihm. Eric trat einen halben Schritt zurück, und der Hengst folgte ihm.

Ein ganzer Schritt rückwärts. Excalibur zauderte, scharrte, warf einen prüfenden Blick zu seinen Stuten, dann konzentrierte er sich wieder auf Eric. »Komm, mein Junge, komm zu mir.« Der Hengst schnaubte, scheute halbherzig mit kaum erhobenen Vorderläufen, aber seine Augen waren beständig auf Eric gerichtet, der nicht einen Millimeter Boden preisgab, ihm nur weiter die ausgestreckte Hand voller Hafer hinhielt. Dann stand er still, am ganzen Leibe zitternd vor Spannung über dieses unerklärliche, nie dagewesene Ereignis; und doch fühlte er nicht den Wunsch zu kämpfen, sondern vielmehr Vertrauen. – In diese Hand, die ihm den köstlichen Hafer hinhielt, konnte er die Verantwortung für seine Herde legen, ebenso seine nie endende Wachsamkeit; zu dieser Hand konnte er in einem schweren langen Winter kommen, und sie würde die Furcht vor der Macht des weißen Sturms von ihm nehmen.

Excalibur sog Erics Wesen noch einmal tief in sich hinein, ließ die Ohren spielen, wandte den Kopf in den Wind und kam wieder zu der Hand zurück. Endlich dann schob sich sein samtiges Maul in Erics Handfläche und las behutsam die Körner mit den Lippen auf. Seine großen dunklen Augen ruhten fragend und verwundert auf diesem unbegreiflichen Geschöpf.

Eric ging noch einen Schritt weiter. Er nahm den Hafereimer hinter seinem Rücken hervor und präsentierte ihn Excalibur. Wieder wich der Hengst zurück – der Geruch des Metalls war ihm widerlich.

»Schütten Sie den Hafer aus, Eric! Er wird Sie doch schlagen, wenn Sie es nicht tun!« »Schütten Sie ihn aus! Sogar Vater hat das immer getan!« »Schütten Sie den Hafer auf den Boden, Junge! Der bringt Sie um!« »Ruhe! Eric weiß schon, was er tut!«

»Würdet ihr alle endlich mal still sein!« flüsterte Eric wütend. Oh, er haßte Zuschauer! Da – sie hatten das Band zwischen dem Hengst und ihm zerstört; Excalibur jagte über den Abhang davon, schnaubend, mit hochgerecktem Schweif und fliegender Mähne.

Wütend raffte er den Eimer an sich, bereit, zum Wagen zurückzugehen – da, ein Flüstern: »Oh mein Gott, er kommt zurück!« und noch bevor er die Worte völlig erfaßt hatte, war der riesige rote Hengst wieder da. Er stand still nach seinem fliegenden Lauf, mit stolz hoch gewölbtem Hals und wartete. Eric löste sich aus der Gruppe, trat zu ihm, streckte ihm einmal mehr den Eimer entgegen. Excaliburs Nüstern zitterten. Eric sprach leise zu ihm. Niemals hatte der Hengst eine solche Stimme gehört. Sie vergewisserte ihn seiner eigenen Kraft und gestattete ihm doch, sich der Entspannung hinzugeben, seinen Kopf in den Eimer mit Hafer zu tauchen, in dem allmählich nicht nur die Nase, sondern auch die Augen verschwanden – neben seinen unablässig spielenden Ohren seine wichtigsten Sinne, um über seine Stuten zu wachen.

»Mußt dich nicht um sie sorgen, mein Junge«, sagte die leise dunkle Stimme wohltönend und beruhigend. »Ruh dich ein wenig aus, ich achte auf sie.« Und tatsächlich blickte Eric beständig entweder auf die ruhig grasende Stutenherde oder auf Excaliburs bildschönes Gesicht, das in den Hafer eintauchte und mahlend wieder daraus hervorsah. Während er den langsam leichter werdenden Eimer hielt, begannen Erics Gedanken zu schweifen. Auf seine

Frage, wie die Pferde eingebracht würden, hatte ihm Grandpa geantwortet: »Wir rufen Excalibur mit der Pfeife. Wir geben ihm Hafer, aber nur wenig, damit er auf den Geschmack kommt. Dann stellen wir den Hafereimer in den Kofferraum und achten darauf, daß er sieht, was wir tun. Wir fahren langsam vor ihm her, und er folgt uns, weil er den ganzen Eimer Hafer will, nicht nur das bißchen. Und die Stuten folgen ihm.«

Was für eine entwürdigende Prozedur! Und alles nur aus Angst vor einem freien, starken Geschöpf! Und wie entwürdigend für einen stolzen Charakter wie Excalibur! Eric wußte, er kam nicht wegen des Hafers, jedenfalls nicht nur deswegen. Er war wie ein König, der sich bereit erklärt, einen anderen König anzuerkennen; eine Allianz zu schließen. Nur – da war kein anderer König. Es hatte Everett gegeben, und nach ihm Emily, die erschrocken zurücksprang, wenn er sich nur näherte.

Das mußte sich ändern, dachte Eric. Der Herr über die Zuchtstuten und der Herr über das Gestüt sollen zusammenarbeiten; und so ließ er schließlich den leeren Eimer stehen, senkte eine Hand in die lange Mähne und legte die andere leicht auf den hohen Widerrist; es gab ja keinen »Herrn« auf diesem Gestüt. Excalibur stand still und wandte ihm kurz den Kopf zu, blickte dann wieder nach seinen Stuten. Fast unmerklich schwang Eric sich auf den mächtigen Hengst, der während seines acht Jahre dauernden Lebens nie von menschlicher Hand berührt und niemals geritten worden war. Excalibur ging hoch, schlug aus; aber da war diese Stimme über ihm, die ihm Hafer gegeben hatte, diese starke, wohltuende Stimme, und freundliche, ganz sanfte Berührungen, wie er sie nie zuvor erlebt hatte. Er stand still und blickte sich um nach dieser Gestalt; sehr unschlüssig. Er mochte dieses Gewicht auf seinem Rücken nicht.

Eric genoß es, mit einem intelligenten Pferd zu tun zu haben, das niemals Ängste hatte ausstehen müssen, die es nicht begreifen konnte. Bei Excalibur galt es nur, ihn zur Mitarbeit zu veranlassen. Bei ihm mußten keine Traumata beseitigt werden. Er schob seine Hände unter die lange, windverwirrte Mähne des Hengstes. »Ich verlasse mich auf dich – bringen wir sie ein, Excalibur.« Sanft ermunterte er ihn durch Gewichtsverlagerungen, durch seine Stimme, zu Schritt, zu Trab, langsam die Senke hinunter, auf die Stuten zu, und schließlich schien der Hengst ihn vollständig auf seinem Rükken vergessen zu haben: worauf Eric mächtig schwindelig wurde, denn die blitzschnellen, schlangengleichen Manöver, die ruckartig ausgeführten Aufbäumungen, das heftig-drohende Heranpreschen und abrupte Steilen über dem Genick einer widerspenstigen Stute, das geschickte Ausschlagen mit verkürzter Hinterhand eines Hengstes, der seine Stuten antreibt, hatte er nie erlebt – er hatte auf bokkenden Pferden gesessen, die alle Tricks beherrschten, um sich des Reiters zu entledigen, doch dies war anders: er wurde durchgeschüttelt wie von einem Erdbeben, seine Schenkel gerieten immer wieder zwischen ineinander krachende Pferdeleiber, und nicht einen Augenblick lang war der Körper des Hengstes gerade unter ihm, sondern in einer ständigen Wellenbewegung, so daß er hin und her geschleudert wurde und sich manchmal nicht einmal mehr auf seinen sonst so ausgewogenen leichten Sitz verlassen konnte, sondern sich an der Mähne festklammern mußte.

Er verlor nicht den Kopf. Er mußte Excalibur beweisen, daß eine Zusammenarbeit zwischen Hengst und Mensch nicht nur möglich, sondern erstrebenswert ist. Excalibur hätte sich, nachdem er den ganzen Eimer leer gefressen hatte, leicht entscheiden können, seine Schützlinge wieder weit in die Ferne zu bringen; darum verwandte er sein ganzes reiterliches Geschick darauf, daß der Hengst die Stuten tatsächlich nach Sunrise-House trieb. Dies war das härteste Stück Reitarbeit, das er je geleistet hatte; sein Meisterstück.

Er war mehr als zufrieden, als er auf dem Rücken des großen Hengstes hinter der letzten Stute in die Koppel trabte, aber auch froh, wieder auf seine eigenen zwei Beine zurückgleiten zu können, im Bewußtsein, daß ihm sämtliche Muskeln gezerrt worden waren.

»Eric!« Emily war plötzlich außerhalb der Koppel, und Excalibur warf den Kopf kampflustig auf. »Sie haben die Pferde wunderbar eingebracht – denken Sie, Sie könnten uns helfen, sie auch in den Stall zu bringen?«

Eric hielt Excalibur die leere Handfläche vor die Nase. Der Hengst schauderte, schnaubte, stieg: Die Kraft des Pferdes forderte die seine einmal mehr heraus, ein vibrierender, zerreißender, stummer Kampf der Willen, in dem ungestüme Vorderbeine um ihn wirbelten und Schaumflocken um ihn flogen und furchteinflößendes Schnauben seine empfindlichen Ohren lautstark, zornig, drohend erfüllte. Eric blieb ruhig. Er kannte das seit Kindesbeinen – fliegende Pferdehufe um ihn herum, steilende Pferde, die sich seinem Willen widersetzen wollten. »Laß das«, sagte er dunkel, als der Hengst unmittelbar vor ihm seine Vorderläufe niederkrachen ließ, und gab ihm einen kurzen Schlag auf den Hals. Excalibur schnaubte heftig, streckte ihm dann aber den Kopf entgegen. Sein Maul fuhr prüfend und auch verspielt an Erics Kleidung auf und ab; plötzlich nahm er einen Hemdknopf zwischen seine Zähne und versuchte, ihn abzubeißen. Darauf gab es einen Klaps auf seine rechte Wange. »Dummer Kerl! Willst du sterben an so was? Excalibur!« Er schnaubte, aber nicht eigentlich wütend, sondern stand still und schien zu überlegen. »Kommst du«, sagte Eric dann ruhig und schob die Rechte unter sein Kinn. Excalibur folgte ihm. Und mit ihm all seine Stuten. Sie fluteten zunächst um sie, doch als sie nur eine Hälfte der Flügeltüren geöffnet fanden, neben der einer der Stallarbeiter, bewaffnet mit einer Gerte, stand –, stauten sie sich vor dem Gebäude und betraten dann gesittet, eine hinter der anderen, den Stall und verteilten sich von allein auf die Boxen, die immer schon ihre gewesen waren.

Nie waren die Zuchtstuten auf Sunrise leichter eingebracht worden.

Darauf gab es emsiges Arbeiten: Hafereimer und geschnittene Möhren wurden in die Futterkrippen geschüttet, Heu wurde aufgeschüttet und über die Boxentüren geschleudert; Excalibur allein weigerte sich, in den Stall zu gehen. Eric verstand das. Der Hengst war ein Geschöpf des Windes, der unbegrenzten Weite, und wie kann man den Wind in vier Wände sperren und erwarten, er werde noch derselbe sein?

Er geleitete ihn auf die nahe Koppel zurück, wo er beständig ein Auge auf den Stall und seine Stuten haben konnte, ohne auf dreimal drei Meter eingepfercht zu sein. Selbst die Umzäunung der Koppel mußte schrecklich für ihn sein; nur erduldbar, weil er sich niemals von seiner Herde trennen würde. Edward kam mit einem weiteren Eimer Hafer für ihn gelaufen: »Sir, so etwas habe ich mein Lebtag noch nicht gesehen, was Sie da gemacht haben! Einen wilden Hengst reiten und ihn dazu bringen, die Stuten –«

»Was ist in dem Eimer? Etwa Hafer?«

»Sicher, Sir.«

»Mann Gottes, soll denn dieses Pferd eine Kolik kriegen? Denken Sie doch bloß, er hat seit Monaten nur Gras gefressen, und jetzt plötzlich zwei Eimer Hafer?! Geben Sie ihm lieber kleingeschnittene Möhren, aber nicht zu viel, nur ein paar Handvoll, und einige Forken Heu – zwei oder drei. Und sehen Sie zu, daß er genug Wasser hat. Aber nicht zu kalt!«

»J – ja, Sir!«

Als Eric durch den Zaun schlüpfte, fand er Grandpa, der auf ihn gewartet hatte. »Die anderen sind schon ins Haus gegangen, Junge«, sagte er und legte Eric die Hand auf die Schulter, während sie nebeneinander hergingen. »Wie fühlen Sie sich?«

»Schätze, wie ein Stück Schlachtfleisch, das Bekanntschaft mit dem Fleischwolf gemacht hat, Sir.«

»Aye, das glaub ich gern. War 'n richtiges Husarenstück, Junge. Sind jetzt wohl bereit für ein gutes Mittagessen?«

»Ja, Sir, das bin ich wirklich.« Er bemerkte plötzlich, daß er Grandpa ganz leicht verstehen konnte. Er hatte dank Claire und David keine Schwierigkeiten mehr mit der breiten Mundart. Nicht lange, dachte er, und ich spreche ebenso. »Eigentlich wollte ich erst noch Solitaire ansehen –«

»Nay, kommen Sie ins Haus. Sie müssen sich ein bißchen frisch machen und ausruhen, und vor allem essen und trinken.« Grandpa musterte die staub- und schaumbedeckte Kleidung, bürstete einige Sandklumpen von Erics Schultern, »Ihre Art gefällt mir, Junge«, setzte er überraschend hinzu und klopfte Erics Schulter. »Sie stellen die Kuh über den Eimer. Kein Drumherumgerede. Hatte nie viel für Schwätzer übrig. Sie sind einer, der was tut.«

Bevor sie das Haus betraten, sah sich Eric noch einmal um. Excalibur hatte den Kopf über die oberste Bohle des Zauns geschoben und sah ihnen nach. Grandpa folgte Erics Bewegung und verharrte. »Das hab ich noch nie gesehen«, sagte er offenherzig. »Wenn er sonst auf seine Stuten wartete, rannte er ruhelos herum oder blickte nach dem Stall. Aber niemals nach dem Haus. Der guckt Ihnen nach, Junge.«

Eric blickte Excalibur fest ins Auge, und der Hengst warf kurz den Kopf auf.

Beim Mittagessen gab es kein anderes Thema als seinen Ritt auf Excalibur. Eric schwieg lange dazu und dachte an diesen Blick des Einverständnisses, mit dem der Hengst ihm nachgesehen hatte. Wenn schon keiner der Anwesenden zu fassen vermochte, weswegen er dieses waghalsige Abenteuer auf sich genommen hatte – der Hengst wußte es und erkannte es an.

Aber als Turner nach seinem dritten Glas Wein ihn gar mit Alexander dem Großen verglich, und Excalibur mit Bucephalos, legte er mit einem leisen Klappern sein Besteck auf den Teller. Hungrig wie er war, war sein Interesse am Essen erloschen. Sein Blick begegnete dem Turners wie ein Pfeil. »Sir Simon«, sagte er dennoch ruhig. »Mir scheint, Sie bringen da etwas durcheinander. Die Legende besagt, daß Bucephalos Angst vor seinem eigenen Schatten hatte. Niemand konnte ihn besteigen, weil niemand die Möglichkeit in Betracht zog, daß ein Pferd von dieser Wucht und Stärke Furcht vor etwas haben könnte. Alexander beobachtete, wie die besten Reiter aufzusteigen versuchten. Er fand den Grund für seine Angst, stellte das Pferd gegen das Licht, bestieg es und konnte es fortan reiten. Es war ein Trick. – Es gibt aber nichts, wovor Excalibur sich fürchtet, außer dem Verlust seiner Stuten.«

»Sie hatten ja wohl auch einen Trick mit Excalibur?!« Je öfter er sie hörte, desto verhaßter war ihm Louises Stimme. Bis jetzt hatte auch sie sich nicht an dem Gespräch beteiligt. Betretenes Schweigen breitete sich aus, als alle aufhörten zu essen und erschrocken den Atem anhielten. Das gleichmäßige Klicken der Wanduhr erschien auf einmal aufreizend und störend.

»Nein«, sagte Eric kühl in dieses allgemeine Schweigen und mechanische Klicken. Er hatte schon geahnt, daß da noch ein Pferdefuß sein müsse. Bisher war alles zu glatt gegangen.

Aller Augen waren strafend und entsetzt auf Louise gerichtet, die ihren glühenden Blick starr und feindselig auf ihn richtete und unbeirrt fortfuhr: »Bestimmt haben Sie etwas in seinen Hafer getan, das ihn ruhiger machte. Wir haben's bloß nicht gesehen, weil wir alle auf den Hengst schauten. – Wieso sonst hätten Sie so lange da stehen sollen, ihn Hafer aus dem Eimer fressen lassen, statt ihn wie sonst auf den Boden zu streuen – Sie haben gewartet, bis das Zeug zu wirken anfing.«

»Hätte es ein Zeug gegeben, Louise, dann hätte es auf dem Boden wohl ebenso gewirkt wie im Eimer.»Sein erster Impuls war, sich über den Tisch zu lehnen und ihr ein paar gehörige Ohrfeigen zu verpassen. Was war nur los mit dem Mädchen? Doch er zuckte nur gleichgültig die Achseln: Es war ihm egal.

Grandpa schnitt diese Bewegung ins Herz. Er war zornig und tief beschämt über das Verhalten seiner Enkelin. »Louise«, sagte er langsam, mühsam beherrscht. »Du vergißt etwas ganz Entscheidendes. Du vergißt, daß Master Eric ganz allein vor diesem riesigen, sich bäumenden Pferd stand und es fertigbrachte, es Hafer aus seiner Hand fressen zu lassen. Und wenn du dein Gehirn ein wenig bemühen würdest, bevor du unseren Gast auf unverzeihliche Weise beleidigst, würde dir einfallen, daß der Hengst den Hafer aus der Hand nahm, bevor Eric ihm den Eimer reichte. Ich muß dich wirklich bitten, zu denken, bevor du etwas äußerst. – Und noch etwas: Er hat uns bewiesen, daß Excalibur keineswegs so unnahbar ist, wie wir immer glaubten. Das wird uns in Zukunft eine große Hilfe sein.«

Louise schwieg bockig und matschte in ihren Kartoffeln herum.

Eric nahm sein Besteck wieder auf und schnitt ein Stück Rinderbraten von der dicken Scheibe auf seinem Teller ab. Es war ein Versuch, die häßliche Szene zu überspielen. Aber er wünschte, er könnte im Cottage der Hickmans sein und seinen Lunch mit ihnen verspeisen, statt mit diesem ekelhaften kleinen Biest – und mit Emilys Hand auf seinem Arm, den sie beruhigend drückte.

Zu ihrer Tochter gewandt, sagte sie: »Du bist offenbar nicht in der Lage, Liebling, zu verstehen, was für eine großartige Leistung Eric vollbracht hat. Natürlich hat er nichts in Excaliburs Hafer getan. Wäre der Hengst betäubt gewesen, hätte er sich anders verhalten. Aber er brachte die Stuten nicht anders ein als gewöhnlich, nur – williger.«

»Ich habe es genau gesehen – bei einigen Manövern, wenn Excalibur sich unvermutet bäumte, knallte Erics Stirn gegen seinen Hals, aber der Junge blieb oben«, sagte Grandpa. »Eine Meisterleistung! – Dieser Hengst war nicht anders als sonst auch, junge Dame.« Er maß Louise mit einem strafenden Blick. »Der einzige Unterschied ist, daß er diesmal seinen Meister trug. Und du begreifst das besser, Louise.«

»Nein«, sagte Eric schnell, »bitte verzeihen Sie, Sir, aber ›Meister‹ ist ein schreckliches Wort. Ich versuche immer, die Achtung des Pferdes zu erringen. Wenn es sich selbst achtet und mich achtet, dann ist kein Raum mehr für Angst oder Zorn. Achtung schafft Vertrauen.« Er sprach nicht gern über diese Dinge.

»Ach!« kam es da auch sofort spitz von Louise. »Sie bilden sich wahrhaftig ein, Sie hätten die Achtung, das Vertrauen dieses roten Teufels? Ich sage Ihnen jetzt mal was – mein Vater war ein großer Pferdekenner, aber er sagte immer, Excalibur sei ein großartiger Vererber, aber ein wahrer Drache, wenn es zum Kontakt mit Menschen komme. – Und da er heute friedlicher war als gewöhnlich, wird mich niemand von dem Gedanken abbringen können, daß Sie ihm irgendein Zeugs in seinen Hafer gemischt haben, als wir's nicht sahen.«

Eric konnte alles von seinen Pferden ertragen. Er konnte ihr Mißtrauen, ihre Wut, ihre Aggressivität ertragen, die Schmerzen und auch die Enttäuschungen, die sie ihm zufügten. Aber menschliche Dummheit und Starrköpfigkeit verursachten ihm Übelkeit. Sacht führte er die Serviette an seine Lippen. »Bitte entschuldigen Sie mich«, sagte er leise und verließ den Raum.

Emily sprang auf, um ihm zu folgen.

»Setzen Sie sich, Emily«, sagte Turner, auf einmal wieder ganz nüchtern. »Lassen Sie ihn. Wenn er verletzt worden ist, sind ihm Menschen nur hinderlich, verzeihen Sie, wenn ich das so offen sage. Er geht dann zu den Pferden. Bei ihnen findet er Ruhe.«

Eric brauchte frische Luft. Eine Minute noch, und er hätte ihr in klaren, unmißverständlichen Worten zu verstehen gegeben, daß ihr Vater ganz offensichtlich keine Ahnung von Pferden gehabt hatte. »Mein Vater war ein großer Pferdekenner.« – Großer Pferdekenner, oh ja, aber absolut! Ein Gestütsleiter, der den Zuchthengst fürchtet! Ihn so sehr fürchtet, daß er nicht einmal versucht, ihn zur Zusammenarbeit zu bringen, sondern sich schäbiger Tricks bedient, um sein Ziel auf leichte und gefahrlose – und für beide Seiten entwürdigende – Weise zu erreichen. Hätte Everett auch nur das Geringste von Pferden verstanden, dann hätte er das als zukünftigen Zuchthengst ausersehene Füllen zumindest an die Gegenwart der Zweibeiner gewöhnt, hätte ihm auf sanfte Weise beigebracht, daß der Hengst dem Willen der Menschen, zumindest dem Willen eines Menschen, eben dem, dem er traut, gehorchen muß. Statt dessen hatte Everett zugelassen, daß die prachtvolle Vollblutherde verwilderte unter der Herrschaft eines wilden Hengstes. Generationen vor ihm hatten es offenbar ebenso gehalten, man konnte Everett eigentlich gar keinen Vorwurf machen. Es war ja kein Zufall, daß es kaum Zäune auf Sunrise gab. Auf einem gut organisierten Gestüt gibt es Koppeln – mitunter sehr weitläufige Koppeln –, auf denen die Pferde frei streifen können, aber es gibt auch Zäune, und Zäune bedeuten die Herrschaft des Menschen. Und diese Zäune sind da, weil Menschen Pferde zu einem bestimmten Zweck halten. Vollblutpferde läßt man nicht zum Spaß herumlaufen. Sie werden gehalten, um zu arbeiten. Aber es hatte ganz den Anschein, als sei die großartige Herde der Fargus' verkommen zu einem Rudel zufällig Gebärender, von deren Leibesfrüchten dann Wunderpferde erwartet wurden, die gewissermaßen aus ihrer großartigen Abstammung heraus hervorragende Leistungen erbringen sollten, ohne bis über ein bestimmtes Alter hinaus je auch nur die lenkende Hand eines Menschen erfahren zu haben. Das Potential war ohne Zweifel vorhanden, doch fehlte ihm die Führung und Regelung zur angemessenen Zeit.

Niemals würde er das Herz aufbringen, Louise die schwerwiegenden Fehler ihres Großvaters und seiner Vorfahren, ihres Vaters und ihrer Mutter nicht nur in der Gestütsführung, sondern auch in der Handhabung der Pferde, insbesondere des Zuchthengstes, vor Augen zu führen. – Was hieß überhaupt – das Herz aufbringen?! Louise war ein unleidliches Geschöpf, verwöhnt, verbohrt. Warum sie mit Rücksicht behandeln? Sie kannte keine Rücksicht auf andere. – Er würde dennoch nichts sagen. Wenn er versuchte zu erklären, würde es wie eine Rechtfertigung klingen, und rechtfertigen muß sich nur der, der sich im Unrecht wähnt.

Excalibur stand nahe des Zaunes und rupfte Gras. Seine Ohren waren gegen den Stall gerichtet, zu seinen Stuten, sein Schweif schlug nach den Fliegen. Er war so entspannt, wie es ihm sein immer wacher Instinkt nur gestatten konnte. Eric beobachtete Excalibur bei seinem ruhigen Grasen, stellte sich vor, das Gras sei seine Wut, und jedes gerupfte und zerkaute Maulvoll Gras werde durch die gemächlichen Kaubewegungen vernichtet, und mit jedem

Mundvoll fühlte er sich ruhiger werden; schließlich schlüpfte er durch die Bohlen und sprach den Hengst an, während er langsam auf ihn zuging. Die aufmerksamen Ohren richteten sich ihm zu. Eric blieb stehen und wartete. Er sah den Hengst dabei nicht an, sondern stand ein wenig abgewandt von ihm und ließ den Blick schweifen, um jegliche Spannung zwischen ihnen zu vermeiden. Excalibur hob schließlich den Kopf. Ein paar Gänseblümchen ragten zwischen seinen Lippen hervor, während die Kiefer langsam weitermahlten. Dann begann er wieder zu grasen, sich dem stillstehenden Mann langsam, wie unabsichtlich, nähernd, bis er auf Reichweite heran war. Der Mann könnte doch jetzt den Arm ausstrecken und ihn streicheln, wie vorhin, auf den Hügeln? Aber er rührte sich nicht.

Excalibur war sehr unschlüssig. Der Stolz des Wildlings kämpfte mit dem Wunsch nach nie zuvor erfahrener freundlicher Berührung. Das hatte ihm noch besser gefallen als ein warmer Mairegen auf seinem Fell oder Sonnenschein.

Er tat einen kleinen Schritt vorwärts, verharrte; er atmete schwer, als sei er schnell gelaufen, und Eric mußte sich Gewalt antun, um sein Lächeln zu verbergen. Es hatte etwas Rührendes, wie sich das Pferd an ihn heranschlich und dabei versuchte, ganz unbeteiligt zu tun; eine Veränderung seiner Mimik hätte auch eine Veränderung seiner Körperhaltung zur Folge gehabt, und der Zauber wäre vielleicht gebrochen worden. So aber, da der Mann sich gar nicht rührte, nicht einmal in seine Richtung sah, faßte sich Excalibur schließlich ein Herz und stieß ihn vorsichtig an.

»Hallo, mein Junge«, sagte Eric, als habe er ihn erst jetzt bemerkt. Er drehte sich zu ihm um und hielt ihm die flachen gespreizten Hände entgegen, die der Hengst beschnoberte. Dann begann er, mit seiner rauhen Zunge das Salz von den Handflächen zu lekken. Eric hielt still, obwohl das Kitzeln bis zu seinen Zehen hinunter rieselte: »Weißt du, daß das im Mittelalter eine beliebte Foltermethode war?« Seine beherrschte Stimme war leise und weich. Excalibur stellte neugierig die Ohren nach vorn, als frage er, was Eric meinte.

»Sie banden den Missetäter an einen Pfahl, streuten ihm Salz über die Füße, und ließen es von einer Ziege auflecken. Eine Ziege hat eine noch viel rauhere Zunge als ein Pferd, es muß furchtbar für die armen gefesselten Würstchen gewesen sein. Es heißt, viele haben sich regelrecht totgelacht.« Dann erzählte er von der Wassertortur, von der Eisernen Jungfrau – nur um zu reden, und streichelte währenddessen Excaliburs Gesicht, dann seinen Hals, seine Beine, und lehnte sich schließlich gegen seinen Rumpf, die Arme locker auf seinem Hals liegend.

Er sprach jetzt nicht mehr. Es war nicht nötig. Er lehnte die Wange an den mächtigen Hals; es hätte nur eines Rucks dieses eisenharten Pferdeschädels gebraucht, um seinen Kopf nach hinten zu schlagen und ihm das Genick zu brechen, aber er wußte, das würde nicht geschehen. »Schön hier in der Sonne, nicht?« murmelte er schläfrig.

Seine Müdigkeit schien in das Pferd einzusinken; Excalibur senkte immer häufiger den Kopf, schläfrig nickend. Seine Beine beugten sich schließlich, und er ließ sich langsam zu Boden sinken. Als er sich auf die Seite legte, nahm er seine Beine in acht, damit sie Eric nicht streiften. Der ließ ihn nicht los, sondern ließ sich niedersinken. Excalibur schloß halb die Augen. Dieses Versprechen, und noch manche andere, hatte er in der Hand des Mannes gewittert; diese Wärme und Freundschaft und Vertrautheit, die Zusicherung von Sicherheit und Entspannung.

»Ich glaube, du hast dich nie ausruhen können, nicht einmal im Schlaf«, murmelte Eric da und schmiegte sich enger an den Hengst. »Immer auf der Wacht, ob nun da draußen oder hier nahe den Ställen. Mußt dich jetzt aber nicht sorgen. Sie haben gefressen, sie haben Wasser, soviel sie nur wollen, und nette Boxen. Denk nur, auch die Fohlen haben ihren Teil davon – ein Teil dieses herrlichen fetten Hafers wird ja in die Milch der Stuten eingehen.« Lässig strich seine Hand über Excaliburs Hals. Der Hengst erschauerte wohlig. Sein Kopf glitt über das Gras und stupste Eric noch dichter an seine Brust. Dann streckte er ihn lang aus und lag ganz still – dieser gewaltige Hengst mit all seiner zerstörerischen Kraft ruhte entspannt wie ein kleines Füllen flach auf der Erde, und Eric lag zusammengerollt auf seinem Hals und sank sacht ein in die namenlosen Tiefen des Schlafes, eingelullt von den starken, ebenmäßigen Atemzügen des schlummernden Hengstes.

»Das ist ja nicht zu glauben! Seht euch das an!«

Grandpa Fargus, dem das lastende Schweigen, das Erics Fortgehen hervorgerufen hatte, schließlich so sehr auf die Nerven gegangen war, daß er seine Serviette auf den Teller geworfen hatte, war aufgesprungen und zum Fenster gehumpelt. Jetzt legte er, um Beherrschung ringend, die Arme hinter den Rücken und neigte sich der Scheibe noch näher zu, als zweifle er an seiner Sehkraft.

»Emily! Sieh dir das an!«

Emily hastete an seine Seite. »Oh! O Gott, das ... ich kann es kaum glauben!«

Louise schlich sich näher und spähte aus dem anderen Fenster. Sie sah Eric und den mächtigen roten Hengst in stiller Eintracht auf der Koppel liegen – den unbesiegbaren Hengst besiegt!

Turner tauchte hinter ihr auf, sehr aufrecht, sehr militärisch. »Was sagen Sie nun, junge Dame?«

Louise barg das Gesicht in beiden Händen und begann zu schluchzen wie ein Kind. Emily wollte zu ihr laufen, um sie in die Arme zu schließen, doch die knorrige, noch immer starke Hand Grandpas hielt sie zurück, und auch Turner machte über Louises Schultern hinweg eine abwehrende Bewegung. »Sie sehen doch jetzt wohl, daß er mit Pferden umgehen kann«, sagte Turner, »besser als irgendein anderer. Er ist ein Zauberer mit Pferden, junge Miss.«

Sie fuhr herum zu ihm und starrte ihn aus verquollenen Augen an. »Er ist ein Scharlatan! Es ist immer noch die Auswirkung des Mittels, das er ihm gegeben hat! – Er ist – nicht besser – nicht besser als mein Daddy! Er will ihn verdrängen! Seine Stelle will er einnehmen, das ist es! Dazu bedient er sich dieser Tricks!«

Der Raum wurde nach ihrem Aufschrei wieder so still, als gäbe es die anwesenden Menschen gar nicht. In der Stille hörte man einmal mehr das leise Klicken der großen Wanduhr, die die Zeit gleichgültig maß.

Turner fühlte sich wie vor den Kopf geschlagen. Er biß sich auf die Zunge und schwieg. Aber es war auch Besorgnis in seinem Schweigen, denn plötzlich sah er in der Erinnerung wieder Emilys Hand auf Erics Arm ruhen, und sein Blick suchte eine Antwort in ihren tiefblauen Augen.

»Louise, du gehst besser auf dein Zimmer«, sagte Emily ruhig. »Du hast uns wirklich unmöglich gemacht vor diesem jungen Mann. Ich wünsche, daß so etwas künftig nicht noch einmal vorkommt, hast du verstanden?«

»Ja, Mutter.« Aber unter den verquollenen Lidern lauerten Widerstand und Aufruhr.

Emily bemerkte es sehr wohl. »Du wirst dich gesittet in seiner Gegenwart aufführen, Louise, ja?«

Louise biß die Zähne zusammen und schwieg.

»Geh auf dein Zimmer! Wann immer Eric im Haus ist, wirst du dein Zimmer nicht verlassen! Wenn er zum Essen bleibt, wirst du deine Mahlzeit auf deinem Zimmer einnehmen! Ich will nicht noch einmal einen solchen Affront erleben wie heute; ist das klar?!«

»Ja, Mama.«

»Gut. Später werden wir sprechen.«

»Ja, Mama.«

Eric erwachte, als die Sonne ein wenig weitergewandert war und ihm die Nase kitzelte. In der Tiefe seines Schlafes spürte der Hengst die Veränderung und hob sofort den Kopf, noch ehe Eric sich auch nur gerührt hatte. Eric setzte sich mühsam auf. Es würde einige Tage brauchen, bis er sich wieder so leicht bewegen konnte wie sonst. Er sagte zu den aufmerksamen Ohren des Hengstes: »Du stehst doch jetzt auf? Könntest du mir helfen? Ich hab das Gefühl, als könnte ich mich nicht mehr rühren.«

Excalibur rollte sich auf die Brust. Er fühlte sich nach dem kurzen Schlaf ausgeruht wie nie zuvor. Eric legte ihm die Arme um den Nacken, und der Hengst spürte in dieser Berührung, daß auch dieses starke Geschöpf Schwäche empfinden konnte; so wie er, wenn er seine Herde durch unbarmherzig kalten Schnee und heulenden Wind an einen sicheren Ort gebracht hatte, und sich widerwillig seine Erschöpfung eingestehen mußte, und doch nicht ruhen konnte. Ebenso ging es jetzt dem Mann. Excalibur stieß ihn sacht an, stemmte die Beine auf, zog ihn mit sich, und stand. Eric lehnte sich gegen ihn. »Danke, mein Junge. Ich hätte eine Ewigkeit gebraucht, um von selbst hochzukommen.« Er strich vom Widerrist zum Kopf über das seidige Fell, und der Hengst ließ die Ohren spielen. Er folgte Eric bis zum Zaun, blieb dicht bei ihm. Als Eric sich durch die Bohlen zwängte und vor Schmerz dabei tief atmete, drängte er Hals und Brust gegen die Balken und schlug aus. Eric streichelte seinen Kopf, der sich heftig über die oberste Planke schob. »Ich kann nicht bei dir bleiben, Junge, so gern ich unsere

Siesta fortsetzen würde. Aber es geht nicht.« Er lächelte und zauste Excaliburs dicken Schopf. »Muß mich um deine Verlobte kümmern, weißt du?«

Der Hengst stampfte und wieherte, als Eric steifbeinig über den gepflasterten Hof zum Stall ging. Eric blieb am Eingang des dunklen Stalls stehen und drehte sich noch einmal um. Der Hengst warf den Kopf zurück, schnellte in die Luft und vollführte ein paar übermütige Bocksprünge wie ein Fohlen.

Sein Leben lang hatte er sich mit den Menschen arrangiert. Er war eher widerwillig mit ihnen ausgekommen, doch da war nun dieser, so unähnlich allen anderen, so aufrichtig in seiner Stärke wie in seiner Schwäche. Sie waren vom gleichen Stamm.

8

Das Sonnenlicht flutete in staubigen Bahnen durch die hohen Fenster und die offene Flügeltür in den Stall. Neugierige Köpfe schoben sich zu beiden Seiten über die Boxentüren. Eric nahm langsam die Parade ab. Ohne Zweifel, diese Herde war eine Ansammlung von Juwelen. Er konnte sich kaum satt sehen. Aber es war Zeit, Solitaires Bekanntschaft zu machen.

Über der dritten Box auf der linken Seite erschien kein Pferdekopf. Eric trat langsam und erwartungsvoll näher. »Da bist du also endlich, Solitaire«, sagte er leise. Die Stute warf bereits bei der ersten Silbe den Kopf hoch und sprang mit einem weiten Satz an die gegenüberliegende Wand. Sie zitterte. Eric verhielt sich ruhig und betrachtete sie durch die über der Futtermulde angebrachten Gitterstäbe.

Solitaire trug ihren Namen zu Recht: Sie war wirklich einzigartig. Sie war kein Englisches Vollblut, sondern rein arabisch gezogen, schön wie ein Traum. Das staubdurchwirkte Licht überfloß sie und ließ ihr glattes, glänzendes Fell in einem anthrazitfarbenen Ton aufleuchten. Wie Excalibur war sie ohne das geringste Abzeichen. Mähne und Schweif waren von einem schimmernden Silber. Doch der Eindruck von überwältigender Schönheit wurde verdorben durch den krampfhaft hochgebogenen Kopf und die wie irre starrenden Augen, die das Weiße zeigten. Hätte er es nicht besser gewußt, wäre Eric auf die Diagnose Tetanus verfallen. Bei dieser schrecklichen Krankheit verkrampfen sich nach und nach sämtliche Muskelpartien, die Sinnesorgane werden überempfindlich, ein Lichtstrahl, ein Laut genügt dann schon, um das hilflose Geschöpf in veitstanzähnliche Krämpfe zu werfen.

Als er wieder zu ihr sprach, drückte sie sich noch enger an die

Wand und versuchte, daran hochzuklettern. Hilflos beobachtete er sie. Er fühlte ihre Angst so deutlich, als halte er ihr bloßes zitterndes Herz in seinen Händen, aber er fand keinen Weg zu ihr durch das Dickicht dieser Angst. Sein suchender, tastender Geist gelangte mühsam an die Oberfläche ihrer inneren Welt und stieß schon dort gegen undurchdringliche spiegelnde Wände, die die Furcht vor ihm einander zuwarfen und sie bis ins Endlose vervielfachten.

Mit einem eisigen Gefühl im Magen wandte er sich um und verließ den Stall. Es war offensichtlich, daß sie nicht einmal den Klang einer menschlichen Stimme ertragen konnte. Warum hatte Emily auch dieses Phänomen für sich behalten? Allmählich sollte er sich an diese Geheimnistuerei gewöhnt haben. Jetzt war es wichtiger, über dieses noch nie dagewesene Phänomen nachzudenken. Langsam beruhigte Solitaire sich wieder, das Graben ihrer Hufe an der Wand hörte auf, und die Eismasse in seinem Magen begann zu schmelzen.

Wenn er nun schwieg, »Pferd spielte«, sich ihr näherte, wie Pferde sich einander nähern? Er drehte sich um und ging äußerst behutsam auf die Box zu. Nervös warf sie den Kopf hoch und wich zurück zur Wand. Ihre Ohren waren flach an den Kopf gepreßt, die Nüstern blutrot. Er zwang sich dazu, es zu ignorieren. Als er sich am Türriegel zu schaffen machte, stampfte sie, steilte und schlug mit den Hinterläufen gegen die Wand.

»Master Eric?« Edwards kurze, gedrungene Gestalt kam über die Stallgasse eilig auf ihn zu. »Sie wollen doch nicht in die Box gehen?«

»Ruhe, um Himmels willen! Sehen Sie, was Sie angerichtet haben!« Er packte Edward am Ärmel und zog ihn ins Freie. Die Schläge der Stute brachten den Stall zum Vibrieren und verursachten zunehmend Unruhe unter den übrigen Stuten.

»Kein Wort in Solitaires Nähe!« fauchte Eric wütend und lauschte angstvoll nach dem schnaubenden und wiehernden Chor hinter ihnen. Excalibur jagte in weiten Kreisen auf der Koppel umher, wie er es tat, wenn er seine Stuten zusammentrieb. Ab und zu blieb er mit einem Ruck stehen und wieherte gebieterisch, drängte gegen die Holzbohlen und stieg so hoch, als wolle er versuchen, sich hinüberzuziehen.

Eric schloß schnell die Stalltüren und zog Edward weiter, bis sie außer Hörweite waren. Vom Haus her kamen Emily, Sir Simon und Grandpa auf sie zu, beunruhigt von dem Lärm.

»Sie ist nicht nur eine Gefahr für sich selbst«, murmelte Eric fassungslos. »Die mischt die ganze Herde auf. Das wird das erste sein, was wir tun müssen, Edward – sie isolieren. Ich will lieber nicht darüber nachdenken, was geschieht, wenn wir es nicht tun.« Vor seinem geistigen Auge zogen schreckliche Bilder vorüber, während er sprach – Stuten außer Rand und Band, die mit allen Kräften versuchten, aus der erzwungenen Enge auszubrechen, sich dabei tiefe Fleischwunden zuzogen und zerschnittene Fesseln, wenn sie sich an die Gitter der Futtermulden hängten, um nach draußen zu gelangen, und die kleinen hilflosen Fohlen, angesteckt von der Hysterie ihrer Mütter, unter deren schlagende Hufe sie gerieten, der rasende Hengst außer Kontrolle. Eine Stampede auf offenem Feld ist schlimm genug; in einem Stall ist sie tödlich. Er hatte es einmal erlebt.

»Bin ich froh, daß ich Sie daran hindern konnte, in die Box zu gehen; die hätte Sie zertreten. Es wird immer schlimmer mit ihr. Sprechen schien ihr nicht soviel auszumachen. Sie wurde nervös beim Klang von Stimmen, überhaupt bei allem, was mit Menschen zu tun hat, aber eklig – richtig eklig, meine ich – war sie nur, wenn man versuchte, sie anzufassen. Master Eric, so wie sie jetzt ist, glauben Sie mir – dieses Pferd taugt nur noch zum Erschießen«, sagte Edward. »Sie war wirklich fein als Fohlen – sanft wie ein Lämmchen. Aber Sie sehen ja, wie sie sich aufführt.«

Ganz offensichtlich war Solitaire ein sehr ernster Fall. Jedes andere Pferd hatte er über kurz oder lang durch seine Stimme erreicht, hatte damit eine Basis schaffen können, auf der allmählich Vertrauen gewachsen war. Solitaire jedoch hatte ihn von vornherein dieses Werkzeugs beraubt.

Emily hatte im Näherkommen Edwards Worte gehört. Sie hatte die Verschlimmerung des Zustands von Solitaire vor ganz kurzer Zeit erst selbst entsetzt erlebt, als sie die Tür hinter ihr geschlossen und zu ihr gesprochen hatte. Sie wußte sehr genau, wovon Edward sprach. Angstvoll sah sie zu Eric auf. »Ist es so schlimm, wie er sagt, Eric? Bleibt nichts anderes?«

Ihre Augen waren weit und sehr dunkel. Er las darin den Kummer um das bildschöne und hoffnungsvolle Tier, und die Besorgnis um das Gestüt. Von Solitaire hing so vieles ab. Er biß die Zähne zusammen.

»Eric? Muß es wirklich sein? Bleibt kein anderer Weg? Sie haben sie jetzt gesehen, ich verlasse mich auf Ihre Entscheidung.«

Wenn nicht gerade auf diese Stute so große Hoffnungen für den Zuchtstamm gesetzt worden wären! Aber jedes einzelne Fohlen, das sie warf, würde genauso wild und menschenscheu werden wie sie selbst. Es ist die Stute, die das Fohlen erzieht.

Eric blickte zum Stall hinüber. Alles war jetzt wieder ruhig. Auch Excalibur hatte seine wilden Jagden eingestellt; aber er graste nicht, sondern stand hocherhobenen Hauptes dicht am Zaun und witterte mit geblähten Nüstern zu seinen Schutzbefohlenen hin.

»Die Stute war schließlich nicht von Anfang an so. Grundsätzlich hat sie einen guten Charakter. Ich weiß nicht, was mit ihr geschehen ist, aber kein Pferd wird wie sie, wenn es nicht schwer mißhandelt worden ist. Das ist offensichtlich in der Zeit geschehen, als sie von der Herde getrennt war.«

»Heißt das, Sie wollen es mit ihr versuchen?!«

»Ja.«

»Oh, Eric!« Sie umarmte ihn ungestüm und preßte sich an ihn. Er fühlte, daß sie zitterte, und sprach sehr nüchtern. »Zuerst müssen wir sie von den anderen trennen. Sie wird sich wahrscheinlich wie eine Wilde aufführen, aber wir können nicht die Gesundheit aller anderen um ihretwillen aufs Spiel setzen. Emily, besteht die Möglichkeit, ein paar der Stuten, die dieses Jahr kein Fohlen haben, von Solitaire entfernt hier beim Haus zu behalten?« Sehr sanft schob er sie dabei von sich und blickte zu Excalibur, um ihr die Möglichkeit zu geben, sich zu sammeln.

»Nun ... ja. Wir können die Stuten in den nächsten Stallgang bringen und die Zwischentür verriegeln. Aber was beabsichtigen Sie damit?«

»Zweierlei. Zum einen ist Solitaire dann nicht ganz verwaist. Sie wird die Nähe der anderen spüren, auch wenn sie nicht zu ihnen gelangen kann. Zum anderen halte ich es für gut, einige Reitpferde jederzeit greifbar zu haben. Falls wir die Herde noch einmal suchen müssen, können wir uns verteilen und werden sie so sicherlich schneller finden als mit dem Wagen. Überhaupt werden wir dadurch alle mehr Bewegungsfreiheit auf dem Gelände bekommen. Sind Sie damit einverstanden?«

»Natürlich!«

»Gut, dann wollen wir anfangen.«

Sie wählten Velvet, Garnet, Piquet, Peach, Celebration und Margravine, legten ihnen Halfter um und führten sie in den zweiten Stallgang. Jede Stute erhielt noch ein wenig Hafer und Heu, um sie zu beschäftigen. Dann wurden die Türen und Fenster verschlossen, damit sie von dem zu erwartenden Spektakel so wenig wie möglich mitbekamen. Eric bat Edward, zur Sicherheit bei ihnen zu bleiben. »Sobald eine von ihnen anfängt, Mätzchen zu machen, beruhigen Sie sie. Ist mir egal, wie Sie es anstellen, aber seien Sie nicht grob, Edward, ja? – Wenn sie bocken und herauswollen, gehorchen sie nur dem Herdentrieb.«

»Ich passe auf, Master Eric.«

»Gut, gut. Wir werden jetzt erst mal Excalibur aus der Koppel lassen.« Eric öffnete das Tor und blieb stehen. Excalibur trabte mit hohen federnden Sprüngen auf ihn zu, bis er unvermittelt vor ihm stand. Emily, die sich dicht an Erics Seite gehalten hatte, wich hinter den Schutz des hohen Zaunes zurück, als der Hengst sich unbeirrt in gleichmäßigem Tempo näherte.

»Ich verstehe nicht, wie Sie seine Nähe aushalten können«, wisperte sie aus ihrem Versteck. »Er ist groß wie ein Haus! So gewaltig! Ein Hufschlag, und Sie sind nicht mehr!

Eric strich lächelnd über das von vielen kleinen Narben gezeichnete Fell des Roten. »Höre, Majestät«, sagte er leise. »Ich stelle mir das Ganze nicht gar so kompliziert vor. Wir lassen die Stuten jetzt aus den Boxen – nicht alle, weil wir einige von ihnen brauchen, also mußt du dich nicht sorgen. Resistance wird die übrigen führen, und du treibst sie von hinten. Und«, er hob eine Hand, und der Hengst spitzte die Ohren noch straffer, »du sorgst dafür, daß es keine Rangelei gibt. Wir wollen keine Aufregung. Wenn ihr aus diesem Tal heraus seid, gehören sie wieder dir. Doch solange ihr hier seid, trage auch ich Verantwortung.« Eric legte die flache Hand auf die Stirn des Hengstes, als etwas wie eine kalte Hand ihn plötzlich zu greifen schien, etwas wie eine Vorahnung. Er schauderte, und das Schaudern wiederholte sich unter dem dünnen roten Fell des Hengstes und ließ die Hufe unruhig zucken.

»Also los, wir haben keine Zeit zu verlieren. – Emily, würden Sie Resistance aus der Box lassen?«

Eine nach der anderen traten die Stuten auf die Stallgasse, wurden zum Ausgang geleitet, wo sie einen Augenblick stehenblieben, geblendet vom hellen Tageslicht, um dann zögernd, als sollten sie über eine Verladerampe mit dem Kopf voran gehen, auf den Hof zu treten. Excalibur schien überall zugleich zu sein. Er schob und drängte sie in einem dichten Pulk hinter Resistance zusammen, die ihre vorderste Position mit Schnappen und Schlagen gegen jede Stute verteidigte, die versuchte, sich vor sie zu setzen. Es gab keinerlei Aufregung. Verließ eine Stute den Stall, wurde sie von Excalibur in Empfang genommen, bevor sie sich noch recht orientiert hatte, zu den anderen geschoben und mit einem kleinen mahnenden Biß in Hals oder Schenkel daran erinnert, wer ihr Herr war. In weniger als zehn Minuten war die Herde versammelt wie ein Regiment, ordentlich aufgereiht, aufmerksam und diszipliniert.

»Türen schließen!« kommandierte Eric. Er hörte bereits, daß Solitaire in ihrer Box zu rascheln begann, ahnend, daß sie zurückgelassen werden sollte.

»Das nenne ich eine großartige Arbeit von Mann und Hengst«, murmelte Grandpa. Seine Hand legte sich auf Erics Schulter.

»Nicht doch, Sir. Excalibur tut ja die ganze Arbeit. Er und Resistance.«

»Nay, junger Mann. Es ist das erste Mal, und es schmerzt mich, das zugeben zu müssen, daß die Stuten so geordnet den Stall verlassen. Normalerweise war's so was wie ein Rodeo. Excaliburs Vorgänger waren ihm ähnlich; ich hab nie mit ihnen fertig werden können, und auch Everett nicht, als er meinen Platz einnahm. Und mit dem Roten hatte er's ganz und gar nicht, da hat Louise schon recht. – Er macht jetzt vielleicht die Arbeit, junger Mann, aber Sie sind's, der ihn leitet. Hätte nicht geglaubt, daß ich so was auf meine alten Tage noch mal zu sehen kriege.«

Grandpa wich zurück, als der Hengst einen kurzen, steilenden Zirkel auf den Pflastersteinen beschrieb und auf sie zusegelte. Er blieb in Erics Nähe stehen und wandte ihm den Kopf zu. Seine Flanken bebten nach der schweren Arbeit. Er senkte den Kopf und scharrte heftig auf dem Pflaster. – Es war die stolze Art eines Wildlings, um etwas zu bitten.

Eric mußte lächeln, trat die zwei Schritte näher und strich sanft über den mächtigen Hals. Der Hengst schnaubte tief. »Das gefällt dir, nicht? Ich glaube, du hast das noch lieber als Hafer.« Ohne nachzudenken, zog er sein Flanellhemd aus und rieb Excaliburs Gesicht und Hals mit dem weichen Stoff. Der Hengst schnaufte leise und streckte sich so wohlig, daß seine mächtige Gestalt die schwellenden Rundungen verlor.

»Wenn wir mal ein wenig Zeit haben, dann werde ich dich überall putzen – mit einer ganz weichen Bürste, und danach werde ich dich mit einem weichen Tuch wie diesem hier abreiben, bis dein Fell glänzt, daß man sich darin spiegeln kann. Aber jetzt mußt du gehen, mein Junge. Deine kleine Verlobte würde buchstäblich die Pferde scheu machen, wenn ihr bleibt.« Er gab ihm einen kleinen auffordernden Klaps auf die Kruppe.

Excalibur stand, ohne sich zu rühren.

Eric kannte diese stoische Haltung, hinter der sich eine Bitte verbarg, die aus Stolz nicht deutlicher geäußert wurde.

»Also gut.« Er zog sich mühsam auf den hohen Rücken. Sämtliche Muskeln protestierten, und er mußte heftig die Zähne zusammen beißen. Sacht berührte er Excaliburs Hals. »Zurück ins Paradies, mein Junge.«

Dieser Ritt aus dem Tal heraus war immerhin um einiges sanfter als der, der die Stuten eingebracht hatte, aber doch noch schlimm genug: Sobald eine Stute ausscherte, war Excalibur hinter ihr her, bockend, bäumend, schlagend, beißend. Eric hatte nichts anderes erwartet. Der Hengst erfüllte nur die Aufgabe, die ihm die Natur vom Beginn seines Lebens an gegeben hatte. Als sie schließlich in das dritte Tal hinabgetaucht waren, hob er das rechte Bein über den Widerrist, als Excalibur sich endlich zu Schrittempo gemäßigt hatte, und ließ sich von dem mächtigen Hengst heruntergleiten. Excalibur hatte ihn so leicht getragen wie zuvor, so, als fühle er sein Gewicht gar nicht; aber er blieb sofort stehen und sah zu Eric zurück, der sich mühsam aus dem hohen Gras aufrappelte. »Du mußt jetzt ohne mich weitergehen.«

Oben auf dem Hügel hielt der Geländewagen der Fargus', ein Arm winkte aus dem offenen Fenster, Emilys Stimme klang zu ihnen herunter: »Eric! Ich bin Ihnen nachgefahren, damit Sie nicht den ganzen Weg zu Fuß zurückgehen müssen!« Excaliburs Nase stieß kurz gegen seinen Arm, dann spannte sich der rote Pferdeleib und war in zwei Atemzügen mitten unter seiner Herde, die er vehement über die nächste Hügelkuppe trieb. Er selbst verhielt auf dem höchsten Grat, bäumte sich auf, stieß ein kurzes dunkles Wiehern aus, wendete auf der Hinterhand und verschwand hinter dem schroffen Hügelkamm.

»Was für ein Pferd!« Eric atmete schwer, als er den Wagen erreichte, der ihm über den allzu steilen Abhang nicht hatte entgegenfahren können. Er fand sein Hemd auf dem Beifahrersitz, zog es über und stopfte es in die enganliegenden Reithose. Er beeilte sich damit, denn ihm war unbehaglich unter Emilys Blick.

»Sie haben ihn wirklich um den Finger gewickelt«, empfing sie ihn, als er auf den Beifahrersitz glitt. »Es ist, als sei er ein anderer. Wenn ich an früher denke –« Sie legte den Gang ein und setzte den Wagen vorsichtig zurück. Der Boden war felsig durchsetzt, so daß sie nicht gleich wenden konnte. Erst ein Stück hügelabwärts kamen sie auf eine Lichtung, von wo aus sie im Vorwärtsgang weiterfahren konnte.

»Sagen Sie, Eric, können Sie sich jedem Pferd so schnell nähern wie Excalibur? Ich meine, er gab sich uns gegenüber immer so wild und mißtrauisch, es war kaum ein Auskommen mit ihm.«

Eric schwieg. Wie sollte er ihr, ohne sie zu verletzen oder das Ansehen ihres Mannes zu entehren, begreiflich machen, daß der Hengst nur aufgrund der Vorurteile und des daraus resultierenden Verhaltens so unnahbar erschienen war? Wie sollte er erklären, daß das Tier heute gelernt hatte, daß Freundschaft mit Zweibeinern möglich ist? – Denn dann müßte er auch erklären, daß ein freier Hengst im allgemeinen keine Freunde hat – in dem Leben eines solchen Hengstes gibt es Stuten und Fohlen, und sie sind ihm untergeben: Er ist ihr Herrscher und Beschützer, er fordert und nimmt. Aber was er erhält, ist nicht Freundschaft, sondern Demut und Gehorsam. Und er gewährt mit all seiner Größe ganz selbstverständlich den Schutz, den seine Kraft und seine Intelligenz bieten können.

Eric schwankte einige Augenblicke zwischen Wahrheit und Diplomatie und sagte schließlich: »Sehen Sie, Emily, Excalibur ist ein durch und durch gesundes Pferd. Mit allen Schrecken, die ihm jemals hier draußen begegnet sein mögen, konnte er dank dem fertig werden, womit ihn seine Natur ausgestattet hat: Mut, Stärke, Unerschrockenheit, die Bereitschaft zum Kämpfen, Rücksichtlosigkeit, um sein Ziel zu erreichen. Dieses Pferd ruht in sich selbst. Er vertraut auf sich. Ich ... ich will damit sagen, daß gerade durch seine Furchtlosigkeit ein Band zwischen uns, ihm und mir, geknüpft werden konnte. Angst erstickt und blendet. Excalibur hat aber keine Angst, bis auf die eine; das sagte ich ja vorhin schon. Er ist offen. Nicht erstickt, nicht geblendet.«

»Aber Sie – hatten Sie denn keine Angst, als er vor Ihnen herumwirbelte? Sie taten gerade das Gegenteil von dem, was jeder getan hätte, den ich je mit Pferden erlebt habe. Einschließlich mir selbst.«

»Ich bin ja beinah mein Leben lang mit schwierigen Pferden umgegangen. Und Excalibur ist nicht eigentlich schwierig. Er ist bloß – einschüchternd. Ich bin wahrscheinlich gegen einschüchternde Eindrücke ziemlich abgestumpft.«

Sie lächelte und wandte ihm den Kopf zu. »Sie mögen alles mögliche sein, Eric, aber abgestumpft sind Sie gewiß nicht.«

»Emily, Achtung! Da ist ein Zaun!« Er langte in die Mitte des Wagens zwischen ihnen und riß die Handbremse hoch. Zitternd und stuckernd stand der Wagen darauf eine Handbreit vor einem hohen Drahtzaun, über dessen oberste Reihe Stacheldraht drohend blitzte. Emily lehnte sich mit einem leisen Schreckenslaut in ihren Sitz zurück, kuppelte und stellte den Motor ab. »Ich kenne diese Gegend nicht sehr gut, jedenfalls nicht mit dem Wagen. Ich wußte nicht, daß der Zaun so nahe war. Danke.«

»Ist das da drüben das Gebiet Ihrer Nachbarn? Der Cochans?«

»Ja.«

Ein Drahtzaun bildete also die Grenze. Es konnte nicht schwierig sein, ihn an einer Stelle zu durchschneiden, ein paar Tiere durch die Lücke zu treiben, und dann den Draht zu erneuern, so daß kein Loch zu sehen war.

»Hier sieht die Gegend auch nicht gerade einladend aus für einen Wagen.« Eric musterte die dünne Erdschicht, die das aus Kalk bestehende Skelett der Erde an vielen Stellen kaum zu verdekken vermochte, die steil aufschießenden Felsformationen und die vereinzelt stehenden knorrigen Kiefern, die windgekrümmt und verschrumpelt waren und deren Nadeln borstig in das Licht stachen. Kein guter Boden.

Emily startete den Wagen wieder. »Es gibt einen Weg entlang des Zauns, er müßte ganz hier in der Nähe anfangen.« Sie fuhren dicht am Zaun entlang, immer noch sehr vorsichtig, bis sich tatsächlich etwas wie ein Weg vor ihnen öffnete, gerade breit genug für den Wagen. Sie kamen schneller voran. »Als es hier noch ausreichend Bäume gab, benutzten die Holzfäller diesen Weg mit ihren Langholzwagen. Hier wächst alles viel langsamer als in fruchtbareren Gegenden, sonst wäre er sicher schon überwuchert. Eric, ich habe darüber nachgedacht, was Sie vorhin über die Angst sagten. – Solitaire hat große Angst, nicht wahr?«

»Ich habe niemals ein Pferd gesehen, das so voller Angst war. Wenn Sie nur die Stimme eines Menschen hört, scheint sie nahe daran, den Verstand zu verlieren.«

»Das – es klingt, als wäre es das Beste für sie, sie ihr Leben lang frei mit der Herde umherziehen zu lassen, fern von den Menschen. Sich ihr niemals mehr zu nähern.«

»Es wäre die einfachste Lösung. Ihren Zuchtstamm aber, Emily – den würde es zerstören.«

»Ja, ich weiß. Ich sagte Ihnen ja, Sie seien meine letzte Hoffnung. Entweder können Sie ihr helfen, oder ich muß – ich muß es wirklich tun lassen. Sie ist noch um so vieles schlimmer geworden ...«

»Edward sprach davon.«

»Vielleicht ist ihr Gehirn nicht ... richtig? Irgend so eine dieser schrecklichen fortschreitenden Krankheiten?«

»Ich weiß es nicht, Emily, aber es gibt Möglichkeiten, das herauszufinden; dazu müßte sie sich allerdings anfassen lassen ... nun, notfalls müßte sie betäubt werden. Aber irgendwie glaube ich nicht, daß dies die Fährte ist; ich hatte den Eindruck eines hochintelligenten Tieres im vollen Besitz all seiner Kräfte – zerfressen von Angst. Es muß eine Ursache außerhalb der Stute dafür geben, und ich will diese Ursache finden. Wenn ich die Ursache kenne, werde ich einen Weg finden, sie wieder zugänglich zu machen.«

»Gott segne Sie, Eric«, sagte Emily leise.

Er räusperte sich verlegen und blickte aus dem Fenster zum Land der Cochans, weil er fühlte, daß Emily ihn eindringlich und dankbar ansah.

Er war gern bereit zu Freundlichkeit, Anstand, Respekt, gegenseitiger Achtung; so wie es sich für ein gutes Arbeitsverhältnis gehört. Doch zu mehr war er nicht bereit.

Da wurde sein Blick plötzlich von einer der Kiefern gefesselt, die, etwas üppiger als ihre Nachbarn, dicht am Zaun auf dem Land der Cochans stand: Oben auf dem Baum lag, geschmeidig auf einem der Äste, eine Gestalt. Ein Tier, eine Raubkatze? Nein, das konnte nicht sein. Doch Eric konnte sich den Anblick des hingekauerten Wesens dort im Schatten zunächst nicht anders erklären. Auf einmal aber bewegte sich die rätselhafte Gestalt, und da sah er die lange schwarze Mähne, das schmale Oval eines dunklen Gesichts, darin seltsam intensive, dunkle Augen, die aufzuglühen schienen, als ihr Blick seinen traf – vorüber war all dies in der Sekunde, die der Wagen brauchte, um den Baum hinter sich zu lassen. Eric riß den Kopf herum und starrte zurück. Eine junge Frau, ein Mädchen, lag da auf dem rauhen Ast der Kiefer, graziös und schön. Eine junge Frau mit langen tiefdunklen Haaren – wie sie ihn angesehen hatte, als der Wagen unter ihrem Ausguck entlanggerumpelt war!

»Haben Sie das gesehen?«

»Was denn?« fragte Emily.

»Da lag jemand auf einer der Kiefern!«

»Nein, ich habe nichts gesehen. Dieser Weg ist auch nicht gerade leicht zu fahren.« Emily klang geistesabwesend, eine tiefe Konzentrationsfalte war zwischen ihre feinen Brauen gegraben. »Da war jemand auf einem Baum, sagen Sie?«

»Ja, drüben auf dem Cochan-Land, aber ganz dicht beim Zaun. Sie lag da und sah zu uns herunter. Es wundert mich, daß Sie's nicht bemerkt haben.«

Emily ging darauf nicht ein. »Sie?«

»Ja, es war eine junge Frau. Ein klein wenig älter als Louise vielleicht.«

»Ich wußte nicht, daß die Cochans auch ein Mädchen haben. Ich habe bei meinem einzigen Besuch dort nur«, sie schwieg kurz – und er spürte, wie sehr sie die Erinnerung anwiderte – und fuhr dann ruhig fort, »sogenannte – männliche – Familienangehörige gesehen. Ist ja auch egal.« Ihre Stimme verhärtete sich. »Solange sie auf ihrem Land bleibt, kann sie soviel auf Bäumen herumliegen, wie sie will.« Sie schüttelte den Kopf. »Seien Sie freundlich, Eric, lassen Sie uns das Thema wechseln.«

9

Noch bevor sie in Sichtweite der Stallungen gelangt waren, hörten sie die Schreie. Emily gab Gas und zwang den Wagen rücksichtslos über den schwierigen Boden. Eric kannte diesen besonderen Ton der Schreie, die da aus dem Stall kamen, gellend über seinen Ohren zusammenschlugen und seine Nerven schier in Fetzen rissen.

Der Wagen schoß über das glatte Kopfsteinpflaster des Hofes und schleuderte wie ein Kreisel, bevor er ruckend zum Stillstand kam, nur Zentimeter von Grandpa entfernt, der mit aschfahlem Gesicht auf seinen Knüttelstock gestützt mitten auf dem Platz stand und ihr Heranbrausen nicht einmal zu bemerken schien. Erst als Eric zu ihm rannte und ihn leicht schüttelte, schien die seltsame Starre von ihm abzufallen. »Es ist zwecklos«, sein Blick schien durch Eric hindurchzugehen, »zwecklos. Ich werde ein Gewehr holen.« Er drehte sich um und wollte ins Haus gehen. »Zwecklos«, wiederholte er.

»Sir!« Eric war neben ihm, zupfte ihn am Ärmel, und schließlich riß er daran, um den alten Mann aufzuhalten. »Sir!«

Grandpa drehte sich zu ihm, aber nur halb, und sein Blick war weiterhin blitzend vor Entschlossenheit auf das Haus gerichtet.

»Sehen Sie mich an, Sir, bitte!«

»Sie wollen, daß ich Sie ansehe, Junge?! Ich sehe Sie an. Und sehen Sie sich an, was sie getan hat. Edward – sie hat ihn getötet!«

»Edward ge – Was in Gottes Namen ist hier passiert?«

»Da!« Der zitternde Knüttelstock wies auf ein Bündel nahe der Stallwand. »Da liegt er! Er war ein so feiner Kerl, unser Edward – fing schon als Junge bei uns an und hat unserer Familie und unseren Pferden immer die Treue gehalten; und jetzt hat eines unserer Pferde – jetzt hat ihn dieses Monstrum getötet!« Unvermittelt strömten Tränen über Grandpas Wangen. Emily war plötzlich da. »Er muß sich setzen«, sagte sie. »Vater«, setzte sie fürsorglich hinzu, »wirst du es bis zur Treppe schaffen, ja, denkst du?«

»Edward!« schluchzte der alte Mann. »Oh, Edward, guter Junge, guter Junge! Du warst der letzte, den ich einstellte –« Willenlos ließ er sich zur Freitreppe führen und sank nieder. Sein Stock war ihm hinderlich dabei, und er schleuderte ihn mit einer wilden Bewegung gegen den Stall: »Verfluchte Bestie! Ich wünschte, ich hätte dich nie zu Gesicht gekriegt!«

»Ich muß nach Edward sehen«, sagte Eric über Grandpas Kopf hinweg. »Bleiben Sie bei ihm. Rufen Sie Louise oder eines der Mädchen. Wir brauchen einen Krankenwagen.«

Eric kniete neben Edward, beugte sich über ihn. Die Schreie der eingeschlossenen Stute gellten in seinen Ohren. All dies war seine Schuld. Wäre er nicht so vermessen gewesen zu glauben, er könne Solitaire helfen, wäre Edward noch am Leben.

Seine Finger legten sich auf dessen Halsschlagader, in der Hoffnung auf einen Puls, aber sein eigenes Blut pulsierte heftig in seinen Fingerkuppen, und lange war er unsicher. Schließlich drückte er die Fingerspitzen für Sekunden gegen den kalten Stein des Kopfsteinpflasters und dann wieder auf Edwards Halsschlagader – und da – da – war ein Puls! Eilig befreite er Edwards Oberkörper von der Kleidung und blickte auf zwei tiefrote hufförmige Druckstellen, die an den Rändern schon blau zu werden begannen – eine direkt über dem Herzen, die zweite zwischen den Rippenbögen. Er rannte durch den Eingang des zweiten Stallgangs, wo sie die Reitstuten untergebracht hatten, traf dort auf das magere Korps der Hilfsarbeiter, die ihr Bestes taten, um die sechs Stuten ruhig zu halten, griff ein Strohbund, wehrte alle Fragen ab, und schob das massive Bund Edward unter die Füße. Darauf traktierte er das leichenblasse Gesicht mit kleinen Klapsen und erwog gerade, ihn auf die Seite zu legen, als Edwards Lider flatterten. Fortwährend drangen während dieser endlos scheinenden Augenblicke die Schreie der Stute in seine Ohren. Edward blinzelte und blickte ihn endlich an, völlig klar. »Die ist verrückt, Master E –« Er mußte husten und würgen, und Eric zog vorsichtig den Strohballen unter seinen Beinen weg und schob ihn gegen seinen Rücken, so daß Edward sitzen konnte, und stützte ihn fürsorglich.

Edward hustete sich schier die Lunge aus dem Leib. Mit triefenden Augen sah er ihn endlich wieder an und fuhr sich verschämt mit dem Handrücken über den Mund. Eric zerrte ein Taschentuch aus der Gesäßtasche seiner Reithosen. Es war völlig zerknüllt, aber immerhin sauber, und Edward nahm es mit einem dankbaren Blick.

»Was ist passiert, Edward?«

»Was, ja – ich weiß nicht recht, es ging alles so schnell –« Eric untersuchte ihn gründlich. Keine Frakturen. »Ob Sie es bis zum Haus schaffen?«

»Will's versuchen, Sir.«

Eric half ihm auf. Er mußte ihn beinah tragen. Lahm wie er war, empfand er kaum Anstrengung: Edward lebte, alles andere war unwichtig. Grandpa erhob sich schwankend, als sie über den Hof auf ihn zu wankten, und streckte haltsuchend die Hand nach dem Geländer aus: »Edward! Und ich dachte – oh, gütiger Gott und St. Andrew, ich danke euch!«

Heftig umarmte er Edward. »Dachte, es wär vorbei mit dir, Junge.«

»Nay, Mylord, nay«, keuchte Edward mühsam. »Wird schon wieder. Und Sie, Mylord – Sie hier draußen, auf der Treppe?«

»Hast recht, Junge! Gehen wir ins Haus. Ein guter Malt bringt uns wieder ins Lot.«

Eric und Emily wechselten sprechende Blicke und brachten die beiden mit vereinten Kräften in den Salon, wo sie sich nebeneinander auf die breite Couch fallen ließen. Eines der Hausmädchen verschloß die Tür gegen die fortwährenden Schreie vom Stall.

Edward nahm seinen Whisky mit zitternder Hand entgegen und kippte ihn in einem langen Schluck hinunter. Danach mußte er wieder husten und hielt sich die schmerzenden Rippen. »Gott helfe mir!« stöhnte er. »Beim heiligen Andreas, dieses Weib ist wirklich völlig durchgedreht.« Grandpa füllte mit eigener Hand sein Glas wieder auf, stürzte darauf seinen eigenen zweiten Tumbler hinunter und klopfte Edward auf die Schulter. »Sie wird keine zweite Gelegenheit haben, je wieder so was zu tun, Junge.«

»Vater!« Emily richtete sich auf. »Bevor du noch einmal davon sprichst, Solitaire zu erschießen, bestehe ich darauf zu erfahren, was geschehen ist!«

Es war Edward, der antwortete. Sein Gesicht war nach dem hastig getrunkenen Whisky hochrot, und sein Blick war verschwommen. Aber er sprach überlegt und klar. »Es war folgendermaßen, Mylady. Master Eric hatte mich ja geheißen, auf die Reitstuten zu achten, und sie waren auch ganz schön zappelig, aber keine von ihnen machte wirklich Mucken. Solitaire aber wurde lauter und lauter. Zuerst hörte ich sie schlagen und wiehern, und dann das Krachen von Holz, genau wie neulich, als Master Erics Hengst so wild war. Ich rief die anderen Jungs, damit sie auf die Stuten achteten. Irgendwie«, Edward nippte an seinem dritten Glas Whisky, »na – ich hatte das Gefühl, als hätte ich besonders für Solitaire die Verantwortung. Master Eric war ja mit dem Zuchthengst weggeritten und Mylady war ihm nachgefahren, da waren Mylord und ich eben auf uns gestellt, und ich sagte, ›Mylord, ich muß sie aus ihrer Box lassen, bevor sie sich alles zerschlägt‹, denn ich hörte ihre Hufe auf den Gitterstäben, und ich hatte Angst, daß sie sich einklemmt und ein Bein bricht oder sich schneidet oder sonst was.«

»Und ich«, fiel Grandpa ein, »erlaubte es ihm. – Kannst du mir verzeihen, Edward?«

»Mylord, Ihnen verzeihen? Da ist nichts zu verzeihen. Ich war es, der nicht aufgepaßt hat. Ich hatte die anderen Stuten vorher um mich gehabt; ich muß durch den Umgang mit ihnen sozusagen vergessen haben, wie verrückt Solitaire ist. Ich näherte mich jedenfalls vom zweiten Stall her ihrer Box und sah, wie sie sich gegen die Wände warf und gegen sie schlug, und ab und zu auch wieder gegen die Tür. Sie schien gar nicht zu überlegen – sie schlug und schlug und schlug, überallhin, statt gezielt gegen die Tür vorzugehen, wie Sir Lancelot es tat. Sie hätte sich umgebracht in der Box.« Sein Blick suchte Erics. »Sie wissen wohl, wovon ich spreche, Sir.«

»Ja, Edward, das weiß ich. Und Sie ließen sie heraus, weil Sie hofften, daß sie sich auf der Stallgasse weniger verletzen könnte?«

»So ist's, Sir. Ich hatte vorher schon wohlweislich alles von der Stallgasse entfernt, was normalerweise da ist – Mistgabeln und Besen und Gestelle – Sie wissen schon. Aber als ich ihre Tür öffnete, schoß sie heraus, rammte mich gezielt, so daß ich taumelte und beinah fiel, und fegte auf die Stallgasse; und gerade als ich mich an ihr vorbeischleichen wollte, um zum Zugang des zweiten Stallgangs zu gelangen – denn ich wollte nicht durch die Stalltür, sie wäre mir bestimmt nachgekommen, hätte die Tür aufgedrückt und wäre weggelaufen –, da drehte sie auf einmal ihre Rückfront gegen mich, und ich muß umgefallen sein. Ich habe die Hufe nicht kommen sehen.«

Grandpa fiel ein: »Die Jungs haben ihn dann offenbar aus der Gefahrenzone gezogen und ihn nach draußen gelegt, weil sie ihn für tot hielten, wie ich ja auch. Sie hatten genug mit den Reitstuten zu tun. Und dann fing Solitaire zu schreien an.« Er trank die letzten Tropfen seines Whiskys und richtete sich unsicher an der hohen Couchlehne auf. Sein Gehstock fehlte ihm sichtlich, aber bei aller Unsicherheit waren seine Bewegungen entschieden.

»Vater? – Was hast du vor?«

»Du weißt es, Emily. Sei so gut, hilf mir – hol mir ein Gewehr aus dem Schrank. – Dieser verfluchte Stock, ich hätte ihn nicht wegwerfen sollen.«

Emily wurde bleich. Ein Schatten der Erleichterung glitt über ihre Züge, als Eric sich vor Grandpa stellte und ihn mit seinem hochragenden Körper aufhielt. »Sir – bevor Sie zu der letzten Lösung greifen, lassen Sie mich es mit ihr versuchen.«

»Junge, ich hab gesehen, was Sie können, und glauben Sie, ich bewundere Sie nicht dafür?! – Oh, ja, das tue ich. – Aber ich weiß, daß ich nicht nur uns und Ihnen einen Gefallen tue, sondern auch der Stute, wenn ich sie erschieße. Ich weiß, sie war anfangs nicht so wie jetzt; aber was ihr auch immer geschehen ist – ich kann kein Pferd auf meinem Gestüt dulden, das Menschen angreift.«

Emily sprang auf. Wahrscheinlich wollte sie vehement darauf verweisen, daß sie alle Sorgen, Pläne, die ganze Verantwortung seit Jahren allein getragen hatte, daß dieses Gestüt eigentlich das ihre war; doch Erics Brauen neigten sich abwiegelnd, und sie verhielt sich still.

»Sir, seit vielen Jahren habe ich mich mit sogenannten schwierigen Pferden befaßt. – Wollen Sie es mich mit Solitaire nicht wenigstens versuchen lassen?«

Grandpa wandte sich um: »Edward?«

»Ich möchte Master Eric nicht diesem Ungeheuer aussetzen. Seit sie sich so verändert hat – seit sie seinerzeit unerwartet auftauchte und wie eine Bestie war, habe ich Angst vor ihr gehabt; zu Recht, wie sich heute zeigte.«

Zu Recht, dachte Eric. Pferde sind so viel feinfühliger als Menschen. Sie wittern die Angst. Angst, auch von anderen gefühlte Angst, weckt die stets bereite Wachsamkeit des Fluchttieres. Solitaire hatte Edwards Angst vor ihr gespürt, wodurch ihre eigene noch gemehrt worden war – bis zu dieser Panik, deren Laute nicht abebbten.

»Emily?

»Vater, du hast mit eigenen Augen gesehen, wie gut Eric mit Excalibur auskam. Nie gab es einen, der dem Hengst auch nur nahe kommen konnte – und doch war er fügsam unter Eric.«

»Ja – ja. Ich habe es nicht vergessen.«

»Es ist Angst, Sir. Sie erinnert sich voller Angst an Dinge, die ihr geschehen sind, und nimmt diese ganze große Angst in die Zukunft voraus. – Sir, sie hat kein Vertrauen mehr! Sie ist nicht verrückt oder krank. Sie ist unfähig zu vertrauen!« Erics Stimme sank. »Lassen Sie es mich mit ihr versuchen, Sir.«

Grandpa ließ sich wieder mühsam auf der Couch nieder. »Ich bin dafür, sie zu erschießen«, murmelte er. »Ich möchte keinen ihrer Nähe aussetzen. Sie hat Edward angegriffen. Sie hat keinen Anstand mehr. Sie ist durch und durch verdorben.«

Wieder sah Eric die irren Augen der Stute vor sich, und wie sie sich an die Stallwand gepreßt hatte, als versuche sie, in sie hineinzustürzen, um sich zu retten. Ja, möglicherweise war sie verdorben. Aber sie zu erschießen, ohne ihr eine Chance zu geben …

»Wenn etwas geschehen sollte, Sir, trägt niemand anderer als ich die Verantwortung. Sie werden sich sagen können, daß ich es aus freiem Entschluß getan habe.« Eric versuchte, das Drängen, das in ihm war, aus seiner Stimme herauszuhalten, aber er wünschte, Grandpa Fargus würde sich endlich zu einem Entschluß durchringen. Die Zeit verstrich, und er hatte seinen Vorsatz nicht vergessen, Lance heute noch zu reiten. Eine halbe Stunde mit Solitaire müßte für den Anfang genügen. Vielleicht konnte er … ja, er wollte in eine der Boxen gehen, die Tür hinter sich schließen, so daß sie ihn nicht sah, und sich ganz still verhalten. Sie würde seine Gegenwart spüren, aber in keiner Weise belästigt werden. Dann wollte er die Zeitspanne täglich verlängern, bis sie seine Anwesenheit tolerierte. Und dann würde er beginnen, zu ihr zu sprechen. Es war ein vorläufiger Plan, der noch ausgebaut und verfeinert werden mußte, aber es war mehr, als er noch vor wenigen Minuten gehabt hatte. Selbst Solitaire mußte geholfen werden können, wenn nur noch ein Funken Anstand in ihr war. Sie war ja nicht immer so gewesen.

»Sir?«

Grandpa schenkte sich noch etwas Whisky ein und schwenkte das Glas. Schließlich sagte er müde: »Ich wünschte, Sie täten es nicht, mein Junge.«

»Danke, Sir.« Eric drehte sich um und verließ das Haus. Als er über den Hof ging, bemerkte er wieder die Steifheit seiner Muskeln. Der zweite Ritt auf Excalibur und die Anstrengungen der vergangenen Stunde hatten die Schmerzen noch verstärkt, und zudem kroch ein kaltes Gefühl des Unbehagens, beinahe der Furcht, in seiner Brust hoch, als griffe eine kalte Hand nach seinem Herzen, so wie vorhin, als sich sein Schaudern unter Excaliburs Haut wiederholt hatte.

Aber wozu brauchte er Beweglichkeit, wenn er doch bloß in den Stall schlüpfen, in die erste Box treten und die Tür hinter sich zuziehen mußte? Er könnte sich sogar im Stroh ausstrecken und eine halbe Stunde ruhen.

Wenn doch bloß diese Schreie aufhörten!

Nur die Ruhe. Auch Solitaire würde einmal müde werden und sich damit abfinden, daß sie nicht aus dem Stall herauskam. Müdigkeit ... ihm kam ein neuer Gedanke. Wenn er sie in die Koppel brachte und dort herumlaufen ließ, bis sie müde, wirklich müde war, würde sie vielleicht zugänglicher werden. – Ja, ja, das war gut, und – sie durfte auch nicht zu gut gefüttert werden; je weniger Kraft sie hatte, desto besser für den Anfang. Selbst Solitaire konnte nicht immer in einem Zustand der Panik sein, in dem für Müdigkeit kein Raum ist. Es sollte nicht zu schwierig sein, eine Vorrichtung zwischen Stalleingang und Koppel zu bauen, es war ja nur eine kurze Distanz, so daß ihr nichts übrigblieb, als auf die Koppel zu laufen. Es bedurfte nur einiger massiver Bretter, die hoch genug waren, so daß sie nicht einmal auf den Gedanken kam, darüber zu springen, und am Durchbrechen würde sie schon zu hindern sein ... Er war jetzt beim Stall und lauschte über das endlos anhaltende Schreien nach den Lauten ihrer Hufe, um festzustellen, wo sie war. Scharren und Schlagen klangen, als versuche sie, die Tür zum zweiten Stallgang aufzubrechen, also würde er den Stall durch diesen Eingang betreten.

Er öffnete die Tür leise und vorsichtig; der einfallende Lichtstrahl würde unweigerlich ihre Aufmerksamkeit auf sich ziehen, aber das war nicht zu ändern. Wie ein Schatten schlüpfte er hinein und zog die Tür hinter sich zu, verriegelte sie aber nicht mit dem schweren Holzbalken.

Im selben Augenblick, als Eric den Stall betrat, erstarben die Schreie Solitaires, und er sah die Stute auf sich zurasen wie eine Lokomotive.

Sie war kein großes Pferd und hätte eigentlich in dieser sich hoch wölbenden und weitläufigen Umgebung noch zierlicher wirken sollen, doch in dem durch die hohen Fenster einsickernden, dunstigen Licht war es, als sei sie von einer sie gewaltig erscheinen lassenden Aura umgeben – als sei die Wolke aus Wut und Angst aus ihrem Inneren getreten und umhülle sie nun drohend und furchteinflößend.

Die Erfassung dieses eigentümlichen Phänomens kostete Eric mehrere Sekunden, in denen er hätte versuchen können, eine der Boxentüren zu entriegeln und sich in Sicherheit zu bringen. Er wollte schließlich über die Mauer einer Box, irgendeiner Box, springen, wie an jenem Morgen, als Lance verrückt gewesen war, aber sein steifer, wunder Körper bewegte sich nicht schnell genug. Er blieb darum stehen und breitete die Arme nach beiden Seiten aus, sie heftig schwenkend, aber wohlweislich ohne einen Laut von sich zu geben. Wenn er sie nicht mit dem Klang seiner Stimme provozierte, würde sie ebenso anhalten, wie Lance auf dem Klippenpfad angehalten hatte.

Im unvermindert rasenden Näherkommen fing er den Blick ihrer dunkelgoldenen Augen auf; sie wußte, daß er da war, auch wenn sie ihn aus der Nähe nur noch undeutlich sehen konnte, aber sie wurde nicht langsamer. Seine Arme kreisten jetzt; sie hatte nur noch zwei Galoppsprünge bis zu ihm – würde sie vor ihm steilen, wie Excalibur es getan hatte, und sich womöglich überschlagen? – *Ein Pferd rennt ein lebendiges Hindernis nicht um.* – Sie war heran; aus ihrem letzten Galoppsprung schnellte sie sich mit aller Kraft vor und schlug gezielt mit beiden Vorderhufen nach ihm, er wich zurück, aber wieder war er nicht schnell genug, und der linke Huf erwischte seine rechte Schulter scharf wie ein Messer. Sein noch immer erhobener Arm fiel herab, plötzlich gelähmt. Im Niederkommen schwang ihr Schädel bösartig und traf ihn wuchtig seitlich am Kopf, die gebleckten großen Zähne packten den anderen Arm und ließen erst los, als er fiel, teils, weil ihm fast das Bewußtsein schwand durch den Hieb gegen seinen Kopf, aber auch – und es erstaunte ihn, daß er dazu noch in der Lage war – aus Berechnung. Sie konnte sein niedergehendes Gewicht nicht halten, und als er den linken Arm mit aller Kraft an sich riß, mußte sie ihn loslassen.

Ungeschützt, halb betäubt, lag er jetzt vor ihr auf der Stallgasse und versuchte unbeholfen sich wegzurollen, aber ihr Kopf schlug weiter nach ihm, und ihre Hufe stampften klirrend auf dem harten Grund, so daß er dessen Zittern bis in die feinste Nervenenden fühlen konnte. Sie hatte ihn endlich genau unter sich, zwischen ihren Hufen. Der anthrazitfarbene Leib spannte sich haßgeladen über ihm, sie stieg hoch und stieß dabei ein würgendes Kreischen aus. – *Kein Pferd tritt jemals auf etwas Lebendiges, das vor ihm auf dem Boden liegt, und sei es noch so aufgeregt* – doch sie holte Schwung, um ihn zu vernichten. Er schnellte zur Wand, kam auf die Füße, packte die Boxentür, um Halt zu haben, und warf sich gegen Solitaire, gerade als ihre Hufe auf die Stelle der Stallgasse krachten, wo er eben noch gelegen hatte. Seine Stiefel trafen sie mit der ganzen Wucht seines Sprunges an Hals und Widerrist, aber dann wurde es schwarz um ihn. Er merkte nicht einmal mehr, daß er zu Boden sank. Für den Bruchteil eines Atemzugs war die Stute betäubt; dann schüttelte sie sich und wandte sich ihrem hilflosen Opfer zu. *Dieser gehörte zu ihnen – ihren Peinigern. Niemals würde sie zulassen, daß einer von ihnen ihr je wieder nahe kam. Ein Zweibeiner und ein quälender Feind waren dasselbe. Sie mußte sich wehren. Sie mußte sie vernichten, bevor sie sie vernichteten. Damit gehorchte sie dem obersten Gesetz des Lebens.*

Ihre Augen glühten. Mit einer graziösen Bewegung hob sie den rechten Vorderhuf und richtete ihn gegen Eric, um ihm den Schädel zu spalten.

Ein Kratzen, Quietschen und Scharren von draußen lenkte sie kurz ab. Sie bleckte die Zähne, weil sie die verhaßte Fremdheit da draußen spürte, die kam, um sie erneut zu quälen. Sie riß den Vorderlauf hoch für den tödlichen Schlag, da drang Licht in ihr Gefängnis, als die Tür einen Spaltbreit geöffnet wurde. »Eric?«

Solitaire wirbelte herum, sprang gegen das Licht. Die Tür wurde Emily aus der Hand gerissen, sie selbst zu Boden geworfen, als die Stute hinausraste, über den Hof und die weite Grünfläche jagte und in Sekundenschnelle hinter dem Hügelkamm verschwand.

»Eric!« Angstvoll und benommen rappelte Emily sich auf und lief in den Stall. In diesem Augenblick – reichlich spät, aber es hatte ja nicht nach einem akuten Notfall geklungen –, fuhr der Krankenwagen auf den Hof. Emily schrie. Die Sanitäter waren sofort bei Eric.

»Sieht nicht gut aus«, sagte der Blonde. »Ist er unter eine Dampfmaschine geraten oder was?«

Sein Kollege stieß ihn unsanft an. »Heb dir deine blöden Witze für Harmloseres als das hier auf, Mike. Los, auf die Bahre mit ihm.«

Eric kam zu sich. Er sah die weißen Kittel. »Nicht!«

Der zweite Sanitäter neigte sich über ihn. Er hatte hellbraunes Haar, verständige Augen und gute, starke Hände. »Es muß sein, Sir. Sie sind übel zugerichtet. Wir bringen Sie ins Krankenhaus. Da kümmert man sich um Sie. Haben Sie starke Schmerzen?«

Eric konnte erst sprechen, als die Bahre in den Krankenwagen gehievt worden war. »Lance – ich muß ihn unbedingt reiten, er braucht seine Übungen. Ich lasse nicht zu, daß Sie –« Er wollte sich aufrichten, aber ihm wurde übel, und Hugh drückte ihn sanft zurück. Draußen verhandelte Mike mit Emily. Eric hörte die gedämpften Stimmen und wurde wieder unruhig. »Was reden die da? Sowieso muß ich heute abend um acht beim Treffpunkt sein. David erwartet mich!«

»Beruhigen Sie sich. Sagen Sie mir Ihren Namen?«

»Eric. Wie heißen Sie?«

»Hugh.«

Sein Gesicht verschwamm immer wieder vor Erics Augen, und dann krampfte sich sein Magen zusammen und schien höher und höher zu steigen. Er schluckte dagegen, aber es half nichts. Kalter Schweiß lief ihm über Stirn und Wangen. »Kämpfen Sie nicht dagegen an, Eric, hier ist eine Schale. Genieren Sie sich nicht. Es wird Ihnen besser gehen, wenn Sie's los sind.«

Es war, als würden sämtliche Eingeweide und Körpersäfte aus ihm gepreßt – keuchend, hilflos hing er lange Zeit über den Schalen, die Hugh immer wieder gegen neue austauschte. Zitternd fiel er schließlich auf die Bahre zurück und sah zu Hugh aus tränenden Augen auf. »Gütiger Gott, ich bin ganz leer, glaub ich.«

»Geht's jetzt besser?«

»Ich weiß nicht.« Eine neue Welle der Übelkeit überspülte ihn. Dieses Mal hatte er das Gefühl, es werde nie mehr vorbeigehen. Erst als Hugh ihm kalte Umschläge mit wassergetränkten Tüchern machte, ebbten die wütenden Wellen allmählich ab. Er lag still mit geschlossenen Augen und sah aus wie ein Toter. Dennoch murmelte er nach kurzer Zeit: »Ist sie weggelaufen?«

»Wen meinen Sie denn, Eric?«

»Solitaire.«

»Wer ist Solitaire?«

»Na – die Stute, um die ich mich kümmern soll.«

Dann gab es einen Augenblick tiefster Dunkelheit, von dem er nicht sagen konnte, wie lange er währte. Er schrak auf: »Wo ist sie?«

»Solitaire?« fragte die verständige Stimme, die er als die Hughs erkannte. Unter ihm war ein leises Schwanken, er fühlte das Ziehen eines starken Motors – sie fuhren. Er wurde gezwungen, das Gestüt zu verlassen – Solitaire zu verlassen, seine Verabredung mit David nicht einzuhalten. Er bewegte ablehnend den Kopf.

»Ruhig, mein Junge, nicht bewegen, sonst wird Ihnen womöglich wieder übel. Es hat Sie schlimm erwischt.«

»Aber Solitaire – Lance – David!« Sein Geist umwölkte sich wieder, und er fühlte nur noch einen unangenehmen Druck an seinem Oberarm gerade über dem Ellenbogen, darauf einen winzigen irritierenden Stich, ein kurzes Druckgefühl, als seine Vene unter der Injektion anschwoll – zu seiner Benommenheit und Schwäche gesellte sich nach kurzer Zeit endlos scheinende Schwärze.

10

Ein grauer Schimmer war vor seinen Augen, die er nicht öffnen mochte, aber er wurde sich seines Körpers bewußt und fühlte, daß er sich nicht bewegen konnte. Er zappelte und zerrte – da waren mechanische Widerstände. Er riß die Augen auf und schloß sie sofort wieder, weil ihm selbst das weiche Licht eines sinkenden Tages weh tat. Aber er hatte doch einen Blick auf die breiten leinenen Gurte erhascht, die Beine, Oberkörper, Hals und Arme umspannten. Er hielt die Augen fest geschlossen und preßte die Zähne aufeinander, daß ihr Knirschen in seinem schmerzenden Schädel widerhallte, während sich sein Körper gegen die Fesseln wehrte – was fiel denen ein, ihn festzubinden, er war schließlich kein gewalttätiger Geistesgestörter –, da kam eine Stimme heran, eine Gestalt verdeckte das schmerzhafte Licht, und er konnte die Augen öffnen, ohne daß ihm schier der Schädel platzte, aber alles war immer noch verschwommen. Er konnte die Worte immerhin verstehen, denn sie waren leise genug gesprochen, um sein überempfindliches Gehör nicht zu betäuben. »Sie müssen sich ruhig verhalten, Eric«, sagte die Stimme. »Sie dürfen sich nicht anstrengen.« Er blinzelte und fixierte mit einiger Mühe die Gestalt einer Frau mit einem dunklen Gesicht und ergrauenden Haaren unter ihrer weißen Schwesternhaube. »Sie ... sind piktischen Ursprungs, nicht, Madam?«

Sie sah auf ihn nieder. »Ich werde Dr. Mercury holen.« Sie wollte sich abwenden, aber dann kam sie wieder zu seinem Bett zurück. »Pikten? Was meinen Sie?«

»Pikten und Kelten – die Völker, die die Urahnen des schottischen Volkes sind. Die Pikten waren dunkel, und die Kelten hellhäutig und hellhaarig.«

»Ich hole Dr. Mercury.«

Wieder sank er in ein Meer von Dunkelheit, doch nicht so tief wie zuvor. Die leichte Berührung einer Hand auf seinem Arm holte ihn an die Oberfläche. Er hob langsam die Lider, aber er sah nicht mehr als einen weißen Kittel. »Machen Sie das weg, Doktor. Sie müssen mich nicht fesseln. Nehmen Sie es weg, oder ich werde dieses Bett umwerfen und Ihnen eine Menge Ärger machen.«

Geschickte Hände lösten die demütigenden Gurte. »Wollen Sie sich selbst verletzen?«

»Hugh?«

»Ja, ich bin's, Hugh. Dr. Mercury hat Sie gründlich untersucht. Wollte unbedingt hier sein, wenn Sie aus der Narkose erwachen, aber es gibt 'ne akute Appendizitis auf Station II. – Ich mußte Sie lahmlegen, Eric, ich konnte nichts riskieren. Sie hätten eine Schädelfraktur haben können. Es tut mir leid.«

»Es tut mir leid.« Etwas Ähnliches hatte er zu Lance gesagt, als er ihm die Betäubungsspritze hatte geben müssen. Er versank erneut in Dunkelheit.

»Wie geht es ihm? Wird er wieder gesund? Ganz gesund?«

Claire Hickman schoß auf Dr. Mercury zu, sobald sie den Raum verlassen hatte. Die anderen umstanden sie gleich darauf, schweigend, aber ebenso begierig auf ihre Antwort wartend.

Dr. Mercury blieb stehen. Sie war an Aufregung gewöhnt. »Wir haben ihn gründlich untersucht. Er hat eine schwere Gehirnerschütterung und viele Quetschungen, und eine Lähmung in seinem rechten Arm. Aber wenn er sich ruhig verhält, wird er bald wieder ganz der alte sein.«

»Können wir zu ihm?« fragte Claire. Sie setzte sich drängend über die Distanz hinweg, die die ruhige Stimme und die unnahbar scheinende äußerliche Erscheinung von sterilem Weiß und Stethoskop schaffen sollten. Die junge Ärztin blickte sich unter ihnen um. »Keinesfalls alle«, entschied sie. »Er schläft jetzt, und er muß Ruhe haben, mehr als alles andere. Mehr auch als Medikamente.«

Dr. Mercury war in der kleinen Klinik in dem kleinen schottischen Ort Kirkrose bekannt für ihre unorthodoxen Entscheidungen: »Eine Nähe kann ich schon verantworten.« Ihr Blick schweifte noch einmal kurz und blieb an Claire hängen. Zwischen der kleinen Frau und dem jungen Mann in seinem Krankenbett schienen ihr unsichtbare Bande zu bestehen. »Sie sind nicht seine Mutter, nicht? Ihr Name ist Hickman, und seiner Gustavson.«

»Er wohnt bei uns. Und – und wir haben ihn ins Herz geschlossen wie einen Sohn. Er ist viel mehr als ein Logiergast. Nicht, David?«

»Aye, Frau Doktor, das stimmt. Er ist ein feiner Junge, und viel mehr als ein Gast für uns.« David Hickman richtete sich hinter der kleinen Gestalt seiner Frau auf. »Er hat niemanden, es gibt keine Familie.«

»Außer Ihnen beiden, will mir scheinen.«

In diesem Moment wandte sich Emily um und fand sehr aufrecht gehend den Ausgang. Sie hatte kein Recht, hier zu sein. Sie konnte ihm nicht geben, was diese beiden ihm gaben. Sie verlangte zu viel. Und sie verlangte etwas, das seine Anständigkeit nicht geben wollte. Sie hatte ihn getäuscht. Nie wieder würde sie seinen innersten Kern erreichen können, wie es ihr zum Beginn ihrer Begegnung fast gelungen war. Ein guter Anfang war es gewesen. Sie allein hatte ihn durch die Täuschung verdorben.

Sein scheues Lächeln leuchtete auf. »Claire.«

»Schschsch.« Sie kam leise zu seinem Bett und legte ihre kleine harte Arbeitshand auf das weiße Laken – suchte seine Nähe und wagte nicht, ihn anzurühren. »Nicht sprechen«, hauchte sie. »Ich werd auch ganz leise sein. Dr. Mercury sagt, ich darf Sie kurz sehen, aber Sie sollen sich nicht anstrengen. Sagen Sie also lieber nichts. Wir müssen Ihren Kopf schonen. Sie können ja mit den Augen sprechen, ja?«

Eric zwinkerte seine Zustimmung. Dann ruhte sein Blick auf der kleinen dunklen Hand, und seine Linke bewegte sich langsam darauf zu und umfaßte sie leicht und fühlte ein heftiges antwortendes Pressen.

Es war ein merkwürdiges Gefühl, den rechten Arm so gar nicht bewegen zu können; nicht schmerzhaft, nicht einmal unangenehm – da war einfach nichts, so, als gehöre dieses Glied gar nicht zu ihm. Claire umfaßte seine linke Hand ganz fest, und er sah einen feuchten Schimmer in ihren Augen. »Nicht«, sagte er heftig und wollte sich aufrichten, »nicht doch, Claire!«

»Ach, tut mir leid, mein Junge. Seien Sie nur ruhig.« Sie wischte sich heftig über die Augen. »Ich bin's ja auch. Es ist wohl der Schreck – David hatte wie verabredet auf Sie gewartet, und als Sie nicht kamen, fuhr er runter zum Haus. Der alte Fargus erzählte ihm, was passiert war, und daß Mrs. Fargus mit zum Krankenhaus gefahren war. Er war sehr aufgeregt und besorgt und hatte eigentlich mitfahren wollen, aber Emily meinte, das wär nicht gut für ihn. David kam dann nach Hause und holte mich ab, und seitdem sind wir hier, seit gestern abend.«

Erics Augen huschten erschrocken zum Fenster. Das Licht wurde blau. Hugh mußte ihm eine ganz hübsche Portion verpaßt haben, wenn er jetzt erst aufgewacht war. Er bewegte sich unruhig. Lance – er haßte es, seinen Verpflichtungen nicht nachkommen zu können. Als habe sie seine Gedanken gelesen, sagte Claire: »Ich habe Billy angerufen. Er versorgt Sir Lancelot mit Futter und Wasser.« Sie sah seinen erschrockenen Blick und streichelte beruhigend seine Hand: »Ich hab ihm gesagt, er soll die Eimer einfach durch die Tür schieben und gar nicht erst versuchen, in den Stall zu gehen. Und morgen kann ich mich wieder um Prince Charming kümmern. Aber ich konnte nicht von hier weggehen ohne zu wissen, wie's um Sie steht.«

Prince Charming! Es schien Ewigkeiten her zu sein, seit sie Lance zum ersten Mal so genannt hatte. Zwischen diesem Augenblick und dem Jetzt lag die Erfahrung, daß jede Regel ihre Ausnahme hat. Er dachte an die Wolke aus Haß und Unzugänglichkeit, die um Solitaire gewesen war, als sie auf ihn zuraste und ihn angriff. Ihn schauderte: Er hatte keine Möglichkeit, sie zu erreichen. Zum ersten Mal begriff er, daß bei allen Pferden, mit denen er je zu tun gehabt hatte, immer noch, und sei er nahezu unauffindlich verborgen, ein winziger Schimmer von Hinwendung gewesen war, so wie ein Fünkchen Glut unter der toten Asche glimmen kann. Bei Solitaire war nichts.

Sie war, recht betrachtet, nur eine von vielen, und ein einzelnes Pferd war es nicht wert, daß er sein Leben für seine Heilung riskierte. Er mußte an die anderen denken, die ihn brauchten und denen er helfen konnte. Es war eine harte, schmerzliche und sehr bittere Erkenntnis. Irgend etwas oder irgend jemand hatte Solitaire zerbrochen. Ihre innere Welt lag in Splittern. Darum hatte er sie nicht erreichen können. Darum würde es ihm nie gelingen. Scherben lassen sich wieder zusammenfügen, Splitter aber nicht. Er hätte nicht gewußt, wo er anfangen sollte.

»Danke, Claire«, murmelte er als Antwort auf ihre letzten Worte.

»Schschsch – nicht sprechen.« Geradezu schuldbewußt wandte sie sich zu der Tür um, durch die ein weißer Kittel trat – blendend, schmerzhaft weiß für Eric. Er schloß die Augen. »Ich weiß, Dr. Mercury«, hauchte Claire. »Zeit zu gehen.« Sie neigte sich ein wenig über Eric und blendete das schmerzhafte Weiß aus. Dankbar sah er sie an.

»Morgen komme ich wieder, ja?«

Wenn Menschen freundlich zu ihm waren, hielt Eric es im allgemeinen für Höflichkeit oder Berechnung. Doch in Claires Augen las er, daß er wichtig für sie war, er, Eric Gustavson, selbst in seinem erbärmlichen Zustand, halbnackt und geschwächt, und er dachte an den gestrigen Morgen zurück und sah in seiner Erinnerung wieder den Ausdruck von Davids Augen, bevor eine dicke Rauchwolke sie verschleiert und dann zum Blinzeln gebracht hatte; es war ganz der gleiche Ausdruck gewesen, der jetzt in Claires Augen lag; und seine Kehle war plötzlich eng und sehr trocken.

»Danke, Claire«, flüsterte er. Er war beinah ohne Atem vor der eben gewonnenen Erkenntnis, daß diese beiden ihm mehr als Freundlichkeit entgegenbrachten. Ihre ineinander ruhenden Hände fühlten diesen Strom, der sich gegen jedes Hindernis Bahn geschaffen hatte. Claire neigte sich über ihn: »*Ceud mìle fàilte* – in unserem Leben. Es wäre so viel ärmer ohne dich. Komm bald zurück. Wir vermissen dich.« Ihre rauhe Hand strich über seine Wange: »Bis morgen, Lieber«, dann drückte sie einen kleinen Kuß auf seine Schläfe und war fort.

Dr. Mercury hatte still an der Wand gestanden und beobachtet, die Hände in die Kitteltaschen gegraben. Als Claire den Raum verlassen hatte, trat sie zu dem Patienten. »Mein Name ist Mercury. Elaine Mercury.« Sie hatte eine hübsche Stimme, ganz weich und melodisch. Irgendwann einmal, in seinen Träumen, hatte er diese Stimme schon gehört. Seine Lippen bewegten sich, aber es gab keinen Laut. Er war sehr bleich und sah erschöpft aus.

»Was haben Sie gesagt, Mr. Gustavson?«

»*Fayre* Elaine.«

»*Fayre* Elaine?!«
»Steinbeck. Meine Reisen mit Charly, erstes Kapitel.«
»Ich bin Ihre Ärztin. Ich muß weitere Untersuchungen vornehmen, jetzt, da Sie wach sind.«
»Sie passen überhaupt nicht ins Bild«, murmelte er, während sie tastete, Lichtstrahlen in seine Augen fallen ließ, seine Wirbelsäule abklopfte: »Sagen Sie, wenn es weh tut.« – »Ja, Dr. Mercury.« Sie überprüfte seine Reflexe. »Alles soweit in Ordnung. Der Arm wird auch bald wieder funktionieren. – Was meinten Sie, ich passe nicht ins Bild?«
»Ach, Unfug, ging mir nur so durch den Sinn.«
»Ich habe Interesse an Unfug. Sagen Sie's?«
»Na, wie Sie aussehen – helle Haut und rotes Haar wie eine Keltin und dunkle Augen wie eine Piktin. Wie geht das zusammen?«
»Interessiert Sie das denn?« Rosie, die umfängliche grauhaarige Schwester, hatte gesagt, der Junge könne nicht ganz bei Sinnen sein, er rede so wirr. Dr. Mercury zwinkerte schelmisch und sagte: »Ich bin eben eine Mischung. Unseren Familienstammbaum habe ich nie erforscht, aber es scheint so zu sein, daß weder die Pikten noch die Kelten sich für sich gehalten haben.« Der junge Mann war schon ganz richtig, dachte sie, nur bestürzt über die Tatsache, daß er geschlagen worden war. Er hätte sich ja auch in groben Beschimpfungen Luft machen können, sie hätte das nicht zum ersten Mal erlebt, doch er nahm Zuflucht zu angelesenem Wissen. Rosie mochte das erschüttern, weil einer von »da draußen« mehr wußte als sie; aber Elaine Mercury entwickelte eine Art Hochachtung.
Die tiefblauen Schatten um seine Augen wurden innerhalb weniger Minuten noch dunkler, sein Körper wurde schnell um mehrere Grade kälter. Kurz bevor er das Bewußtsein wieder verlor, murmelte er beinah unhörbar: »Es sieht aus, als ob – ich denke, Sie sind eine sehr schöne Mischung.«

Das Leben im Krankenhaus war eine neue Erfahrung für Eric. Er, der früh erwachsen geworden war und seit langem schon für sein Wohlergehen sorgte – der aß, wenn er hungrig war, schlief, wenn es sich einrichten ließ –, wurde entmündigt. Es gab für alles festgelegte Zeiten: für die Hygiene, die Mahlzeiten, die Untersuchungen. Er unterdrückte einen Wutausbruch, als ihm nicht erlaubt wurde, unter die Dusche zu gehen. Hugh wusch ihn im Bett, nachdem er eine gummierte Unterlage auf die Matratze gelegt hatte, und er war sehr gründlich, aber Eric hatte dennoch das Gefühl, nicht sauber zu sein. »Jetzt noch die Haare.« Ein fahrbares Becken wie beim Friseur, nur niedriger, wurde herangezogen, und Hugh legte vorsichtig seinen Nacken in die dafür vorgesehene Mulde. Der Wasserstrahl rann sanft über seine Kopfhaut. »Ist die Temperatur okay?«

»Ja, ist sie«, kam es zwischen zusammengebissenen Zähnen hervor. »Aber verflucht, ich kann das selbst!«

»Können Sie nicht. Es geht nach Dr. Mercury, und ihre Order lautet, Sie dürfen nicht länger als fünf Minuten auf den Beinen sein.« Eric schnaufte ärgerlich, und Hugh ließ ein kleines Lachen hören, während er ihm den Kopf gründlich schamponierte: »Seien Sie froh, daß sie Ihnen wenigstens fünf Minuten zugestanden hat, da können Sie immerhin aufs Klo gehen und müssen nicht auch noch die Bettpfanne in Kauf nehmen!«

»Ich werde mit ihr reden.«

»Das können Sie tun, aber es wird nichts nützen.« Hugh fing seinen widerwilligen Kopf mit einem dicken Handtuch ein. »Ich hab's noch nie erlebt, daß Dr. Mercury eine Anordnung widerrufen hat. Und zu Recht. Sie ist eine verflixt gute Ärztin.«

»Sie sieht aus wie ein Teenager. Nicht älter als siebzehn.«

»Legen Sie neun Jahre drauf, dann stimmt's. Sträuben Sie sich nicht so, Eric. Vertrauen Sie ihr. Dr. Mercury versteht ihre Sache.«

»Aber – dieses Waschen!«

»Wie geht's Ihrem Kopf? Beklagt er sich?«

»Nein!«

»Wirklich nicht?«

Eric mußte die Augen schließen, weil sich alles drehte. »Na, ein bißchen grummelt er schon.«

»Ich werd Sie jetzt nicht bitten, sich vorzustellen, wie Sie sich fühlen würden, wenn Sie herumliefen und versuchten, alles selber zu tun.« Hugh erwartete keine Antwort. Er griff zum Fön und ließ den warmen Luftstrahl gegen das kurze Haar des Patienten wehen.

»Wann lassen Sie mich aufstehen, Dr. Mercury?« verlangte Eric bei der Visite.

»Wenn ich es verantworten kann.«

»Aber ich bin in Ordnung! Was macht schon ein bißchen Schädelbrummen!

»Wie viele Finger sehen Sie?«

»Vier ... nein, warten Sie, drei. Drei Finger. Ich sehe drei Finger.«

Dr. Mercury klappte Zeige- und Mittelfinger zur Faust zurück: »Ich erlaube Ihnen aufzustehen, wenn ich es verantworten kann.«

Ein Ausdruck von Hetze und tiefer Unruhe glitt über sein Gesicht.

»Eric! Haben Sie Geduld mit sich! Was Ihnen passierte, ist keine Kleinigkeit, Sie brauchen Zeit, um sich zu erholen. Sie können Ihre Besserung nicht erzwingen. Sie sind Tierarzt; Ihnen muß ich nicht erklären, was geschieht, wenn ein Schädel derart traktiert wird wie Ihrer. Dieses Pferd hätte Sie umbringen können. Also verhalten Sie sich ruhig und folgen Sie den Anweisungen.«

Er folgte den Anweisungen. Er unterdrückte die heftigen Anflüge von Rebellion. Sein wunder Körper, nun da ihn der rastlose Geist nicht mehr trieb, verlangte nach Ruhe: er schlief lange erholsame Stunden während des Tages, und sobald das Licht sank, war er für die Welt nicht mehr zu haben. Es schien, als habe sich über die Jahre seines anstrengenden Lebens eine Müdigkeit angesammelt, die er jetzt wegschlief. Wenn er wach war, wollte er gern lesen, aber die kleinen Buchstaben verschwammen ihm immer wieder vor den Augen. Selbst das Radio konnte er nicht ertragen: Claire hatte ein kleines Gerät gebracht, aber auch die niedrigste Einstellung verursachte Schmerzen in seinem Kopf. Er war noch immer überempfindlich, aber unleugbar auf dem Weg der Besserung.

Nach zwei Wochen erhielt Emily Fargus die Erlaubnis, ihn zu besuchen. Sie kam auf ihn zu, zierlich und schön, gefolgt von Dr. Mercury.

»Eric, es tut mir sehr leid.« Emily wirkte völlig deplaziert auf dem kleinen Schemel, den sie sich an sein Bett gezogen hatte, in ihrem dunkelgrauen Kostüm und den seidig schimmernden Strümpfen und den Schuhen mit den hohen Absätzen. Er hoffte, sie werde nicht noch näher herankommen, denn er war davon überzeugt, ganz schrecklich zu riechen. »Es tut mir sehr leid, und ich hoffe, daß Sie Solitaire nicht in Bausch und Bogen verurteilen.«

»Es gilt immer noch, was ich zu Mr. Fargus sagte – es war meine Entscheidung. Niemand hat mich gezwungen, es mit ihr zu versuchen.»

»Sie müssen sich jetzt ausruhen. Dr. Mercury hier sagte mir, daß Sie sehr gut mitarbeiten, und daß Sie vielleicht bald mit der Physiotherapie anfangen können. Und dann – vielleicht –« Sie schwieg, als ihr Blick seinen fand.

Dieses Pferd ist wahnsinnig, ihm ist nicht zu helfen. Ich kann es nicht erreichen, weil es wirklich wahnsinnig ist. Wahnsinnig, verstehen Sie? Wahn-sinnig! Sein Geist ist verschoben. Und der Versuch, ihn geradezu biegen, könnte mich das Leben kosten. Ich habe Pläne, die ich verwirklichen wilL Und mich um ein irrsinniges Pferd, das Menschen angreift, um sie zu töten, zu kümmern und am Ende erneut zu verlieren, gehört nicht dazu.

Emily erblaßte und fingerte nervös an ihrem Handtäschchen. Sie hatte seine stumme Botschaft sehr wohl begriffen. »Sie ist jetzt wieder bei den anderen. Nur deswegen ist sie noch am Leben. Wäre sie nicht geflohen, hätte Vater sie erschossen. Er bringt nicht die Kraft auf, die Herde zu suchen, und ich habe mich geweigert, sie mit dem Wagen aufzuspüren.«

Beim beherrschten Klang ihrer Stimme zog sich etwas schmerzhaft in ihm zusammen bei der Vorstellung von Grandpa Fargus, der wie ein weißmähniger Recke auf einem der Hügel mit angelegtem Gewehr stand und geduldig wartete, bis Solitaire vereinzelt stand, um dann abzudrücken; und er sah Solitaire nach dem scharfen trockenen Knall zusammenzucken, einen kurzen Luftsprung machen und ins Gras fallen wie ein totgeschossenes Kaninchen. Er wußte, daß diese Vision Emily Tag und Nacht quälte, seit sie Solitaire wieder verloren hatten. Ach, er hätte warten sollen, bis er ein wenig besser beisammen gewesen wäre! Sie hätte ihn nicht so austricksen können, wie sie es getan hatte, wäre er so beweglich wie gewöhnlich gewesen! Und sie war überdies die Perle, die beste aus der ganzen Herde, dazu ausersehen, dem Gestüt durch ihr Blut neues Ansehen, neuen Glanz und Wohlstand zu verschaffen – sie war die Verkörperung von Everetts Traum. Eric war nicht der Mann, den Traum eines anderen gering zu achten. Er wußte, was träumen heißt, wußte, wie es ist, wenn man alles für die Erfüllung eines Traumes herzugeben bereit ist. Er dachte auch an Solitaires

Schönheit, an den graziösen dunkelgrauen Leib und das fließende Mondlichthaar, an die feine Form des Kopfes und das dunkle Gold ihrer Augen, und daran, daß sie als Fohlen sanft und lenkbar gewesen war. Emily sagte etwas sehr Unerwartetes in seine Gedanken. »Vater und ich haben miteinander gesprochen. Wir bitten Sie, die Leitung des Gestüts zu übernehmen, sobald es Ihnen besser geht, Eric.«

Er blinzelte und wischte sich über die Stirn, als helfe ihm das, seine plötzlich ineinanderschießenden Gedanken zu ordnen. Emily fuhr stockend fort: »Diese Bitte hat nichts mit Solitaire zu tun. Es ist – auch wegen Excalibur. Ich könnte ihn nie so handhaben, wie Sie es tun, und Vater gab mir sehr eindringlich zu verstehen, wie viele Vorteile es hat, wenn der Zuchthengst und der Leiter des Gestüts miteinander und nicht gegeneinander arbeiten. Es tun sich ganz neue Möglichkeiten auf – wir haben bis jetzt immer davon Abstand genommen, unsere Hengste als Beschäler auch für fremde Stuten einzusetzen –, keiner konnte ja mit ihnen umgehen. Sie aber – wenn Sie die Aufsicht hätten, wäre das anders. Eine Beschälung würde dann ebenso geordnet vor sich gehen wie das Einbringen der Stuten, und es ist ein einträgliches Geschäft, Eric. Was sagen Sie dazu?«

Was konnte er dazu sagen? Dieses Angebot, diese »Bitte«, wie sie es nannte, bedeutete das, wonach er sich immer gesehnt hatte – Land und Pferde. Land, über das er verfügen konnte, Pferde, die ihm nicht weggenommen wurden. Er könnte das Gestüt straffer und effizienter organisieren. Die Fohlen konnten von ihm zu Poloponys oder Jagdpferden ausgebildet werden und würden auf den Auktionen gute Preise bringen. Vielleicht ließen sich Rennpferde züchten – Excalibur war edelsten Blutes, von einnehmender Schönheit und sehr schnell, und Solitaire, mit ihrer hervorragenden Abstammung und ihrem bildschönen Wuchs, war wie geschaffen für die Zucht hoffnungsvoller Rennpferde, die hohe Gewinngelder einbringen würden. Ja, all das war möglich, das, und noch vieles mehr.

Aber wiederum wäre es nicht sein eigen. Die entbehrungsreichen Jahre seiner frühen Jugend hatten einen Hunger in ihm entstehen lassen, den nur eigener Besitz zu stillen vermochte. Selbst wenn er bei den Fargus' genau das tun konnte, wovon er immer geträumt hatte, und wenn er es für den Rest seines Lebens tun würde – niemals würde dieser Hunger dadurch gestillt werden.

Er wollte kein Arrangement. Er wollte eigenes Land und eigene Pferde. Er wollte nicht verwalten. Er wollte besitzen.

Er lag still, schwieg und starrte an die gegenüberliegende Wand. Dr. Mercury rührte sich. »Mrs. Fargus, Mr. Gustavson ist wohl noch nicht wieder so weit hergestellt –«

»Bitte, lassen Sie mich noch eines sagen. Ich – es fällt mir nicht leicht, aber ich bin schon so weit gegangen; Eric, wenn Sie es noch einmal mit Solitaire versuchten, wenn es Ihnen gelänge, sie einigermaßen fügsam zu machen – dann wird ihr erstes Fohlen Ihnen gehören.«

Eigentlich hätten jetzt die bronzenen Klänge von Big Ben erschallen müssen.

»Das Fohlen ist Mr. Turner versprochen. Er wollte mir sehr viel Geld dafür bezahlen. Aber sie wird weitere Fohlen haben – lenkbare Fohlen, wenn sie selbst wieder lenkbar ist. Sir Simon muß dann eben ein Jahr länger warten.«

Dr. Mercury kam etwas dichter an das Bett. »An Ihrer Stelle, Mr. Gustavson, würde ich mich diesem Pferd niemals mehr nähern. Es hat Sie beinahe umgebracht. Und mir scheint, daß es das wieder versuchen wird.« Eric sah zu ihr auf. Sie las die Zerrissenheit in seinem Blick. Sie ignorierte Emily und lehnte sich gegen die Matratze, die Hände in die Kitteltaschen geschoben. »Ich bin Humanmedizinerin, keine Tierärztin. Aber ich weiß, daß Pferde sehr empfindsame Geschöpfe sind. – Wenn Sie ein weiteres Mal vor dieser Stute stehen, werden Ihre Erinnerungen bei Ihnen sein – Entsetzen, Unglaube, Furcht. Sie wird es spüren. Sie wird Ihnen gegenüber von vornherein einen Vorteil haben, denn Sie werden unsicher sein. Niemand kann seine Erinnerungen ignorieren, Mr. Gustavson. Auch die Stute nicht. Sie wird sich erinnern, daß sie Sie schon einmal geschlagen hat.«

Emily maß sie mit einem flammenden Blick. »Es ist Erics Entscheidung, nicht Ihre!«

»Richtig. Aber ich kann sehen, daß Sie Mr. Gustavson gezielt an seinem empfindlichsten Punkt angreifen und dabei nicht erwähnen, daß Sie ihn auch darum bitten, sein Leben zu wagen.«

»Er weiß, was er wagen würde!«

Nach einer Weile sagte Eric mühsam: »Ich weiß es, Dr. Mercury. Ich muß darüber nachdenken.«

»Mrs. Fargus?« Elaine Mercury geleitete die Besucherin zur Tür. »Er braucht jetzt Ruhe, verstehen Sie. Wenn ich gewußt hätte, worüber Sie mit ihm sprechen wollen, hätte ich Sie bestenfalls in einem Monat zu ihm gelassen. Er ist noch nicht so weit, um weittragende Entscheidungen wie diese zu treffen. – Dies wird Ihr letzter Besuch für einige Zeit gewesen sein«, setzte sie in liebenswürdigem Ton und mit harten Augen hinzu. »Sie haben mir nicht die Wahrheit gesagt. Sie sagten, Sie wollten ihn nur sehen. Darunter verstehe ich nicht eine Achterbahnfahrt, wie Sie sie ihm gerade zugemutet haben. Der Patient braucht Ruhe, begreifen Sie das?!«

»Wann kann ich ihn wiedersehen?«

»An dem Tag, an dem ich seine Entlassungspapiere unterzeichne«, kam es knapp und kühl zurück.

11

Als er zurückkam nach Sunrise, waren die hübschen weißen Blumen schon längst verblüht. Das Laub der Buchen und Birken hatte die dunkle Tönung des Hochsommers angenommen und seine Zartheit verloren. In höheren Lagen würde es bald seinen Saft verlieren und beginnen, die Farben des Herbstes anzunehmen. Der Wald wirkte, wie er es an jenem ersten Tag vorausgesehen hatte, dunkler, beinahe düster, aber es störte ihn weniger, als er vermutet hatte. Er war gut erholt, sein rechter Arm hatte Kraft und Beweglichkeit zurückgewonnen, und von einem gelegentlichen kleinen Schwindel abgesehen war auch sein Schädel wieder in Ordnung.

Er hatte Dr. Mercury auf Ehre und Gewissen versprechen müssen, daß er sich für einige Zeit noch schonen würde. »Ich warne Sie, Mr. Gustavson«, hatte sie lächelnd gesagt und ihren Arm um Claires Schulter gelegt: »Mrs. Hickman und ich haben einen Pakt geschlossen – sie wird mir berichten, wenn Sie sich nicht an Ihr Versprechen halten.«

»Und wenn ich ein böser Junge bin – kommen Sie dann und legen mich übers Knie?«

»Lassen Sie es lieber nicht darauf ankommen.«

Claire hatte eifrig eingeworfen: »Wir würden uns freuen, wenn Sie uns mal besuchen kämen. Ich möchte ein Festessen für Sie geben.«

»Lassen Sie sich das nicht entgehen, Dr. Mercury. Claire ist die beste Köchin der Welt.« Die Pies und kalten Brathühnchen und all die Süßigkeiten, die Claire ins Krankenhaus geschleppt hatte, waren stets der Höhepunkt seines Tages gewesen.

»Nun, wir werden sehen, ob der Dienstplan es zuläßt. Aber ich würde schon sehr gerne annehmen, Mrs. Hickman, vielen Dank.«

»Ob sie es ernst gemeint hat, daß sie uns mal besuchen kommen will?« fragte Claire versonnen vom Rücksitz aus. Eric brauchte nicht zu fragen, wen sie meinte. Elaine Mercury hatte einen sehr tiefen Eindruck auf ihn gemacht. Das Lächeln, das ein reizendes Grübchen in ihre rechte Wange zauberte, würde nicht das einzige sein, was er vermißte.

»Sie hat sicher viel um die Ohren.« Er dehnte und streckte sich. Es war herrlich, wieder einen Körper zu haben, der ihm gehorchte. Als sie die Anhöhe halb heruntergerollt waren, bat er David, ihn aussteigen zu lassen. »Muß mich wieder an meine Beine gewöhnen.« Der Anblick der vom Wind gezausten Gräser machte ihn unternehmungslustig. »Aye.« David stoppte. »Sie rufen am besten an, wenn Sie hier fertig sind, dann hole ich Sie ab. Es ist ja Samstag, ich werd den ganzen Tag im Haus herumwerkeln, wenn wir vom Einkaufen zurück sind.«

»Und Eric –« Claire blickte eindringlich zu ihm auf.

»Sicher, Claire. Ich sehe mich vor. Ganz großes Ehrenwort.« Er zwinkerte, winkte ihnen zu und ging langsam die Steigung hinunter. Als er sich dem Stall näherte, dachte er an den ersten Tag, als er mit Lance ausgeritten war. Lance war wirklich ein wenig rundlich geworden. Er hatte natürlich nicht viel Bewegung in dem kleinen Garten gehabt, und Claire hatte es mit dem Füttern etwas zu gut gemeint. Er hatte ihn heute morgen zu Billy auf die Koppel mit dessen Pferden gebracht, damit er herumtoben konnte. Seltsam nahm sich dieser glatte seidige wohlgenährte Aristokrat neben den wetterharten Ponys aus. Maudies kleiner Hengst war inzwischen tüchtig gewachsen; an seinen schmalen dunklen Beinen wurde das Haar schon länger. Bald würde er richtige Behänge haben wie die ausgewachsenen Pferde.

Gott, es war ein gutes Gefühl, auf den eigenen zwei Beinen einhermarschieren zu können, das Gras unter seinen Stiefeln zu spüren und den Wind im Gesicht, und die Augen ohne Schmerzen gegen den blaßblauen Himmel zu richten! Kein Rollstuhl mehr für Eric Gustavson, nein, Sir! Dieses Vehikel, von einem Pfleger oder einer Schwester geschoben, war seine Fortbewegungsmöglichkeit in der Klinik gewesen, und er schüttelte sich. – Nun, das war vorbei, er hatte es geschafft, und soweit würde es diesmal nicht kommen. Heute abend würde er Lance reiten, und nichts und niemand und ganz gewiß nicht Solitaire würde ihn davon abhalten.

Er wurde in Sunrise-House bereits erwartet. Grandpa hatte ihn vom Fenster des Salons aus gesehen und kam ihm jetzt entgegengehumpelt. »Tage der Wiederkehr!« Herzhaft schüttelte er Eric die Hand. »Gestern ist Sir Simon hier wieder eingeflogen, nach so was wie einer Odyssee. Aber das kann er Ihnen selbst erzählen. Kommen Sie, mein Junge, kommen Sie.« Er hinkte neben ihm her und warf ihm immer wieder kleine Seitenblicke zu; fragte sich offensichtlich, ob Eric eine Entscheidung hinsichtlich der Gestütsleitung getroffen hatte, wagte jedoch nicht direkt zu fragen. »Wie fühlen Sie sich, Eric? Sie sehen gut aus, bloß ein bißchen blaß um die Nase, aber 's ist ja kein Wunder.« Eric strich sich über sein glattes Kinn. Eines der besten Dinge war, daß er sich wieder rasieren konnte. Anfangs hatte man darauf verzichten müssen, weil sein Schädel und vor allem sein Kinn ganz wund gewesen waren; er hatte sich kaum wiedererkannt, als er in den Spiegel geblickt hatte. Vorbei, sagte er sich wieder. Vorbei. Turner kam auf ihn zugestürmt und bremste sich gerade noch: »Du bist doch in Ordnung? Siehst aus wie Puderzucker!«

»Kann schon wieder was vertragen, Sir Simon.«

Darauf gab es eine bärenartige Umarmung und einige kräftige Klapse auf seinen Rücken. »Hörte gestern erst, was mit dir passiert ist, Junge. Üble Sache.«

»Na, es ist vorbei. – Sie sind ein bißchen herumgewandert, sagte Mr. Fargus.«

»Tja, ich wollte nicht lange wegbleiben, aber ich fand einen netten Gasthof nicht weit von hier und ruhte ein bißchen, und dann dachte ich, es wär gut, zu Hause auf dem Gestüt nach dem Rechten zu sehen, ich stieg also in den nächsten Zug ... Jetzt habe ich aber meinen Wagen mitgebracht. Mrs. Fargus sagte, du willst es noch mal mit Solitaire versuchen, aber falls sie ein ähnliches Ding drehen sollte, würdest du doch wohl vernünftig sein und dein Leben nicht wegen eines einzigen Pferdes aufs Spiel setzen, oder?«

Er schüttelte Erics Schulter. »Die sechs, die du in Arbeit hast, sind natürlich schon wieder ein bißchen verwildert, also, nun ja, es wird Zeit, daß ihre Schulung weitergeht. Du weißt, daß ich sie auf der Herbstauktion verkaufen möchte. Ich will ja nicht drängen«, setzte er etwas gemäßigter hinzu, »und natürlich kannst du nichts dafür, daß du wochenlang im Krankenhaus warst, aber –«

Eric bemerkte, daß Emily und Grandpa Fargus unruhige Blicke wechselten. Er mußte ihnen sobald wie möglich sagen –, aber in Ruhe, nicht so wie jetzt –, daß er ihre »Bitte« nicht erfüllen würde. Wenn er sich etwas Eigenes aufbauen wollte, brauchte er Leute wie Turner und Mr. Williams, die ihm viel Geld für die Wiederherstellung eines Pferdes zahlten. Allein die Arbeit mit diesen sechs, die er neben Lance behandelte, brachte ihm mehr als das halbe Jahresgehalt eines Verwalters ein.

Aber Solitaire – er mußte es versuchen. Emily hätte keinen stärkeren Anreiz finden können, als ihm ihr erstes Fohlen in Aussicht zu stellen. Es war unwiderstehlich. Dauernd hatte er seither gerechnet – das Fohlen würde in etwa einem Jahr zur Welt kommen. In zwei weiteren Jahren könnte es der Grundstock zu seinem Lebenstraum sein. Er würde Land kaufen in einer guten, fruchtbaren Gegend und gelegentlich ein wirklich gutes Fohlen. Und in ein paar Jahren konnte daraus ein kleines, aber rentables Gestüt werden.

»Es wird sich schon eine Lösung finden, Sir Simon.«

»Ich bewundere Ihre Geduld und Ihren Mut, mein Junge«, sagte Grandpa. »Aber ich versichere Ihnen, daß dieses Pferd heute seine letzte Chance bekommt. Bevor sie dazu kommt, noch ein einziges Mal zuzuschlagen, werde ich –«

»Vater! Sie ist mein Pferd!«

»Mein Sohn hat dieses Pferd von meinem Geld gekauft!« donnerte Grandpa. »Ich bestimme, wie mit ihr verfahren wird. Ich sagte schon einmal, ich dulde kein Pferd auf dem Gestüt, das Menschen angreift! Hätte ich nicht Rücksicht auf deinen Ehrgeiz genommen, dann wäre dieses Monstrum schon längst beim Abdekker!«

Emily barg ihr Gesicht in den Händen und lief aus dem Raum.

»Besser, wir fangen gleich an«, sagte Eric leise und verlegen. Er fühlte sich immer verlegen, wenn Fremde sich in seiner Gegenwart von ihren Gefühlen hinreißen ließen. Sehr ruhig wandte er sich an Grandpa. »Ich halte es offen gestanden für besser, wenn Sie nicht mitkommen, Sir. Es wird vielleicht ein langer, anstrengender Ritt, bis wir die Herde gefunden haben. Und auch Mrs. Fargus sollte hierbleiben. Sie scheint ziemlich überreizt.«

»Das sind wir alle«, murmelte Grandpa und sank umständlich auf die Couch. »Ich werde mich bei ihr entschuldigen müssen.« Er streckte die Hand nach Tumbler und Whiskyflasche aus, um sich zu stärken. »Hätte mich zusammennehmen sollen.«

»Kann ich Ihnen helfen, Sir?«

Müde schüttelte er den Kopf. »Nay, mein Junge, das werd ich selbst ausbaden. Ich gehe zu ihr, sobald ich das hier ausgetrunken habe.«

»Ja, Sir.«

Eric verließ den Salon, dicht gefolgt von Turner, der ihn neugierig bedrängte. »Scheint, du hast einen Plan.«

»Im Krankenhaus hatte ich genug Zeit zum Überlegen.«

»Na – sag schon, wie willst du das Teufelsweib kriegen?«

»Ich bin abergläubisch. Ich will nicht vorher darüber reden.«

»Du bist nicht abergläubisch!«

»Stimmt. Aber ich will meine Energie nicht damit verschwenden, was zu erklären, das vielleicht überhaupt nichts bringt; und für Erklärungen ist hinterher Zeit. Wenn Sie's interessiert, kommen Sie mit.«

»Darauf kannst du wetten!«

Als sie aus dem Haus traten und Eric zum Himmel blickte, sah er nach einiger Zeit einen sehr blassen Halbmond da oben. Er kannte den Mond und seine wechselnden Gesichter zu jeder Tages- und Nachtzeit, seit er Verstand genug besaß, um ihm einen Namen zu geben. Wahrscheinlich hatte er ihn schon vorher gekannt und zu ihm aufgeblickt als etwas Wunderbarem, Gottähnlichen; einem Leitstern eben. Er blinzelte ihm mit einem Auge zu.

Es war ein gutes Gefühl, endlich wieder ein Pferd aus der Box zu holen, es zu striegeln, ihm die Hufe auszukratzen, es zu satteln und zu trensen. Peach war die Stute, die er reiten wollte, eine hohe, schlanke, seidige Schönheit von hellem Rot. Turner hatte sich für Margravine entschieden, und Edward, der dringend darum gebeten hatte, mitgenommen zu werden, wollte Garnet reiten.

So waren es drei Füchse, die vom Herzstück des Anwesens aufbrachen, und über Peachs Sattel hing ein Sack mit Hafer, der rhythmisch im schwungvollen Trab des Pferdes schaukelte. Eric verließ sich auf den Instinkt der Stuten. Es war ihr natürlicher Wunsch, die Herde wiederzufinden, hineinzulaufen in diesen warmen, lebendigen Strom, in diese Nähe und Geborgenheit. Ihr Instinkt war der abgewetzten Metallpfeife vorzuziehen.

Die Herde war näher beim Haus als bei der ersten Begegnung. Excalibur war schon von weitem auf dem höchsten Aussichtspunkt der Gegend zu erkennen, und Eric ließ seine Stute laufen. Als sie schnell die Steigung erklomm, wirbelte der Hengst herum und kam ihnen entgegen. Für ihn war dies zunächst nur eine Stute, die lange von der Herde getrennt war – wie roch sie? Wurde sie bald rossig? Er umkreiste sie und trieb sie zu den anderen. Eric verhielt sich ruhig, ließ sich dann aus dem Sattel gleiten und stand still inmitten der Pferdeleiber. »Hast du mich vergessen, mein Junge?«

Beim Klang der Stimme blieb der Rote stehen, als seien seine Hufe festgenagelt. Ungläubig hob er den Kopf und witterte intensiv. Seine Vorderhand scharrte ungeduldig, und seine Mähne flog, als er den Kopf in alle Richtungen wandte, um den Geruch seines Freundes über dem der Masse von Stuten, des lockenden, verspielten Atlantikwindes und dem der Erde einzuziehen. Er hob sich ungeduldig auf die Hinterbeine, sein Schweif peitschte seine Flanken, während seine Ohren spielten und seine Nüstern sich suchend weiteten. Eric hatte sich durch die unruhigen Stuten geschoben. »Excalibur! Junge! Ich könnt beinah glauben, daß du mich vermißt hast.«

Da war der Geruch von Hafer in seinen Nüstern, den Eric ihm auf der ausgestreckten Hand anbot; aber da war auch diese leichte und so viel wichtigere Berührung auf seinem hohen Widerrist, da war die warme dunkle Stimme, da war – endlich – sein Freund! Er bestand nur noch aus hohen Wölbungen, als seine Hufe leise tanzten und er seinen Kopf in Erics Arme schob. Die Haferkörner fielen aus der hohlen Hand, der Hafersack rauschte seinen Inhalt heraus, den naschhafte Pferdemäuler rasch auflasen. »Du hast mir gefehlt, mein Junge. Du hast mir wirklich gefehlt –«

Lance hatte sich bei ihrem Wiedersehen genauso wie Excalibur verhalten. Die Freundschaft der Tiere – er war bereit, auf alles zu verzichten, nur nicht darauf.

»Es ist nicht zu glauben«, sagte Turner, der sein Pferd neben Edward auf der gegenüberliegenden Hügelkuppe hielt. »Sehen Sie sich das an, mitten zwischen diesen Wildlingen, und dieser rote Drache ist ihm gegenüber sanft wie ein Zwergpinscher! – Ich werd es nie verstehen! Ich weiß nicht, wie der Junge das macht!«

»Ja, Sir. Ist mir auch ein Rätsel.« Edward klang respektvoll, doch dann schlüpfte in seine Stimme eine Note von Ungläubigkeit: »Oh, Sir, er tut es wieder! Er besteigt dieses rote Ungeheuer! Ich hab ihn ja nur auf Excalibur eintraben sehen, aber dies – ...«

Turner lachte und wendete seine Stute. »Beeilen Sie sich, Eddy, oder Sie verpassen den Spaß!«

Es war eine wilde Jagd hinter den Stuten her. Als Turner merkte, daß es nicht in die von ihm angenommene Richtung ging, nicht auf Sunrise-House, auf die Ställe zu, lenkte er Margravine in Erics Nähe: »Was ist los?« schrie er über den Donner der Hufe. »Wo willst du hin?«

»Zum Meer!« Die Stimme des Jungen klang jubilierend. »Los, kommen Sie!« Der gewaltige Rote und er schienen auf den Schwingen des leichten Windes zu fliegen; sie waren fort in einem Augenblick. Turner drückte seiner Stute die Unterschenkel in die Seiten, aber sie bewegte sich wie Blei im Vergleich zu dem Zentaur, der schnell seinen Blicken entschwand.

»Zum Meer! – Zum Meer?!«

Mann und Hengst kamen zurückgeprescht auf einer der Runden, die die Stuten beieinanderhielten, und ehe er sich's versah, war Margravine eingekeilt in eine trommelnde Flut von tobenden, wiegenden, schnaubenden Leibern, und er mit ihr. Kein Entkommen möglich; jetzt galt es, im Sattel zu bleiben, denn die Stute hatte sich mit der Willigkeit ihres Naturells der Kontrolle des Hengstes völlig untergeordnet und war unzugänglich für seine Befehle. Gütiger Himmel, dies war um einiges rasanter als die waghalsigste Steeplechase, die er je geritten war!

Endlich kam die Herde auf einer sich lang in den Atlantik streckenden Landzunge zur Ruhe, und mit ihr Margravine. Turner wollte jetzt nichts mehr riskieren, ließ sich aus dem Sattel fallen, warf der Stute die Zügel über den Hals und führte sie resolut von den anderen weg. »Keine Mätzchen mehr, mein Schatz. Solange du Sattel und Trense trägst, gehorchst du mir!« Er sah jetzt, daß Peachs Steigbügel hochgeschnallt und ihre Zügel auf dem Hals verknotet waren: Der Junge hatte dieses Rennen vorausgeplant. Und er sah, sehr zu seinem Erstaunen, daß er seine Kleidung abstreifte. »Was ist jetzt los? Soll das heißen, du hast diesen ganzen Zirkus nur veranstaltet, um ein Sonnenbad in großer Gesellschaft zu nehmen?!«

Eric war nackt bis auf die Badehose. »Keine Spur. Es geht um Solitaire.« Die Idee war ihm gekommen, als Hugh ihm die Haare gewaschen hatte. Seltsam, wie Gedanken sich mitunter verknüpfen, und dann ist auf einmal die Lösung des Problems in greifbare Nähe gerückt.

»Oh, denkst du, der Anblick deines Götterleibes wird sie anderen Sinnes werden lassen?«

»Drücken Sie mir lieber die Daumen, statt dumme Witze zu machen.«

»Meinen Segen hast du. Aber was hast du vor?«

»Sie werden's schon sehen – wenn's so geht, wie ich's mir denke.«

Er wandte sich um und ging auf Excalibur zu, der mit hochgewölbtem Kopf seine Stuten in Schach hielt. Einzelne begannen schon, das magere Gras auf diesem kargen Landausläufer zu rupfen.

»Was hat er vor, Sir?« fragte Edward, der auf Garnet näher gekommen war. – »Keine Ahnung. Wie haben Sie's geschafft, daß der rote Drache Ihre Stute nicht ins Rudel drängte?« – »Ich weiß wirklich nicht, Sir. Vielleicht, weil ich ein bißchen weiter beiseite war als Sie.« Turner musterte ihn brütend, und Edward stammelte: »Was immer Master Eric vorhat, vielleicht ist es besser, seine Reitstute aus der Herde zu holen. Wenn Sie Garnets Zügel einen Augenblick halten könnten, Sir?«

Eric hatte sich währenddessen auf Excaliburs Rücken gezogen, nachdem er sich ausgiebig hatte beschnuppern lassen, damit der Hengst seine veränderte Erscheinung akzeptierte: »1. Akt, 1. Szene. Es wird drei Hauptdarsteller geben, mein Junge – dich, Resistance und mich. Wenn die erste Szene glatt über die Bühne geht, wird es in der 2. Szene eine vierte Hauptperson geben, nämlich Solitaire. Bist du bereit?«

Excalibur drehte den Kopf in den Wind, der Erics nackte Haut erschauern und kleine Wellen der Erregung darüber laufen ließ.

»Wenn Resistance zurückscheut – und ich könnte ihr das nicht verdenken – dann mußt du die ganze Arbeit machen. Du mußt sie treiben wie noch nie. Sie müssen gehorchen.« Seine Hand fuhr über Excaliburs Hals. Excalibur verschmolz zu einer Einheit mit seinem Reiter. Er drang in dessen innere Welt und wurde zur ausführenden Instanz der Gedanken und Pläne und des Willens dieser Welt. Er setzte sich in Bewegung. Er trieb die Stuten. Seine Tritte waren hoch und zielstrebig wie die eines gut geschulten Dressurpferdes, sein mächtiger Körper wurde gesammelt zu einem Bündel von Energie: er schlug und biß nicht; er beherrschte die Herde einzig durch seine Präsenz – durch ihr Wissen um die potentielle Kraft und das Wissen, daß diese Kraft unvermittelt hervorbrechen würde, wenn sich nur der geringste Widerstand regte. Er trieb sie zum Meer. Die ersten stockten, als ihnen die kleinen, kaum mehr schaumgekrönten Ausläufer um die Fesseln leckten, doch der unüberwindliche Wille des Hengstes hing wie eine Wolke über ihnen allen und drängte sie voran. Dieser Wille legte unsichtbare Ketten um die Herde – keine Stute, kein Fohlen konnte diese Kette durchbrechen und scheuend das Weite suchen. Der Rote stand hoch aufgerichtet hinter ihnen, ohne sich zu rühren, und zwang sie vorwärts durch seinen stummen Befehl.

Resistance war die erste, die ihre Füße auf den nachgiebigen Kies setzte. Sie rutschte tiefer und quiekte, als das Wasser ihre Brust umspülte, riß den Kopf hoch und strampelte, als unversehens kein Grund mehr unter ihr war; aber dann, als sie Luft bekam, als der Schrecken schnell abflaute, fand sie Gefallen an dieser neuen, geradezu schwerelosen Art der Fortbewegung. Es war so ganz anders als zu Land, viel leichter – dieses nie erlebte Element schien sie zu tragen.

Als das Wasser Excalibur und ihn traf, war es Eric, als hätten sie eine Decke aus Eis durchbrochen und seien in die Fluten eines Polarsees getaucht. Er hatte nicht erwartet, daß das Wasser so kalt sein würde. Excalibur versank.

»Vorwärts, Junge! Es ist herrlich, findest du nicht?!«

In Eric brannte wieder die alte Kraft – die großartigste, die Kraft, die die Welt herausfordert. Diese Kraft hat immer ein Ziel, und sie schnellt darauf zu wie der Pfeil auf das kleine schwarze Herz der Schießscheibe.

Sein Ziel war Solitaire.

Excaliburs Nüstern prusteten, aber er reckte den Kopf über die Wellen und trat das Wasser, um oben zu bleiben. Eric saß nicht mehr auf seinem Rücken, sondern berührte, neben ihm schwimmend, nur seinen Hals. »Wir müssen weit raus, Junge. Wirklich weit.«

Excalibur spürte die mitreißende Kraft und fand erneut Zugang zu den Plänen seines Freundes und trieb seine Herde, hinter ihm schwimmend, weiter hinaus ins Meer. Turner und Edward standen am Ufer und waren fassungslos. Turner verknotete die Zügel mit einer Hand. »Ist er verrückt oder was? Was soll das?«

»Ich habe keine Vorstellung, Sir.«

Als sie mehr als eine Meile vom Land entfernt waren, lenkte Eric den Hengst sacht in die Mitte der Herde, wo Solitaire schwamm. Es war typisch, daß sie sich in der Mitte hielt, wo sie geschützt war von den Körpern der anderen. Aber das schützte sie nicht vor ihm. Er glitt zu ihr heran und legte ihr die Hand auf den Hals. All ihr Sträuben und Kämpfen nützte ihr jetzt nichts: Sie versank im Wasser, wenn sie sich zu erbittert wehrte, und wenn sie wieder auftauchte, halb erstickt und zunehmend schwächer, war immer diese Nähe da, hassenswert und beängstigend – und doch –, diese Stimme war gütig und sanft und verständnisvoll ... sie erinnerte sich ... erinnerte sich an Stimmen aus den Tagen vor dem Schrecklichen – es war wie ein blendender Blitz – gab es vielleicht doch einen Weg zurück? Der Hengst trieb sie weiter hinaus. Sie fühlte die Tiefe unter sich. Rechts und links von ihr drehten die anderen Pferde ab und strebten wieder dem Ufer zu, aber sie wurde von dem Willen des Hengstes weitergetrieben; alles war Drohung – dieses fremde kalte Element, ihr natürlicher Gebieter, selbst der kalte blaue Himmel.

Eine Wärme gab es. Eine Quelle von Sanftheit und Ruhe in ihrer steigenden Panik. Leichte Hände und eine freundliche Stimme. Das war anders als die ihr aufgezwungenen Gewichte und die Gurte und das Schreien. Diese Stimme würde sie auch nicht des Nachts anschreien und ihre Ängste schüren wie die andere, nachdem sie entkommen war. Diese Stimme war wie ... früher, als es noch Wärme und Freude, Vergnügen – als es noch Licht in ihrem Leben gegeben hatte. Ein Hauch des fohlenhaften Vertrauens kam zu ihr zurück. Es gab einen Augenblick, da ihr Gedächtnis so weit zurückwanderte, daß sie vergaß, in welcher Lage sie sich befand, und unter die Oberfläche sank. Sie sank tief. Furcht um das nackte Leben packte sie. Und da war ein kräftiger Zug an ihrer Mähne, ein Kampf im Wasser um sie herum, eine Kraft, die sie nach oben zwang, zwei verschlungene Hände unter ihrer Kehle, die ihren Kopf über die glitzernde Oberfläche hielten, und eine weiche Stimme, die ein wenig atemlos murmelte: »Da habe ich dich tatsächlich buchstäblich an der Mähne herausgezogen aus deinem Sumpf. Hab jetzt keine Angst mehr, kleines Mädchen. Ich werd achtgeben auf dich.«

Sie ergab sich. Sie ließ zu, daß sich die Arme um ihren Hals legten, nicht, weil sie sich nicht wehren konnte, sondern weil sie es wollte und wünschte.

12

Als Emily gesagt hatte, Solitaire sei ein Pferd, das mit Gold kaum aufzuwiegen sei, hatte sie nicht übertrieben. Im alten Orient töteten Könige für Pferde wie dieses oder ließen es auf eine Waagschale bringen und die andere mit Gold beschweren, bis das Gleichgewicht hergestellt war. Die Beduinen nahmen ihre liebsten Pferde mit in ihr Zelt und ließen ihnen eine Betreuung angedeihen, die sie ihren nächsten Blutsverwandten in Zeiten der Not verweigern mußten: Die Pferde erhielten das letzte Brot, die letzten Körner Hirse, und für sie wurde der letzte Tropfen Wasser aufgespart. »Trinker des Windes« nannten die Beduinen diese Pferde und priesen ihre physisch vollendete Harmonie und Intelligenz, ihre Schnelligkeit, ihren Mut, ihre Ausdauer und Treue in Sagen und Geschichten. Allah rief den Wüstenwind an seine Seite und sprach zu ihm, ›Ich befehle dir, Gestalt anzunehmen!‹ – so wurde nach der Legende das arabische Pferd erschaffen.

Als Solitaire, naß und keuchend, über den nachgiebigen Kies auf das feste Land watete, war sie für Eric das Sinnbild aller dem arabischen Pferd zugesprochenen Eigenschaften. Als sie wieder Boden unter den Hufen hatte, spreizte sie die Beine, schüttelte sich heftig das Wasser aus Fell und Langhaar und wehrte sich nicht, als er zu ihr sprach und sanft ihren Hals streichelte. Ihre großen verständigen Augen richteten sich zum Klang der Stimme. Ihre Ohren spielten, und ihre Nüstern waren weit und fragend. Sie ließ zu, daß er sie erforschte, und er fand die spiegelnden Wände eingestürzt.

Wie Excalibur fragte sie, wer er sei. Und er konnte zu ihr gehen und ihr sehr leise, als sei es ein vertrauliches Bekenntnis, dieselbe Antwort geben, die er Excalibur gegeben hatte.

»Eric!« Turners hohe magere Gestalt näherte sich langsam, um die Stute nicht zu erschrecken. Er mußte sich durch die triefenden Zuchtstuten schieben, aber er kam näher und strahlte über das ganze Gesicht. »Eine Glanzleistung nenne ich das! Wie heißt es doch – Gott hat in diesem Mann ein Wunder gewirkt, oder so ähnlich. – Wie bist du bloß auf diese grandiose Idee gekommen?!«

Solitaire verhielt sich ruhig, als er sich näherte; Eric hatte nicht auf einen solchen Erfolg zu hoffen gewagt. Bestenfalls hatte er mit ihrer Annäherung gerechnet, aber nicht mit dieser Ruhe und Gleichmütigkeit, die sie jetzt an den Tag legte. Und sein feines Gefühl sagte ihm, daß dieses Kapitel noch nicht beendet war.

Aber sie stand still, sie ließ sich von ihm und Turner berühren, scheute nicht, wenn sie sprachen. Eric streifte seine Kleidung über.

Da zeigte sich, daß seine Skepsis begründet war. Als Edward sich den Weg zu ihnen bahnte, und näher kam, zuckten Solitaires Ohren, in ihre weitblickenden Augen trat der enge Ausdruck von Angst – als er sich auf vielleicht dreißig Fuß genähert hatte, bäumte sie sich auf. Es war dieses hohe Aufbäumen, in dem sich ihr graziöser Leib über Eric auf der Stallgasse gespannt hatte. Wie jedes normale Pferd wählte sie nicht den Angriff, sondern die Flucht – der nasse Kies kreischte unter ihren Hufen, und schon war sie davon. Wie ein Keil schob sie sich in die Masse der wartenden Herde und verhielt dort, schwer atmend. Sie wußte nicht, daß der einzigartige Kontrast ihres dunkelgrauen Fells und ihres silbrigen Langhaars sie leicht auffindbar machte. Aber sie wußte, daß Eric auf dem Rükken ihres Gebieters saß, der sie in die Richtung drängte, in der es Hafer und Heu gab. Sie war entkommen; in der warmen Masse anderer Stuten vergaß sie ihre Abwehr.

Eric überwachte die Inbesitznahme des Stalles durch die Stuten; er ließ sie nur einzeln herein, und als Solitaire auf die Stallgasse kam, schloß er die Tür hinter ihr. Halbdunkel war um sie.

Würde sie sich an das grausame ungleiche Gefecht erinnern, das sie einander hier geliefert hatten? Würde sie wieder verrückt spielen wie auf der Landzunge? Wenn sich Dr. Mercurys Befürchtungen jetzt bewahrheiten sollten – er war bereit. Ein rascher Blick hatte ihm versichert, daß die erste Boxentür geöffnet war, so daß er sich notfalls darin in Sicherheit bringen konnte, und außerdem war er heute nicht so wund und steif wie an jenem schwarzen Tag.

»Kleines Mädchen?«

Er fühlte keine Ablehnung. Sie war auf ihre Box zugegangen, unberührt von der Tatsache, daß die Stalltür hinter ihr geschlossen worden war; wäre sie gereizt und angstvoll gewesen, hätte sie dies alarmieren müssen. Aber sie blieb nur stehen und wandte ihm den Kopf zu.

»Solitaire?«

Ein leises Schnauben.

Eric faßte das als Ermunterung auf und ging langsam, tastend, mit weit vorgestreckten Händen auf sie zu. Ihr Hals dehnte sich, und dann drehte sie sich zu ihm um – und kam ihm einen kleinen Schritt entgegen. Ihr Kopf glitt auf und nieder an ihm, sie untersuchte ihn von den Haarspitzen bis zu den Zehen, und manchmal schnüffelte sie dabei wie ein Hund. »Prinzessin, fällt Euer Urteil über mich.« Eine halb nervöse, halb kribbelige Lachlust begann sich in ihm zu regen und machte ihn albern. »Ist's gestattet, Euch zu berühren?«

Er berührte ihr feines Gesicht, streichelte ihr das silberne Mondhaar zwischen den weit auseinanderstehenden Augen zusammen, verfolgte die zarten Linien ihres Kopfes mit den Fingerkuppen. Sie schien das ebenso gern zu haben wie Excalibur. Was war nur auf der Landzunge geschehen, das sie wieder scheu und angstvoll gemacht hatte? Jetzt war sie friedlich und sehr zugänglich. Vielleicht war sie wie manche menschliche Geistesgestörte – in einem Augenblick völlig normal erscheinend und im nächsten gewalttätig und unerreichbar. Aber er fühlte den ganz und gar ungestörten Einklang zwischen ihnen, diese unerklärliche Annäherung zweier Seelen. Er traute seinem Gefühl. »Du solltest dich jetzt ausruhen, Prinzessin, es war ein harter Tag.« Er drückte gegen ihre Schulter, und sie ging friedlich neben ihm her weiter auf ihre Box zu. Einmal stieß sie ihn auf dem kurzen Weg sogar sacht mit ihrem kleinen, samtigen Maul an, ein bißchen schüchtern. Sie konnte nicht wahnsinnig sein. Er fühlte den verzweifelt brennenden Wunsch, sie sei es nicht, und war sich bewußt, daß die Stärke seines Wunsches seine Gedanken und Empfindungen verbiegen und entstellen konnte – er mußte achtsam sein. Denn wenn sie wirklich wahnsinnig war, dann würde niemand etwas daran ändern können.

»Ich werde jetzt die anderen holen«, sagte er, und seine Stimme war wie ein leiser Gesang in ihren Ohren. Sie ging mit ihm zur Boxentür und blickte ihm dann durch die Gitterstäbe der Futtermulde nach.

»Die anderen« waren nicht nur der Rest der Stuten, sondern auch Turner, Emily und Grandpa Fargus. Louise schlich sich unbemerkt hinter ihnen her, und als sie bemerkt wurde, gab es keinen, der sie auf ihr Zimmer schickte; alle waren viel zu gespannt. »Ich hätte gern, daß wir uns vor Solitaires Box herumtreiben – Sie wissen schon, uns unterhalten, ein bißchen hin und her gehen, sie gelegentlich streicheln, eben so, wie man sich in einem Stall verhält, wenn etwas ansteht ... sagen wir, eine Fuchsjagd.«

Der Klang der Stimmen störte Solitaire nicht. Sie hatte ihren Hafer gefressen und fühlte sich behaglich. Genüßlich kaute sie ihr Heu und schob ab und zu den Kopf über die Tür oder die Krippe, und ein jeder konnte sie berühren.

»Eric!« jubelte Emily schließlich nach mehreren glücklichen Versuchen, »was für ein Wunder haben Sie da vollbracht! Und in nur einem Tag! Ich dachte immer, daß es Ihnen gelingen würde, aber ich glaubte, Sie würden viel, viel, viel mehr Zeit brauchen!«

»Ich hab da so ein Gefühl, daß es nicht ganz so einfach war.« Er rief Edward, den er gebeten hatte, vor dem Stall zu warten, herein. Und sobald Solitaire seiner ansichtig wurde, sprang sie in die äußerste Ecke ihrer weiträumigen Box, und dann gab es wieder das verzweifelte Graben an den weißgetünchten Wänden, wieder die hohen spitzen Schreie, die um Entlassung aus einem zum Gefängnis gewordenen Gebäude flehten.

»Gehen wir. Ich denke, sie wird sich jetzt schneller beruhigen als früher.«

Als die kleine Gruppe den Stall verlassen hatte, kehrte er um, öffnete ohne Zögern oder Vorsicht Solitaires Box und blieb still stehen, den Rücken an die Wand gelehnt. »Prinzessin – kleines Mädchen – liebes kleines Mädchen –«

Sie ging nicht auf ihn los. Für einige Minuten noch schlug sie gegen die Wände, aber dann begann sie, auf ihn zu hören. Er trat zu ihr, und sie ließ sich berühren, ja, sie beschnupperte ihn wiederum äußerst interessiert, sie sog ihn ebenso in sich ein, wie Excalibur es getan hatte, und ließ darauf zu, daß er ihren zarten Kopf einfing und gegen seine Brust zog. Er sah, daß sie die Augen schloß, und es war, als vergieße sie unsichtbare heiße Tränen voll Schmerz und Demütigung, wie ein Mensch sie vergießt, und seine Kehle wurde eng. »Du bist nicht wahnsinnig«, flüsterte er hitzig. »Im Wasser, in der Kälte da draußen, als du in Todesangst warst, da hast du den Unterschied begriffen ... den Unterschied zwischen dem oder denen, die dich so verstört haben, und denen, die nur dein Bestes wollen und dir kein Leid zufügen werden – armes kleines Mädchen. Wenn ich nur herausfinden kann, wer oder was dich so verstört hat, werde ich dir helfen. – Edward kann es doch nicht sein. Du kennst ihn, seit du auf dieses Gestüt kamst. Er ist ein anständiger Bursche, und er hatte dich gern, bevor du so wurdest, wie du heute morgen noch warst.«

Sie schnaufte leise und ließ den Kopf schwerer gegen ihn sinken.

»Ich fühle mich wie ein Wurm.« Edward blickte sie kläglich der Reihe nach an. »Von allen läßt sie sich jetzt anfassen, aber sobald ich in ihre Nähe komme, springt sie in die Luft. Und ich hab ihr doch bestimmt nie was getan! Ich bin sogar zu ihr gegangen, als sie so wild war, und hab' sie aus ihrer Box gelassen, damit sie sich nicht verletzen kann, und dafür hat sie mich beinahe umgebracht!«

»Wir wissen das, Edward. Aber es muß etwas an Ihnen sein, das ihre Erinnerung an ihre schwärzeste Zeit weckt. Es sind nicht Sie. Etwas muß sie erinnern, was immer es ist. Und solange dieses ›Etwas‹ nicht ausfindig gemacht werden kann, wird die Stute nie vollständig zurechnungsfähig sein. Es wird immer diesen unbekannten Faktor geben, der vielleicht gerade dann zum Tragen kommt, wenn ihre Fügsamkeit wirklich wichtig ist.«

»Was schlagen Sie also vor, Eric?« fragte Emily bange.

»Ich sagte Ihnen ja schon, wenn ich die Ursache für ihre primäre Störung finden kann, werde ich auch einen Weg finden, ihr zu helfen. Wir sind jetzt nur den halben Weg heraufgekommen. Sie traut uns, aber nicht Edward. Jeder hier weiß, daß Edward ihr nie Schaden zugefügt hat, aber es muß einen gemeinsamen Nenner geben – irgend etwas hat er gemein mit dem oder denen, die sie so verängstigt haben.«

»Schön und gut«, meinte Turner. »Du hast ja so deine Methoden mit Pferden. Was wirst du tun?«

»Ich werde sie beobachten, Sir Simon. Nur so besteht die Möglichkeit, die Lösung zu finden.«

Turners Gesicht wurde grau. Eric wußte, woran er dachte. »Mit Lance kann ich hier weiterarbeiten«, sagte er eilig. »Und die anderen sind nicht so arbeitsintensiv wie er. Auch wenn sie jetzt schon wieder ein wenig verwildert sind, sollte ich sie in drei Wochen, höchstens einem Monat so weit haben, daß sie auf der Herbstauktion glänzen, wenn ich jeden Tag hart mit ihnen arbeite.«

»Was macht es schon, wenn sie noch eine kleine Macke hat? Sie läßt sich von den meisten anfassen.«

Eric wollte schon sagen, es ginge ums Prinzip, weil es ihm widerstrebte, vor anderen seine wahren Gründe zu nennen: wie grausam es ihm erschien, einem Tier, dem er helfen konnte, diese Hilfe zu versagen, und wie sehr er darauf brannte, den oder die ausfindig zu machen, die dem arglosen Wesen dies angetan hatten – denn er zweifelte nicht mehr, daß sie durch Menschenhand verdorben worden war. Die Furcht vor einer menschlichen Stimme sagte genug; doch da sagte Emily leise: »Eric hat in Solitaires Fall auch ein persönliches Interesse.«

»Das hat er immer«, brummte Turner. »Er verliebt sich pausenlos.«

Eric errötete und kam sich kindisch deswegen vor.

»Sir Simon, ich habe ihm Solitaires erstes Fohlen versprochen, wenn es ihm gelingt, sie fügsam zu machen.«

»Oh!« Der kleine Laut war eine Mischung aus dem letzten Pfeifen eines mitten aus dem Flug abgeschossenen Vogels und der blasierten Unterkühltheit eines Berufsspielers, der seinen Einsatz verloren hat. Turner starrte auf den Teppich. »So ist das«, setzte er nach einiger Zeit hinzu. »Tja, scheint so, als wär der Pferdehandel auch nicht mehr das, was er mal war. Früher galt der Handschlag so gut wie ein unterzeichneter und besiegelter Vertrag.« Er hob den Kopf und sah Emily fest in die Augen. Sein Gesicht war sehr weiß. »Ich habe Eric freigegeben, damit er hierherkommen konnte. Er hatte genug mit den sieben Pferden zu tun, von denen sechs jetzt auf ihn warten – und ich habe mein Gestüt geradezu sträflich vernachlässigt, weil ich dabeisein wollte, wenn sie wieder zugänglich ist. Ich wollte ein wenig Vorfreude auf dieses Fohlen. Sie wissen, wieviel mir an dieser Blutlinie liegt. Die Emirate geben diese Schätze nicht leicht her, abgeschottet, wie sie sich halten. Es ist mir immer noch ein Rätsel, wie Everett an dieses Fohlen kommen konnte. Wenn ich den Trick kennen würde, säße ich schon heute im Flugzeug und würde versuchen, auch einen solchen Schatz zu bekommen. – Ein unverfälscht, völlig rein gezogener Saqlawi-Araber!« Für Turners Verhältnisse war dies eine geradezu unanständig lange und offene Rede. Er mußte sehr tief getroffen sein.

»Sir Simon, mein Handschlag gilt! Sie werden das nächste Fohlen bekommen. Doch dieses – verstehen Sie, ich mußte Eric etwas anbieten, von dem ich wußte, daß er es sich mit aller Kraft wünscht, sonst wäre er gegangen, und die Stute wäre immer weiter so wild gewesen und hätte niemandem genützt! Ich wußte, daß Geld keinen so starken Anreiz haben könnte.«

»Da kennen Sie ihn ja ganz gut, scheint's, und ich kann mir jetzt auch denken, woher.«

»Wie meinen Sie das?«

Er lächelte müde. »Ich bin nicht blind, Emily. Ich erinnere mich sehr gut an den Tag, als er Excalibur zum ersten Mal geritten hat, an das darauffolgende Mittagessen, und an das, was Ihre Hand während dieses Essens tat.« Er blickte zu Eric. »Hübscher, strammer Bursche. Ich kanns Ihnen nicht verdenken. – Aber einen Handschlag beim Pferdehandel zu ignorieren ...«

In der klebrig-kalten Stille, die sich darauf im Raum ausbreitete, stand er auf, reckte sich hoch und verließ sehr aufrecht den Raum.

»Sie essen ja nicht, Eric!«

Er war im Cottage der Hickmans und hockte unglücklich vor dem großen Küchentisch. Claire hatte zum Tee herrliche Sandwiches zubereitet: selbstgebackene, noch heiße große Brötchen, dick gebuttert und mit Schinken und Käse und Tomatenscheiben und Salatblättern belegt. »Möchten Sie lieber Huhn? Oder Ei? Oder lieber etwas Süßes? Ich habe da einen –«

»Nein, Claire, vielen Dank. Ich denke, ich werd jetzt mal nach Lance sehen.«

Er schlenderte die staubige kleine Dorfstraße hinunter. Seltsam, daß seine Schritte so schwerfällig waren. Auch seine Schultern wollten sich nicht aufrichten.

Eigentlich war es nicht seltsam. Das Bewußtsein, einen anderen verraten, ihm in den Rücken gefallen zu sein, brennt einem anständigen Menschen die Seele aus.

Nur – bisher hatte er es nicht als Verrat angesehen, sich nach Solitaires Fohlen zu verzehren und noch einmal alles dafür zu wagen. Es hatte erst begonnen, den Geschmack von Verrat zu bekommen, als er den Schmerz in Turners Augen gesehen hatte. Er hätte es sich doch denken können – dieser Feuereifer, mit dem er sich über jede Vernunft hinwegsetzte an jenem Abend, als Eric Emily Fargus zum ersten Mal begegnet war An diesem Abend hatte sie Turner wahrscheinlich Solitaires Fohlen versprochen. Turner mußte dieses Fohlen ebenso begehren wie er; er war mit hierhergekommen, obwohl er von der Großartigkeit der Landschaft nur »jede Menge Hügel und Schafe« im Gedächtnis bewahrt und sich gelangweilt hatte. Und auch sein Verschwinden sprach Bände. Er tat das nur, wenn ihn etwas drückte, das ihm wirklich wichtig war. »Ich bin nicht blind, Emily« … Eric wollte nicht an die nachfolgenden Worte denken. Aber er konnte es Turner nicht verübeln, daß er seine Schlußfolgerungen gezogen hatte …

Sir Lancelot segelte mit weiten Tritten auf ihn zu. Seine helle Mähne umwogte ihn wie eine Wolke aus Funken, in den dunklen Augen glomm das Licht der Wiedersehensfreude. Er vollführte einen kleinen Tanz für seinen Freund – mit gewölbtem Hals und hochgereckt wehendem Schweif trabte er in kleinem Kreis, alle paar Schritte die Richtung wechselnd. Die Sonne sprühte über sein Fell und ließ die voller gewordenen Rundungen aufleuchten.

»Eric! Ach, gut daß Sie da sind! Da ist ein Anruf für Sie!« Mrs. MacKinnan winkte ihm vom Küchenfenster aus mit einer buntgewürfelten Schürze.

»Eric?«

Die Stimme klang belegt.

»Sir Simon?« Förmlichkeit schien der einzige Ausweg, um den Kummer aus seiner Stimme herauszuhalten. Turner würde ihm sagen, daß er ihn nicht mehr beschäftigen konnte, wahrscheinlich irgendwelche fadenscheinigen Gründe herbeizitieren – und er würde Lance verlieren.

»Bin froh, daß ich dich erreicht habe, hab's erst bei den Hickmans versucht, und die sagten, du bist unterwegs. Gaben mir aber die Nummer der MacKinnans.«

»Verstehe.«

»Na ja, ich bin jetzt in einem Gasthof, sehr nett hier.«

Schweigen. Er konnte förmlich spüren, wie Turner sich die Worte zurechtlegte.

»Na, also, weswegen ich anrufe ...« In seiner Vorstellung sah Eric Lance, wie er in einer Staubwolke davongaloppierte. Wer würde ihn betreuen, wenn er es nicht mehr tat? Wer würde die letzten Reste der schwarzen Schatten beseitigen? – Wohl niemand. Lance würde eines dieser Pferde werden, die für tückisch gehalten werden und als schwer reitbar gelten. Es würde die Gerte und Sporen für ihn geben, Roheit, Gewalt – neue schwarze Schatten, die seine Seele zerstörten. Lance würde zerbrechen. Er würde verkümmern, oder so gewalttätig werden, daß der Schuß des Abdeckers eine Erleichterung für seine Umwelt und eine Gnade für ihn selbst war.

»Es tut mir entsetzlich leid.«

Eric hielt den Atem an.

»Es tut mir leid, alles. Ich war ... na, ich wußte wohl nicht mehr so recht, was ich sagte. Entschuldige mich auch für die ... Verurteilung, oder wie man's nennen will. Es ist dein Bier, wenn du mit Emily –«

»Hab ich nicht.«

»Nicht?«

»Sie ist mir zu schlüpfrig.«

»Schlüpfrig – gutes Wort für sie. Ich muß wohl wirklich gedacht haben, du wärst mit ihr ins Bett gegangen, um mir das Fohlen abspenstig zu machen.«

»Nein. Sie bot mir das Fohlen an, als ich im Krankenhaus war. Sie wußte, daß sie mir wirklich etwas bieten mußte, um mich dazu zu bringen, es mit einem offenkundigen Menschenfresser noch mal zu versuchen.«

Schweigen, tief und nachdenklich, dann: »Ich war zuerst da.«

»Ja. Ich weiß das.«

»Hmmmm – ich bot ihr Geld; ziemlich viel für ein bißchen Fell und ein paar Hufe.«

»Sie hat so was gesagt.«

»Du hast allerdings die Stute wieder in Ordnung gebracht.«

»Nur halbwegs.«

»Ähm ... jedenfalls ist sie besser dran als vorher ... Was ich sagen will – Gott, ist das alles kompliziert! –, ja, also was das Fohlen betrifft: der Bessere gewinnt. Das Fohlen gehört dir. Und, ja ... ich hoffe, du denkst nicht daran, mich zu verlassen. Die Pferde brauchen dich. Und darum brauche auch ich dich. Wo sollte ich einen wie dich noch einmal ausgraben? Zauberer wachsen nicht auf der Heide! Und außerdem hab ich dich verflucht gern.« Turner mußte etwas getrunken haben, sonst wäre er nicht so überschwenglich gewesen.

»Schon recht, Sir Simon.« Eric rang um Beherrschung. Seine Beklommenheit war wie weggewischt, und seine Stimme klang ruhig wie immer. »Genießen Sie Ihr Weekend.«

»Das werd ich, mein Junge, die Angelrute steht schon bereit. Aber ...«

»Ja, aber?«

»Es wär nicht dasselbe, wenn ich dich verloren hätte.« Es gab ein kleines Räuspern, und ein beinah noch leiseres »Bye«.

Eric hängte den Hörer auf und gestattete sich für einen Moment Ruhe, als er sich an die Wand lehnte. Das Hemd klebte ihm am Rücken, und ein leises Zittern war in seinen Muskeln.

»Mr. Gustavson?« Er blickte hinunter und sah Mary Mac Kinnan vor ihm stehen. Sie war errötet und zerknüllte ihre Schürze. Eric kam wieder auf den Boden der Realität zurück. »Was kann ich für Sie tun, Mrs. MacKinnan?«

»Oh, es ist Danny. Er ist draußen. Er braucht Hilfe. Er ist weit gefahren, da dachte ich, ich sollte ihn wenigstens zu Ihnen lassen, daß Sie mit ihm sprechen können. »

»Danny?«

»Danny MacIntyre«, sagte sie, als sollte der Name eine Bedeutung für ihn haben.

»Mr. MacIntyre?«

»Oh, hallo, freut mich, Sie kennenzulernen.« Daniel MacIntyre war ein schmaler junger Mann mit rötlichem Haar und hellblauen Augen. Sein Kopf reichte nicht einmal bis zu Erics Schultern. Er stand ein wenig unbeholfen vor den Stufen der Küche und hatte einen zerknautschten Hut in der Hand, an dem er sich festzuhalten schien.

»Sie wollten mich sprechen, Mr. MacIntyre.«

»Ja, wegen Butterbloom – eine von meinen Milchkühen.«

Erics rechte Augenbraue hob sich verwundert. Danny MacIntyre sah eigentlich zu jung und vor allem zu zart aus, um eine eigene Farm zu bewirtschaften. Ihm kam der Gedanke, er könnte hier eine in gewisser Weise verwandte Seele vor sich haben.

»Was fehlt ihr?«

»Sie hat grad ein Kalb gehabt, einen feinen kleinen Bullen, aber jetzt hängt da was aus ihr raus, und Timmy ist im Krankenhaus, und seine Haushälterin meint, da wird er noch 'ne Weile bleiben müssen, ich wußte mir keinen Rat, und da fielen Sie mir ein. Vor 'ner Weile nämlich traf ich Billy im Pub, und er erzählte mir von Maudie, und daß sie ohne Sie sicher eingegangen wär, und da dachte ich ...«

»Schon recht, Mr. MacIntyre. Lassen Sie uns gehen.« Prolabierter Uterus. Nach dem Lehrbuch keine seltene Angelegenheit bei Kühen.

»Wie lange ist's denn her, daß sie's rausgestoßen hat?«

»Das Ding, meinen Sie? Heute nacht wohl. Ich sah's heute morgen, aber ich dachte, lebensgefährlich kann's nicht sein, weil sie Heu kaute, und ich mußte mich um die anderen Viecher kümmern, und dann hängte ich mich ans Telefon, und schließlich kam ich her. Wußte mir keinen anderen Rat, Sir.«

»Das ist okay. Und nennen Sie mich nicht Sir. Ich heiße Eric.«

»Oh, aye. Aye. Danny. Das ist mein Name.«

»Schön. Danny, wir müssen meine Medikamente holen. Sie sind oben, auf der anderen Seite des Dorfes.«

»Aye, Guvnor. Bin froh, daß Sie mitkommen. Ich wüßte nicht, was ich mit diesem Sack bei Butterbloom anfangen sollte.« Er erzählte, daß ein geplatzter Reifen ihn zusätzlich aufgehalten hatte, und beim Anblick seines Wagens brauchte die Wahrheit nicht in Zweifel gezogen zu werden: der zerbeulte Kombi knirschte auf den abschüssigen Passagen, als würde er jeden Moment auseinanderbrechen. Eric lauschte mit halbem Ohr, doch einmal mehr wurde er von der Schönheit um ihn herum gefesselt. Da waren die Berge des Hochlandes im Hintergrund; die Weite des Meeres zur Rechten; grüne weite Flächen, belebt von dicht belaubten Bäumen; breite klare Flüsse in den Niederungen. Kleine Gebäude standen weithin sichtbar auf einer Kuppe oder geborgen zwischen alten Bäumen und einer sommerlichen Blumenpracht. Uralte Steinbrükken, und hier und da in der Ferne immer wieder eine Ruine, erinnerten daran, daß die glorreiche Vergangenheit dieses Landes kein Mythos war.

»Stört Sie's, wenn ich das Radio anstelle, Eric?«

»Nicht die Spur.«

Danny kippte den Schalter, er schien so ziemlich das einzige, was an diesem Auto funktionierte, und halb und halb erwartete Eric irisch-schottischen Folk oder das allgegenwärtige Musikprogramm der BBC, aber Dannys Radio war auf einen amerikanischen Sender eingestellt und spielte Countrymusik. Eric hatte nie viel für Country übrig gehabt, er war mehr für Klassik und hörte daher nicht hin, bis ein Lied erklang, das sich von den anderen abhob. Die Melodie war einnehmend, die Stimme des Sängers von beeindruckender Ausdruckskraft; als wisse er, worüber er sang – sein Herz schien in jeder Zeile zu sprechen. Eric hörte zu, und es war eine anrührende Geschichte, die von Sekunde zu Sekunde deutlicher Gestalt in seiner Vorstellungskraft annahm: Der Sänger traf nach vielen Jahren die Frau wieder, in die er einmal bedingungslos verliebt gewesen war, deren Verlust er nie hatte verwinden können. Immer hatte er gezweifelt an der Liebe zu seiner jetzigen Frau – und da war wieder sie, wunderbar schön, so funkelnd und lockend wie ein Diamant – und ebenso kalt, ebenso hart. Schon immer war sie so gewesen, er hatte es nur nicht gesehen; jetzt endlich erkannte er sie, als er sie mit seiner Gefährtin verglich, die nicht diese überwältigende Schönheit besaß, aber Wärme und Aufrichtigkeit und eine Kraft, die bereit war, alles mit ihm durchzustehen. Und er fand endlich Ruhe in der Gewißheit, daß Glanz nichts ist und Wärme alles; daß er die richtige Wahl getroffen hatte. Der Refrain ging Eric nicht mehr aus dem Kopf:

»Some of God's Greatest Gifts are Unanswered Prayers.« Nicht alle Gebete zu erhören, gehört zu Gottes größten Geschenken.

Sechs Milchkühe standen in Dannys kleinem Kuhstall. Erics Patientin war leicht herauszufinden – eine häßliche blaurot verfärbte Masse hing an ihrem Hinterteil, aber unbekümmert darum rupfte sie noch immer an ihrem Heu.

»So schlimm sah's vorhin nicht aus.«

»Sie hat es beschädigt, wahrscheinlich hier an der Wand. Sehen Sie, da sind Mörtelkrümel.« Eric zupfte ein weißes Bröckchen von der klebrigen Uterusschleimhaut. »Ich werde es desinfizieren und die kleinen Risse nähen; könnte ich heißes Wasser und Seife haben, bitte?« Die Worte gingen ihm schon viel leichter von den Lippen als beim ersten Mal. »Und einen leeren Sack und eine starke Lampe.«

Butterblooms Behandlung war ein weiterer Beweis für das Auseinanderklaffen von Theorie und Praxis: sie sagten nichts in den Lehrbüchern darüber, was für eine Knochenarbeit es ist, einen durch Beschädigung und verzögerte Behandlung aufgeschwollenen Uterus wieder in die richtige Lage im Leib der Kuh zurückzuschieben. Es war nicht das Schieben allein, und dabei war es hart genug, diese gewaltige Masse mit beiden Armen zu umfassen und durch die lächerlich klein scheinende Öffnung der Vulva zu schieben. Es war vor allem, daß die Kuh mit mächtigen Stößen gegen ihn arbeitete, als sei sie froh, dieses Teils ihres Körpers ledig zu sein. Eric brauchte mehr als zwei Stunden, bis die Kuh, offenbar gelangweilt durch das Heben und Stoßen und Keuchen und unterdrückte Fluchen an ihrer Rückfront plötzlich nachgab – der Uterus wurde allmählich kleiner, und dann verschwand die glitzernde Masse unter einem letzten einsaugenden Laut in der Öffnung.

Freude erfüllte ihn trotz der Anstrengung – er konnte es! Er hatte das Zeug zu einem richtigen Tierarzt! All die qualvollen Prüfungen hatten letztlich doch ihr Gutes gehabt; sie hatten ihren Zweck erfüllt.

Als das große Organ korrekt eingelagert war, schlüpfte sein Arm zurück, wurde eifrig abgeseift, wanderte wie von selbst zum Instrumentenkasten und wählte die sterile Nadel in der richtigen Stärke, in deren Öhr mit schlafwandlerischer Sicherheit der Faden eingefädelt wurde. Butterblooms Vulva wurde mit einigen Stichen verschlossen, damit der Uterus an seinem Platz blieb.

»Stellen wir ihr Hinterteil auf einen Balken, Danny, bloß um der letzten Sicherheit willen. Geben Sie ihr für eine Woche Leinöl mit ins Futter.«

»Aye, Guvnor.«

Die Arbeit ging zügig vonstatten. Als sie fertig waren, zupfte

Butterbloom noch immer an ihrem Heu, und ihr zufriedener Ausdruck hatte sich nicht verändert. Sie war ein umgängliches, nur etwas träges Tier. Eric trug ihr die harte Arbeit nicht nach. Er klopfte ihr die Hinterpartie und erzielte keine andere Reaktion als ein lässiges Wischen des Schwanzes.

»Eric, darf ich Ihnen meine Familie vorstellen: meine Frau Lizzy, und unseren Sohn, Daniel MacIntyre II.« Aus Dannys Stimme klang Stolz. Eric wandte sich um, band sich den leeren Sack von der Hüfte, der seine Hosen halbwegs geschützt hatte, nickte der jungen Frau freundlich zu und wollte sich dem halbleeren Eimer zuwenden, um sich wenigstens notdürftig die Arme und den entblößten Oberkörper zu waschen, bevor er ihr die Hand schüttelte, aber sie hielt ihn auf: »Sie müssen ins Haus kommen, da können Sie sich ordentlich waschen und eine Erfrischung zu sich nehmen. Kommen Sie, kommen Sie nur.«

Eric wusch sich gründlich. Das Wasser, das aus einer Vorrichtung kam, die mit einer Kette bedient wurde, war eiskalt, doch seine erhitzte Haut kümmerte das nicht. Es gab ein neues Stück Seife für ihn, und grobe, frische Leintücher, und in der Küche warteten ein Becher Tee und ein dick mit Schinken belegtes Sandwich auf ihn; aber Eric fand vor allem den kleinen Daniel hochinteressant.

Er war ein eher possierliches als hübsches Kind von vielleicht achtzehn Monaten, weiß und rosig, mit den hellroten Locken seines Vaters und den dunklen Augen seiner Mutter, deren etwas verhärmt aussehendes Gesicht aufstrahlte, als er sagte: »Sie haben da einen wirklich reizenden kleinen Jungen, Mrs. MacIntyre.«

»Ja, wir sind stolz auf ihn. Es lohnt sich, für ein Kind zu arbeiten.«

»Oh, sicher.«

»Wollen Sie ihn mal nehmen?«

»Ja – oh, ja, sehr gern!«

Vorsichtig legte er den Kleinen an seine Brust und betrachtete das Gesichtchen mit den zutraulichen Augen. Zart strich sein Zeigefinger über die seidige Haut der Wange, und ein ihm unbewußtes Lächeln war in seinen Augen. Sein Tee neben ihm wurde kalt.

Für einige Minuten, in denen er ganz in den Anblick des Kleinen versunken blieb, durchströmten ihn neue, ganz unbekannte Gefühle. Durch das Kindergesicht hindurch erschien das Bild Elaine Mercurys vor seinem inneren Auge – bis der Junge sich mit aller Kraft an ihm aufrichtete und nach seiner Nase zu greifen versuchte. Danny lachte.

»Er scheint Sie gern zu haben. Er will mit Ihnen spielen.«

»Das beruht auf Gegenseitigkeit. Aber ich muß gehen. Ich habe noch bei den MacKinnans zu tun.« Er legte Daniel II. in die Arme seiner Mutter zurück. »Viel Glück für die Dynastie, Ma'm.«

»Danke sehr.«

Auf der Fahrt zurück sagte Danny: »Es geht mich weiß Gott nichts an, aber darf ich Sie was fragen?«

»Schießen Sie los, Danny.«

»Haben Sie selbst Kinder?«

»Nein.«

»Verheiratet?«

»Nein.«

»Aber eine *Lass* haben Sie sicher?«

»*Lass*?«

»Aye, so sagen wir hier für ein Liebchen.«

»Oh! Hm, nein.«

»Aber Sie mögen sie doch?« Ein kleiner Seitenblick begleitete die Frage.

»Ob ich –« Plötzlich begriff Eric den Grund der Frage, und er mußte lachen. »Sicher mag ich Mädchen.«

»Sie sind noch nicht lange hier?«

»Nicht sehr lange, nein.«

»Hörte, Sie waren eine Weile im Krankenhaus. Da hatten Sie wohl noch keine rechte Gelegenheit, sich umzusehen?«

»Nein.«

»Warum kommen Sie dann nicht mal mit in unseren Pub? Gutes Bier, und 'ne Menge netter *Lasses*.«

Eric hätte jetzt wahrheitsgemäß antworten können, daß er viel Arbeit und wenig Zeit hatte, nicht gern in Pubs ging – überhaupt nicht gern in öffentliche Einrichtungen, außer gelegentlich ins Kino, weil er da für sich sein konnte – und daß er überdies nicht das Verlangen verspürte, eine *»Lass«* kennenzulernen, weil er sicher nicht allzulange in dieser Gegend bleiben würde, aber er sagte nur: »Wo ist es denn?«

»Rufen Sie mich an, wenn Sie Lust auf einen Drink in lustiger Gesellschaft haben. Ich hole Sie dann ab. Es ist nicht so leicht zu finden für einen, der von auswärts kommt.«

»Okay.« Wahrscheinlich würde er diesen Anruf niemals machen.

Tiefe Müdigkeit überkam ihn plötzlich. Das Quietschen und Schnattern des eigenwilligen Chassis wiegte ihn.

»Was ich Ihnen die ganze Zeit schon sagen wollte, Eric, wegen Butterbloom ...« Danny sprach eine Weile begeistert, aber als keine Erwiderung kam, sah er zur Seite. Eric schlief, seitlich an die Wagentür gedrückt, so daß sein Gesicht nicht zu sehen war. Danny drosselte den Motor und fuhr behutsam um die Unebenheiten der Landstraße herum, um ihn nicht zu stören.

Als er ihn auf Billys Farm absetzte, drückte er ihm einen schmuddeligen Zettel in die Hand: »Hier ist unsere Adresse und die Telefonnummer. Ich erwarte Ihre Rechnung. Billy sagte, Sie wollten sich nicht bezahlen lassen und nahmen schließlich nur widerwillig das Futter für Ihr Pferd als Bezahlung an. – So was is' gefährlich. Wenn manche Leute erst glauben, daß sie Ihre Hilfe umsonst kriegen, haben Sie die immerzu auf dem Hals, und auch ein paar von den Anständigen könnten – na ja, sozusagen in Versuchung geführt werden. Sie sind der einzige hier, der helfen kann, aber das ist ja eigentlich nicht Ihr Job. Wenn der alte Timmy noch länger ausfällt und Sie bereit sind, im Notfall einzuspringen, müssen sich die Leute darüber klar sein, daß es sie was kostet. Sonst verlieren Sie Zeit und Energie, und haben nichts davon.«

Wohl hatte er etwas davon – die Genugtuung, einem Tier in Not geholfen zu haben, und in der allgemeinen Praxis seines Berufsstandes um eine lehrreiche Erfahrung reicher geworden zu sein. Aber er sah durchaus, daß Danny recht hatte.

»Okay, Sie kriegen Ihre Rechnung.«

Er würde in der Gebührenverordnung für Tierärzte nachschlagen müssen. Er hatte keine Ahnung, wieviel ihm für die eben durchgeführte Behandlung zustand.

»Fein, Eric. Danke für Ihre Hilfe.

»Wenn es Schwierigkeiten mit Butterbloom geben sollte, rufen Sie an, Danny. Sie erreichen mich –«

»Weiß schon. Mußte ja vorhin alle antelefonieren. – Da ist Billy.

Aye, Billy, ich versuche gerade den Guvnor zu überreden, heute abend ein Bier im *Swordfish* mit uns zu trinken. Was denkst du?« Danny stieg aus, und Eric entging das vielsagende Zwinkern und die kleine Bewegung des Armes, den Danny einer unsichtbaren Person um die Schultern legte, denn er ließ den Blick über Billys Land schweifen. Er wollte jetzt endlich zu Lance.

Billy grinste breit. »Gee, gute Idee das, Danny. Wie ist's, nach Feierabend, Guvnor? Wir können uns da mit Danny treffen. Es wird bestimmt lustig.«

»Oh, ohne Zweifel – was meinen Sie denn?«

»Pub«, soufflierte Danny und hob ein unsichtbares Glas an die Lippen. »Das beste Nutbrown-Ale in der Gegend.«

»Ach ... ja. Ich werd's mir überlegen.«

»Schon recht. Und Danke nochmals für Butterbloom. Wenn nicht heute, dann ein andermal.«

»Sicher. Gern.« Er nickte ihnen geistesabwesend zu und klemmte seine Tasche unter den Arm. Mit schnellen Schritten entfernte er sich, ohne zurückzublicken.

»Feiner Junge, das«, sagte Billy. »Aber ich wollt' schon gern wissen, was ihn treibt; gespannt wie 'n straffes Drahtseil kommt er mir immer vor. Vielleicht liegt's an dem Umgang mit diesen hochgespannten Vollblütern.«

Dannys Blick folgte Erics Gestalt, bis er im Stall verschwunden war, um Lances Ausrüstung zu holen.

»Was ihn treibt, weiß ich nicht. Aber ich bin ziemlich sicher, ich weiß, was ihm fehlt. Na ja, bis ich zurück bin bei Lizzy und dem Kleinen, ist es Zeit zum Melken. Wir sehn uns, Billy. Sieh zu, daß du ihn loseisen kannst. Eine hübsche stramme *Lass*, das isses, was er braucht.«

Die Konspiratoren zwinkerten einander vergnügt zu, tippten sich an ihre Mützen, und Danny kletterte wieder in sein zerbeultes Vehikel.

»Ein wundervolles Pferd ist das.«

Billy stand mit dem Unterarm auf der obersten Stange an der Außenseite des Koppelzaunes, in sicherer Entfernung von Sir Lancelot, dessen Führstrick mit einem fachkundigen Knoten um einen der Zaunpfosten geschlungen war. »Wundervoll«, wiederholte er,

»was der alles kann! Als ob er schwebt – als ob er Flügel hätte! Dieser Sprung da zum Abschluß der Dressur ... beim heiligen Andreas, ich hätte nicht gedacht, daß ein Pferd so was machen kann – vorn und hinten hoch, und dann sicher wie eine Katze auf allen vier Füßen zu landen, Donnerwetter noch mal, das ist ’ne tolle Leistung ... was sag ich, sensationell!«

»Die Kapriole meinen Sie.« Eric ließ Lance mit einer leichten Berührung zur anderen Seite treten und rieb sein Fell mit einem weichen Tuch ab. Billys Bewunderung freute ihn. »Der Sprung stammt aus den Tagen der Schlachtrösser, die mehr zu tun hatten, als ihren Reiter unerschrocken durch ein metzelndes Kampfgetümmel zu tragen; ein solches Pferd war der Gefährte und der Waffenbruder seines Reiters, und es beherrschte Kampftechniken genau wie er. Die Kapriole war eine dieser Techniken – der Sprung nach vorn trieb den Pulk der Feinde auseinander und verlieh Lanze oder Schwert des Reiters eine Kraft, die er allein nicht hätte aufbringen können, während ihm das gleichzeitige wuchtige Ausschlagen den Rücken freihielt.«

Während er sprach, strich er mit dem Tuch bis zu Lances linkem Hinterbein, dann noch einmal über den sorgfältig gekämmten Schweif, trat einen Schritt zurück und begutachtete seine Arbeit. Das goldfarbene Fell Sir Lancelots reflektierte das Licht ohne eine einzige rauhe Stelle, die schmalen Hufe besaßen den gedämpften Schein von Marmor, Mähne und Schweif glänzten wie Fäden aus Sonnenstrahlen. Er hatte Excalibur versprochen, dasselbe auch für ihn zu tun. »Seltsam«, fuhr er fort, »nicht? – Viele Dinge, die wir heute als schön erachten, haben ihren Ursprung in Blut und Kampf und Schmerz. Wir ehren die Tradition, ohne ihre Wurzeln zu kennen.«

Billy war ein heller Kopf, der gründlich nachzudenken und überlegt zu handeln pflegte. Philosophie allerdings war Neuland für ihn, und er fühlte kein großes Verlangen, in dieses neue Gebiet vorzudringen. Er war mehr für Bodenständiges: »Oh, aye. Aye. Hm ... haben Sie sich’s überlegt? Kommen Sie heute abend mit in den Pub? Es ist Samstag, da gibt’s immer ’ne besondere Unterhaltung. Letztens war eine lokale Band da, die spielte gälische Volksmusik, und die Sängerin ...«

Eric warf ihm einen kurzen Blick zu, und er verstummte. Der

Knoten wurde gelöst, Eric packte sich Sattel und Zaum auf, nahm den Putzeimer in die linke und den Führstrick in die rechte Hand. »Könnten Sie das Tor bitte öffnen, Billy?«

»Sicher, Eric. – Hm – haben Sie?«

»Ja.«

»Geben Sie mir das ganze Zeug. So, gut, besser, oder?«

»Ja. Danke schön, Billy.«

»Und?«

»Heute abend lieber nicht, Billy. Tatsächlich wollte ich Sie bitten, mir eines Ihrer Ponys zu vermieten. Ich will hoch zu den Fargus' und nach dem Rechten sehen. Hab nicht die richtige Ruhe für einen Pubbesuch.«

Billy wechselte das Thema, um sich von seiner Enttäuschung abzulenken. »Meinen Sie, ich könnte ihm vielleicht nahe kommen?«

»Lance?« Eric blieb stehen, und der Hengst, der so dicht hinter ihm schritt, daß der Führstrick durchhing, tat es ihm nach. »Versuchen Sie's.«

Billy legte seine Last ab, und Eric nahm den Strick kurz. »Kommen Sie, Billy. Reden Sie mit ihm.«

»Was soll ich denn sagen?«

»Wie sprechen Sie denn mit Ihren Pferden?«

»Oh, aye, verstehe, was Sie meinen.«

Sir Lancelot tat einen weiteren Schritt auf seine Heilung zu, als er Billy akzeptierte. Billy strahlte. Eric schob ihm den Führstrick in die Hand: »Wollen Sie ihn führen?«

»Wird er nicht …?«

»Wir werden sehen. Ich bleibe auf seiner anderen Seite. – Nur keine Angst, Billy.«

»Oh – Angst hab ich nicht. Bloß – er ist so prächtig … und meine Kleinen …«

Meine Kleinen. So sprechen Menschen, die ihre Pferde achten und lieben und darum gut für sie sorgen; nicht, weil sie sich einen Profit von ihnen erhoffen.

»Lance ist nicht anders als Ihre Kleinen, Billy. Er braucht ganz dasselbe wie sie: freundliche, ruhige Zuwendung, artgerechte Haltung.«

»Aber er war doch …«

»Völlig ausgekekst, meinen Sie? Oh ja, das war er. Und davor war er ein lenkbares, zutrauliches Pferd. Er ist auf dem besten Weg, es wieder zu werden. Lassen Sie sich nur nicht von der Tatsache seines Genies einschüchtern; Genies brauchen auch nicht mehr als Nicht-Genies. Sie kippen nur schneller, und benötigen dann mehr Hilfe als andere.«

Billy zwinkerte unruhig, nahm aber doch den Strick und sah zu Lance hoch. »Also, auch wenn du fliegen kannst, bist du eigentlich gar nicht anders als meine kleine Maudie. Aye, mein Junge, dann komm.« Er ging voran. Lance sog noch einmal seinen Geruch ein – und ein guter Geruch war es, von Hafer und Heu und ihm fremden Tieren, und der Geruch der kleinen, zotteligen Artgenossen, mit denen er den ganzen Tag spielerisch gebalgt oder geschäkert oder friedlich an ihrer Seite Gras gerupft hatte. Billys Geruch war für ihn der Inbegriff dieses neuen, urtümlichen Lebens, das er heute entdeckt hatte, und er folgte ihm willig zum Stall, wo Eric die Ausrüstung in die Sattelkammer trug. Als er zurückkam, hörte er, wie Billy mit Lance sprach. Als Billy Eric bemerkte, sagte er: »Wenn Sie eines meiner Ponys wollen, nehmen Sie am besten Gray Beard, der ist der größte und stärkste meiner Wallache. Sie wollen sicher nicht auf einer Stute nach Sunrise?«

Sir Lancelot hatte Gray Beard schon auf der Koppel kennengelernt und folgte ihm, weil Eric auf ihm saß. Dennoch gab es eine unüberbrückbare Disharmonie: wenn Gray Beard drei seiner kurzen, stoßenden Trabschritte tat, brauchte Sir Lancelot nur einen einzigen, segelte demzufolge voraus und wurde unweigerlich vom Führstrick zurückgehalten. Im Galopp war es nicht besser: auf zwei seiner Sprünge kamen vier von Gray Beard. Außerdem war das Pony nicht gewohnt, über lange Distanzen zu galoppieren, und schon gar nicht bergauf.

So sehr der große Hengst sich auch bemühte, seine langen Beine kurz treten zu lassen – wieder und wieder wurde er zurückgezogen, bis er schließlich ärgerlich wurde und mit dem Kopf zu schlagen begann.

Ein anstrengender Ritt. Einmal zog er Eric fast von dem ungesattelten Ponyrücken. Sie hatten nicht den geraden Weg zu den Hickmans über die Dorfstraße genommen, sondern folgten den Trampelpfaden, die das Dorf umgingen; es war zu riskant, dachte Eric, mit dem noch immer schreckhaften Hengst mitten durch das Dorf zu reiten. Alles konnte geschehen: ein abrupt zu laut gestelltes Radio, ein plötzlich schreiendes Kind, ein herankommendes Auto, und – das schlimmste von allem – ein auf sie zustürzender, bellender Hund. Nein, er hatte keine Lust auf einen Teufelstanz mitten im Dorf. Aber zu dieser Art der Fortbewegung hatte er auch keine Lust. Kurz entschlossen löste er den Schnappverschluß an Lances Halfter. Als der Hengst merkte, daß er frei war, blieb er stehen, die Hufe fest in den Boden gestemmt, und schüttelte verdutzt den Kopf: keine Behinderung mehr! Seine Ohren spielten, er schob die Oberlippe hoch und sog dabei tief die Luft ein, wie Hengste es tun, wenn eine rossige Stute in der Nähe ist. Lance aber nahm in diesen Augenblicken die Witterung der verführerischsten aller Geliebten auf – die der Freiheit: Weite und Luft, Himmel und Erde, unbegrenzt von Zäunen, Stricken, Mauern!

Eric war in Gray Beards stuckerndem Trab weitergeritten, den Hengst beständig über die Schulter beobachtend. Jetzt rief er nach ihm. Lance senkte den Kopf mit tief gerolltem Hals, schlug so hoch aus, daß man meinte, er werde sich überschlagen, sprang mit allen vieren hoch wie von einem Katapult geschleudert, segelte ein gutes Stück durch die Luft, kam auf und sprang sofort weiter mit langgestreckten, leicht fließenden Galoppsprüngen – ein Fluß von Gold. Er umkreiste Pony und Reiter. Er neckte Gray Beard, indem er sich halb an seiner Seite aufbäumte, als sei der Wallach eine Stute, die er einem imaginären Rudel zutreiben wollte – wieder und wieder brachte er den geduldigen Grauen aus seinem regelmäßigen Trab und hatte offenbar Vergnügen daran. Eric amüsierte sich über die Eskapaden seines Schützlings, hielt es aber doch für angemessen, sich bei Gray Beard zu entschuldigen: »Er ist sonst nicht so, weißt du. Normalerweise ist er sehr ernst, und manchmal sogar richtig förmlich. Es ist das erste Mal, daß ich ihn so mit dem Schalk im Nacken erlebe.« Er klopfte Gray Beards Hals: »Sieh's ihm nach, mein Junge. Die Freiheit steigt ihm ein bißchen zu Kopf.«

Sir Lancelot war ein einziges Funkeln und Sprühen, als er mehrere Längen vor ihnen in den Hof der Hickmans trabte. Er wußte genau, wohin er gehörte. Am nunmehr unbeachteten Hühnerauslauf vorüber trabte er ausgreifend und zielstrebig auf seinen Zaubergarten zu, kreiste auf dem kurzen, samtigen Rasen, blieb dann beim Springbrunnen stehen und sah Eric und Gray Beard entgegen. Er war durstig nach seinen Eskapaden, aber er trank nicht, denn er wußte, daß Eric zuerst die Temperatur des Wassers prüfen würde, bevor er ihm erlaubte zu trinken.

Der Rausch der Freiheit war eine Sache; Freundschaft und Respekt eine andere. »Das ist mein guter Junge«, murmelte Eric anerkennend. Er rutschte von Gray Beards Rücken und tauchte seine Hand in das Wasser. Gegen Abend stellten die Hickmans die Fontäne ab – ihre aufsprühende Frische wurde vor allem in der warmen Mittagszeit gebraucht. Das im Becken stehende Wasser war eben handwarm. »Okay, Jungens.« Eine goldene und eine dunkelgraue Nase neigten sich einträchtig über das Wasser. Lance ließ spielerisch ein paar Tropfen über Erics Haar laufen, worauf diesem eine nasse dunkle Strähne in die Stirn fiel. Eric zerraufte spielerisch seine Mähne: »Man merkt schon, daß deine Großmutter aus Irland war – die Iren haben alle einen kleinen schalkhaften Teufel auf der Schulter; aber übertreib's nicht. Es heißt auch, derselbe kleine Teufel jagt ihnen einen Stachel in die Kehle, wenn sie zu viel und zu laut lachen.«

Lance verhielt sich darauf wie ein vor Übermut quirlendes Kind, das sich in einem ernsthaften Versuch um Beherrschung auf die Lippe beißt: er stellte die Beine nach außen, streckte den Hals lang und schüttelte sich heftig. Gray Beard hob unberührt davon den Kopf und sah den Hickmans mit mildem Interesse entgegen, als sie über den Rasen auf sie zu kamen.

»Ein Pony? Eines von Billys, nicht?« David sah ihn fragend an.

»Ich will noch mal zu den Fargus' hoch, David, und Lance kann ich nicht nehmen.«

»Ich fahre Sie, das wissen Sie doch.«

»Es könnte aber länger dauern, und ich will mich auch auf dem Gelände umsehen; zu Pferd ist das viel einfacher.«

»Klingt ja beinah nach Unternehmen Mitternacht.«

»Das könnt's werden.«

Claire sagte nichts. Sie sah ihn eindringlich an.

»Ich hab mein Versprechen nicht vergessen, Claire.«

Sie nickte, aber eine kleine Sorgenfalte vertiefte sich auf ihrer Stirn. »Ich will's Ihnen nicht ausreden, aber kommen Sie wenigstens noch ins Haus und essen Sie mit uns, wenn Sie die Pferde versorgt haben.«

Der zunehmende Mond lag ihm im Blut. Selbst wenn er überhaupt nicht auf den Stand des wechselvollen Trabanten achtete, spürte Eric bei zunehmendem Mond eine ansteigende Unruhe, die ihren Zenit erreichte, wenn der Mond sich völlig rundete. Die Wetterlage spielte eine gewisse Rolle: wenn der Himmel bedeckt war oder Regen oder Schnee ausschüttete, war die Unruhe gedämpft, doch unleugbar vorhanden. In klaren Nächten aber verspürte er einen Sog in seinen Adern, der sich von Nacht zu Nacht steigerte und bis zum Vollmond den Charakter eines Fiebers annehmen konnte. In Nächten wie diesen hatte er Lionheart auf die Rennbahn gebracht – seine eigene Wachheit und Intensität hatte sich auf das sensible Tier übertragen.

Als er das Tor zu Sunrise passiert hatte, breitete sich die Auffahrt als silbriges Band vor ihnen, aus dem das bleiche Licht jede Erhöhung scharf und spitz hervorhob und jede kleinste Vertiefung mit Schatten anfüllte. Die alten Bäume zu beiden Seiten schienen ihnen mit ihren lichtüberschimmerten Blättern zuzuraunen, obgleich es nahezu windstill war. Eric fragte sich, welche Kraft sie dennoch bewegte, und mußte an Tolkiens Ents denken. In einer zauberischen Landschaft wie dieser war es leicht, der Einbildungskraft die Zügel schießen zu lassen und kaum wahrnehmbare Fabelwesen unter dem Dunkel der Bäume zu erspähen. Statt davon beunruhigt zu werden, regte es ihn an; schon als Kind hatte er das einzig richtige getan, wenn Schatten von Gegenständen – vermeintliche Gespenster – ihm Todesängste einjagten: er hatte sie als Freunde betrachtet. Die Schatten der hellen Mondnacht fürchtet nur der, der bereit ist, sich zu fürchten.

Auf der Kuppe am Rand des Hügels hielt er sein Pony an, aus dessen warmem Fell Dampfwolken in die klare Nachtluft aufstiegen. Sein Blick schweifte über die weite Grasfläche – unter diesem Licht war sie ein Meer aus Silber, das hier und da kleine Kräusel und Wellen zeigte, unterbrochen von den schroffen Felsformationen, die bei Tage ganz gewöhnlich aussahen, doch jetzt wie Überbleibsel aus den Tagen wirkten, bevor das Christentum auch in dieses Land gekommen war: wie verwitterte Rudimente druidischer

Altarsteine waren sie. Durch die Stille drang der ruhelose Laut des Atlantiks zu ihnen; dort hinten erstreckte sich, soweit das Auge reichte, das Wasser, schwarzer Widerschein des hohen nächtlichen Sommerhimmels, mit zahllosen zerbrochenen Reflexionen der Sterne, die die Wellen einander zuwarfen.

Es war erregend, als ungesehener Besucher nachts nach Sunrise zu kommen. Er wußte, er würde nicht bemerkt werden, als er jetzt die Auffahrt hinunter und auf die Ställe zutrabte; in Sunrise-House waren nicht nur die Fenster des Salons gegen die Nacht und ihre Freuden und Schrecken abgeschottet. Aus jedem erleuchteten Fenster drang nur sehr gedämpftes Licht.

Excalibur stand mitten auf der Koppel, ihnen zugewandt; er hatte ihr Kommen wahrscheinlich schon bemerkt, als Eric das Tor zu seinem Territorium geöffnet hatte.

Der Mond bleichte sein Fell und ließ es silbrig glänzen. Als er auf sie zukam, zeichnete das Licht scharfe, wundersame Schatten zwischen die Rundungen seiner Muskeln, so daß er mehr denn je einer erlesenen, überlebensgroßen Statue glich. Doch sein Fell war warm, und das Maul, das begrüßend über Erics Wange strich, war weich wie Samt. Die dunklen Augen glänzten fragend.

»Hallo, mein Junge.« Eric schmiegte sich an ihn und wurde sich eines augenblicklichen Mißbehagens bewußt – natürlich, er roch noch nach Lance. Und außerdem nach Wallach. Gray Beard hatte sich zitternd geweigert, die letzten Meter zur Koppel hin zurückzulegen, abgeschreckt von dieser überwältigenden Kraft, die ihm da entgegenpulste – von seinem Standpunkt aus war das da ein entschieden zu Heißblütiger, einer, der kämpfte um des Vergnügens willen, und der tötete, ohne sich zu besinnen.

Excalibur überging nach einigem Wittern und Stampfen den abstoßenden Geruch seines Freundes und stieß ihn fragend an.

»Ich wollte nachsehen, ob alles ruhig ist hier.« Eric ging dicht neben ihm quer über die Koppel, die Hand unter seine Mähne geschoben. Excaliburs Ohren spielten aufmerksam. »Scheint ja alles in Ordnung zu sein, aber ich will auch noch mal nach deinem Harem sehen, ehe ich rausreite. Ich werde das Gefühl nicht los, daß die Lösung für Solitaires Rätsel irgendwo da draußen liegt. Und ich habe auch eine Ahnung, wo ich suchen muß.« Der Hengst scharrte, als Eric sich anschickte, durch die Bohlen zu klettern, und sein Kopf wandte sich mit einer sprechenden Bewegung zu den Hügeln.

»Du sehnst dich nach der Weite, ich weiß das. Halte noch eine kleine Weile aus, nur noch diese Nacht.« Er kletterte auf die unterste Bohle, damit er sich über den Zaun lehnen und Excaliburs Hals umfangen konnte. Aus der Wärme des Pferdekörpers strömte ihm das Verlangen entgegen, frei von Zäunen zu sein, seine Stuten um sich zu haben, und intuitiv erfaßte er Excaliburs Wunschbild: wäre Eric immer hier, dann würde Excalibur seine Herde stets nahe beim Haus halten, auf den weiten Grünflächen des Tals, allenfalls hinter dem ersten Hügel, so daß er Eric jeden Morgen begrüßen und seinen Anteil an Zärtlichkeit einheimsen konnte. Es war ein lockendes Bild. Es war eine dieser Versuchungen, die einen Menschen von dem Weg abbringen können, der zu seinem Traum führt.

Excalibur spürte sein inneres Zurückweichen und akzeptierte Erics Entscheidung, wie er die unbeugsamen Regeln akzeptierte, die die Natur aufstellt.

Im Stall war alles ruhig. Eric verzichtete auf das künstliche Licht und schritt langsam die Reihen ab. Die meisten Pferde schliefen. Sein leichter, geschmeidiger Schritt störte sie nicht. Da und dort hob sich ein dösender Kopf, verlor aber gleich wieder das Interesse, wenn er weiterging. Solitaire hatte sich hingelegt; als er sie leise ansprach, hob sie den Kopf und wollte aufstehen. Eric schlüpfte in die Box, kniete neben ihr und legte ihr die Hand auf den Hals. Halb und halb erwartete er einen Ausbruch, Schläge mit Beinen und Kopf; aber sie sank ins Stroh zurück und lag ganz still. Ihre Augen glänzten.

»Kleines Mädchen, ich muß etwas mit dir besprechen. Schau, es ist so – der Rote will wieder auf sein Land. Das hier ist nichts für ihn – Zäune, getrennt von euch. Das ist wie Stubenarrest für ein Kind.« Seine Nasenflügel zuckten in einer unangenehmen Erinnerung. Solitaire wollte wieder den Kopf heben. »Nein, laß, Prinzessin, es ist nicht wichtig. Excalibur, der Rote – er würde nicht ohne seine Herde gehen. Sie werden ihm folgen, wenn er morgen wieder hinauszieht. Aber du mußt bleiben. Ich möchte mit dir arbeiten – je mehr du mir traust, desto eher kann ich herausfinden, warum du einen guten Kerl wie Edward nicht leiden kannst. Das ist wichtig. Was ist denn das für ein Leben, über dem ständig ein Schatten hängt?« Er schob seine Hand unter ihr Kinn, und sie hob den Kopf und legte ihn auf seine Oberschenkel. Ihre Zutraulichkeit schnürte ihm die Kehle zu. »Du wirst Gesellschaft haben«, flüsterte er, »die Reitstuten bleiben auf jeden Fall hier. Und –«, ihm kam ein neuer Gedanke, »vielleicht auch die anderen. Aber die Entscheidung darüber liegt bei Excalibur.« Ihr kleines Maul bewegte sich hin und her, auf und nieder, bis sie es geschafft hatte, es unter sein Hemd zu schieben. Er fühlte die samtigen Pferdelippen mit den wenigen, aber langen, kitzelnden Barthaaren an seinem Bauch.

Sie verstanden sich ohne Worte. Eric spürte, wie ihr Vertrauen in ihn wuchs, wie seine Kraft und Ruhe sich auf sie übertrug. Er neigte den Kopf und drückte seine Stirn an ihre.

Ihr feiner Kopf wurde schwer auf seinen Beinen, und Eric hob ihn sanft auf und bettete ihn ins Stroh. Sie erwachte nicht.

Der Mond war zu drei Vierteln voll und strahlte von einem wolkenlosen Himmel, als er sich auf Gray Beard schwang und ihn auf die Hügel zu lenkte.

Eric hatte bald gefunden, wonach er suchte: die Rinderkoppel, und daran angrenzend das Schafgehege mit ihren jeweiligen Scheunen. Die eingezäunten Weiden waren überaus weitläufig; an Steilen, wo noch genug Gras wuchs, erstreckten sich die Zäune über die nächste Hügelkuppe. Es lag auf der Hand, daß eine zu geringe Anzahl von Hütern dieses unübersichtliche Gelände nicht ausreichend kontrollieren konnte, vor allem nicht nachts. Jetzt regte sich nichts auf den mondbeschienenen Wiesen; das Nutzvieh war in die Scheunen getrieben worden.

Als die stetigen Huftritte des Grauen sich der Rinderscheune näherten, schlug ein Hund an. Eric klopfte an die Tür und trat ein, ohne auf eine Antwort zu warten. Augenblicklich schoß ihm ein massiv gebauter Collie entgegen, mit entblößtem Gebiß und angriffslustigem Nackenfell. Eric blieb stehen, suchte seinen Blick und hielt ihn. Der Hund lief weiter, aber deutlich langsamer. Die dunklen Augen gaben seine nicht frei. Plötzlich blieb er unentschlossen stehen und wechselte verlegen von einer Vorderpfote auf die andere. Dann sank er auf die Hinterkeulen. Die Spitze seiner bauschigen Rute klopfte gleichsam entschuldigend auf den aus Lehm gestampften Boden.

»Was ist das für ein feiner Hund!« Überraschung zeigte sich bei der bewundernd klingenden Stimme auf dem ausdrucksvollen Tiergesicht. Eric hockte sich auf die Fersen und streckte die Hand anbietend, tief aus. »So ein feiner, wachsamer Hund! Guter Junge, guter Junge!« Die Rutenspitze klopfte schneller. »Komm zu mir, Junge, ja, kommst du?« Der Collie schob seinen Körper flach auf ihn zu. »Nicht doch so, Junge, nicht ducken, komm schon!« Eric lachte ihm zu und schnalzte mit den Fingern. »Ich will dich doch in deiner ganzen Pracht bewundern können!« Der Hund wedelte und lief zu ihm, beschnupperte ihn und drängte gegen ihn, daß er beinah umgeworfen wurde. Er ließ sich auf den Hosenboden fallen und legte die Arme um den reichen Nackenpelz. Über den Kopf des Hundes sah er zum ersten Mal die beiden Männer an, die einander an einem kleinen Holztisch gegenübersaßen und vor seinem Eintritt Karten gespielt hatten. Der eine hielt sein Blatt noch in der Hand, dem anderen waren die Karten entglitten, einige lagen verstreut auf dem Boden und zeigten die Vorderseite. Beide betrachteten ihn wie etwas, das vom Himmel ausgerechnet ihnen direkt vor die Füße gefallen war.

Eric rappelte sich auf, schnickte den Schmutz von seinen Hosen und lächelte sie entwaffnend an. »Tut mir leid, daß ich Ihnen Ihr Spiel verdorben habe.«

»Wie haben Sie das denn bloß gemacht?« brachte endlich der eine hervor und zeigte mit seinen Karten nach dem Hund, der sich eng an Eric schmiegte und versuchte, seine Nase in dessen Hand zu schieben. »Der Prince nämlich, der kann Fremde nicht leiden.«

»Er scheint 'ne Ausnahme zu machen.«

»Nay, so einfach is das nich!« warf der andere ein. »Ich hab Sie beobachtet. Sie blieben stehen und haben ihm bloß in die Augen geguckt. Kein Hund hat das gerne, und das wissen auch alle, aber sie vergessen's, wenn 'n fremder Hund wie so'n Deibel auf sie loskommt – denn drehen sie sich um und geben Fersengeld, und dann is' der Hund natürlich erst so richtig heiß.«

»Sie wissen aber eine Menge, Mr ....«

Der Mann, so respektvoll und bewundernd angesprochen, richtete sich auf; kein Wunder bei dem Namen, den er nannte, denn er war in alten Zeiten auf das engste mit dem schottischen Herrscherstuhl verknüpft gewesen: »Douglas. Aber sagen Sie ruhig Will. Das hier is der alte Roddy.«

»Freut mich sehr. Will. Roddy.« Er schüttelte jedem die Hand, nickte freundlich, und stellte sich vor.

»Gee, Sie sind das! – Na, wer 'ne verrückte Frauensperson von Gaul einfangen kann, der kommt auch mit unserm Prince zurecht, nich, Kumpel?« Der Hund wedelte und drückte sich enger an Eric. »Sieht aus, als würd er bei Ihnen bleiben wollen.« Eric neigte sich über Prince und streichelte ihn. Unter der kundigen, kosenden Hand sank der Collie auf die Hinterhand und verdrehte selig die Augen, als Eric ihn sanft kraulte. »Aber nein. Nein, Prince weiß doch über seine Aufgabe genau Bescheid, nicht, Junge?« Die Rute klopfte von unten nach oben auf den Boden. »Ein feiner Hund.« Eric richtete sich auf und ließ seinen Blick über die durch ein Gatter vom Vorraum abgetrennten Rinder schweifen. »Schöne Herde. Herefords, und wie ich sehe, haben Sie auch ein paar Hochländer darunter.« Er hatte in dem schwarzweißen Strom die roten und rotgelben, gedrungeneren, wolligen Gestalten entdeckt, die ihren Ursprung in den schottischen Highlands weit im Norden haben. »War die Nacht ruhig?«

»So ruhig wie der Schlaf meiner Grandma, Gott hab sie selig.«

»Und die Nächte davor?«

»Seit wir nachts in der Scheune sind, ist kein Tier mehr weggekommen. Es ist auch für uns ruhiger geworden; es ist nicht immer ein Vergnügen, draußen zu sein bei Nacht und jedem Wetter.«

»Sicher nicht.«

»Jo, das war wohl wirklich 'n guter Einfall von Mylady. Irgendwas mußte sie ja wohl auch machen, weil sie doch die Hilfen abgezogen hatte.«

»Ja. Bin froh, daß Sie sich wohl fühlen. Gute Nacht dann, Will. Roddy. – Gute Nacht, Prince.« Er kauerte sich nieder und rieb die zarten Ohren des Hundes, bis diesem ein kleines Grollen des Entzückens entschlüpfte.

»Nacht«, kam es von den Männern, und ein kurzes, kehliges Bellen von Prince, als er die Scheune verließ.

»So hätt's schon immer sollen sein«, meinte Will, nachdenklich seine Karten sortierend, »so: daß einer da is, der sich kümmert, und auch nachts mal rausgeht und nach 'm Rechten sieht. Der alte Fargus hat so was nie gemacht, sein Sohn nich, und Mylady is 'ne Dame, die is viel zu zart für so was.«

»Meinste Will, daß die Leute recht haben ...?«

»Was 'n?«

»Meinste«, stieß Roddy eilig heraus, um es schnell hinter sich zu haben, »meinste, da ist was dran? Meinste, die beiden haben was?«

»Miteinander? Mylady und der Junge?« Nachdenklich lutschte Will am Rand einer Spielkarte. »Warum nich«, sagte er langsam. »Wär ja für beide von Vorteil.« Er versank in tiefes, gründliches Nachdenken. »Aber irgendwie ... ich weiß nich, Roddy. Denkste, unser Prince würd' gleich einem so vertrauen und ihn so gern haben, wenn der durchtrieben wär? – Nay.« Sein Urteil war gefällt. »Nay, Roddy, der Junge ist in Ordnung. Tiere wissen so was.«

Gray Beard trug ihn ohne zu murren in seinem unermüdlichen Trab beinahe quer über das ganze Gelände, bis sie den Drahtzaun erreicht hatten, wo er im spitzen Winkel an den Beginn des Cochan-Landes stieß. Auf diesem Ritt saß Eric entspannt mit nur leichtem Knieschluß. Als der Drahtzaun vor ihnen aufblinkte, richtete er sich aus seiner lässigen Haltung auf und nahm die Zügel fester. Gray Beard spitzte die Ohren.

»Brauchst du eine Pause, Junge?« Der Graue prustete und wandte sich von allein nach Westen, als wisse er, was sein Reiter im Sinn hatte. Eric streichelte seinen Hals, und Gray Beard schien um einige Zoll zu wachsen. Er tänzelte beinahe und setzte sich in Trab, noch bevor sein Reiter ihm das Signal dazu gegeben hatte.

Die Luft war ganz klar, und da kein Wind ging, waren alle Laute besonders deutlich zu hören und bekamen eine eigentümliche Bedeutsamkeit: das stetige Klopfen seiner Hufe auf dem Waldboden, das Zirpen der Grillen, der gelegentliche schlaftrunkene Ruf eines kurz aufgestörten Tagesvogels, der Schrei einer weit entfernten Wildkatze. Der strahlend helle Mond hatte einen Mantel von lichter Tönung um sich gebreitet, der die darin hängenden Sterne nur blaß hindurchschimmern ließ. Sie trabten durch eine Welt atmenden, geheimen Lebens in Schwarz und Silber.

Eric suchte nach Schnittstellen im Zaun. Eine Öffnung würde

bedeuten, daß die Cochans auf das Land der Fargus' eingedrungen waren, und es wäre dann möglich, sie auf frischer Tat zu ertappen. Dann würde die Polizei sich nicht mehr blind und taub stellen können, und Emily wäre eine große Belastung los. Aber es war nicht nur das …

Er blickte zum Mond. Es mußte nach Mitternacht sein. Sie trabten bis zu einem der steilen Küstenausläufer. In der Mitte wurde er von dem schimmernden Zaun gespalten. Der Fels reckte sich hoch über dem Atlantik; sein Rauschen und Strömen, das unaufhörliche Anbranden und Zurücksaugen erreichte ihn wie ein Flüstern. Erics Blick hing gebannt an den wie schwarz getünchten Felsensäulen, die sich vereinzelt aus der unruhigen Oberfläche erhoben und Zeugnis darüber ablegten, daß sie einmal Teil des Festlandes gewesen waren. Er stieg ab, blieb neben Gray Beard stehen und sah über die endlose Fläche des Atlantiks, auf der, gekrönt von unzähligen glitzernden Spitzen, das zerrissene Spiegelbild des Mondes schimmerte.

Als Gray Beard den Kopf senkte, um zu grasen, erwachte Eric aus seiner Träumerei. »Banause«, sagte er sanft und saß wieder auf, »unromantisches Geschöpf.« Er streichelte den kräftigen Hals und wendete das Pony. »Aber ohne dich hätte ich wahrscheinlich die ganze Nacht hier verbracht.«

Auf dem Rückweg, nahe beim Grenzzaun, trafen sie wieder auf den Bach, den sie vorhin schon gekreuzt hatten. Erics Mondfieber stieg. »Ich wüßte schon gern, wo der hinführt«, murmelte er. Willig folgte Gray Beard den Windungen des kleinen Wasserlaufs, rutschte vorsichtig über einige abschüssige Strecken und gelangte in ein kleines ovales Tal, auf dessen Sohle sich ein beinah kreisrunder See gebildet hatte.

Der Graue streckte den Kopf nach dem murmelnden Wasser. »Gute Idee.« Auch Eric war durstig. Er saß ab und ließ das Pony eine feste Stelle am Ufer suchen, wo es bequem stehen und den Kopf zum Trinken neigen konnte. Er streifte das Zaumzeug ab, wusch das Mundstück unterhalb der Stelle, an der Gray Beard trank, und hängte den Zaum an einem Felsvorsprung auf. Dann legte er dem Pony einen Strick um den Hals und verknotete ihn so großzügig, daß er nicht zu eng saß, das Pony aber nicht hinausschlüpfen konnte. Als Gray Beard genug hatte, führte er ihn zu einem Busch und wand das freie Strickende um dessen Stamm. Der Graue hatte jetzt immer noch genug Spielraum, um zum Wasser zu gelangen, wann immer er wollte.

Das Wasser roch eigenartig, ganz frisch, und es schmeckte prikkelnd wie ein Hauch vom Meer. Eric trank aus den hohlen Händen und sah zum Mond auf, als sein Durst gelöscht war. Seine Gedanken wanderten zurück zu jenem Abend, an dem er Emily Fargus kennengelernt hatte, und an seine stumme Zwiesprache mit dem Mond. Er lächelte.

Der See zog ihn magisch an. Er wirkte wie ein venezianischer Spiegel – gleich diesem mit dunklem Grund und leuchtender Oberfläche. Er kniete nieder und neigte sich über das Wasser, das sein Spiegelbild ungetrübt und völlig glatt zurückwarf.

Eric gehörte zu den Männern, die nur beim Rasieren in den Spiegel sehen, und so war das Gesicht, das ihm entgegensah, beinahe wie das eines Fremden.

Hugh, geschickt in so vielen Dingen, hatte ihm während seines Krankenhausaufenthaltes die Haare geschnitten, als das Kämmen zu schmerzhaft für seinen wunden Schädel geworden war, aber er hatte Erics üblichem Kurzschopf eine neue Variante verliehen, indem er das Haar über der Stirn nicht angerührt hatte, so daß es ihm jetzt gelegentlich ins Gesicht fiel; und es war nicht glatt, sondern leicht gewellt. Eigenartig, er hatte immer geglaubt, sein Haar sei so gerade wie ein Streichholz, aber wohl nur, weil er ihm nie die Gelegenheit gegeben hatte, länger als ein Streichholz zu werden. Belustigt zog er an einem Büschel Haare, spannte es, wobei er es im Wasserspiegel genau beobachtete, und ließ es los. Elastisch sprang es zurück und fiel ihm in die Stirn – eine weiche Welle. Ganz nett, dachte er, aber insgesamt doch eher störend. Er würde es abschneiden, gleich morgen. Langes Haar war unpraktisch. Für den Augenblick würde es genügen, es mit etwas Wasser zu bändigen. Er tauchte die Hände ein und stellte überrascht fest, daß das Wasser lauwarm war. Wahrscheinlich war dieser See nicht sonderlich tief und hatte während des sonnigen Tages die Wärme aufgesogen. Ein unwiderstehliches Verlangen nach einer Erfrischung überkam ihn. Gray Beard hörte auf, am Gras und den noch zarten Laubspitzen des Busches zu zupfen, und beobachtete mit gespitzten Ohren, wie Eric seine Kleidung abstreifte. Dann wandte er gleichmütig den Kopf und fraß weiter. Eric trug noch die Badehose unter seinen Reitsachen. Er war froh darüber, denn schamhaft wie er war, hätte er sich selbst vor den unbeteiligten Blicken des Wallachs geniert, ganz nackt zu baden. Seine Bewegungen kräuselten die glatte Oberfläche. Etwa in Hüfthöhe verlor er festen Grund, ließ sich vom Wasser umgreifen und tat einige langsame Schwimmzüge. Das Wasser war knapp unterhalb der Oberfläche deutlich kälter durch den ständigen Zustrom des kühlen Baches. Er schwamm schneller, um nicht kalt zu werden, und während er kraulte, wurde ihm warm. Er schwamm die Anstrengungen dieses ereignisreichen Tages weg.

Wie ein Delphin schoß er aus dem Wasser empor und tauchte wieder tief ein; genaugenommen hatte er sich nicht an das Versprechen gegenüber Dr. Mercury gehalten, dabei hatte er es Claire gegenüber am Abend noch wiederholt. Dr. Mercury hatte ihn gebeten, sich nicht zu viel zuzumuten. Aber er fühlte sich großartig. Er hatte sich nicht verausgabt.

Schließlich drehte er sich auf den Rücken und trieb mit kleinen Stößen träge dahin, das Gesicht dem Mond zugewandt, versunken in Erinnerung an diesen übervollen Tag. Er war zufrieden mit sich, ja, er war wirklich zufrieden. Er hatte keine Wunder vollbracht, aber er hatte doch einiges bewegt. Und einiges war für ihn bewegt worden – Turner hätte sich in seinem Zorn leicht von ihm abwenden können, auch wenn er es bald darauf bedauert hätte. Aber er hatte es nicht getan, und Lance konnte aufgrund dieser Entscheidung vielleicht bald wieder ein völlig normales, angstfreies Leben führen.

Abrupt ließ er sich tief ins Wasser fallen, behielt nur Kopf und Schultern über der Oberfläche, Wasser tretend und angespannt in das Dunkel spähend: er fühlte eine Last – schon seit einiger Zeit, aber gerade eben war er sich dessen schlagartig gänzlich bewußt geworden. Ein Augenpaar ruhte auf ihm. Es mußten Augen sein, denn er hatte ohne zu denken den Kopf in eine bestimmte Richtung gewandt, wie man es tut, wenn man angesehen wird. Natürlich war in der schwarzweißen Wildnis um ihn herum nichts auszumachen, aber auch das Pony hielt den Kopf hoch und in die Richtung gewandt, die sein Blick unbewußt gesucht hatte. – Trotzig warf er sich wieder auf den Rücken und schnellte durch die Mitte des Sees.

Vielleicht ruhte der scharfe Blick eines Käuzchens auf ihm, oder die Augen einer Wildkatze. Er tauchte unter; fühlte sich von diesen Augen bei allzu großer Selbstzufriedenheit ertappt.

13

Am nächsten Morgen war es nur dem guten Geruch starken Tees zu verdanken, daß er erwachte: Claire hatte ihn geweckt, und er hatte die Decken schon zurückgeschlagen, war dann aber wieder eingeschlafen. Als der Teehauch jetzt seine Nase nur streifte, sprang er hoch, sauste unter die Dusche und in seine Kleider. In nur fünf Minuten war er unten am Frühstückstisch, setzte sich aber nicht, sondern trank eilig eine Tasse Tee im Stehen. »Ich muß weg. Ich hab's dem Roten versprochen.« Die Hickmans wußten natürlich nicht, wovon er sprach, aber sie wechselten einen kurzen Blick, und David erhob sich wieder. »Dann los, mein Junge, sputen wir uns. Claire wird die Pferde füttern, nicht, meine Liebe?«

»Aye, sicher.«

»Aber –«

»Nun fangen Sie nicht wieder eine Aber-Arie an, nay?« Energisch schob er Eric vor sich her zum Wagen, und als er ihn auf dem Beifahrersitz verstaut hatte, fügte er beruhigend hinzu, »der alte Kasten sieht ja nach nichts aus, aber er hat einen starken Motor. Sie werden sehen«.

Tatsächlich zog der Wagen mühelos die Steigung hinauf. »Es ist spät geworden gestern, hm?«

»Oh, tut mir leid, ich wollte Sie nicht wecken.«

»Nay, nay, Junge, so war s nicht gemeint. Wie 'n Kater sind Sie durch das Haus geschlüpft. Ich wollte mir ein Glas Milch aus der Küche holen, da hab ich dann den Lichtschein oben gesehen.« – Natürlich war es anders: er hatte gehört, wie sich Claire von einer Seite auf die andere drehte und immer wieder horchte; und wenn seine Claire nicht zur Ruhe kam, konnte auch er nicht schlafen, obwohl er sich immer wieder gesagt hatte, der Junge wisse schon, was er tue. Dann aber war er doch erleichtert, als er die sachten Tritte auf der Treppe gehört hatte. Er war aus dem Bett geschlüpft und hatte den gedämpften Lichtschein im oberen Stockwerk gesehen. Er mußte Claire nicht darauf hinweisen. Ein einziges unvorsichtiges Quietschen der Stufen hatte ihr schon verraten, daß der Junge sicher und gesund daheim war.

»Was hat es denn mit diesem Versprechen auf sich? Ich meine, können Pferde so was überhaupt verstehen?«

»Nicht alle, denke ich. Aber Excalibur gehört zu denen, die verstehen. Vielleicht nicht die Worte, aber die Bedeutung. Jedenfalls habe ich ihm versprochen, er müsse nur noch eine Nacht auf der Koppel zubringen, und ich habe verschlafen, und jetzt kann ich mein Versprechen nur verspätet einlösen.«

»Sie sollten sich nicht zuviel zumuten, Junge«, sagte David, »es waren über zwanzig Stunden harte Arbeit gestern.« Aber er fuhr so schnell, daß er nicht einmal seine geliebte Pfeife entzünden konnte. »Ich hab den Roten noch nie gesehen. Na – da hab ich Claire ja was zu erzählen.«

Bald lag das Tor hinter ihnen, sie brausten durch den dichten Wald und scheuchten Scharen von Vögeln auf, die sich die Strahlen der frühen Morgensonne auf das Gefieder scheinen ließen.

»Langsamer bitte jetzt, David. Er wird sowieso schon aufgeregt sein.«

Der Rote stand wie in der letzten Nacht, hoch aufgerichtet, gesammelt und aufmerksam ihnen zugewandt. Das lange Stirnhaar fiel ihm über die Augen, seine Nüstern waren mißbilligend gebläht. In der gegenüberliegenden Ecke war ihm Hafer hingestreut worden, Heu lag aufgeschüttet daneben, aber offenbar hatte er das Futter nicht angerührt.

Er hatte gewartet.

Als Eric ihm entgegenging, hob er das rechte Vorderbein sehr langsam und gerade, winkelte es an und ließ den Huf mit Macht auf die Erde sausen. Eric blieb stehen.

»Entschuldige bitte«, sagte er ernst. »Es tut mir leid. Ich habe verschlafen.«

Der Hengst warf den Kopf zurück und maß ihn langsam von oben bis unten.

»Ich war pflichtvergessen, Excalibur. – Läßt du mich ran, oder kriege ich deine Hinterhufe ins Gesicht?« Eric trat einen Schritt näher, zutiefst zerknirscht. »Ich werd dir nicht versprechen, daß es nie wieder vorkommt, denn was würdest du von mir denken, wenn es doch geschähe? Aber ich werde vernünftiger sein.«

Excalibur streckte ihm die Ohren entgegen, dann den ganzen Kopf; er witterte, drehte beide Ohren nach außen und schien zu sondieren, was ihm sein Geruchssinn zutrug. Dann setzte er sich in Bewegung, kam mit kleinen tänzelnden Schritten näher – noch konnte er sich unvermittelt umdrehen und nach Eric schlagen.

Der mächtige Kopf stieß ihn gegen die Brust, doch bevor er vor der Wucht zurücktaumelte, glitten die Ganaschen schon über seine Schulter und hielten ihn aufrecht. Da waren Zärtlichkeit und Fürsorglichkeit in dieser schnellen Bewegung des Pferdekopfes. Eric schöpfte Mut und legte dem Hengst die Arme um den Hals, und Excalibur rührte sich nicht. Eine ganze Weile standen sie so, wie versunken in stummer Zwiesprache.

»Ich leiste dir Gesellschaft, wenn du willst.« Der Hengst gab seine Schulter frei, sprengte mit einem leichten Aufwerfen des Kopfes die lockere Fessel der Arme und begann, Eric mit kleinen, munter federnden Tritten zu umkreisen, wobei er ihn auffordernd mit der Nase anstieß. Eric ging auf das Spiel ein; sie trabten und rannten quer über die Koppel, umkreisten einander und stießen sich an: zwei funkelnde Bündel Übermut, die Freundschaft und Lebenslust versprühten. Vom Zaun erklang Beifall: David war zu den von ihrer Ankunft angelockten Fargus' und Turner, Edward und den Stallarbeitern getreten, und alle applaudierten. Entgegen seiner sonstigen Abneigung gegen solche Auftritte blieb Eric stehen und machte ihnen eine Verbeugung. Aus dem Augenwinkel beobachtete er ungläubig, daß Excalibur ihm die Verneigung nachtat, indem er sich auf das linke Vorderbein senkte, das rechte unter den Leib zog und den stolzen Kopf neigte. Der erneute Beifall schien ihn zu freuen: er trabte einige Male um die Koppel, schwenkte dann ein und segelte zu Eric, der sich nicht von der Stelle bewegt hatte: »Du bist ja ein Showpferd, Junge!« Excalibur zupfte an seinem Hemd und schüttelte sich, als wolle er bedeuten, daß der Schabernack nun vorüber sei.

Emily und die anderen begrüßten ihn, und Grandpa Fargus lud David und ihn zum Frühstück ein. Eric blickte unsicher nach Excalibur zurück, der die Nase tief in seinem aufgeschütteten Hafer hatte. Auf diesen Blick hin hob er den Kopf und malmte friedlich weiter. Du bist ja da, sagte die Gebärde. Ich werde warten.

Die Herde graste im Tal von Sunrise-House. Es war, wie Eric geahnt hatte: Excalibur wollte nur aus der Umzäunung heraus und seine Herde um sich haben. So konnte er seiner Abenteuerlust jederzeit nachgeben und sein Land durchstreifen oder aber nahe am Haus bleiben und diese Wesen beobachten, die ihm bislang so fremd erschienen waren, für die er aber allmählich Interesse entwickelte. Er stand etwas abseits von den übrigen und studierte den Wind und den Himmel, doch er hielt nicht nach Feinden Ausschau: Über diesem Tal lag die Macht seines Freundes; solange er hier war, würde weder seinen Schützlingen noch ihm etwas Böses geschehen.

»Beim heiligen Andreas.« Die ganze Gruppe hatte sich nach dem Frühstück nach draußen begeben und beobachtet, wie die Zuchtstuten, die aus dem Stall kamen, von Resistance und Excalibur geordnet wurden. »Beim heiligen Andreas«, wiederholte David. »Dieser Hengst ist ja – beinahe hätte ich gesagt, ein Koloß, aber dafür ist er nun wieder viel zu elegant. Was für ein Pferd!«

»Genau das denke ich auch immer wieder«, bestätigte Eric. »Im ersten Augenblick bin ich immer wieder von seiner Präsenz überwältigt, aber dann ist da wieder das, was von ihm ausgeht, wissen Sie, dieser Anstand, diese Feinheit des Charakters – haben Sie gesehen, mit welch selbstverständlicher Großmut er meine Entschuldigung annahm?«

Sie standen ein wenig abseits von den anderen und konnten ungestört miteinander sprechen.

»Ich hörte, wie Sie zu ihm sagten, er sei ein Showpferd – diese Verneigung war schon sehr eindrucksvoll. Sie könnten diese Veranlagung fördern, vor allem, da Sie ja nun die Leitung des Gestüts übernehmen.«

In Erics Augen stand das blanke Entsetzen: »Excalibur als Showpferd?! Um Gottes willen, David, das können Sie nicht ernst meinen! Das vorhin war ein Spaß für ihn, viele Pferde haben es gern, wenn sie bewundert werden, aber das ist doch nicht die Arbeit, die er braucht! Showpferd!«

Er schüttelte sich bei der bloßen Vorstellung. »Möglich, daß er sich in Zukunft häufiger freiwillig in menschliche Nähe begibt und sich unverkrampfter zeigt, aber –«

Dann erst fiel ihm Davids Nachsatz auf, und er flüsterte hitzig: »Wer sagt, daß ich das Gestüt künftig leiten werde?«

»Aye, die Spatzen pfeifen's ja schon von den Dächern, sozusagen, seit der alte Fargus mit Rob Doharty plauschte.«

»Wer ist Rob Doharty?!«

»Ein Futterhändler. Hat so Spezialsachen, Vitaminpräparate und solch Zeugs. Rob is 'n netter Kerl, aber wie alle Vertreter kann er die Klappe nicht halten – jedenfalls, für jeden im Dorf und drum herum sind Sie der neue Gestütsverwalter.« David blickte ihn ernst an und schmauchte seine Pfeife.

Emily trat rasch zu den beiden, und Grandpa humpelte ihr nach.

Jetzt war es also soweit. Eric richtete den Blick auf Louise. »Es ist vielleicht besser, Sie kommen auch, Louise. Sie auch, Edward.«

»Worum geht's«, wollte Turner wissen.

»Sie betrifft's ja auch.« Eric fühlte sich ziemlich hilflos. Es war ihm äußerst unangenehm, in eine heikle Situation gebracht zu werden und öffentlich klären zu müssen, was er eigentlich unter vier, höchstens sechs Augen hatte besprechen wollen. Dann riß er sich zusammen und sagte ohne Umschweife: »Ich werde die Verwaltung dieses Gestüts nicht übernehmen.«

Turner stieß einen vermeintlich stillen Seufzer der Erleichterung aus.

Emily zuckte zusammen und sagte hastig: »Eric, Sie könnten dieses Gestüt auf Vordermann bringen – es rentabel machen. Erinnern Sie sich? Ich sprach von den Decktaxen, und davon abgesehen haben wir außer einigen wirklich guten Reitstuten auch noch die Jungtiere – Sie haben sie gesehen, Sie wissen, daß sie gut sein können, und wenn Sie ihre Ausbildung übernehmen würden ...«

»Emily, sehen Sie ... ich bin bei Sir Simon angestellt. Ich kann nicht frei entscheiden.«

»Das sagte ich Ihnen ja schon, als ich Eric für Sie freistellte, als Sie mir das Problem mit Ihrer Stute unterbreiteten.« Turner hielt sich sehr aufrecht. »Um Ihnen zu helfen, und ... nun ja. Solange ich nicht bereit bin, den Vertrag vorzeitig aufzukündigen, muß Eric drei Monate warten, bevor er mich verlassen kann.«

Grandioser Lügner! Als Eric im Alter von zwölf Jahren bei ihm um Arbeit vorgesprochen hatte, gab Turner ihm das nervöseste und hitzigste Pferd in seinen Ställen, das selbst Reiter mit langjähriger Erfahrung das Fürchten gelehrt hätte.

»Wenn du ihn glatt über den Parcours bringst, gehört der Job dir.«

Eric hatte um Zeit gebeten und sie erhalten. Der schwarze Vollbluthengst war offenbar niemals wirklich freundlich behandelt worden. Als Eric sich ihm zuwandte, wandelte sich seine tückische Unnahbarkeit in schnoberndes Interesse und Neugier. Leicht wie eine Feder war er schließlich über den überaus schwierigen Parcours gesprungen.

»Wo hast du so reiten gelernt, Kleiner?«

»Ach, hier und dort.«

»Hier und dort, he? – Hier und dort kriegt man nicht ein solches Feingefühl. Der Job gehört dir, kleiner Zauberer.«

Turner mußte nichts von dem alten Ted wissen, von dem Eric reiten gelernt hatte. Kurz darauf war Ted gestorben, und seine geliebten Pferde waren auf verschiedenen Auktionen verkauft, sein kleines Haus war dem Erdboden gleichgemacht worden. Aber er hatte doch noch die Genugtuung gehabt, daß er sein Wissen und Können an einen weitergegeben hatte, der es verdiente und die Erinnerung an ihn ehrte, so wie Eric es jetzt in einer stillen Sekunde tat, bevor er sich wieder an den Handel mit Turner erinnerte: Es hatte einen Handschlag gegeben. Nichts Schriftliches. Hätte er darauf bestanden, er hätte sich sofort von Turner trennen können.

Jetzt wurde Turner bestürmt. Nur David und Louise schwiegen. Louise sah Eric mit abwägenden Blicken von der Seite her an, bis er den Blick erwiderte; da biß sie sich auf die Lippen und wandte den Kopf ab.

Turner zeigte sich unterdessen kompromißbereit. Er schlug vor, die sechs Pferde, die Eric in Arbeit hatte, von seinem Gestüt herüberschaffen zu lassen, und sah Eric dabei fragend an. Ein beinah unmerkliches Nicken war die Antwort. »So können wir alle noch gründlicher nachdenken«, schloß er. »In drei Monaten fließt viel Wasser die Themse hinunter.«

»David, würden Sie mir einen Gefallen tun?«

»Sicher, mein Junge, was gibt's?«

»Könnten Sie in den Stall gehen – den ersten Stallgang, meine ich, zur dritten Box auf der linken Seite; die Box mit der zierlichen dunkelgrauen Stute.«

»Ah, das Teufelsweib, was?«

»Das ist sie nicht. Aber seien Sie dennoch vorsichtig, man kann nie wissen. Wenn Sie ruhig bleibt, sprechen Sie bitte mit ihr.«

»Aye.« David verschwand im Stall. Eric wartete. Alles blieb ruhig. Schließlich kam David zurückgeschlendert und wischte an seinem Ärmel. »Bildschönes kleines Ding, das muß ich schon sagen. Nett noch dazu – legte mir verträumt ihr haferverschmiertes Schnäuzchen auf den Arm, als ich die Hand nach ihr ausstreckte.«

»Sie haben sie angefaßt?!«

»Ich war in ihrer Box. Sie war so friedlich, als ich zu ihr kam – glauben Sie mir, Eric, ich mag nicht der Hellste sein, aber nach meinen vielen Berufsjahren kann ich schon sagen, ob ein Pferd mich schlagen oder beißen will. Die Kleine ist ja wie ein Lämmchen.«

Also gab es auch bei David und Edward nicht den gemeinsamen Faktor. Was nur hatte Edward an sich, das die Stute immer wieder aus der Fassung brachte?

»Was haben Sie jetzt vor?«

»Will sehen, ob die Kleine sich ein Halfter anlegen läßt.«

»Stört Sie's, wenn ich dabei bin? Vielleicht kann ich helfen.«

»Es stört mich nicht die Spur, aber wird Claire nicht auf Sie warten?«

»Ich ruf sie an.«

Als David zurückkam, stand Solitaire gehalftert auf der Stallgasse, und Eric bürstete behutsam und gewissenhaft ihr salzverkrustetes Fell. David zog sich eine leere Kiste heran, stopfte seine Pfeife und tat ein paar erste paffende Züge, um die Glut zu erhalten. »Im Salon geht's noch hoch her«, berichtete er. »Die Fargus' und Edward gegen Turner. Ich beneide ihn nicht um seine Position. Es geht jetzt um die Zeit nach den drei Monaten. – Sie wollen nicht, stimmt's? Das ist der wahre Grund.«

»Ja.« Eric machte sich daran, Solitaires Mähne zu entwirren. »Ich hab kein gutes Gewissen, David. Turner trägt jetzt einen Kampf aus, der eigentlich meiner ist.«

David schmauchte genüßlich. »An Ihrer Stelle würd' ich mich nicht darüber beunruhigen, mein Junge. Ich meine, ich kenne Mr. Turner ja nicht weiter, aber er sieht aus wie einer, der nur etwas tut, wenn was für ihn dabei herausspringt. – Die Fargus' wollen Sie, und er will Sie. Was Sie wollen, interessiert keine der Parteien. Also können Sie sich erst mal zurücklehnen und abwarten. – Nebenbei, was wollen Sie eigentlich?«

Zum ersten Mal war Eric ganz kurz davor, einem anderen Menschen von seinem Traum zu erzählen. Er sah über Solitaires Rücken hinweg in das grundanständige Gesicht, in die klaren, humorvollen und verständigen Augen – sein Geheimnis wäre gut bewahrt. Er räusperte sich so nachhaltig, daß er husten mußte, räusperte sich nochmals und schwieg. Er fürchtete, einen Teil seiner Kraft zu verlieren, wenn er seine Vision offenbarte.

»Wie lange ist's wohl noch bis zum Vollmond?« fragte er und bürstete Solitaires Mähne.

Davids Blick ließ sein Gesicht los und richtete sich auf Solitaire, die mit neugierig vorgeschobenem Kopf nach dem fremden Tabaksduft schnupperte. »Eine nette kleine Stute«, sagte er gedehnt. »Eine richtige kleine Prinzessin. Tja, schätze, in drei Tagen können Sie ein Mondscheinpicknick mit ihr veranstalten. Dann sollte der alte Bursche in voller Pracht am Himmel stehen.«

Er hatte Verständnis für Erics Zurückhaltung, wie er überhaupt, eigentlich vom ersten Augenblick an, eine Nähe zu ihm empfunden hatte, eine Nähe, wie er sie niemals zu seinem eigenen Jungen gehabt hatte. »War's schwierig, ihr das Halfter überzustreifen?«

»Überhaupt nicht.« Eric ging auf das Ablenkungsmanöver ein. »Sie schlüpfte selbst rein, wie eine Alte.« Zärtlich kraulte er die Stute am Kinn. Sie schloß die Augen bis auf einen Schlitz und legte ihr Maul auf seine Schulter. Minutenlang war es still im Stall. Nur Davids leises Schmauchen war zu hören, ein gelegentliches Schweifwischen, wenn Solitaire nach einer vereinzelten Fliege schlug, und dann und wann ein kosender Laut von Eric, dunkel und leise wie ein Schnurren.

»Kommen Sie mit, David? Ich möchte wissen, wie sie sich draußen am Halfter aufführt.«

»Aye, sicher.« David leerte den Pfeifenkopf und trat gewissenhaft die Glutstückchen aus. »Kann ich was tun?«

»Gehen Sie besser nicht zu dicht ran. Man kann nie wissen.«

»Aye, das ist wahr.« Eine ganze Herde unbändiger, unberechenbarer Jungpferde sprang bei diesen knappen Worten in seiner Erinnerung herum.

Solitaire jedoch verhielt sich, als sei sie mit einem Halfter zur Welt gekommen. Sie folgte Eric, sobald er sich in Bewegung setzte, so daß er nicht einmal an der Longe zu ziehen brauchte, sie stand, wenn er stehenblieb, und als er auf der Koppel die Longe lang ausrollte und auffordernd schnalzte, trabte sie um ihn herum – nicht ungebärdig, wie junge, unerfahrene Pferde es im allgemeinen tun, mit hochgeworfenem bockigen Kopf und wilden Augen, mehr zappelnd als laufend –, sondern ruhig, gesammelt, gleichmäßig, wie ein gut geschultes Pferd. Eric schüttelte den Kopf, als er ihren Runden zusah. Unbegreiflich. »David«, sagte er, ohne den Blick von Solitaire zu nehmen, »würden Sie bitte Edward holen? Er wird wohl noch im Salon mit den Fargus' sein.«

»Sicher. Was soll ich ihm sagen?«

»Nichts weiter. Nur daß ich ihn bitte zu kommen. Er weiß dann schon Bescheid.«

Kaum erfaßten die weitblickenden Augen der Stute Edwards Gestalt am Kopf der Freitreppe, war alle Fügsamkeit dahin. Sie riß Eric die Longe aus der Hand und rannte blindlings über die Koppel auf den massiven Holzzaun zu. Ein einziger Schrei entschlüpfte ihr, es war ein Echo ihrer eigenen Schreie, als sie auf der Stallgasse wahnsinnig vor Angst herumgesprungen war. »Sie wird versuchen, durch den Zaun zu brechen«, flüsterte David neben Eric. »Sie wird sich umbringen – wir müssen etwas tun!«

»Nein«, war die ruhige Antwort. »Wir haben Hilfe, David, sehen Sie.«

Excalibur hatte zu grasen aufgehört, als die Stute aus dem Stall geführt worden war, aber er hatte sie nicht gerufen. Sie war von der Herde getrennt worden, weil sie etwas tun sollte, das mit dem Herdenleben nichts gemein hatte. Er hatte geschwiegen und beobachtet. Als die Stute kopflos gegen den Zaun zu rannte, begriff er die stumme Bitte, die sein Freund ihm beim Verlassen des Stalls über die Entfernung mitgeteilt hatte: *Sei wachsam und zur Stelle, wenn es nötig ist.*

Es war nötig: Zwei, drei mächtige Sätze quer durch die verwirrt auseinanderlaufenden Stuten, ein trommelndes Heranpreschen an den Zaun – er stellte Solitaire und hob sich auf die Hinterhand; langsam, drohend, urgewaltig. Solitaire stieg ihrerseits, aber es war kein Voranschnellen mehr in der Bewegung; bereits in der Aufbäumung wich sie vor ihm zurück.

Als sie dicht am Koppelzaun entlangraste, blieb der Hengst außen auf gleicher Höhe mit ihr; zuweilen schlug er drohend mit der Hinterhand gegen die massiven Planken, bis er sie so sehr eingeschüchtert hatte, daß sie in ihrer Not zu Eric lief und ihm ihr Halfter geradezu in die Hände drängte. Hier war doch Freundlichkeit und Wärme und Ruhe. Der Schrecken war nicht mehr zu sehen. Erschöpft und verstört drückte sie ihren Kopf gegen Erics Brust. Die kosende dunkle Stimme tröstete sie und beruhigte ihren aufgestörten Geist. Das Zittern der feinen Gliedmaßen ließ nach. Sie folgte der Stimme, die sie zum Stall zurückgeleitete, und stand steifbeinig auf der Stallgasse, während Eric ihr Fell trocknete und bürstete, und ihr Langhaar ordnete.

»Sie haben gewußt, daß der Hengst eingreifen würde.« David sprach in nüchternem Tonfall, um den Sturm von Empfindungen zu verbergen, der ihn während der angstvollen Sekunden durchtobt hatte. Mit zitternder Hand tastete er nach seiner Pfeife. »Sie haben's gewußt«, wiederholte er. »Woher?«

Eric brachte Solitaire in ihre Box und streichelte sie. Sie konnte jetzt nicht einfach alleingelassen werden.

»Woher wußten Sie's?« fragte David noch einmal.

»Woher – oh, ich bat ihn, seine natürliche Pflicht zu erfüllen. Andernfalls hätte ich sie auf freiem Feld niemals diesem Schrecken ausgesetzt. Ich hoffte zwar, sie werde Edward tolerieren, aber natürlich durfte ich mich keine Sekunde darauf verlassen, und 's war ja auch gut so. Ich mußte es aber versuchen, um zu erfahren, ob ihre heftige Reaktion an ihrer Anspannung liegt oder tatsächlich an Edward ... armer Kerl! Er wird sich jetzt noch elender fühlen.«

David ging darauf nicht ein: »Sie baten den Hengst? – Ich habe kein Wort gehört.«

»Nein.«

David vergaß seine Pfeife. »Wollen Sie sagen, daß Sie über Telepathie oder so was mit ihm in Verbindung treten?«

»Ich sagte nichts in dieser Richtung.«

David versank in tiefes Nachdenken. Schließlich sagte er: »Sie sprechen nicht zu ihm, und doch tut er das Richtige. Irgendwie erreichen Sie ihn – und nicht nur ihn, jetzt, wo ich darüber nachdenke. Gibt es einen Trick?«

Eric ordnete Solitaires Mähne mit den Fingern. Sie entspannte sich sichtlich und haschte nach einem Bündel Heu. »Keinen ›Zaubertrick‹, wenn Sie das meinen, David. Es ist eine Art ... Strom, ein Fließen. Man könnte sagen, ich kann die Wellenlänge der Tiere erfassen und mich darauf einstellen.«

»Klingt ganz simpel. Kann es aber nicht sein, sonst könnt's ja jeder.«

»Es ist auch nicht einfach. Meistens kostet es sehr viel Kraft. Ein Tier, das aufgrund schlechter Erfahrungen unzugänglich geworden ist, kann nicht wie ein offenes Buch gelesen werden. Excalibur bildet eine seltene Ausnahme – er war nur ablehnend, aber nicht verstört. Das ist ein großer Unterschied.«

Solitaire hob den Kopf, stupste ein wenig Heu gegen seine Wange und ließ ihr kauendes Maul auf seiner Schulter ruhen.

»Sieht jedenfalls aus, als wären Sie in sie hineingekrochen, Junge. Die Kleine hat Sie gern.«

»Gern haben, Vertrauen, David – das ist nur der halbe Weg. Ich muß herausfinden, was sie so verstört hat, und darauf finde ich keine Antwort. Auch Solitaire gibt mir keine Antwort.« »Aber wenn Sie Pferden geistig, oder was auch immer es ist, so nahekommen können, daß Sie ihnen aus der Ferne befehlen, ähm ... sie bitten –«

»Dennoch kann ich nicht in das Wesen eines Tieres hineintauchen – auch ein Psychoanalytiker ist ja auf Äußerungen seines Patienten angewiesen, um seine Schlußfolgerungen ziehen zu können. Und seine Patienten sprechen. Selbst wenn sie nicht die Wahrheit sagen können oder wollen, so hat der Psychoanalytiker doch immerhin einen Anhaltspunkt.« – »Und Tiere«, nahm David den Faden auf, »sprechen nur durch ihre Handlungen, ganz wie Sie's an Ihrem ersten Abend bei uns sagten. – Allmählich verstehe ich ...« Er tastete wieder nach seiner Pfeife, besann sich eines anderen und ließ die Hände sinken: »Alle Achtung, da haben Sie sich ja ein hübsch kompliziertes Feld gesucht.«

Eric schleppte einen Putzkasten und mehrere Eimer über die Wiese und stellte seine Last in Excaliburs Nähe ab. »Zeit, ein anderes Versprechen einzulösen, Junge.«

Der Hengst kam mit steifen Schritten näher, jederzeit bereit wegzuspringen, wenn es diesem grellroten Ding dort etwa einfallen sollte, ihn in die Nase zu zwicken: Als sehr junges Fohlen hatte er einmal am Strand neugierig und unvorsichtig einen Krebs angestupst, der ihm daraufhin prompt seine Schere in die Oberlippe geschlagen hatte; eine unvergeßliche Lehre. Dieses Ding rührte sich nicht. Aber auch der Krebs hatte sich nicht gerührt, bevor er ihn anstieß.

Er blieb in vorsichtiger Entfernung stehen und sog die Gerüche von Plastik, Pferd und verschiedenen Salben und Fetten ein. Erst als Eric mit beiden Händen ohne zu zögern in den Kasten griff und darin herumwühlte, kam Excalibur ganz nahe heran. Seine Ohren vernahmen zum ersten Mal das Geräusch einer Kardätsche, die an einem Striegel ausgestrichen wird, und folgten dem Laut in einer kleinen zuckenden Bewegung. Eric hielt ihm die beiden Werkzeuge hin und erklärte, wozu sie gut waren, wobei er genau wußte, daß der Hengst ihn nicht verstand. Er würde es ihm zeigen müssen. Doch das vertraute sanfte Murmeln seiner Stimme ließ Excalibur die Geräte eingehend beriechen. Er schnaufte. Die Dinger rochen für ihn wie ein Pferd, das sich vor einiger Zeit im Dreck gewälzt hatte, der dann auf seinem Fell eingetrocknet war. Seine Zähne faßten nach der Kardätsche wie nach der Mähne eines anderen Pferdes, um dessen Mähnenkamm wohltuend zu zwicken, wie er es in seinen Fohlentagen getan hatte, bevor er der Herrscher wurde, dem sich keiner zu nähern wagt; er umschloß spielerisch die Kardätsche – und ließ sie schnell wieder los, als die Borsten gegen seinen Gaumen drückten. Seine Ohren klappten zur Seite, als er überlegte, ob er beleidigt sein sollte; aber dann war die Neugier doch stärker. Er stieß die Kardätsche an: Wozu war das überhaupt gut? Damit spielen oder es fressen konnte man jedenfalls nicht.

Er zuckte zurück, als Eric sanft mit der Kardätsche über seine Nase strich, aber gleich schob er den Kopf wieder vor: das war nicht unangenehm. Es war wie Streicheln, nur keine glatte Berührung wie von Erics Händen, sondern tiefer. Sehr intensiv fühlte er nach, wie die kurzen Borsten zwischen die Haare seines Fells griffen und seine Haut sanft stimulierend erreichten. Seewind, Sonnenschein und Mairegen hatten ihm nie so viel Spaß gemacht wie dieses kleine Ding, das in langen, langsamen, geübten Strichen über seinen Körper geführt wurde. An der rechten Flanke hatte er einen ausgeprägten Haarwirbel; es kitzelte, als sich die Kardätsche näherte, und er schwankte zwischen Quieken und verspieltem Ausschlagen, aber das Ding folgte vorsichtig der Wuchsrichtung der Haare und war eine reine Wohltat. Er seufzte, streckte den Kopf entspannt nach vorn und schloß halb die Augen. Seine Ohren achteten jetzt auf die Herde; alle anderen Sinne waren diesem einzigartigen Vergnügen hingegeben. Und es war nicht nur diese Bürstenmassage – danach kam eine zweite mit einer noch sanfteren Bürste, und auch sein windzerzaustes Langhaar wurde vorsichtig entwirrt, geglättet, gekämmt und ein wenig getrimmt: Die Mähne floß darauf von seinem Kamm in glänzenden Wellen, und der stolz getragene Schweif schwang beinah bis zu seinen Hufen herab. Einer nach dem anderen wurden seine Hufe zuerst mit einer trokkenen, dann mit einer nassen Bürste gereinigt, außen und innen. Eric kratzte den Huf aus und schnitt mit einem scharfen Hufmesser behutsam loses Horn weg, bis die Innenflächen rein waren. Excalibur lauschte auf die seltsamen Geräusche, die durch seine Beine nach oben klangen, und manchmal drehte er den Kopf, um zu erkunden, was Eric da tat. Es war ihm ungewohnt, auf drei Beinen zu stehen, aber das war Teil des Spiels. Wenn ein Huf dann niedergesetzt wurde – sauber und eingefettet und mit sorgfältig geteertem Strahl –, fühlte er sich ganz anders an als vorher, viel leichter. Er bekam Augen, Nüstern und die Genitalien mit warmem Wasser und einem neuen Schwamm gewaschen. Ganz zum Schluß kam das weiche Tuch: Es schmeichelte über sein Gesicht, den Hals unter der Mähne entlang und über den ganzen Körper. Auch das Tuch folgte jedem kleinen Haarwirbel und fuhr nochmals über das elektrisch aufsprühende Langhaar. Als Eric fertig war, wandte Excalibur den Kopf, so weit er nur konnte, und roch an seinem Leib. Er beschnüffelte seine Beine und legte das Maul beinah bis an die Vorderhufe. Er fühlte sich leichter als je zuvor, entspannt, und zugleich voller Tatendrang wie nie. Er tat zwei Schritte, hielt erstaunt inne, trabte an – es war, als könne er auf die Wolke da oben springen. Übermütig schlug er aus und umkreiste seine Stuten, funkelnd in seinem neuen Glanz.

»Ein Märchenprinz«, sagte David, der sich bislang in vorsichtigem Abstand gehalten hatte, jetzt aber zu Eric trat. »Damit haben Sie ihm wirklich eine Freude gemacht, mein Junge. Wenn ich das Claire erzähle! Sie wird sagen, ich sei betrunken – ein Wildhengst, der sich nicht von der Stelle rührt, wenn er geputzt wird! Ich würd' jeden einen Spinner nennen, der mir's erzählte, wenn ich's nicht mit eigenen Augen gesehen hätte.«

Eric lächelte. Sein Blick folgte Excalibur, der stolz wie ein Paradepferd einhertrabte und sich von seinen Stuten bewundern ließ. »Er ist richtig ein bißchen eitel, nicht? Sehen Sie, wie er den Kopf wirft und seinem Harem immer die Breitseite zudreht, damit sie ihn in voller Pracht sehen!«

»Ich hab schon 'ne ganze Menge von Ihnen gelernt, seit ich Sie heut beobachtet habe. Ich glaube, ich weiß, wie Sie's machen.«

»Ja?«

»Ja. Sie achten sie. Sie sind rücksichtsvoll und höflich gegen Tiere, wie Sie's zu Menschen auch sind. Menschen werden zugänglicher, wenn man sie für voll nimmt, und bei Tieren scheint's nicht anders zu sein.«

»Nach meiner Erfahrung stimmt das.«

»Das kann aber nicht das ganze Geheimnis sein. In unserer Gegend nennt man Leute wie Sie einen Wizard. Vor Ihnen bin ich noch keinem begegnet. Ihr wachst schließlich nicht auf Bäumen.«

Er wurde wieder praktisch. »Ich hab Claire versprochen, daß wir zum Mittagessen zurück sind, und es wird Zeit, mein Junge.«

»Ist's schon so spät?«

»Aye, Sie haben die Zeit vergessen, als Sie den Roten auf Hochglanz brachten. – Es gibt gegrilltes Huhn mit Folienkartoffeln und jungen Erbsen, und weil Sonntag ist, wird Claire ihre herrliche Sahnesauce mit gedünsteten Pilzen machen, und zum Nachtisch gibt es den Erdbeerkuchen, den Sie so mögen.«

Sie verabschiedeten sich von den Fargus' und dem bekümmerten Edward. Eric sah ihm gerade in die Augen. »Früher oder später, Edward –«

»Ja, Master Eric. Ich traue Ihnen. Aber ich hoffe, Sie finden den Wurm viel, viel früher als später.«

»Ich auch, Edward.«

Er wandte sich an Turner. »Wann wird denn die Riege eintreffen?«

»Na, ich habe ihnen gesagt, sie sollten's langsam angehen lassen, es sind schließlich angeknackste Tiere. Wahrscheinlich kommen sie irgendwann morgen.«

»Schön. Wird gut sein, sie wiederzusehen.«

14

Eric kam an diesem Sonntag nicht in den Genuß des Erdbeerkuchens. Als er an einem knusprigen Hühnerflügel knabberte, klingelte das Telefon.

»Es ist der alte Mr. Muir von der anderen Seite der Hügel.« Claire hielt den Hörer gegen die Brust. »Seine Hündin Duchess hat Wehen, aber es geht nicht voran, sagt er.«

»Oh, aye.« Eric wischte sich hastig Lippen und Hände mit einer Serviette ab und stand auf. »Können Sie mich fahren, David?«

»Was für 'ne Frage!«

Nur gut, daß er sich im Krankenhaus Gedanken auch darüber gemacht hatte, was geschehen würde, wenn der Tierarzt der Gemeinde über längere Zeit ausfallen oder gar nicht mehr wiederkommen würde. Schließlich hatte er Medikamente, Operationsmaterial und Instrumente gekauft, da er ahnte, er würde einmal sehr froh darüber sein. Jetzt war der Zeitpunkt gekommen. Mr. Muir war ein kleiner, gebeugter, weißhaariger Herr mit jungen, lebhaften Augen, die umwölkt von Sorge um seine geliebte Hündin waren. Dennoch war er aufmerksam und freundlich, als er ihnen die Tür öffnete: »Ein neues Gesicht! Freut mich, Sie kennenzulernen, junger Mann. Duchess ist gleich hier, in der Küche.«

Duchess war eine bildschöne West Highland White Terrier-Dame und in offensichtlich großer Bedrängnis. Ihr kleiner Leib war hochgeschwollen, sie hechelte mit trockener Zunge und verzweifelten Augen. Eric kniete neben ihrem Korb, streichelte sie und sprach beruhigend auf sie ein. Eine Weile regte sie sich nicht, aber dann begann seine Stimme sie zu erreichen; sie winselte schwach und schob ihre Schnauze nach seiner Hand, leckte sie kurz. Als sei diese Anstrengung schon zuviel, ließ sie sich wieder niedersinken und schloß halb die Augen. Ihr kleiner Körper zitterte und flehte um Erleichterung.

»Ich werde dich jetzt untersuchen, Duchess, keine Angst. Nur ruhig – ruhig – ruuuhiig – siehst du ... Da ist ein großer Welpe ganz vorn, Mr. Muir, der liegt quer und versperrt den Ausgang.«

»Oh, aye, verstehe. Können Sie was tun?«

»Ich richte ihn aus«, sein Finger tat es, während er sprach, »und ziehe ihn mit dieser Zange heraus. Aber erst muß Duchess noch eine Spritze bekommen, damit sie weiter pressen kann. Armes Mädchen, sie ist schon ganz erschöpft.« Er rasierte ein wenig Fell weg, desinfizierte die nackte Haut, und ließ die Nadel in die gestaute Vene gleiten. Duchess wimmerte nicht einmal. »Feines, tapferes Mädchen.« Die kleine weiße Stummelrute klopfte schwach auf das Dekkenpolster, und lächelnd strich Eric ihr über das blütenweiße Fell. Das kleine Hundegesicht war ihm zugedreht, und er sah einen Schimmer in den fast schwarzen Augen. Sie wußte, daß er ihr helfen würde.

»So ein gutes Mädchen, so tapfer ... ich werde den kleinen Kerl herausziehen, und bis dahin wird die Spritze zu wirken anfangen.«

»Wird sie das nicht verletzen?« fragte Mr. Muir angstvoll. Eric zeigte ihm noch einmal die kleine Zange. »Hiermit nicht.«

»Hm! Wenn Sie es sagen ... sieht für mich aus wie 'ne lächerlich kleine Kuchenzange.«

»Es ist ein Spezialinstrument, Mr. Muir, gedacht für einen Fall wie diesen. Ich will Ihnen lieber gleich reinen Wein einschenken, fürchte, der erste Welpe wird nicht mehr am Leben sein. Er war lange eingeklemmt.«

Eine Wolke tiefer Traurigkeit zog über die bartlosen schmalen Wangen des alten Mannes, aber er sagte nur: »Oh. Aye. Aye.«

Eric ging sehr vorsichtig vor, bis er die Backen des Instrumentes um das nachgiebige Köpfchen des Welpen schloß, dann zog er sehr sacht und stetig. Das kleine rosige Wesen rutschte ihm entgegen, und er fing es auf seiner Handfläche auf und legte es sacht beiseite, wo die Hündin es nicht sehen konnte. Wie er erwartet hatte, atmete es nicht mehr. Es ist nicht gut, wenn ein Muttertier mit einem toten Kleinen konfrontiert wird. Und es galt jetzt, sich um die Lebenden zu sorgen. Behutsam untersuchte er den Uterus der kleinen Hündin – »die anderen scheinen alle wohlauf zu sein – die sind wie Päckchen auf einem Fließband; warten nur drauf, daß sie endlich an die Reihe kommen. Und die Injektion beginnt schon zu wirken – sehen Sie, wie sie preßt?«

Mr. Muirs Augen lagen auf dem rosigen Wesen, das den Fortgang der Geburt so lange behindert hatte, weil es durch die ersten Wehen in eine falsche Lage geschoben worden war: »Es war nicht deine Schuld, Kleines.« Mühsam kniete der alte Mann neben dem Korb, streckte die Hand aus und schob mit zwei Fingern die beinah durchscheinenden Hinterläufe auseinander: »Hübscher kleiner Rüde wärst du gewesen.« Er wandte den Kopf ab, und Eric hörte sein trockenes Schlucken. So entging dem alten Herrn, daß Duchess einen Welpen nach dem anderen mühelos hervorbrachte, ihn gründlich ableckte, sich schließlich krümmte, ein wenig ruhte, und sich dann entschlossen aufrichtete, um die Nachgeburt zu fressen.

Und ihm entging auch, daß Eric währenddessen den kleinen Totgeborenen auf seiner Handfläche auf den Rücken legte und sanft in dessen Nasenlöcher blies. Er versuchte es mehrere Male, doch seine Hoffnung, daß sich das Wunder mit Maudies kleinem Hengst wiederholen würde, schwand. Doch da tat das Hündchen auf einmal einen eigenen Atemzug, verharrte dann zusammengekrümmt, als seine Lunge zum ersten Mal selbst arbeitete. Eric setzte es behutsam in den Korb zu den anderen, die sich bereits um das geschwollene Euter ihrer Mutter drängten.

Er sank auf die Fersen zurück, erleichtert und entzückt. Wie geschäftig die Kleinen waren, wie hungrig auf das Leben! Sie saugten eifrig an den Zitzen der Hündin, um Kraft zu bekommen für die Anforderungen, denen sie später würden standhalten müssen. Und die Hündin schob immer wieder ein kleines blindes Wesen, das sich verirrt hatte, an ihr Euter zurück. Manchmal hob sie den Kopf und leckte Erics Hand.

»Nicht doch, Duchess. Du warst ein ganz großartiges Mädchen, weißt du? Als du so große Schmerzen hattest, hast du dich gar nicht gewehrt, obwohl ich dir ja fremd bin, und bei dem Pieken hast du dich nicht gemuckst, feines Mädchen, und so schön kümmerst du dich jetzt um deine Familie ...«

Er murmelte, und die Welpen seufzten tief zufrieden in ihrer Hingabe an die mütterliche Fürsorge und die herrliche Milch; und schließlich fand Mr. Muir durch diesen friedlichen Chorus den

Mut, den Kopf zu wenden, doch bevor er sprach, erfaßte sein Blick David, der still in einer Ecke stand und sich manchmal kurz über die Augen fuhr.

»Ist's vorbei, junger Mann?«

»Aye, Sir. Sie haben wunderhübsche stramme Welpen und eine sehr stolze kleine Mutter.«

»Und das ... Tote, haben Sie's schon weggetan?«

»Eric legte ihm die Hand auf die Schulter und zeigte auf den kleinen Rüden: »Da ist er. Er brauchte bloß ein bißchen länger als die anderen, um sich mit der Wirklichkeit anzufreunden, Mr. Muir.«

»Beim heiligen Andreas ... das werd ich Ihnen nie vergessen«, sagte Mr. Muir mit belegter Stimme und strich dem Welpen mit dem Finger über den Rücken. »Und jetzt, jetzt sollten wir ... wir sollten das begießen, denken Sie nicht?«

Eric blickte zweifelnd zu David in seiner Ecke und sah mit Erstaunen, daß seine Augen gerötet waren. »Wird Claire uns das verzeihen? Sie wird vielleicht mit dem Tee auf uns warten?«

»Nay, is schon gut, Junge«, brummte David. »Ein Drink wird uns allen guttun.«

»Sherry?« bot Mr. Muir an, »Brandy? Malt?«

»Malt.« David barg seine Rührung noch immer hinter Gereiztheit.

»Junger Mann?«

»Ist mir gleich, Mr. Muir. Was Sie trinken.«

»Na, werd auch einen Malt nehmen. Es gibt nichts Besseres, um einen wieder ins Gleichgewicht zu bringen, aye, David?«

»Aye.«

Um die unbehaglich gespannte Atmosphäre zu lockern, wurde Eric sachlich.

»Es könnte sein, Mr. Muir, daß es zu Schwierigkeiten kommt. Wenn Duchess plötzlich anfängt zu zittern und hechelnd zu atmen, dann müssen Sie mich sofort anrufen. Egal zu welcher Zeit.«

»Jederzeit?«

»Jederzeit.«

Sie leerten ihren Whisky.

Als Eric und David auf dem Rückweg waren, sagte der Jüngere scheu: »Ich hab da ziemlich über Ihren und Claires Kopf hinweg eine Entscheidung getroffen; wenn wirklich eine Komplikation mit

Duchess eintreten sollte, werden Sie ja auch vom Telefon geweckt – ich habe gedacht, vielleicht sollte ich den Apparat mit an mein Bett nehmen?«

David blickte weiter auf die Straße und hüllte sich in eine dichte Rauchwolke, um sein Gesicht zu verbergen. »Nicht nötig.« Seine Stimme klang noch immer rauh. »So ist's eben, wenn man einen Tierarzt in der Familie hat.« Er schaltete in den nächsten Gang. »Ich dachte, Sie wären gut mit Pferden, Junge, aber als ich Sie da mit dieser kleinen Hündin sah, die anfangs nicht aus noch ein wußte vor Angst – Sie waren ja gar nicht mehr bei uns. Ich meine, Sie hatten uns vergessen, den alten Muir und mich, einfach alles um sich herum; nur die Tiere waren wichtig. Jetzt verstehe ich, was Billy meinte.«

»Billy?«

»Aye. Er sagte, Sie hängen Ihr Herz dran. Ich hab's heut gesehen, und verdammt, Sie haben mich zum ... na, lassen wir das. Aber so ist's schon: Sie hängen Ihr Herz dran.«

»Das kann aber auch nicht immer helfen«, sagte Eric nach einer langen nachdenklichen Pause.

»Nay. Aber Sie sind einer, glaub ich, der den kleinsten Funken anfachen kann.«

15

Der Mond war etwas voller und schien noch heller als in der letzten Nacht. Eric ritt aufmerksam den blinkenden Zaun entlang. Er würde den Zaun kontrollieren und vielleicht, wenn alles ruhig und er nicht zu müde war, einen Abstecher zu dem kleinen See machen.

Wieder hatten sie ihren Ausgang vom schmalen Dreieck genommen, an dem das Land der Fargus' auf das der Cochans stieß. Wieder klangen die Huftritte Gray Beards je nach Beschaffenheit des Bodens hohl und hell, oder satt und dunkel. Gray Beards wacher Verstand hatte sich bereits gestern diese öde Strecke eingeprägt, und er kannte sie schon ebenso auswendig, wie er all die Pfade des Whiskytrails kannte.

Plötzlich jedoch warf er den Kopf auf, als ihm der Geruch von Pferden in die Nase stieg. – Stuten. Sie rochen frei und wild, und mitten unter ihnen nahm er einen sehr scharfen Geruch wahr, den des Hengstes. Gray Beard schüttelte den Kopf: er kannte diesen Geruch und er legte keinerlei Wert darauf, diesem Geschöpf leibhaftig zu begegnen. Er lief schneller und passierte mit geduckten Ohren die Stelle, an der die Herde friedlich unter dem Mondschein in einer kleinen windgeschützten Schlucht graste.

»Was ist los, Junge?« murmelte sein Reiter. Auch er schien jetzt schläfrig und nicht mehr recht bei der Sache. Der Graue fiel, nachdem sie die Herde hinter sich gelassen hatten, wieder in seinen stoischen Trab und stellte die Ohren nach vorn. Die Nacht gehörte wieder der Langeweile.

»Ich sage dir, Junge, wenn ich's nicht müßte und wenn der Mond mich nicht so zappelig machen würde – nichts würde ich lieber tun, als jetzt in dem schönen breiten Bett zu liegen und diese Masse von Decken über mein Kinn ziehen.« Sein Reiter klopfte ihm den Hals und gähnte herzhaft. Sein Schlafmangel machte sich bemerkbar. Eigentlich war die ganze Unternehmung unsinnig, dachte er. Was hatte es für einen Zweck, wenn er Nacht für Nacht den Zaun untersuchte? In der Minute, da er sein Pferdchen wandte, konnten sie zuschlagen. Er fühlte sich gelähmt von Müdigkeit, Gleichgültigkeit und nüchternem Kalkül. Eben schon wollte er die Zügel anziehen, um den Grauen zu wenden, da schien ihm der Mond mit fast ungebrochener Kraft in die Augen und rüttelte ihn aus seiner Trägheit.

In der Stille der Nacht hörte er im Näherkommen das Rauschen und Sprudeln des Baches, der den stillen See erschaffen hatte. Unwillkürlich verhielt er das Pony, als er das Klingen von Metall hörte. Gray Beard hatte es auch gehört, spürte die Aufmerksamkeit seines Reiters und blieb von allein stehen. Er atmete kaum. Da war die Abwechslung, auf die er gewartet hatte! Er hätte gern gescharrt, aber er wußte, daß das nicht am Platz war; er verhielt sich still und dehnte nur neugierig den Kopf nach den leisen Lauten, die da vorn klangen.

Eric holte das Seil aus seinem Rucksack hervor und machte das Pony an einem Baum fest. Geschmeidig glitt er auf das leise Klingen zu, und jetzt hörte er in der Ferne dunkles Muhen, den hellen Laut von Kälbern und Hufgetrappel. Aber die Laute kamen nicht von der Cochan-Seite, sondern klangen, als entfernten sich die Tiere über das Gelände des Gestüts. Verwirrt schlich er näher.

Da war eine Gestalt am Zaun, klein und schmal und ganz dunkel gekleidet. Als sie am Zaun fingerte, sah er sie im Profil, aber er konnten die Züge nicht ausmachen, denn sie waren von einer Skimaske verdeckt. Er schlich sich näher und wartete, bis die Gestalt dicht an ihm vorbeikam; dann schnellte sein Arm vor, seine Hand griff den Fußknöchel und brachte den Maskierten zu Fall. Triumphierend kniete er über seinem Opfer, das heftig strampelte und kleine hitzige Laute von sich gab, schob die Hand unter die Maske, riß sie fort und erstarrte. »Louise!«

Das Haar fiel ihr wirr übers Gesicht, als sie fortfuhr, sich mit aller Kraft zu wehren. »Louise, Louise, hören Sie auf, ich bin's doch, Eric!« Er dachte, sie sei völlig verwirrt, da riß sie blitzschnell den Kopf herum und stieß gegen seine Hand vor. Ihre Zähne verfehlten ihn nur um Millimeter. Wütend packte er sie bei den Schultern und schüttelte sie, daß ihr Haar flog. »Kleine Bestie! Kommen Sie endlich zur Vernunft!«

»Wenn Sie mich verraten, werd ich Ihnen was antun! Wenn Sie auch nur ein Wort sagen –« Sie hatte ihre kleinen Fäuste freibekommen und hämmerte gegen seine Brust. »Kein Wort zu Mutter oder Großvater!«

Gütiger Gott, was für eine lächerliche Situation! Da hockte er nun rittlings auf dieser kleinen Wildkatze, mußte sein Gesicht vor ihren Hieben in acht nehmen und seine Hände immer wieder aus der Gefahrenzone ihrer Zähne ziehen; und das mitten in der Nacht in einem dunklen Wald. Er stand auf, packte sie, riß sie hoch und drückte sie an sich, ihre Hände mit einer Hand auf ihrem Rücken festhaltend, mit der anderen ihr Gesicht. Er drückte ihren Körper so fest an seinen, daß ihr die Luft knapp wurde und sie endlich still stand, keuchend und plötzlich zitternd. »Kein Wort!« wimmerte sie, »kein Wort, versprechen Sie's.«

»Das weiß ich noch nicht.« Zögernd lockerte er seinen Griff. »Lassen Sie mich erst mal Ihre Geschichte hören.« Ihr Blick war über seine Schulter in das Dunkel gerichtet.

»Wenn Sie jetzt wegrennen, werde ich Ihre Mutter tatsächlich fragen, ob Sie eine Ahnung davon hat, was ihre Tochter mitten in der Nacht am Grenzzaun zu schaffen hat. Wollen Sie das?«

Sie riß sich los. »Nein.«

»Kommen Sie, Sie zittern ja. Nehmen Sie das.« Er streifte seine Jacke ab und hängte sie um ihre Schultern. Scheu tastete sie nach den Aufschlägen und zog das warme Kleidungsstück enger um sich. »Und Sie?«

»Es geht schon.« Über seinem karierten Flanellhemd trug er eine gefütterte Reitweste.

»Die Nacht ist ja nicht kalt. Sie zittern bloß, weil Sie nervös sind.«

»Haben Sie vielleicht eine Zigarette?«

»In meinem Rucksack. Er ist drüben beim Pony. Kommen Sie.« Als sie neben ihm hertrottete, blickte er auf sie nieder. »Ich hätte nicht geglaubt, daß Sie rauchen, Louise.«

»Was dachten Sie denn von mir? Daß ich an den Weihnachtsmann glaube und mit Puppen spiele?!«

Ja, was hatte er eigentlich von ihr gedacht? Nichts Gutes, jedenfalls: »Ich hielt Sie für eine vorlaute, verzogene und ziemlich eingebildete Göre. Ist das Antwort genug?«

»Und ... und was denken Sie jetzt?«

Sie hatten Gray Beard erreicht, und Eric hielt ihr das Zigarettenpäckchen hin. Als er sah, mit welchem Hunger sie den Rauch inhalierte, grinste er. »Ich denke jedenfalls, daß dies hier nicht Ihre erste Zigarette ist.« Er entzündete eine für sich, ließ sich neben Gray Beard mit gekreuzten Beinen auf dem Boden nieder und zog Louise am Ärmel seiner Jacke neben sich. Ohne Widerstreben gehorchte sie. »Das soll wohl so was wie eine Friedenspfeife sein, schätze ich?«

»Ich wollte nie Unfrieden mit Ihnen, Louise. Sie waren von Anfang an gegen mich.«

»Hab meine Gründe.«

»Schön, lassen wir das. Was hatten Sie da am Zaun zu tun? Ich glaube auch, Huftritte gehört zu haben, und zwar auf diesem Gelände.«

»Ich zeige es Ihnen.« Sie rappelte sich auf und ging dicht am Zaun entlang den Weg zurück zu der Stelle, wo er sie gepackt und niedergeworfen hatte. »Hier, sehen Sie.« Mit einer Hand machte sie sich am Zaun zu schaffen, wo er um einen der Stützbalken lief; wieder klimperte das Metall leise, und eine Öffnung war im Zaun.

»Die haben das gemacht.« Sie nickte zum Land der Cochans hin. »Der Zaun ist hier so bearbeitet, daß er nur um den Balken gehakt werden muß. Es hat ziemlich lange gedauert, bis ich ihnen auf die Schliche gekommen bin. Das ist gar nicht dumm, sehen Sie? Statt den Zaun aufzuschneiden und wieder zu reparieren, damit nichts auffällt, haben sie sich eine Art Tor gebastelt.«

Eric stieß einen leisen Pfiff aus, warf seine Zigarette zu Boden und trat sie aus. Louise bückte sich, hob die Kippe auf und ließ sie in der Jackentasche verschwinden.

»Sie müssen ja nicht wissen, daß wir's wissen. Die sind schlau. Wenn die Kippe an dieser Stelle liegt, rechnen die sich aus, daß hier einer gestanden und ihr Tor begutachtet hat.«

Eric beugte sich nieder und nahm den Zaun in Augenschein. »Saubere Arbeit«, sagte er, »so gut wie unsichtbar. Ich bin gestern nacht den ganzen Zaun abgeritten und habe nichts bemerkt.«

»Um es zu sehen, müßte man im hellen Tageslicht den Zaun Zentimeter für Zentimeter absuchen.«

»Und das haben Sie getan?«

Sie schüttelte den Kopf. »Bald nachdem die da«, sie wies verächtlich über den Zaun, »das Land gepachtet hatten, verschwand ein Kalb, das Mutter als Bullen aufziehen wollte, und sie hat sich deswegen sehr geärgert, und weil die Polizei ...«

»Ihre Mutter erzählte mir davon.«

»Mir hat das keine Ruhe gelassen. Ich habe manchmal beinahe die ganze Nacht draußen verbracht und gewartet, daß sie es wieder tun.«

»Und Ihre Mutter weiß nichts davon.«

»Mama sitzt oft so lange über ihren Büchern, bis sie einschläft. Sie ist froh, wenn man sie nicht stört. Es ist nicht schwer, sich aus dem Haus zu schleichen. Aber wenn sie es wüßte ... auch nur etwas ahnte, würde sie mich in meinem Zimmer anketten. Und Grandpa – Sie haben ja gesehen, wie er sich aufregen kann.«

»Aber Sie sind doch nicht zu Fuß über das riesige Gelände gewandert?«

»Ich hab ein gutes Fahrrad. Es ist da im Busch versteckt.«

Eric wußte nicht, was er sagen sollte. Dieses Mädchen, das er für ein verzärteltes Pflänzchen gehalten hatte, war auf einem Fahrrad unermüdlich über unwegsamstes Gelände gefahren, um ihrer Mutter zu helfen, und sie hatte ihr Geheimnis ebenso für sich behalten wie die Müdigkeit, ja, Erschöpfung, die sie nach einer solchen Nacht verspüren mußte. Schließlich fuhr sie ja auch noch jeden Morgen zur Schule in Kirkrose. Jetzt verstand er ihre Gereiztheit. »Louise«, sagte er leise, »ich muß mich wirklich bei Ihnen entschuldigen.«

Sie sah abwartend zu ihm auf.

»Ich habe Sie ein Kind genannt, als wir Excalibur zum ersten Mal begegneten, und es war nicht freundlich gemeint.«

»Ich weiß.«

»Ein Kind, wie ich es meinte, wäre nie zu einer so großartigen Sache in der Lage wie Sie.« Er streckte ihr die Hand hin: »Akzeptieren Sie die Entschuldigung?«

»Klar.« Sie legte ihre kleine Hand in seine, und er fühlte ein blitzartig rasches Zucken und sah einen seltsamen Glanz in ihren

Augen, als sie zu ihm aufsah. Fast schien es, als wolle sie sich an seine Schulter lehnen. Er bog es ab, indem er sagte: »Darauf können wir jetzt wirklich eine Friedenspfeife rauchen.«

Claire hatte darauf bestanden, seinen Rucksack zu packen, und eifrig kramend förderte er kleine Schätze an die Oberfläche: Ein dickes Paket mit Sandwiches, eine Thermoskanne mit heißem Tee, eine kleine Dose mit Zucker, ein fest verschraubtes Fläschchen mit dicker Sahne und ganz zum Schluß eine kleine flache Whiskyflasche.

»Nehmen Sie den Becher von der Thermoskanne«, schlug er vor, als er ihr Feuer gab. »Ich werde einen Tropfen Whisky aus dem Deckel der Flasche trinken. Er ist groß genug für einen oder zwei Schlucke.« Über die Flamme hinweg blickte er in ihre Augen.

»Schätze, Whisky ist Ihnen ebensowenig fremd wie Zigaretten.«

»Sie haben wohl Angst, sich zu vergiften, wenn Sie mit mir aus demselben Becher trinken?«

Seine Lider sanken halb herab, und ein kleines Lächeln hob seine Mundwinkel. »Verlangen Sie nicht zuviel auf einmal von einem unbedarften Pferdedoktor, junge Dame. Geben Sie mir Zeit, mich an die neue Louise Fargus zu gewöhnen.«

Sie würgte ihren Protest mit einem großen Schluck Whisky hinunter, hustete, wischte sich über die plötzlich tränenden Augen und streckte ihm den Becher erneut hin. »Lieber Tee?« fragte er fürsorglich, und sie nickte, unfähig zu sprechen.

»Möchten Sie ein Sandwich?«

»Ich bin nicht hungrig. Was ist mit Ihnen?«

»Nein. Sagen Sie, Louise, haben Sie je die Cochans beobachtet, wie sie Tiere von Ihrem Gelände wegtrieben?«

»Nein, das ist es ja! Sie machen es nicht selbst, sonst hätte ich die Polizei schon dazu gekriegt herzukommen, damit sie sie in flagranti ertappt; aber es ist der Hund.«

Erics Herz sank. »Welcher Hund?« fragte er tonlos, obwohl er die Antwort kannte.

»Der verdammte Hund, den Sie bei sich hatten an Ihrem ersten Abend. Der grauweiße Schäferhund. Sie haben ihn abgerichtet. Zuerst dachte ich, wenn ich fotografieren könnte, wie er's tut ... aber dann fiel mir ein, die Cochans würden nur sagen, er sei ein Wilderer, und sie hätten keinen Anteil daran, und wahrscheinlich würden sie ihn töten, um die Polizei von ihrer Behauptung zu überzeugen, und darauf nur einen anderen Hund abrichten, und immer so fort ... und ich wollte nicht verantwortlich sein für den Tod eines Tieres, das nur tut, was ihm befohlen wird.«

Für diese Worte hätte er sie umarmen können. »Wieso sagten Sie damals nichts davon? Ich meine, an meinem ersten Abend hier, als Sie uns auf die Klippen nachgekommen waren?«

Sie sah ihn an, als zweifele sie an seiner Zurechnungsfähigkeit. »Wie konnte ich? Hätten Sie's geglaubt? Sie hatten sich mit dem Hund angefreundet, und überdies ...«

»Ja?«

»Na, zum einen hätte ich's nicht erklären können, nicht richtig. Und außerdem ... Sie waren ein Fremder, Sie waren so zurückhaltend ... wenn Sie jemanden nicht kennen, und dieser Jemand einen ganz zugeknöpften Eindruck macht – würden Sie dem gleich reinen Wein einschenken?«

»Nein«, mußte er einräumen. »Da sahen Sie also die einzige Möglichkeit darin, immer auf der Wacht zu sein, ihm zu folgen, wenn er es wieder getan hat, und die gestohlenen Tiere dann zurückzutreiben?«

»Ein bißchen komplizierter war's schon.«

»Was ich nicht verstehe«, sagte er langsam, »... gestern noch war ich bei den Hirten, und die sagten, seit die Tiere in den Scheunen sind, ist nichts mehr vorgefallen.«

Louise zuckte die Schultern. »Wenn Sie dort waren, wissen Sie auch, wie unübersichtlich die Koppeln sind. Und die da oben lassen den Hund beinah jeden Tag über unser Gelände stromern. Wenn er versprengte Tiere findet, scheint er sie zum Zaun zu treiben, als gehörten sie zu denen da oben. Wahrscheinlich wollten die Hirten morgen früh Meldung im Haus machen, daß nun doch wieder einige fehlen; die Mühe können sie sich jetzt sparen. Sie werden sich nur wundern, wenn sie draußen auf die Ausreißer treffen.« Sie lächelte grimmig und trank einen Schluck.

»Aber wie kommt der Hund durch das Tor im Zaun?«

»Sie öffnen es natürlich für ihn.«

»Kann man sie nicht beim Öffnen oder Schließen stellen?«

»Sie ziehen es aus sicherer Entfernung mit Drähten auf. Die würden bei einer Nachtaufnahme nicht auf dem Foto erscheinen. Sie selbst sind hinter Bäumen versteckt. Und sie haben das Tor so gearbeitet, daß es in seine Fassung springt, wenn die Drähte nachgelassen werden.«

»Aber wie bekommen Sie die Tiere zurück? Sind sie nicht eingesperrt? Schlägt der Hund nicht an, wenn Sie auf das Gelände kommen?«

»Natürlich sperren sie die Tiere ein, aber diese Bruchbuden von Ställen! Es ist nicht schwer, ein paar Planken zu lösen, die Tiere herauszulassen, und die Planken wieder lose zu befestigen. Und der Hund – ja, das ist schon merkwürdig, aber er muckst sich nie, wenn ich da bin, so, als habe er überhaupt keine Lust, sein Revier zu verteidigen. Er ist wohl nur 'n guter Schäfer, aber kein Wachhund.«

»Aber die Leute? Wenn von denen einer Sie je sehen sollte –«

»Die sind jeden Abend stockbetrunken. Ich höre ihr Gröhlen aus dem Haus. Ab spätestens zwei Uhr in der Früh ist keiner von denen mehr zurechnungsfähig. Die vertrinken alles, was sie sich zusammenstehlen, glaub ich.« Sie streckte ihre Hand nach der Whiskyflasche aus und goß einen guten Schuß in ihren Tee. Eric nahm ihr die Flasche weg: »Sie wollen's denen doch wohl nicht nachtun?«

»Nur noch diesen. Dann werd ich ein gutes Mädchen sein.«

»Ich finde wirklich, Sie sind ein gutes Mädchen. Ein sehr gutes Mädchen.«

Louise schluckte hastig ihr Gemisch hinunter und tastete wie blind nach einer weiteren Zigarette. Eric ließ langsam seinen Whisky auf den Boden tropfen.

»Sie haben wohl das Recht zu wissen, warum ich so eklig zu Ihnen war.«

Ihre Stimme klang ziemlich schwerfällig. »Zum einen: Sie haben mich überhaupt nicht zur Kenntnis genommen – guten Tag, freue mich, Sie kennenzulernen, Miss Fargus – das war's. Wahrscheinlich würden Sie auch eine Schaufensterpuppe so ähnlich begrüßen. – Und ich sah, wie Mutter Sie beobachtete, Ihnen mit den Blicken folgte, und sie hatte dieses besondere Lächeln, wenn sie mit Ihnen sprach, diese leuchtenden Augen, und immer suchte sie Ihre Nähe. So wie Mutter Sie ansieht, hat sie nur meinen Vater angesehen. Vater war einer wie Sie: groß und gut gewachsen, und sein Lächeln war beinah so unwiderstehlich wie Ihres, und das war auch keine

Schau, obwohl er natürlich gelernt hatte, daß er überall gut ankam, besonders bei Frauen. Sie sind ihm wirklich in mancher Hinsicht erstaunlich ähnlich.«

Ein heftiger Schluckauf unterbrach sie, doch sie preßte die Stirn auf die angezogenen Knie und sprach weiter.

»Ich hielt Sie für so was wie einen Mitgiftjäger und auch für einen Quacksalber und Betrüger. Ich konnte einfach nicht verstehen, wie Sie Excalibur so zutraulich machen konnten, wenn mein Daddy ihm nicht einmal in die Nähe zu kommen wagte. Ich war ziemlich unfair zu Ihnen, ich weiß das jetzt. Aber ich fing erst an nachzudenken, als Sie sagten, Sie würden die Gestütsleitung nicht haben wollen.«

»So habe ich das nicht gesagt.«

»Heißt das, Sie wollen doch?!«

»Nein. Aber das konnte ich Ihrer Mutter wohl schlecht ins Gesicht sagen.«

Sie krauste die Stirn: »Touché! Ich fasse das als eine Lektion in Diplomatie auf. Ich habe mich wirklich wie ein kleines Kind benommen, Sie hatten ganz recht. Selbst von einer Siebenjährigen kann man eigentlich erwarten, daß sie weiß, wann sie wenigstens den Mund zu halten hat.«

»Schätze, Sie waren oft ganz schön müde und entsprechend reizbar, wenn Sie die halbe Nacht hier draußen zugebracht haben.«

»Keine Großmut, Junker Eric«, sagte sie und bemühte sich um einen ironischen Tonfall. »Sie zerstören mein Weltbild sonst ja völlig. Ich habe mich wie eine Närrin aufgeführt.«

»Also gut. Närrin, ich werde Euch als solche behandeln.« Er goß Tee in ihren Becher und hielt ihn ihr hin. »Euer Narrheit sollten noch etwas trinken. – Haben Sie eigentlich keine Freunde? Sie leben hier oben so abgeschieden, verbringen nach der Schule den ganzen Tag auf Sunrise. Sie sollten Kontakt mit Gleichaltrigen haben, Louise; junge Leute, mit denen Sie sich verabreden, mit denen Sie über alles sprechen können. Sie sollten sich nicht hier oben vergraben und versuchen, die Arbeit eines Erwachsenen zu tun. Sie haben doch Verwandtschaft von väterlicher Seite in Glasgow. Würde es Ihnen nicht Spaß machen, die mal zu besuchen, vielleicht in Museen und ins Theater zu gehen, auf Partys, ... na, was man eben so tut.«

»Wer wird dann hier aufpassen?«

»Ab jetzt passe ich hier auf, und Sie verbringen die Nächte in Ihrem Bett.«

»Klingt zu schön, um wahr zu sein. Sie werden ja nicht ewig hierbleiben.«

»Eine Weile bleibe ich ja schon noch. Überlassen Sie sie mir.«

»Was wollen Sie denn tun?«

»Es sollte sich ein Weg finden lassen, ihnen das Handwerk zu legen, und dann wird niemand mehr aufpassen müssen. Und Sie können mit ruhigem Gewissen Spaß haben.«

Wie war denen das Handwerk zu legen, fragte er sich, während er so zuversichtlich sprach. Und Wolf ... einer der Hirten könnte ihn leicht erschießen, wenn er ihn bei seinem verbotenen Treiben erwischte. Er dachte an den Schrecken seines ersten Morgens hier, als der Hund so unvermittelt zusammengebrochen war, und Louise hatte gesagt, die Cochans hatten ihn abgerichtet – wie konnten sie sein Treiben aus der Ferne steuern? Und da waren noch andere Rätsel ...

»Aber ich werde mich da gar nicht wohl fühlen«, unterbrach ihre Stimme seine Gedanken. »Ich kenne da doch keinen in Glasgow, außer Onkel und Tante und Pete.«

»Ihr Cousin?«

»Hm.«

»Wie alt ist er?«

Sie schien nachrechnen zu müssen und entschuldigte sich. »Es ist 'ne Weile her, seit ich ihn das letzte Mal sah ... da war er ein pikkelgesichtiger Bengel, der mich an den Haaren zog.«

»Ich wette, Sie haben damals Rattenschwänze getragen.«

Mit kindlich anmutendem Staunen sah sie ihn an: »Woher wissen Sie das denn?« Dann sah sie den Schalk in seinen Augen und gab ihm einen kleinen Klaps. »Sie machen sich über mich lustig, Sie Ekel!«

Eric lächelte und zeichnete verschlungene Muster in den Boden. »Ich verstehe etwas von Pferden. Nicht so sehr viel von Mädchen, Louise.«

Sie schmiegte die Wange an ihre noch angezogenen Knie und betrachtete ihn schweigend. Nachdem sie ihn eine Weile still angesehen hatte, hob er den Kopf und sah, daß das Mondlicht alles Kindliche aus ihren Zügen gezaubert hatte – ihr Gesicht glich in diesen Augenblicken dem feingeschnittenen Oval ihrer Mutter.

»Immer nur Arbeit für Sie, nicht? Ich wünschte, Sie würden mir in Glasgow Museen zeigen und mit mir auf Partys gehen.«

Er hätte sie überhaupt keinen Whisky trinken lassen sollen. Nicht einmal einen Tropfen. »Sie werden also fahren?«

»Sie sind gut im Ausweichen, Mr. Gustavson.« Sie erhob sich und wischte sich die derben schwarzen Hosen ab. »Ich werd's mir auf jeden Fall überlegen. Und jetzt gehe ich nach Hause. – Das erleichtert Sie, nicht?« fügte sie mit einem Anflug ihrer früheren Bosheit hinzu.

»Sie scheinen mich ja für einen richtigen Frauenhasser zu halten.«

»Ich glaub nicht. Ich glaub, Sie mögen Menschen einfach nicht besonders. Im allgemeinen, heißt das. Sie sind mißtrauisch. Papa war oft auch sehr zurückhaltend gegen andere. Vorhin sagte ich noch, es schien manchmal, als sei ihm sein Charme geradezu unangenehm, aber vielleicht war's das gleiche wie bei Ihnen. Vielleicht hatte er Angst vor Menschen, Angst, daß sie ihn verletzen.«

Eric saß noch auf dem Boden. Unbehaglich spielte er mit ein paar Sandklumpen. »Ich wußte nicht, daß Psychoanalyse zu Ihren Hobbys zählt«, sagte er rauh. »Und auf jeden Fall liegen Sie ganz falsch.«

»Wenn Sie es sagen.«

Ein Sandklumpen kollerte aus seiner unruhigen Hand auf den Boden und Eric fragte sich, woher dieses frühreife Mädchen seine Einsichtigkeit nahm. Er hatte sie unterschätzt. Was konnte sie wissen von seiner Kindheit, dem Sehnen nach Liebe und Geborgenheit, und den Strafen, den harten Worten, die es statt dessen gegeben hatte? Was von der Grausamkeit der Kinder in der Schule, nachdem sich herumgesprochen hatte, daß er keine Eltern hatte?

Womöglich verfügte sie über ein ähnliches Feingefühl wie er selbst. Und da sagte sie, als habe sie seine Gedanken gelesen: »Den Tieren können Sie helfen, und Sie lieben sie. Aber Sie selbst – ... Wissen Sie, was ich Ihnen wünsche?«

»Louise, bitte –«

»Schon gut, schon gut, ich bin gleich verschwunden. Ich wünsch Ihnen, daß bald eine daherkommt, vor der Sie sich nicht so in acht nehmen wie vor allen anderen, und daß sie Ihnen zeigt, daß Sie das auch gar nicht müssen. Und ich hab so das Gefühl, daß das gut für Ihr Zusammenleben mit allen anderen Menschen wäre.«

Er erhob sich langsam. »Ich frage mich, wo Sie diesen ganzen Klamauk hernehmen, Louise. Ich denke, ich gewöhne mich doch lieber wieder an den Gedanken, daß Sie ein unerhört unreifes Früchtchen sind.«

»Wenn Sie es sagen«, sagte sie wieder. Dann kam sie zu ihm, stellte sich auf die Zehenspitzen, legte die Hand auf seine Schulter, zog seinen Kopf tiefer und drückte ihm einen whiskydurchtränkten Kuß auf die Wange. Er schob sie sanft von sich und nahm ihr kleines kaltes Gesicht zwischen seine Hände. »Louise, ich lasse Sie so nicht allein nach Hause gehen, ich fürchte, Sie haben einen anständigen Schwips. Haben Sie wirklich jemals Whisky getrunken?«

»N ... nein, eigentlich nicht. Nein, keinen Whisky. Manchmal ein Glas Wein oder Sekt.«

»Warum haben Sie das vorhin nicht gesagt? Ich habe Sie doch gefragt!«

»Das ... stimmt nicht ganz. Sie sagten, Sie vermuteten, ich sei an Whisky ebenso gewöhnt wie an Zigaretten ... ich rauche sehr gern, und ich kann mich aus der Ebenholzbox auf dem Kaminsims jederzeit bedienen, ohne daß es auffällt – Mutter achtet nur immer darauf, daß die Box gefüllt ist, für den Fall, daß Besucher rauchen möchten. Sie hat zu viel zu tun, um die Zigaretten zu zählen. Aber Whisky ist was anderes.«

»Nun, und?!« Er hielt ihre Schultern fest und schüttelte sie kurz.

»Na, ich wollte nicht wie ein Baby in Ihren Augen wirken.«

»Und da gossen Sie das Zeug in sich hinein!«

»Jetzt übertreiben Sie aber.«

»Louise –«

»Ich sehe Sie dann morgen.« Und sie duckte sich unter seinem Griff hervor, lächelte ihn an und marschierte sehr gerade den schmalen, stellenweise kaum erkennbaren Weg hinunter. Die Dunkelheit sog ihre schwarzgekleidete Gestalt bald auf, doch dann drehte sie sich noch einmal um, und er sah das schwache Leuchten ihres bloßen Gesichts und ihrer bloßen Hände, als sie auf etwas zeigte: »Mein Fahrrad!« hörte er, und dann drang durch die Stille der Nacht ein leises Lachen zu ihm. Wenig später sah er sie hügelabwärts schießen, vertraut und verbunden mit dem Rad, wie er es mit den Pferden war.

Nachdenklich hängte er sich seine Jacke über die Schulter, die sie ihm in die Hand gedrückt hatte.

Vollmond.

Nur in den milden und klaren Nächten des Hochsommers an einer Küste des nördlichen Europa besitzt der Vollmond diese warme Pracht, diese eigentümliche Tönung von rötlichem Gelb, das nur langsam von seinem wie rauchverhangen wirkenden Gesicht weicht, um der silbrigen Farbe der Mitternacht Raum zu geben. Dieser große gelbliche Mond zog mit majestätischer Ruhe über die Wipfel der Wälder und übergoß alles mit seinem milden rötlichen Licht. Eric trabte auf Gray Beard durch die stille Nacht, und als sie endlich die Stelle am Grenzzaun erreicht hatten, wo er gestern mit Louise gesessen hatte, hatte der Mond seine warme Tönung verloren und stand als kalt leuchtende Scheibe hoch am Himmel und ließ den dicken Draht aufblinken.

Ein anstrengender Tag lag hinter ihm.

Am frühen Morgen hatte er herausgefunden, daß Solitaire nichts duldete, was sie drückte; sie war an der Longe auf dem Abreiteplatz so gut gegangen wie gestern am Halfterseil in der Koppel, bevor Edward auftauchte. Als er sie nach der Arbeit getrocknet und gestriegelt und dann versucht hatte, ihr eine Decke umzuschnallen, hatte sie wild ausgeschlagen. Sie hatte sich sofort wieder beruhigt, als es ihm gelungen war, sich ihr zu nähern und die Schnallen der Decke zu lösen. Es lag nicht an der Decke: die duldete sie ohne weiteres, ja, sie schien deren Wärme zu genießen. Möglicherweise lag ihre Gereiztheit aber auch daran, daß sie rossig war. Sein unruhiger Geist untersuchte eine Vielzahl von Möglichkeiten. Und nicht nur damit beschäftigte er sich. Heute waren die sechs Pferde eingetroffen, die er für Turner trainierte. Es waren keine Hengste unter ihnen, es waren vier Wallache und zwei Stuten, so daß sie gut auf Sunrise eingestellt werden konnten, ohne daß Schwierigkeiten mit Excalibur zu befürchten waren. Keines von ihnen hatte einen Unfall mit einem Schockerlebnis gehabt, wie etwa Lionheart oder Sir Lancelot. Sie brauchten vor allem Ruhe, viel Einfühlungsvermögen und Sanftheit, beim Training ebenso wie im Umgang mit ihnen im

Stall und auf der Koppel. »Ein wenig verwildert« seien sie inzwischen wieder, hatte Turner gesagt. Sie waren es keineswegs, jedenfalls nicht in Erics Augen. Freudig hatten sie ihn begrüßt, geschmeidig und glatt waren sie unter ihm gegangen, doch der fremde Stall, die Vielzahl von neuen Eindrücken hatte sie zunächst sehr verunsichert und mitunter ein wenig bockig gemacht. Dennoch – jedes einzelne der Pferde war nach seiner Übungsstunde ruhig und entspannt gewesen.

Eric war heute auch wieder zu zwei dringenden Fällen gerufen worden und hatte, während er mit einem Kälbchen kämpfte, das sich weigerte, auf die Welt gebracht zu werden, und später, als er einer Kuh ihre an einem Stacheldrahtzaun abgerissene Zitze annähte und dabei immer wieder von ihr getreten worden war, aus tiefstem Herzen um die baldige Genesung des Gemeindetierarztes gefleht. Nicht, daß er nicht froh darüber gewesen wäre, helfen zu können; aber die neu eingetroffenen Pferde kosteten eine Menge Zeit und Kraft, und er merkte nach den vergangenen harten Tagen und Nächten, daß das sprudelnde Überschäumen, das ihn nach dem Verlassen des Krankenhauses erfüllt hatte, bemerkenswert schnell abgeebbt war. Die zusätzliche Arbeit bei den Farmern hatte ihn so erschöpft, daß ihm alle Knochen schmerzten, als er schließlich seine letzte Aufgabe für den Tag erledigt hatte und ein wenig schwindelig von Lance geglitten war.

Es blieb noch der Kontrollritt. Er hatte vor, die ganze Nacht hier draußen zu verbringen. Die Cochans würden es bestimmt nicht auf sich sitzen lassen, die gestern von Wolf gestohlenen Tiere gleich wieder zu verlieren. Er war sicher, daß sich heute nacht etwas ereignen würde. Und darum hatte er sich ein paar Decken von Claire geliehen und auch ihren Imbiß dankbar angenommen. Es würde eine lange Nacht werden. Wenn er zu schläfrig wurde, würde er ein paar Runden schwimmen, das sollte ihn genügend aufmuntern. – Aber lange konnte es nicht so weitergehen: kein Mensch kann den ganzen Tag hart arbeiten und sich dann auch noch die Nacht um die Ohren schlagen, jedenfalls nicht hintereinander. Auf dem Weg hierher war er mehrmals auf dem Pony eingenickt, und nur sein über viele Jahre trainierter Gleichgewichtssinn hatte verhindert, daß er vornüber vom Pferd fiel, das ihn ebenfalls halb schlafwandelnd die sattsam bekannte Strecke entlangtrug.

Er saß ab und führte das Pony die Anhöhe hinunter Seine Schritte waren schleppend und schwer. Er atmete heftig, und kalter Schweiß brannte auf seiner Haut. Zwei Stunden Schlaf ... zwei Stunden sollte er Zeit haben. Er schloß die Augen und lehnte sich gegen Gray Beard, der unbequem, aber unbeweglich wie ein Fels auf dem unebenen Gelände stand. Er sollte sich doch lieber ein wenig hinlegen. Zwei Stunden ... sie erschienen ihm wie eine köstliche Ewigkeit, in deren Tiefen er Ruhe und Vergessen finden würde. Sein Bewußtsein sank tiefer und glitt beinahe unmerklich durch das Tor zum Schlaf. Er stand noch immer an das Pony gelehnt, als er bereits fest schlief.

Was ihn geweckt hatte, wußte er nicht. Er fühlte nur eine unerklärliche Unruhe, und die Macht des Mondes war plötzlich wieder sehr laut in seinem Blut. Er hörte es in seinen Ohren rauschen und fühlte das starke, harte Klopfen seines Herzens gegen die Rippen. Gray Beard, der sich nicht gerührt hatte, während Eric wie ein Sack Korn gegen ihn gelehnt stand, drehte den Kopf und stieß ihn mit dem Maul an.

Eric sah sich um. Sie standen, umgeben von dichten Sträuchern und knorrigen kleinen Bäumen, ungefähr in der Mitte zwischen dem am Grenzzaun entlangführenden Pfad und dem kleinen See, der sein Ziel gewesen war, bis Schwindel und Müdigkeit ihn übermannt hatten.

Das Sprudeln des kleinen Baches klang laut und frisch in die Stille und weckte seinen Durst. Vorhin hatte er nichts davon gehört. Überhaupt waren seine Sinne jetzt wieder hellwach, und wenn er nun noch einige Schwimmzüge tat, würde er frisch für die ganze noch verbleibende Nacht sein. Gray Beard rutschte an seiner Seite die abschüssigen Stellen hinunter, gelangte auf ebene Erde und strebte dem Bach zu. Auch er war durstig. Doch dann verharrte er und blickte mit straff gespitzten Ohren aufmerksam zum See hinüber. Und da sah es auch Eric: Die silberüberglänzte Oberfläche des Wassers zeigte dunkle Furchen in ihrem glatten Spiegel, verursacht durch die Bewegungen eines Wesens. Er neigte sich ungläubig vor und sah – eine Frau! Emily? Louise? Aber Moment, das Haar ... das Wasser hatte es gedunkelt, aber weder Emily noch Louise hatten so langes Haar. Doch vielleicht täuschte ihn das

Licht? Bevor er sicher sein konnte, drehte sie sich mit einer leichten Bewegung auf den Rücken. Er wandte sich um und rieb sich die Augen. Das mußte eine Ausgeburt seiner Phantasie sein. Er war eben doch nicht ausgeruht, nicht nach dem kurzen Schlaf. Noch einmal blickte er zum See. Sie war noch immer da. Keine Einbildung. Ein Stein löste sich unter seinem unruhigen Schuh und polterte in der silbernen Stille laut in die Tiefe. Da hob sie den Kopf und blickte in seine Richtung. Und dann rief sie seinen Namen.

Sie kam auf ihn zu und traf ihn auf der flachen Talsohle, ihr nackter Körper glänzend von Nässe unter dem hellen Licht, und schob sich mit einer leichten Bewegung von unbewußt erscheinender Anmut das nasse Haar aus der Stirn – eine Bewegung, die ihre Brust hob und den flachen Bauch spannte. Sein Blick wagte sich scheu über die straffe Wölbung ihrer Hüften hinaus, streifte über die langen, wohlgeformten Beine und floh zurück zu ihrem Gesicht. Sie lächelte ihn völlig unbefangen an und sagte mit einem leisen Lispeln, das ihre Unvertrautheit mit der Sprache verriet. »Ich dachte schon, du kommst nicht mehr.«

Das Lächeln paßte nicht zu ihren Augen, aber das nahm er für den Augenblick nur am Rande wahr. Er räusperte sich. Wie konnte sie so zutraulich sein? Sie kannten einander nicht. Kannten einander nicht? – Eine Kiefer, eine lang auf einem Ast ausgestreckte Gestalt, dunkel und schön und verlockend, mit Augen, deren Tiefen und Verheißungen unauslotbar erschienen; wie ein Blitzstrahl durchzuckte Eric dieses Wiedererkennen.

Und jetzt stand sie vor ihm, lächelte und sprach zu ihm, als seien sie alte Freunde. Aber er dachte an das Gespräch mit Louise in der letzten Nacht, und er sah darauf wieder das blühende Lächeln und die nicht dazugehörenden Augen, die sich halb unter den Lidern bargen und deren Blick etwas Abwägendes, Berechnendes hatte.

Unwirsch öffnete er seinen Rucksack und zerrte ein großes Badetuch daraus hervor, das er ihr mit einer brüsken Bewegung hinhielt: »Legen Sie das lieber um, Sie erkälten sich sonst!« Er bemühte sich, sie nicht anzustarren.

Sie nahm das Tuch, strich damit über ihre von Wasserperlen benetzte Haut, und ließ es dann an sich heruntergleiten. Das Blut raste schmerzhaft in seinen Adern.

»Das brauche ich nicht, Eric.«

»Woher kennen Sie meinen Namen«, fragte er erstickt.

Sie kam näher. »Jeder hier kennt dich. Jeder kennt deinen Namen, weißt du das nicht?« Sie hob die Hand und strich über seine Wange. Sie roch gut nach dem frischen Wasser. Er hob den Kopf in Abwehr – wie konnte sie nur so ungeniert sein?

»Du bist hier so etwas wie eine Berühmtheit.« Die abgeschüttelte Hand glitt über seinen zurückgeworfenen Hals. Eric biß die Zähne zusammen gegen diese Macht, faßte sie bei den Schultern und hielt sie von sich. »Wer sind Sie?«

»Juanita«, sagte sie erstaunt. »Juanita. Du hast mich schon gesehen. Ich lag auf der Kiefer. Du hast mir direkt in die Augen gesehen. Erinnerst du dich nicht?!«

»Sie lagen auf einer Kiefer! – Können Sie mir sagen, warum?!«

»Natürlich. Sie ist mein Fluchtpunkt. Von der Kiefer aus schaue ich auf ... Besseres.«

»Besseres! Was heißt das?«

»Besseres, als meine Familie hat. Ich habe das schon oft getan. Und dann sah ich dich, und es ließ mir keine Ruhe mehr. Ich wollte ...«

Sie drängte sich an ihn und zeichnete mit ihren vollen Lippen die unsichtbaren Spuren ihrer Finger auf seinem Hals nach. Er lehnte sich gegen den Baumstamm in seinem Rücken und schloß die Augen. Seine Hände gruben sich fest in die nasse dunkle Haarflut, doch sein Mund war scheu und vorsichtig, als er sich ihrem näherte. Sie war es, die eine Hand heftig um seinen Nacken schlang, ihn zu sich herunterzog und ihn küßte. Sein Blut flammte unter diesem leidenschaftlichen Kuß auf. Er preßte sie an sich, und sie glitten auf die Kühle des Bodens.

Eine innere Stimme ließ ihn innehalten.

Ohne Atem richtete er sich auf. »Nein«, brachte er hervor.

»Caro!« Sie hob ihm die Arme entgegen, doch er schüttelte den Kopf und neigte die Stirn auf die angezogenen Knie, um sie nicht mehr zu sehen. *Du bist verrückt, Mann*, sagte eine andere Stimme in ihm, *du bist ausgehungert, und läßt eine wie diese aus!*

Ja, verdammt, tue ich. Und?

Und? – Was ist mit deiner Libido?

Die ist schon ganz in Ordnung. Aber da ist etwas ...

Wahnsinniger!

»Wo ist deine Kleidung?« wandte er sich an Juanita. »Ich hole sie dir.«

»Gefalle ich dir nicht? *Te quiero mucho*, weißt du, *caro*. Ich liebe dich sehr.«

»Ohne mich zu kennen?« Lächerlich, wisperte die Stimme der Nüchternheit.

»– Wo ist deine Kleidung?«

»Ich liebe, wie du aussiehst, wie du dich bewegst, wie du sprichst ... wie du mich küßt. Du hast es gern, mich zu küssen, nicht? Es hat dir gefallen. Und du wolltest mich.»Sie stieß einen sehnsüchtigen Laut aus.«Du wolltest mich ... du bist hungrig, und du hast viel Feuer. Wie ich. Warum nimmst du mich nicht, wenn du es doch so sehr willst?»

Er warf den Kopf auf. »Du solltest dich anziehen«, sagte er kühl. Solange er denken konnte, hatte er seine Gefühle, oder zumindest den Klang seiner Stimme, beherrschen müssen. »Ich kenne dich nicht. Ich ... ich ...«, er holte tief Luft und endete wahrheitsgemäß. »Ich schlafe nicht mit Frauen, die ich nicht kenne.«

»Oh, wenn du mich kennenlernen willst ... wir haben die ganze Nacht Zeit. Und wir können uns morgen wieder hier treffen.«

»Nun ...« Er verschluckte ein definitives Nein.

»Es macht dich wohl nervös, daß ich nichts anhabe?«

»Oh ... ja!«

»Dann ziehe ich mich an«, sagte sie fröhlich. »Du bist drollig. So furchtbar schüchtern.«

Sie schlüpfte in ihre nahe beim Ufer liegenden Kleider, kam zu ihm zurück und legte ihm die Hand in den Nacken. »Du hast mich kaum angesehen ... du bist wirklich schüchtern und auch sehr schön. Schön und schüchtern. Das ist süß.« Sie flüsterte dicht an seinen Lippen, und der reine Instinkt trieb ihn gegen sie.

»Ich habe mir seit langem schon gewünscht, in deiner Nähe zu sein. Seit ich dich zum ersten Mal sah. Und noch mehr, noch viel, viel mehr, seit ich dich schwimmen sah. Du bist so schön ...« Heiß drängten ihre Lippen gegen seine, und das Fieber stieg. Sie öffnete während dieses hitzigen Kusses behutsam sein Hemd und versuchte, es von seinen Schultern gleiten lassen. Verlangen machte ihn schwindelig. Zum Teufel mit Vorsicht und Mißtrauen – er wollte sie!

– Er riß sich los und wich vor ihr zurück. »Ich sagte nein. Ich meinte nein. Laß mich zufrieden!« Ruhiger fuhr er fort: »Du hast kein Recht, hier zu sein. Es ist nicht dein Land.«

Dunkel, mit lodernden, lockenden Augen sah sie zu ihm auf. »Auch nicht deines.« Ihre Leidenschaft konnte nicht echt gewesen sein, wenn ihr Kühle so dicht folgte.

»Ich gebe acht.«

»Worauf?«

»Das weißt du sehr gut.«

»Nein.«

Er konstatierte diese Lüge kühl und machte sich, obwohl er sie aller vernünftigen Überlegungen zum Trotz begehrte, nicht einmal die Mühe, sie zu entschuldigen oder zu verbrämen. Es war eine Lüge. Dennoch war er sanft zu ihr. »Juanita«, sagte er eindringlich und fühlte sich sehr hilflos in dieser völlig unmöglich erscheinenden Situation, »ich bewundere deine Aufopferung für deine Familie, aber du mußt gehen.«

»Aufopferung? Wovon redest du, caro?«

Er stieß einen nun doch ärgerlichen und ziemlich gelangweilten Atemzug aus: »Du hast mich beobachtet, im See. Deine Augen waren es. Ich habe es gemerkt. Und ich kenne den Grund dafür.«

»Si, ich sah dich vorgestern, als du im See geschwommen bist, und gestern, als du mit der Señorita sprachst. Danach gingst du wieder schwimmen. Und heute ging ich schwimmen. Ich habe gehofft, du würdest kommen.« Eine samtige, unwiderstehliche Lokkung schwang in ihrer Stimme.

Also hatte sie ihn mit Louise gesehen. Auch, als sie ihm das Tor zeigte?

Sie war plötzlich wieder sehr nahe. Er spürte ihre Wärme und sah ihre Schönheit. Sein Atem stockte, sein Blut stürmte gegen seinen Verstand.

»Du mußt gehen, Juanita. Jetzt«, setzte er in trockenem Tonfall hinzu, als sie unsicher um sich blickte. Darauf tat sie etwas sehr Überraschendes. Sie hängte sich an seinen Hals und begann zu weinen. Überrumpelt legte er ihr die Arme um die Schultern und streichelte ihr Haar. »Nicht, nicht«, murmelte er hilflos.

Das Schluchzen verstärkte sich. »Du schickst mich weg? Oh, bitte, schick mich nicht fort! Ich kann an nichts anderes mehr denken, seit ich dich gesehen habe. Seit diesem Tag ... wie du mich angesehen hast! Und dann sah ich dich im Wasser, ich wollte dich so sehr, und du wolltest mich, du wolltest mich doch, caro! Ich will bei dir bleiben ... nur diese Nacht! Schenk mir nur dies, diese eine Nacht!«

Kalte Abwehr klumpte sich in seinem Magen und seiner Brust zusammen. In diesem Augenblick hätte er alles dafür gegeben, mit Gray Beard tauschen zu können, der unbekümmert am Gras zupfte. Dieser Gedanke brachte ihn wieder zu sich. Er nahm mit spitzen Fingern ihre Arme von seinem Nacken und mußte dabei ziemlich grob sein, weil sie sich an ihn klammerte. »Es reicht«, sagte er kalt. »Hör auf damit. Du benimmst dich lächerlich.«

Verstört sah sie ihn an, schimmernde Tränen im Gesicht. Bei Gott, sie war eine Schönheit ...! Ihre Hände sanken herab wie welkende Blumen.

»Du bist grausam«, murmelte sie erstickt. »Du trittst mich. Weil ich dich liebe.«

Etwas wie Schmerz breitete sich in ihm aus. Seine eigenen Gefühle waren oft getreten worden, er kannte diesen Geschmack von ganz eigenartiger Bitterkeit, den die Demütigung hat. Er kannte ihn gut genug, um ihn nicht einem anderen zufügen zu wollen. Aber er kannte auch die Unaufrichtigkeit in all ihren feinen Nuancen. Er wußte, daß sie falsch spielte. Und er wußte, daß es kein grausigeres Schlachtfeld gibt als das der Seelen der Menschen. Er würde nicht zulassen, daß sie Gefühle in ihm weckte, die ihn zu ihrem Werkzeug machen würden.

»Geh jetzt«, sagte er sanft. »Du solltest nicht hier sein, das weißt du.«

»Schon, wenn du es zuläßt.«

»Nein.«

»Du jagst mich tatsächlich fort?«

»Ich bitte dich zu gehen.«

»Deine feinen Unterschiede ...!« Sie verschluckte den Beginn eines Wutschreis und sagte mit brechender Stimme: »Du hast keine Vorstellung davon, wie es bei uns aussieht!«

»Diese Bruchbuden von Ställen«, hatte Louise gesagt.

»*Von der Kiefer schaue ich auf Besseres*«, klang Juanitas Stimme.

»Verstehst du nicht«, sagte sie jetzt, »ich muß da raus. Ich ertrage es nicht länger.«

»Was?«

»Wie sie sind, mein Vater, meine Onkel, meine Brüder. Meine Mutter hat sich für sie abgeschuftet, bis sie starb.« Diese neuen Tränen waren echt. Es waren stille Tränen voller Schmerz.

»Mutter war einmal eine schöne Frau. Sie hatte viele Verehrer. Dann begegnete sie meinem Vater. Er machte ihr den Hof – warf Rosen über den Gartenzaun, bezahlte Musiker, um ihr eine Serenade singen zu lassen; und als sie in die Heirat eingewilligt hatte, wurde sie zur Sklavin. Viele Männer, die aus Südamerika kommen, bringen ihrer Ehefrau keine Achtung mehr entgegen.«

»Wenn Frauen das wissen – warum heiraten sie solche Kerle?«

»Nun ... eine Frau muß verheiratet sein, ab einem gewissen Alter. Und natürlich hofft jede, daß ihr Mann anders ist, freundlicher. Daß er lieber für sie und die Kinder sorgt als für sich selbst. Es war Papa, der Mama ins Grab gelegt hat. Er, und die übrige Verwandtschaft.«

»Und jetzt bist du die ... die Sklavin?«

»Si. Ich muß tun, was sie von mir verlangen.«

»Und was verlangen sie von dir?«

»Ich muß ihnen den Haushalt führen: putzen, kochen, ihre Wäsche versorgen, sie bedienen, und –«

»Gelegentlich fremde Männer umgarnen, nicht? Zu ihren Zwecken.«

Sie senkte den Kopf. »Si.«

»Und auch heute nacht.«

Bevor sie antworten konnte, nahm sein feines Ohr Laute auf.

Laute von Tieren. Es war geschehen. Wolf war losgelassen worden und kam jetzt wieder zurück. Mit seiner Beute. Und sie war ausgeschickt worden für den Fall, daß er wieder auf Wachposition war. Hatte sie nicht gerade selbst gesagt, sie müsse tun, was von ihr verlangt wurde? Sie war tatsächlich ausgeschickt worden, um ihn abzulenken, ganz wie er vermutet hatte. Dennoch war die Gewißheit grausam und ekelerregend. »Du wußtest, daß der Hund unterwegs ist.« Seine Hände taten den zarten Schultern weh. »Nicht wahr, du solltest mich hier festhalten?!«

Ihr Kopf sank wieder tiefer. Sie nickte. »Si. Aber, caro, das hat nichts zu tun mit dem, was ich sagte ... nichts zu tun mit dem, was ich fühle – für dich fühle ...«

»Zum Teufel«, knurrte er geistesabwesend und schob sie von sich. Sie ließ einen unwilligen Ruf hören, aber er achtete nicht darauf.

Die Laute kamen näher. Er hörte klagendes Blöken und Muhen und über diesen Lauten das Hecheln eines Hundes. Er wandte sich um, ließ Juanita stehen und rannte den steilen Pfad hinauf, gegen das Tor zu. Gray Beard trabte ihm nach. Eric hatte den Pfad erreicht. Eine Gruppe von Schafen und Färsen trottete ihm entgegen, getrieben von einem Schäferhund mit üppigem grauweißem Fell. »Wolf!« Der Hund zögerte. Die Herde, die seine nachlassende Wachsamkeit sofort spürte, begann sich eilig zu zerstreuen. Er achtete nicht darauf.

»Wolf!« Vielleicht erkannte der Hund die Stimme. Vielleicht wußte er, daß es der Mann war, mit dem er auf den Klippen Freundschaft geschlossen hatte. Entschlossen setzte er sich in Bewegung.

Sie trafen aufeinander, wo der kaum sichtbare Pfad zum See auf den Weg am Grenzzaun stieß.

»Wolf!« Ein großer Ball aus Fell wirbelte im bleichen Licht des Mondes auf ihn zu, als könne er nicht schnell genug zu ihm gelangen. Dann war er heran, sprang in die Luft, preßte seine kräftigen Vorderpfoten gegen seine Schultern und versuchte, sein Gesicht zu lecken.

»Wolf!« Eric faßte den Hund um den Nacken und gab seinem Ansturm nach; sie purzelten auf die Erde. Der Hund war wie toll vor Freude. Doch plötzlich winselte er und sank nieder in eine Lähmung, wie Eric sie schon einmal erlebt hatte. Er rappelte sich auf. Diesmal würde er es herausfinden! Dieses Mal würde er das Geheimnis ergründen, das Wolfs Besitzern ermöglichte, ihn zu manipulieren.

Als dieser Gedanke durch seinen Kopf schoß, vernahm er ein Rauschen, wie Wind in Bäumen und Sträuchern es nie hervorbringen würde – das mußten sie sein! Sie mußten ja dasein, um das Tor zu öffnen ... und Juanita war wahrhaftig bereit gewesen, vor ihren unsichtbaren Augen ... Aber das Rauschen verriet, daß sie sich davongemacht hatten. Er prallte gegen Juanita, als sie den kurzen steilen Pfad erklomm. Er sah das kleine Gerät in ihrer Hand und entriß es ihr. »Was ist das?« fragte er.

»Wir ... er gehorcht so schlecht. Damit können wir ihn kontrollieren.«

Eric musterte das Ding. Es war ein Elektroschockgerät, das über sehr weite Distanzen reichte. Er begann zu verstehen. Kalt sah er sie an. »Sicher habt ihr auch eine dieser unhörbaren Hundepfeifen?«

»Für Menschen unhörbar. Ja. Hier ist sie.«

Bevor sie die Hand schließen konnte, hatte er die Pfeife mit einer raschen Bewegung an sich gebracht.

»Gib sie mir! Gib sie mir wieder! Es ist unsere einzige!«

»Das freut mich«, sagte er ruhig. Und er warf die Pfeife und das Elektroschockgerät in einem weiten Bogen in die tiefe Schwärze des Sees. Er lächelte kalt. »Und du sagst, ich sei grausam. Das ist schon fast ein Witz. – So also habt ihr ihn fortgerufen, als er bei mir war ... zuerst der Schock, und dann der Ruf mit der Hundepfeife.«

»Vater tut das, wenn er zu lange aus bleibt. Er ist nicht gern bei uns. Man muß ihn zwingen, zurückzukommen. Warum regst du dich überhaupt so auf? Es ist doch bloß ein Hund!«

Wolf saß auf den Hinterkeulen und schmiegte sich an ihn; er wußte genau, daß über ihn gesprochen wurde. Erics Hand reichte hinab und ruhte auf seinem Kopf. Die pelzige Rute klopfte hoffnungsvoll auf den Boden.

»Bloß ein Hund, ja?« Sie hätte keine ungeeignetere Wortwahl treffen können. »Bloß ein Hund, sagen Sie. Danke, Miss Cochan. Damit haben Sie alle noch offenen Fragen beantwortet.«

Er schwang sich auf das Pony. Ihre Schönheit ließ ihn nun kalt. Ihre demütigende Situation in der Familie ebenso: Sie achtete Tiere nicht. Ihm war übel. Ohne ein Wort wendete er das Pony von ihr fort. Wolf schien an seinem Bein zu kleben. Gray Beard trabte sofort an, ebenso bestrebt, von ihr fortzukommen. Ihr Ruf verhallte in der stillen Nacht hinter ihnen.

Nebel kam plötzlich auf. Er behinderte die Sicht und schlich sich mit feuchter Kühle in ihre Knochen. Sie alle zitterten am ganzen

Leib, als sie endlich das dunkle, stille Cottage der Hickmans erreicht hatten. Claire und David fuhren hoch, als sie das Trappen der beschlagenen Hufe vernahmen. Sie sahen sich nach einem kurzen Blick durch das Fenster an. »Ich helfe Eric mit dem Pony«, sagte David und tastete nach seinem Morgenmantel. Claire nickte. »Ich koche ihm einen Kakao währenddessen. Wird ihm guttun nach einem langen Ritt in diesem Nebel.«

Der Nebel an der Westküste Schottlands ist nicht zu unterschätzen. Er kommt meist ohne Ankündigung. Des Morgens nennen ihn die kundigen Einwohner »haar« und wissen ihn als Verkünder eines schönen sonnigen Tages zu schätzen; doch wenn er sich in den silberblauen Stunden des Vollmonds erhebt, ist ungewiß, wie sich das Wetter entwickelt. Gewiß ist jedoch, daß er für die Milde des Klimas ungewöhnlich kalt ist.

Der eisige Nebel war den drei Ankömmlingen in die Knochen gekrochen. Das Pony erholte sich schnell. Es stand bald im Stall und kaute Heu, geborgen und warm unter einer dicken Decke, die David ihm umgelegt hatte.

»Sie sollten nicht auf sein.« Erics Stimme klang dünn. »Tut mir leid, daß wir Sie geweckt haben.«

Beinahe blind tappte Eric ins Bad. Vor der ins Schloß klappenden Tür ließ sich der Hund nieder, mit flachen Ohren und leise winselnd, wenn die Laute eines besonders üblen Würgeanfalls unter der Türritze zu hören waren. Eric hätte seine Seele erbrechen mögen. Immer wieder sah er Juanita mit dem kleinen Gerät und der Pfeife vor sich, Juanita, die er geküßt und leidenschaftlich begehrt hatte; Juanita, die Gequälte – die ihrerseits nichts dabei fand, ein Tier zu quälen, um seinen Gehorsam zu erzwingen. Eine Mischung aus Haß und Ekel schüttelte ihn und hielt ihn lange in ihrer kalten, unnachgiebigen Faust. Es schien Stunden zu dauern, ehe er zum letzten Mal die Toilettenspülung betätigte, sich Hände und Gesicht wusch, ein weiteres Mal den Mund ausspülte und endlich auf den Flur zurücktaumelte. Wolf war sofort an seiner Seite und drängte sich an ihn. Claire kam ihm entgegen und legte eine Decke um seine Schultern. Sie drückte ihn auf einen Stuhl in der Küche und hüllte auch Wolf in eine Decke.

»Jetzt gibt es einen guten starken Kakao«, sagte sie fürsorglich und lächelte Mann und Hund an. Eric versuchte, das Lächeln zu erwidern, aber es gelang nicht recht. Wolf preßte sich gegen seine Beine. Sein nervöses Hecheln beruhigte sich allmählich. Es roch sehr gut nach Kakao in der Küche – jedenfalls hätte Eric den Geruch als sehr gut empfunden, wenn sein Magen nicht noch so sehr in Aufruhr gewesen wäre. Ein krampfhafter Schüttelfrost saß ihm in den Gliedern, er mußte mehrere Versuche machen, ehe er seine Hand in Wolfs Nackenfell senken konnte und sehr leise hervorbrachte: »Darf er hier sein? Ich mußte ihn da wegholen, es war … es war …«

Claire lächelte. »Keine Sorge, Junge. Ein feiner Hund ist das. Er wird auch Kakao bekommen, wenn er mag.« Sie beugte sich zu Wolf. »Hättest du gerne welchen?« Der Hund wandte ihr vorsichtig witternd den Kopf zu, empfing ihre Freundlichkeit und klopfte scheu mit der buschigen Rute.

»So was Gutes kennt er wahrscheinlich gar nicht«, krächzte Eric. Ihm war noch immer entsetzlich elend zumute. Wolf legte ihm sein Kinn aufs Knie.

David stapfte herein und streifte seine Joppe ab, die er über seiner Nachtkleidung getragen hatte. Er lächelte in Erics blasses Gesicht und streckte die Hand nach Wolf aus. »Der Graue ist versorgt, mein Junge, Lance geht's gut, und er nahm ihn, wie soll ich sagen, großmütig auf, und – na, was 'n netter Hund!« Wolf wedelte schüchtern.

»Du hättest doch wohl auch gern eine Schale Kakao, stimmt's?«

Sie beobachteten, wie Wolf sich der flachen Schale näherte, in der der Kakao so verlockend duftete – Claire hatte einen guten Schuß kalter Milch hinzugegeben, damit der Hund nicht von der Hitze des Getränks verschreckt wurde. Wolf streckte die Nase danach aus. Aber er sah wieder zu Eric auf, setzte sich auf die Hinterkeulen und klopfte mit seiner buschigen Rute auf den schwarzweiß gewürfelten Boden der weiträumigen Küche.

»Wolf! Trink doch!« Eric streckte eine noch immer zitternde Hand nach ihm aus und streichelte ihn. »'s wird dir guttun!«

Wolf schmiegte sich an ihn.

David grinste. »Trinken Sie, mein Junge.«

»Später.«

»Genau so viel später wird auch der Hund trinken, so sieht's für mich aus.«

»Oh.« Eric hob seinen großen Becher und musterte die Flüssigkeit mit Widerwillen. Sein Magen war durchaus nicht in der Stimmung, irgend etwas – aufzunehmen. Wolf streckte wieder den Kopf nach der Schüssel, doch er trank nicht. David hatte recht. Er würde nicht trinken, bevor er nicht zumindest an seinem Becher genippt hatte. Eric schloß die Augen, nahm einen Schluck, und zwang ihn gegen den Protest des Magens hinunter. Es war heiß. Es war süß. Es war ... tatsächlich, es war wohltuend, stärkend. Und er würde es bei sich behalten können. Aber es war erst richtig, als Wolf sich zu seiner Schale neigte und eifrig trank.

»Und jetzt«, sagte David, sein Gesicht genau beobachtend und dessen gesündere Tönung erleichtert wahrnehmend, »und jetzt sollten wir uns über das Vorgefallene vielleicht unterhalten, nicht, Junge?«

Eric beobachtete Wolf, der seinen Kakao trank. Er hob seinen Becher und nahm einen zweiten Schluck. Er fiel leichter und war um vieles besser als der erste.

»Da gibt es nicht viel ...« Seine Scheu war nicht leicht aufzubrechen.

»Doch. Und ich denke, es wäre gut, wenn Claire und ich es hören. Da ist doch eine Last, nicht?«

Schweigen.

»Eric?«

Er sah in ihre Gesichter. Er konnte ihnen trauen. Da begann er zu sprechen.

16

Er spürte ihre Gegenwart in der Tiefe seines erschöpften Schlafes und erwachte davon. Unruhig zog er einen weiten Pullover und Jeans über seinen Pyjama und schlüpfte in Socken und Tennisschuhe mit dicken Sohlen. Wolf hockte dicht neben ihm und hechelte verlegen und unglücklich. Er streichelte den schmalen Kopf. »Du mußt keine Angst haben, Junge. Halt dich erst mal zurück.«

Er war an der Tür, als sich ein Finger nach der Klingel ausstreckte, und öffnete sie, als die Glocke beinah erklungen wäre. Eine ganze Gruppe von dunklen Männern stand auf der kleinen Treppe, fest gefügt und entschlossen. Sie starrten ihn unter dem schwachen Nachtlicht feindselig an.

»Was kann ich für Sie tun?«

»Tochter sagt, Hund hier.« Die Worte waren nahezu unverständlich. Der Sprecher schob sich jedoch vor, eine kleine kugelige Gestalt mit einem Vollmondgesicht und einer Halbglatze, die mit einer Hand hinter Eric in die Dunkelheit des kleinen Vorraums wedelte. Er hielt den Kopf gesenkt, als er sprach, aber sein Blick aus schmalen Augen jagte schräg nach oben, flitzte jedoch über Erics Schulter und brauchte ein paar Sekunden, ehe er dessen steten, kalten Blick halten konnte.

So also sah Juanitas Vater aus. Ihre Mutter mußte eine wirklich sehr schöne Frau gewesen sein, um eine Tochter wie Juanita in die Welt zu setzen.

»Wir hier gekommen, Hund holen. Wir wissen, er hier.«

»Ja, ich habe tatsächlich einen Hund hier«, sagte Eric unerwartet freundlich, »wir werden sehen, ob er zu Ihnen gehört.« Er wandte sich um und sagte leise »Wolf!« Wolf kam aus dem Hintergrund heran und stand aufgereckt neben ihm. Er war jetzt nicht mehr ängstlich. Eric konnte die Wellen von Haß geradezu körperlich spüren, die von ihm ausgingen. Seine Hand reichte hinunter und legte sich auf das weiche Nackenfell. Wolf warf den Kopf gegen seine Hand.

»Chucho!« kam es befehlend aus dem Dunkel. Eric zuckte zusammen. »Chucho« bedeutet im Spanischen »Köter«. So nannten sie ihn!

Wolf knurrte. Sein Nackenfell war aufgerichtet. Der kleine Dicke machte eine schnelle, doch ungeschickte Bewegung nach ihm. Wolf wich zurück und ließ die Reißzähne gleißen. »Chucho!« Ein tiefes Grollen antwortete. Als der Mann ihn packen wollte, tauchte der Hund tief und grub seine Zähne in die Hand. Der Mann stieß einen spanischen Fluch aus, bevor Wolf losließ.

»Sind Sie sicher, daß das Ihr Hund ist?« fragte Eric wie nebenbei. »Ich kenne keinen Hund, der einen Menschen anfällt, dem er sich zugehörig fühlt. Im übrigen: Sie sollten die Hand ärztlich versorgen lassen. Der Biß eines Tieres kann leicht eine Blutvergiftung verursachen.«

Sie drangen wortlos auf ihn ein. Die schiere Masse schien ihn zu überschwemmen. Er sah Messer blitzen. Wenn er die Tür zuschlug, würden sie sie eintreten. Sie würden ihn kalt niederstechen und Wolf wieder zu ihren Zwecken mißbrauchen. Nun, er war bereit, gegen sie anzutreten. Vielleicht war es das letzte, das er tat, aber es war auf jeden Fall richtig. Er reckte sich hoch. »Wolf ist nicht Ihr Hund.«

»Er ist meiner!«

»Er scheint nicht dieser Ansicht zu sein.«

»Dios mio – ich –«

Die kleine kugelige Gestalt machte eine heftige Bewegung auf ihn zu, und die anderen rückten nach. Es war wie in einem provinziellen Schmierentheater, und seine Rolle war die des Verlierers.

»Weg mit euch!« Eine scharfe Stimme, das Schnappen eines Schrotgewehrs, das entsichert wurde, verursachte Panik unter den dunklen Besuchern und scheuchte sie weg. Eric stand ganz still und starrte in die Nacht, bis David seinen Arm um ihn legte. »Sie sind fort, mein Junge. Beim heiligen Andreas, wir haben's vermutet«, sagte er leise. »Aber jetzt – ich stand im Hintergrund und hab alles gehört und beobachtet. Wenn Sie einen Zeugen brauchen ... den haben Sie, Junge.«

»Ich brauche Beweise.« Das runde rote Gesicht des Polizisten verfärbte sich um einige Grade und schien noch dicker zu werden.

»Aber ich habe es gesehen und gehört!« ereiferte sich David.

»Nun, Sir, verstehen Sie mich nicht falsch, Sir, aber ... äh ... wie ich die Sache sehe, hat Mr. Gustavson den Hund widerrechtlich an sich gebracht, und die Cochans hätten jedes Recht, auf seiner Herausgabe zu bestehen. Daß sie es nicht tun, spricht unbedingt für ihre Friedfertigkeit.»

Er stützte sich auf seinen Schreibtisch.

»Friedfertig! Ich sagte Ihnen doch, sie kamen mit Messern und wollten dem Jungen an die Kehle! Der einzige Grund, aus dem sie sich ruhig verhalten, ist, daß Eric dieses Zeugs, diesen Schockapparat und die Pfeife, weggeworfen hat: sie können den Hund jetzt nicht mehr zwingen.«

»Wenn es so wäre, Sir, wie Sie sagen, müßten sie sich nur wieder dieses ... äh ... Material besorgen und hätten den Hund wieder unter Kontrolle, nicht wahr?«

»Sie können ja nicht wissen, wie es mit Eric und Tieren ist ... Nichts könnte ihn noch einmal von ihm wegbringen. Sehen Sie doch selbst!« David deutete mit einer vor Zorn zitternden Faust auf Wolf, der dicht neben Eric hockte und unglücklich von einem zum andern blickte. Schon jetzt war er von Erics Seite nicht mehr wegzudenken. »Keine Macht der Erde bringt diese beiden wieder auseinander!« David holte tief Luft. Er scheute wie viele seiner Landsleute vor großen Worten zurück, aber jetzt hörte er sich sagen: »Mann Gottes, können Sie Liebe nicht erkennen, wenn sie Ihnen auf einem Tablett präsentiert wird?«

»Nun ... äh ... wenn Sie es so formulieren wollen ... äh ... ja, ein hm, hm, inniges Verhältnis läßt sich wohl schwer ... nun äh ... übersehen.«

»Fein.« David klang erleichtert und stellte noch einmal die Fakten fest: »Diese Leute haben den Hund mißhandelt. Er will bei dem Jungen bleiben, das ist ja nicht zu leugnen. Sie selbst haben es bestätigt. Diese Leute haben versucht, mit Gewalt in mein Haus einzudringen, um den Hund wieder an sich zu bringen. Mit Messern.«

»Nun ... äh, Sir, dafür haben Sie keine Beweise.«

»Zum Donnerwetter! Dachten Sie, ich käme mit Polaroid-Fotos

hierher?! Ich bin froh, daß sie verschwanden, als ich mit meiner Schrotflinte auf sie anlegte!«

»Bitte, Sir, es hat keinen Sinn, sich zu ereifern und zu fluchen und ... äh ... dergleichen. Wir haben hier wirklich viel zu tun ... und außerdem könnte ich Sie belangen, anderen Menschen mit einer Schußwaffe gegenübergetreten zu sein, wissen Sie ... äh. Außerdem ist dies ein recht heikles ... ähem, nun, wie soll ich sagen ... Gebiet oder so. Sie wissen schon, was ich meine.«

»Nichts weiß ich!« schnaubte David. »Und was heißt überhaupt: mich belangen? Ich habe eine Lizenz für das Gewehr!«

»Wohl kaum, um damit auf Menschen zu zielen, Sir.« »Beim heiligen Andreas, was sind Sie bloß für ein Hansw ...« Eric griff ein: »Keine Beleidigungen, David«, raunte er.«

»Wir sollten verschwinden. Leute wie der sind nicht zu überzeugen. Wollen Sie vielleicht in den Bau wegen Beamtenbeleidigung?«

»Aber verdammt noch mal –«

»Ruhe. Ruhe. Lassen Sie uns gehen.«

»Aber wir sind überfallen worden!«

»Schätze, beim nächsten Mal sollten wir wirklich Fotos machen und uns davor noch ans Telefon hängen, um diese großartige Truppe zu aktivieren.« Er warf dem Beamten einen kalten Blick zu und drängte David aus der Amtsstube.

»Das ist kein Fair play! Was denken die sich eigentlich!« David starrte verärgert auf den Zündschlüssel, schien durchaus nicht willens, ihn zu betätigen.

»Ich weiß nicht«, sagte Eric und streichelte Wolfs Kopf, der sich von hinten zwischen die Lehnen der Vordersitze schob und ihn anstupfte. Unter seiner Berührung klopfte die Rute heftig auf den Rücksitz. »Ich weiß wirklich nicht. Vielleicht ist es Bequemlichkeit. Vielleicht ist es Angst. Vielleicht hat er auch ganz einfach recht. Wolf dürfte ja wirklich nicht bei mir sein. Er gehört mir nicht. Das war ein Schlag ins Wasser, David, wir sitzen nun mal am kürzeren Hebel. Lassen Sie uns fahren.«

Niemals zuvor hatte Eric einen Freund gehabt wie Wolf. Er war immer um ihn: neben seinen Füßen, wenn er in der Küche der Hickmans saß, und im Hintergrund des Wagens, wenn er zu einem eiligen Fall gerufen wurde. Er lag dicht neben seinem Bett und wartete außerhalb der Koppel auf ihn, wenn er mit Lance oder den anderen sechs Pferden Turners arbeitete. Wolfs Wärme, seine tiefe Anhänglichkeit wurden ein Teil seines Lebens. Er war dabei, als die Sechs auf den Transporter verladen wurden, und hätte wohl gern im Zuschauerraum gesessen, als sie für hohe Summen versteigert wurden. Als Turner anrief und das Ergebnis der Auktion verkündete, war Eric überglücklich.

»Zweihundertdreiundzwanzigtausend für Pearl!« wiederholte Eric Turners Worte, »und Zweihundertfünfundzwanzigtausend für Witch!«

Wolf wedelte heftig. Er schien genau zu wissen, worum es sich handelte.

So ging es fort, bis Turner sich räusperte und sagte: »Ahem … wie sieht's denn mit der kleinen Araberstute aus?«

»Wenig Änderung, Sir Simon. Edward ist noch immer das Schreckgespenst für sie, und ich kriege einfach den verdammten Grund nicht heraus. Davon abgesehen – sie mußte bald auf die Weide zu den anderen gelassen werden, damit Excalibur sie decken kann. Und … hm …. die Arbeit mit ihr geht gut voran.«

»Schön. Aber weißt du, da sind schon wieder neue, die auf dich warten. Werden dir gefallen. Besonders die Rappstute. Viel Feuer.«

»Viel Feuer« bedeutete »Viel Angst«.

»Bildschön«, antwortete Turner auf sein Schweigen.

»Ja.«

»So wichtig ist die kleine Prinzessin nicht für mich, weißt du.«

»Schade. Sie ist es nämlich wert.«

»Nun, das sind die anderen auch.«

»Aber Sie waren ganz verrückt nach ihr! Und sie ist ja auch etwas ganz Besonderes!«

»Hm.«

»Sir Simon!«

»Ja«, kam es langsam. »Ja, ich wollte ein Fohlen aus ihr. Aber wenn sie noch immer Zicken macht … es gibt andere Pferde. Nicht gerade einen rein gezogenen Saqlawi-Araber, aber … nun … andere Pferde. Und sie ist noch nicht einmal gedeckt. Das erste Fohlen gehört ohnehin dir. Die ganze Sache dauert mir zu lange. Du solltest dich da allmählich wegmachen, weißt du.«

»Hm.«

Turner hatte natürlich recht. Er sollte Lance auf einen Transporter führen und ihn nach Mittelengland bringen, ihm den allerletzten Schliff geben und lächelnd seinem Verkauf zusehen. Unruhig trommelte seine Hand neben dem Telefon. *Er wollte Lance nicht hergeben, zum Teufel!*

Vielleicht sollte er Sir Lancelot von Turner kaufen. Es würde ihn ein Vermögen kosten, und das würde bedeuten, daß er die Erfüllung seines Traums aufschieben mußte. Aber Lance ... Lance war das Opfer wert. Wie Lionheart, wie Excalibur, war er eine Persönlichkeit, wie sie nicht leicht zu finden ist. Ein Hengst wie dieser, mit seinem feinen Charakter, seiner reinen Blutlinie, seinem unerhörten Können, seiner Schönheit und Eleganz, war der ideale Vererber: er konnte der Begründer eines neuen Stammes werden. Und außerdem: *Er wollte Lance nicht hergeben – er liebte ihn.*

»Sir Simon, ich muß dieser Stute beikommen.«

»Weil du ihr Fohlen willst.«

»Nicht nur deswegen. Es geht um sie. Ihr nächstes Fohlen ist ja für Sie.«

»Unnötig, mich daran zu erinnern.«

»Vergessen wir mal das Fohlen für ein Weilchen.«

»Was heißt das?!«

»Es heißt ... es heißt, daß ich hierbleiben muß. Das heißt es.«

»Verdammt, Junge –«

»Lassen Sie die neuen Pferde hierherschaffen. Ich bin sicher, daß die Fargus' nichts dagegen haben. Das heißt – sind Hengste dabei?«

»Nein.«

»Gut. Geben Sie Peter einen Transporter. Er kann mir die Pferde bringen.«

»Du bist ziemlich verrückt. Oder verdammt ehrgeizig. Was soll's, kommt ohnehin auf das gleiche raus.«

»Da mögen Sie recht haben«, sagte Eric einlullend. »Werden Sie Peter –?«

»Ja, ja, verdammt, schon gut!« Eine kleine, schweratmende Pause. »Vielleicht komme ich sogar mit.«

Besser nicht, dachte Eric, sagte aber: »Das würde mich freuen. – Wie viele sind's denn?«

»Fünf. Prachtpferde. Aber eben –«

»Ausgekekst.«

»Ja. Aber keines ist so schlimm dran wie Sir Lancelot. Keines, denke ich, hat allerdings auch sein Niveau. – Na, hm … die Rappstute … die ist schon was Besonderes.«

Diese Worte erweckten in Eric nicht mehr das frühere Interesse. Seltsam.

»Wann kann ich dann mit Peter rechnen?«

»Wer spricht von Peter? Die Fahrt kann jeder der Jungs erledigen. Werd sehen, wer gerade frei ist.« Es gab eine Pause, und Eric dachte schon, die Verbindung sei unterbrochen, als Turner sagte: »Es gefällt dir da, stimmt's?«

»Nun … ja. Aber das ist nicht der Grund. Ich halte mein Hierbleiben …«

»Okay, okay, man muß ja nicht alles zerreden. Wir sprechen uns, Junge.«

Turner legte den Hörer auf, ohne auf eine Erwiderung zu warten. Er hatte auflegen müssen; er fühlte sich klamm und ganz klein. Er forschte dieses Gefühl aus und kam zu dem Schluß, daß er verloren wäre, wenn Eric ihn verließe.

Etwas trieb auch ihn dazu, gestörten Tieren zu helfen. Bedrängten Tieren im allgemeinen und besonders … Pferden. Daß gutes Geld dabei für ihn herauskam, war eigentlich fast nebensächlich. Doch er selbst würde nie mit Pferden so umgehen können wie Eric, und er hatte Angst, seinen Zauberer zu verlieren. Erics Stimme eben am Telefon war so erschreckend ablehnend gewesen.

Wenn Eric gehofft hatte, nach dem Verkauf der Riege der geheilten Pferde nun etwas mehr Ruhe zu finden, hatte er sich getäuscht. Die Gemeinde hatte auf den alten Tierarzt Timmy gewartet, und als sich die Nachricht von seinem Ableben herumsprach, war die Bestürzung allgemein.

Nach dem würdevollen Begräbnis brach ein wahrer Sturm über Eric herein. Notgedrungen mußte er sich einen alten Austin Morris für die Visiten zulegen, in dessen Kofferraum seine Medikamente und Instrumente klapperten und auf dessen Beifahrersitz Wolf hockte, seine Vorderpfoten gegen das Armaturenbrett gestemmt.

Dann kamen die Fünf von Turner. Er war mehr als vollbeschäftigt: Fünf schwierige Pferde, Lance, Solitaire, und dazu Koliken,

Geburten, Prolapse, zerschnittene Glieder oder andere Verletzungen übler Art … und dazu die lang aufgeschobenen Fälle wie Holzzungen, steife Glieder, offenkundige Zahnprobleme. Eines Sonntags ratterte er in dem kleinen Wagen todmüde zum Haus der Hickmans zurück. Er blickte auf den hellen klaren Himmel und sah den Kindermond. Er war voll gerundet: Einen Monat war es nun schon her, seit er Louises Geheimnis gelüftet hatte, mit Juanita zusammengetroffen war und Wolf zu sich genommen hatte. Die Zeit war wie in einem Atemzug vergangen.

Es war erst Nachmittag, doch er fühlte sich wie gerädert. Er war um zwei Uhr früh zu einer kalbenden Kuh gerufen worden, darauf um fünf Uhr morgens zu einer Sau mit Krämpfen, und um sieben Uhr zu einem Pferd mit Kolik. Dann hatte er sich um die Fünf und um Solitaire gekümmert, und gerade, als er die Stute auf die Koppel zu den Reitstuten ließ, war der Anruf von Brian gekommen: Eine Kuh, die offenbar mit einer anderen zusammengerempelt war; ob er gleich kommen könne? Eine ausgerenkte Hüfte ist bei einer Kuh nicht leicht zu relokalisieren; es hatte ihn viel Schweiß und die Mitarbeit mehrerer Nachbarn gekostet. Er hatte eine Pause verdient.

Als er sich dem Cottage der Hickmans näherte, sah er den Wagen auf der Straße stehen. Es war ein schicker Japaner, dunkelblaumetallic lackiert. Besuch.

Davy, dachte er, ließ den kleinen Austin hinter dem eleganten Wagen stehen, winkte Wolf und schlüpfte nahezu lautlos in das Haus. Er würde sich Davy nicht zeigen, bevor er nicht geduscht und seine Kleidung gewechselt hatte.

Seine Schritte auf der Wendeltreppe waren kaum hörbar. Wolf schlich neben ihm her. Eric schlüpfte nach der Dusche in frische Kleidung, rasierte sich und ging hinunter in die Küche.

Dort saß Claire dem Besucher gegenüber. Ihr Gesicht zeigte zur Tür, während ihm die Rückfront des Besuchers zugekehrt war. Als Eric das dunkelrote Haar sah, das heute nicht in einen strengen Knoten gezwungen war, sondern in reicher Lockenflut auf die Schultern fiel, rief er: »Fayre Elaine!«

Als sie sich zu ihm umwandte, hatte er sich beide Hände erschrocken über den Mund gelegt, als versuche er, die Worte wieder zurückzuholen. Das Gesicht darüber war brennend rot geworden unter seiner Sonnenbräune.

»Ent ... Entschuldigung, Dr. Mercury. Das ... das ist mir so rausgerutscht.«

Sie erhob sich, kam lächelnd auf ihn zu und reichte ihm die Hand. »Fayre Elaine, das haben Sie schon einmal gesagt, und ... es klingt doch sehr hübsch. Kommen Sie, Eric, und trinken Sie Tee mit uns. Wir haben gerade erst damit angefangen; Claire meinte, Sie wären wohl aufgehalten worden, aber es ist schön, daß Sie schon da sind. Ich habe übrigens ›Meine Reise mit Charly‹ gelesen, nachdem Sie mich darauf aufmerksam machten. Es hat mir sehr gefallen.«

John Steinbecks Bücher waren ein Thema, für das Eric sich immer erwärmen konnte, gleichgültig wie verlegen oder bestürzt er sein mochte. Die Röte verließ sein Gesicht, seine Augen begannen zu funkeln. »Und ... haben Sie auch ›Jenseits von Eden‹ gelesen?«

Elaines Gesicht leuchtete auf. »Gelesen? – Ich habe es verschlungen! Und als ich es aus hatte, las ich es noch einmal, viel langsamer.«

Bald waren Eric und Elaine ganz in ein Gespräch über ihre Lieblingsbücher vertieft, fanden gemeinsame Vorlieben und Abneigungen und freuten sich über das gegenseitige Verständnis. Claire goß ihnen währenddessen Tee nach und plazierte appetitliche Happen auf ihren Tellern. Tee und Happen verschwanden unter eifrigem Geplauder, ohne daß es den beiden bewußt zu sein schien. Sie hatten nur Augen füreinander. In einer Gesprächspause, in der sich die beiden jungen Leute nur ansahen, warf Claire leise ein: »Zeigen Sie doch Elaine unseren Prince Charming! Sie hat Pferde sehr gern.«

»Tatsächlich?« Erics Blick gewann noch mehr an Tiefe. »Und reiten Sie auch?«

»Ach, nicht besonders gut, ich habe ja wenig Zeit, und ich hab auch spät damit angefangen. Aber ich mag es. Ich meine, nicht nur das Reiten. Es ist auch schön, ein Pferd zu versorgen, es vor und nach dem Reiten zu striegeln und so weiter.«

»Nicht wahr?«

»Sie könnten ihr auch Solitaire zeigen«, sagte Claire und schenkte beiläufig Tee nach. »Und ich mache Ihnen einen Proviantkorb zurecht. Ist Ihnen das recht?«

Die Blicke der beiden sagten mehr als Worte.

»Sir Lancelot ist wirklich ein beeindruckendes Pferd«, sagte Elaine. »Ich meine, er ist nicht nur unglaublich schön, und dazu noch ein Genie ... er hat einfach eine Ausstrahlung, die mich verblüfft, wissen Sie. Als ich vor ihm stand, hatte ich für einen Augenblick das Gefühl, etwas würde mich von den Füßen reißen.« Ihre Augen wanderten gegen den Himmel und dann wieder zu Eric. »Gibt es Worte, um so etwas zu erklären?«

»Vielleicht. Ich habe sie nicht. Aber wenn Sie es spüren können, Elaine, dann sind Sie etwas Besonderes. Die wenigsten Menschen können das.«

Sie betrachtete ihn und sagte: »Auch Solitaire ist etwas Besonderes.«

»Ja. Ja, das ist sie.«

»Ihr Job ist sicher nicht leicht.«

»Nicht unbedingt.«

»Aber er macht Ihnen Freude.«

»Es ist gut, helfen zu können.«

Sie goß ihm Wein nach. »Ja, ich weiß, was Sie meinen.« Sie dachte dabei an endlos scheinende Einsätze, an dreißig, fünfunddreißig Stunden Arbeit ohne Schlaf – aber er hatte recht, es war gut, es war unerhört gut, helfen zu können. Nachdenklich nippte sie an ihrem Glas. »Haben Sie die Absicht, das Ihr Leben lang zu machen?«

»Wie sieht's bei Ihnen aus?«

»Sie sind nicht fair. Ich hab zuerst gefragt.« Das schelmische Lächeln zauberte das Grübchen in ihre rechte Wange und ließ es tanzen.

»Stimmt.«

Sie sah ihn an. Er war müde, und sie respektierte die Müdigkeit eines anderen. Sie kannte diese abgrundtiefe Müdigkeit aus eigener Erfahrung gut genug, um sie zu respektieren, aber sie wollte nicht, daß er ihr gerade jetzt entglitt.

»Keine Spielchen, Eric, bitte. – Wollen Sie das Ihr Leben lang machen?«

Irgendwann wirst du es nicht mehr können. Irgendwann wirst du zu alt sein dafür. Irgendwann kommt ein junges Pferd daher wie Solitaire, krank vor Angst, und schlägt dich nieder, bevor du es auf deine subtile Weise erreichen kannst.

»Ganz sicher nicht.« Er streckte sich aus, und ihr entschlüpfte ein unhörbarer Seufzer. »Und was wollen Sie?«

Er zuckte aus seiner Schläfrigkeit auf, zögerte und trank einen Schluck Wein. Er sah sie forschend an. Und dann, in der spätsommerlichen Pracht der marchairs, gaben seine Barrieren nach, und er sprach zum ersten Mal in seinem Leben zu einem anderen Menschen von seinem Traum.

»Irgendwo?« sagte Elaine nach einer Weile. »Es wäre Ihnen gleich, wo Sie Ihr Gestüt haben?«

»Guter Boden. Gute Pferde. Das zählt.«

»Ja.« Nachdenklich zeichnete sie Muster auf die Erde. »Ich verstehe.« Ihr Blick verlor sich im Himmel und in der großartigen Küstenlandschaft um sie herum. »Ich bin wohl hoffnungslos ... nun, was auch immer, aber ich würde dieses Land niemals verlassen. Es gehört zu mir. Und ich zu ihm.«

Dieser umherschweifende, sprechende Blick offenbarte sie ihm. Er mußte sich räuspern, ehe er sagen konnte: »Ich kann das verstehen.«

»Tatsächlich?«

»Gewiß.« Er erkannte Liebe, wenn er sie sah; und sah auch die Konsequenzen, die sich daraus ergaben. Er räusperte sich erneut und fuhr scheinbar ruhig erklärend fort: »Für die Pferdezucht wäre allerdings ... sehen Sie, Elaine, die Herde der Fargus' ist wirklich großartig, aber sie läuft über ein riesiges Gelände, und ich bin nicht bereit, mehrere Morgen mageren Landes zu pachten oder sogar zu kaufen, um auf eher unergiebigem Land meine Pferde zu weiden. – Irland ist mit seinen fetten Wiesen viel besser geeignet. Die Gegend um Connemara ist sehr gut. Oder auch Kent, unten in England.«

Ihr Blick verdunkelte sich, aber sie nickte. »Sie werden dann nicht mehr sehr lange hier sein, nicht wahr?«

Er mußte schlucken, ehe er seine Stimme beherrschen konnte. »Das ist abzusehen.« Auf einmal fühlte er sich niedergeschlagen und unsagbar müde.

Seine Augenlider wurden schwer. Elaine sah, wie es in seinem Gesicht zuckte, als er versuchte, wach zu bleiben, und wie das Weinglas bedenklich in seiner Hand schwankte; dann übermannte ihn endgültig die Müdigkeit. Sie nahm behutsam das Glas aus seiner Hand, streifte ihre dünne Bluse ab, und legte sie über sein Gesicht.

Die Sonne verbrannte ihre letzten kraftvollen Strahlen gerade über dem Küstenausläufer, auf dem sie ihr Picknick veranstaltet hatten, und es war nicht ausgeschlossen, daß er trotz seiner Bräune einen Sonnenbrand bekam. Elaine saß in ihrem ärmellosen Shirt im Schneidersitz auf der Decke und holte nachdenklich eine Zigarette aus ihrer Handtasche. Wolf näherte sich ihr zutraulich, leckte ihr dankbar die Hand und streckte sich neben ihr aus.

Als Eric erwachte, war es wie bläulicher Nebel vor seinen Augen. Er blinzelte verwirrt und fuhr sich über die Stirn. Etwas Weiches rutschte von seinem Gesicht, und seine Sicht wurde wieder klar: Der Tag verblaßte, abendliche Schatten begannen aus der Erde zu kriechen. Er sah hastig zu Elaine hinüber, die noch immer im Schneidersitz auf der Decke saß, den schläfrigen Wolf kraulte und zum Meer blickte. – »Es tut mir leid. Ich wollte bestimmt nicht einschlafen, wirklich nicht. Mein Gott, Sie müssen mich ja für den unhöflichsten Stumpfbock der Welt halten.«

Ihr Blick kam lustig blinzelnd zu ihm zurück. »Aber nein, Eric, wirklich nicht. Sie waren erschöpft. Fühlen Sie sich jetzt ein wenig ausgeruhter?»

Sie streckte sich näher und angelte nach ihrer Bluse, lächelte ihn an. »Und Sie schnarchen nicht einmal.«

Ein Schleier von Schlaf nistete noch in seinem Gehirn und verhüllte seine für gewöhnlich übergroße Vorsicht; ließ ihn ihre Hand einfangen und festhalten. Elaine vergaß die Bluse und sah ihn fragend an. – »Das war sehr lieb von Ihnen – die Bluse, meine ich. Danke.«

Seine Augen, die Sehnsucht darin, machten sie unruhig. Dieser tiefe, dunkle Blick paßte nicht zu der ruhigen Stimme und auch nicht zu den Worten. Sie lächelte beklommen und setzte zu einer unverbindlichen Erwiderung an; und schwieg, als er sich zum Sitzen aufrichtete und eine Hand sanft über ihre Wange streichen ließ.

»Ich möchte nicht zudringlich sein«, flüsterte er. »Aber Sie sind wirklich eine wunderschöne Mischung, Elaine.« Scheu strichen seine Hände ihre bloßen Arme entlang und schoben sich behutsam in die dunkelroten Haare. Die glänzenden Locken umflossen sein

Gesicht, als sie eine kaum wahrnehmbare Bewegung auf ihn zu machte und einen Kuß auf seine Lippen hauchte. Die leichte Berührung genügte. Hitze flammte zwischen ihnen auf. Der Kuß war von einem verzweifelten Hunger. Elaine, Schönste, Fayre Elaine ... niemals zuvor hatte er sich so sehr nach einer Frau gesehnt, nach ihrer Wärme, ihrer Nähe, ihrem Wesen. Dasselbe Feuer loderte in Elaine. Sie schmiegte sich in die hitzig fordernde Umarmung. Du warst mein Patient ... und du könntest alles für mich sein –

Sie rückten im selben Moment voneinander ab.

»Es tut mir leid«, murmelte Eric. Er schlang die Arme um die angezogenen Beine.

»Und mir ... auch. Ich ... ich weiß nicht, was da über mich kam.«

Ihre Blicke tauchten ineinander. Sie wußten es beide. Und sie wußten, was zwischen sie gekommen war – die Gewißheit, zueinander zu gehören, und doch bald getrennt zu sein.

Missy ließ ein rotes Pfötchen sinken, mit dem sie ihr Gesicht geputzt hatte, und beobachtete Sir Lancelot, der an den Balken der Garagentür herumspielte. Seine Zähne hatten eine unebene Stelle gefunden, und plötzlich öffnete sich die Tür einen Spalt breit. Verblüfft schob er den Kopf vor. Die Tür schwang auf. Zögernd trat er hinaus. Die dunkelblaue Nacht war warm und lockte mit erregenden Düften. Er hob den Kopf und reckte ihn abenteuerlustig gegen die Anhöhe, nach Sunrise zu. Die verlockendste aller Geliebten flüsterte ihm zu: die Freiheit. Sir Lancelot fühlte den schon einmal erlebten Rausch in seinem Blut. Zielstrebig setzte er sich in Trab.

Missy ließ sich von dem Steintrog tropfen, watete durch das Stroh und blieb am Eingang der Garage sitzen, wo sie ihre Katzenwäsche wieder aufnahm.

Das Tor zu Sunrise bedeutete für Sir Lancelot kein ernst zu nehmendes Hindernis. Es hob sich solide und gut sichtbar im Mondlicht ab, und er beschleunigte kaum seinen Trab, bevor er federnd hinübersetzte. Er hielt auf der Kuppe, und die Weite des Anwesens lag vor ihm. Prüfend sondierten seine Nüstern die Luft. Der Geruch, der ihn angelockt hatte, kam von dort unten. Er warf den Kopf hoch und wieherte triumphierend. Ein dünnes Wiehern aus der Koppel antwortete. Für einige Sekunden trat er zusammengeballt vor Erregung auf der Stelle, dann jagte er in gestrecktem Galopp mit hoch erhobenem Schweif die Anhöhe hinunter. Solitaire kam ihm entgegen. Ihre Nasen berührten sich durch die Latten, es folgte das tiefe Schnauben und rituelle Ausschlagen, dann wendeten beide Pferde auf der Hinterhand und jagten nebeneinander zu beiden Seiten des Zauns entlang, um wieder schnaubend zu verhalten. Es war der dritte Tag von Solitaires Rosse, und sie war sehr interessiert an diesem Hengst. Sie schnappten nacheinander durch die Bohlen, aber das genügte ihnen bald nicht mehr. Lance streifte um den Zaun zum Tor. Er erinnerte sich an die Erfahrung, die er vorhin in der Garage gemacht hatte. Seine Nase prüfte gründlich und stieß probeweise gegen den Holzbalken, der als Riegel diente. Die Stuten sammelten sich erwartungsvoll vor dem Tor. Der Balken bewegte sich, wenn er seine Nase unter ihn schob. Er versuchte es noch einmal, der Balken gab nach, und das Tor schwang auf. Augenblicklich drängte er durch die Reitstuten auf Solitaire zu, sonderte sie von den anderen ab und beschnoberte sie. Er drängte an Solitaires Seite und zwickte sie sanft in den Hals, er umtanzte sie und warb um sie mit einem Reigen ritueller Bewegungen, und schließlich trieb er sie mit behutsamen Kopfstößen aus der Koppel ins Freie. Seite an Seite galoppierten die beiden Pferde über die weite Wiese, zwei fliehende, graziöse Schatten im Licht des Mondes. Dann verhielten sie, und der Hengst bäumte sich über den Rücken der Stute, hielt sie zwischen seinen Vorderbeinen und fuhr mit dem Maul ihre Mähne entlang.

Elaine und Eric saßen noch immer auf dem Küstenausläufer. Die anziehende Spannung zwischen ihnen vibrierte fortwährend, und wenn sie ihr auch in schweigender Übereinkunft nicht nachgaben, so konnten sie sich doch noch nicht voneinander trennen. Und es mangelte ja auch wirklich nicht an Gesprächsstoff. Sie sprachen von ihrer Arbeit, von ihrer Zeit an der Universität, von Hobbys und Abneigungen und Vorlieben. »Haben Sie die Verfilmung von Henry V. gesehen, Elaine?«

»Von Kenneth Branagh, mit ihm in der Titelrolle?«

Er lächelte. Wenn eine Geistesverwandtschaft zwischen ihnen existierte, war dieser monumental angelegte Film der Prüfstein: »Sie haben sie gesehen. Was halten Sie davon?«

»Ich habe den Film mehrmals gesehen ...«

»Das muß man auch.«

»Beim ersten Zuschauen überwältigte mich einfach alles ... Ich glaube, ich schwankte ein wenig, als ich aus dem Vorführsaal kam. Ich nahm Bilder mit, aber vor allem die Musik ... und von der Musik vor allem das ›Non Nobis‹.«

Elaine blickte in den sternenübersäten Himmel. »Vielleicht ist es keines von Shakespeares besten Stücken. Gemessen an den anderen, meine ich. Aber Henry V. ist einer der besten Filme, die ich je sah.«

Eric lächelte still. Nie zuvor war er einer begegnet, deren Interessen und Ansichten seinen eigenen so sehr glichen. Sein Wesen verlor sich in der wunderbaren Szenerie um sie herum, mit dem Meer im Hintergrund, glitzernd unter dem Schein des Mondes, der noch seine frühe, die gelbliche Tönung hatte, dieser Weite und wilden Schönheit um sie her ... er konnte verstehen, daß Elaine nicht fortgehen würde.

Aber er durfte nicht zulassen, daß dieser Zauber der Landschaft und der Menschen ihn fesselte. »Ist noch ein bißchen Wein da?« fragte er.

Elaine sah in dem großen Picknickkorb nach und prüfte mit zusammengezogenen Augen die Etiketten. Bei diesem Licht ließ sich die Farbe des Weines nicht mehr bestimmen. »Claire hat uns wirklich reichlich versorgt. Möchten Sie roten oder weißen?«

»Trinken Sie auch noch ein Glas?«

»Puh ... ich muß noch fahren«, gab sie zu bedenken.

»Warum übernachten Sie nicht bei den Hickmans? Es gibt Platz. Sie könnten morgen ganz früh zurückfahren, dann sind Sie rechtzeitig zum Dienst da. Es ist doch auch nicht so weit.«

»Ich muß morgen nicht arbeiten.«

Ein freudiger Schreck durchzuckte ihn, und impulsiv ergriff er ihre Hand. »Elaine«, bat er. Seine Augen sagten, was ihn seine Schüchternheit nicht herausbringen ließ.

»Oh ...« Sie wandte den Blick ab; als sie ihn wieder ansah, war ihr Lächeln weniger schelmisch als gewöhnlich. »Nun, dann trinke ich noch ein Glas Weißwein.« Sie entzog ihm eilig ihre Hand und machte sich wieder an dem Korb zu schaffen, als sie plötzlich lauschend den Kopf hob. »Was ist das? Es klingt wie Donner. Und ich habe das Gefühl, die Erde vibriert.«

Eric hatte es auch gehört. »Das ist die Herde der Fargus'. Wenn Sie Glück haben, werden Sie vielleicht noch Excalibur begegnen.«

»Ui, dem berühmten Roten?«

»Ja. Frage mich nur, warum er die Herde in der Nacht über das Gelände treibt. Vielleicht hat sie etwas erschreckt.« Cochans, dachte er mit aufschießender Panik. Sollten sie versucht haben, sich an den Pferden schadlos zu halten?

Dann klang ein gellender, wilder Ruf zu ihnen. Eric hatte ihn schon einmal gehört, aber aus weiterer Ferne als jetzt; es war Excaliburs Herausforderung. Und dieser Ruf wurde von einem ganz ähnlichen beantwortet. Er erbleichte und stand rasch auf. »Oh, nein, bitte nicht!«

»Klingt, als kämen sie auf uns zu.«

Seite an Seite erklommen sie den Abhang, und auf der weiten Wiese, auf der Wolf damals verschwunden war, kam ihnen der Pulk der Zuchtstuten von Sunrise entgegen. Excalibur umkreiste sie und bannte sie an eine Stelle wie in eine unsichtbare Koppel. Imponierend baute sich seine königliche Gestalt, schwarz vor dem Silberglanz des Mondes, dann vor seinen Stuten auf, den Kopf hoch erhoben.

»Er wittert etwas, nicht wahr?« wisperte Elaine.

Eric nickte. Er konnte nicht sprechen. Er wartete angstvoll.

Der Rote reckte den Kopf nach allen Seiten und scharrte, daß die Erde aufgerissen wurde. Dann hob er sich auf die Hinterhand und wieherte erneut. Wie aus dem Boden gewachsen tauchten aus der Richtung des Hauses zwei Pferde auf der Hügelkuppe auf, und Eric griff sich stöhnend an die Stirn. »Oh, nein!«

Atemlos beobachtete er, wie Sir Lancelot sich von der grazilen Silhouette der Stute löste, mit raumgreifenden Schritten auf die Herde zutrabte und etwa hundert Meter vor ihr verharrte. Er warf den Kopf auf: Auf diesen Kampf hatte er lange gewartet. Seit dem ersten Morgen auf Sunrise, seit der Herausforderung Excaliburs, hatte er danach verlangt. Nun war die Zeit gekommen.

Seine seither noch um einiges stärker gewordenen Muskeln bebten erwartungsvoll, Hitze strömte in seinen Adern, erwartungsvolle Schauer rieselten in ihm und verursachten ein Beben unter seiner Haut: Er war bereit.

Excalibur empfing diese Kraft über die Entfernung hinweg. Er sog sie mit weit vorgestrecktem Kopf und gierigen Nüstern ein. Sein rechter Vorderhuf stampfte den Boden. Ein tellergroßes Grasstück wurde in die Luft geschleudert und fiel mit einem dumpfen Laut in die atemlos drückende Stille, hinein in das unheimliche Schweigen und angespannte Warten der vom Vollmond durchschauerten Nacht. Er gab keinen Laut von sich, blieb ebenso unbeweglich wie sein Widersacher. Seine Hitze wollte ihn vorwärts drängen, doch sein kühler, scharfer Verstand riet ihm, sich ruhig zu verhalten.

Abschätzend musterten sich die Gegner, der goldene und der rote Hengst. Sie waren völlig unbeweglich, wie aus Stein gemeißelt. Stumm nahmen sie Maß.

Eric rannte los.

Es war zu spät. Als sei ein unhörbarer Befehl an beide Hengste zugleich ergangen, stürmten sie mit hoch aufgereckten Köpfen, steil aufgestellten Schweifen und unheilvoll donnernden Hufen aufeinander los und hatten sich schon auf die Hinterbeine gerissen, gegeneinander schnappend und schlagend, bevor Eric sie erreichen konnte. Er mußte zurückspringen, als Excalibur sich blitzschnell fallen ließ, herumwirbelte und mit der mächtigen Hinterhand gegen Sir Lancelots Kopf zielte. Der Schlag verfehlte sein Ziel nur knapp; Lance stieß einen wütenden Schrei aus, vollführte eine nahezu unmögliche Drehung, die seinen Gegner irritierte, und hämmerte mit den Vorderhufen auf Excaliburs Rücken ein. Blutige Flecken zeigten sich auf dem rotgoldenen Fell. Wieder schlug Excalibur aus. Er traf Sir Lancelots Brust und ließ ihn taumeln. Eric hatte seinen Gürtel gelöst und warf sich mitten zwischen die gegeneinander tobenden Hengste und teilte mit dem Leder Hiebe nach allen Seiten aus. Keiner der beiden schien es überhaupt zu fühlen, sie nahmen weder ihn, die Schläge, noch seine Stimme wahr. Als sich beide erneut aufbäumten, traf ihn ein hämmernder Vorderhuf. Wie in einem dichten Nebel ging er nieder und versuchte, aus der Gefahrenzone zu kriechen, als er plötzlich Hände fühlte, die ihn kraftvoll packten und ihm halfen, sich über das Gras zu schleppen, bis er außer Reichweite der Kämpfenden war. »Die bringen sich um«, ächzte er. Elaine nahm sein Gesicht in ihre Hände. »Sie können nichts tun. Es war Wahnsinn, was Sie da eben versucht haben.«

»Nein, ich muß!« Er versuchte sich aufzurichten, aber seine Beine wollten ihm noch nicht wieder gehorchen. Schwer atmend starrte er wie durch graue Wolken auf die Pferde, die zwei Naturgewalten gleich gegeneinander prallten. In einer präzis berechneten Wendung von unbeschreiblicher Grazie waren die Hengste auseinandergestoben, als sie sich aus dem Wirbel der gegnerischen Hufschläge befreit hatten. Jetzt stürmten sie wieder aufeinander los. Ihre auf die Hinterbeine erhobenen Körper krachten mit dumpfem Donner aufeinander.

Excalibur war ohne Zweifel der erfahrenere Kämpfer. Wenn Sir Lancelot aufgab – und das schien aufgrund seiner Unerfahrenheit unvermeidlich –, dann würde er ihn nicht schonen. Sir Lancelot besaß Feuer für einen ganzen Weltteil, doch der zerstörerischen Wucht eines kampferprobten Hengstes wie Excalibur konnte er nicht standhalten. Er mußte aufgeben; und Excalibur würde ihn jagen, zur Strecke bringen, und ihm den Schädel spalten. Eine kriegerische, für den Kampf geborene Persönlichkeit wie Excalibur kennt keine Gnade. Der eisenharte Schädel des Roten trommelte gegen Lances verletzliche Nierenpartie, und seine Zähne gruben sich in seine linke Flanke. Lance ließ den linken Hinterhuf vorschnellen und tat gleichzeitig einen Ruck nach rechts. Excalibur wurde aus dem Gleichgewicht gebracht; der Huf traf ihn unter dem Kinn. Er bäumte sich und ließ die Vorderhufe auf Lances Rükken trommeln, doch der Goldfuchs ging mit unglaublicher Geschmeidigkeit tiefer und tauchte unter dem gewaltigen Trommelwirbel weg, indem er sich fallen ließ, sich blitzschnell herumrollte, und ebenso schnell wieder auf den Beinen stand, bereit für einen neuen Angriff. Wieder prallten sie gegeneinander.

Excaliburs Kopf schwang herum wie ein Hammer, um gegen Lance zu schlagen – da drang Unruhe aus dem Pulk der Stuten, verängstigtes Wiehern, und er hörte, daß sie sich in Bewegung setzten. Etwas bedrohte sie. Er schnappte noch einmal gegen Lance, dann wurde seine Besorgnis übermächtig; er schnellte herum und setzte ihnen nach. Bald hatte er sie eingeholt, umkreiste sie und trieb sie über die Hügel.

Solitaire war unter ihnen.

Noch bevor der Rote sich ganz umgewandt hatte, schwang sich Eric auf Lances Rücken und zwang ihn gewaltsam herum. Er mußte alle Aufmerksamkeit auf das Pferd richten und hoffte, als er in vollem Galopp davonstob, daß Elaine das Richtige tun würde.

Die junge Frau streichelte Wolf, der neben ihren Füßen kauerte. »Das hast du wirklich gut gemacht, mein Lieber. Hast sie sehr eingeschüchtert. Du bist ein guter Schäferhund.« Wolf wedelte und schmiegte sich an sie. Er hatte sich an die Stuten geschlichen und mit seinen scharfen Zähnen einige Fesseln geritzt. Ein Bellen war nicht nötig gewesen. Die Furcht der Stuten hatte die ganze Herde in Bewegung gesetzt.

»Guter Junge«, sagte Elaine noch einmal und streichelte über sein Fell. »Laß uns zum Wagen gehen, ja?«

Sie nahm den Picknickkorb auf, und Wolf streckte seine Nase darunter, um ihr beim Tragen zu helfen. Schnaufend sah er zu, wie sie den Korb im Fond des Wagens verstaute; und wedelnd folgte er ihr, als sie vor dem Gebäude der Hickmans parkte.

»Wie geht es ihm?« Elaine traf Eric in der Garage der Hickmans. »Sie haben ihn angebunden. Vorhin lief er frei.«

»Vorhin war vorhin. Da wußte ich noch nicht, daß er Riegel aufschnappen kann.« Er bürstete vorsichtig Sir Lancelots verkrustetes Fell und vermied es, ihr das Gesicht zuzuwenden. »Er hat Schrammen und Knüffe, aber keine ernsthaften Verletzungen. Denken Sie bloß mal ... er ist nicht nur hier herausgekommen – da könnte ich mir ja noch sagen, ich hätte vergessen, die Tür ordentlich zu schließen, aber er hat auch Solitaire aus der Koppel befreit, und das geht wirklich nur, wenn der Holzriegel hochgeschoben wird. Und ich weiß, daß er vorgelegt war.«

»Er ist schon ein sehr Kluger.« Sie näherte sich ihm langsam.

»Seine Klugheit hätte ihn das Leben kosten können. Mit einem Panzer wie Excalibur zu kämpfen! – Passen Sie besser auf. Ich weiß noch nicht, was dieser Vorfall bewirkt hat.«

»Vorhin ließ er mich ran.«

»Vorhin war vorhin«, sagte er wieder.

»Eric ... sind Sie verärgert?«

»Nein, nein! – Bleiben Sie lieber weg von ihm!«

»Aber er sieht ganz friedlich aus! Sehen Sie, er dreht mir den Kopf zu!«

Sie las ein Bündel Heu auf und hielt es Lance hin. Er zupfte es aus ihrer Hand, mit vorgestellten Ohren und weiten Nüstern. Eigentlich wirkte er angeregt nach seinem Abenteuer, und keineswegs übernervös. Eric ließ ihn herumtreten, um die andere Seite zu putzen, und verbarg sich hinter ihm.

»War es sehr schwer, ihn hierher zu bringen?«

»Oh, es ging. Er wollte natürlich zurück.«

»Ich könnte niemals ein Pferd ohne Sattel und Zaumzeug reiten. Schon gar nicht eines wie ihn. Und natürlich erst recht nicht in dem Zustand, in dem er war.«

»Man muß nur die richtigen Tricks kennen.« Er gebrauchte das verhaßte Wort, um sich nähere Erklärungen zu ersparen. Lautlos schlüpfte sie näher. Kein Indianer hätte sich vollendeter über das raschelnde Stroh anpirschen können. »Einfühlungsvermögen ist kein Trick«, sagte sie. »Zu wissen, was im geeigneten Moment zu tun ist, ist kein Trick. Und Durchsetzungsvermögen ist auch kein Trick.« Ihre Stimme war mit jedem Schritt leiser geworden, damit er nicht merkte, wie sie sich heranschlich. Noch immer verdrehte er sich, um sie nicht ansehen zu müssen; aber er wußte nicht, daß sie den Standort gewechselt hatte. Als sie über Lances Rücken reichte und ihre Hand auf seine Schulter legte, traf sie auf den Blick geweiteter Augen, die Entsetzen zeigten. Sofort wandte er wieder das Gesicht ab. Aber unter dem Licht der von der Decke herabstrahlenden starken Lampe hatte sie genug gesehen. Sie schlüpfte unter Sir Lancelots Hals hindurch auf seine Seite. »Lassen Sie mich das ansehen, Eric.« – »Es ist nichts«, wehrte er ab. »Es passiert nicht zum ersten Mal.«

Sie fing sein Gesicht ein, vorsichtig, und schob das Haar fort. »Es ist eine Schnittwunde. Glücklicherweise nicht tief. Es muß ein Hufrand gewesen sein, der Sie erwischt hat, aber es war wohl mehr ein Streifen; immerhin aber stark genug, um Sie umzuwerfen und das hier zu verursachen. Aber Sie haben so dichtes Haar; im Mondlicht konnte ich es nicht erkennen. Lassen Sie sehen.« Widerwillig hielt er still. Es quälte ihn, sie so dicht vor sich zu haben und sie nicht berühren zu dürfen.

»Ich möchte das versorgen. Haben Sie ein Desinfektionsmittel, Heilsalbe, Pflaster?«

»Ja.«

Sie versuchte einen kleinen Scherz. »Ich hoffe, Ihre Medikamente sind auch für Menschen geeignet.«

»Manche meinen ohnehin, ich sei ein halbes Pferd. Kein Grund also, sich zu sorgen.«

Im Haus der Hickmans war es bereits dunkel. Eric schloß die Tür nahezu lautlos auf und bedeutete Elaine die Stufen der Wendeltreppe, die quietschende Stellen hatten. Wolf brauchte keine Anweisung. Er war neben ihnen wie ein Gespenst, stumm und lautlos. »Ich bringe Ihnen frische Bettwäsche«, flüsterte Eric. »Sie können mein Zimmer haben, es ist groß und gemütlich. Ich werde den kleinen Gästeraum nehmen.«

»Ich nehme den kleinen Gästeraum«, sagte sie fest. »Ich will Sie nicht aus Ihrem Zimmer vertreiben. Und jetzt werde ich mich um Ihre Verletzung kümmern.«

»Es ist doch keine Verletzung!«

»Würden Sie das bei einem Ihrer Pferde auch sagen?«

»Nein«, mußte er eingestehen. »Aber ich brauche jetzt eine Dusche.«

Als er barfüßig und in Pyjama und Morgenmantel wieder vor ihr stand – ein Anblick, der ein kleines Lächeln über ihr Gesicht zauberte –, sagte sie: »Haben Sie vielleicht auch einen Pyjama für mich? Ich war nicht auf eine Übernachtung vorbereitet, wissen Sie?«

»Oh, sicher.« Er grub im Kleiderschrank und reichte ihr einen Pyjama. »Sie werden darin ertrinken.«

»Macht nichts. – Wo sind Ihre Medikamente?«

»Gleich hier, in der Tasche.«

»Ich werde Sie gleich versorgen.«

»Aber nein. Eigentlich kann ich das selbst.«

Zwei dunkle Augenpaare bohrten sich ineinander. Beide wußten, was diese Blicke bedeuteten. Und beide wußten, daß es nicht von Dauer sein durfte.

»Gehen Sie nur duschen. Ich habe frische Handtücher für Sie rausgelegt.« Seine Kehle war so eng, daß er Mühe hatte, die Laute hervorzubringen. »Und ich habe einen Spiegel hier. Ich komme schon zurecht.«

»Ja. Dann – gute Nacht.«

»Gute Nacht.«

Es war eine qualvolle Nacht. Der Vollmond quälte ihn; aber es war vor allem sein Verlangen, das durch seine Träume jagte und ihm keine Ruhe ließ. Sie war ihm so nah! – Und dennoch unerreichbar. Er hatte ihre Entscheidung zu respektieren. Er tat es, weil er sie achtete und weil – er sie liebte.

Claire zeigte keine Überraschung, als Elaine zum Frühstück erschien. »Hatten Sie einen netten Abend, Elaine? Haben Sie gut geschlafen? Möchten Sie Rührei? Lieber Kaffee oder Tee? Sie haben doch noch ein bißchen Zeit?«

»Heute muß ich nicht arbeiten, Claire.«

»Oh, das ist schön!« Claire strahlte sie an.

»Ich wollte eigentlich nicht hier übernachten, wissen Sie, aber es war spät, und Eric sagte, es sei Platz –«

»Völlig in Ordnung, meine Liebe.«

»Ich bezahle natürlich dafür.«

Claire prustete empört. »Sie reden wie Eric. Setzen Sie sich! Und sagen Sie so was nie wieder! – Sie haben ihn gesund gemacht. Sie haben mich zu ihm gelassen, als es ihm schlecht ging. Wie könnte ich Geld von Ihnen verlangen!«

Auch Elaines Nacht war nicht ruhig gewesen, und sie war darum nicht sehr achtsam. »Wie sehr Sie ihn lieben!« entfuhr es ihr.

Die junge und die alte Frau blickten einander mit einer Art Bestürzung in die Augen.

Und wie sehr Du ihn liebst ...

Kurz darauf betrat Eric die Küche, und als Claire sein Gesicht sah, erschrak sie im ersten Moment. Es war nicht nur das breite Pflaster auf seiner Stirn unter dem dunklen Haar, es war vor allem, wie er aussah: Die Wangen noch schmaler als gewöhnlich, bleich unter der Sonnenbräune, so daß sein Gesicht gelblich wirkte, tiefe, beinah schwarze Schatten unter den Augen, und die Augen selbst glänzten wie die eines Fiebernden. Aber er lächelte ihnen beiden zu, wünschte ihnen einen guten Morgen und fragte Claire mit gewohnter Höflichkeit, ob er ihr behilflich sein könne.

»Nay.« Sie wandte ihnen den Rücken zu und machte sich an ihren Pfannen zu schaffen, denen herzhafte Düfte entstiegen. »Setzen

Sie sich und erzählen Sie mir, was gestern nacht nun wieder los war.« Sie schenkte ihnen Tee ein und ließ große Portionen Rührei auf ihre Teller gleiten.

»David ist schon fort?« wollte er ablenken.

»Es ist Montag.« Sie warf ihm einen milde strafenden Blick zu: Er wußte genau, daß David wochentags vor sieben seine Runde begann.

»Eßt, ihr beiden. Die Würstchen sind auch gleich soweit.« Sie blickte Elaine an: »Ich schaffe es einfach nicht, diesem Jungen ein bißchen Fett auf die Rippen zu füttern. Schauen Sie ihn sich an: nichts als Knochen und Sehnen und Muskeln.«

»Das ist erstaunlich bei Ihrem guten Essen, Claire.«

Elaine vermied es, zu Eric hinüber zu sehen. »Mich hätten Sie in kürzester Zeit ziemlich mollig gefüttert.«

»Er arbeitet einfach zu viel, daran liegt es, glaube ich. Könnte das stimmen?«

Claire wandte sich wieder zum Herd und ergriff die nächste Pfanne, in der die Würste herrlich dufteten und leise zischten, und verteilte den Inhalt auf den Tellern.

»Gewiß«, erwiderte Elaine unbedacht, »letzte Nacht beispielsweise –« Sie erkannte ihren Fehler ein wenig zu spät.

»Ja? Letzte Nacht?«

Claire lockte die Ereignisse nach und nach aus den beiden heraus und stocherte darauf tief nachdenklich in ihrem Rührei. Dies war nicht die erste Nacht, die sich Eric der Pferde wegen um die Ohren geschlagen hatte, aber nie hatte er danach so elend ausgesehen. Und er war hart im Nehmen. Die Verletzung konnte ihn nicht so mitgenommen haben. Es konnte nur eines sein …

Sie fing den verlorenen, seltsam starren Ausdruck auf seinem Gesicht für den Bruchteil einer Sekunde auf, als er in seinen Teebecher starrte, den er zwischen seinen Händen hielt. Dann hob sich sein Blick, angezogen von ihrem eigenen; und sie fühlte sich aus der Tiefe seiner Augen in eine Spirale von Schmerz hineingezogen.

Und dann lächelte er sie an.

Der Sonnenuntergang klang malvenfarbig aus, die Luft wurde kühler. Die letzten Strahlen der Sonne tränkten eine luftige Wolkenwand mit Licht, doch dort, wohin sie ihre Kraft nicht mehr senden konnten, war die Wolkendecke so unheilvoll drohend und dunkel wie dichter Rauch. Eric saß wie an seinem ersten Abend in diesem Land auf einem Ausläufer der schroff ins Meer stoßenden Felsen und ließ die Beine über den Abgrund baumeln. Unter ihm wogte und flüsterte der Atlantik. Wie am ersten Abend waren auch Lance und Wolf bei ihm; doch dieser Ort gehörte nicht zum Fargus-Land, sondern der Gemeinde. – Ohne die Gesellschaft der beiden Tiere hätte er sich sicher noch verlassener und trostloser gefühlt als in seiner Kindheit. Vor zwei Stunden hatte er Elaine verabschiedet und dann, ohne noch einmal ins Haus zu gehen, Lance aufgetrenst und war hierher geritten. Wolfs leises Tappen auf dem Sandboden, seine stumme Anteilnahme an einem Kummer, den er nicht recht verstand, waren immer an seiner Seite gewesen.

Nun war sie also fort. Es war ein ereignisreicher Tag gewesen. Sie hatten als erstes die Herde aufgesucht – auf zwei von Billys Ponys: Emily hatte Elaine gestern formvollendet höflich, aber frostig begrüßt. Er hatte sie nicht um zwei der Reitstuten bitten wollen.

Er hatte Excaliburs Verletzungen behandelt und ihn sogar in Elaines Nähe locken können. Anders als Emily war sie nicht im geringsten verängstigt vor dem riesigen Hengst, als er sich ihr schließlich näherte, sondern zeigte eine Art faszinierter Bewunderung für ihn.

»Ich habe noch nie einen König zu Gesicht bekommen.« Ihre Hand strich zart über Excaliburs schmale Nase. Der Hengst hatte unter ihrer liebkosenden Hand still gestanden und sich voller Behagen und Vergnügen gedehnt.

Solitaire war so munter wie eine Springmaus. Sie hatte ein wenig Fangen mit Eric gespielt, bevor sie sich herbeiließ, stehenzubleiben und sich anfassen zu lassen.

»Werden Sie sie bei der Herde lassen, Eric?« Er sah Elaine wieder vor sich, wie sie neben Excalibur stand und sein erschauerndes Fell streichelte. Sie konnte kaum über seinen Rücken zu ihm hinüberschauen.

»Fürs erste ja. Sie ist hier gut aufgehoben. Ich werde ab und zu nach ihr sehen, damit sie nicht alles vergißt, und wenn sie hochträchtig ist, soll sie in den Stall kommen. Ich will nichts riskieren.«

»Das kann ich verstehen. Aber wie können Sie sicher sein, daß sie tragend ist?«

»Nun – wenn es nicht Lance war, wird es Excalibur sein. Sie ist jung und gesund, und beide Hengste sind kräftig und bersten vor Energie –, es gibt kaum einen Grund, warum sie nicht aufgenommen haben sollte. Aber natürlich wird sie untersucht werden.«

»Ich wünsche Ihnen viel Glück mit diesem Fohlen, Eric.«

Noch vor dem Mittagessen hatte er mit Lance gearbeitet, und wie gestern war Elaine voller Bewunderung gewesen. »Ich werde nie so reiten können. Sie haben sicher früh damit angefangen?«

»Mit vier Jahren. Möchten Sie ihn reiten?«

»Oh, ich weiß nicht ...«

»Der Vorfall der letzten Nacht scheint ihm nichts ausgemacht zu haben. Eher im Gegenteil, ich habe das Gefühl, es hat ihm eine ganze Menge Selbstbewußtsein zurückgegeben. Kommen Sie, Elaine. Er muß eigentlich nur noch trocken geritten werden.«

Ein kleines Zögern, dann war die hochgewachsene, schlanke Gestalt durch die Bohlen geschlüpft.

»Sie haben einen wirklich schönen, leichten Sitz, Elaine. Traben Sie doch ein bißchen.«

»Sie sagten Trockenreiten!«

»Er ist noch nicht müde.«

Es war das reine Entzücken gewesen, sie zu beobachten, ihre Einfühlsamkeit, ihren Eifer, die Freundlichkeit dem Hengst gegenüber.

In der kühlen Luft unter dem letzten Schimmer des Sonnenuntergangs zog er die Beine an und legte die Arme um die Knie. Vor seinem geistigen Auge sah er Elaine wieder auf dem Pferd: das leuchtende Haar, das weiche Spiel der Hände und die Stimme, sehr leise, kosend, lobend. Seine Finger krampften sich ineinander, und er preßte die Stirn gegen seine Knie.

Bei seiner Entlassung aus der Klinik hatte er nicht geglaubt, sie je wiederzusehen. Er hatte es bedauert, aber er hatte sich damit abgefunden. Ein einziger Nachmittag hatte genügt, um alles zu verändern. Und jetzt war sie fort, und selbst wenn er sie noch einmal durch Zufall wiedersehen sollte, durfte er sich nichts erhoffen.

Er mußte gehen. Und sie mußte bleiben. So einfach, so furchtbar einfach war das.

17

Zur selben Zeit sagte Claire zu David, während sie den Tisch fürs Abendessen deckte: »Was hältst du von Elaine?«

»Rei-zen-des Mäd-chen!«

David kämpfte mit dem Stiefelknecht. Er kämpfte jeden Abend mit ihm, denn seine Stiefel waren zu eng.

»Was ist denn mit Elaine?« fragte er und bewegte erleichtert den befreiten Fuß.

»Eric ist in sie verliebt.«

»Wo bleibt denn der Junge überhaupt? Ein dringender Fall?«

Sie hielt inne und blickte ihn schweigend an, erinnerte ihn stumm an ihre Worte. Er nahm seine Pfeife aus dem Mund, sein Blick war plötzlich weit. Dann schmunzelte er. »So, verliebt ist er in sie. Wundert mich nicht. – Warum bist du so ernst, meine Liebe?«

»Und sie liebt ihn.«

»Ja, das dachte ich. Unseretwegen ist sie sicher nicht hergekommen. Ich wußte, daß er sie ebenso beeindruckt hat wie sie ihn. Na – nun haben sie sich ein bißchen besser kennengelernt und sich verliebt. Das ist doch schön. Wird dem Jungen nur guttun.«

»Aber da ist etwas, David, zwischen ihnen, meine ich. Sie sind beide traurig, aber sie akzeptieren, daß es etwas gibt, das sie nicht zueinanderkommen läßt. Ich wünschte, ich wüßte, was es ist.«

»Du meinst, wir sollten mit ihm darüber sprechen?«

Sie hörten Hufschläge auf dem Hof und warteten. Dann schabten Wolfs Krallen auf der kurzen hölzernen Außentreppe, ihr Laut begleitet von den nahezu unhörbaren Schritten Erics.

David schreckte zurück, als Eric den Kopf zur Tür hineinstreckte und sie lächelnd begrüßte. Er entschuldigte sich. Er sei müde, nicht hungrig, und wolle nur eine heiße Dusche nehmen, bevor er ins Bett ginge. »Ich will bloß noch Wolf sein Futter geben.«

Er kam herein und benahm sich wie ein Geist, so, als sei er eigentlich gar nicht körperlich anwesend, und er tastete sich wie ein Halbblinder zu der kleinen Stelle, wo er Wolfs Rationen auftauen ließ.

»Eric, wenn Sie müde sind – ich kann das doch tun!« Claire konnte noch immer nicht verwinden, daß er darauf bestand, den Hund auf seine Kosten zu ernähren. Wolf gehörte doch ebenso zur Familie wie Eric. Sie würde ihm sein bißchen Nahrung ebensowenig in Rechnung stellen wie Erics Kost und Logis.

»Ach, es ist ja nichts, Claire. Aber vielen Dank.« Während er sprach, mischte er das Futter. Wolf saß artig neben ihm und wedelte erwartungsvoll.

»Wir ...«, Claire fühlte sich ziemlich hilflos und warf David einen beschwörenden Blick zu, »vielleicht könnten Sie wenigstens ein Würstchen essen? Es gibt auch welche für Wolf. – Frische, natürlich«, fügte sie eilig hinzu. »Ungeräuchert. Eines unserer Schweine ist ja vor ein paar Tagen geschlachtet worden. – Morgen wird es dann Filets geben. Sie mögen Filets, nicht?« fragte sie hoffnungsvoll.

Für Sekunden wandte er ihr endlich das Gesicht zu. »Sehr«, sagte er leise.

»Darf ich ihm ein oder – vielleicht zwei Würstchen geben?«

»Schweinefleisch ist nicht gut für Hunde.«

»Oh. – Und Sie?« Erneut warf sie David einen drängenden Blick zu.

»Vielen Dank, Claire, ich habe wirklich keinen Hunger.« Er wandte sich zum Gehen.

»Eric.« David erhob sich halb. »Vielleicht können wir ... lassen Sie uns ein wenig plaudern. Einer meiner Kunden hat mir eine Flasche mit sehr altem Malt aus den Highlands geschenkt, so was kriegt man nicht zu kaufen. – Wir sollten vielleicht noch ein Glas davon vor dem Schlafengehen trinken.«

»Entschuldigen Sie, aber ... nein. Danke schön. – Würden Sie Wolf noch seine Bisquits geben und ihn noch einmal hinauslassen, wenn er fertig gefressen hat? Er kommt dann schon von allein zu mir«

»Sicher. Keine Sorge, mein Junge.«

»Siehst du jetzt, was ich meine?« wisperte Claire David zu, als die Tür sich hinter Eric geschlossen hatte.

»Ich war ganz erschrocken. Er sieht ja aus wie ein Gespenst.«

»Das dachte ich schon heute morgen. Aber jetzt sieht er noch schlimmer aus.«

»Aber er will nicht darüber sprechen. Und wir können ihn nicht zwingen. Wenn wir es versuchen, werden wir ihn verlieren. Er ist so scheu.« Hilflos blickten sie einander an. Ihre Augen tauschten Botschaften aus. Schließlich sagte Claire: »Wir müssen ihm Ruhe geben. Wir dürfen nichts tun, was ihn beunruhigt. Er muß es mit sich selbst abmachen. Aber wir müssen auch jederzeit für ihn da sein, wenn er uns braucht.«

»Wenn er uns braucht ... Davy brauchte uns. Er hat es nie zu erkennen gegeben.«

Bitternis war in Claires Stimme, als sie erwiderte: »Davy hat uns nicht gebraucht. Er wußte, daß er fort wollte, und er ging, sobald es ihm möglich war. Eric ist anders, das weißt du.«

»Auch er wird gehen.«

Sie senkte den Blick. »Ja ... ich habe es nicht vergessen. Aber noch ist er da, und vielleicht ...«

»Claire ...« Er legte den Arm um sie und zog sie an sich. Eine Weile hielt er sie so, und sie lehnte ihren Kopf an seine Schulter. Leise sagte er dann: »Weißt du, warum ich dich unbedingt heiraten wollte?«

»Weil ich so gut koche.«

Er mußte über den Klang ihrer Stimme lächeln und gab zu: »Ja, auch darum. Aber auch, weil du eigenwillig bist wie deine Katze. Und vor allem, weil du immer Träume hattest. Aber manche Träume, Claire ... wir dürfen uns nicht in sein Leben mischen.«

»Nein. Aber vielleicht ...« Ihre Augen nahmen einen weit entfernten Blick an. »Nein, keine Einmischung. Aber vielleicht ein wenig ... hm, einen kleinen Stups.«

»Aber es wäre sicher nicht gut, auf Elaine anzuspielen.«

»Oh. Nein.«

Sie tranken Tee mit Whisky. David rauchte. Ihre Stimmen waren gedämpft. Sie wollten ja keinen Plan schmieden. Der Junge sollte nach eigenem Willen entscheiden.

18

Eric war zu der Überzeugung gelangt, daß es am besten sei, diese zwei Tage als einen Sturm im Wasserglas anzusehen. Er sagte sich, daß seine Gefühle mit ihm durchgegangen seien, und das hatte mit den Anstrengungen zu tun gehabt – mit dem harten Tag, der hinter ihm gelegen hatte, als Elaine angekommen war, mit dem nächtlichen Kampf der Hengste und den darauffolgenden schlaflosen Stunden, in denen er vermeinte, ihren leisen Atem im Nebenzimmer zu hören.

Und außerdem war für eine Frau kein Platz in seinem Leben: Es geschah immer wieder, daß er sogar die Arbeit mit einem der Pferde unterbrechen mußte, weil ihn ein Farmer zu Hilfe rief. Er brachte es nicht übers Herz, sie abzuweisen, aber er begann zu mahnen: »Vielleicht sollten Sie sich mal mit dem Bürgermeister kurzschließen, daß er sich um einen anderen Tierarzt bemüht. Wäre doch ein abendfüllendes Thema bei der nächsten Gemeindeversammlung, denken Sie nicht?«

»Gee, einen wie Sie kriegen wir nicht wieder, Guvnor! Soll ich Ihnen mal sagen, wie viele Tiere unter Timmys Behandlung gestorben sind? Oder wie viele danach nichts mehr taugten?«

»Aber nein, ich bin sicher, Sie irren sich. Wissen Sie, es gibt wenige Berufe wie den des Tierarztes, in denen die Linie zwischen völligem Versagen und Triumph so schmal ist. Man kann wie ein Trottel aussehen oder wie ein Held, denn letzten Endes liegt der Ausgang eines Falls nicht in unserer Hand, einer meiner Professoren pflegte zu sagen: ›Wir können nur unterstützen, heilen muß die Natur‹. Ich bin sicher, daß Timmy sehr gut war. Aber er war sehr lange in dieser Gemeinde tätig, und Sie erinnern sich jetzt an Fälle mit Todesausgang über all diese Jahre hinweg. Verstehen Sie, was ich meine? – Ich mache das erst seit kurzer Zeit.« Seine Stimme veränderte sich. »Und außerdem ist es wirklich nicht mein Job. Ich kümmere mich um gestörte Pferde. Ich bin ein Pferdedoktor. Und außerdem, Mr. Sims«, er ließ das geschwollene, heiße Hinterbein der Kuh sinken und richtete sich zu voller Höhe über dem beleibten, kurz gewachsenen Farmer auf, »außerdem haben Sie Ihre letzte Rechnung noch nicht bezahlt, und ich habe sie Ihnen vor mehr als drei Wochen zugeschickt. – Wissen Sie, das erhöht meine Motivation nicht gerade, mich jetzt Ihrer Kuh hier anzunehmen.«

»Äh.«

Eric nickte nachdrücklich. »Ein niedergelassener Kollege wäre verpflichtet, die Behandlung vorzunehmen. Ich bin das nicht. Ich kann zu meinem Wagen gehen und Ihre Kuh mit ihrem kranken Bein einfach hier stehen lassen, und Sie haben keine Handhabe auf der Welt, mich daran zu hindern.«

Ganz so einfach war es nicht, aber das wußte Mr. Sims nicht, und Eric sah mit Befriedigung, daß er erbleichte.

»Sie kriegen Ihr Geld«, stieß er hervor. »Ich werd Ihnen einen Scheck geben, gleich heute. Ich muß Ihre Rechnung ... vergessen haben.«

Eric sog seine ohnehin eingefallenen Wangen ein und wippte dabei auf den Fußspitzen. »Na, schön. Und ich wäre Ihnen dankbar, wenn Sie das Thema bei der nächsten Gemeindesitzung zur Sprache brächten. – Sie brauchen einen niedergelassenen Tierarzt. Ich weiß, daß Sie ziemlichen Einfluß auf die übrigen Farmer haben. Sie werden sie schon überzeugen, nicht, Mr. Sims?«

Freundlich legte er ihm bei diesen Worten den Arm um die Schulter und führte ihn ein Stückchen weiter die dunkle Stallgasse hinunter. – »Dann ist da noch etwas, Mr. Sims.« Er deutete in einen der Verschläge. »Dieses Kälbchen hier. Ich hörte, wie es hustete, und es ist ein böser Husten. Sie wissen das, sonst hätten Sie es nicht von den übrigen getrennt und hierher gebracht. Aber Sie haben mich nur auf die Kuh aufmerksam gemacht. Sie hätten ein paar Tage gewartet und an dem kleinen Kerl Ihre ... hm, nun, um es vorsichtig auszudrücken, befremdlichen Rezepte versucht, und es wäre ihm immer schlechter gegangen, und dann – erst dann – hätten Sie mich wieder gerufen. Das wäre für das Kalb sehr schlecht gewesen – hätte unter Umständen dazu führen können, daß es dann trotz meiner Behandlung eingeht, und mich unnötig Zeit gekostet, weil es bedeutet hätte, noch einmal zu Ihnen herauszufahren. Und Zeit, Mr. Sims – Zeit! – ist eine sehr kostbare Sache für mich. Wenn Sie das noch einmal mit mir machen, werde ich die Rechnungssumme verdoppeln.«

»Sie gehen ja heute mächtig hart mit mir ins Gericht!« Mr. Sims stotterte beinah. Er hatte Eric als einen höflichen, geduldigen und kompetenten Tierarzt kennengelernt, als einen, der nicht nur sein Handwerk verstand, sondern auch den Tieren zutiefst verpflichtet war, und darum zu jeder Tages- und Nachtzeit seinem Ruf Folge geleistet hatte. Er hatte nicht erwartet, daß sich in ihm ein Kern aus Stahl verbarg.

»Anders scheint es nicht möglich zu sein, zu Ihnen durchzudringen. Ich hoffe, ich habe meinen Standpunkt klargemacht. Und nicht nur für heute.«

»Aye, vollkommen, äh ... aye, vollkommen. – Äh, werden Sie sich ... nun, ... trotzdem um meine Kuh kümmern?«

»Nun ... ja.« Er hatte nie die Absicht gehabt, es nicht zu tun. Er konnte ein Tier einfach nicht leiden lassen. »Unter der Voraussetzung«, sagte er dennoch streng, »daß ich auch gleich das Kalb behandle.«

»Sicher, keine Frage, bin froh, daß Sie mich darauf hinwiesen ... äh ... nun ja.«

»Und Sie denken an den Gemeinderat?«

»Aye. Und an Ihren Scheck. Ich werde ihn sofort holen.« Er hastete aus dem Stall. Eric sah ihm schmunzelnd nach und erblickte dabei Wolf, der wedelnd und kleine Nasenstüber austauschend Bekanntschaft mit der reizenden Colliehündin der Sims' schloß. Der gedämpfte Sonnenschein eines milden Herbsttages spielte auf dem Fell der Tiere. Die Landschaft leuchtete in den Farben von Feuer und edlen Metallen, die Luft war wie Balsam, und der stetige leichte Wind trug einen stärkeren Geruch von Seetang und Salz als im Sommer. Er fühlte, wie sich seine Seele diesem Land einmal mehr öffnete – es war eine Empfindung, die er an jedem einzelnen Tag immer und immer wieder erlebte: Er liebte dieses Land.

Und er liebte die Hickmans. Und die Arbeit als Tierarzt. Alle wollten, daß er blieb, weil sie ihn achteten und schätzten, weil sie seine Hilfe brauchten oder sogar weil sie ihn liebten. Und auch er wollte bleiben. Aber wenn er mit dieser Arbeit fortfuhr und die Pferde behandelte, würde er sehr bald aufgerieben sein. Die Nächte, in denen er mehr als vier Stunden Schlaf bekam, waren selten. Und wenn er die Pferde zugunsten der Arbeit als Tierarzt aufgab, bedeutete es, seinen Traum aufzugeben, und das konnte er nicht. Er hatte diesen Traum zu lange geträumt, er hatte ihn durch seine Kindheit getragen und ihn alle Schmerzen, Enttäuschungen und Demütigungen hinnehmen lassen. Der Traum und er waren eins. Ihn aufzugeben, hieße, sich selbst aufzugeben.

Schließlich würde er sich in Connemara oder Kent ebenso verlieben, gerade so, wie er sich in neue Pfleglinge verliebte, wenn ihm ein geheiltes Pferd weggenommen wurde. Außerdem würde er nun bald über die notwendigen Mittel verfügen, um den Traum von seinem eigenen Gestüt Wirklichkeit werden zu lassen. Über all die Jahre hatte sich eine erkleckliche Summe angesammelt. Er sollte bald beginnen, sich nach einem geeigneten Landstück umzusehen. Spätestens, wenn Solitaires Fohlen geboren war.

Sein Blick wurde sehnsüchtig, als er sich dieses Fohlen vorstellte. Vielleicht würde es dunkelgrau wie seine Mutter sein, oder golden, oder rot, je nachdem, wer sein Vater war, aber auf jeden Fall würde es vollkommen sein, eine Schönheit, in der sich alle Vorzüge der beteiligten Blutlinien mischten.

Mit einem tiefen Seufzer wandte er sich um und ging wieder zu der kranken Kuh. Ihr Kopf wandte sich ihm zu, ihre Augenhöhlen waren eingesunken durch den Schmerz, den sie geduldig litt.

»Ist gut, Mädchen«, murmelte er und streichelte ihr Gesicht. »Ich muß deinen Fuß aufschneiden und eine Menge Eiter herauslassen. Dann geht's dir gleich viel besser.«

»Zwillinge!«

Emily starrte ihn entsetzt an. »Sind Sie ganz sicher, Eric?«

Er hob die Schultern, fühlte sich ebenso verzweifelt wie sie. »Ganz sicher. Ich habe zunächst gehofft, ich hätte mich geirrt, und bat daher einen erfahrenen Kollegen um ein Konsil, als ich mit ihr in Glasgow war: er kam zu ganz dem gleichen Schluß. Solitaire trägt Zwillinge.«

Sie barg ihr Gesicht in den Händen. »Das ist eine Katastrophe. Sie wird sie abstoßen.«

Mit etwa achtzigprozentiger Wahrscheinlichkeit, dachte Eric.

»Wenn wir eines wegspritzen?« fragte Emily zaghaft. Sie hob den Kopf.

»Wenn es komplikationslos abgestoßen wird, sind wir eine große Sorge los. Und sie ist in einem Stadium der Trächtigkeit, in dem es gerade noch möglich wäre. Der Kollege riet allerdings davon ab.«

»Warum?«

»Ich erzählte ihm natürlich von ihr ... das mußte ich, um ihn ins richtige Bild zu setzen. Er sagte, manche Stuten reagierten sehr sensibel auf einen solchen Eingriff.«

»Inwiefern?«

»Bei Kaninchen gibt es ein seltsames Phänomen: wenn trächtige Weibchen spüren, daß es nicht genug Nahrung oder andere Widrigkeiten geben wird, wenn ihr Nachwuchs zur Welt kommt, resorbieren sie die Embryos. Ein vergleichbar extremes Phänomen findet man bei Pferden – nur daß sie das Ungeborene nicht in ihren Leib zurücknehmen, sondern abstoßen.«

»Und er meint, Solitaire würde das tun.«

Er schwieg. Es war grauenvoll genug, auf die Scherben seines Traumes zu blicken, ohne Emily die Sachlage verständlich machen zu müssen.

»Und ... und was meinen Sie? Eric, wie ist Ihre Meinung dazu? Sie kennen sie. Er hat nur einen Bericht über sie bekommen.«

»Ich glaube, sie würde es tun. Sie spürt, daß sie ein neues Leben trägt, aber natürlich ist sie nicht in der Lage zu begreifen, daß es zu ihrem Besten geschieht, wenn ein Teil dieses Lebens ... nun ... unwirksam gemacht wird. Sie wird nur den Verlust fühlen. Sie wird glauben, daß dieses ganze Leben verloren ist, und gleichgültig werden. Der Instinkt der Arterhaltung, der einer Stute bestimmte Verhaltensweisen auferlegt, wird absterben.«

Emily schwieg lange, das Gesicht in den Händen. Ein leises Zittern schüttelte ihre Schultern. »Das heißt, wenn ich Sie richtig verstanden habe«, sagte sie schließlich, »daß die Wahrscheinlichkeit, beide Fohlen zu verlieren, noch größer ist, wenn eines weggespritzt wird, als wenn wir nicht eingreifen.« Sie sah ihn an.

»Ich fürchte, ja.«

»Wie sind Solitaires Chancen, wenn wir nichts unternehmen?

Ich meine, abgesehen von den Fohlen? Wäre sie in der Lage, eine Zwillingsträchtigkeit zu überstehen? Sie ist sehr zart.«

»Sie müßte unter ständiger Aufsicht sein und sehr sorgfältig gepflegt werden.«

»Sie dürfte nicht draußen bei der Herde bleiben?«

»Ich halte das nicht für gut. Die Koppel und der Stall wären besser für sie. Bei einer Parforcejagd, wie freilaufende Pferde sie immer mal wieder veranstalten, könnte sie leicht die Fohlen verlieren.«

»Ihr erstes Fohlen ist Ihnen versprochen, Eric. Ich stehe zu meinem Wort. Tun Sie alles, was in Ihrer Macht steht, um diese Zwillingsfohlen auf die Welt zu bringen, und beide werden Ihnen gehören. Ich will nur, daß der Stute nichts geschieht.«

Es bedeutete, daß er noch für geraume Zeit hier bleiben mußte. Turner würde mahnen. Nun gut, sollte er mahnen.

Auf Solitaires Nachkommen sollte sein Traum gebaut werden. Aber auch ohne dies hätte er es nicht über sich gebracht, die kleine Stute, die er so sehr liebgewonnen hatte, mit ihrem Schicksal allein zu lassen.

Sein kleiner Austin verfügte unter dem abblätternden Lack nur über einen einzigen Luxus: Eric hatte ein Autoradio mit Kassettenrekorder installieren lassen, und wenn er unterwegs war, hörte er seine Musik: Tschaikowsky, Beethoven, Debussy, Grieg. Zur Zeit war wieder einmal Vivaldi sein Favorit: Die vier Jahreszeiten. In der herbstlichen Landschaft, durch die ihn der tapfere kleine Wagen trug, umgaben ihn die Klänge des Frühlings: »La Primavera«. Selbst an einem regnerischen Tag entstand bei diesen Klängen in ihm das Bild von blauem Himmel, sanftem Sonnenschein auf grünen Hügeln und schimmerndem Wasser, und die starken Düfte von Erde und Gras und Wasser waren um ihn. Er mußte nicht einmal die Augen dazu schließen. Mehr noch als das Frühlingsconcerto liebte Eric »L'Estate«, den Sommer. Dieses langsame, schwingende Heranpirschen, das Anlaufen, Verhalten, dieses verhaltene Tanzen, das darauffolgende Davonwirbeln, Verhalten, Vorbereitung, Stille. Sanftes Dahingleiten. Und dann, machtvoll wie ein starker Fluß, der über eine Stromschnelle schießt, die mitreißenden, aufwühlenden Klänge, als wäre das Bewußtsein in einen Wassertropfen eingeschlossen, der immer schneller dem unten wartenden Wasser entgegenschnellt.

Eric tauchte zurück in die Wirklichkeit, als er von Wolf gefolgt aus dem Wagen stieg und Danny über den Hof auf sich zukommen sah.

»Was gibt es diesmal, Danny?« Sie schüttelten einander die Hände zur Begrüßung, und Eric winkte freundlich zu Lizzy hinüber, die Daniel II. auf dem Arm trug und im Hauseingang stehengeblieben war. Sie winkte zurück. Ihr Gesicht sah sehr weiß aus.

»Daisy steht nicht auf.« Dannys verhärmtes Gesicht war unglücklich. Kein Wunder. Die sechs Kühe waren lebenswichtig für ihn.

»Daisy? Die habe ich doch vor ein paar Tagen wegen Milchfieber behandelt?

»Aye. Aber sie steht nicht auf.«

»Oh.«

»Lizzy macht Wasser für Sie heiß. Ich hole es gleich.

»Gut.«

Sie standen einander in der dunklen Stallgasse gegenüber und starrten abwechselnd an die Decke, auf den Boden oder auf die Kuh. Alles schien besser, als einander direkt anzusehen. Dann rief Lizzy, Danny trottete zum Haus und kam mit einem Eimer heißem Wasser, einem Stück Seife und einem Handtuch zurück.

Eric schob seinen Arm in die Kuh. Ja, ganz wie er gedacht hatte. Nach der Geburt waren die Hüftgelenke noch nicht wieder so, wie sie sein sollten. Er seifte seinen Arm ab und fragte: »Wie heißt doch gleich der Abdecker hier, Danny?«

Danny wurde noch blasser. »Ist's so schlimm? Muß sie wirklich geschlachtet werden?«

»Aber nein. Ich brauche bloß ein frisches Fell. Kuh wäre gut, aber Schaf hätte ich am allerliebsten.«

»Was ... was haben Sie vor?!«

»Besorgen Sie mir ein frisches Schaffell, Danny, und ich zeig's Ihnen.«

»Aye ... Lizzy wird Ihnen Tee geben, während Sie warten.«

Danny war in kürzester Zeit wieder da. Eric hatte seinen Tee noch nicht ausgetrunken und kaum Gelegenheit gehabt, seine Bekanntschaft mit Daniel II. zu erneuern, als Danny in die Küche stürmte: »Ich hab ein Schaffell für Sie.«

»Fein.«

Im Stall legte er das noch blutige Fell eines frisch geschlachteten Schafs auf die Hinterpartie der Kuh, trat zurück auf die Stallgasse, nestelte in seiner Tasche und zündete sich eine Zigarette an. Er sog den Rauch tief ein.

»Ihre Frau hat mir ein herrliches Sandwich zurechtgemacht, Danny«, sagte er. »Und eine Zigarette schmeckt am besten nach dem Essen. Möchten Sie auch eine?«

»Aye.« Danny nahm eine Zigarette und betrachtete ihn aus dem Augenwinkel. Er selbst wußte mit diesem Schaffell nicht das geringste anzufangen. Er hatte auf jeden Fall eine Spritze erwartet, oder ein Pulver ... irgend etwas in dieser Art, vielleicht sogar eine komplizierte Operation ... wobei er sich gefragt hatte, wie dabei das Schaffell ins Spiel kam. – Jedenfalls hatte er nicht erwartet, daß der Guvnor bloß still und ruhig dastand, eine Hand in der Hosentasche, und gleichmütig rauchte.

Die Kuh zeigte eine zunehmende Unruhe. Sie warf den Kopf auf und nieder, schlug mit ihm nach dem Fell auf ihrer Rückfront.

»Es quält sie, sie kann bestimmt den Geruch nicht leiden. Sollten wir es nicht lieber herunter-«

»Aber nein, Danny.« Die Stimme klang sanft.

»Aber –«

»Lassen Sie uns noch ein wenig warten.«

Die Kuh konnte im Liegen das Fell nicht los werden; schließlich stemmte sie sich auf und schüttelte es erleichtert ab. Eric öffnete die Tür ihres Verschlags und scheuchte sie die Stallgasse entlang. Ihr Trott war tadellos. Er schloß ihre Tür, als sie in den Verschlag zurückgekehrt war.

»Manchmal passiert das, Danny. Der Ring der Beckenknochen bleibt nach der Geburt locker, und sie stehen dann nicht auf. So ein frisch abgezogenes Fell entwickelt eine Hitze unter sich wie eine zu hoch eingestellte Heizdecke. Und das machte sie schließlich so ruhelos, daß sie aufstand, nur, um diese Hitze los zu sein.«

Danny hörte mit runden Augen zu und kratzte sich den Kopf. »Oh. Aye.« Er sah von Eric zu der Kuh und wieder zurück. »Das is 'n Trick!« meinte er anerkennend. »Beim heiligen Andreas! – Aber jetzt ist sie in Ordnung?«

»So gut wie neu.«

Danny packte seinen Arm. »Heute müssen Sie aber mit in den

Swordfish kommen, aye Guvnor! Das ist ja unglaublich! – Ich will Ihnen unbedingt einen Drink spendieren!«

Eric zögerte, aber Danny blickte ihn beschwörend an.

»Die haben ein Telefon?« fragte er vorsichtig.

»Aye.«

Ein Besuch in einem Pub würde eine nette Abwechslung zu seinem Grübeln sein. Ja, es wäre schön, einmal einen Abend zu verleben, an dem er nicht grübelte: über die überraschende Ruhe, die die Cochans hielten, über Elaine. Und auch ein Bier in freundlicher Gesellschaft wäre nett. Er würde Claire Bescheid geben, für den Fall, daß ein dringender Anruf kam.

»Okay. Freut mich, Danny.«

»Gee – und mich erst, Eric.«

Der *Swordfish* war ein kleines Pub mit dunkel gebeizten Tischen und Stühlen, rauchverhangenem Licht, freundlicher, flinker Bedienung – und vollgestopft bis zum Rand mit Gästen. Und dies war ein Werktag – wie mußte es hier erst zum Wochenende aussehen! Wahrscheinlich stapeln sie sie dann auf den Tischen, dachte Eric mißgelaunt, als er sich hinter Danny bis zur Theke durchkämpfte.

»Das beste Nutbrown-Ale der Gegend kriegen Sie hier!« Danny schob sich zwischen zwei Farmer, so daß er gerade noch die Spitze seines Ellenbogens auf den Tresen stützen konnte, und ließ seinen Blick liebevoll über die Einrichtung schweifen und über die Menschenmasse, deren Anblick allein kalten Schweiß über Erics Haut prickeln ließ. Gütiger Himmel, warum hatte er nachgegeben? Warum war er mitgegangen? Er haßte Menschenansammlungen. Er fürchtete sie. Einzelgänger, der er war, blickte er sich unruhig um und sah Menschen an den Tischen, die sich unterhielten. Wie konnten sie das bloß, in diesem Lärm? Er versuchte, ein paar Worte mit Danny zu wechseln, doch selbst seine starke, dunkle Stimme schien dieses dichte Gesumm auf Dauer nicht übertönen zu können. Schließlich blickte er nur in sein Bier und nahm einen sehr widerwilligen, aber großen Schluck. Seine Ohren klingelten, sein Gehirn verweigerte sich. Er würde sein Glas so schnell wie möglich leeren und dann schleunigst das Weite suchen.

Da tippte ihm jemand auf die Schulter. Er fuhr herum und starrte in ein freundlich lächelndes Gesicht.

»Hugh!« Seine Stimme wurde unter dem Schwirren und Klingen begraben, doch seine Lippen formten den Namen deutlich genug.

»Aye – Sie erinnern sich an mich?«

»Wie könnte ich Sie vergessen?«

»Es ist ein bißchen laut hier, nicht? Ich schlage vor, wir gehen in die Ecke.«

Diese »Ecke« entpuppte sich als ein kleiner Nebenraum, in den der Lärm nur gedämpft drang. Eric lehnte sich auf der über Eck gebauten Holzbank zurück und atmete auf: »Oh, das ist gut!«

Hugh grinste ihn an. »Es ist das erste Mal, daß ich Sie hier sehe, Eric.«

Hätte er nicht Rücksicht auf Danny genommen, wäre Eric herausgeplatzt, daß es bestimmt auch das letzte Mal sein würde. Statt dessen nickte er und blickte über den Rand seines Glases aus dem Fenster. Er konnte die Straße einsehen, und gerade gegenüber erhob sich die von verborgenen Strahlern warm umschimmerte Fassade eines schönen Restaurants aus dem Dunkel der Herbstnacht. Ein solches Restaurant hätte er in dieser abgelegenen Gegend nicht erwartet. Er las den Schriftzug auf dem Schild im sanft-gelben Licht: *»Bonny Prince Charly.«* Die Namensgebung legte einen Hochländer als Eigentümer nahe.

Danny folgte seinem Blick. »Nette Hütte, was?«

»Rechnet sich so was hier überhaupt? Ich meine, das ist nicht so was wie der *Swordfish*, wo man abends sein Bierchen schlürft.«

»Stimmt schon, aber der Laden läuft gut. Es gehört hier in der Gegend zum guten Ton, alle großen Feiern im *Prince Charly* ausrichten zu lassen; Sie wissen schon: Taufen, Hochzeiten, Beerdigungen.«

»Sie liefern auch kalte Büffets aus, für Geburtstage und so.« Hugh nippte so zufrieden an seinem Bier, als sei er am Gewinn des Restaurants beteiligt. »Dann sind da die Touristen; – das Essen im *Prince Charly* ist wirklich klasse, das wird in vielen Reiseführern erwähnt, und wer sich hier in der Gegend etwas Besonderes leisten will, geht auch dorthin. Oh, ja, der Laden läuft.« Er blinzelte wieder mit diesem allumfassenden Wohlwollen und nahm einen weiteren Schluck Nutbrown-Ale. »Und wie ist's Ihnen inzwischen ergangen, Eric?«

»Ich kann nicht klagen. Ziemlich viel Arbeit, aber das ist okay.«

»Und die Stute, um die Sie sich damals so sorgten?« Eric fühlte wieder die tiefe Sympathie zwischen ihnen, die trotz seines erheblich angeschlagenen Zustandes vom ersten Augenblick an dagewesen war und sich vertieft hatte während seines Aufenthaltes in der Klinik. Man mußte Hugh einfach gern haben. Zwischen den drei Männern entspann sich mühelos eine angeregte Unterhaltung. Aber Danny hatte seinen Vorsatz nicht vergessen. Als das Bier in ihren Krügen zur Neige ging, stand er auf. »Ich werd mal Bridget aktivieren, daß sie uns hier drin nicht vergißt.«

Danny war nicht allein, als er zurückkam. Mit großem Ernst stellte er die drei Mädchen vor. Jackie war dunkelhaarig und blauäugig, Gwen hatte blondes, welliges Haar wie Joyce, aber braune Augen, während die von Joyce blaugrau waren; ihnen allen war gemein, daß sie jung waren, vielleicht Anfang Zwanzig, schön gewachsen, und das Bedürfnis zu gefallen ausstrahlten. Jackie und Joyce waren knapp mittelgroß und fraulich geformt; Gwen jedoch war hochgewachsen, feingliedrig und schlank. Erics Blick klebte vom ersten Moment an ihr.

»Ich kenne euch vom Sehen.« Hugh erhob sich lebhaft, strahlte übers ganze Gesicht und komplimentierte sie auf die Holzbank. »Ihr gehört zur neuen Garde der Schwesternschülerinnen.«

»Ja, das stimmt.« Sie lächelten mit weißen vollkommenen Zähnen. Bridget kam mit einem vollbeladenen Tablett und brachte ihnen Bier und Salznüsse.

»Ich hab die drei Schönheiten da an ihrem Tisch sitzen sehen«, erklärte Danny, »und da dachte ich, es wär doch fein, wenn wir den Abend miteinander verbringen würden. Könnte ja sonst sein, daß sich irgendwelche Kerle an euch rangeschmissen hätten. Also, der dunkelhaarige Adonis hier ist Eric Gustavson, vertritt unseren alten Tierarzt, möge er in Frieden ruhen.«

Er grinste breit, als Eric blutrot anlief, und die Mädchen lächelten gerührt. Danny fuhr fort: »Der Gentleman neben ihm hört auf den Namen Hugh – wie ist nun gleich der Nachname?« Hugh hatte sofort erfaßt, welches Schauspiel Danny inszenieren wollte. »Ferguson. Und dieser junge Mann ist Daniel MacIntyre.« Danny nickte gewichtig und nahm einen gewaltigen Zug aus seinem Bierkrug: »Und ich muß Sie enttäuschen, meine Damen, ich bin nicht mehr zu haben: bin glücklich verheiratet und ebenso glücklicher

Vater eines zwanzig Monate alten Prachtbürschchens. Was man von diesen beiden Gentlemen nicht behaupten kann. Suchen noch nach der Richtigen.« Er grinste von einem Ohr zum andern, und das Lächeln der Mädchen vertiefte sich.

Sie hatten nur einen kleinen Drink nehmen wollen, und nun waren sie unvermutet auf ein aufregend erscheinendes kleines Abenteuer gestoßen. Die Stunden vergingen, das Bier floß reichlich, die Unterhaltung plätscherte unbeschwert dahin, und zumindest in Dannys Stimmte mischte sich irgendwann ein deutliches Schlurren. Schließlich faßte Hugh Jackie um die Taille und zog sie im Aufstehen mit sich. »Ich möchte nicht dafür verantwortlich sein, daß eine von euch ihren Dienst morgen früh nicht rechtzeitig antreten kann. Danny, schaffst du's bis nach Hause? Oder soll ich Toddy anrufen, daß er dich heimfährt?«

Toddy arbeitete als Fahrer für die Molkerei in Kirkrose; und als strenggläubiger Methodist vertrat er die nicht ohne weiteres von der Hand zu weisende Auffassung, alkoholische Getränke würden vom Beelzebub persönlich in die Gläser eingeschenkt. Toddy war daher grundsätzlich nüchtern und verdiente sich ein paar Pfund nebenher, selbstverständlich unter der Hand, als zunftloser Taxifahrer. Er hatte das Monopol und die Macht: Der betreffende Satansjünger mußte nämlich während einer solchen Fahrt Predigten von sturmflutartiger Gewalt über die Übel des Alkoholgenusses in Kauf nehmen, Predigten, deren Eloquenz den Pfarrer der Dorfkirche vor Neid hätten grün werden lassen. – »Nay, nay, 's geht schon. Bloß nich Toddy. Wenn der so quasselt, so von Sünde und so –« Danny versuchte aufzustehen und rutschte beinahe vom Stuhl.

»Es ist vielleicht besser, wenn ich ihn fahre«, sagte Joyce und blickte besorgt auf Danny, der sich am Tisch festgehalten hatte und schon wieder, halb über dessen Platte liegend, schlief.

»Das ist nett von dir«, sagte Hugh, »aber wie willst du dann heimkommen?« »Tja ...«

»Ich fahre«, erklärte Hugh mit der Bestimmtheit, die er sich widerspenstigen Patienten gegenüber anerzogen hatte. Sie verfehlte ihre Wirkung nicht. Nachdem die Rechnung bezahlt war, trieb er seine kleine Herde hinaus in die frische Luft. Leichter Nebel wirbelte dicht am Boden und verstärkte die Gerüche des Herbstes von welkendem Laub.

»Ich fahre Danny«, schlug Hugh in einem Ton vor, der keinen Widerspruch duldete, »dann hat er morgen früh auch gleich seinen Wagen da, und die Mädchen könnten mit meinem Auto hinterherkommen. Ich fahre euch dann heim.«

Gwen gähnte hinter vorgehaltener Hand. »Danny wohnt doch ziemlich weit draußen?«

»Ungefähr da, wo sich Fuchs und Hase gute Nacht sagen. Ja, es ist ein gutes Stück zu fahren.« Hugh blickte kurz zwischen Gwen und Eric hin und her. »Wenn du sehr müde bist, Gwen, wird Eric dich sicher zum Wohnheim fahren. Ist ja nicht nötig, daß wir alle Danny eskortieren, nicht?« Er blinzelte Jackie verstohlen zu, und sie verstand. »Danny braucht keine Eskorte, nicht?« wiederholte sie. Sie mußte ihn rütteln, um eine Reaktion zu erhalten. »Nay«, klang es brummig. »Will bloß zu Lizzy und dem Kleinen.«

»Fein. Dann kann Eric Gwen zum Wohnheim zurückfahren. – Nicht wahr?«

»Sicher. Wenn sie es möchte.«

»Gern. Das wäre wirklich nett.« Gwen lächelte ihn an.

Sie brachen in verschiedene Richtungen auf. In Erics kleinem Morris, in einer plötzlich entstandenen Beklommenheit, starrten zwei dunkle Augenpaare auf den spärlichen Ausschnitt des Asphalts, den die dünnen Lichter der Scheinwerfer in die nebeldurchwirbelte Nacht schnitten. Schließlich sagte Gwen: »Es war ein netter Abend.«

»Ja, finde ich auch.«

»Wir hatten gar nicht mit so etwas gerechnet. Dieser Danny ist schon eine Nummer.«

»Ja, es scheint, er ist ein bißchen ... eigenwillig.«

»Kommt da einfach an unseren Tisch und spricht uns an ... Normalerweise gehen wir nicht einfach so mit«, sagte sie, damit er nicht etwa einen falschen Eindruck bekam. »Wir fanden ihn nur so drollig, als er sich vor uns aufbaute und erklärte, ein wenig weibliche Gesellschaft sei in eurer Männerrunde wirklich notwendig, und ob wir uns nicht opfern wollten?« Sie lachte leise und warf ihm einen verstohlenen Seitenblick zu. Sein Gesicht blieb ernst. Der Nebel war höher gestiegen, und seine zunächst vereinzelten Wolken verdichteten sich mehr und mehr zu einer mit den Blicken kaum mehr zu durchdringenden Wand. »Also für mich jedenfalls war's kein Opfer.« Sie streichelte den lang im Fond ausgestreckten Wolf. Der Hund öffnete ein Auge, ohne auch nur den Kopf zu heben, und der Blick dieses Auges war höchst gleichgültig. Irgendwie beunruhigte sie diese Reaktion ein wenig. Sie suchte nach einem anderen Gesprächsstoff. »Weißt du, ich glaube, Hugh und Jackie … na, du weißt schon.«

»Möglich.«

Gwen unterdrückte ein Seufzen. – Nebel hin, Nebel her: wohin nur hatte sich die Unbeschwertheit verflüchtigt, die die Unterhaltung der Gruppe so mühelos über all die Stunden getragen hatte? Er hatte den ganzen Abend mit ihr geflirtet, auf seine schüchterne Art natürlich – Blicke, Lächeln, die uneingeschränkte Zuwendung seiner Aufmerksamkeit, wenn sie etwas sagte. Es wäre schön, dachte sie, ihm näher – nun, eigentlich, sehr nahe zu kommen. Aber vielleicht war sie ihm nicht genug. Immerhin … sie war noch nicht einmal eine Krankenschwester. Und er … Sie dachte an die Lobeshymnen, die Danny in seinem redseligen Stadium des Bierrausches gesungen hatte, und an Hughs drollig pointierte Bemerkungen. Für die beiden war dieser Mann etwas Besonderes. Und nach diesem Abend auch für sie.

Aber hatte Hugh nicht auch angedeutet – nein, nicht angedeutet, sondern einen begonnenen Satz mehrfach unterbrochen, wenn seine Rede auf Dr. Mercury kam?

Sie kannte Elaine Mercury. Eine lebhafte, tatkräftige und intelligente Frau, die völlig in ihrem Beruf aufging: Sehr oft, wenn Gwen zu ihrem Dienst erschien, wurde sie von den Nachtschwestern ermahnt, Dr. Mercury nur in einem wirklichen Notfall zu verständigen: »Dr. Mercury versucht zu flicken, wo immer es notwendig ist, aber es reibt sie auf. – Stören Sie sie wirklich nur, wenn es brennt! Wenden Sie sich immer zuerst an die Oberschwester!«

Für einige Sekunden, nun da sie all dies überdachte, fühlte Gwen sich niedergedrückt vom Bild dieser sehr engagierten und noch dazu schönen Frau. – Aber dann sah sie ihre Chance: Dr. Mercury war viel zu beschäftigt für einen Mann in ihrem Leben. – Und, dachte sie mit einer gewissen boshaften Genugtuung, viel zu beschäftigt für einen Mann wie Eric, der wie sie selbst sich in seinem Beruf völlig verlor und – sich dem zum Trotz nach einer warmen Nähe sehnte. Diese Nähe konnte sie ihm geben.

Ihre Hand legte sich auf seine Linke. »Fahr an die Seite, Eric, ja?«

Die drei Schwesternschülerinnen teilten sich ein Zimmer im Wohnheim und führten darin ein harmonisches Zusammenleben. Es war weit nach Mitternacht, als Gwen leise die Tür aufschloß, und sie unterdrückte einen kleinen Fluch, als sofort die Nachttischlampe an Joyces Bett anging.

»Hast du nicht gesagt, du wärst so müde? Warum kommst du dann erst jetzt?!« Joyces große runde Augen waren erstaunt. Und Gwen war einmal mehr von ihrer beispiellosen Naivität erstaunt. Auch Jackie gab jetzt jede Verstellung auf und stützte sich auf einen Ellenbogen. »Ich dachte ja eigentlich, wir könnten morgen früh darüber reden. Aber da wir sowieso alle wach sind ... auf eine Stunde mehr oder weniger kommt's jetzt auch nicht mehr an. Wir werden morgen früh sowieso alle in den Seilen hängen. Also erzähl, hat's geklappt, Gwenny?«

»Ich muß mich jetzt abschminken.« Gwen streifte ihren Mantel ab, ließ das Handtäschchen auf ihr Bett fallen und verschwand im Badezimmer.

»Geklappt?« verlangte Joyce, »was denn geklappt?«

Jackie blickte sie durchdringend an.

»Oh.« Joyce war sehr jung, und sehr naiv, doch nun begann selbst sie den wahren Sachverhalt zu erkennen. »Ich verstehe. Huch. Sie war also gar nicht müde. Hups. Sie wollte ... sie wollte mit ihm allein sein –«

»Haarscharf erfaßt, meine Liebe.« Gwen kam zurück, bereits in Nachthemd und Morgenmantel, mit einer dicken Cremeschicht auf ihrem Gesicht.

»Und was ist passiert? Du bist wahnsinnig spät dran; eigentlich sollte man denken – aber dein Verhalten ist nicht danach.« Jackie starrte sie fragend an.

Gwen zupfte ein Kosmetiktuch aus der Kartonbox auf ihrem Nachttisch und legte es über ihr Gesicht, um die Creme zu entfernen. »Wir waren noch essen.«

»Essen!«

»Essen, ja. Chinesisch. In dem neueröffneten Imbiß.«

»Also gut, ihr wart essen«, stellte Jackie trocken fest. »Und dann?«

Gwen klopfte das Tüchlein gegen ihre Haut und tupfte einen Teil Creme damit ab. »Hat jemand eine Zigarette?« fragte sie.

Zwei Zigarettenschachteln streckten sich Gwen bereitwillig entgegen. »Erzähl schon!« drängte Jackie. »Spann uns nicht so auf die Folter!«

Gwen zündete ihre Zigarette an und inhalierte den Rauch tief. »Er hat mir völlig den Wind aus den Segeln genommen. Ich bat ihn, an die Seite zu fahren .. ihr wißt schon, warum.« Sie fand Joyces fragenden Blick, seufzte, und wandte sich an Jackie: »Nicht wahr.«

Jackie nickte.

Gwens Zigarette glimmte wieder auf. »Da waren wir nun also. Alles war dunkel und still und neblig um uns, und ich dachte an das kleine verschwiegene Motel, und wie romantisch alles sein könnte – und da sagte er plötzlich, er sei hungrig.«

»Nein!« Jackie war schockiert.

»Oh – ja!«

»Ich glaube es nicht!« Jackie wiegte ihren Kopf in den Händen. »Ein Mann! Ein Mann benutzt einen der besten Frauentricks, um sich aus der Affäre zu ziehen!«

»Oh, er war reizend«, sagte Gwen und zog die Beine in den Schneidersitz, »unerhört höflich und zuvorkommend, und wir hatten grünen Tee und ein herrliches Essen, und er erzählte sehr interessant von seiner Arbeit mit den Tieren, und dann kam er auf Shakespeare und Molière, ich hab vergessen, wie ... er legte mir eine verfilmte Biographie seines Lebens – Molières Lebens, meine ich natürlich – nahe, eine französische Produktion, und er fragte mich nach ... ach, nach allerlei. Ob mir die Ausbildung Spaß mache. Was ich in meiner Freizeit tue. Ob ich lesen würde, und wenn ja, was, und was mich daran interessiere. – Ich wußte kaum, was ich sagen sollte. – Ich meine, dieser Junge ist wirklich unerhört attraktiv –«

»Der attraktivste in der ganzen Grafschaft«, warf Jackie ein. Außer Hugh, fügte sie im stillen hinzu.

»Aber er ist für mich mindestens fünf Nummern zu groß.«

»Gwen! Er hat den ganzen Abend mit dir geflirtet!«

»Er war interessiert. Ich hab's verpatzt. Bei manchen Männern darf man die – Sache nicht einfach über's Knie brechen. Ich hab den Fehler begangen zu denken, er wär wie die anderen – daß er nur seinen Spaß wollte. Aber er – er ist eben nicht wie die anderen.« Sie drückte ihre Zigarette aus und trat ans Fenster, um es weit zu öffnen.

»Da ist eine andere«, sagte sie mit dem Rücken zu ihren Freundinnen und stützte die Ellenbogen auf die Fensterbank. »Eine sehr besondere andere. Eine, die seine Interessen teilt. Die auf gleicher Wellenlänge mit ihm liegt.

»Und – weißt du, wer es ist?!«

»Ich bin ziemlich sicher, Jackie.«

»Wer?«

Gwen blickte zum Mond. »Es ist nicht wichtig, Jackie. Aber gegen sie hat niemand eine Chance bei ihm.« Er wird wohl immer allein bleiben, dachte sie. Er gibt sich nicht mit Halbheiten zufrieden. Mit einer halben Portion wie mir.

19

Die Schwärze schien sie niederzuwalzen: Ihr Gemüt war so verhangen und düster wie der Himmel über ihr. Sie wünschte, sie könnte jetzt zu ihrer Kiefer gehen. In ihrer Phantasie stand sie vor dem Baum, berührte die schrundige Borke und drückte ihr Gesicht gegen den Stamm, Kraft aus seiner Stärke schöpfend, bis genug Energie in ihr war, um den untersten Ast zu greifen und sich hochzuziehen, langsam höher und höher zu klettern zu ihrem Ast, der beinahe auf das Fargus-Land hinüberwuchs. Wenn sie sich dort oben lang ausstreckte, vergaß sie manchmal das Drückende ihrer Existenz. Dort oben konnten ihre Träume sie entführen in eine Welt ohne drängende Sorgen, ohne Demütigung und Seelenqualen. Dort oben konnte sie vergessen, wer sie war. Dort malte ihre Vorstellungskraft ein ganz anderes Bild von ihr. Sie war dann nicht mehr Juanita Cochan, Mitglied einer als anrüchig betrachteten Familie, nicht mehr eine Fremde in einem Land, das ihr kalt und öde erschien; dort oben wurde sie zur Prinzessin, die über ein Reich blickte, dessen Königin sie einmal werden würde. Und es war ein Land, in dem es keinen Winter gab, in dem die Nächte warm und silbrigblau waren, in dem die Tage sich lang und heiß dehnten. Sie blieb inmitten des von Unrat und zerbrochenen Maschinenteilen übersäten Hofes stehen, verloren in Gedanken. In ihren Träumen war sie reich und mächtig. Sie konnte befehlen, und sie konnte ihren Prinzen unter all denen, die ihr zu Füßen lagen, wählen. Vor einiger Zeit hatte der erwählte Prinz ein Gesicht und eine Gestalt bekommen – ein schmales Gesicht mit dunkelgrauen Augen und eine hohe, breitschultrige Gestalt.

Das Gespinst des Traums löste sich auf: Nie würde sie vergessen, wie angeekelt er sich von ihr abgewandt hatte. Die Erinnerung daran schmerzte tiefer als alles, was ihr je zuvor geschehen war.

Aus dem Haus röhrte die verhaßte Stimme ihres Vaters: »Juanita! Wo bleibst du mit dem Whisky, verdammt!« Mit seiner chronischen Gereiztheit und Übellaunigkeit war es noch schlimmer geworden, seit Eric Chuco weggenommen hatte. Die gestohlenen Tiere hatten so manchen Krug Whisky bezahlt. Ihre eigenen Tiere taugten nicht viel, und die Ernte war schlecht gewesen. Das Geld wurde knapp, und es kam kein neues herein. Und die Männer tranken immer weiter. Sie tranken und schmiedeten Pläne. »Juanita! Whisky!«

Sie duckte sich, als stünde er bereits hinter ihr, als müsse sie unter seinem Schlag wegtauchen. »Si!« Ihre Stimme klang schrill. Sie eilte zu dem einzigen einigermaßen soliden Schuppen des Anwesens, riß die Tür auf und tastete dahinter nach dem vertrauten Bastbezug des großen Whiskykrugs. Auch ohne das Licht einzuschalten, wußte sie, was sich noch in diesem Raum befand. Und ihr Gedächtnis beschwor die Erinnerung an die Schreie auf, die vor nicht allzu langer Zeit von diesen Wänden widergehallt waren. Ein Schaudern lief über ihre Haut. Wenn Eric davon wüßte ... wie sehr würde er sie hassen; sie alle, und sie, Juanita, mit ihnen.

»Juanita!«

Blind vor Angst lief sie zum Haus zurück. Ihr Vater prallte im Eingang beinahe gegen sie, sein Gesicht war verzerrt vor Wut. Er riß ihr den Krug aus der Hand. »Puhta, du dummes Stück, was hast du da draußen so lange gemacht?!«

»Nichts«, hauchte sie zitternd. »Ich hab's so schnell gemacht, wie es eben ging.«

Er drehte sich im Hochgefühl seiner männlichen Stärke in den Raum zurück, in dem die übrigen Mitglieder der Familie über ihren Karten hockten.

Angewidert starrte sie ihm nach. Sie haßte sie, einen wie den anderen.

Der *Swordfish* war für Eric zu einem festen Anlaufpunkt geworden. Manchmal geschah es gerade um die Mittagszeit herum, wenn die meisten Pubs geschlossen waren, daß er einen unerhörten Appetit auf ein kaltes Bier bekam. Der *Swordfish* war rund um die Uhr geöffnet, und Danny hatte schon recht: hier bekam man das beste Nutbrown-Ale in der ganzen Gegend. Es wurde aus den kalten und tiefen Gewölben des Kellers geholt und ganz behutsam gezapft, so daß sich sein feines Aroma nicht in einer zwar eindrucksvollen, doch nur dem schönen Schein dienenden Blume verströmte – im *Swordfish* verstanden sie ihr Handwerk.

Und überdies breitete sich tagsüber eine angenehme Stille in der dunklen Gaststube aus. Heute war der leere Gastraum noch dunkler als gewöhnlich. Das Jahr drehte sich in den Winter, die Tage wurden kurz. Seit nahezu einer Woche schon lagerte ein ungewöhnlich hartnäckiger Nebel über der Gegend, der in seinen Myriaden von feinsten Wassertröpfchen den Geruch brennender Holzkohle trug und alles mit einem dünnen feuchten Schimmer benetzte. Eric grub die Zähne tief in ein dickes Schinkensandwich, nippte an seinem Bier und schauderte leise, als die Flüssigkeit in seinen Magen hinunterrollte. Er hätte sich heute vielleicht doch lieber einen Tee bestellen sollen. Oder einen heißen Kakao, wie für Wolf, der nach seinem Mittagessen behaglich vor seiner Schale kauerte und beinahe lautlos trank.

»Schöner Hund.« Bridget wischte die Theke ab. Sie wirkte eher männlich, hochgewachsen wie sie war, und mit ihrem kurzen Haar, ihren rauhen Zügen und dem Teint, der einer Fünfzigjährigen gehören konnte; dabei war sie bestimmt nicht älter als Ende Zwanzig. »Ist keine Hündin, oder?«

Im Gegensatz zu ihrem gegerbten Aussehen war ihre Stimme weich und voll kehliger Untertöne, und Eric kannte sie jetzt lange genug, um zu wissen, daß diese Stimme viel mehr ihr freundliches Wesen widerspiegelte als ihr Gesicht. Er lächelte sie an. »Nein.«

»Ich frag bloß, weil meine Fluffy nämlich läufig ist, und ich hätt schon gern was Kleines von ihr, bevor sie zu alt ist dafür. Der da wär grad, was mir so vorschwebt, mit seinem dicken Pelz.«

Er erinnerte sich: »Ich hab Sie mal mit Fluffy gesehen, unten am Strand.«

»Aye, da ist sie am liebsten. Wenn ich ein bißchen Zeit habe, gehen wir immer runter zum Strand. Sie hat die Wellen gern. Spielt mit ihnen, Sie wissen schon, wie Hunde das so tun – schnappt nach ihnen und bellt sie an. Und wedelt dabei wie verrückt.«

»Schöne Hündin. Sie hat ziemlich viel Collieblut, nicht?«

Bridget nickte nachdrücklich. »Sie haben 'n gutes Auge, Guvnor. Viele Leute meinen, Fluffy wär reinrassig. Ihr Vater war 'n ganz

Feiner. Erste Zucht. Sein Besitzer fluchte sich die halbe Lunge aus dem Leib, als er davon hörte, daß sein Lord-weiß-ich-was fremdgegangen war. Fluffys Mutter war so 'ne Wald- und Wiesenmischung, aber die Welpen haben nicht viel von ihr mitgekriegt. Und wenn ich so Ihren Hund da anschau mit diesem dicken Pelz ...«

»Wenn es Ihnen nichts ausmacht, daß ich keine Papiere für ihn habe, Bridget –«

Sein Blick erstarrte und hängte sich an etwas, das er über ihre Schulter durch das Fenster sah. Er wurde bleich, und eine kleine Ader begann an seiner linken Schläfe zu klopfen. Seine Kaumuskeln traten hervor. Bridget drehte sich um, aber sie bemerkte nur die selbst bei diesem trüben Wetter eindrucksvolle Fassade des *»Bonny Prince Charly«*. Wie immer parkten ein paar Wagen davor.

»Wann können wir sie dann zusammenbringen, Guvnor?« Sie mußte seinen Arm leicht schütteln, bevor sein erstarrter Blick zu ihr zurückkam.

»Entschuldigung?« Er sah sie kurz an, lächelte halbherzig, und dann flog sein Blick wieder davon.

»Fluffy. Und – wie nennen Sie ihn eigentlich?«

»?«

»Den Hund!« Bridget verlor allmählich die Geduld. Beim heiligen Andreas, was stimmte auf einmal nicht mit dem Mann? »Ihr Hund!«

»Mein – oh ... Wolf.« Der Hund ließ seinen Kakao stehen und kam zu ihm, richtete sich auf die Hinterbeine, um ihn auf seinem hohen Barhocker erreichen zu können. Seine Geste fragte, wie er helfen konnte.

»Schöner Hund«, sagte Bridget wieder. »Es ist, als ob er mit seinem Gesicht spricht.«

Eric starrte wieder aus dem Fenster. Er wirkte wie hypnotisiert. Sie sagte, als spreche sie zu einem geistig Unterbelichteten: »Wann – können – wir – sie – dann – zusammenbringen?« Erleichtert stellte sie fest, daß er sie endlich verstehend ansah.

»Ich meine, es schert mich einen Deibel, ob er Papiere hat – er is groß und kräftig, überhaupt ein Bild von einem Schäferhund, und ich hätt ihn gern für meine Fluffy.»

»Ja, natürlich. Wann immer es Ihnen recht ist, Bridget. Heute abend?«

»Heute abend schon? Gee, das wär fein! Ich bin noch bis vier Uhr hier. Könnten Sie's danach einrichten? Warten Sie, ich schreib Ihnen die Adresse auf.« Der Stift kratzte eilig über den Bierdeckel. Ein neuer Gedanke kam ihr, während sie schrieb: »Wieviel wollen Sie eigentlich dafür haben?«

Er sah schon wieder aus dem Fenster, immer noch so angespannt. Was gab's da draußen bloß so zu starren?

»Na, Decktaxe, so nennt man das ja wohl.«

»Rechnen Sie doch gleich mal zusammen, was Sie von mir bekommen. Ich muß jetzt weiter.«

»Guvnor, haben Sie mir nicht zugehört? Deck-taxe.«

»Hm? Oh. Nay. Vergessen Sie das.«

»Dann trinken Sie wenigstens noch einen. Aufs Haus. Einen Whisky – gegen die Kälte. Und wegen Fluffy.«

»Nicht nötig. Vergessen Sie die Decktaxe.« Er schüttelte den Kopf, steckte den Pappdeckel mit ihrer Adresse geistesabwesend in seine Brieftasche, ließ sein Wechselgeld auf der Theke liegen, ohne ihren Ruf zu beachten, und war verschwunden. Kopfschüttelnd fegte sie mit der Hand die Münzen vom Tresen und verwahrte sie mit einem Notizzettel in der Kasse. So zerstreut hatte sie ihn noch nie erlebt.

Er nagte unschlüssig an der Unterlippe, blickte zwischen seinem Morris und dem *Prince Charly* hin und her. »Was soll ich bloß machen, Junge?« fragte er schließlich Wolf. Der setzte sich auf die Hinterkeulen und gähnte verlegen. »Du weißt es auch nicht. Hast ja recht. Ist meine Entscheidung.« – Mit einem Gefühl, daß er es sich nie würde verzeihen können, wenn er jetzt einfach weiterfahren würde, setzte sich Eric in Bewegung. Wie zufällig strich seine Hand im Vorübergehen über den feuchtigkeitsübersprühten dunkelblauen Metalliclack des Wagens, der seine Aufmerksamkeit in der Gaststube des *Swordfish* auf sich gezogen hatte.

Was hatte Elaine im *Prince Charly* zu tun? Wie würde sie ihn ansehen, wenn er jetzt so unvermutet vor ihr auftauchte? – Ich habe jedes Recht der Welt, erklärte er seiner Unsicherheit, ihr einfach nur guten Tag zu sagen. Wir sind wie Freunde auseinandergegangen. Ich weiß, daß ich mir nichts erhoffen darf. Aber ich würde sie so sehr gern wieder sehen!

Würden die da drin ihn in seiner Arbeitskleidung, und mit Wolf an seiner Seite, überhaupt hereinlassen? Er gab sich Mühe, alle beunruhigenden Gedanken zu verdrängen, und öffnete entschlossen die massive Tür des Restaurants, die in einen kleinen Vorraum führte. An dessen Wänden hing unter den Argusaugen eines kleinen verhutzelten Männleins, das sich mit seinem Stuhl hinter einem niedrigen Tisch verbarrikadiert hatte, die Garderobe der Gäste. Eric blieb wie vom Donner gerührt stehen: Eine elegant gekleidete, hochgewachsene, schlanke Frau mit aufgesteckten dunkelroten Haaren stand mit dem Rücken zu ihm, und der kleine Mann huschte soeben diensteifrig herbei, um ihr in den Mantel zu helfen. Er streckte den Arm danach aus, als etwas sehr Seltsames geschah: Ein empörend rauh gekleideter Mann nahm den Mantel vom Bügel und sah dabei den Garderobier mit einem so einschüchternden Blick an, daß dieser sich hinter sein Tischchen flüchtete.

Elaine, die von diesem Vorgang hinter ihrem Rücken nichts mitbekommen hatte, hörte auf einmal eine vertraute Stimme: »Erlauben Sie, daß ich Ihnen helfe, Dr. Mercury.« Sie schlüpfte in die Ärmel und drehte sich langsam um. Ein Leuchten glitt über ihre Züge, als sie zu ihm aufblickte, aber dann überschattete sich ihr Blick. »Es ist schön, Sie wiederzusehen, Eric. Wie geht es Ihnen?«

»Danke, bestens. Und Ihnen?« Er überlegte, wie er es anstellen könnte, daß sie noch ein wenig Zeit miteinander verbrachten, als ein großer, kräftiger Mann aus dem Speisesaal trat und seine Hand unter Elaines Ellenbogen schob. »Du bist soweit, meine Liebe, ja?« Er nickte Eric freundlich zu, während er sprach.

Sie lächelte von einem zum anderen. »Darf ich die Herren miteinander bekannt machen? – Alan Perth. Eric Gustavson.«

Verdammt, er ist sympathisch, dachte Eric, als er Alan Perth die Hand reichte. Sieht auch gut aus.

Und ich könnte ihm verdammt noch mal seinen verdammten Hals umdrehen.

»Du bist ja auch da, mein Lieber.« Elaine beugte sich über den erfreut wedelnden Wolf und streichelte ihn. »Nun, wie geht's dir?«

Stumm und verbissen beobachtete Eric aus den Augenwinkeln, wie Perth sich währenddessen seinen Mantel überstreifte. Seine und Elaines elegante Kleidung stachen von Erics Arbeitskluft ab wie Diamanten von Kohlenstaub. Es war eine völlig hirnverbrannte Idee gewesen, dieses noble Etablissement in seinem Aufzug aufzusuchen, und wie hatte er annehmen können, daß eine Frau wie Elaine allein bleiben würde?

»Kommen Sie öfter hierher, Eric?« Taktvoll versuchte sie, die Jeans und schweren Lederschuhe und die legere Lederjacke zu übersehen. Eric spürte, wie der giftige Blick des kleinen Garderobenhüters zwischen seinen Schulterblättern brannte. »Nein, gar nicht. – Ich sah Ihren Wagen im Vorbeifahren. Dachte, ich sollte kurz anhalten und Hallo sagen.«

»Das ist sehr aufmerksam von Ihnen«, sagte Alan Perth da, bevor Elaine antworten konnte. Er legte den Arm um sie und blickte mit einem liebevollen Lächeln auf sie nieder. »Natürlich ist Elaine eine Frau, die jede Aufmerksamkeit verdient.«

»Natürlich. Ich bin ganz Ihrer Ansicht.« Eric ballte die Fäuste in den Jackentaschen.

»Also, weißt du, Alan –« Sie lachte leise und drückte seinen Arm. Eric war nur froh, daß sie jetzt draußen im Nebel standen. Nicht eine Minute länger würde er dieses verliebte Geturtel mit ansehen können. »Ja, also dann, ich muß weiter.« Er streckte Perth die Hand hin. »Hat mich sehr gefreut, Sie kennengelernt zu haben, Mr. Perth.«

»Mich ebenso, Mr. Gustavson.« Sie blickten einander in die Augen, und Perths Blick war freundlich.

»Elaine.« Er wandte sich ihr zu. Was sollte er sagen? Hat mich sehr gefreut, Sie wiederzusehen? Ich wünsche Ihnen alles Gute? Na klar, am besten sollte er gleich zur Verlobung gratulieren.

Nein, danke schön. Keine Heuchelei. Nicht auch noch das.

Er reichte ihr die Hand, ohne sie zu umfassen; nur die Handflächen streiften einander, und er zog seine Hand zurück, bevor Elaine sie umschließen konnte. »Einen schönen Tag wünsche ich Ihnen.«

Er nickte ihnen zu und ging über die Straße zu seinem Wagen. Abblätternder Lack und kleine Wolken von Rost rieselten in feinen Schauern nieder, als er die Tür für Wolf öffnete. Er glitt auf den Fahrersitz und drehte den Zündschlüssel. Als der Motor ansprang, glitt der elegante japanische Wagen mit einem kurzen Hupen an ihm vorbei. Er starrte den Rücklichtern nach, bis die Nebelwand sie verschluckt hatte. Dann drückte er die Kassette in den Rekorder. – Perfektes Timing, dachte er mit bitterer Selbstironie: Die Kassette lief an der Stelle mit »Bardolphs Tod« weiter; Elaines Begeisterung für die Musik zu Henry V. hatte ihn dazu veranlaßt, sich die Musikkassette zu besorgen. Die klagenden Töne bewegten den Kloß aus seinem Magen in die Kehle.

In der Sekunde, als seine Augen die Berührung von Alan Perths Hand unter Elaines Ellenbogen erfaßt hatten, war ein Messer in seinen innersten Kern gestoßen worden.

Er drehte den Zündschlüssel. Die Musik verstummte. Still saß er in der niederfallenden frühen Dämmerung. Vergessen. Vergessen. Wenn er doch nur alles vergessen könnte! Nun, er war selbst schuld. Er hatte ja darauf bestanden, die Konsequenzen zu tragen, gleichgültig, was geschähe. Nun hatte er seine Konsequenzen. Nur, daß er mit einer solchen Konstellation nicht gerechnet hatte. Wolf spürte seine Qual, winselte und kletterte auf seinen Schoß.

Eric streichelte ihn. »Kommst du«, sagte er schließlich und öffnete die Wagentür.

Bridgets Gesicht strahlte auf, als er mit Wolf eintrat. Eric ging sehr langsam, um nicht zu schwanken.

»Gee Guvnor, das ist schön, Sie sobald wiederzusehen. Es war wohl 'ne kurze Geburt?« Sie kicherte angesichts seiner starren Haltung, um ihn aufzulockern. Der Fall mußte hart gewesen sein. »Es ist bloß so 'ne Redensart. Was hatten Sie denn wirklich zu tun?« Als er näher kam, sah sie sein Gesicht und wurde ernst. Schwerfällig kroch er auf einen der hohen Barhocker. Sein Gesicht sah kalt und abwesend aus. Geradezu furchterregend.

»Bridget.«

»Ja?«

»Jetzt hätte ich gern einen Whisky. Einen doppelten.«

»Klar, geht aufs Haus, wie versprochen.«

Er war viel zu geistesabwesend für einen Widerspruch.

20

Eine schmale Mondsichel schnitt ihren kalten Glanz in das Schwarz der still atmenden Winternacht. Unter ihrem silbrigen Schein schimmerte der Rauhreif eines leichten Frostes auf den Dächern von Sunrise. Solitaire lag auf einem dicken Strohbett in ihrer Box und horchte in sich hinein. Auf unbestimmte Weise wußte sie um die Veränderung, die mit ihr vorgegangen war. Sie wußte, daß etwas kommen würde. Sie spürte, daß es wuchs und daß es Behutsamkeit brauchte. Ihr Instinkt erlegte ihr ein Verhalten auf, das mit ihrem üblichen lebhaften Wesen nicht im Einklang stand: Sie ruhte viel, meistens im Liegen. Sie fraß das in ihre Krippe geschüttete Futter nicht auf einmal, sondern in kleinen Portionen. Wenn sie sich bewegte, tat sie es langsam und nahm nicht an den Tollereien der Reitstuten teil, wenn sie zum Weiden auf die Koppel hinausgelassen wurden. Sie sehnte sich auch nicht, wie sie es sonst getan hätte, nach der Weite des Hügellandes. Sie war mehr als zufrieden, im Stall und auf der Koppel zu leben und zu warten. Sie wartete mit sehr viel Geduld. Ihre Lider schlossen sich über diese ganz neue Sanftheit ihrer dunkelgoldenen Augen.

Als habe sie unvermutet ein eisiger Regenguß getroffen, zuckte sie zusammen, warf den Kopf hoch und rollte sich auf die Brust. Die Furcht war wieder da. Über die Meilen der kommenden Zeit hinweg spürte sie intuitiv die drohende Gefahr. Sie sprang auf und hob die Vorderhufe gegen die Wand, so wie früher, wenn sie in Panik versucht hatte, daran hochzuklettern. Doch sie sank behutsam zurück auf alle viere, hob den Kopf und wieherte nach Eric. Sie hörte nicht auf. Im Haus ging Licht an.

Emily hastete im Morgenmantel zu ihrer Box, und Grandpa rief die Hickmans an. Eric sagte: »Ich komme sofort!«

Er quälte seinen kleinen Austin in Höchstgeschwindigkeit über die Strecke, doch völlig ruhig betrat er die Stallgasse und ging langsam auf Solitaires Box zu:

Renne niemals auf ein Pferd zu, raunte Teds Stimme in seinem Kopf. *Verstehst du mich – niemals! Sei vollkommen gelassen, gleichgültig, wie es in dir aussieht. Gleichgültig, in welcher Situation ihr euch befindet – ob es dich abgeworfen hat oder dir weggelaufen ist –, renne niemals, gleichgültig, wie gern du es tun würdest. Du weckst damit nur ihren Fluchtinstinkt. Und sie sind auf jeden Fall schneller als du.*

»Kleines Mädchen?«

Solitaire drehte sich zu seiner Stimme und kam zu ihm. Schutzsuchend drückte sie ihren Kopf gegen ihn. Lange Zeit standen sie still voreinander.

Sein Geist forschte sie aus und fand etwas wie düstere Schwaden … wie unheilvollen Nebel.

»Es ist gut«, sagte er eindringlich. *Ich achte auf dich*, teilte er ihr stumm mit. *Du mußt dich nicht fürchten.*

Aber er fühlte, daß sie mehr wußte als er und daß es Grund gab, sich zu fürchten.

21

Der Weihnachtsmarkt von Kirkrose glich der kunstvollen Illustration eines Dickens-Romans. Eine dünne Schneeschicht überstäubte die Dächer der Häuser, die den Dorfplatz säumten, und ebenso dic kleinen Verkaufsbuden und die zwischen ihnen aufgestellten, mit Lichterketten und schlichtem Holzschmuck verzierten Tannen. Der warme Lichtschein ergoß sich über das Kopfsteinpflaster und ließ es feucht aufglänzen.

Es gab hier keine lärmende Tombola und auch keinen artig dienernden Weihnachtsmann. Karussells mit phantastisch angemalten Pferdchen oder Lokomotiven waren ebenso abwesend wie Schießstände oder Wurfbuden. In dieser Gegend Schottlands war alles unkompliziert und gediegen, im Einklang mit der Schlichtheit der Landbewohner.

Man konnte an den kleinen Buden Grillwürstchen bekommen, Liebesäpfel und rechteckige Lebkuchen, die sehr gut ohne zuckergußbunte Aufschriften wie »Mein Herz gehört nur dir« oder »Auf ewig die Deine« auskamen. Und es gab Punsch, Kaffee und den herrlichen starken Tee, mit einem Stückchen Kandis und einem Schuß dicker Sahne. Eric hielt sich an diesen Tee, während er an Claires Seite über den sanft erleuchteten Platz schlenderte. Es war ein Sonntag, aber bei seiner Arbeit machte das keinen Unterschied. Mit den Pferden mußte gearbeitet werden, und wenn die Tiere der Farmer krank wurden, war der Wochentag gleichgültig. Allerdings schien es ihm manchmal, als würden sie sich bevorzugt den Sonntag aussuchen, um sich Hüften auszurenken und akut lebensbedrohliche Koliken zu bekommen. Heute jedenfalls war es wieder so; und er fürchtete, ein Schluck von dem Glühwein, den Claire behaglich nippte, würde ihn umwerfen.

»Es ist alles so still hier, so friedlich«, sagte er verwundert. Gemeinhin mied er Weihnachtsmärkte, wie er alle Menschenansammlungen mied. In seiner Heimat hatte er sie manchmal aus der Ferne betrachtet und angesichts der schieren Masse der Besucher geschaudert. Hier waren auch viele Menschen, aber es gab nicht dieses Drängen und Stoßen, das an seinen Nerven zerrte. Hier ging ruhig jeder seiner Wege.

»Sicher. So ist's immer.« Claire blieb stehen, um die Auslage eines Mannes zu studieren, der Schuhe und andere Lederwaren feilbot. Sie wendete ein Paar weicher, mit Wolle gefütterter Fellschuhe hin und her. »Welche Schuhgröße haben Sie eigentlich?«

»Entschuldigung?«

»Sie haben wirklich kleine Füße für Ihre Länge. Hm.« Sie streifte einen sehr bequem aussehenden Sack von einem Schuh über ihre Hand und äugte abwägend von der Hand nach Erics Füßen. »Denken Sie, diese könnten Ihnen passen?«

»Aber Claire –!«

»Oh.« Sie betrachtete den Schuh bedauernd und sehr eingehend. »Sie mögen ihn nicht. Ich finde ihn hübsch.«

»Claire, das ist doch nicht der Punkt! Es ist ... nun, sehen Sie, es ist einfach ...«

»Wahre Handarbeit, Herrschaften.« Der Inhaber der Bude war auf sie aufmerksam geworden und neigte sich ihnen zu: »Mein Bruder stellt diese hübschen Sachen her. Es ist sein Hobby. Ich verkaufe sie nur für ihn. Sie sollten ihn kennenlernen. Ein großartiger Mensch! Aber scheu. Hat Ansammlungen nicht gern. Darum verkaufe ich seine Sachen.« Er strahlte sie an.

Claire erwiderte das Lächeln dieses offenen Gesichtes, bevor sie über ihre Schulter zurückblickte, als suche sie etwas. Dann wandte sie sich wieder den Lederwaren zu und widmete ihnen ihre uneingeschränkte Aufmerksamkeit. Sie ließ sich die verwendeten Materialien und die Art der Anfertigung erklären, verglich verschiedenfarbige Exemplare miteinander, befühlte und begutachtete. Eric beobachtete sie amüsiert, bis ihm bewußt wurde, daß Wolf lebhaft wedelnd an seiner Seite stand und daß das leise Ziehen an seinem dicken Lodenmantel mehr sein mußte als das zufällige Streifen Vorüberschreitender. Ein energischerer Zug veranlaßte ihn schließlich, sich umzudrehen.

»Wie wär's mit einem Glühwein?« sagte eine melodische Stimme. Er starrte verblüfft in ein dunkles Augenpaar und sah das schönste Lächeln der Welt.

»Elaine!« Dann starrte er sie nur an.

»Elaine?« neckte sie, »was ist mit der Fayre Elaine?« Sie drückte ihm einen Becher in die Hand. »Trinken Sie einen Schluck. Sie sind ganz blaß! Hab ich Sie so erschreckt?«

Da stand er nun, seinen Teebecher in der einen, den Glühwein in der anderen Hand, und hätte am liebsten beides weggeworfen, um sie in seine Arme zu nehmen und so schnell nicht mehr loszulassen. Sein Verstand setzte ein und sagte sehr laut: *Vergiß es. Sag irgendwas Belangloses, damit sie nicht merkt, wie's in dir aussieht.*

»Ja«, sagte er statt dessen, »haben Sie. Sie haben mich erschreckt. Ich ... ich habe wirklich nicht damit gerechnet ... aber ... aber es ist ... schön, Sie wiederzusehen.«

Vergiß nicht: Dies ist ein zufälliges Zusammentreffen. Elaine will einfach nur höflich sein.

Dann fühlte er einen kleinen Stoß in seinem Rücken, und bevor er sich umwandte, nickte Claire Elaine mit einem breiten, spitzbübischen Lächeln zu und sagte unschuldig wie nebenbei: »Ich will nach einem Paar Hausstiefel für David suchen. Ihr jungen Leute braucht ja nicht auf mich zu warten. Wir treffen uns schon wieder irgendwo. – Sie kommen doch auf einen Sprung mit zu uns, Elaine?« Sie wandte sich zu Eric, nahm ihm den Teebecher aus der Hand und fügte hinzu: »Trinken Sie lieber einen Schluck Glühwein, mein Junge. Sie sind wirklich blaß.«

»Sehr gern.« Elaine schob ihren Arm unter Erics, und von diesem Augenblick an bekam für ihn alles eine unglaubwürdige, traumhafte Qualität. Hilflos und überrumpelt faßte er neben ihr Tritt in dem Gefühl, ein Opfer seiner Wunschvorstellungen zu sein. Alles wirkte auf einmal verschwommen und schimmernd, als wate er durch Nebel. Aber da war ihre Wärme an seiner Seite, das war ganz und gar unleugbar. Er blickte auf die ungebändigte Flut der langen dunkelroten Locken hinab, auf das helle, ebenmäßig geschnittene Gesicht, in dem noch der Glanz des Lächelns tanzte. Er sah sie an und konnte nicht glauben, daß sie an seiner Seite ging und sich sogar ein ganz klein wenig an ihn schmiegte. Sicher würde gleich etwas geschehen, das ihn aus diesem Traum aufrüttelte.

Aber es geschah nicht.

Er hatte etwas sagen wollen, doch es wurde nicht mehr als ein trockenes Räuspern.

»Hören Sie auf Claire.« So deutlich hatte er noch keine Stimme im Traum gehört. Sie setzte leise hinzu: »Trinken Sie einen Schluck.« Das Lächeln und der Blick, die die Worte begleiteten, raubten ihm den Atem. Es war kein Traum. Er gehorchte, immer noch wie in Trance. Er trank, und die heiße Flüssigkeit floß brennend durch seine Kehle und breitete sich wohltuend warm in ihm aus. Leben kam in ihn. Sein verdutztes Herz schlug machtvoller als je zuvor, und seine Stimme gehorchte ihm wieder. »Wo ist denn Ihr Freund?« fragte er so beiläufig wie möglich.

»Mein Freund? Wen meinen Sie?« Sie waren an den Außenbezirk des erleuchteten Marktplatzes gelangt und blieben auf der Grenze zwischen winterlicher Dunkelheit und sanftem Lichterglanz stehen.

Er drehte sich zu ihr. »Den Mann, mit dem Sie im Restaurant waren. Im *Prince Charly*«, betonte er nachdrücklich.

Sie stutzte, sagte »Oh – aber!« und schüttelte den Kopf. »Geben Sie mir einen Schluck?« Sie nahm den Becher aus seiner Hand und sah zu ihm auf. »Ich dachte, Sie wären gar nicht mehr hier.«

»Nun, es ist immer noch die Stute. – Wollen Sie meine Frage nicht beantworten, Elaine?« Seine Stimme klang bittend.

»Doch, natürlich.« Sie lächelte nachdenklich in den Becher. »Er ist schon ein Freund, aber nicht so, wie Sie das zu meinen scheinen ... Er ist mein Halbbruder.« Fast traute er seinen Ohren nicht.

»Erwähnte ich das nicht?« fuhr Elaine fort. »– Hm, nein, Sie waren ja gleich wieder fort. Alan und ich sehen uns nicht sehr oft; er hat eine Praxis oben im Norden, aber wenn wir uns treffen können, veranstalten wir immer so etwas wie eine kleine Feier. Und das *Prince Charly* ist wirklich sehr nett, gutes Essen und hervorragende Weine. Hat er Sie etwa beunruhigt?«

Er beobachtete, wie sie den Becher geistesabwesend drehte, und an der Stelle trank, die seine Lippen berührt hatten. Sanft nahm er ihre Hände zwischen seine, als sie den Becher absetzte. »Er hat mich beunruhigt«, sagte er leise. »Sehr.«

Und er blickte auf den Plastikbecher zwischen ihren Fäustlingen, in dem die tiefrote Flüssigkeit langsam auskühlte, auf die Stelle, die jetzt einen Hauch von Lippenstift trug. »Sehr«, wiederholte er, nahm ihr den Becher ab und goß den Wein in den Schnee. Den leeren Becher steckte er in seine Manteltasche.

»Davon abgesehen ...« Er schwieg, und in Gedanken fügte er hinzu: *Davon abgesehen ... ist da noch das andere.* Elaine beobachtete ihn mit glitzernden Augen. Die Intensität, die von ihm ausging, war erregend und auch ein wenig erschreckend, aber die Schüchternheit, hinter der sie sich barg, bezauberte sie.

»Warum tun Sie das? Was wollen Sie mit dem Ding?«

»Es behalten.« Er ragte über ihr auf. Sie sah die Angst hinter der einschüchternden Haltung und wußte, wovor er sich fürchtete.

»Warum denn?« Ihr pochendes Herz ließ ihre Hände zittern. Gut, daß dieses Zittern von den dicken Fäustlingen vor seinem aufmerksamen Blick verborgen wurde.

»Um ... nun ... Sie haben Ihren Standpunkt ja klargemacht, also ...« Er blickte zu Boden.

Sie ergriff die Initiative. »Also – was?!«

»Ich darf nicht hoffen, aber ich ... ich möchte doch gern etwas haben, das Sie ... verflixt! – Elaine, zwingen Sie mich nicht, so abstruse Dinge zu sagen! Ich könnte es mir nie verzeihen. Und Sie würden es ebensowenig verzeihen können.«

Er wollte sich abwenden, er hatte das Gefühl, ihr nie wieder ins Gesicht sehen zu können. Aber sie faßte nach den Aufschlägen seines Lodenmantels und hielt ihn auf, zwang ihn sanft, sie anzusehen: »Standpunkte können geändert werden, Eric.« Er hatte sich losreißen wollen, doch nach diesen Worten wandte er sich ihr zu. Sein bleiches Gesicht war unbewegt, aber seine Augen konnten nicht täuschen – zumindest nicht sie. Sie hatte von Anfang an in ihnen lesen können.

»Ich ... ich habe meinen geändert. Ich«, ihre Stimme bebte, »ich ...«

Er starrte sie an. Hoffnung lag in diesem Blick.

»Geändert?«

»Geändert, ja.« Ihre Hände in den Fäustlingen klammerten sich an seine Mantelaufschläge. »Ich – habe – meinen – Standpunkt – geändert!«

»Was ... was heißt das?«

»Weißt du das nicht?«

Er schüttelte den Kopf, als sei er benommen von einem starken Mittel, als versuche er, sich von Traumgespinsten zu befreien. Sie bemerkte ein leises Zittern.

»Was immer du tust, Eric – ich möchte bei dir sein.«

»Du ... möchtest bei mir sein?«

»Bei dir. Wo auch immer. Gleichgültig, was du tust. Und wo du es tust.«

»Bei mir. Wo auch immer«, wiederholte er benommen. »Wo auch immer.« Er wurde noch eine Spur blasser. Sie ließ eine Hand aus dem Fäustling schlüpfen und strich über seine kalte Wange. Er drehte den Kopf, als wolle er die Innenfläche ihrer Hand küssen, verharrte aber. Leicht machte er es ihr gerade nicht.

Sie liebte ihren Beruf. Sie liebte ihr Land. Oh ja, sie liebte ihr Land. Aber an seiner Seite würde sie jedes Land lieben können, und es gab überall Menschen, denen sie helfen konnte. Er war wert, alles, was ihr bislang wichtig gewesen war, aufzugeben. Er war alles wert. »Weißt du was? Mir ist kalt. Ich hätte jetzt gern einen Tee.«

»Tee?!« Er schrak auf und sah sich um, ließ den Blick über die verschiedenen Buden schweifen, versuchte sich zu erinnern, an welchem Stand man Tee bekommen konnte.

»Nicht hier«, erklärte sie. »Ich kenne einen Platz, wo es zum Tee wunderbare Scones gibt.«

Ihm stand der Sinn durchaus nicht nach Gebäck, aber wenn sie es sich wünschte ... Sie hakte sich wieder bei ihm ein, und er ging neben ihr, fragte stumm Wolf: *Bist du sicher, daß dies wirklich kein Traum ist?* Der Hund wedelte und schob ihm seine kalte Nase gegen die Hand.

»Aber Claire!« wandte er nach einigen Schritten ein.

»Claire«, sagte Elaine lächelnd. »Sie ist eine fabelhafte Frau.«

»Natürlich! Und darum muß sie unbedingt Bescheid wissen. Ich meine, ich kann nicht einfach gehen, und sie –«

»Eric – glaubst du denn wirklich, es sei ein Zufall, daß wir uns heute begegnet sind? Ich bin nur froh, daß Claire dich überreden konnte. Sie sagte, es würde nicht leicht werden, weil du Gedränge nicht ausstehen kannst. Aber sie ist eben wirklich eine einfach fabelhafte Frau.«

»Oh!« Er erinnerte sich jetzt an Claires beiläufige Bemerkungen über die heimelige Schönheit des Weihnachtsmarktes, die sie seit einigen Tagen immer wieder ins Gespräch eingeflochten und mit denen sie ihn schließlich ganz neugierig gemacht hatte; und sog darauf, tief bestürzt, die Luft ein. Aber er tat es auch mit einem Hauch von Belustigung: »Eine Verschwörung!«

»Wenn du es so nennen willst.« Sie waren bei ihrem Wagen angelangt. »Sie kann uns auch jederzeit erreichen, falls es einen dringenden Fall für dich gibt. Sie hat meine Telefonnummer, und die meines Handys.« – Seit Jahren war sie selbst daran gewöhnt, immer genau dann angerufen zu werden, wenn sie es am wenigsten erwartete oder einrichten mochte. Es gab wenige Konzerte, Gesellschaften oder Kinovorführungen, die sie von Anfang bis Ende hatte erleben können; und wenige ungestörte Abende in ihren eigenen vier Wänden. Während sie sprach, blickte sie daher kurz in den wolkenverhangenen Himmel. *Bitte nicht*, flehte sie stumm. *Nicht heute*.

Sie hielten vor einem gepflegten Mehrfamilienhaus aus grauem Stein mit großen, weiß abgesetzten Fenstern und weißen Giebeln. Eric blickte sich um: weit und breit war weder ein Café noch ein Pub oder ein Restaurant zu sehen. Es war eine ruhige, beschauliche Wohngegend mit breiten, abschüssigen Straßen und viel Grün dazwischen. Elaine lächelte ihn an. »Da sind wir.«

»Aber –«

»Hier wohne ich«, sagte sie und räumte damit den letzten Zweifel aus.

»Also zuerst eine Verschwörung, und jetzt auch noch Entführung. Ich hätte Sie nicht für kriminell gehalten, Dr. Mercury.«

»Sie sollten es mal ausprobieren, Dr. Gustavson. Es macht höllisch viel Spaß. Und denken Sie nur nicht, daß die Schrecken etwa schon ihr Ende gefunden haben. Ich werde mein hilfloses Opfer jetzt in meine finstere Höhle schleppen und es mit Tee und Scones abfüllen bis zum Rand. – Die Scones sind übrigens nach Claires Rezept gebacken, ich brauchte ja einen Vorwand für meinen Anruf, nicht wahr?«

»Sie erscheinen mir auch sehr durchtrieben, Dr. Mercury.«

Sie stiegen aus. Wolf hüpfte auf die Straße und erkundete die Mitteilungen anderer Hunde am Zaun.

»Tja.« Sie lächelte spitzbübisch und tat zerknirscht. »Ich fürchte wirklich, ich bin durchtrieben. Ja. In der Tat. Sehen Sie der Wahrheit also lieber ins Auge, Mr. Gustavson – Sie sind mir völlig ausgeliefert.«

»Das weiß ich schon lange.« Die Worte kamen beinah unhörbar und sehr ernst.

Die Wolke von Übermut, die Elaine um sie zu streuen versucht hatte, zerfiel. Betroffen blickten sie einander an.

Als ihre Hände sich zufällig streiften, zuckten sie beide zusammen und rückten instinktiv ein wenig auseinander. Schweigend betraten sie das Haus.

Die weiße Tür im zweiten Stockwerk öffnete sich auf einen hellen, weiten Flur, dessen Wände mit Glasmalereien geschmückt waren. Man sah auf den ersten Blick, daß Elaine eine geschickte Hand für die Einrichtung einer Wohnung hatte; selbst die drehbaren Deckenfluter waren mit einer ganz außerordentlichen Wirksamkeit plaziert, so daß sie die Ecken bis in den kleinsten Winkel ausleuchteten und den Eindruck von Luftigkeit noch verstärkten. »Gib mir deinen Mantel«, sagte Elaine, hängte Mantel und Schal auf einen Bügel, zog seine Handschuhe aus seiner Manteltasche und legte sie auf ein niedriges Tischchen neben ihre eigenen.

Eric stand ein wenig verloren in ihrem Flur und streichelte verlegen Wolf, als sein Blick auf ein gerahmtes Bild mit einem Gedicht an der Wand fiel. Er legte die Arme auf dem Rücken zusammen und nahm seine Zuflucht zu dem Gedicht, las es aufmerksam. eigentlich war es kein Gedicht:

»Come to The Edge«,
He said.
They said,
»We are Afraid.«
»Come to The Edge«,
He said.
They Came.
He pushed them …
And they flew.
Guillaume Apollinaire

Irgend etwas in ihm wurde durch diese Worte berührt, so tief und so nachhaltig, daß es hinter seinen Augen zu brennen begann. Er wandte sich um und sah, daß Elaine ihn beobachtete. »Es ist sehr ... eindringlich, nicht?« – Er nickte.

»Ich bekam es von meinem Lieblingsprofessor nach meinem Abschlußexamen geschenkt.«

»Professor Gray? Du sprachst von ihm, als wir auf den Kl ..., als du bei den Hickmans warst.«

»Ja, der. Er wußte, daß ich vor Angst wegen dieses Examens halbtot war, und er hatte kurz davor ein langes gutes Gespräch mit mir. Man könnte sagen, er ... stupste mich an – weg von der Angst, wenn du weißt, was ich meine ... er hielt mir das vor Augen, was er ›meine Qualitäten‹ nannte; und das Examen verlief überraschend gut. Am darauffolgenden Tag bat er mich in sein Arbeitszimmer, bot mir eine Tasse Tee an und überreichte mir das.« Sie deutete nach dem gerahmten Zitat. »Es war so rührend ... er ist Junggeselle, weißt du; er hatte es selbst eingewickelt – in das feinste Geschenkpapier, das du dir vorstellen kannst, aber alle vier Kanten lugten daraus hervor, und es war ganz knitterig geworden. Er hatte versucht, die Schäden mit einem breiten Geschenkband zu tarnen ... als ich es ausgewickelt hatte und es las, hatte ich einen dicken Kloß in der Kehle. Manchmal, wenn ich davor stehe und mich daran erinnere, daß ich ihm zu verdanken habe, was ich heute bin, geht es mir noch heute so. Er war es, der mir den Schubs gab –«

»Der dich fliegen ließ.«

Sie nickte. »Und mir damit auch eine Art Verpflichtung auferlegte. Er sagte, es solle mich immer an die Ethik unseres Berufsstandes gemahnen ... ein Arzt hat auch die Pflicht, sich um die Psyche seiner Patienten zu sorgen und Dinge in Gang zu setzen, vor denen sie sich fürchten.« – Unvermittelt wurde sie praktisch: »Huch, der Tee! Da stehe ich hier rum und schwatze, statt Tee zu kochen!«

»Elaine, es muß wirklich nicht ...«, begann er, aber seine Stimme war so leise, daß sie sie nicht hören konnte, oder zumindest nicht hören mußte. »Wenn du dir die Hände waschen willst«, rief sie aus der Küche, »das Badezimmer ist rechts von der Eingangstür.«

Statt dessen kam er ihr in die Küche nach, die Hände in die Hosentaschen geschoben. »Ich könnte den Tisch decken«, schlug er vor.

»Nicht nötig. – Ich habe auch Kakao für Wolf. Schon in Arbeit. Warte mal –«

Sie neigte sich über eine kleine Liste, die auf der Arbeitsplatte neben dem Herd lag, »den Zucker habe ich, eine Messerspitze Zimt ... auch ... – ha! Der Pfeffer! Beinahe hätte ich die Prise weißen Pfeffer vergessen!« Sie lächelte zu Eric hin, der an der Geschirrspülmaschine lehnte und ihr zusah. »Wie du siehst, habe ich gründlich recherchiert. – Warum setzt du dich nicht wenigstens?«

Er nickte und zog sich einen Stuhl heran. Elaines Küche erinnerte ihn an seine eigene. Auch hier gab es weiße Aufbewahrungsmöbel, einen Tisch und Stühle aus Kiefernholz. Es mußte sich hier, vor diesem großen Fenster, das auf einen Park hinaussah, gemütlich sitzen, an einem ruhigen Sonntagmorgen etwa, der ein ausgiebiges Frühstück mit Tee und Orangensaft und Toast und weichgekochten Eiern gestattete. Der Gedanke machte ihn unruhig.

Wolf war bereits durch die ganze Wohnung gestromert, er fühlte, daß er hier willkommen war. Als er das Wort »Kakao« vernahm, schob er seinen Kopf um die Küchentür und streckte sich so weit wie möglich in den Raum. Er schnupperte vernehmlich. Der Rest seines Körpers jedoch blieb hinter der Schwelle.

Elaine bemerkte ihn aus dem Augenwinkel: »Wolf! Lieber, warum kommst du denn nicht herein?« Sie warf Eric einen fragenden Blick zu.

»Er geht nie in eine fremde Küche, bevor es ihm erlaubt wird. Manche Leute mögen das nicht.«

»Hast du ihn dazu erzogen?«

»Das war nicht nötig. Er bleibt immer draußen, bis man ihn auffordert, hereinzukommen.«

»Oh, Wolf!« Elaine hockte sich auf den Boden und streckte ihm die Hand entgegen. »Komm doch her! Weißt du, ich wollte schon immer einen Hund in meiner Küche haben. Ich finde nämlich, in eine anständige Küche gehört ein Hund.« Wolf kam zu ihr, heftig wedelnd.

Erics Blick umfing ihre niedergekauerte Gestalt, die ihm den Rücken zuwandte. Unter der sich weich anschmiegenden Kleidung zeichneten sich die Konturen ihres Körpers beunruhigend deutlich ab. Er hielt es für das Beste, die Augen kurz zu schließen, dann aus dem Fenster zu blicken und schließlich den Herd anzuschauen.

Ein verhängnisvoll klingendes Blubbern von dort ließ ihn aufspringen und riß Elaine aus ihrer Spielerei mit Wolf. Beide griffen nach dem Topf mit dem Blasen werfenden Kakao, und genau in diesem Augenblick fiel es dem Wasserkessel ein zu pfeifen. Geistesgegenwärtig sagte Elaine: »Nimm du den Kessel«. Hastig nahm sie den Topf mit Kakao von der Herdplatte und stellte ihn in die Spüle. Eric goß den Tee auf. Darauf blickten sie einander lächelnd an. »Das war knapp«, sagte er.

»Wir sollten uns die Hände waschen, bevor wir essen.«

»Ja, Frau Doktor.«

Sie gab ihm einen spielerischen Stoß, und einträchtig wuschen sie sich in dem weiträumigen, hellgrau gekachelten Badezimmer die Hände.

»Eine schöne Wohnung ist das.«

»Du hast sie ja kaum gesehen.« Ihre Augen lächelten zu ihm auf. Sie benutzten dasselbe Handtuch, um ihre Hände zu trocknen, und sie beobachtete amüsiert, daß seine Hände versuchten, ihre nicht zu stören.

»Nun«, sagte er verlegen, »der Flur ist schön, und ich mag die Küche. Gemütlich und wohnlich. Und das Bad –«

Sie zupfte an seinem Ärmel. »Aber unseren Tee wollen wir doch lieber im Wohnzimmer nehmen, nicht?«

»Entschuldigung, ich wollte nicht den Ein ...«

Wie verkrampft er war! Sie legte ihre Hand auf seinen bloßen Unterarm – aus reiner Gewohnheit hatte er sich die Ärmel hochgeschoben und nicht nur die Hände gewaschen, sondern auch die Arme bis über den Ellenbogen; typisch für einen Tierarzt. Sie bemerkte ein leises Vibrieren unter ihrer Berührung. »Eric, du bist hier bei mir. Nicht bei einem Fall.«

»Oh.« Verlegen rollte er die Ärmel herunter.

»Du hast doch bestimmt Hunger?«

»Hm.«

Sie führte ihn ins Wohnzimmer, und er fand in dem behaglichen Raum einen geschmackvoll gedeckten Tisch mit verschieden Kuchensorten sowie Schalen mit Plätzchen, darunter auch Scones. »Oh! – Darum sagtest du, es sei nicht nötig, den Tisch zu decken!«

»Willst du dich nicht setzen? Ich hole Kakao und Tee.«

Er bemerkte ein rosiges Aufglühen ihres Gesichts, bevor sie sich umwandte, und als sie mit einem Tablett zurückkam, sagte sie etwas verlegen: »Du wunderst dich sicher darüber, daß ich den Tisch vorbereitet habe, so, als sei ich ganz sicher, daß du mitkommen würdest. Aber so war's nicht.« Sie neigte sich mit der Teekanne über den Tisch und schenkte seine höflich erhobene Tasse voll. Er reichte ihr auch ihre Tasse und sie wußte, er sah, daß ihre Hände nicht ganz ruhig waren. Sie stellte Wolf seinen Kakao hin und hatte damit einen guten Vorwand, um Eric nicht ansehen zu müssen. »Ich hoffte es nur. Daß du mich begleiten würdest, meine ich. Und ich war unruhig ... Claire und ich hatten eine Zeit vereinbart, und es war gut, mich vorher beschäftigen zu können.«

Sie wollte sich lieber nicht vorstellen, wie sie sich gefühlt hätte, wenn sie allein zu dem festlich gedeckten Tisch zurückgekehrt wäre.

Er sah sie unverwandt an, ohne sich zu regen, ohne ein Wort. Er schien kaum zu atmen. Sie hatte diesen Blick schon einmal gesehen: als sie oben auf den Klippen waren und er gerade erwacht war; diesen tiefen dunklen Blick vor dem stürmischen Kuß. Die Erinnerung machte sie beinah schwindlig.

Lieber Gott, Elaine, es hat dich wirklich erwischt! So war's nie vorher.

Sie setzte sich Eric gegenüber. »Was möchtest du zuerst?«

Ohne sich zu bewegen, schien er näher gekommen zu sein, als habe er sich leicht über den Tisch geneigt. Aber sie war sicher, daß er sich nicht gerührt hatte: Seine Haltung war ganz dieselbe wie zuvor, sehr aufrecht, den Rücken gegen die hohe Stuhllehne gepreßt, die rechte Hand ruhte neben seiner Teetasse auf dem glatten, spiegelnden Holz des Tischs.

Es waren seine Augen.

Sie kannte seine Augen. Sie waren von sehr dunklem Grau, das manchmal schwarz schien, und sie hatten einen ganz eigentümlichen, metallisch schimmernden Glanz. Große Augen, mit sehr dünnen Lidern und dichten Wimpern. Sprechende Augen. Schon im ersten Augenblick, als er beinah zerbrochen in seinem Krankenbett gelegen hatte, betäubt von der Spritze, die Hugh ihm verabreicht hatte, hatten sie etwas in ihr angerührt.

Der erste, noch verhangene Blick aus seinen Augen. Das scheue Lächeln. Der Widerstand, der sich um ihretwillen ergeben hatte, die bereitwillige Mitarbeit trotz der anfänglichen Rebellion – und – »ich denke, Sie sind eine sehr schöne Mischung«. Der tiefe Blick auf den Klippen, als sie umgeben waren vom Farbenrausch der *marchairs*, und schließlich der Kuß.

Unerwartet lächelte er und hob seine Tasse an die Lippen.

»Das ist schön. Wir sitzen uns gegenüber und nippen gesittet an unserem Tee.« Er lächelte wieder, aber seine Augen wurden nicht von diesem Lächeln berührt. »Ganz wie du und dein Professor.« Er nahm die Tasse mit der Untertasse auf und bat um mehr Tee.

»Willst du gar nichts essen?« fragte sie.

»Oh, ich hätte gern eines von diesen.« Er deutete auf die Nußrollen, mit deren Zubereitung sie sich viel Mühe gegeben hatte.

Aber er rührte weder seine Kuchengabel noch das Gebäck an. Offensichtlich durstig trank er seine Tasse leer, und sie hielt die Kanne bereit, um sie erneut zu füllen; ihre Hände streiften einander, und der erneut aufspringende Funke ließ sie und ihn zusammenzucken. Er nahm ihr die Kanne aus der Hand, stellte sie sacht auf den Tisch und stand auf.

Sie wußte, daß er behutsam eroberte. Sie wußte es, seit sie ihn mit den Pferden gesehen hatte. Aber die Glut in seinen Augen ängstigte sie.

Nicht einmal zu träumen gewagt hatte sie, daß Liebe so sein kann. Was immer ihr widerfahren mochte, niemals würde sie diese Leidenschaft und tiefe Zärtlichkeit vergessen können.

»Tränen«, flüsterte er bestürzt und nahm sie mit den Lippen auf: »Elaine, *Fayre* Elaine, sag, habe ich dir – weh getan?«

Heftig schüttelte sie den Kopf, konnte und wollte nicht sprechen.

Eine Kerze in einer entfernten Ecke war die einzige Lichtquelle. Im Schein dieser Kerze hatte sie in sein Gesicht gesehen ... in etwas, das wie eine köstlich brennende Ewigkeit erschien. Sie erinnerte sich an den bedingungslos verlangenden dunklen Blick, der sich zu Scheu gewandelt hatte, als er sich über sie neigte. Sie kannte den Grund für diese Scheu, für diese stumme Frage, ob er ihr trauen könne. In dieser Sekunde hatte sie seine tiefen Wunden gefühlt, als wären es ihre eigenen. Er war ein Heiler, der selbst der Heilung bedurfte.

Sanft strich sie über seine dünne Haut und fühlte sein Schauern. Er zuckte nicht zurück. Er traute ihr. Ihre Hände legten sich um sein Gesicht, und ihre Blicke tauchten ineinander:

Wenn ich nur Worte hätte, um zu sagen, wie bedingungslos ich dich liebe.

In der Mitte der Nacht klangen Glockenschläge zu ihm, sehr gedämpft. Er richtete sich nicht auf; wollte Elaines Schlaf nicht stören. Sie drehte sich in der Geborgenheit seiner Arme zu ihm und murmelte: »Es ist die Mitternachtsmesse, Eric.«

»Habe ich dich geweckt?« flüsterte er erschrocken. Er hatte sich nicht bewegt.

»Ich bin aufgewacht, als du wach wurdest.« Nie zuvor hatte sie sich einem Mann so verbunden gefühlt. Er umarmte sie fester und atmete einen tiefen, unhörbaren Seufzer.

»Ich sollte mich bei Claire bedanken«, murmelte er, »aber ich wüßte wirklich nicht, wie ich es formulieren sollte.«

»Ich weiß, was du meinst.« Zart zeichnete sie verschlungene Muster auf seine Schulter. »Mir geht's genauso.« Dann hatte sie eine Idee. »Weißt du, wir lassen den Spruch von Apollinaire auf ein schönes Bild schreiben und einen Rahmen darum machen.«

»So wie deines von Professor Gray?«

»Ja, so ähnlich.«

»Denkst du, sie wird es verstehen?«

»Oh, ganz bestimmt.« Sie schmiegte sich an ihn und fühlte seine erneut aufflammende Leidenschaft. Ihr letzter klarer Gedanke war die Erinnerung an die zahlreichen Telefonate, die Claire und sie geführt hatten. Sie hatte mit dem Rezept für die Scones ein wenig geschwindelt. Er mußte ja nicht alles wissen.

22

In den nächsten Tagen lernte Eric, wie sich Glück anfühlt. Er war durchdrungen davon, er fühlte es in sich pulsieren, und sein Kopf schien immer ein wenig zu leicht zu sein, als habe er gerade ein Glas Champagner getrunken. Manchmal überwältigte ihn dieses Gefühl, und dann mußte er den Wagen an die Seite lenken und die Stirn auf das Steuerrad pressen, bis er wieder freier atmen und klar sehen konnte. Elaine war in sein Leben getreten und streute Zuversicht und Wärme und Liebe aus.

Der Gedanke an sie verließ ihn nie. Sie war immer um ihn, selbst wenn sie nicht beieinander sein konnten: sie legte sich neben ihm schlafen und hielt ihn in ihren Armen wie in ihrer ersten gemeinsamen Nacht, sie war bei ihm, wenn er duschte und sich rasierte, sie saß ihm unsichtbar am Tisch der Hickmans gegenüber, stand am Zaun der Koppel, wenn er mit den Pferden arbeitete, und begleitete ihn auf seinen Runden. Dieser Zauber wirkte sich auch auf seine Umgebung aus. Claires Gesicht war nie sonniger gewesen, David lächelte sogar, wenn wieder einmal ein ungestümes Jungpferd nach ihm schlug.

»Gee, Guvnor, Sie sind heute ja wieder mal glänzender Laune.«

»Ist das ein Wunder an einem herrlichen Tag wie diesem, Mr. Sims?«

Mr. Sims warf einen sprechenden Blick zum düster dräuenden Himmel auf, dessen niedrige Wolkendecke Schnee erwarten ließ, zog seine dicke Joppe enger zusammen und sagte: »Ich habe bei der letzten Gemeindesitzung angeregt, daß der Bürgermeister sich um einen Tierarzt für unsere Gegend kümmern soll. So, wie Sie's wollten.«

»Tatsächlich?« Eric hatte nicht zugehört. Das ging ihm seit einigen Tagen ziemlich oft so. Und außerdem hatte er das Stethoskop in den Ohren und konzentrierte sich auf die Untersuchung der Kuh. Seit Tagen hatte das Tier keine Nahrung mehr aufgenommen. Strahlend blickte er über ihren Rücken zu ihrem Besitzer. »Wissen Sie, Mr. Sims, ich bin sicher, sie hat irgend etwas gefressen, das selbst eine Kuh nicht verdauen kann, so etwas wie einen Draht. Ich werde sie wohl aufschneiden müssen.«

»Eine Operation?!«

»Genau«, bestätigte Eric. Und dabei lächelte er glücklich.

»Verdammt!« Mr. Sims trat gegen einen losen Stein.

»Verdammt! Dieses Vieh kostet mich mehr an Tierarztrechnungen, als es wert ist! Zuerst das Verwerfen des Kalbes, dann das entzündete Bein, und jetzt auch noch das!« Er gab der mager gewordenen Kuh einen ärgerlichen Klaps mit der flachen Hand, unterdrückte einen weiteren Fluch, als er seine Handfläche an dem hervorstehenden Hüftknochen anschlug, und murmelte: »Hätte dich auf dem Markt in Kintyre stehen lassen sollen!«

»Es ist nicht ihre Schuld, Mr. Sims. Sie ist eine gute Milchkuh. Die Operation wird keine große Sache. Ich muß einen kleinen Schnitt in den ersten Magen machen, die Obstruktion entfernen und sie wieder zunähen. Das ist schon alles. Wird vielleicht eine Stunde dauern, und dann ist sie wie neu. Das wird Sie nicht mal so viel kosten wie die Behandlung des Kälbchens. – Hat es seither eigentlich wieder gehustet?«

»Nay. Da steht es.« Mürrisch nickte Mr. Sims zu dem kleinen dunklen Tier hin, das einige Boxen weiter stand.

»Sieht aus, als könnt er mal ein guter Bulle werden.«

Mr. Sims' Gesicht wurde ein wenig heiterer. Ein guter Bulle bringt einen anständigen Ertrag. Vielleicht sollte er ihn aber auch für seine eigenen Kühe behalten. Die Decktaxen waren exorbitant. »Jedenfalls gab es ein großes Geschrei.«

Eric blickte ihn verständnislos an.

»Bei der Versammlung.«

»Welcher Versammlung?«

»Der Gemeindeversammlung natürlich, was dachten Sie?«

»Es gab eine Versammlung?«

»Sagte ich doch vorhin.«

»Tatsäch ...? Oh. Ja. Ja, natürlich. Und ...?«

»Und? Was soll ich sagen? Guvnor, warum zum Teufel können Sie nicht einfach bleiben? Sie hätten sehen und hören sollen, wie alle sich aufregten, weil Sie weg wollen. Alle – wir alle – wollen, daß Sie bleiben. Wir wollen nicht irgendeinen … wir wollen Sie. Warum machen Sie nicht hier eine Praxis auf? Jeder weiß natürlich, daß Sie viel zu tun haben mit diesen wilden Pferden, aber wir … verflucht, wir brauchen Sie auch. Und sehr dringend. – Timmys Praxis ist verwaist. Nehmen Sie die doch einfach, und bleiben Sie. Bleiben Sie bei uns. – Nämlich … wir brauchen Sie …«

Was undenkbar erschienen war, bekam plötzlich eine greifbare Gestalt.

Warum nach etwas streben, das mit einem Schlag seine Wichtigkeit eingebüßt hatte? Wichtiger als das Gestüt waren Claire und David, und … Elaine. Er sah sie wieder vor sich: das zarte Gesicht, die Entschlossenheit in den dunklen Augen, als sie ihm mitteilte, sie werde eher auf ihr Land als auf ihn verzichten.

Eric wünschte, sie wäre jetzt hier und könnte seine Worte hören: »Sie haben Ihren Tierarzt, Mr. Sims. Ich werde bleiben.«

Da war es heraus. Und er fühlte nicht einmal einen kleinen Stich.

Der Traum war in ihren Armen gestorben, und er hatte nichts davon gewußt.

Die blaßblauen Augen des kleinen dicken Mannes starrten, verblüfft durch dieses unerwartet leichte Nachgeben, über den Rükken der Kuh in seine. »Guvno …?«

»Könnte ich frisches heißes Wasser haben, bitte, Seife und ein Handtuch?«

»Gee! Na klar!« Beinah hüpfend eilte Mr. Sims den Stallgang hinunter.

23

Solitaire lag flach auf der Seite. Manchmal hob sie den Kopf und roch an ihrem Leib, der sich schon ein wenig wölbte.

Sie sank zurück. Ihr Instinkt war stark genug, um ihr zu diktieren, daß sie sich ruhig verhalten mußte. Doch die Angst war um sie. Angst und Haß. Ihr Gedächtnis wanderte zurück, wieder und wieder. Es war ganz ruhig gewesen seit dem Tag im Meer, außer wenn Edward auftauchte, doch seit dem Augenblick, in dem sie den kalten Regenguß des intuitiv erfaßten Schrekkens gefühlt hatte, regte es sich wieder, und sie hatte seither immer wieder böse Stunden, so wie jetzt, die sie nur aufgrund ihrer großen Geduld ruhig ertrug:

Da waren harte Hände und laute Stimmen, der Druck von ungeheuren Gewichten, die sie zerbrechen wollten, und dieses entsetzliche Schreien. Noch in der Erinnerung rebellierten ihre Nerven dagegen. Sie erinnerte sich daran, wie sie gefangen worden war: Ein wenig abseits von der Herde hatte sie gestanden, friedlich grasend, eine Stute unter vielen, sich ihrer Einmaligkeit nicht bewußt. Dann war da ein Stechen in ihrem Hals gewesen – ein aus einem Blasrohr abgeschnellter Pfeil, dessen Spitze mit einem Betäubungsmittel getränkt war. Als der Hengst ihr Niedergehen bemerkt hatte, war er näher gekommen, hatte sie berochen und mit der Nase angestoßen, und sich dann schnaubend abgewandt. Excalibur hatte ihren Tod hingenommen und seine Herde fortgetrieben über die weiten Hügel.

Und sie war in einen dunklen Stall geschleppt worden.

Als die Tür sich in derselben Nacht das nächste Mal öffnete, hatte sie in die Schwärze eines Transporters gestarrt. Jemand hatte das Halfter gepackt und daran gezogen, aber sie hatte sich vor seinem Geruch geekelt und die Beine gegen den Boden gestemmt. Sie war an sanfte Behandlung gewöhnt. Immer war sie zuerst angesprochen worden, bevor man sich ihr näherte. Davon konnte hier nicht die Rede sein, an diesem düsteren Ort. Die anderen waren gekommen und hatten sie von hinten zu schieben versucht, aber sie hatte sich geweigert, bis sie auf dem Lehmboden saß und den Kopf wie einen Kolben schwenkte, um freizukommen. Da war sie geschlagen worden, zum ersten Mal in ihrem Leben. Die Empfindung der Beleidigung war viel stärker als der Schmerz. Ihr Geist hatte sich unter diesen Schlägen gekrümmt wie der stolze und freie Geist eines Kindes, das ungerechtfertigte Prügel empfängt.

In diesen Augenblicken hatte sie gelernt zu hassen.

Als sie nicht auf die Beine zu bringen war, hatte man sie niedergeworfen. Sie fühlte wieder die knieende Gestalt auf ihrem Hals, die ihr das Ohr verdrehte. Sie hatten ihr das Maul mit schmutzigen Tüchern zusammengebunden und ihre Beine aneinandergefesselt. Über Stunden hatte man sie liegen gelassen. Dann hatten sie wieder versucht, sie auf den Transporter zu zwingen, und als sie erneut gegen sie kämpfte, hatten sie ihr Gewichte aufgepackt, die ihr die Beine gebeugt hatten, schwer auf ihren stolz erhobenen Nacken drückten.

Sie war ihnen entkommen, als sie ihr die Beine auseinanderbinden mußten für einen weiteren Versuch, sie auf den Transporter zu treiben. In diesen Minuten hatte sie das gezielte, tödliche Schlagen gelernt, und eine brennende panische Angst vor Zweibeinern.

Ihr Kopf streckte sich lang und entspannt über das Stroh. Sie war frei. Er hatte sie befreit. Er war alles für sie. Er hatte ihr die Furcht genommen.

Doch die Quelle der Angst konnte er ebensowenig auswischen wie die Erinnerung an die jagenden Stimmen, die ihr gefolgt waren, als ihr der Ausbruch gelungen war, diese Stimmen, die sie über das Gelände getrieben hatten, auf dem sie, halb erstickt von den Fetzen um ihre Nase, immer wieder von dem glänzenden Drahtzaun aufgehalten worden war. In tiefster, angstvollster Verzweiflung schließlich hatte sie sich nach Tagen zwischen den Drahtsträngen hindurchgezwängt und war zu ihrer Herde gestoßen. Die Stimmen waren ihr gefolgt; doch der Hengst, wirbelnd wie ein roter Orkan, war gegen die Eindringlinge gestürmt und hatte sie vertrieben. Die

Stimmen waren wiedergekommen, beinahe jedesmal, wenn die Herde sich in der Nähe des Grenzzauns aufgehalten hatte. Nur Stimmen, keine Gestalten, die Excalibur hätte angreifen können – und so hatte er begonnen, diese Gegend zu meiden. Doch da war Solitaire der Klang einer menschlichen Stimme bereits unerträglich geworden. Bis zu jenem Tag, an dem sie in eisiges Wasser getrieben worden war und gelernt hatte, auf diese weiche dunkle Stimme zu hören.

Wieder hob sie den Kopf und roch an ihrem Leib.

Er wünschte, daß sie dieses Leben austrug. Er hatte ihr das Vertrauen zurückgegeben. Sie würde ihm geben, was er sich wünschte.

24

»You took your life as lovers often do
but I could have told you, Vincent,
this world was never meant for one
as beautiful as you.«

Vier hohe schlanke Kerzen erleuchteten Elaines Wohnzimmer, eine in jeder Ecke. Elaine kam herein und kniete hinter Eric nieder, der bei ihrer Stereoanlage kauerte. Sie umarmte ihn von hinten und schmiegte ihr Gesicht an seine Schulter. »Es ist schön, nicht wahr«, flüsterte sie. »Wenn es nur nicht so traurig wäre.« Die leise Klage für Vincent van Gogh klang aus. »Such doch etwas anderes aus«, bat sie. »Traurige Musik ist nicht die richtige Untermalung für einen stimmungsvollen Abend, und wir haben doch immer so wenig Zeit füreinander. Warum spielst du nicht Henry?«

Sie sah, daß er etwas aus seiner Tasche nestelte, aber bevor sie erkennen konnte, was es war, sagte er: »Mach einen Moment die Augen zu, ja?« Lächelnd gehorchte sie.

Sie kannte das Lied nicht, das gleich darauf erklang, aber die Geschichte berührte sie, und ein unerklärliches Beben breitete sich in ihren Muskeln aus, als sie den Refrain hörte: »Some of God's Greatest Gifts … Are Unanswered Prayers.« Fragend blickte sie ihn an.

»Ich bin nicht sehr begabt dafür, jemanden auf die Folter zu spannen«, sagte er und strich über ihre Wange. »Schon gar nicht jemanden, den ich liebe.«

Leise, stockend, berichtete er von dem Gespräch mit Mr. Sims und der Entscheidung, die er getroffen hatte. Fassungslos starrte sie ihn an. »Aber es war das Wichtigste in deinem Leben«, hauchte sie. »Was hat dich dazu gebracht, deine Meinung zu ändern?!«

»Was hat dich dazu gebracht, deine zu ändern?«

Sie führte seine Hand an ihre Lippen. Tränen glitzerten in ihren Augen. Dann schüttelte sie den Kopf. »Ich will nicht, daß du ein so großes Opfer für mich bringst. Es ... irgendwann würdest du es bedauern und mir dann vielleicht die Schuld geben. Selbst wenn du niemals auch nur ein Wort sagen würdest ... ich würde es wissen und mir Vorwürfe machen, und ich würde leiden, weil ich wüßte, daß du leidest, und weißt du, ich –«

Er mußte schlucken, bevor er sagen konnte: »Komm, kleine Fee.« Er ließ sich der Länge nach zu Boden gleiten und zog sie mit sich. »Ich will versuchen, es zu erklären. Ich meine, ganz verstehe ich es selbst nicht. Das macht es nicht einfacher. – Es ist ... plötzlich ist es weg. Ich wollte dieses Gestüt, so lange ich denken kann; – so sehr, daß es zuweilen richtig weh tat.«

Verlegen streifte seine Hand kurz über seine linke Brustseite. »Ich habe die ganze Zeit gegrübelt, seit ich von Sims weggefahren bin. Ich glaube, dieser Wunsch nach einem Gestüt war wie Mutter und Vater für mich, tröstete mich über alles hinweg ... wann immer etwas schiefgegangen war, flüchtete ich zu ihm, wie ein Kind in die Arme der Mutter. Und als du gesagt hast, wie sehr du dich deiner Heimat verbunden fühlst ... und ich konnte fühlen, daß sie dir so viel bedeutet wie mir mein Traum – als ich glauben mußte, daß es keinen Sinn hat mit uns beiden, da verbiß ich mich noch mehr. Wenn ich schon nicht mit der Frau zusammensein konnte, in die ich mich verliebt habe, dann wollte ich diesen Traum verwirklichen, und zwar so schnell wie möglich. Nicht einmal meine Gefühle für David und Claire hätten mich daran hindern können.«

Schweigend und nachdenklich hatte sie ihm zugehört, den Kopf an seine Schulter geschmiegt. Jetzt richtete sie sich ein wenig auf. »Die beiden lieben dich wirklich sehr, weißt du. Vielleicht mehr als ihren eigenen Sohn.«

»Und ich ... liebe sie auch. Immer habe ich mir Eltern wie sie gewünscht. Aber –«

Er runzelte die Stirn, zögerte. Es war nicht leicht, die richtigen Worte zu finden. Elaine half ihm. »Kinder verlassen nun mal das Elternhaus.«

»Ja«, sagte er, erleichtert, »so wird's wohl sein.«

»Aber du warst noch nicht fertig. Ich hab dich aus dem Konzept gebracht.«

»Nein, kleine Fee.« Er zog sie wieder dichter an sich und spielte mit ihrem Haar.

»Und dann, an diesem Tag auf dem Weihnachtsmarkt, als ich endlich begriff, daß es dir ernst ist –« Eine Ewigkeit schien seither vergangen; dabei waren es nur einige wenige Tage, aber seine ganze Welt hatte sich seit diesem Tag völlig verändert, »als ich das begriff, Elaine, Fayre Elaine ... du warst so bezaubernd ... und ... ich werde nie vergessen, wie du mich angesehen hast –«, die Erinnerung überwältigte ihn für einen Augenblick, »weißt du, ich habe nie Zugang zu Menschen finden können, wie es bei den Tieren möglich ist –«

»Weil du Angst vor ihnen hast – hattest?« ergänzte sie hoffnungsvoll.

»Ich weiß nicht«, sagte er wahrheitsgemäß. »Ich will dich nicht anlügen; ich weiß es einfach nicht.«

»Aber vor mir doch nicht?!«

»O nein! Das wollte ich eben sagen – als ich das begriffen hatte, schien eine Mauer einzustürzen, die bislang zwischen den Menschen und mir gestanden hatte.« Seine Arme schlossen sich fester um sie.

»Dieses Lied, das du mitgebracht hast«, sagte sie schließlich leise, »*Unanswered prayers* ... es hat mit deiner Entscheidung zu tun, nicht?« Langsam, zaghaft noch, gewöhnte sie sich an die Vorstellung, daß er nicht gehen würde, daß sie nicht gehen mußte, um ihn nicht zu verlieren.

»Manchmal«, sagte er versonnen, »beten Menschen um das Falsche. Als Kind betete ich um dieses Gestüt, und später setzte ich alles daran, um es zu bekommen. Wirklich alles. Und mit einem Schlag erkannte ich, daß ich bereits viel mehr habe, als mir das Gestüt geben könnte. Mein Leben ist so reich –« Er neigte sich über sie und streichelte ihr Gesicht. »Ich habe jetzt eine wundervolle kleine Fee in meinem Leben –« Für lange Sekunden verlor sich sein Blick in ihrem, dann fuhr er ein wenig mühsam fort, »... und ich habe ... ja, denk nur«, sagte er, und es klang ganz erstaunt, »Elaine, ich habe Eltern. Sechsundzwanzig ist vielleicht ein etwas ungewöhnliches Alter, um sich Eltern zuzulegen, aber ich bin dankbar, daß es sie gibt. Ich habe mich noch nie so ... gefühlt.«

»Geborgen?«

»Ja … geborgen gefühlt.« Er küßte ihre Nasenspitze. »Du findest immer die richtigen Worte, kleine Fee.«

»Du sagst niemals ›meine‹, so wie andere Männer.«

Er sah erstaunt aus. »Wie könnte ich? Du gehörst mir nicht. Kein Geschöpf kann einem anderen gehören. Das ist wider die Natur. Ich sage vielleicht manchmal, ›meine Pferde‹ oder ›mein Hund‹, aber eigentlich nur, um die Sache nicht zu verkomplizieren, und dann auch nur, wenn ich genau weiß, daß die Geschöpfe bei mir bleiben wollen. Aber was ich eigentlich sagen wollte, weißt du, was das Lied anbetrifft – ich habe außer Menschen, die ich liebe und die mich lieben, einen wunderbaren Beruf, und ich bin in einem Land, wie ich es mir schöner nicht vorstellen könnte – worum mehr könnte ich Gott bitten? Unerhörte Gebete können manchmal wirklich die größten Gaben sein.«

Sie hatte nicht zu hoffen gewagt, jemals Worte wie diese von ihm zu hören.

»Du meinst das ganz ernst?« Ihre Stimme war vorsichtig. Er durfte nicht hören, wie wichtig ihr die Antwort war.

»Ich habe jetzt mehr, als ich je hätte, wenn ich einsam auf meinem Gestüt sitzen würde«, wiederholte er.

»Aber du wärst ja nicht allein«, wandte sie gegen ihr heftiges Wünschen ein. »Ich wäre ja auch da.«

»Aber ich will ja gar kein Gestüt mehr.« Es war ihm wirklich ernst. Sie konnte es nun in seinen Augen sehen. Sie war sich dessen sicher, weil sie seiner Liebe sicher war.

Eric lehnte sich gegen die behaglich feste Stütze der Couch und hielt Elaine in seinen Armen. Wolf streckte sich zufrieden zu ihren Füßen. Manchmal hob er den Kopf, blickte zu ihnen hin, wedelte und streckte sich wieder aus. Sein Schäferinstinkt war ruhig. Wenn diese beiden zusammen waren, war er immer ruhig. Aber es war gut, nach dem Erwachen aus einem mehr oder weniger abenteuerlichen Traum sicher zu gehen.

Elaine lehnte ihren schmalen Rücken an Erics Brust und nippte an ihrem Weißwein.

Abende wie dieser waren kostbar. Abende, an denen sie Zeit miteinander verbringen konnten: Oft wurde sie sehr lange im Krankenhaus festgehalten, oder er mußte die halbe Nacht in Kälte, Schmutz und Blut zubringen.

Sie hatten es sich angewöhnt, einander anzurufen, wenn sie aufbrachen. Eric hatte jetzt zwei Heime: und wenn es sich irgend einrichten ließ, verbrachten sie die Nacht gemeinsam in Elaines Wohnung. Abende wie der heutige waren selten und würden es auch bleiben. Abende ohne das Klingeln des Telefons, ohne das aufdringliche Quiecken des Piepers.

»Weißt du«, sagte sie, »ich habe heute kurz mit Claire telefoniert. Ich wollte wissen, wie es ihr geht.«

»Ich weiß schon«, sagte er leise. »Davy.«

»Glaubst du das? Daß er über die Feiertage nicht kommen kann, weil er sich um seine Freundin sorgt, die im Krankenhaus liegt?«

»Vielleicht hat er eine Freundin. Aber daß sie im Krankenhaus liegt, glaub ich nicht.«

»Es wird wohl kein schönes Fest für die beiden werden, wenn ihr Sohn sich unter einem fadenscheinigen Vorwand davor drückt, es mit ihnen zu feiern.«

»Zumindest wird es ihren unterschwelligen Groll nicht mindern. – Ich verstehe diesen Burschen nicht. Wer so wunderbare Eltern hat, sollte jede Gelegenheit nutzen, um mit ihnen –«

Ein zarter Finger verschloß ihm die Lippen. »Du solltest ihn nicht zu hart beurteilen, Eric. Er ist nicht anders als viele, die hier aufwachsen. Du kennst das Land jetzt. Es ist einsam. Es bietet einem lebenshungrigen, auf Vergnügungen bedachten jungen Menschen nicht das, was er will. Das weißt du.«

»Aber ich verstehe nicht, daß es ihm nicht gefällt. Ihm, und den anderen. Ich meine, Diskotheken und so sind doch wirklich scheußlich –«

»Schließen Sie nicht von sich auf andere, Dr. Gustavson.«

»Nun ... hm ... ja, richtig. Aber davon abgesehen .. wie kann er Claire und David das antun? Er muß doch wissen, wie sehr es sie verletzt.«

»Vielleicht verletzt es ihn noch mehr, zurückzukommen und sich wieder in die Tage seiner Kindheit zurückversetzt zu fühlen. Davy und die anderen, die gegangen sind, wollen eben einfach mehr, als es hier gibt. Und wenn sie es haben, wollen sie es nicht mehr aufgeben, nicht einmal für ein paar Tage. Ich glaube, es ist nicht so sehr die Zeit, die sie hier verbringen würden. Es sind vor allem die Erinnerungen.«

»Ich glaube, ich weiß, was du meinst. – Aber ich verstehe es nicht«, wiederholte er.

»Das mußt du nicht. Aber weißt du, ich dachte, es wäre nett, wenn wir vier Weihnachten hier verbringen würden. – Oh, entschuldige, Wolf. – Wir fünf, sollte ich sagen.« Sie beugte sich über den plötzlich erhobenen Kopf des Hundes. »Ich habe dich natürlich nicht vergessen, Lieber. Das darfst du nicht denken.«

»Hier bei dir?« fragte Eric erfreut. Ihre Hände trafen sich in Wolfs Pelz.

»Hier bei uns«, korrigierte sie sanft. Nie zuvor hatte sie einem Mann den Schlüssel zu ihrer Wohnung gegeben: Dies war ihre Burg. Niemand konnte hinein, wenn sie es nicht wünschte. Nicht einmal Alan besaß einen Schlüssel.

»Mein Truthahn ist vorzüglich«, sagte sie lockend. »Claire wird er gefallen, und wenn er ihr gefällt, werdet ihr, du und David, ihn auch mögen. Und dazu geschmorte Pilze und …«

»Hör lieber auf. Mir läuft das Wasser im Mund zusammen. – Das wird ein schönes Fest.«

Doch Erinnerungen verdüsterten plötzlich seine Augen: Weihnachten war immer so kalt gewesen. Die Ruhe auf den Straßen. Die vorbeihuschende, so ganz und gar nicht alltägliche Freundlichkeit der Menschen – die nichts mit ihm zu tun hatte. Er stand ausgeschlossen, er hatte keinen ihm nahstehenden Menschen, zu dem er eilen konnte.

Es gab die Pferde. Sie wußten nichts von dem Fest, aber er gab ihnen eine zusätzliche Futterration und redete mit ihnen. Es war gut, die sich ihm zuwendenden Köpfe zu sehen, die intelligenten Augen in den schönen Gesichtern, die aufmerksamen Ohren, die feinen Nüstern, die in ihr Futter schnoberten. Er hatte die Erinnerung an diese Wärme und Zufriedenheit sorgfältig in seiner Seele verwahrt und mit nach Hause genommen, damit sie ihn wie eine zusätzliche Decke einhüllte. Manchmal hatte er es sogar vorgezogen, im Stall zu schlafen; wenn die Erinnerungen an die zankhaften Weihnachtsfeiern im Waisenhaus zu lebhaft waren.

Er erinnerte sich auch an brennende Tränen, die er als Vierjähriger tief in der Nacht in seinem Bett vergossen hatte: niemand wollte ihn haben. Gerade zur Weihnachtszeit gab es viele Adoptionen: Babys um ihn herum wurden adoptiert, und die Erwachsenen, die das kleine Bündel in Empfang nahmen, sahen so unbeschreiblich glücklich aus. Ältere Kinder als er wurden adoptiert. Er wurde von vielen kritischen Augenpaaren gemustert, aber niemals zeigte jemand Interesse. Das Waisenhaus blieb sein Heim. – »Du bist anders als andere Kinder«, wurde ihm gesagt. »Du hast etwas an dir, das in Menschen Ablehnung hervorruft.«

Wie ein Feuermal waren diese Worte gewesen. Tiere lehnten ihn nicht ab. Und er hatte diese Vorliebe für Pferde. Es bedurfte nur eines einzigen Fotos eines Pferdes, und bis tief in die Nacht zeichnete er Pferdeköpfe mit langen Mähnen, schlanke Pferdebeine in graziöser, kraftvoll voranschnellender Bewegung. Er folgte Kutsch- oder Reitpferden, denen er in der Stadt oder in der ländlichen Umgebung begegnete, über viele Meilen zu ihrem Heim. In ihrer Nähe, wenn sie versorgt worden waren, gab es Ruhe, Geborgenheit, Zuneigung; ganz, wonach er sich sehnte. – So hatte er begonnen, sie verstehen zu lernen. Er hatte begriffen, was für sie wichtig war.

Und dann war da Ted gewesen: der erste Mensch, der ihm das Gefühl gab, etwas wert zu sein: »Kleiner, du bist was Besonderes. Viele Kinder wollen Pferde tätscheln und reiten lernen, aber wenn sie erst mal herausfinden, welch harte Arbeit es ist, reiten zu lernen – ein Pferd zu führen, statt es zu zwingen! – geben sie auf. Oder sie werden zu harten Reitern, und dann gibt's keine Verbindung mehr zwischen Pferd und Reiter – gib mir mal deine Hände!«

Der alte Mann hatte seine kleinen Bubenhände ergriffen und war mit erstaunlich zarten Fingerkuppen über deren dünne Innenflächen gefahren. »Du hast gute Hände, Junge. Feine, aber starke Sehnen, und dünne Haut. So was nennt man sensible Hände. Versuche nie, die Kraft dieser Hände – und sie werden einmal sehr stark sein – gegen ein Pferd einzusetzen. Am Anfang magst du siegen, doch Pferde lernen sehr schnell, und bevor du dich versiehst, wird das Pferd einen Trick aufgetan haben, um sich deiner Kraft zu entziehen. Sie sind viel stärker als Menschen. Wenn du sie grob behandelst, geht der Schuß mit Sicherheit nach hinten los.«

»Ich weiß.«

»Ja, du weißt. Ein seltsames kleines Kerlchen bist du. – Nutze die Empfindsamkeit in deinen Händen. Laß diese Haut«, erneut rieb er kurz über die dünnen Innenflächen der Kinderhände, »laß sie niemals rauh und hart werden. Trag Handschuhe, wann immer es sich einrichten läßt. Keine Wolle, hörst du? Niemals Wolle. Leder. Einfaches, dünnes Leder. Nach zwei Minuten hast du schon wieder den Kontakt mit dem Pferdemaul, als würdest du mit bloßen Händen reiten – und es schützt. Es gibt nichts Besseres als Leder. Es war einmal lebendig. In Leder ist immer noch ein bißchen Seele drin. Und du brauchst jedes Quentchen Seele, das du bekommen kannst, wenn du es mit einem wirklich schwierigen Pferd zu tun hast.«

Sanftmut, unendliche Geduld und Sensibilität für die Tiere waren die Werkzeuge, die Ted in ihm verfeinert hatte bis zur Vollendung.

»Eric!« Elaine sprach ihn zum dritten Mal an und fühlte sich bereits besorgt angesichts dieser starren Augen und des bleichen Gesichts.

»Eric!« Sie packte seinen Arm und schüttelte ihn.

»Ja?« Er blinzelte und war wieder bei ihr. »Du, du hast gesagt, daß wir alle Weihnachten feiern sollten, nicht?«

»Ja.« Sie umarmte ihn, um mit ihrer Körperwärme wieder Farbe in sein entsetzlich blasses Gesicht zu bringen. »Das wäre schön«, murmelte er. Ein Weihnachtsfest im Kreis der Lieben – so ähnlich hieß es doch? Und zum ersten Mal in seinem Leben begann er zaghaft, sich darauf zu freuen.

»Weißt du, wann ich mir klar darüber wurde, daß ich dich liebe?«

Er stellte sein Glas nieder, ergriff ihre Rechte und liebkoste die Hand mit den Lippen.

»Und habe ich dir schon gesagt, daß du mir so noch besser gefällst als früher?« Sie zupfte an der dunklen Haarwelle, die ihm zwischen die Brauen fiel.

»Tatsächlich? Und ich wollte das Ding abschneiden. Ich hab's nur immer wieder vergessen.«

»Tu das nicht«, bat sie. »Hugh wäre auch ein guter Friseurmeister geworden. Aber als Krankenpfleger ist er mir lieber. Er ist wirklich unentbehrlich für unser Haus.«

»Aber du wolltest doch nicht über Hugh sprechen?«

Sie schüttelte den Kopf. »Eigentlich«, begann sie zögernd, »eigentlich hätte ich an diesem Abend … in dieser Nacht längst

Feierabend haben sollen. Aber ich konnte nicht gehen, ich mußte einfach wissen, wie es mit ihm weitergehen würde. Es war im Herbst, ein junger Mann, der schwer von einer Heumaschine verletzt worden war. Nach der Operation war er natürlich noch lange bewußtlos, und ich hätte eigentlich schlafen sollen. Ich war so erschöpft, daß man mich in irgendeine Ecke hätte stellen können, und ich wäre eingeschlafen. Ich hätte daheim sein sollen. Aber in dieser Nacht war es anders. Ich kauerte auf meinem Stuhl im Dienstzimmer und hoffte, daß er überleben würde. Ich sagte mir, daß ich mein Bestes getan hatte und daß ich schlafen müsse, aber es ging nicht. – Er erinnerte mich so an ... dich –«

»Ja?«

»Er sieht ganz anders aus als du, er hat blondes Haar und helle Augen ... aber er ist groß und jung und kräftig ... alte Patienten machen mich schwach, aber junge Menschen schwer verletzt vor mir zu sehen ist einfach furchtbar. Ich habe mir schreckliche Sorgen um ihn gemacht, aber ich wußte, daß ich ihm nichts nützen könnte, wenn es Komplikationen geben und ich übernächtigt an sein Bett treten würde. Ich wollte so unbedingt schlafen, aber es ging nicht. Mir war so sehr kalt, und elend ... bis ich mich erinnerte ...« Ihre Stimme erstarb.

Sanft sagte er: »Erinnerte.«

»Ja. Oh – ja! Ja – an den Tag, unseren Tag auf den marchairs. Und ich stellte mir vor, daß du wieder die Arme um mich legst und deine Wärme um mich ist. In Gedanken war ich bei dir, und es war so wie jetzt ...« Sekundenlang schwieg sie und kostete dieses unvergleichliche Gefühl tiefer, vertraulicher Geborgenheit mit geschlossenen Augen aus, »und ich fühlte mich leichter, viel leichter. Ich fühlte deine Arme. Und dann ... konnte ich schlafen.«

Er schloß sie fester in seine Umarmung, und sie lehnte den Hinterkopf an seine Schulter.

»Wie ging's weiter mit ihm?« fragte er leise.

»Nachdem ich ein wenig geschlafen hatte, war ich wieder ganz ruhig. Und ich konnte ihn beruhigen, als er aufwachte. Er hatte Angst, daß er vielleicht seine Hände nie wieder gebrauchen könnte; sie waren wirklich schlimm zerschnitten gewesen, aber nach ein paar Tagen war ich ganz sicher, daß sie wieder heilen würden. Er blieb einige Zeit bei uns, und letztens sah ich ihn wieder, auf seiner Pflugmaschine, fröhlich pfeifend. – Er hat sich kurz nach seiner Entlassung überschwenglich bei mir bedankt … als ich des Morgens kam, standen in einer Vase dreißig Rosen auf meinem Tisch –«

»Rote?«

»Nein, keine roten. Verschiedene Rosatönungen und weiße, einige pfirsichfarbene, und Schleierkraut. Ein wunderbarer Strauß. Ganz zarte Farben, sehr geschmackvoll.« Sie blickte zu ihm auf, erst jetzt verwundert. »Höre ich da etwas wie einen Anflug von Eifersucht, Dr. Gustavson?«

Mit jäh verdunkelten Augen neigte er sich über sie. »Mehr als nur einen Anflug, Dr. Mercury.« Er küßte sie ungestüm. – Zögernd nur löste sie die verlangende Umschlingung um seinen Nacken und sah in sein bleich gewordenes Gesicht, an dessen linker Schläfe die kleine Ader zu pulsieren begonnen hatte. »Du bist eifersüchtig! – Eric, du bist wirklich eifersüchtig!«

»Sehr!« erwiderte er hitzig.

»O je, da habe ich mich ja auf etwas Schönes eingelassen – einen Othello!«

Er stand auf und hob sie hoch. Ganz leicht. Sie fand seine Kraft noch immer ein wenig bestürzend.

»Nicht doch.« Ein zärtliches Lächeln nistete in seinen Augenwinkeln. »Othello war ein armer, in die Irre geleiteter Tropf. Yago war der eigentliche Mörder, Othello hörte ja nur auf seine Einflüsterungen.«

»Und du?«

»Und ich?! Was meinst du?«

»Eric! Er war nur ein Patient für mich!«

»Und … ich?!«

»Da haben wir's! Doch ein Othello.«

Unversehens wurde sie von der warmen Geborgenheit seiner Brust hoch über seinen Kopf gehoben. »Du! … Laß mich sofort runter!« verlangte sie ungestüm, unterdrückte ein helles Auflachen und strampelte ein wenig. Er ließ sie noch ein wenig zappeln und dann sanft an sich heruntergleiten.

Sie war außer Atem. »Du .. du warst vom ersten Augenblick an etwas Besonderes. Und sei nicht so dumm!« verlangte sie. »Als ob ich je einen anderen als dich gewollt hätte!«

25

Regentropfen hämmerten ungestüm an die Fenster und rannen die Scheiben hinunter. Eric saß in der Küche der Hickmans und rieb sein Haar mit einem dicken Handtuch trocken, während Claire das gleiche für Wolf tat: »Was für ein Regen! Zwei Sekunden vom Wagen ins Haus, und schon waren wir durchtränkt!« Claire tat, als wollte sie Wolf einen Nasenstüber geben und fing seine Pfote ein, die sich in gespielter Abwehr erhob.

»Es wird gleich wieder sonnig werden. Du kennst das Wetter hier noch nicht wie wir, mein Junge.« Die Bestätigung ihrer Worte folgte auf dem Fuße: der Himmel riß auf, und die Sonne schien blaß auf eine dampfende Welt. »Es braucht ein paar Jahre, bis man ein Gespür dafür kriegt.« Sie sah auf das gerahmte Zitat Apollinaires, das im Vorraum hing und das sie durch die offene Küchentür sehen konnte. »Aber du hast ja Zeit.«

Zeit, dachte sie, und eine nicht mit Worten zu fassende Erleichterung war in diesem Gedanken. Zeit. Es gab Zeit. Niemals hatte sie ein schöneres Weihnachtsgeschenk erhalten als dieses: Als Eric, den Arm um Elaine gelegt, die Worte ausgesprochen hatte, die zu hören sie sich gewünscht hatte: »Ich werde bleiben.«

Dieses Weihnachtsfest hatte ihr die Furcht davor genommen, ihn hergeben zu müssen. Es fiel ihr schwer, ihre Freude darüber zu verbergen. Als sie sich jetzt erhob, um Teewasser aufzusetzen, streifte sie seine Schulter, als müsse sie sich vergewissern: Er war da, und er würde bleiben!

»Lieber, du siehst ganz blaß und durchfroren aus. Ich habe etwas Italienisches ausprobiert. Möchtest du?«

Eric legte das Handtuch beiseite und lächelte von seinem Stuhl zu ihr auf.

Das Licht draußen wechselte mit bestürzender Sprunghaftigkeit: Für Sekunden legten sich düstere, regenschwangere Wolken über die Sonne, verzogen sich rasch, getrieben von einem heftigen Wind, der die knapp vor dem Knospen stehenden Bäume beugte, und dann leuchtete die Sonne mit einer Kraft, die das elektrische Licht, das in der Küche brannte, überflüssig machte bis zum nächsten Wolkenschatten.

»Du hast etwas Italienisches versucht? Ich dachte, du hältst dich immer an die vorzügliche Küche deiner Mutter, Mum.«

Ein warmer Schauer rieselte über ihren Rücken. Sie liebte es, wenn er sie so nannte.

Sie versuchte, es sich nicht anmerken zu lassen: »Du weißt doch sicher noch, wie begeistert ich von Elaines Truthahn war, und daß wir dann ins Gespräch kamen über ausländische Gerichte?«

»Natürlich. Ich wurde wieder richtig hungrig, als ich euch zuhörte, obwohl ich bis zum Platzen satt war.« Er stand auf und trat zum Fenster, blickte nachdenklich auf den windgezausten Garten hinaus, die Hände in den Hosentaschen: Turner wußte noch nichts von seinem Entschluß, vorwiegend deshalb, weil Eric noch immer nach einer Möglichkeit suchte, die Arbeiten miteinander zu kombinieren. Er konnte Turner nicht einfach im Stich lassen, und auch in Zukunft konnte er noch so manchem gestörten Pferd helfen. Vielleicht ließe sich etwas mit Peter machen ... Es mußte sich doch einfach eine Lösung finden lassen, die alle zufriedenstellte. Moment ... er erinnerte sich an das aufgeweckte Gesicht und die lebhafte Art des jungen Mannes, den er an der Universität zu Glasgow kennengelernt hatte, als er Solitaire dorthin zur Untersuchung gebracht hatte. Das wäre doch eine Möglichkeit, die in Betracht gezogen werden sollte ...

Claire war immer noch mit ihren Kochkünsten beschäftigt: »Es hat mir keine Ruhe gelassen. Ich wollte endlich eines dieser Rezepte probieren.« Sie rückte einen Topf auf den Herd. Aromatische Düfte zogen durch den Raum. Wolf setzte sich und leckte sich die Lippen.

»Jetzt lerne ich auch bald den Frühling hier kennen. Als ich im Sommer hierherkam, hätte ich nicht vermutet, auch nur den Herbst hier zu erleben. Ich dachte, ich könnte Solitaire nach England mitnehmen, nachdem ich sie ein paar Tage beobachtet hatte. Und jetzt ...«

»Und jetzt ... jetzt wirst du essen. Ich hoffe, es ist so gut, wie es war, als ich es kostete. Ich habe nicht viel Erfahrung mit Nudeln. Hoffentlich sind sie durch das Aufwärmen nicht zu weich geworden.« Sie trat erwartungsvoll zurück.

Auf seinem Teller fand er eine unerhört appetitlich aussehende Mischung von Tortellini, Spiral- und Röhrchennudeln in einer fruchtig-würzigen Tomatensoße mit reichlich Hackfleisch. Er aß mit einem Löffel statt mit einer Gabel, um die Soße nicht zu verlieren. Nach dem ersten Bissen verdrehte er die Augen: »Mum, das ist ... oh, puh, nicht zu beschreiben!«

Er hatte gerade seinen Teller geleert und freute sich auf einen Nachschlag, als das Telefon klingelte.

Claire sagte: »Ja, er ist da«, und bedeckte die Sprechmuschel mit einer Hand: »Für dich«, flüsterte sie. »Mrs. Fargus.«

»Emily?«

Er lauschte angespannt, nur kurz. Dann sagte er: »Bin schon unterwegs«, hängte ein, umarmte Claire hastig und winkte Wolf. Claire blickte ihnen durch das Fenster nach.

Solitaire lag flach atmend und leise stöhnend auf der Seite. Sie hatte sich nicht gerührt, als Emily und Grandpa und Louise zu ihr getreten waren, doch als Edward behutsam in die Box spähte, war sie aufgefahren und gegen ihn gesprungen. Edward war geflohen, mehr um ihretwillen als seinetwegen.

»Sie ... ihr geht's nicht gut, Master Eric«, sagte er jetzt leise, sobald Eric ausgestiegen war. »Sie hat ihr Futter nicht angerührt, und jetzt liegt sie da und bewegt sich nicht ... außer, wenn ich ihr nahe komme«, fügte er bitter hinzu.

Der Kopf der Stute hob sich, und ein leises Wiehern kam aus ihrer Brust, als sie Eric am Eingang ihrer Box wahrnahm. Die anderen wichen zurück, als er sich neben sie ins Stroh kniete und ihren Kopf umfaßte. »Kleines Mädchen. Prinzessin, hörst du mich?« Das kleine dunkle Maul tastete sich zu ihm, ihre dünnen Nüstern vibrierten, als sie leise, zufrieden schnaufte, seinen Geruch einsog und die Augen schloß.

Da war eine Bedrohung, die sie fürchtete, von der sie wußte, daß sie kommen würde ... aber sie hatte kein Bild davon. Darum konnte auch er es nicht sehen und nicht vorbeugend handeln. Er blickte zu Emily auf: »Haben Sie ein Feldbett oder eine Klappliege – etwas in dieser Art?«

»Ich fürchte, nein, Eric.«

»Oh, macht nichts.« Es würde nicht das erste Mal sein, daß er das Strohbett mit einem Pferd teilte. »Ich fragte nur, weil ... von heute an werde ich bei ihr schlafen. Und tagsüber, wenn ich zu tun habe, wäre es gut, sie auf die Koppel zu lassen, die ganz nah beim Haus ist, damit immer mal wieder jemand nach ihr sieht. Und die Reitstuten sollten auch dabei sein.»

«Sie ist nicht krank?»wollte Emily sich vergewissern.

»Körperlich fehlt ihr nichts. Es ist die Angst. Auf einmal ist es wieder die Angst, aber eine andere als früher. Ich meine, eine andere Angst als die, bevor ich sie ins Meer gestoßen hatte. Jetzt ist es, als ahne sie kommendes Unheil voraus.«

Er blickte zu Emily auf, wußte, daß diese Worte für sie verrückt, nach einer völlig blödsinnigen Ausrede klingen mußten.

»Oh«, sagte sie nur und neigte nachdenklich den Kopf. Dann blickte sie ihn an: »Ich traue Ihrem Gespür, Eric. Wenn Sie es für richtig halten, wird sie auf die Koppel kommen, und es wird genug Menschen geben, die ein Auge auf sie haben. Und wenn Sie wirklich bereit sind, Ihre Nächte hier ...

»Bin ich.«

Auch wenn Solitaire nicht mehr die Mutter des Begründers seines Gestüts sein würde, niemals könnte er sie im Stich lassen. Elaine würde verstehen.

Er verharrte mit gesenktem Kopf, hoffte, Elaine werde ihn nicht vor eine Entscheidung stellen. Denn dann konnte es nur eine geben. Und er würde erkennen müssen, daß er einmal mehr getäuscht worden war. Er wollte sich diese Qual nicht vorstellen; grub die Zähne in die Unterlippe, atmete tief, zwang den Schatten eines Lächelns auf sein Gesicht und blickte wieder Emily an: »Bin ich.«

»Oh, ich verstehe.« Elaine klang etwas bestürzt, als er sie anrief und ihr die neue Situation erklärte. Anderes war nicht zu erwarten. Aber dann sagte sie: »Würde es dich sehr stören, wenn ich dich dort besuche?«

»Elaine ...« Sein Herz tat zwei sehr laute und mächtige Schläge, und hinter seinen Augen begann es zu brennen. »Ich sehne mich nach dir, kleine Fee«, flüsterte er beklommen, beschämt über seine Wortwahl – aber es war die Wahrheit. Er hatte sich nicht in ihr geirrt, und er hörte das Lächeln in ihrer Stimme, als sie erwiderte: »Ich komme zu dir, sobald ich kann. Die finsteren Blicke der Hoheit Fargus werde ich überwinden; vielleicht nicht unbeschadet, aber ich werde zu dir kommen. Und weißt du …?«

»Was denn?«

»Ich bin noch niemals auf einem Strohbett geliebt worden.«

Am anderen Ende der Leitung wußte sie sehr genau, wie ihm zumute war. Sie sah sein abwechselndes Erbleichen und tiefes Erröten im Geiste und hörte sein jähes Herzklopfen in seinem Schweigen. Er war so … schamhaft. Bezaubernd. Sie wünschte, sie könnte in diesem Augenblick bei ihm sein.

»Ich komme zu dir, sobald ich kann.«

Eric liebte es, wenn ihre Stimme zu diesen leisen und tiefen Noten absank. Wie hatte er je ohne sie leben können?

Im Schneidersitz saßen sie unter der Notbeleuchtung des Stalls einander im Stroh gegenüber und nippten an einem herrlich duftenden, eiskalten Aperitif, den Elaine mitgebracht hatte. In seiner dicken Eismanschette ruhte er neben ihr auf dem Stroh. Er war ziemlich schwer und hatte den Geschmack von herben Orangen.

Wolf näherte sich, als er Erics Behagen fühlte, und streckte neugierig die Nase aus. Eric hielt ihm sein Glas hin, und der Hund schnupperte, setzte sich und klopfte mit der Rute ins Stroh. Höflich wartete er ab, bis Eric etwas von dem Getränk in die Mulde seiner Handfläche gegeben hatte, dann streckte er den Kopf vor, witterte erneut und tauchte die Zunge in die Flüssigkeit. Verwirrt zuckte er zurück, als der Alkohol ein kaltes Brennen auf seiner Zunge auslöste, aber als der Geschmack sich entfaltete, wedelte er, kam wieder näher und nahm einen kleinen Schluck. Solitaire beobachtete sein Treiben mit Interesse.

Zwischen Solitaire und Wolf hatte sich eine tiefe Sympathie entwickelt, ähnlich der zwischen Missy und Sir Lancelot. Langsam stakste die kleine Stute näher, um zu erkunden, was ihr neuer Freund da ausprobierte. Ihre Hufe raschelten leise im Stroh, und leise blies sie ihren Atem in Erics Ohr. »Schau an«, sagte er und lächelte Elaine zu, »noch ein Leckermäulchen.«

Solitaire sog den fremden Geruch von seiner Hand auf und nahm den Kopf zurück. Ihr schwindelte ein bißchen. Sie beobachtete Wolf, der auf den Geschmack gekommen war und einen weiteren kleinen Schluck nahm – mehr als ein paar Tropfen waren es ohnehin nicht. Sie faßte sich ein Herz, und da die Handfläche nun leer war, denn das meiste war ins Stroh geflossen, leckte sie entschlossen darüber. Ihr Gesicht nahm darauf einen so drolligen Ausdruck an, daß Elaine und Eric lachen mußten. Eric streichelte ihre feine Nase. »Hoheit, eine Dame, die ein Kind unter dem Herzen trägt, sollte alkoholische Getränke meiden.« Sie schnaubte und legte ihm das Kinn auf die Schulter.

»Sie ist wirklich hinreißend«, sagte Elaine und wollte Erics Glas füllen. Er hielt die Hand darüber. »Lieber nicht. Ich will nicht zu tief schlafen.«

»Dann will ich auch nichts mehr.« Sie verstaute die Flasche in der großen Kühlbox, aus der sie zuvor kaltes Brathuhn, frisches Brot und einen gemischten Salat gezaubert hatte. »Sowieso ist es ein Aperitif, und kein Digestif. Wir hätten ihn vor dem Essen trinken sollen.«

Seine Augen hatten plötzlich wieder diesen tiefen, verlangenden Ausdruck, der zugleich scheu und sehnsüchtig war. »Ich hab so was noch nie getrunken, aber bist du sicher, daß es nur Appetit auf das Essen macht?«

Behutsam rückte er näher. »Und war das ernst gemeint, was du vorhin am Telefon gesagt hast?«

Sie legte ihre Hände auf seine Schultern. »Ganz ernst, Eric.«

»Dir ist nicht kalt hier?«

»Aber nein.« Sie zitterte ein wenig, aber das hatte nichts mit der Temperatur zu tun.

»Es kann niemand hier herein, weißt du. Der Riegel ist vorgelegt.«

»Ja.« Sie legte einen Finger über seine Lippen, während er sprach, um ihre Bewegung zu fühlen.

»Ich habe Decken ausgelegt in der Nachbarbox, mehrere Schichten. Das Stroh wird nicht stechen.«

Sanft hob er sie auf.

Juanita preßte ihr Ohr gegen die Wand. Nie ließen sie sie teilhaben an ihren Plänen. Ihr wurde nur gesagt, was sie zu tun hatte. Durch den bröckelnden Mörtel der Mauer vernahm sie Gesprächsfetzen: »... immer da ... Hund ... auf seiner Seite, verfluchter Köter ... tagsüber ... nicht möglich ... zu gefährlich.«

»Nur Geduld«, hörte sie die Stimme ihres Vaters. »Wir müssen abwarten.« Stille folgte, in der er wohl eine seiner großen Gesten machte. Dann brach zustimmendes Gelächter aus. Juanita kauerte sich angstvoll zusammen.

Sie erinnerte sich an die massiven Vorhängeschlösser, die seit einigen Tagen schon in einer der Küchenschubladen lagen.

26

Der Frühling kam in diesem Jahr wie ein Eroberer. Über Nacht brachte er lauen Wind und sanft wärmende Luftmassen mit, die die Erde liebkosten und ihr dichtes Gras und die ersten zarten Blumen entlockten. Noch ein wenig schüchtern zwitscherten Vögel auf den kahlen Bäumen. Das Land erwachte.

Solitaire bummelte mit gesenktem Kopf über die Koppel und naschte an den ersten zarten Grasspitzen. Der weiche Wind streichelte unter ihrer Mähne entlang, zupfte an den noch vereinzelt stehenden Büscheln ihres Winterfells und koste ihren Leib. Sie war schon recht stark. Seltsam nahm sich dieser große Leib an ihrem zierlichen Körper aus, denn ihr übriges Äußeres hatte sich nicht verändert. Noch immer besaß sie diesen feinen Kopf mit den großen, beredten Augen, ihr Hals wölbte sich anmutig, und ihre Fesseln waren unverändert schlank.

Seit jenem Tag, an dem stumme, doch überwältigende Panik sie niedergeworfen hatte, seit Eric zumindest den größten Teil der Nacht neben ihr verbrachte, war sie ruhiger geworden. Er würde da sein, wenn es geschah. Sie würde nicht allein sein, wie damals. Wenn er da war, würde es einen Ausweg geben.

Wie die meisten Tiere hatte sie ein sehr feines Zeitempfinden. Langsam ging sie zum Koppelzaun und lehnte ihr kleines Maul auf eine der massiven Bohlen, um auf die Auffahrt zu blicken. Bald würde er kommen.

Aus der Ferne hörte sie den Wagen, lauschte auf das vertraute Geräusch, als das Tor geschlossen wurde.

Solitaire war nicht die einzige, die wartete: ein dumpfes Trommeln näherte sich stetig – Excalibur und seine Stuten kamen aus den Hügeln. Als der kleine Morris vor dem Stall hielt, überschwemmte die Woge der Pferde die für gewöhnlich leeren Weiden außerhalb der Koppeln. Excalibur löste sich aus dem Pulk und kam auf Eric zu, den Schweif hoch getragen. Er erhob sich halb auf die Hinterhand und prustete übermütig.

»Hallo, Wildfang.

Excalibur sank nieder, verharrte und neigte neugierig den Kopf: Da war eine Veränderung im Wesen seines Freundes. Heute würde es wohl keine übermütigen Spielchen geben. Er schob die Nüstern vor und versuchte zu ergründen, was es war. Der Fellball, den Eric immer bei sich hatte, wedelte heftig, seine Schnauze war weit offen und seine Zunge fuhr immer wieder über seine Lefzen.

Excalibur kam zwei Schritte näher, und die Gestalten von Mann und Hund verschwammen endgültig vor seinen weitblickenden Augen. Er blieb stehen und stellte fragend die Ohren vor.

Eric kam zu ihm und streckte die Hand aus. Der Hengst näherte sich dem vertrauten Geruch, bis sie unmittelbar voreinander standen.

»Weißt du ...?« Die Stimme klang gepreßt, als sei nicht genug Raum für sie in der Kehle.

Excalibur drückte sein Maul gegen Erics Schulter und wartete.

Nach einer Weile sprach die Stimme wieder, leichter jetzt – »Denk nur, Excalibur: ich werde Vater! Kannst du dir das vorstellen?! Vater!« Er preßte sein Gesicht gegen den roten Hals und grub seine Hände in die lange Mähne. Excalibur fühlte, wie heiße Nässe über seine Haut lief. Er drehte den Kopf und schob Eric damit dichter an sich. Ihre Gedanken begegneten einander.

Sanft schmiegte der harte Pferdeschädel den Mann an seine Brust. Die feinen Nüstern schnoberten über Schultern und Nacken und schienen Vertraulichkeiten in seine Ohren zu flüstern.

Eric richtete sich nach einer Weile auf und fing den zutraulichen Kopf ein.

»Dank dir, mein Freund. Jetzt ist's leichter. – Sonst wäre ich wohl jedesmal in Tränen ausgebrochen, wenn ich's jemandem gesagt hätte. Beim heiligen Andreas, niemals hätte ich gedacht, daß mich das so tief ... es liegt wohl daran, daß ich Elaine so sehr liebe.« Seine Stimme wurde fester. »Ich wußte nicht, daß ich mir ein Kind wünsche.«

Emily kannte wie die Pferde die Zeit, in der Eric zu ihnen kam. Als sie ihn jetzt neben Excalibur stehen sah, bemerkte sie die Veränderung an ihm: Immer schon hatte er sich aufrecht gehalten, das war ihr gleich aufgefallen. Aber dieses Leuchten, das plötzlich um ihn war, hatte sie niemals bemerkt. Es überwältigte sie geradezu, als sie sich ihm näherte, und unerklärlicherweise fühlte sie bereits einen Stich von Neid.

Sie blieb in vorsichtiger Entfernung stehen, und der Hengst wandte sich um und trabte zu seinen Stuten. Er wollte nicht in der Nähe von Menschen sein, die ihn fürchteten. Sie reichte Eric die Hand. »Es ist gerade Zeit zum Abendessen.« Auf Sunrise wurde früh zu Abend gegessen. »Kommen Sie, Eric, leisten Sie uns Gesellschaft.«

»Vielen Dank, aber nein, danke.« Neben so etwas wie einer leisen Verlegenheit hatte auch sein Lächeln eine unbestreitbar strahlende Qualität. Fragend blickte sie zu ihm auf.

»Wir – Elaine und ich –, wir möchten ein kleines Festessen veranstalten, wissen Sie, nur wir beide und die Tiere.« Er nickte zu Wolf und Solitaire hin.

»Oh, ich verstehe.«

Sie verstand nicht. Normalerweise machte ihr das nicht viel aus; sie war an leere Floskeln gewöhnt. Aber jetzt überwog ihre Neugier: »Ein Festessen? – Wäre es sehr indiskret zu fragen, was Sie feiern wollen?«

Eric blickte kurz über die Schulter zu Excalibur, der seine Herde in fliegendem Trab zu den Hügeln trieb.

»Wir wollen feiern, daß wir ein Kind bekommen«, sagte er einfach.

Ihre Augen weiteten sich für einen Sekundenbruchteil. Zorn, sogar etwas wie Haß glitt auf dem Hintergrund dieser Augen vorüber, und gab dann einem falschen Strahlen Raum: »Wie mich das freut, Eric! Meinen herzlichen Glückwunsch!«

»Vielen Dank.« Fragend tauchte sein Blick in ihren, versuchte, die darin huschenden düsteren Schatten einzufangen.

Pures, dunkles Blau leuchtete ihm entgegen aus einem bleich gewordenen Gesicht. Es war, als sei eine Falltür vor ihre Empfindungen gelassen worden.

In diesem Augenblick vernahmen seine feinen Ohren ein vertrautes Geräusch, seine Aufmerksamkeit wich von Emily zurück und richtete sich auf die Auffahrt. »Entschuldigen Sie mich bitte.« Als der elegante blaue Wagen auf sie zuglitt, lief er ihm voll ungestümer, jungenhafter Ungeduld entgegen.

Aus der Entfernung beobachtete Emily brütend, wie er die Fahrertür aufriß, Elaine sanft aus dem Wagen half und sie in seine Arme schloß. Sie sah den glühenden Kuß und die Zärtlichkeit seiner Hände, die über die langen roten Locken glitten.

Mit einer heftigen Bewegung wandte sie sich ab.

Elaines Gegenwart auf ihrem Gestüt hatte sie zähneknirschend hingenommen. Zwar hatten die beiden ihre Beziehung sehr diskret gehalten, und als Emily am ersten Abend in den Stall getreten war, hatte sie nur das leise zivilisierte Murmeln ihrer sich unterhaltenden Stimmen gehört. Sie hatte sich zurückgezogen in der Erwartung, daß Elaine bald wieder fahren würde. Aber als eine Stunde danach der Stall verriegelt wurde und der blaue Wagen bis zum Morgen im Hof stehenbllieb, ahnte sie, daß es für sie keine Hoffnung mehr gab.

Und nun hatte sie die bittere Gewißheit.

Ein Kind! Wenn sie ein Kind miteinander wollten, war es eine sehr ernste Sache zwischen ihnen. Ihre Erinnerungen schweiften sehnsüchtig zu Everett zurück, zu seinem Lächeln und der Berührung seiner Hände, die ihr das Gefühl gaben, etwas Einmaliges zu sein … sie erinnerte sich, wie heftig sie ihn begehrt, wie sehr sie sich ein Kind von ihm gewünscht hatte.

Ihr Blick wandte sich über die Schulter zurück.

Diese Frau war von Beginn an ihre Widersacherin gewesen. Im Krankenhaus hatte sie die Macht aufgrund ihrer Qualifikation gehabt. Jetzt hatte sie die Macht, weil er sie liebte.

27

Beinahe unmerklich ging der warme Frühling in den Sommer über. Die Tage waren lang und hell. Der Wind mäßigte sich zu einem steten Flüstern, das tagsüber kühlend über die Haut schmeichelte und nachts zu einem Murmeln sank. In einer dieser Nächte stand Solitaire still in ihrer Box und blickte durch das hochgelegene vergitterte Fenster auf den Himmel. Eine seltsame Intensität hielt sie wach: Das Leben in ihr rührte sich. Es würde nicht mehr lange dauern, bis sie es an ihrer Seite fühlen konnte.

Sie hörte das Atmen aus der Box nebenan. Selbst seine ruhigen Atemzüge gaben ihr das Gefühl, beschützt zu sein. Und ein anderer Atem war bei ihm, der sich im gleichen Rhythmus wie seiner hob und senkte. Sie hörte Harmonie in diesem gemeinsamen Atmen. Und doch spürte Solitaire eine Unruhe, eine Bedrohung, die von irgendwo dort draußen kam. Sie hielt den Kopf hoch. Der Mond schien in ihre Augen.

An diesem Abend herrschte ein ungewöhnliches Treiben im Hause Cochan. Die Männer saßen nicht wie sonst über ihren Karten, sondern machten sich draußen auf dem Hof an dem kleinen Transporter zu schaffen. Das Öl wurde gewechselt, die Reifen wurden aufgepumpt, Benzin und Kühlwasser nachgefüllt. Juanita beobachtete sie durch die fadenscheinigen Gardinen, wobei sie sich gegen die Wand preßte, um nicht von ihnen gesehen zu werden. Sie sah, wie sie die Behälter auf die Ladefläche wuchteten. Große Behälter, die seit einiger Zeit schon in dem Schuppen mit dem Whiskykrug aufbewahrt worden waren. Sie hörte, wie ihr ältester Bruder den Jüngsten anschnauzte und sah, daß er ihm die Zigarette aus der Hand schlug.

»Macht, macht schon!« drängte ihr Vater, »wir haben schließlich nicht die ganze Nacht Zeit, der Weg ist weit.« Er bedachte die Behälter mit einem liebevollen Blick und rieb sich kichernd die Hände.

»Diese Hände waren einmal zärtlich zu mir«, hatte ihre Mutter ihr erzählt, als sie vor ihr gekniet und ihr die blauen Flecken gekühlt hatte, die von ihres Vaters Fäusten stammten. »Heute rühren sie mich nur noch an, um mir weh zu tun.« Juanita preßte den Hinterkopf gegen die Wand und erschauerte in der Erinnerung: »*Madrecita.*«

Die Männer da draußen brachen auf mit viel Türengeknall und lautem Gelächter, als Onkel Pedro eine unflätige Bemerkung machte. Seine Worte waren der Schlüssel! Auf einmal mußte Juanita sich nicht mehr fragen, welches Ziel sie hatten und was sie mit den Behältern planten. Die Mosaiksteine ergaben schlagartig ein Bild. Alles, was sie in den letzten Tagen gehört und kaum verstanden hatte, schoß auf einmal zusammen zu einer furchtbaren Vision. Sie stürzte in die Küche und riß die Schublade auf, in die ihr Vater das Paar dicker Stahlschlösser geworfen hatte: Sie war leer.

Für Sekunden ergriff sie ein Schwindel, der die Welt in Dunkel tauchte.

Sie durfte jetzt nicht ohnmächtig werden! Ihre Hände klammerten sich haltsuchend an den Schrank, und mit verzweifelter Willenskraft rief sie sich ein Bild ins Gedächtnis, das Bild eines Gesichtes. Ein anderes, schemenhafteres Gesicht schob sich hinter die klar gezeichneten Männerzüge mit den verhexenden grauen Augen. »*Madrecita*«, wimmerte sie, »was soll ich tun?«

Plötzlich dann war sie von Kraft und Entschlossenheit erfüllt. Die Panik gab kühler Überlegung Raum. Wieder riß sie die Schublade auf, und ein triumphierendes Lächeln huschte über ihr Gesicht, als sie schnell nach etwas griff und es sorgsam in ihrer Bluse barg. Das Metall drückte gegen die zarte Haut ihrer Brüste.

Leichtfüßig lief sie über den Hof und in den mageren Wald hinein.

Sie würde die Abkürzung über das weitläufige Gelände nehmen. Es war ein halsbrecherischer Weg, aber sie hatte keine andere Wahl. Die knorrigen Äste zupften an ihrem sich weit bauschenden Rock, als wollten sie versuchen, sie aufzuhalten. Sie hörte, wie der

Stoff riß. Ungeduldig wischte sie sich das lange Haar aus den Augen und eilte weiter.

Edward war der erste, der den gestörten Frieden der Nacht bemerkte. Er hatte sich in seinem Bett aufgesetzt, um ein Glas Wasser zu trinken und eine der kleinen Pillen zu nehmen, die ihm der Arzt kürzlich gegen seine Schlaflosigkeit verschrieben hatte. Durch das in der lauen Nacht weit geöffnete Fenster wehte eine weiche Brise mit dem vertrauten, geliebten Salzhauch – doch da war noch etwas anderes. Er schnupperte und tappte auf bloßen Füßen zum Fenster. Der Geruch wurde stärker, und er gehörte keinesfalls auf ein Gestüt. Edward schlüpfte in seine Pantoffeln und hängte sich den Morgenmantel um. Es war besser nachzusehen. Sicher spielte ihm seine übernächtigte Phantasie einen Streich. Er überlegte es sich anders, warf den Morgenmantel auf das Bett und zog seine Arbeitskleidung an. Dann schlich er so leise wie möglich die Treppe hinunter.

Als er auf dem Kopf der Freitreppe stand und zum Stall hinüberblickte, wehte ihm der Wind den Geruch beißend in die Nase: Es war doch keine Einbildung gewesen! Und noch während er sich darüber klar wurde, peitschte ein Schuß durch die Dunkelheit. Er hörte, wie die Kugel gegen die Stallwand prallte, und sah, wie der Anprall Funken daraus schlug. Nur einen halben Herzschlag darauf erwachte etwas auf dem Boden um den Stall herum: ein waberndes blaues Wesen, das leise zischend unzählige Köpfe hob und sich mit atemberaubender Geschwindigkeit vergrößerte, und während es sich vergrößerte, wechselte es die Farbe. Über den noch immer blauen Wurzeln wogten die Flammen wie blutige Fetzen. Innerhalb weniger Sekunden war das ganze Gebäude im Nu von ihnen umschlungen. Was eben noch ein stattlicher Stall gewesen war, erhob sich nun als nahezu konturlose dunkle Masse in einem lodernden Flammenmeer. Edward riß sich aus seiner Erstarrung, als er von oben aus dem Haus einen Schrei hörte. Es war Emily, die schrie. Der Schuß hatte sie aus dem Schlaf gerissen. Nun stand sie am Fenster: »Eric!«

Blitzartig erinnerte sich Edward: Eric und Elaine waren im Stall, Solitaire und Wolf sowie die Reitstuten und Turners fünf Vollblüter. Er rannte auf den Hof und schwenkte beide Arme: »Holen Sie Hilfe, Mylady, ich kümmere mich um sie!«

Er sah, daß sie nickte und sich heftig vom Fenster abwandte. Ihr Gesicht war so weiß, daß es in dem unheimlichen Licht des Feuers einen phosphoreszierenden Schein hatte. Edward rannte zur Stalltür und fuhr zurück: Massive Vorhängeschlösser hakten in den eisernen Verstrebungen der beiden Flügeltüren. Um diese Metallbeschläge und mit ihnen die Schlösser zu lösen, hätte es ewig gebraucht. Die soliden Ställe von Sunrise waren vor Generationen gebaut worden für Generationen. Und die Schlösser glichen ihnen. Diese Metalle würden sich erst dem hartnäckigen Nagen des Feuers beugen.

Und dann würde es für die eingeschlossenen Geschöpfe da drin längst zu spät sein.

Edward taumelte zurück und barg das Gesicht in den Händen. Im Augenblick beherrschte ihn nicht so sehr der Gedanke, wer sich die ungeheuerliche Tat ersonnen haben mochte, sondern wie Menschen imstande sein konnten, so etwas zu tun.

»Mord«, stammelte er, ohne es zu wissen. Tränen liefen über seine Wangen, und auch davon wußte er nichts. Auf einmal war die Wut da. Er drehte sich zum Stall und starrte in die Flammen. »Ich habe keine Angst vor euch«, stieß er rauh zwischen zusammengebissenen Zähnen hervor. »Jetzt nicht mehr!« Er fühlte eine Hitze in seiner Brust, die der vor ihm glich.

Die Axt! Die Axt, mit der er Holzscheite für den Kamin spaltete.

Die Körper der Eingeschlossenen dampften in der schier unerträglichen Hitze: Eric hatte den Schlauch, der zum Abspritzen der Pferde diente, durch mehrere andere Schläuche verlängert und ließ unentwegt Wasser gegen die glühenden Wände prasseln, und auch über Elaine, Wolf und die verstörten Pferde und sich selbst.

Er war beim trockenen Knall des Schusses aufgefahren und hatte die vibrierende Unruhe der Tiere gespürt. Dann hatte es so etwas wie einen Donnerhall da draußen gegeben, als das Feuer aufsprang und seine Krallen in die Mauern zu senken begann. Durch die Fenster sah er die Flammen, und zum ersten Mal bemerkte er, daß diese Fenster vergittert waren.

Aufspringen und zur Tür stürzen, den schweren Holzriegel zurückschieben, waren eins gewesen. Doch die Tür hätte eine Mauer sein können. Und genauso war es mit der Hintertür. Ohne lange zu überlegen, hatte er dann die Pferde aus ihren Boxen auf den anderen Stallgang getrieben.

»Eric, hör doch!« Elaine berührte seine Hand, und er drehte die Wasserzufuhr für einen Augenblick ab. Ihre Blicke tauchten ineinander: Nie hatte er sie mehr geliebt, nie mehr bewundert als in diesen Minuten, die der Erkenntnis folgten, daß sie im Feuer eingeschlossen waren. Sie war ganz ruhig. Sie tat, worum er sie bat, und sie tat es bedacht und geschickt. Ihre Hand auf seiner zitterte nicht.

»Hörst du das auch?«

Er lauschte über das Prasseln der Flammen zur Tür hin. »Axtschläge«, sagte er, und seine trockene Kehle knirschte. »Sie versuchen, die Tür mit einer Axt aufzuschlagen.«

Für eine Sekunde schloß sie die Augen, lehnte ihren Rücken an seine Brust und legte eine Hand auf ihren sich leicht wölbenden Leib, gestattete sich diese eine Sekunde der Erleichterung; und sein Innerstes krampfte sich zusammen, denn er wußte, wie wenig eine Axt gegen Holz wie dieses ausrichten konnte.

Sein Geist kehrte zu seinen Kindertagen zurück und ließ ihn ein kindliches Gebet atmen: *Gott, nimm nicht, was ich am meisten liebe. Nimm mich, wenn du ein Opfer willst, aber laß Elaine und unser Kind aus dieser Hölle entkommen. Und bitte, vergiß auch Wolf und die Pferde nicht. Amen.*

Wenn Robert the Bruce in den frühen Jahren des 14. Jahrhunderts nicht gegen jeden Widerstand gekämpft hätte, gleichgültig wie gering die Aussicht auf Erfolg schien, hätte er gewiß niemals die Königswürde über Schottland errungen. Er war ein echter Sohn seines Landes – und der gleiche Eigensinn, die gleiche Fähigkeit zur Hoffnung wider alle Vernunft, beherrschte auch Edward. Emily hatte seine Kleidung mit Wasser getränkt und ihm eine von Wasser triefende Decke umgehängt, während Grandpa, Emily und Louise sich in einem ängstlich gedrängten Häufchen beieinander hielten.

Edward aber konnte nicht aus Furcht beiseite stehen und tatenlos zusehen. Seine Wut und seine Ausdauer waren schier grenzenlos. Doch seine Arme begannen allmählich zu zittern, und es wurde mit jedem Schlag schwieriger, sie erneut zu heben: diese Bohlen hatten schon einmal das Feuer kennengelernt – sie waren darin gehärtet worden. Und dann hatte man sie mit Bolzen und Querverschlägen aneinander gezwungen und die Metallteile, die sie in den Angeln hielten, in die Mauer versenkt. Er begann an seiner Kraft zu zweifeln.

Rauch wirbelte vom Dachstuhl nieder. Er quoll auch unter den Türen hindurch, und durch alle Fugen, und fand seinen Weg durch die in der Hitze zerborstenen Fensterscheiben. Er war dick wie dichter Nebel, aber dunkel, erstickend, und mit Glutstückchen durchsetzt. In düsteren Wolken kroch er an den Wänden und über den Boden entlang. Solitaire stand starr und blickte dem Tod mit plötzlich kaltem Gleichmut entgegen. Gegen dies konnte sie nicht kämpfen. Diese schleichende Heimtücke war von vornherein übermächtig. Sie erwartete den Tod mit stolzer Gelassenheit. Glutströme regneten auf die Stallgasse nieder.

Hämisches Gelächter begleitete Edwards Bemühungen aus dem Schatten der Anfahrt, von wo aus die Cochans das Geschehen beobachteten. Auf halbem Weg hatten sie den Schuß abgegeben und sich dann hier im Dunkel geborgen, um den Spaß nicht zu versäumen.

»*Idiota*«, kicherte Juanitas Vater.

Dann erstarrte sein Blick, als er eine Gestalt über den kopfsteingepflasterten Hof hasten sah. Er kannte die Silhouette mit dem fliegenden Haar: oft genug war sie vor ihm davongelaufen und wie ein schmaler Schatten seiner behäbigen Gestalt entkommen, um seinen Schlägen zu entgehen. Verfluchte Hexe! Ihre Mutter war gefügig gewesen – warum sie nicht?! Sicher, sie hatte ihm gehorcht, wenn er sie geschlagen hatte, und auch den anderen; sie schuldete ihnen ja schließlich Gehorsam – sie war doch bloß eine Frau. Aber immer schon war da dieser Funke des Widerstands gewesen.

Was hatte sie da unten zu suchen?

Heulen von Sirenen klang in der Ferne hinter ihnen auf. »Fahr ins Gebüsch, daß uns die Feuerwehr nicht sieht!« drängte er seinen Bruder: »Ich werd mir dieses Spielchen nicht entgehen lassen! Das Ende der Fargus'! Mit dieser Stute verlieren sie alles! Und er wird auch alles verlieren. Nichts mehr wird von ihm bleiben. Und Chuco kriegt auch das Ende, das er verdient!«

»Aber was tut Juanita da?« Auch die anderen hatten sie erkannt.

»Was kann sie schon tun?« Behaglich lehnte er sich zurück und faltete die Hände über seinem Bauch.

Juanita war völlig außer Atem. Ihr Herz raste, das Haar hing ihr verschwitzt in die Stirn. »Ich habe die Schlüssel«, keuchte sie. Ihre Beine gaben unter ihr nach, und sie schlug sich hart die Knie auf dem Kopfsteinpflaster. Sie fühlte es nicht. Sie blickte auf die rotglühende Masse, die einmal ein solide gebautes Gebäude gewesen war, und schauderte, als sie hörte, daß Teile davon einzustürzen begannen.

Hoffentlich – oh, hoffentlich, heilige Maria und Josef! war sie nicht zu spät gekommen! Sie zog die Schlüssel aus ihrer Bluse hervor und warf sie Edward zu, der sie geschickt auffing. Wassergüsse brachten die Flammen um die Schlösser herum für sehr kurze Zeit zum Stillstand; Zeit, in der Edward gegen das Geprassel der Flammen in den Stall rief, daß Rettung nah sei, und gleichzeitig fieberhaft probierte, welcher Schlüssel zum Schloß am Haupteingang des Stalls paßte. Er wollte nach dem Schloß greifen und hätte sich jämmerlich dabei verbrannt, wäre Juanita nicht so geistesgegenwärtig gewesen, ihren Rock in Fetzen zu reißen und mit Wasser zu tränken, um seine Hände damit zu umwickeln.

Das Feuer flammte unter dem neuen Sauerstoffzustrom der weit geöffneten Türen hellauf.

Ein Gewitter von trommelnden Pferdehufen und fliegenden Leibern brach hervor; sobald Eric die Wendung der Lage zum Besseren ahnte, hatte er Elaine auf einen von Turners Wallachen gehoben: »Halt dich gut fest! Klammere dich an die Mähne! Versuch nicht, ihn zu lenken – nur raus. Wolf wird uns helfen.« Das Pferd schrie auf, als ihm ein Stück Glut auf die Kruppe fiel. Elaine wischte es geistesgegenwärtig weg und fuhr dem Wallach beruhigend über den Hals. Eric sah es mit Bewunderung, als er sich auf Peach zog. Und dann geschah das Wunder, und die Tür öffnete sich. Wolf trieb sie in einem geschlossenen Pulk ins Freie. Bei aller Panik blieb den Pferden keine Wahl: das eine oder andere versuchte sich zu weigern, verharrend in diesem seltsamen Starren in höchster Gefahr, doch Wolf war zwischen ihnen wie ein Fuchs in einem Hühnerstall, und jetzt ritzte er die Fesseln nicht nur, wie in der

Nacht des Hengstkampfes, sondern faßte zu. Sie stürmten durch das rotglühende Tor nach draußen. Selbst die Pflastersteine des Hofes waren erfüllt von der Hitze und warfen sie ihnen gegen die Gesichter.

Sie waren heraus und atmeten freie Luft. Eric bemerkte, daß Solitaire fehlte. Er ließ sich aus dem rasenden Galopp vom Pferd fallen, wurde von der Wucht des Aufpralls umgeworfen und rollte einige Meter über das Kopfsteinpflaster. Er hörte, daß Elaine voller Entsetzen seinen Namen rief, aber er hörte auch, daß das Gebälk unter den zerrenden und drückenden Fingern der Feuerfaust immer mehr einstürzte. Keuchend rappelte er sich auf und rannte zurück zum Stall. Das Innere waberte von Flammen, die an den Seiten hochzukriechen begannen und über die Boxentüren leckten. Das Stroh in einigen Boxen brannte bereits lichterloh. Die Hitze, die ihm entgegenschlug, war schier unerträglich, und der beizende Qualm der Strohfeuer nahm der Luft nahezu allen Sauerstoff.

»Eric!« Er hörte nicht, daß Emily ihn anrief. »Eric, Sie können nicht wieder da hinein! Seien Sie vernünftig!«

Doch Eric ließ sich nicht aufhalten: Solitaire sollte nicht die einzige von der verzweifelten Gruppe der Eingeschlossenen sein, die elend zugrundeging. Er mußte es versuchen. Er war es ihr schuldig.

Qualm wirbelte ihm entgegen, reizte ihn zum Husten und ließ seine Augen tränen. Er hob schützend den Arm vors Gesicht, wehrte eine lang herableckende Feuerzunge ab. Sie streifte seinen Arm und sengte den noch ein wenig feuchten Ärmel. Triefend naß war er gewesen, als sie aus dem Stall hatten entkommen können, denn er hatte sie alle noch einmal mit Wasser überschüttet, doch die Hitze sog die Feuchtigkeit gierig auf; der aufsteigende Dampf wirbelte um ihn. Wo war die Stute? Er taumelte halb erstickt durch den dichten Rauch und hustete wieder würgend. Ein ganz ähnliches Husten klang von weiter hinten im Stall zu ihm. Das Husten eines Menschen. Er tastete sich auf den Laut zu: Wer war noch hier? Vage erinnerte er sich, Edward, die Fargus' und das Personal draußen gesehen zu haben. Von ihnen war es niemand. Dann machte er verschwommen die Umrisse der Stute aus, und bei ihr eine weibliche Gestalt, die ihre Arme um Solitaires Hals gelegt hatte und versuchte, sie vorwärts zu ziehen. Er war jetzt dicht genug heran, um sie erkennen zu können, und seine Lippen öffneten sich, aber er konnte das Wort nicht formen: Juanita!

Entgeistert starrte er sie an.

»Hilf mir«, wimmerte sie. »Sie bewegt sich nicht! Eric, hilf mir doch! Nur du kannst sie hier herausbringen!« Erneut schüttelte sie ein keuchender Husten. Um sie herum brachen glühende Stücke der hölzernen Deckenverstrebungen auf die Stallgasse und zerbarsten funkenstiebend. Eric hörte einen Schmerzenslaut hinter sich und fühlte beinah zugleich eine vertraute Nähe. »Wolf«, wisperte er erstickt und drehte sich zu ihm um. Der Hund war ihm nachgekommen über eine Stallgasse, die zunehmend einer glühenden Hindernisbahn glich. Eilig klopfte Eric ihm die Glut von seinem Fell. In diesem Augenblick löste sich hoch über ihnen eine massive hölzerne Verstrebung und verfehlte sie knapp. Ein entsetzlicher Schrei erklang. Mann und Hund fuhren zusammen und starrten auf Juanita, die eingequetscht unter dem Balken lag. Sie wand und krümmte sich, aber sie konnte sich nicht davon befreien. Dann plötzlich lag sie still, wie gefangen in einer Starre, die aus ihrem Inneren kam. Flämmchen krochen aus dem Holz und setzten ihre Bluse und den Unterrock in Brand. Eric kniete und wuchtete die Last von ihr. Mit bloßen Händen klopfte er das Feuer aus und neigte sich dicht über sie: »Juanita?« Ihr Gesicht war bleich. Schmerz um sie würgte ihn. Er konnte kaum sprechen. »Hörst du mich?«

»Si.« Ihre Stimme war dünn, erschrocken, aber auch gefaßt und gelassen. Beinahe froh.

»Ich bringe dich hier raus.« Er brauchte sie nicht zu untersuchen. Er wußte, was geschehen war. Und er wußte, daß sie es wußte.

»Die Stute«, flüsterte sie schwach. »Ich wollte sie für dich retten. Bring sie in Sicherheit. Vielleicht kannst du mich später holen.«

Sanft legte er ihr die Hand auf die Stirn. Es würde kein Später geben. Das Gebäude würde nur noch wenige Minuten standhalten können. Vielleicht nicht einmal mehr so lange, wie sie brauchen würden.

Mit äußerster Behutsamkeit hob Eric Juanita auf seine Arme und trug sie aus dem um sie niederbrechenden Stall. Wolf stieß Solitaire in die Flanke. Sie stand starr, wie eingefroren in dieser Glut. Sie hatte nicht einen Muskel mehr bewegt, seit sie auf die Stallgasse gesprungen war, als Flammen um ihre Hufe zu züngeln begannen. Sie hatte auf Eric gewartet. Seine Kraft würde sie retten.

Die Stalltür stand offen, sie hätte hinauslaufen können, aber ihre Starre konnte nur durch ihn gelöst werden. Juanitas Bemühungen hatte sie nicht einmal wahrgenommen. Es waren Erics Hände, die sie brauchte.

Wolf stieß sie erneut an, drängender. Das infernalische Rauschen und Jaulen der gierigen Flammen schloß sich um sie. Dünne Flammenteppiche kleideten bereits sämtliche Mauern aus. Bald würden sie wie unheilvolle Rubine auf die Stallgasse tropfen und sie in einen Fluß aus Feuer verwandeln.

Wolf verließ Solitaires Seite und stand vor ihr. Er richtete sich auf die Hinterläufe. In diesen Augenblicken spürte er nicht die Hitze, die der Beton unter ihm verströmte. Seine trocken gewordene Nase stieß gegen ihre, und dann leckte er über ihr Maul. Sie blinzelte, erwachte aus ihrer Starre, die den Mutterinstinkt betäubt hatte. Endlich begriff sie, daß Wolf das gleiche für sie tun würde wie Eric: ihr über die lähmende Angst hinweghelfen.

Schritt für Schritt näherten sie sich dem Ausgang, Wolf rückwärts tretend, seine Schnauze dicht an Solitaires Maul; und sie kam ihm nach. Dann war plötzlich die Sicht auf nächtlichen Himmel frei. Sie riß den Kopf hoch, tat einen mächtigen Satz ins Freie und sog die Luft gierig in sich ein. Ihre Lungen weiteten sich. Ihr Hirn wurde klarer. Ihr junger, starker Körper erholte sich bereits, während sie mit besonnenen Bewegungen auf die Koppel zutrabte. Wolf hinkte ihr auf wunden Pfoten nach.

Die Feuerwehr war endlich eingetroffen. Gewaltige Wasserschüsse richteten sich auf ein Gebäude, das eigentlich keines mehr war.

Elaine entdeckte Emily vor dem Stall, hastete zu ihr und stieß hervor: »Wo ist er?«

Emily blickte sie ernst an. Wie ein Leichenbestatter, dachte Elaine.

»Ich weiß nicht«, antwortete sie. »Ich bin selbst sehr in Sorge. Der Hund ist nicht zu finden. Ich habe Eric nicht mehr gesehen, seit die Stute herauskam. Womöglich –«

Elaine wandte sich zum Stall. Sie mußte bei ihm sein. Vielleicht gab es noch Hoffnung.

»Mutter!« sagte hell eine junge Stimme, die bis zu Elaine drang. Sie klang in ihren Grundfesten erschüttert. »Mutter, du weißt, daß weder Eric noch Wolf im Stall sind!«

»Nicht?« Erstaunt blickte Emily zu ihrer Tochter, vermied Elaines Blick.

»Nein! Wolf liegt mit verbrannten Pfoten neben Solitaire auf der Weide, und Eric hat das Mädchen ins Haus gebracht. Und das weißt du!«

»Oh ... ja, richtig. Wie dumm .. wie dumm von mir! In der Aufregung waren mir die Zusammenhänge wohl entfallen.« Emily lächelte entschuldigend und sah zu Elaine auf.

Ihre Blicke tauchten ineinander: *Wie sehr dir die Zusammenhänge bewußt waren!*

Die tiefblauen Augen sanken zurück. Sie gaben keine Antwort.

Du hättest mich in diese Flammenhölle geschickt.

Elaine wandte sich kalt ab und ging auf das Haus zu. Das junge Mädchen hastete an ihre Seite. »Ich bring Sie zu ihm. Wollen Sie etwas zu trinken?«

»Ich will zu ihm!«

»Mutter ist nicht böse, das dürfen Sie nicht glauben!«

Elaine blieb stehen und umfaßte sanft die schmalen Schultern. »Sag mir deinen Namen!«

Die Kleine sah völlig verstört aus. »Louise. Louise Ann –«

»Louise genügt. Louise, vielleicht wäre es gut, wenn du für eine Weile von deiner Mutter fortkämst.«

»Eric sagte ... etwas in dieser Richtung.«

»Bring mich zu ihm, ja?«

Das Mädchen öffnete die Tür zum Salon.

Juanita lag auf der Couch, und Eric kniete vor ihr und hielt sie in den Armen. Flüstern drang in seine Ohren, doch nicht bis zu Elaine. Das kleine Viertel eines gelblich erbleichten Gesichtes, dessen Anblick sie dann und wann erhaschte, bestätigte Erics Diagnose am Unfallort: Fraktur der Rippen, Durchbohrung durch die zerbrochenen Knochen nahezu aller Organe; mit unstillbarer innerer Blutung im Gefolge. Juanita war nicht zu retten.

Elaine trat ein wenig näher und hörte wie einen Hauch: »... euch beobachtet ... füreinander geschaffen.«

Juanitas sich trübender Blick fand den Elaines: »Da bist du ... Wenn du wüßtest, wie sehr ich dich beneidet habe ... und wie sehr ich dich gehaßt habe! Aber – das ist vorüber. Ihr – ihr seid eins.« Sie schloß die Augen. Dann wisperte sie: »Willst du –« Elaine kniete bei der Couch wie Eric und faßte die kleine kalte Hand.

»Versprich mir dies: Bete für ihn. Wenn euch etwas trennt, gleich, für wie lange, bete für ihn, schöne junge Lady.«

»Ich verspreche es.«

»... daß du ihn ewig ...« Ein würgender Husten zerschnitt ihre Worte. Blut rann ihr aus dem Mundwinkel. Elaine wischte es mit ihrer Hand fort.

»Ja.«

»Du bist eine gute Frau.« Wieder dieser häßliche, harte Husten.

»Tu ihm niemals weh, versprich es!«

»Ich verspreche es.«

»Sieh ihn an!«

Elaine folgte diesem Befehl, der bereits etwas von der Macht einer schemenhaften Geisterwelt hatte, blickte zu Eric auf und fand den Blick der geliebten dunklen Augen verschleiert von Kummer auf sich ruhen.

»Ich habe ihn verletzt«, flüsterte die kleine Stimme. »Weil ich ihn nicht verstand. Weil ich nicht verstand, was Tiere ihm bedeuten. Aber dann – dann fing ich an nachzudenken ... begriff ... und ich ... ich wollte es wiedergutmachen. Sag bitte – ist sie, die Stute ... außer Gefahr?«

»Ja«, sagte Elaine sanft. »Sie ist auf der Koppel. Der Hund hat sie herausgebracht.« Juanita schloß erleichtert die Augen. »Wir haben ihn Chuco genannt ...« Die Lider hoben sich über einem geweiteten Blick. Der dünne, flache Atem tat einen letzten Hauch: »*Madrecita*, jetzt ist es gut, nicht?« und ein leises Lächeln war um die Mundwinkel.

Elaine weinte haltlos in seinen Armen. »Sie war so jung.«

Eric hob ihr Gesicht und nahm die Tränen mit seinen Lippen von ihren Wangen. Sanft sagte er: »Sie war jung, doch sie hatte Erfahrungen, die für mehr als zwei Menschenleben gereicht hätten, und es waren schmerzhafte Erfahrungen. In ihrem Leben gab es keine Freude.«

Sein Blick strich über den regungslosen Körper auf der Couch. Ihr kleines Gesicht war gelöst, als sei sie froh, die Last des Lebens endlich los zu sein.

Eric zog Elaine fester an sich und tupfte die Tränen von ihren Wangen.

»Komm, kleine Fee.«

Der Hauptmann der Feuerwehr nickte, nachdem er Eric angehört hatte. »Ich werde ein paar meiner Leute schicken, Sir.« Der Transporter der Cochans rumpelte auf den Hof. Ein Feuerwehrmann saß am Steuer. Den Cochans waren die Hände gebunden worden. Unterdrückt fluchend reihten sie sich vor dem Wagen auf.

»Ich habe da allerhand Interessantes entdeckt, als wir sie oben im Wald ausfindig machten«, sagte der Sergeant. »Ich hielt es für besser, sie gleich dingfest zu machen, Sir.«

Sein Vorgesetzter nickte zurückhaltend. »Was hat Sie dazu veranlaßt?«

»Sehen Sie hier, Sir, diese Behälter – da war bis vor kurzem Benzin drin. Man kann es noch riechen. Und das Gewehr – und sie haben auch eine ganze Schachtel von diesen verdammten präparierten Mistdingern, die beim Aufprall in tausend Funken zerstieben; und sie hielten sich auf einem Gelände auf, auf dem sie gar nichts zu suchen haben, auf Privatbesitz, mit Blickrichtung auf das Feuer.«

Wieder ein Nicken. »Dennoch ist das kaum Beweis gen–«

Ein gellender Schrei aus der Koppel unterbrach ihn.

Ein Pferd schnellte durch deren offenes Tor, seine Hufe ließen das Kopfsteinpflaster zittern. Es war ein zierliches, dunkelgraues Pferd mit heller Mähne und hellem Schweif. Sekundenlang verharrte es schnaubend und stampfend vor ihnen, maß sie mit weit zurückgenommenem Kopf und blutroten Nüstern; und sprang plötzlich gezielt gegen einen der gefesselten Männer.

Solitaires Zähne packten ihn an der Schulter und rissen ihn zu sich. Sie warf ihn mit einem hohen Hufschlag nieder und hob sich auf die Hinterhand. Die Menschen standen wie erstarrt. Niemand bewegte sich, niemand brachte ein Wort hervor angesichts dieses überwältigenden Hasses. Außer Eric hatte noch niemand von ihnen gesehen, daß ein Pferd einen Menschen angreift. Es war unbegreiflich und erschütternd.

Eric warf sich gegen Solitaire und drängte sie beiseite. Einer ihrer zum tödlichen Schlag erhobenen Hufe fiel schwer auf seine Schulter, als er sie niederzwang. Feuer schien aus ihren Nüstern zu kommen, ihre Augen hatten einen weit entfernten Blick. Sie keuchte und drängte besinnungslos gegen ihn. »Prinzessin«, Eric preßte sich gegen ihren Hals und versuchte, ihr Vordrängen aufzuhalten. »Prinzessin, ruhig. Du weißt nichts über die Konsequenzen – ein Seil!« flüsterte er hastig über die Schulter, während ihn die Stute langsam über das Kopfsteinpflaster zu der Stelle schob, wo der gefesselte Mann noch immer halb betäubt lag.

Allein Elaine war geistesgegenwärtig genug, seine Bitte zu erfüllen. Sie fand ein Seil im Kofferraum seines Wagens. Eric band es eilig um Solitaires Kopf und Hals sowie um die Fessel der rechten Vorderhand. Er zog an der Schlinge und knüpfte einen Knoten. Das Bein war hochgezogen und preßte das Seil gegen ihre Kehle, als sie versuchte, es niederzustellen. Ihr blieb nichts anderes übrig, als auf drei Beinen zu verharren. Ihr erstickter, ungemindert zorniger Schrei übertönte sekundenlang das Tosen des niedergehenden Stalls. »Verzeih, Prinzessin.« Schwer atmend lehnte Eric sich gegen sie und wischte sich den Schweiß aus den Augen. »Sie würden dich erschießen, wenn du ihn tötest. Sie verstehen es nicht, und wie sollten sie auch?« Dies also war die Parallele, dies endlich war die Gemeinsamkeit mit Edward: die Statur! Einer wie der andere war kurz und gedrungen gewachsen. Freilich war Edward nicht so beleibt wie Juanitas Vater, aber für die weitblickenden Pferdeaugen machte das keinen Unterschied.

Wie sehr hatte sich Eric gewünscht, die Cochans auf frischer Tat zu ertappen, vor Zeugen! Nun, es gab mehr als genug Zeugen. Und er würde die Wahrheit schon aus ihnen herauspressen. Wolf war bei ihm, noch bevor er ihn hatte rufen können. Die verbrannten Pfoten taten ihm weh, aber dennoch war er zur Stelle, als er fühlte, daß er gebraucht wurde. Grollend stellte er sich über den auf dem Boden liegenden Mann und umfaßte mit seinen messerscharfen Reißzähnen den kurzen Hals. Eric strich der Stute beruhigend über das Gesicht. »Ich werde diesem ... Kerl jetzt einige Fragen stellen«, wandte er sich an den Feuerwehrhauptmann.

»Denke, ich weiß, was Ihnen vorschwebt, junger Mann«, war die Antwort. »Aber ich sage Ihnen lieber gleich, daß eine Aussage unter Zwang nicht als rechtskräftig gilt. Besser, Sie pfeifen den Hund da zurück.«

»Ich verstehe, Sir.« Er rief Wolf zu sich und trat mit ihm an seiner Seite zu dem niedergeworfenen Mann. Er half ihm auf die Beine und lehnte ihn gegen die Wand des Transporters. »Es gibt da ein paar Dinge, über die ich gern Klarheit hätte, wissen Sie«, sagte er so sanft wie möglich. Es fiel ihm schwer, sich zu beherrschen. Juanitas Worte schwirrten in seinem Hirn – er fragte sich ernsthaft, wie ein einzelner Mensch so viel Bösartigkeit in sich haben konnte. Cochans Augen waren beständig auf Wolf gerichtet, und es war offensichtlich, daß er fürchtete, der Hund werde ihm im nächsten Augenblick erneut an die Kehle gehen. Er hörte Erics kalte Stimme, die ihn langsam und deutlich befragte. Er antwortete, noch immer benommen von dem Hufschlag. Ja, er hatte seine Frau und seine Tochter geschlagen – das sei doch nichts Besonderes? Ja, er hatte Vieh von den Fargus' gestohlen; sie hatten das bessere Land, ihre Tiere waren viel besser. Das sei doch verständlich? Ja, sie hatten die Stute gestohlen, um sie zu einem hohen Preis verkaufen zu können. Und als sie ihnen entflohen war, hatten sie ihr zugesetzt – natürlich. Das blöde Vieh hatte versucht, sie zu narren.

»Was haben Sie mit ihr gemacht?«

Cochan wiederholte bruchstückhaft, was Juanita Eric bereits geschildert hatte.

»Gurte? Gewichte?«

»*Si*. Irgendwie – Willen brechen.« An dieser Stelle zog Eric die Wangen ein und ballte die Fäuste: Wenn er nur einmal zuschlagen dürfte! Wie entsetzlich mußte das sensible Tier gelitten haben! Das Blut begann in seinen Ohren zu rauschen. Einmal zuschlagen dürfen. Nur einmal.

»Heute nacht«, sagte er statt dessen scheinbar ruhig. »Der Brand – Sie haben ihn gelegt?«

»*Si*.«

»Warum?«

»Ihr alle wart da drin: du, und Chuco war drin, verfluchter Köter! Und Stute war drin. Ich wollte dich am Boden sehen, dich, und Fargus, die ganze Brut!«

Elaine ließ einen leisen Laut des Entsetzens hören und legte beide Arme schützend um ihren Leib. Wieder ballte sich Erics Hand zur

Faust: »Ihre Tochter kam in diesem Feuer um, wissen Sie das?« – »Wär sie geblieben, wo sie hingehörte, statt unsere Pläne –« Die Faust schoß vor. Knapp vor dem Bauch des Mannes hielt sie zitternd inne, eingefangen von einem eisernen Willen. »Bringen Sie ihn weg«, flüsterte er tonlos zu dem Hauptmann. »Bringen Sie ihn weg, bevor ich mich vergesse.«

Die Cochans wurden in den Feuerwehrwagen gestoßen. »Nehmen Sie diesen Wagen weg, ich will ihn nicht mehr sehen müssen.« Eric befreite Solitaire von dem Seil.

»Ja, Sir. Einer meiner Männer wird ihn wegfahren. Und sorgen Sie sich nicht, Sir – alle Aussagen sind zu Protokoll genommen worden.«

Bevor Eric noch etwas erwidern konnte, stieß Solitaire einen seltsamen Laut aus. Mühsam schleppte sie sich auf die Koppel: sie wollte ihr Fohlen nicht vor all diesen Menschen zur Welt bringen.

»Es ist soweit? Die Aufregungen haben den Geburtsvorgang beschleunigt, nicht?« Elaine zupfte an seinem Ärmel. »Was brauchst du?«

Sie war bei ihm, während er Solitaire half. Immer war sie bei ihm, wenn er sie am nötigsten hatte.

Das Fohlen glitt schwer in ihre Arme, und die Stute fuhr im Liegen herum, riß den plazentaren Sack auf und leckte es eifrig: So lange hatte sie darauf gewartet, und nun war es endlich da!

Plötzlich jedoch traf sie ein weiterer schmerzvoller Blitz. Ihr Leib krümmte sich. Verständnislos streckte sie den Kopf nach hinten, dann, unter den Hieben erneuter Wehen, begriff sie: Es gab ein zweites Fohlen, das heraus wollte, aber sie konnte fühlen, daß es falsch lag. Sie fühlte Sanftheit und Behutsamkeit um sich wie zuvor, dann eine kundige Hand und einen kraftvollen Arm in sich, und spürte, wie aus Verbogenem Richtiges wurde; ein kleiner nasser Kopf glitt auf gestreckten, zarten Vorderbeinen Elaine entgegen: »Zwei wunderbare Söhnchen hast du, Solitaire! Sieh nur!

Die Stute richtete sich schweißbedeckt erneut auf und leckte ihre Fohlen.

Eric und Elaine traten zurück. »Sobald sie stehen können, müssen sie trinken.« Er wischte sich die schweißüberströmte Stirn mit dem Handtuch. »Wo sind denn eigentlich die Fargus'?«

»Ich hörte, wie Grandpa etwas von Malt murmelte.«

»Dann wissen sie es noch gar nicht.«

»Nein.« Sie nahm ihm das Handtuch ab und fuhr damit sanft über seine verschmutzten Wangen. »Warum ist es so wichtig, daß sie gleich trinken?«

»Damit das Darmpech abgeht.«

»Ich kann es noch gar nicht fassen, Eric. Wir ... wir wären fast in diesem Stall ... Und jetzt stehen wir da mit zwei kleinen Prachtexemplaren. »

»Die beide Ihnen gehören«, sagte eine Stimme hinter ihnen. Emily war unbemerkt zu ihnen getreten. Sie trug eine Flasche Whisky und drei Gläser. »Was für eine Nacht! Ich dachte, ein Schluck würde Ihnen guttun. Wie geht es der Stute?«

»Sehen Sie selbst.« Im ersten schüchternen Licht einer blassen Morgendämmerung stupfte die Stute ihre Söhne an und ermutigte sie mit kleinen Lauten, nicht in ihren Anstrengungen nachzulassen.

»Sie hat es gut überstanden. Vielleicht gar nicht so schlecht, daß es Zwillinge sind; mit einem einzigen großen Fohlen wäre sie wohl nicht so gut fertig geworden.« Während er sprach, gelang es dem Erstgeborenen, sich aufzurichten. Zielstrebig torkelte es zur Rückfront seiner Mutter und nahm den heißen, gummiartigen Sack des Euters in sein kleines Maul. Eric lächelte. Die erste Freude überschwemmte ihn plötzlich wie eine Glutwelle, und Elaines Hand umschloß seine fester. »Ein echter Sohn seines Vaters, wer immer von den beiden es ist«, murmelte er heiser. Als wolle er nicht hintanstehen, rollte sich auch der andere Kleine mit allen Anzeichen der Entschlossenheit auf die Brust, fand es auf einmal gar nicht mehr so schwierig, seine überlangen Beine zu sortieren, und stemmte sich hoch.

»Sie trinken«, flüsterte Elaine. »Alles geht auf einmal so leicht.«

Ihre Finger verschlangen sich fester ineinander. Minutenlang verharrten sie im Gedenken an die schattenhafte Gestalt, die ihr Leben gerettet und das ihre dafür gegeben hatte.

Emily fühlte sich von diesem Flüstern und dem darauffolgenden gemeinsamen Schweigen, von dieser Bewegung der Zugehörigkeit, schmerzhaft ausgeschlossen, fühlte auch Zorn. Mußten sie ihre tiefe Vertrautheit unbedingt unmittelbar vor ihren Augen demonstrieren?

Sie räusperte sich und ließ die Gläser leicht aneinanderklingen. »Auch wenn diese Nacht viel Schreckliches gebracht hat, Eric, so gibt es doch auch Grund zum Feiern. Sie haben Ihre Fohlen, und ich – mein Gott, ich kann es noch gar nicht fassen ... ich bin die Cochans los!« Sie vermied Elaines Blick, als sie den Whisky in die Gläser füllte. Hatte sie Eric davon erzählt, daß sie, Emily, sie in den unmittelbar vor dem Zusammenbruch stehenden Stall hatte schikken wollen? Sie konnte nicht begreifen, konnte nicht mehr nachvollziehen, was in diesen Sekunden über sie gekommen war.

Sie tranken. Der scharfe Alkohol vermengte sich beinah augenblicklich mit dem Blut der drei erschöpften Menschen und stieg ihnen zu Kopf. »Ich möchte etwas mit Ihnen besprechen, Elaine«, hörte Emily sich sagen. Eric ließ darauf fragende Blicke zwischen den Frauen hin und her gleiten.

»Ja. Gewiß.« Elaine ließ sich von Emily ein Stückchen von der Koppel fortführen. »Elaine ... Sie werden bemerkt haben, daß ich Ihre Anwesenheit hier nicht besonders geschätzt habe ...«

»Das ließ sich nicht übersehen.« Elaines Stimme war zurückhaltend.

»Und ich ging sogar so weit, daß ich Sie einer großen, einer tödlichen Gefahr auszusetzen bereit war. Sie und das Kind. In dieser Sekunde wünschte ich ... wünschte ich ...«

»Sie hätten ihn für sich? Ich würde einfach nicht existieren? Ich nicht, und das Kind nicht?«

»Es ist furchtbar, ich weiß das. Ich kann es nicht mehr verstehen, Elaine. Ich verstehe es einfach nicht.«

»Ich verstehe es«, sagte die Jüngere langsam und schob ihren Arm unter Emilys. »Ich verstehe es. Ich glaube, ich weiß ziemlich genau, wie Ihnen zumute war. Sie waren überreizt, Emily. Ich weiß, was ein zerfasertes Nervenkostüm einem Menschen antun kann. Denken Sie nicht mehr daran.«

Emily blieb stehen. »Meine eigene Tochter schaut mich nicht mehr an, seit ich das tat ... und Sie ...«

»Ihre Tochter ist ein sensibles Mädchen. Vielleicht wäre es gut, wenn Sie ihr die Möglichkeit gäben, etwas anderes als nur das Gestüt zu sehen. Sie wird sich schon wieder beruhigen. Sie kam mir nach und versicherte mir, Sie seien nicht böse. Ich war natürlich aufgebracht.«

»Ja«, murmelte Emily demütig.

»Aber ich wußte, daß sie recht hatte«, fuhr Elaine fort. »Vielleicht hätte ich an Ihrer Stelle ebenso gehandelt. Ich weiß es nicht. Ich möchte mir nicht vorstellen, wie ich mich fühlen würde, wenn ich ihn liebe, wie ich es tue, und er sich einer anderen zuwendet.«

»Aber es war monströs!«

»Nun ... ja. Aber es war auch menschlich.« Die schlanke Hand faßte ihren Arm fester. »Wir sind alle nur Menschen, Emily.«

»Sie ... sind eine wirklich außergewöhnliche Frau, Elaine!«

»Im Augenblick bin ich vor allem eine sehr müde Frau, die sich um ihren sehr müden Mann sorgt.«

Der Blick der tiefblauen Augen tauchte in ihren. »Es gibt genug Platz im Haus für Sie beide.«

»Ich weiß das zu schätzen, Emily, wirklich. Und es würde ihn sicher freuen, wenn er nach dem Aufwachen gleich die Fohlen sehen könnte ... sie bedeuten ihm so viel. Aber ich denke, daß er sich eher erholt, wenn er in seinem vertrauten Zimmer bei den Hickmans aufwacht. Es ist so wie im Krankenhaus, wissen Sie? – Er braucht Ruhe und Abstand.«

Emily lächelte sie mit Wärme an. »Sie sind seine Ärztin«, sagte sie sanft.

Elaine fand ihn auf der Koppel neben der kleinen Pferdefamilie kniend, als er gerade Wolfs Pfoten verband. Als sie zu ihm trat, blickte er auf und lächelte sie an. Sie sah die Linien, die die Erschöpfung von seinen Nasenflügeln zu den Mundwinkeln herunterzog. Sie kniete nieder und senkte ihre Hand in Wolfs Pelz. Der Hund wedelte erfreut und stieß sie mit der Nase an. »Du warst eine so große Hilfe, lieber Junge.«

»Ja, das warst du wirklich.« Erics Hand begegnete ihrer in dem dichten, weichen Fell. »Denk nur, kleine Fee – ohne ihn wäre Solitaire in den Flammen umgekommen. Und Cochan hätte vielleicht nicht gestanden. Ja, mein Junge, wir haben dir wirklich viel zu verdanken.« Er neigte sich über ihn und nahm den schmalen Kopf zwischen seine Hände: »Du bist ein ganz Großer.« Wolf schnaufte darauf, wedelte und rieb mit einer verbundenen Vorderpfote über seine Schnauze. Eric lächelte. »So verlegen hab ich ihn noch nie gesehen, schau nur. Ich wette, er wird jetzt rot, sozusagen.«

Elaine hörte eine leichte Unregelmäßigkeit in seiner Stimme und warf ihm einen forschenden Blick zu. Sie bemerkte, bevor er wieder nach dem Verbandszeug griff, daß seine sie berührende Hand ein wenig zitterte. »Zeit, dich auszuruhen«, sagte sie leise und ernst und legte eine Hand auf seinen Unterarm. Sein Gesicht war noch immer rußverschmiert. Schweiß und Tränen hatten ihre Spuren darin hinterlassen. »Denkst du nicht auch?«

»Hm?« Sorgsam zog er den letzten Verband um Wolfs Hinterfuß.

Er streichelte Wolfs Nase, hob schließlich den Kopf und sagte: »Edward muß üble Verbrennungen haben. Ich werde nach ihm sehen.«

»Edward ist versorgt, Liebling. – Schau mich an, ja?«

Seine Pupillen waren so weit, daß sie beinahe die gesamte Iris ausfüllten: Aufregung hielt ihn wach. Sie würde ihn wachhalten, bis er zusammenbrach. Sie bat: »Gib mir deine Hand.« Er gehorchte, und sie stand auf und zog ihn sanft zu sich hoch. »Du bist ein unvernünftiger Mann«, tadelte sie zärtlich, als sie sich seinen Arm auf die Schulter lud und ihn zu ihrem Wagen führte. »Merkst du denn nicht, wenn es genug ist?«

»Genug?«

»Genug Arbeit. Du mußt nicht immer alles allein tun, weißt du«. Sie bemühte sich, ihre Stimme streng klingen zu lassen, drückte ihn auf den Beifahrersitz und umschloß sein Gesicht mit beiden Händen, um ihn forschend zu betrachten. – »Nein, du weißt es nicht«, murmelte sie nach einer Weile. »Du weißt es einfach nicht. – Es wird Zeit, daß du es lernst. Ich bin eine selbstsüchtige Person, und ich möchte noch viel von dir haben, weißt du?« Sie küßte ihn, die Hände noch immer um sein eingefallenes Gesicht gelegt. »Es wird Zeit, daß du lernst, Rücksicht auf dich zu nehmen.«

»Wenn du es sagst, kleine Fee.« Wolf war ihnen nachgehinkt und stieß sie schüchtern an.

»Wo du bleiben sollst? – Lieber, wo du bleiben möchtest. Komm mit uns, wenn du magst.« Wolf blickte nach der Koppel zurück. Er winselte.

»Ja, du hast wohl recht. Es wäre gut, wenn Solitaire und ihre Söhne einen Beschützer wie dich haben.« Er richtete sich mit einem weiten Lächeln an ihr auf. Elaine umfing ihn und preßte ihr Gesicht in sein Fell: »Wie hab ich's bloß ohne euch ausgehalten? Ohne ihn, ohne dich, ohne die Pferde?«

Als Eric schließlich erwachte, fühlte er sich wie ein einziger blauer Fleck, wie eine einzige Brandblase. Er öffnete vorsichtig die Augen und sah, daß er in seinem Zimmer im Haus der Hickmans lag. Das Licht tat seinen Augen weh.

Ein zarter Kuß ließ sie ihn wieder halb öffnen.

»Hallo, großer Held. – Wie fühlst du dich?« Elaines Stimme, warm und sanft, war um ihn. Er lächelte. Eigentlich war das Licht nicht so schlimm. Jedenfalls nicht so schlimm wie – damals. Nichts konnte wirklich schlimm sein, wenn sie da war.

»Schrecklich allein.« Er versuchte, die Decken anzuheben. Es gelang ihm nicht, aber Elaine schlüpfte zu ihm. Es war wundervoll, ihre Nähe zu spüren. Er drehte sich mühsam zu ihr und legte eine Hand flach auf ihren Leib. »Wie geht es euch?«

Sie umschloß seine Hand mit ihren beiden und führte sie an ihre Lippen. »Wir hatten in der Nacht nicht so viele Kämpfe wie du, Liebling. Uns geht es gut.« Ihre Lippen liebkosten seinen Hals und sein Gesicht. »Du mußt etwas essen«, sagte sie bestimmt. »Du siehst schon wieder richtig dünn aus.«

»Ich würde gern duschen«, sagte er vorsichtig.

»Eine Dusche kann ich Ihnen nicht erlauben, junger Mann. Zu anstrengend. Aber über ein Vollbad könnten wir schon reden.«

»O ja, bitte. Ich fühle mich furchtbar verdreckt.«

»Dann werde ich das Bett neu beziehen, während du badest. Die Bettwäsche ist voller Ruß, weißt du. Ich war nur froh, daß wir dich hierher bringen konnten; du warst plötzlich einfach weggetreten. Ich hatte das schon kommen sehen.«

»Tatsächlich? Ich erinnere mich nicht.«

»Nein.« Sie richtete sich auf, angelte nach dem Tablett auf dem Nachtschränkchen und tupfte einen Blutflecken aus einer der aufgebrochenen Brandblasen auf seiner Brust mit einem sterilen Tuch ab.

Seine Augen zeigten aber schon wieder einen Abglanz dieses neuen, fröhlichen Funkelns, das sie besaßen, seit er ihrer Liebe sicher war, als er leise sagte: »Willst du nicht lieber mitkommen? Ich könnte ja ... also, ich könnte ja immerhin ertrinken!«

Sie lachte leise, ganz nahe an seinen Lippen. »Das dürfen wir natürlich nicht riskieren.« Für Sekunden verließ sie die Heiterkeit, sie neigte sich heftig über ihn und küßte ihn hitzig. *Wenn ich dich verlieren würde ...* Während seiner langen Bewußtlosigkeit war sie nicht einmal für Sekunden von seinem Bett wegzubringen gewesen. »Ich lasse das Wasser für dich ein.«

»Ich komme mit.«

»Aber du mußt dich auf mich stützen.«

»Was immer Sie sagen, Frau Doktor.«

Das Wasser rauschte trommelnd in die Wanne. Eric fühlte sich schwach wie ein neugeborenes Kätzchen und ließ sich zitternd auf dem Rand der Wanne nieder. Elaine kam zu ihm und streifte seine Pyjamajacke ab. »Weißt du noch, wie du mir einen deiner Pyjamas geliehen hast?«

»Oh, gewiß.«

Er hielt ihre Hände fest und zog sie heftig an sich. »Möchtest du wieder einen leihen?« Seine leise Stimme war drängend. Er sprach an ihren Lippen. »Sag, möchtest du?« – »Ich ... ich dachte, wir könnten einen teilen ... das habe ich mir in jener Nacht schon gewünscht.« Er legte eine Hand um ihren Nacken und küßte sie.

»Für jemanden, der nach vernünftigem Ermessen eigentlich noch immer bewußtlos sein sollte, sind Sie erstaunlich lebhaft, Mr. Gustavson.« Sie bemühte sich, ihren Atem wieder einzufangen. – »Vielleicht kühlt das Bad Sie ein wenig ab.«

Er schlüpfte in die Wanne, biß sich kurz auf die Unterlippe, als das Wasser seine Wunden berührte; sah dann zu ihr auf und lächelte spitzbübisch, unbesiegbar: »Nicht die Spur. Ich fühle mich gar nicht abgekühlt. Im Gegenteil. Was empfehlen Sie, Frau Doktor?«

»Nun ... haben Sie einen Vorschlag?«

»Oh, ja.« Er zog sie zu sich hinunter. Im Nu war ihre Kleidung durchtränkt. »Oh, du bist verrückt!«

»Nach dir. Nach dir, kleine Fee. Verrückt ... nach dir.«

Claire hörte Fetzen der verliebten Spielerei, während sie das Bett neu bezog. Wie schön es war, dieses Leben unter ihrem Dach zu haben! Sie würde dieser Freude niemals überdrüssig werden. Übermütig gab sie dem auf dem Kissen liegenden Pyjama einen kleinen, schicken Kniff und huschte die Stufen hinunter: Er war gut aufbewahrt in Elaines Händen.

28

Ein paar Tage lang leckten alle ihre Wunden. Wolf verbrachte viel Zeit bei Solitaire. Manchmal, wenn ihre Aufmerksamkeit nicht gerade von den Füllen abgelenkt war, hielten sie eng beieinander. Wolf lag flach auf der Seite und streckte seine Pfoten im kühlen Gras aus, und Solitaire stand neben ihm und legte das Maul auf seine Schulter.

»Sie versteht genau, was er für sie getan hat, denkst du nicht?« Sie standen am Koppelzaun und beobachteten die übermütigen Spielereien der kleinen Hengste und das friedliche Miteinander der Stute und des Hundes. Elaines Hand strich behutsam über seinen Rücken. Unter seinem Hemd war die glatte Haut voller schwarzer und blauer Flecken und schmerzhafter Brandblasen. Er würde ja niemals zugeben, daß er Schmerzen hatte, aber sie bestand darauf, seine Wunden jeden Morgen und Abend zu versorgen und kühlendes Gel auf die dunklen Verfärbungen zu streichen. Emily stand nicht weit von ihnen und sah die kleine Zärtlichkeit. Sie lächelte leise. Eine solche Liebe war wunderbar. Ihr war das Glück zuteil geworden, eine ganz ähnliche zu erleben, und sie hatte während dieser letzten Tage gelernt, mit der Erinnerung daran zufrieden zu sein. Was ihr aus der Begegnung mit Eric blieb, war ein feiner Schmerz, und ein großer Stolz.

»Sie weiß es«, hörte sie seine Antwort. »Natürlich weiß sie es.« Er schlüpfte durch die Bohlen und trat langsam auf die Stute zu. »Sie ist ja ein kluges Mädchen.« Solitaire kam zu ihm, und er fing ihren Kopf ein. »Und bestimmt ist sie klug genug, um noch etwas anderes zu verstehen. Emily, würden Sie Edward rufen?«

Edward näherte sich langsam, sehr zögernd. Er zitterte. Er hatte keine Angst davor, daß sie ihn angriff. Aber er fürchtete ihre Ablehnung, die Zurückweisung. Eric kam ihm entgegen und legte ihm den Arm um die Schultern. Gemeinsam näherten sie sich der Stute. Sie trat zwei Schritte zurück und warf den Kopf hoch. Die dunkelgoldenen Augen maßen sie zurückhaltend, die papierdünnen Nüstern sogen die Luft prüfend ein.

»Ruhig, Edward, keine Angst. Sie darf es nicht merken.«

»Ja, Master Eric.« Er bemühte sich, so ruhig wie möglich an seiner Seite zu gehen.

Die Stute drehte sich um, wandte ihnen die Hinterhand zu, bereit auszuschlagen; doch zwischen ihren nach außen gestellten Beinen sah sie zu ihnen hin. Der Blick der herrlichen Augen war dumpf und brütend.

Eric führte Edward bis an sie heran. Langsam streckte er die Hand aus und ließ sie von ihrem Nacken über den Rücken gleiten. »Schau nur, Prinzessin, ich habe dir einen lieben alten Bekannten mitgebracht. Erkennst du ihn wieder?« – Die Situation stand auf Messers Schneide: im nächsten Herzschlag würde sich entscheiden, ob sie begriffen hatte, daß es sich um unterschiedliche Männer handelte, daß dieser nichts mit den Greueltaten zu tun hatte, die ihr von dem anderen zugefügt worden waren.

Edward straffte die Schultern: Was immer geschehen mochte, er würde es tragen. Es war dieses stolze, starke Aufrichten, das den Ausschlag gab: Der andere hatte eine so nachlässige Haltung gehabt und ließ die Schultern hängen.

Sie würde die Wunden, die er in ihre Seele gebrannt hatte, niemals vergessen. Niemals würde sie lernen, die Angst vor ihm und den Haß gegen ihn zu überwinden.

Aber dieser … langsam, vorsichtig, drehte sie sich um. Mit weit geöffneten Augen und bebenden Nüstern trat sie wiederum zwei Schritte zurück und musterte ihn mit zurückgeworfenem Kopf. Er war neben ihm. Er würde nicht freiwillig die Nähe eines aufsuchen, der ihr Böses antun wollte. Sie hatte seinen Widerwillen gegen den anderen gefühlt – seine Lust, ihn zu töten, wie sie ihn töten wollte.

Sie blieb stehen. Ganz still. Weder reckte sie ihnen den Kopf entgegen, noch zog sie ihn zurück. Sie wartete.

»Sprechen Sie zu ihr«, wisperte Eric. Die empfindsamen Pferdeohren stellten sich nach seiner Stimme. »Sagen Sie etwas, egal was. Möglicherweise erkennt sie jetzt Ihre Stimme wieder.«

»Wenn Sie es sagen, Master Eric ...« Die feinen, langen Ohren schnellten nach vorn, Solitaires Gesicht nahm den Ausdruck höchster Aufmerksamkeit an: Diese Stimme klang zu ihr wie ein Echo aus ihren unbeschwerten Tagen.

»Solitaire ... kennst du mich denn nicht mehr?«

Diese Stimme hatte Hafer und Heu bedeutet, und Möhren, und auch die kleinen Kekse, die er ihr heimlich zugesteckt hatte. Diese Stimme war gleichbedeutend mit Sanftheit und Fürsorge gewesen.

Ihr Kopf kam zögernd näher. Scheu streckte Edward die Hand aus. Solitaire witterte, schnaufte unschlüssig, aber dann, plötzlich, war die Erinnerung an die kleinen verbotenen Kekse übermächtig. Sie stieß ihre Nase gegen seine Brust.

»So hat sie's früher immer gemacht«, flüsterte Edward beinahe ohne Stimme. »Damit ich ihr Kekse gebe.«

»Haben Sie noch welche?«

»Ja, Master Eric.«

»Dann wär's vielleicht gut, ein paar zu holen.«

»Ja, Master Eric!«

Alle sahen zu, als Solitaire wählerisch einen Keks nach dem anderen von Edwards offener Hand nahm. Sie stieß ihn mit dem Kopf an, als er ihren Hals streichelte.

»Jetzt mag sie mich wieder, nicht, Master Eric?«

Er wußte nicht, daß Tränen über seine Wangen liefen.

»Das ist doch wirklich nett hier, findest du nicht?« Elaine wanderte durch die verwaisten Räume. »Wir sollten aber die Wände neu streichen lassen, dieses verblaßte Altrosa ist ja einfach ... nun ja, ich mag es jedenfalls nicht.«

»Weiß wäre viel netter. Oder vielleicht eierschalenfarben, das wirkt nicht so kalt.«

»Und mehrere kleine Tische, auf denen Zeitschriften liegen. Bequeme Stühle. Die Wartezimmer von Tierärzten sind im allgemeinen nicht sehr behaglich.«

»Sie werden mir ohnehin die Bude einlaufen.«

»Es wird nicht anders sein als sonst«, versicherte Elaine ruhig. »Der einzige Unterschied besteht darin, daß sie nicht mehr anrufen, wenn es sich um Kleintiere handelt, sondern einfach mit ihnen hierherkommen.«

»Ja.«

»Viel leichter für dich, Liebling.«

»Ja.«

Es hatte einen großen Schritt für ihn bedeutet, bevor er sich dazu durchrang, seinen Fuß auf ein Territorium zu setzen, das einmal einem anderen gehört hatte.

Die Praxisräume gefielen ihm, bis auf die Farben. Elaine hatte ganz recht. Die Wohnräume bedurften ebenfalls einer behutsamen Renovierung. Sie waren ähnlich großzügig angelegt wie die Praxis und würden auch einer wachsenden Familie Platz genug bieten. Eric umfing Elaine von hinten und legte sanft seine Hand auf ihren Leib. »Ja? Nein?«

»Du überläßt mir die Entscheidung?«

»Eine kleine Fee darf nicht gezwungen werden. Würdest du hier bleiben wollen?«

»Und du?«

»Ich würde überall bleiben, wenn nur du da bist.«

»Ja, dann ... dann wird es wohl Zeit, daß Sie Ihre Wohnung kündigen, Dr. Gustavson.«

»Das hab ich schon. Vor einer ganzen Weile, als ich mich entschloß, daß ich hier bleibe.

»Sie überraschen mich doch immer wieder.«

»Sie werden meine praktischen Fähigkeiten noch mehr bewundern, wenn ich Ihnen verrate, daß ich auch jemanden beauftragt habe, sich um die Ausräumung der Möbel zu kümmern und sie zu verkaufen.«

»Ich möchte aber, daß wir es tun.« Er war unbeirrbar in seiner sanften Beharrlichkeit.

»Aber Liebling, selbst hier auf dem Dorf ist man heutzutage nicht mehr so verbohrt!«

»Du kannst mich einen altmodischen Narren nennen, aber ich halte es einfach für richtig, und ich möchte, daß wir es tun.«

»Du bist weder ein Narr noch altmodisch, aber ich verstehe nicht, warum wir nicht damit warten können, bis das Kind geboren ist. Ich meine, jeder weiß doch längst, wie es mit uns steht, und mich hat noch niemand deswegen geschnitten.«

»Darum geht's nicht.« Er drehte die Linke und betrachtete ihre dünne Innenfläche; die Narbe auf der Fingerkuppe des Ringfingers, die ein lebenslanges Andenken an Lionheart sein würde. Der Finger war noch immer empfindlich und würde es wohl auch immer bleiben, weil bei der Versorgung durch den Arzt etliche Nervenfasern zerstört worden waren. Seltsam, daß Lion gerade diesen Finger erwischt hatte.

»Ich möchte es ganz einfach«, wiederholte er. »Ich finde es richtig.«

Elaine wußte, daß ihm der Finger dann und wann zu schaffen machte. »Ja, dann ...« Sie nahm seine Linke und fuhr mit den Lippen den Ringfinger entlang, »dann tun wir es.«

Er sah auf, seine Augen leuchteten. »Ja?«

Elaine mußte blinzeln, plötzlich überwältigt: Sie sah seinen Sohn in seinem Gesicht. In diesen Sekunden wußte sie intuitiv, daß sein Sohn genauso aussehen würde wie er. Mit dem zärtlichen Ungestüm, der sie oft überkam, wenn sie ihn nur ansah oder leicht berührte, und den er so sehr an ihr liebte, umschlossen ihre Hände sein Gesicht, und sie flüsterte an seinen Lippen: »Dieses Kind, unser Sohn – ich bin so dankbar, daß ich dir begegnen durfte ... Ja! Ja, laß uns heiraten, genau so, wie du es möchtest, in der Kirche. Morgen schon, wenn du willst. Ich möchte es auch. Auf einmal möchte ich es mehr als alles andere.«

Seine Augen blickten in ihre, ganz dunkel:

Wenn ich nur Worte hätte –

Turner schob sich durch die plaudernde Menge, die sich in dem Garten vor dem Haus drängte, das einst Timmy gehört hatte. Er brauchte eine ganze Weile, bis er sich durch dieses Meer von Wohlwollen zu Eric durchgekämpft hatte; von allen Seiten hörte er freundliche Bemerkungen über den Jungen und Dr. Mercury, die seit genau einer Stunde und elf Minuten seine Frau war. Strahlend schön sah sie aus in ihrem Brautkleid. Daß sie schwanger war, konnte man beinahe übersehen, denn ihre Gestalt war zart geblieben, und der gewölbte Leib barg sich unter einem sehr langen und dichten Schleier, der von ihren Schultern herabfiel.

»Nochmals meinen Glückwunsch, Junge.«

»Vielen Dank, Sir.«

»Zeit, daß du mit dem ›Sir‹ aufhörst. Übrigens, Zeit: Ihr hättet

Hochzeit und Taufe zusammenlegen können, nicht? Wäre billiger gewesen.«

»Schon ... aber irgendwie ... ich konnte nicht warten. Es wäre nicht richtig gewesen.«

»Eigensinnig wie immer. – Deine Logik ist mir manchmal wirklich rätselhaft.«

Turner fingerte in seinen Taschen, und allmählich begann seine Stirn sich vor Ungeduld zu umwölken. Eric reichte ihm eine Zigarre mit einem Glas sehr schweren Portweins.

»Oh, vielen Dank, Junge. Manchmal geht's nicht ohne eine gute Zigarre.« Aber er nahm zuerst einen tiefen Schluck von dem Port.

»Würden Sie denn auch zur Taufe kommen? – Wir wollen ihn Alexander nennen«, fügte er hinzu, und die Sehnsucht, die früher Solitaires Fohlen gegolten hatte, klang wieder in seiner Stimme.

»Netter Name. Nach Alexander dem Großen?«

»Nein. Einfach Alexander.«

Elaine trat zu ihnen, hakte sich bei Eric ein und lächelte Sir Simon strahlend an. Er vergaß seinen Port über ihrem Anblick.

»Eric liebt den Namen. Und ich liebe es, wie er ihn ausspricht – ganz weich, ein wenig langgezogen. Es wird schön sein, ihn das über Jahre hinweg sagen zu hören.« Sie nickte über die große Gesellschaft, die sich vergnügt im Garten erging. »Für unsere Hochzeit haben wir Glück gehabt mit dem Wetter, aber für die Taufe wollen wir kein Risiko eingehen; wir wollen im *Prince Charly* feiern.«

»Kenne ich. Netter Laden.« Turner paffte seine Zigarre. Es war ein vollkommener Nachmittag: Sonne, blauer Himmel, nette Menschen, gutes Essen, gute Getränke, gute Zigarren. Er hätte sich nicht wohler fühlen können.

Eric ergriff die günstige Gelegenheit beim Schopf. »Da gibt's was, das ich gern mit Ihnen besprochen hätte ...«

»Trifft sich gut, mein Sohn. Ich hab nämlich auch was.«

»So haben Sie mich früher nie genannt.«

»Wollte ich schon, aber du warst so ... zurückhaltend.«

Eric führte ihn ein Stückchen abseits. Elaine zog sich zurück und dankte mit ihrem unwiderstehlichen Lächeln einer kleinen alten Dame, die sich verspätet hatte und ihr verlegen einen Strauß Mooröschen und ein kleines Paket in die Arme schob.

»Sie haben die Fohlen gesehen«, begann Eric vorsichtig.

Turner paffte einige heftige Züge. Der Portwein machte ihn überschwenglich.

»Prächtige Burschen. Meinen Glückwunsch.« »Vielen Dank.«

»Achtest wohl aber auch gut auf die Stute. Gibst ihr mehrere Rationen Kraftfutter über den Tag, und Fohlenaufzuchtmilch, nicht?«

»Ja, genau. Viermal viereinhalb Pfund, und Fohlenstarter. Und sie sind den ganzen Tag auf der Koppel – haben jede Menge Bewegung und können sich im Schatten ausstrecken, wenn sie müde sind.« Er sprach von den Schwierigkeiten, die es anfangs mit ihnen gegeben hatte. Sie seien untergewichtig gewesen, aber er habe dennoch darauf geachtet, daß sie weniger als ein Kilogramm pro Tag zunahmen, um spätere Beinschäden zu vermeiden, und beginne jetzt, sie neben der Muttermilch an Wasser und Fohlenstarter zu gewöhnen. – Eric spielte dieses Spiel nicht zum ersten Mal. Er wußte, wie er Turner dazu bewegen konnte, zu tun, was er wollte. Er wartete auf die Wirkung des Portweins. Er hatte die Flasche mitgenommen und goß Turner nach, während er sprach.

»Danke. Guter Stoff. Gelegentlich könntest du mir vielleicht die Adresse verraten, wo du ihn kaufst.«

»Klar. Ich werd Sie Ihnen aufschreiben. Sie verschicken ihre Waren auch, Sie brauchen nicht extra hier heraufzukommen.«

»Hier heraufkommen ...« Turner blickte sich nach dem Haus um und verschluckte die Frage, die ihm am meisten auf der Zunge brannte: ob Aussicht bestehe, daß Eric zu ihm zurückkommen würde. Angesichts der offensichtlichen Tatsachen erschien ihm die Frage jedoch unsinnig. Er nahm einen guten Schluck Port und grübelte, wie er das Thema, das ihm am wichtigsten war, anschneiden konnte, als Eric plötzlich sagte: »Vielleicht wäre es jetzt einfacher, wenn Sie die Pferde zu mir bringen ließen. Auf meine Kosten natürlich.«

Turners Augen leuchteten auf: »Ach, red nicht solchen Unfug. Wenn du dich bloß um sie kümmerst. Ich hab es ja schon mal gesagt: Zauberer wachsen nicht auf der Heide. Aber wie willst du das schaffen, Eric? Allein mit den Pferden hattest du schon so viel um die Ohren, daß du kaum zum Schlafen gekommen bist. Und jetzt noch eine gutgehende Tierarztpraxis, und eine Familie ...?«

»Ich hab natürlich auch schon darüber nachgedacht, und ich glaube, ich habe eine gute Lösung gefunden.« Er wies kurz zu der Menge hinüber, die sich auf die auf dem Rasen aufgestellten Bänke verteilt hatte oder zwischen ihnen und dem üppigen kalten Büffet hin und her schlenderte. »Sehen Sie den jungen Burschen da mit dem roten Haar? Der mit Claire und David zusammensteht und«, er mußte lächeln, »ein Lachs-Sandwich verschlingt, als hätte er seit Tagen nichts zu essen bekommen?« Turner nickte. »Er ist mein Assistent.«

In Ermangelung einer Erwiderung, die seiner Überraschung angemessen Ausdruck verliehen hätte, nahm Turner einen weiteren Schluck Portwein. »Donnerwetter!« entfuhr es ihm endlich.

»Er heißt Maximilian – Max. Ich habe ihn in Glasgow kennengelernt, als ich mit Solitaire zum Konsil mit einem Kollegen war. Wir waren einander gleich sympathisch, und vor einiger Zeit rief ich ihn an und fragte, ob er Interesse an einer Assistenzstelle in einer Landarztpraxis habe. Er hat sich im Universitätsklinikum nie besonders wohl gefühlt und griff mit beiden Händen zu. Dank ihm werde ich genug Zeit haben, mich um Ihre Pferde zu kümmern.«

»Du findest auch immer eine Lösung, Junge.« Turner klopfte ihm anerkennend auf die Schulter, leerte sein Glas auf einen Schluck, und erhob keinen Protest, als Eric es wieder vollschenkte.

»Es gibt aber einen Pferdefuß: Elaine sorgt sich wegen dieser Arbeit. Ich mußte ihr versprechen, daß ich das nicht ewig machen werde. Sie fürchtet, daß eines Tages, wenn ich älter bin, ein Pferd vollendet, was Solitaire angefangen hatte.«

Turner paffte blaue Wolken. »Wir wollen deiner bezaubernden kleinen Frau ja keine Sorgen machen. Und natürlich ist es sowieso klar, daß niemand eine so halsbrecherische Arbeit bis ins hohe Alter machen kann. Aber läßt sich so was nicht lehren, weitergeben?«

»Ich habe schon immer gedacht, daß Peter gut sein könnte. Er hat das richtige Gefühl.«

»Unser Peter?«

Eric mußte über Turners rundäugige Überraschung lächeln. »Genau der.«

»Jetzt, wo du's sagst ... er verlud die Fünf, die jetzt hier sind, beinahe allein, und es gab keine größeren Schwierigkeiten. Die Rappstute muckte ja mächtig, aber er hat sie doch auf den Transporter bekommen, und ganz ohne Zwang.«

Eric nickte: Eine Stellung auf seinem Gestüt würde es nun nicht mehr für Peter geben, weil es kein Gestüt geben würde; aber er könnte ihm gute Zukunftsaussichten verschaffen, wenn er ihn gewissermaßen in die Lehre nehmen würde. Das hatte er ja ohnehin vorgehabt, denn Peter war aus dem richtigen Stoff. »Peter könnte hier bei uns wohnen, wie Max. Das Haus hat viel Platz.« Er goß Turners Glas wieder voll. »Wissen Sie noch, wie oft Sie bedauert haben, daß ich nur mit einer begrenzten Anzahl von Pferden arbeiten kann? Wenn Peter erst einmal so weit ist, daß er mich noch besser unterstützen kann ...«

»Hör mal«, unterbrach ihn Turner, »ich glaube, du willst mich beschwipst machen!«

Eric ließ die Flasche sinken, seine Stimme ein Widerhall purer Unschuld: »Selbstverständlich nicht! Wie kommen Sie denn darauf? Ich dachte bloß – na, ich hatte den Eindruck, daß er Ihnen schmeckt.«

»Schon, schon. Ganz ausgezeichnet sogar. Ich hätte auch sehr gern noch ein Gläschen davon, aber war's das, was du mit mir besprechen wolltest?«

»Nein.«

»Dachte ich schon.«

Eric mußte sich eingestehen, daß er geschlagen worden war. Sein Timing war nicht gut genug gewesen.

»Worum geht's denn, mein Sohn?« Turner legte ihm den Arm um die Schultern, und sie taten ein paar Schritte, bis sie am Gartenzaun angelangt waren. Immerhin aber hatte der schwere Alkohol Turner in eine sehr milde Stimmung versetzt. Er konnte in nüchternem Zustand so uneinnehmbar wie der Fels von Gibraltar sein. »Ich hab Sie beobachtet, als Sie die Fohlen sahen. Ich kenne Sie. Sie gefallen Ihnen.«

»Sicher gefallen sie mir, kein Wunder, nicht? Sind ja auch aus einer ganz erlesenen Stute.« Er schüttelte den Kopf und stützte sich dabei zur Sicherheit auf den Zaun, um nicht das Gleichgewicht zu verlieren. »Es ist unfaßbar, immer noch! Zwillinge, Sankt Georg selbst muß seine Hand über die kleine Prinzessin gehalten haben. Bist wohl sehr stolz auf sie?«

»Sehr. Aber wissen Sie, Sie brauchen nicht noch ein Jahr zu warten, bis Sie Ihr eigenes Fohlen aus Solitaire haben.«

»Nicht?« Turners Nasenflügel zuckten kurz. Er versuchte, gleichmütig auszusehen, aber seine Zigarre paffte erwartungsvolle Unruhe.

»Ich biete Ihnen eines von ihnen gegen Sir Lancelot an«, sagte Eric schlank heraus. »Sie haben die freie Wahl.«

»Verstehe ...« Die hellen Augen Turners tauchten tief in seine. »Du hast Lance immer besonders geliebt.«

»Ja.« – Was gab es gegen Liebe einzuwenden? – Auf einmal gar nichts mehr. Nicht mehr, seit Elaine ihn Liebe und Vertrauen gelehrt hatte.

Turner grinste: »Du würdest niemals um etwas bitten. Ich habe das nie verstanden, diesen Stolz, diesen Eigensinn, und ich versteh's auch jetzt nicht.« Er schüttelte langsam den Kopf. »Schätze, Menschen wie du müssen ihre kleinen Eigenheiten haben.«

Eric wartete atemlos. Er hatte ein großartiges Angebot gemacht. Aber Turners Ruhe entmutigte ihn. Er hatte sich zu sehr auf den Portwein verlassen.

»Junge, Lance wäre ohnehin mein Hochzeitsgeschenk für dich gewesen.«

»Nein!«

»Doch. Ich mag dir wie ein störrischer alter Militär erscheinen, aber ich sehe mehr, als du glaubst. Ich erkenne Liebe und Zueinandergehörenwollen, wenn ich sie sehe, weißt du.«

Sie blickten einander an.

Turner sprach zuerst. »Lance gehört dir«, sagte er ruhig. »Sowieso war er von Anfang an dein Pferd. Ach, ich vergaß, so was hörst du ja nicht gern. Aber bei dir fühlte er sich immer wohl, und ich möchte, daß das so bleibt. Behalte deine Fohlen, ich kann noch ein Jahr warten. Du hast so viel für sie gewagt, sie dir mehr als alles andere gewünscht.«

Eric empfand das tiefe Bedürfnis, den Kopf zu beugen vor dieser Großherzigkeit.

Statt dessen sagte er nur leise: »Und ich möchte, daß Sie bekommen, was Sie sich ebenso gewünscht haben.«

Max war eine unersetzliche Hilfe. Ohne Schwierigkeiten hatte er sich in den jungen Haushalt eingefügt: ein Mann von vierunddreißig, der wirkte wie ein höchstens Zwanzigjähriger, mit einem ganz glatten, blassen Gesicht unter den hellroten Haaren, das immer verhungert aussah, den gewaltigen Mengen, die er zu jeder Mahlzeit vertilgte, zum Trotz – Elaine pflegte ihn seines Appetits wegen nachsichtig zu necken.

Der Wind beugte die Kronen der Bäume und preßte das Glas flach. Wenn sein Ansturm nachließ, richteten sich die Pflanzen auf, als schöpften sie eilig Atem vor dem nächsten Angriff. Max kam mit dem Wagen zurück von einem schwierigen Fall. Er raffte seine Jacke um sich und eilte ins Haus.

Als er in die Küche trat, drehte sich Eric zu ihm und sah sein strahlendes Gesicht.

»Du hast es geschafft!«

»Ja. Zuerst dachte ich, es wäre unmöglich, und wollte schon aufgeben, aber Mr. Colbert war ganz verzweifelt – sie ist eine seiner besten Zuchtsäue, und ich schob und schob, na, du kennst das, wenn man halbnackt auf dem Beton liegt und –«

»Gott, ja«, sagte Eric. »Das kenne ich.«

»Und plötzlich ging das Ding zurück, einfach so.« Max machte eine kleine, für sich sprechende Bewegung, ließ sich beinah gleichzeitig auf einen Küchenstuhl fallen und streckte zufrieden die Beine von sich: Feierabend für heute – »Was tust du gerade?«

»Ich versuche, mit diesem Monster hier fertig zu werden.« Eric nickte finster nach der automatischen Fruchtpresse. Ein Batzen Apfelsinen lag neben ihr und, wie Max jetzt sah, eine gute Ladung zerquetschter Apfelsinenschalen im Mülleimer.

»Ich wollte einen Orangensaft für Elaine machen, aber dieses Ungeheuer schafft es immer wieder, den Saft über die ganze Arbeitsplatte zu spritzen, statt es in seine Schale zu nehmen. Schöne Schweinerei.«

»Laß mal sehen.« Max drehte die Maschine hin und her, untersuchte sie mit seinen schmalen Händen. »Oh, das ist des Rätsels Lösung:«, sagte er plötzlich vergnügt, »sie ist zu schnell eingestellt. Vielleicht ist das passiert, als du sie aus dem Schrank genommen hast.«

»Ja?«

»Ja. – Früher wäre dir das gleich aufgefallen. – Du wirst immer unruhiger, Eric«, sagte Max ernst. »Ich fange an, mir Sorgen um dich zu machen. Du bist auch schon wieder ganz dünn im Gesicht.«

»Sprach ein Skelett zum anderen.«

»Nein, ernsthaft. Du bist ... in diesen Tagen nach der Hochzeit bist du ganz schnell immer weniger geworden. Du solltest dich nicht so sehr sorgen. Elaine ist eine starke Frau. Sie ist zart, aber sie hat viel Kraft.«

»Ach, ich weiß, aber ...« Eric riß plötzlich den Kopf hoch. »Hast du das auch gehört?!«

Max lauschte. Er hörte den Sturm laut singen. »Was meinst du?«

»Da – wieder!«

»Ich höre den Sturm.«

Eric rannte die Treppe zu ihrem Schlafzimmer hinauf und fand Elaine bleich und schweißüberströmt. Sie versuchte, die für das Krankenhaus gepackte Tasche zu erreichen. Er fing sie auf und drückte sie sanft an sich. Max war ihm nachgekommen, überblickte sofort die Situation und nahm die Tasche auf.

»Ist es sehr schlimm, kleine Fee?«

Ihre Zähne knirschten im Kampf gegen die Wehen. Der Laut ließ ihn ihren Schmerz in seiner ganzen Stärke nachvollziehen, und sein Innerstes verkrampfte sich. Aber sie sagte sanft, als der Krampf abgeebbt war: »Nein, es geht schon.« Sie spürte das Herankommen einer neuen Schmerzwelle und griff nach seiner Hand. Ihre Finger verschlangen sich ineinander. – »Aber, bitte, halt mich fest!«

Er streichelte ihr die feuchten Locken aus dem Gesicht und preßte die Lippen gegen ihre Stirn. »Ich halte dich fest. Ich halte dich fest, kleine Fee.«

Er hob sie auf seine Arme, trug sie behutsam zum Wagen und hielt sie fest, während Max nach Kirkrose brauste. Er hielt sie fest, als sie auf eine Bahre gelegt und in den Bauch des Krankenhauses geschoben wurde. Er hielt sie fest, als die Wehen in immer kürzeren Abständen kamen, und umschloß sie in all diesen endlos scheinenden Stunden, in denen ihr Sohn geboren wurde.

Noch nie hatte er sich so hilflos gefühlt – und doch half er ihr so sehr, denn er war bei ihr, und seine ganze große Kraft floß in Elaine ein und ließ sie die schier unerträglichen Schmerzen leichter erdulden.

Benommen hörte er endlich die Stimme des Chefarztes der Geburtshilfe, der sich mit kollegialer Selbstverständlichkeit Elaines angenommen hatte: »Ein gesunder Junge, Mrs. und Mr. Gustavson, meinen Glückwunsch!« – Eric richtete sich langsam aus seiner zusammengekrümmten Haltung auf. Er fühlte sich wie zerschlagen. Blinzelnd nahm er das kleine Bündel aus den Händen der Hebamme. Er blickte in das noch gerötete, seltsam verhutzelt aussehende Gesichtchen und fühlte für den Bruchteil einer Sekunde einen Anflug von Zorn wegen der Schmerzen, die das kleine Geschöpf seiner Mutter zugefügt hatte.

»Gib ihn mir!« sagte sie da dunkel und streckte beide Arme nach ihm aus. Er beobachtete, wie sie das Kind an ihre Brust zog, mit einer Bewegung, die seine Kehle schmerzhaft verengte. Ihre freie Hand streckte sich nach ihm aus: »Liebling ...«

Der Raum um ihn versank. Es gab nur noch sie, geschwächt, aber glücklich, in dem schrecklich weißen Bett – und das Bündel, das ihrer beider Sohn war, in ihrem Arm. Ihre Augen leuchteten. »Liebling ... komm doch zu uns.«

Plötzlich überkam ihn eine heiße Freude, eine Freude, die alles verzeiht, und eine überschäumende Liebe. Behutsam ließ er sich auf ihrem Bettrand nieder. Es war ausgestanden. Vorbei.

»Wir haben ein Kind«, flüsterte er fassungslos. »In Fleisch und Blut. Einen Sohn!«

Noch wagte er es nicht, ihn erneut zu berühren.

»Alexander.«

»Alexander«, flüsterte er. Es klang immer noch ungläubig: Vor der Niederkunft war ihm die Aussicht auf einen Nachkommen wie etwas Nebelhaftes erschienen; wie etwas, von dem man nur träumt. »Alexander«, flüsterte er noch einmal.

»Da ist er; und siehst du ... er hat deine Augen.«

Mit einem Blick bat sie die Betreuer, sie allein zu lassen, dann zog sie das Kind noch enger an sich und hielt es sanft an ihre Brust. Die unfaßbar zarten Lippen des Neugeborenen strichen suchend über ihre Haut. Sanft führte ihre Hand das hohe Hinterköpfchen. Alexander begann zu trinken, und sie fühlte eine Eintracht, die geradezu schmerzhaft war.

»*Fayre* Elaine, ich wünschte ...«

Sie sah zu ihm auf, Alexander in ihren Arm gebettet.

»Ich wünschte, ich hätte dir diese Qual ersparen können, kleine Fee. Wenn es nur nicht so sehr schwer wäre, geboren zu werden –«

Sie lächelte und zog seinen Kopf zu sich, streichelte die Tränen aus seinem Gesicht, die ihm noch immer über die Wangen liefen, ohne daß er es bemerkte.

»Du bekommst nicht, was du dir mit aller Kraft wünschst, ohne dafür zu leiden. Und schau ihn dir an, unseren kleinen Alexander! Siehst du? Er hat deine Augen!« wiederholte sie. »Und bald wird er genauso aussehen wie du als kleiner Junge.«

Sein Gesicht verdüsterte sich, und sie fügte rasch hinzu: »Aber er wird ein glücklicher kleiner Junge sein.«

Ihre Worte nahmen die Wolke von seinem Gesicht.

»Ein glücklicher kleiner Junge ...«

Sein Kopf lehnte sich auf ihre Schulter neben dem ihres Sohnes; schwer auf einmal, und unendlich müde. Der Arm, den er um sie beide legte, zitterte. Sie strich sanft durch sein Haar und zog ihn dichter zu sich.

»*Fayre* Elaine –«

»Ruh dich aus, Liebling.«

»... Ja, bei euch. – Bei euch. Ihr seid mein Zuhause.«

»Ja, Liebling, Zuhause. – Wir sind da.«

Der Herr über die Garderobe des *Bonny Prince Charly* war außerordentlich nervös, als er die Taufgesellschaft in Empfang nahm.

Einige von ihnen kannte er. An Elaine erinnerte er sich von ihren früheren Besuchen her, aber sie war ohnehin eine Frau, die man nicht vergaß.

Doch vor allem erinnerte er sich an den Mann, der das Baby auf dem Arm trug. Niemals würde er den Blick dieser Augen vergessen, der ihn hinter sein Tischchen gejagt hatte.

An seinem Auftreten war heute freilich nicht das geringste auszusetzen: Wilkie mutmaßte, daß sein dunkler Anzug auf ihn zugeschnitten worden war; ein unerhörter Gegensatz zu der Kleidung, die er bei ihrer ersten Begegnung getragen hatte. Auch heute hatte er allerdings wieder diesen großen Hund bei sich. Wilkie näherte sich zögernd, um dem Mann seinen Mantel abzunehmen. Der dunkle Blick richtete sich in seinen, offen, freundlich, gerade. »Bemühen Sie sich nicht«, sagte der Mann. »Kleine Fee, würdest du Alexander eine Minute halten?«

Er streifte seinen Mantel ab und hängte ihn selbst auf einen Bügel. Der Hund wedelte und schien ihn anzulächeln. Dann fühlte Wilkie einen Geldschein in seiner Hand, ein freundliches Klopfen auf seiner Schulter. Ungläubig starrte er ihnen nach, als sie in den Speisesaal gingen. »Beim heiligen Andreas ...«

»Ihr hättet mich sehen sollen in der Nacht seiner Geburt!« Max blickte zärtlich zu Alexander, der in einem Kinderwagen neben dem Tisch lag. Die Taufe hatte das Baby angestrengt, und es schlief jetzt tief.

Max fuhr mit einem drolligen Lächeln fort: »Wie ein Tiger im Käfig bin ich da draußen vor der Entbindungsstation auf und ab gegangen, als wäre ich selbst der Vater ...«

Eric lächelte.

Unter dem Tisch tastete seine Rechte nach Elaines Hand, sein Blick ruhte auf dem schmalen Ring an seiner Linken; tauchte darauf in ihre Augen: Es hatte einer Fee bedurft, um ihn aus seinem Käfig zu befreien. Sie hatte ihn tun lassen, wovor er sich am meisten gefürchtet hatte: sich einem anderen Menschen anzuvertrauen.

»Ich sollte wohl ein paar Worte sagen«, wisperte er, nur für sie hörbar.

Ihr Lächeln strahlte auf: Vor noch nicht allzu langer Zeit wäre er dazu ganz einfach nicht in der Lage gewesen. Seine Menschenscheu hätte ihn schier erstickt.

Er erhob sich und ließ sacht den Löffel an sein Glas klingen, und alle Blicke der kleinen Gesellschaft richteten sich erwartungsvoll auf ihn. Es gab noch andere Gäste im Speisesaal, und auch sie sahen zu ihm hinüber. Für einen Moment war die Panik wieder da, aber aus dem Augenwinkel sah er Elaine und Alexander; er räusperte sich verhalten und begann ruhig und leise zu sprechen. – Seine kleine Ansprache endete mit den Worten: »Wir wollen an diesem glücklichen Tag jedoch nicht den Menschen vergessen, dem wir, meine Familie und ich, unser Leben und das Leben der Tiere verdanken.« Seine Gedanken wanderten zu dem kleinen Grab, zu dem Elaine und er jeden Sonntag frische Blumen brachten und das sie sorgsam pflegten. »Laßt uns für einen Augenblick Juanita Cochans gedenken, bitte.« Er blieb stehen, legte die Hände ineinander und neigte den Kopf in stummem Gebet, und die anderen taten es ihm nach.

»Gott segne sie«, sagte Claire leise, als Eric wieder Platz genommen hatte, »und möge sie in Frieden ruhen. – Elaine, willst du nicht noch einmal das Gedicht sagen, daß du bei ihrer Bestattung am Grab gesprochen hast?«

Elaine wandte sich erklärend an diejenigen, die Juanitas Trauerfeier nicht beigewohnt hatten: »Wir – Eric und ich – mußten immer an die kleine Megan in John Galsworthys ›Appletree‹ denken. Deshalb haben wir diese Worte aus dem ›Hippolytus‹ auf ihrem Grabstein eingravieren lassen.« – Ihre Stimme sank und leise rezitierte sie

For mad is the heart of Love,
And gold the gleam of his wing;
And all to the spell thereof
Bend when he makes his spring.
All life that is wild and young
In mountain and wave and stream,
All that of earth is sprung,
Or breathes in the red sunbeam;
Yea, and Mankind. O'er all a royal
throne,
Cyprian, Cyprian, is thine alone!

Sie hielt Erics Hand, während sie sprach, wie bei Juanitas Beerdigung. Als sie geendet hatte, hob sie ihr Glas. Das Licht fing sich in dem geschliffenen Kristall.

»Auf Juanita«, sagte sie leise. »Möge sie in Frieden ruhen.«

Sie hoben ihre Gläser und tranken.

Und dann war es Turner, der mit gewohnter Geradlinigkeit den Bann brach, als er leise und anerkennend schnalzte und murmelte: »Beim heiligen Georg, Junge, du findest auch immer das Richtige! Wußte gar nicht, daß du ein Weinkenner bist!«

Eric lächelte. »Es ist nicht mein Verdienst. Der Maître d'hôtel hat mir geholfen. Tatsächlich hat eigentlich er die Auswahl getroffen.«

»So. Mit dem Herrn sollte ich mich mal unterhalten. Mein Weinkeller könnte eine kleine Auffrischung nämlich gut vertragen.«

Elaine und Eric tauschten einen verständnisinnigen Blick: Eine gute Wahl hatten sie mit den Paten getroffen – den feinfühligen, sensiblen Max und den tatkräftigen, lebhaften Sir Simon. Der Name ihres Sohnes war Alexander Maximilian Simon Gustavson.

Turner hatte die Einladung, noch ein paar Tage zu bleiben, gern angenommen. Der Gästeraum der Gustavsons war behaglich, es war wunderbar ruhig hier, und Elaine kochte hervorragend. Und – es bereitete ihm eine ungeheure Freude, das junge Paar miteinander und mit dem kleinen Alexander zu beobachten.

Er strolchte hinaus in den Garten, die Hände gegen den schon beinah winterlichen Wind vergraben in seinen Jackentaschen. Die Hengstfohlen waren noch bei der Stute auf Sunrise, aber Lance schlenderte über den Rasen und zupfte an den noch vereinzelt stehenden grünen Büscheln. Die rote Katze lag auf seinem Rücken.

»Hey, Lance, alter Knabe«, rief er dem Hengst zu, vergessend, wie empfindlich das Tier auf zu laute Stimmen reagierte, »das Leben kann großartig sein, nicht?«

Sir Lancelot warf den Kopf auf; die Katze wurde bei der heftigen Bewegung beinah von seinem Rücken geschleudert. Mit einem tiefen Miauen krallte sie sich in seine Mähne und versetzte ihm darauf einen kleinen mahnenden Hieb mit ihrer unbewehrten Pfote. Lance drehte den Kopf zu ihr. Turner hätte jeden Eid geschworen, daß er sich ernsthaft bei ihr entschuldigte. Sie streckte sich wieder auf seinem Rücken aus.

Und dann kam Lance auf ihn zugetrottet, ganz zu ihm heran, stieß ihn an und wollte gestreichelt werden.

»Beim heiligen Georg ... Junge ...« Turner streichelte die feine Nase, die sich ihm bislang immer entzogen hatte. »Oh, Junge ...« Sein Geist huschte zurück über die Geschehnisse der Monate, seit er dieses Pferd erworben hatte. Der Hengst stieß ihn vertrauensvoll an, und Turner flüsterte: »Junge, endlich auch du?«